A E
& I

Últimos días en Berlín

Autores Españoles e Iberoamericanos

Paloma Sánchez-Garnica

Últimos días en Berlín

Finalista Premio Planeta
2021

Obra editada en colaboración con Editorial Planeta – España

© 2021, Paloma Sánchez-Garnica
Autora representada por DOSPASSOS Agencia Literaria

© 2021, Editorial Planeta S.A. – Barcelona, España

Derechos reservados

© 2021, Editorial Planeta Mexicana, S.A. de C.V.
Bajo el sello editorial PLANETA M.R.
Avenida Presidente Masarik núm. 111,
Piso 2, Polanco V Sección, Miguel Hidalgo
C.P. 11560, Ciudad de México
www.planetadelibros.com.mx

Diseño de la colección: © Compañía

Primera edición impresa en España: noviembre de 2021
ISBN: 978-84-08-24985-6

Primera edición impresa en México: noviembre de 2021
ISBN: 978-607-07-8312-8

Impreso en los talleres de Litográfica Ingramex, S.A. de C.V.
Centeno núm. 162-1, colonia Granjas Esmeralda, Ciudad de México
Impreso en México –*Printed in Mexico*

A Manolo, por todo y por tanto...

Berlín, 30 de enero de 1933

> Obedeciendo a una ley irrevocable, la historia niega a los contemporáneos la posibilidad de conocer en sus inicios los grandes movimientos que determinan su época.

STEFAN ZWEIG, *El mundo de ayer. Memorias de un europeo*

A pesar del aire gélido de aquel atardecer, Yuri Santacruz decidió salir a la calle. Su casera, la señora Metzger, había oído la noticia en la radio: se había organizado un desfile de antorchas para celebrar el nombramiento de Adolf Hitler como nuevo canciller de Alemania. No quería perdérselo. Por recomendación de la señora Metzger, se abrigó y bajó las escaleras a toda prisa. Nada más salir del portal, el frío traspasó el recio chaquetón aún abierto. Aterido, abrochó los botones, se puso los guantes de piel que le había regalado su hermana Katia por Navidad y ajustó al cuello la bufanda que le había tejido la vieja Sveta. Del cielo plomizo se desprendía aguanieve que se le posaba en las mejillas. Se caló el sombrero y avanzó con paso rápido por Friedrichstrasse. De muchas ventanas y fachadas colgaban banderolas de color rojo rotuladas por el negro de las retorcidas esvásticas. Al llegar al bulevar de Unter den Linden ralentizó el paso, pasmado ante el espectáculo.

En el horizonte nocturno en el que destacaba el ático de

la Puerta de Brandeburgo se vislumbraba el fulgor de cientos de teas, que se movían al son de la marcha. A medida que Yuri se acercaba a Pariser Platz, crecía una multitud desordenada ávida de presenciar aquel cortejo. Las chispas de las antorchas crepitaban en el aire helado. Impresionaba el crujir de las botas que rompían la nieve del suelo con paso sincronizado al compás del redoble de los tambores y de las potentes voces que entonaban el *Horst Wessel Lied*, canto patriótico del Partido Nacionalsocialista que acabaría por relegar al himno oficial de Alemania en la época que empezaba a fraguarse en ese mismo instante. El avance de centenares de hombres ataviados con el uniforme pardo de las milicias nazis parecía una serpiente llameante que se deslizaba lenta e implacable bajo los arcos de la Puerta de Brandeburgo, cruzaba Pariser Platz y giraba por Wilhelmstrasse para pasar ante la cancillería, en cuyo balcón saludaba un Hitler envanecido. Eran las SA, las famosas tropas de asalto, cuyo número y apabullante presencia habían aumentado en los últimos tiempos de forma alarmante, infiltrados cada vez con más ímpetu en la vida privada de los ciudadanos, empleados en amedrentar y proscribir cualquier disidencia política, atajando cualquier crítica al partido liderado por Hitler.

Yuri observaba atónito aquella masa humana que se movía ante sus ojos en hileras de a seis, enarbolando cada uno de ellos una antorcha y formando centelladas de luz en el gris de los adoquines y sombras inquietantes sobre las fachadas de los edificios, como una sutil amenaza. Se fue abriendo paso a empujones entre la multitud de mujeres alemanas, madres, hermanas y esposas de los hombres y muchachos que desfilaban marciales por el centro de la calle, a quienes jaleaban con ardoroso ímpetu y el brazo en alto agitando lo que tenían a mano —pañuelos, bufandas, banderolas—, contagiadas de una especie de histerismo que se extendía como un tóxico imperceptible. Otros, como él, eran simples espectadores que asistían a semejante puesta en escena con gestos de cautela, recelosos, sorprendidos.

Era tanto el fervor de los que contemplaban el desfile, que no parecían sentir el frío punzante; Yuri, en cambio, se veía obligado a moverse sin descanso para no congelarse. Sumergido en aquella multitud, se sintió apabullado ante la magnífica celebración de lo que se consideraba un triunfo de Alemania. Le fue difícil no dejarse arrastrar por aquella euforia colectiva, por la sensación de que algo importante estaba ocurriendo.

Después de más de una hora de caminar de un lado a otro, decidió regresar a casa. Se alejó de las arengas y el ruido y avanzó despacio por calles cada vez más solitarias. Cuando ya enfilaba la suya, oyó a su espalda una mezcla de voces, insultos y gritos de auxilio. Se detuvo y se dio la vuelta para saber qué pasaba y quién clamaba ayuda. A unos cincuenta metros, media docena de hombres uniformados de pardo golpeaba y pateaba sin piedad a alguien ya derribado en el suelo, que intentaba protegerse encogido sobre sí mismo. Al llegar a Berlín le habían aconsejado que, por su propia seguridad, se mantuviera al margen. Permaneció inmóvil durante unos segundos, indeciso, espantado de ser testigo del salvaje apaleamiento de un indefenso. Estaba a pocos metros de su portal e hizo amago de continuar su camino y seguir el consejo de alejarse, de no meterse en líos, pero aquellos gritos llegaban implacables hasta su conciencia. Apretó los puños en el interior de sus guantes, tensó la mandíbula y dio un paso, y luego otro y otro más, y sin darse cuenta estaba corriendo hacia el grupo.

—¡Eh, eh, parad de una vez! —gritó en un alemán perfecto cuando ya estaba muy cerca—. ¿Qué hacéis? ¡Dejadlo en paz!

Se quedó a un par de metros como si con su mera presencia pudiese llegar a amedrentar a aquellos energúmenos. Solo uno de los agresores interrumpió su afán; el resto no hizo siquiera amago de parar su ensañamiento sobre el cuerpo encogido y en tensión de su víctima.

El que se había detenido se le encaró desafiante, los brazos en jarras, las piernas abiertas, la barbilla alta, el pecho hinchado, altanero.

—¿Y a ti qué coño te importa? Lárgate de aquí si no quieres recibir tú también.

Todos iban con la abrigada camisa parda, la corbata a juego, el brazalete rojo con la cruz gamada ceñido al brazo izquierdo, los correajes de cuero cruzados al pecho, el pantalón bombacho, el quepis calado y unas rudas botas negras que cubrían la pantorrilla, como los que había visto desfilar hacía unos minutos, dedicados estos a la despiadada caza de una presa factible.

—Sois muchos contra uno solo. —Yuri trató de mantener un tono de tranquilidad y que no se notase el miedo que lo acogotaba—. No es muy valiente por vuestra parte, ¿no crees?

—Lárgate, te he dicho —insistió el camisa parda—. No es asunto tuyo.

Sin pararse a pensarlo, dejándose llevar por el instinto moral de su conciencia, con un movimiento rápido e inesperado, Yuri sorteó con habilidad aquel muro humano y se fue hacia el grupo con la intención de apartarlos del agredido. Empujó a unos y otros hasta que logró llegar al chico, que no dejaba de chillar de espanto. Procuró protegerlo a base de empellones hasta que lo derribaron; entonces fue él quien empezó a recibir patadas y golpes con porras de caucho que caían contra su espalda como una lluvia de piedras. Se cubrió la cabeza con los brazos y encogió el cuerpo replegando las piernas en su regazo a la espera de que aquello terminase en algún momento. De repente, por encima de aquel infierno de golpes, se alzó una voz femenina.

—¡Basta ya! ¡Dejadlo! ¡Parad! Estáis locos... ¡Los vais a matar!

—¡La que faltaba! —bramó uno de ellos—. Vete de aquí. Esto no es para mujeres.

—Te he dicho que pares. ¡Ya basta! —gritó la recién llegada. Al no conseguir nada, cambió el tono y buscó convencer—:

Hoy es un día de fiesta, Franz. Esto no toca. —La chica cogió del brazo al que se había encarado con Yuri, instándolo a que detuviera los golpes—. Hazme caso, llévate a tus chicos a celebrarlo y deja en paz a estos desgraciados.

El camisa parda arrugó el ceño, apretó la mandíbula, se volvió hacia el grupo y habló impostando autoridad.

—Está bien. Por hoy hemos terminado con esta basura.

La agresión remitió y se hizo un silencio roto tan solo por el resollar de los atacantes cansados de propinar golpes. Yuri levantó la cabeza para mirar a la mujer que los había salvado; llevaba un gorro de lana gris bien calado y el amplio cuello del abrigo le cubría hasta las mejillas. Los ojos de ella se clavaron en los de Yuri, apenas unos segundos hasta que alguien con voz bronca quebró la magia de aquella mirada de un verde casi transparente.

—Aquí no se ha terminado nada —dijo el más corpulento de todos, enfrentándose de forma chulesca con el que parecía el cabecilla. El habla gangosa y su caminar tambaleante evidenciaban la borrachera—. A mí no me da órdenes una mujer.

—Te las doy yo, que soy tu superior. Y te ordeno que te vayas a casa a dormir la mona, que por hoy ya has bebido bastante.

El aludido tenía el aspecto de un oso, no solo por el color del uniforme sino por el cuerpo grande, la cabeza cuadrada hundida en el tronco casi sin cuello.

—Me iré cuando a mí me dé la gana. A este le tenía yo ganas y esta vez no se me escapa.

Dicho esto, le propinó una fuerte patada en la cara al chico, que aulló dolorido y se arrastró por el asfalto como un animalillo asustado.

El que actuaba como cabecilla se fue hacia él a pesar de que el otro lo doblaba en volumen y le sacaba media cabeza de altura.

—He dicho que se acabó la fiesta —lo conminó agarrándolo del brazo.

Encarados ambos, el jefe tuvo que alzar la vista para enfrentar sus ojos. El oso inflaba tanto el pecho que hacía tensar la tela de su camisa hasta el extremo. Forcejearon, se empujaron entre gritos e insultos. Los demás permanecían alerta, pero ninguno se atrevía a intervenir. De pronto, alguien dio la voz de alarma.

—¡Cuidado, Franz, lleva una navaja!

Advertido el jefe y descubierta el arma que el oso sujetaba en la mano derecha, aprovechó la descoordinación de movimientos por efecto del alcohol y se la arrebató con habilidad. Acto seguido, en una acción inmediata y casi inconsciente fruto de la rabia, el jefe alzó la mano y hundió la navaja en la papada del díscolo.

—¡No!

Al grito de impotencia de la chica le siguió un estremecedor silencio. Durante unos segundos eternos los dos hombres permanecieron unidos en un mortal abrazo, aferrado el oso al cuerpo del jefe. Se separó al fin llevándose las manos al cuello, con una mueca consternada de horror al sentir el amarre de la muerte. Se tambaleó, trastabilló y se desplomó golpeando la cabeza contra el borde de la acera, un golpe seco que sonó terriblemente hueco. La imagen pareció congelarse, detenida en el tiempo, todos quietos, mudos, el único movimiento eran las vaharadas blanquecinas que formaba en el aire el aliento de los otros, jadeantes de frío, de esfuerzo y de consternación.

El caído quedó inerte, los ojos abiertos, la boca torcida. Una sombra oscura se deslizó lentamente desde su cuello, tiñendo de rojo la albura de la nieve recién caída. El jefe lo observaba con el rostro desencajado, perplejo por lo que acababa de hacer. Se miró la mano en la que todavía empuñaba el pequeño estilete que goteaba sangre fresca, y lo soltó como si le hubiera ocasionado un calambre. No dejaba de mirarse la mano abierta, ensangrentada, temblona.

El resto seguía sin reaccionar, sobrecogido por la macabra escena. El primero que se movió fue el chico víctima del ataque, a quien los agresores daban la espalda. Se levantó sigiloso y, sin quitar la vista del grupo, cogió a Yuri por el brazo y lo ayudó a incorporarse; con un gesto le indicó que corriera. Antes de hacerlo, Yuri miró a la chica. Sus ojos se cruzaron de nuevo. Luego echó a correr.

—Hijos de puta —clamó rabioso el chico que lo precedía en la carrera—. Son como animales salvajes.

Al acercarse al portal, Yuri ralentizó la marcha mientras buscaba las llaves en su bolsillo. Se detuvo al llegar frente a la entrada, nervioso. El chico también se detuvo.

—¿Vives aquí? —le preguntó como si le extrañase.

Yuri asintió al tiempo que trataba de introducir la llave en la cerradura. El otro dio varios pasos alejándose de él, sin dejar de mirarlo; se puso la mano en la frente a modo de saludo militar y le dijo con una amplia sonrisa en el rostro:

—Gracias, amigo, te debo una.

De inmediato, echó a correr con una velocidad extraordinaria. Yuri se dio la vuelta hacia el grupo que ya empezaba a dispersarse. La mano le temblaba tanto que no atinaba con la llave. Sentía un doloroso latido en las sienes y el labio le escocía como si tuviera una tea candente en su interior. Notó el sabor pastoso de la sangre. Por fin abrió, entró en el portal y se precipitó escaleras arriba. Se metió en su buhardilla con el corazón a punto de estallarle en el pecho. Pegó la espalda en la pared y se dejó caer hasta quedar sentado en el suelo, jadeante. Le faltaba el aire, como si el oxígeno no llegase a sus pulmones, sentía que se ahogaba. Se quitó los guantes, se despojó de la bufanda igual que si lo hiciera de una soga al cuello, pero seguía sintiendo una presión insoportable.

Se levantó y, con paso vacilante, se acercó hasta una de las mansardas, abrió el cristal y sacó medio cuerpo al exterior buscando aire que respirar. Lo hizo a bocanadas, con el ansia que le imponía el latido del corazón. Cuando se calmó, volvió a sentarse en el suelo, junto a la ventana abierta. Temblaba de frío. O tal vez era de miedo, el miedo que lo acompañaba siempre desde hacía doce años.

Petrogrado (antigua San Petersburgo), 1921

> Desconfío especialmente de un ruso cuando tiene el poder en sus manos. Esclavo no hace mucho tiempo, se vuelve el déspota más incontrolado cuando tiene la oportunidad de convertirse en señor de su prójimo.
>
> MAKSIM GORKI

I

Miguel Santacruz había llegado a la hermosa ciudad de San Petersburgo en la primavera de 1906 para incorporarse como agregado de negocios en la embajada de España en la Rusia zarista. Conoció a Verónika Olégovna Filátova en una de las magníficas recepciones que organizaba el embajador, fiestas en las que no se escatimaban gastos ni fastos, en las que corrían el caviar, los mejores vinos, el champán francés, exquisiteces ofrecidas a invitados de gala que disfrutaban del lujo y la vida. La belleza de Verónika deslumbró a Miguel nada más verla: alta, esbelta, su cuello era largo como el de un cisne, la piel blanca nacarada, los ojos grises, muy claros, grandes, rasgados, de mirada brillante; era alegre y vital, de sus labios emanaba una sonrisa serena, plácida, contagiosa. Tenía diecisiete años y era la única hija de un próspero comerciante de Rostov del Don, que se había instalado en San Petersburgo decidido a ofrecer a la joven una exquisita educación, además de la oportunidad de codearse con la alta sociedad.

El padre de Verónika, Oleg Borísovich, simpatizaba con las ideas del partido liberal ruso, que pretendía más libertad y una constitución como base para desarrollar un sistema parlamentario similar al de Occidente; aunque lo suyo no era la política, sino la economía. Se pasaba grandes temporadas lejos de su esposa e hija, atendiendo sus negocios. La madre, Olga Ivánovna, era una mujer inteligente, amante de la música y de los libros, dedicada en cuerpo y alma al cuidado y educación de la joven Verónika, para la que había que elegir un buen marido acorde a su categoría social. Por eso le había costado aceptar el interés que Miguel Santacruz mostró hacia su hija; un extranjero diez años mayor que ella que, en su opinión, estaba de paso en Rusia y con toda seguridad se marcharía a otro lugar del mundo, rompiendo la unidad de la familia, alejando de su lado a su hija y sus futuros nietos. Sin embargo, el amor que la pareja se profesó desde el principio había aplastado todas sus reticencias.

Al cabo de un año, Miguel y Verónika contrajeron matrimonio. Nueve meses después nació Yuri, al que siguió con un espacio de apenas un año Nikolái, a quien llamaban Kolia. En la primavera de 1914 llegó al mundo la tan ansiada niña, a la que pusieron el nombre de Ekaterina, Katia para todos.

Al igual que había hecho su madre, Verónika consagró su vida al cuidado de sus hijos. Yuri y Kolia se llevaban muy bien entre ellos, compartían juegos y el gusto por la música, las artes y la lectura y el aprendizaje de otros idiomas. Además de ruso y español, los dos hermanos aprendieron casi a la perfección francés y alemán. Verónika estaba dotada de una voz deliciosa, potente y dulce a la vez. Solía cantar a coro con sus hijos *Kalinka*, la canción favorita de los niños; los tres cantaban y bailaban en el gran salón de la casa, disfrutando una vida llena de felicidad.

La única que no siguió el ritmo de instrucción y aprendizaje materno fue Katia. No le gustaba la música, ni la lectura; se pasaba el día entretenida con una preciosa casa de muñecas que le había regalado su abuelo materno. Desde su nacimiento se convirtió en la debilidad de su padre, el ojito derecho a quien consentía todo aquello que le pedía.

Verónika quedó embarazada de nuevo cuando Yuri tenía ocho años. Sasha llegó al mundo en una noche de perros de febrero de 1917, azotada la ciudad por una fuerte ventisca ártica, en uno de los inviernos más fríos que se recordaban y en un país en guerra desde el verano de 1914. Aquel mismo mes estalló la revolución del pan promovida en su mayor parte por mujeres hartas de la escasez y el alza de los precios a causa de la acumulación mezquina de los harineros, revuelta que unos meses más tarde llevaría al colapso al régimen zarista. El parto resultó largo y complicado, y cuando Verónika Olégovna vio por primera vez la cara de su recién nacido, tuvo un mal presentimiento. No andaba desencaminada en los malos augurios porque, a partir de aquel momento, la apacible vida que hasta entonces habían conocido empezó a desmoronarse como un enorme castillo de naipes.

Un año después, en el primer cumpleaños de Sasha, las cosas habían cambiado tanto para la familia Santacruz que a Verónika le parecía que hubiera transcurrido un siglo. El desorden y la anarquía comenzaban a apoderarse de todo y de todos. La revolución bolchevique, que había estallado en octubre de 1917, se extendía caótica en una sociedad carente de ley y de orden. Los disparos por las calles y las pedradas arrojadas contra las ventanas del piso en el que vivía la familia Santacruz fueron los primeros avisos, seguidos de una escalada de saqueos, robos, destrozos y sobre todo miedo, un miedo que se fue incrustando en cada poro de la piel, en cada latido, en cada respiración de un aire viciado por una maldad desatada.

Los Santacruz residían en el primer piso de un edificio señorial de techos altos, habitaciones espaciosas, limpias y luminosas, con un gran salón exquisitamente decorado con muebles de maderas nobles y ricas telas, en cuyo centro destacaba un espectacular piano Bechstein; la casa disponía de instalación eléctrica y agua corriente, lo que les permitía tener un baño completo muy amplio con una bañera, lavabo doble y váter.

Como consecuencia del decreto de abolición de la propiedad privada, se instauró en el edificio la política de los *kommunalki*, y las casas particulares se convirtieron en apartamentos comunitarios. Desde entonces un grupo de gentes de aspecto mísero provenientes de suburbios y aldeas, dirigidos por un comité de vecinos, se distribuyó por cada una de las diez habitaciones, excepto las dos que le habían dejado a la familia Santacruz. Al principio la actitud de las familias recién llegadas fue correcta, comedida y algo displicente, pero en muy poco tiempo la insolencia, las voces desairadas, la falta de respeto, la envidia y el resentimiento por lo que tenía uno y le faltaba al otro se fueron apoderando de cada rincón de la casa. Los nuevos moradores utilizaban las cosas sin cuidado, se rompían y no se arreglaban. Nadie limpiaba ni recogía y en breve todo estaba sucio, deteriorado por la dejadez y el mal uso.

Los Santacruz se habían recluido en la habitación que había sido del matrimonio y en lo que fue el vestidor de Verónika, comunicadas ambas estancias por una puerta sin necesidad de salir al pasillo, lo que les daba una cierta sensación de intimidad. Además del matrimonio y sus hijos, vivían con ellos en aquel hacinamiento Olga Ivánovna, la madre de Verónika, y la niñera, Sveta Rudakova, una especie de *bábushka* dulce y

20

rechoncha que invitaba al cálido abrazo, que había renunciado hacía mucho a tener hijos propios para dedicarse a cuidar a los ajenos, y que vivía con el matrimonio desde el nacimiento de Yuri. Valka, el chófer de los Santacruz hasta que le arrebataron el Packard, se acomodó en lo que había sido la despensa. Junto con Sveta, fueron los únicos miembros del servicio que se mantuvieron leales a la familia, auxiliándolos en más de una ocasión frente a los saqueos y requisas que habían sufrido. No obstante, los Santacruz habían perdido casi todos los bienes que había en la casa: alfombras, cortinas, muebles, mantelerías, y la ropa, también la de los niños, una parte de la cual pudo conservar Sveta guardándola en un baúl con otros objetos valiosos, defendiendo ante los saqueadores que aquello era suyo y no le podían arrebatar lo que le pertenecía como proletaria.

El gran salón de la casa había quedado convertido en el lugar de reunión del comité del barrio, y siempre había gente que entraba y salía armando jaleo, discutiendo, ya fuera de día o en plena madrugada. El piano fue una de las cosas que primero se llevaron; el dolor que sintió Verónika la había postrado en cama durante varios días, incapaz de resistir tanta tristeza. El baño era de uso comunal. Valka tuvo que arreglarlo varias veces y enseñar que el retrete no era un lugar al que arrojar todo tipo de basura, pero todo esfuerzo por utilizarlo correctamente se veía inútil. En muy poco tiempo el uso de la cocina se tornó impracticable para los Santacruz. Verónika se negó a utilizar aquella pocilga en la que habían convertido sus fogones, encimeras y fregadero.

La vida de lujos, comodidades y bienestar en la que habían vivido Miguel Santacruz y su familia se había esfumado por completo. Convertidos en enemigos del pueblo, tildados de burgueses altivos y egoístas, acusados y sentenciados como delincuentes por el solo hecho de pertenecer a una clase social, los Santacruz habían tenido que aprender a pasar desapercibidos, a evitar cruzarse con aquellos que esparcían con saña el odio acumulado durante siglos. Habían perdido la oportunidad de abandonar Rusia y regresar a España junto con la mayoría de la plantilla cuando, en el verano de 1918, poco después de la ejecución del zar Nicolás II y la familia imperial Románov, la embajada cerró la legación. Verónika (presionada por su madre) se había negado a salir del que consideraba su país, abandonar todo lo que entendía que era su vida para emprender un viaje incierto atravesando una Europa aún en guerra, y con Sasha tan pequeño. La realidad de los meses siguientes aplastó como una losa aquella decisión, y Verónika se culpó cada día de haber dejado atrapados a sus hijos en aquel infierno, convertidos en parias en su propia casa.

El simple hecho de tener o haber tenido alguna propiedad o un comercio, por nimio que fuera, se convirtió en un lastre; al robo se le consideraba nacionalización, y lo que era peor, la barbarie, los asaltos, la delación, incluso el asesinato, se habían convertido en una forma de lucha obrera. Pusieron en libertad a los delincuentes comunes confinados en las cárceles, en la creencia de que si se delinquía era por el exceso de esa clase de privilegiados que los habían oprimido durante siglos; así que por las calles pululaban a su albedrío hordas de convictos de toda calaña, ladrones, asesinos, estafadores, violadores. La pasada magnificencia de la ciudad se había deteriorado como si la hubiera golpeado un huracán. Los edificios, antes señoriales como elegantes fortificaciones, se habían convertido en viejas tumbas abiertas. Las calles, antes limpias y relucientes, permanecían sucias, descuidadas, con tan poco tráfico que en ellas crecían arbustos. No había tiendas, ni teatros, ni restaurantes, ni siquiera fábricas. Todo había quedado clausurado, abandonado, una ciudad fantasma igual que un cementerio olvidado, habitada solo por cadáveres andantes, macilentos hombres, mujeres, niños, ancianos solitarios en busca de un mendrugo de pan o un trozo de madera con el que calentarse. No había perros, ni gatos, ni pájaros, tan solo ratas y cucarachas sobrevivían; la escueta carne de los caballos muertos de inanición acabó convertida en tropezones de sopas y *goulash*. Todo lo susceptible de transformarse en leña había desaparecido: los árboles, las cercas, las puertas; si una casa era abandonada, en un par de noches se desmantelaban hasta los cimientos. La escasez deshacía la ciudad. La inseguridad se había apoderado de todo. El temor a salir, daba igual la hora que fuera, se había adueñado de la mayoría de quienes solo intentaban sobrevivir en un lugar en el que no había de nada, al menos para ellos. La gente pacífica quedaba al albur de no cruzarse con tipos que campaban a sus anchas sin control alguno y sin reconvención por sus delitos, de tal manera que el regreso al hogar se celebraba como un acontecimiento. Como combustible, los Santacruz habían llegado a utilizar la madera de muebles, algunos muy valiosos, y libros, cuyas hojas en llamas dolían a Verónika igual que si estuviera viendo arder un ser vivo. El cabeza de familia, en compañía de Valka, se había escabullido varias veces a las afueras de la ciudad en busca de algo de leña, arriesgándose a que los detuvieran, porque tomar leña o cualquier producto sin permiso era un delito penado con años de prisión o incluso la muerte.

Todo a su alrededor se desmoronaba y Miguel Santacruz era testigo y víctima de la devastación que se estaba produciendo en su familia. Si no salían pronto de allí, San Petersburgo, la ciudad de las noches blancas, se convertiría en su tumba.

II

Era el primer día de enero de 1921. Hacía dos años que los Santacruz no celebraban la llegada del nuevo año. En realidad, hacía tiempo que no celebraban nada, porque nada había que celebrar. La única ocupación de cada día era sobrevivir hasta el siguiente.

Verónika había dado aviso al médico porque el pequeño Sasha llevaba varios días con fiebre alta. Petia Smelov se presentó de inmediato. Amigo de Miguel Santacruz desde su llegada a San Petersburgo, Smelov era el médico de la familia: había asistido cada uno de los partos de Verónika, y había atendido y tratado todas las dolencias, enfermedades y complicaciones de los Santacruz, incluidos los miembros de servicio.

Smelov examinó al niño bajo la atenta mirada de la madre que, al pie de la cama, contestaba a las preguntas que le hacía el doctor.

Cuando terminó, se lavó las manos con el rostro serio.

—El niño tiene tifus, pero no se morirá de eso. Lo que va a matar a tu hijo es el hambre. Está muy débil. Alimentarse y quinina, eso es lo que necesita.

—Y de dónde saco comida y quinina —murmuró la madre con expresión impotente.

Petia la observó preocupado; estaba demasiado delgada, como si estuviera a punto de quebrarse, sostenida tan solo por la fortaleza innata en una madre de sacar adelante a sus hijos por encima de cualquier dificultad.

—¿Cómo van los permisos de salida del país?

—Miguel está haciendo todo lo posible. Ha llamado a todas las puertas, ha llegado a todos los despachos de todos los estamentos rusos y extranjeros, pero parece una tarea imposible. Cualquier avance supone un retroceso inmediato. Nadie le hace caso. Todo se eterniza. Es desesperante.

Su marido llevaba meses tratando de conseguir los salvoconductos de salida. En la embajada de Noruega, donde habían quedado amparados los intereses de los españoles, no le ponían ninguna pega en cuanto a él, diplomático y ciudadano español, pero estaba resultando muy complicado conseguir la autorización para ella y sus cuatro hijos, todos rusos.

—Qué error no haber salido del país cuando tuvimos oportunidad. No me lo podré perdonar nunca...

—No te culpes, esta situación no se la esperaba nadie.

Los ojos de Verónika se ensombrecieron y le habló con expresión preocupada.

—Petia, dime cómo puedo conseguir quinina para Sasha. Tú tienes contactos.

—No me pidas eso, Verónika Olégovna. No puedo... No debo. Es demasiado peligroso.

—Te lo suplico, tienes que ayudarme, es mi hijo... Qué no va a hacer una madre por su hijo.

—De poco serviría exponerse a tanto. Y Miguel no me lo perdonaría nunca.

—Él no tiene que saber nada. Por favor, Petia, dime dónde puedo encontrar algo que pueda salvar la vida de mi pequeño. —Esperó unos instantes una respuesta, una reacción—. Si no me ayudas, saldré a la calle dispuesta a lo que sea por conseguir el contacto que tú me niegas... Sé muy bien cómo hacerlo.

—No —replicó Petia espantado—. No se te ocurra hacer ninguna locura.

—Pues ayúdame tú —insistió en voz muy baja pero pertinaz en su tono.

Durante varios segundos mantuvieron fijos los ojos el uno en el otro, el gesto valorativo él, suplicante ella, hasta que el médico eludió la mirada, cogió papel y pluma y escribió una dirección. Se lo tendió a regañadientes.

—Ve antes de las ocho, de lo contrario te arriesgas a que se hayan ido. Allí podrás encontrar alimentos frescos, verduras y leche, no sé si dispondrán de quinina.

Ella leyó la nota con avidez, y luego se la pegó al pecho.

—Gracias —balbuceó emocionada. Aquel trozo de papel era una brizna de esperanza.

—Nadie debe saber que te he dado el contacto, por lo que más quieras, Verónika. Me buscarías problemas.

—Confía en mí —respondió agradecida.

La miró con expresión contrita, disgustado de haber cedido.

—Cuando se entere Miguel, me va a arrancar la cabeza —murmuró al tiempo que negaba con un gesto—. No lleves dinero, no vale de nada. ¿Os queda algo de valor? Oro, joyas, ropa, calzado, lo que sea...

Las nefastas consecuencias del comunismo de guerra implantado por el gobierno bolchevique desde el invierno de 1918, al que se añadió una de las más feroces sequías, habían provocado una gran hambruna en todo el país que mataba a millones de personas.

Verónika asintió.

El médico recogió sus cosas, se puso el abrigo. Miró a su alrededor, con gesto de desagrado.

—Intenta ventilar un poco la habitación. El aire aquí es irrespirable.

—Lo sé —dijo Verónika avergonzada—, pero el calor es un bien demasiado preciado para dejarlo escapar por la ventana.

El doctor esbozó una mueca de afligida conformidad.

La mujer lo acompañó por el pasillo de la casa hasta la puerta de lo que había sido su hogar.

—Ten mucho cuidado, Verónika, es muy peligroso, y si te descubren... Puede ser el final para ti y para tu hijo.

Sin dejar de mirarlo a los ojos, ella estrujó el papel entre las manos como si le hubiera dado un arma letal.

—Petia, tengo que hacerlo. No puedo dejar morir a Sasha...

Regresó a la habitación con paso rápido, y al entrar se dio cuenta de la neblina caliente y espesa que los envolvía. Los candiles que Valka había fabricado con botellas o botes llenos de sebo, para iluminarse cuando la luz eléctrica faltaba, saturaban el aire de un humo maloliente que irritaba las gargantas y los ojos y ennegrecía los techos, antes blancos como la nieve. Sintió una angustia que la ahogaba. Tenía que hacer algo, si se quedaban allí respirando aquel aire contaminado acabarían todos muertos.

Se fue a la única mesilla que les quedaba, sobre la que descansaban una jarra con agua, un vaso y una pequeña palangana en la que de vez en cuando la abuela sumergía un paño para colocarlo en la frente sudorosa del crío, tratando de controlar la fiebre. Abrió el cajón con cuidado de no sobresaltar al niño, hurgó en el fondo y sacó unos pendientes de oro. Mientras, su madre la observaba inquieta.

—¿Qué vas a hacer con eso? —preguntó alarmada Olga Ivánovna—. Son los pendientes de tu boda.

—Son unos simples pendientes, madre, ya no tienen otro valor que lo que pueda conseguir con ellos.

—Pero es lo único que nos queda. Tu marido los guarda para comprar los billetes de tren en cuanto tenga los salvoconductos.

—Tenemos que vivir al día; es posible que no nos permitan salir del país en meses, o que no nos lo permitan nunca... —Bajó los ojos para no derrumbarse. Tenía que mantenerse fuerte. Volvió a mirar a su madre con firmeza—. ¿De qué me sirven los billetes de tren si Sasha muere? Necesito estos pendientes ahora —insistió tajante.

Introdujo las joyas y la nota que le había dado el doctor dentro del sostén. Se calzó las botas, se puso el abrigo. Cuando fue a coger el chal se encontró con la mirada triste e incisiva de su hijo Yuri. Estaba delgado y muy pálido, el pelo enmarañado le caía por la frente. Su aspecto era una mezcla de los rasgos de niño que aún resistían y los de adolescente que ya afloraban. Aunque su piel era morena como la de su padre, había heredado de ella sus mismos ojos grises, y la misma manera de ver el mundo, su sensibilidad, sus cualidades para la música, tantas posibilidades bruscamente interrumpidas cuando apenas habían empezado a manifestarse.

—Mi pequeño Yura. —Su madre era la única que lo llamaba así, y solo en ocasiones especiales como aquella, pues Miguel Santacruz odiaba esa costumbre tan habitual de los rusos de tratar todo y a todos con diminutivos—. Tengo que salir. ¿Cuidarás de tus hermanos y de la abuela?

—¿Y si no vuelves? —preguntó el chico inquieto.

Ella se acercó hasta él, se agachó un poco para mirar de frente sus ojos grises, y le habló con toda la firmeza de la que fue capaz.

—Volveré, ¿me oyes? Te prometo que volveré.

Le besó en la frente y justo entonces se oyó un disparo a lo lejos. Instintivamente, los tres dirigieron la mirada hacia la ventana. Era algo habitual, y más al caer la noche, cuando la ciudad se convertía en un lugar agresivo y lleno de peligros para los que se arriesgaban a transitar por sus calles.

—No lo hagas —suplicó Olga Ivánovna—. Por el amor de Dios, hija, no salgas.

Verónika se aproximó a su madre mientras se envolvía en el grueso chal.

—Cuida de Sasha, madre. Voy a conseguir quinina y algo de comer para que nuestro pequeño no se nos muera de hambre.

—Temo por ti.

La voz ahogada de la madre enterneció a Verónika.

—No me pasará nada —dijo dedicándole una sonrisa.

Cogió los guantes y se puso el gorro de piel de zorro ajustándose las orejeras. La madre reaccionó en un último intento de que no saliera.

—Espera al menos a que regrese tu marido.

—No puedo esperar, no hay tiempo.

Verónika salió y cerró la puerta. Olga Ivánovna se quedó

paralizada durante unos segundos, conteniendo las lágrimas de impotencia. Volvió junto al lecho donde agonizaba Sasha. Estaba tan delgado y pálido que apenas abultaba bajo el edredón.

En ese momento Kolia salió de la habitación contigua, y detrás de él apareció Katia, que corrió a los brazos de la abuela buscando refugio en su blando regazo.

Kolia se dirigió hacia su hermano.

—¿Dónde está *mámochka?*

Yuri no le dijo nada, solo lo abrazó mientras miraba a su abuela, intentando encontrar en su rostro alguna explicación a tanta miseria.

III

Verónika bajó las escaleras con prisa, tapándose la boca para no inhalar la tufarada a basura y orines que flotaba en el aire. Cuando llegó al portal se estremeció al encontrarse de frente con dos de los vecinos que desde hacía meses ocupaban las habitaciones del apartamento del segundo piso. El más alto de ellos se había erigido como comisario del comité de vecinos; el otro era su ayudante, siempre a su lado, su fiel esbirro para los trabajos sucios. Ellos distribuían entre los residentes los cupones necesarios para obtener la ración de pan, leche o para utilizar el tranvía. Había que darles toda clase de explicaciones de lo que entraba y salía del edificio, de quién subía y quién se iba, ellos eran la ley y la justicia, decidían quién debía vigilar el portal de posibles asaltos nocturnos, quién debía limpiar de nieve la entrada o acumular y guardar la leña que luego solo les llegaba a sus propias familias o a los que ellos decidían. Los vecinos estaban al albur de sus órdenes, en general arbitrarias y abusivas, acatadas sin rechistar porque de ellos dependía la suerte de todos.

Verónika intentó esquivarlos, pero el comisario le cortó el paso.

—¿Adónde va la zarina a estas horas?

—Déjenme pasar, por favor. Tengo que ir a buscar algo de leche para mi hijo, el camarada médico me ha dicho que morirá si no come algo.

—Qué pena... —dijo con sorna mirando a su compañero.

A Verónika le dolía la falta de humanidad, no terminaba de acostumbrarse aun cuando aquella actitud fría y cruel era lo habitual desde hacía mucho tiempo.

—¿Y dónde están los cupones, ciudadana Olégovna?

Verónika palideció. Negó con la cabeza.

—Por favor... Se lo ruego, mi hijo se muere.

—Los cupones, o de aquí no sales —insistió el comisario con la mano extendida.

Desde la revolución, el tuteo se había impuesto en el trato, una forma más de humillar a los que lo habían poseído todo. No se respetaba ni la edad ni la condición; en general la autoridad había quedado en manos de mastuerzos como aquellos, identificados con una gorra azul y una estrella roja cosida en ella.

Ella siguió negando, bajó los ojos humillada.

—No tengo cupones. Pero podría conseguirlos mañana. Iré al comité médico, hablaré con el camarada jefe...

El comisario miró a su compañero con desdén y abombó el pecho.

—No me vale, ciudadana Olégovna; si no tienes cupones, no sales. Son las normas. Aquí no hay privilegios, para nadie, y mucho menos para los que habéis gozado de ellos durante siglos.

Verónika alzó la mirada entre la súplica y la desesperación.

Sabía que no había norma alguna que le impidiera salir a la calle, pero de nada le iba a servir protestar. Buscó la forma de llegar a algún acuerdo.

—Tal vez haya alguna manera de arreglarlo, camarada Varlam —sugirió con voz blanda, intentando ganarse el favor de aquel gañán.

—¿Qué me ofreces?

Tras unos segundos de indecisión, se llevó la mano al chal que le rodeaba el cuello con un visaje de interrogación. El hombre lo tocó, apretó los labios y torció el gesto negando, antes de echar mano a la solapa del abrigo.

—Creo que esto será suficiente, camarada, piensa que voy a saltarme las normas. Quiero el abrigo.

—Pero... me congelaré si salgo sin él —dijo, consciente de que en la calle la temperatura ya había caído por debajo de los cero grados y la nieve cubría de blanco las aceras.

El compañero soltó una risa maliciosa. Aquella mirada aviesa apabullaba a Verónika.

—Estoy convencido de que podrás con ello.

Verónika sabía que no había nada que hacer, así que se quitó el abrigo. Pensó en subir para coger el de su madre, pero rechazó la idea de inmediato, ya que la alarmaría aún más y no estaba segura de que, al bajar de nuevo, no volvieran a pedirle otro peaje. Tendió su único abrigo al comisario, que lo recibió satisfecho. Era una buena prenda, de lana, forrado de borrego y con piel en el cuello. Colocó instintivamente la mano sobre su pecho en el lugar en el que había ocultado los pendientes. Se ajustó el chal alrededor del cuerpo, e hizo un ademán de moverse, pero el comisario seguía impidiéndole el paso hacia la calle.

—¿Puedo marcharme?

El comisario se apartó a un lado con una mueca.

—De acuerdo, ciudadana Olégovna, puedes marcharte.

Cuando salió, los dos hombres la observaron alejarse,

pero tan pronto como dobló la esquina, el comisario le dijo al otro:

—No pierdas de vista a esa burguesita estúpida, camarada.

El secuaz salió del portal y cruzó la calle a la carrera. Sus botas de fieltro rompían la nieve produciendo un chasquido acompasado a sus pasos.

IV

Habían pasado más de cuatro horas desde que Verónika salió de casa, cuando Miguel Santacruz apareció en el cuarto de Sasha con expresión de euforia contenida.

—¿Cómo está? —preguntó a su suegra, que permanecía sentada junto a la cama, en una banqueta de madera, pendiente de la respiración de su nieto—. ¿Ha venido el doctor Smelov? ¿Qué ha dicho?

Hizo las preguntas una detrás de otra, mirando al niño y tocándole la frente con suavidad.

—Sigue con fiebre —le contestó ella. Quiso controlarse, pero no pudo. Sus labios temblaron y su voz se quebró—: Se nos muere, Miguel, nuestro pequeño Sasha se nos muere... Mi pequeño Sasha, qué pena... —Lloraba balanceando el cuerpo, los brazos pegados al vientre, encogida por el horror de ver consumirse a su nieto.

Miguel se acercó a ella y se puso en cuclillas para consolarla, buscando sus ojos.

—No, Olga Ivánovna, no diga eso... y por favor, no llore. —Le brillaban los ojos, y los labios se abrieron con una sonrisa. Se llevó la mano al bolsillo y sacó unos papeles doblados, se los mostró como si de un tesoro se tratase—. Tengo los salvoconductos, lo he conseguido. Ahora solo queda hacernos con los billetes de tren y podremos irnos por fin.

—Pero... ¿para todos? —preguntó llena de incredulidad—. ¿También podrá irse mi Vérochka?

Miguel Santacruz afirmó manteniendo los papeles en alto, triunfante:

—Todos, Olga Ivánovna, nos vamos todos. Los niños, Verónika, Sveta... Y por supuesto usted se viene con nosotros. No voy a permitir que se quede aquí.

El rostro de la abuela se ensombreció y en sus labios se formó una afligida sonrisa.

—No abandonaré este país sin mi marido, ya lo sabes.

—Olga Ivánovna, no puede quedarse aquí sola, no sobrevivirá.

—No te preocupes por mí. Una vez que estéis todos a salvo, regresaré a casa. Oleg Borísovich lleva solo demasiado tiempo.

Más de mil setecientos kilómetros separaban Petrogrado de Rostov del Don, cerca del mar de Azov, y Miguel se preguntó cómo pensaba viajar hasta allí la madre de su esposa. No lo dijo en voz alta, en su lugar prometió:

—De Oleg Borísovich me ocuparé desde España.

—Mi marido jamás abandonará Rusia —lo interrumpió—. Lo tendrían que matar para sacarlo de aquí.

—Verónika no dejará que se quede.

—Mi hija hará lo que yo diga —sentenció.

Miguel reparó entonces en la ausencia de Verónika.

—¿Dónde está?

—Ha salido hace un rato.

—¿Adónde? —preguntó alarmado—. Es muy tarde y está nevando mucho.

—A buscar comida. Tu amigo el doctor le ha dado la dirección de un lugar.

—Dios santo... ¿Por qué la ha dejado salir?

La mujer le respondió con rotundidad.

—No hay fuerza en el mundo que sujete a una madre cuando la vida de un hijo depende de hacer o no hacer.

—Tengo que ir a buscarla —dijo Miguel yendo hacia la puerta: presentía el peligro—. ¿Adónde ha ido?

—No me lo dijo, pero se ha llevado los pendientes.

Miguel la miró con desaliento. Sabía lo que aquello significaba.

—¿Cuánto hace que se fue?

—Han pasado ya horas. —Corrió tras él—. Es mejor que te quedes, Miguel, no sabes dónde buscarla.

—Iré a ver a Petia. Él me dirá adónde la ha enviado. —Negó desconcertado y murmuró pensativo—: Cómo se le ocurre... —Se volvió hacia su suegra y le entregó los salvoconductos—. Póngalos a buen recaudo, y empiece a prepararlo todo. Hay que decidir qué llevar y qué dejar.

Olga Ivánovna buscó en los ojos de su yerno la seguridad que a ella le faltaba.

—Miguel, trae de vuelta a mi hija... Te lo suplico, trae a mi Vérochka a casa.

—Confíe en mí, Olga Ivánovna, no volveré sin ella.

V

Miguel salió del edificio bajo una densa nevada, que tendía sobre las calles una alfombra blanca. Los gruesos copos giraban alrededor de su rostro como pequeños danzarines, mofándose de él. La oscuridad de la noche volvía a ceñirlo todo; sin apenas iluminación, había que caminar con cuidado para no resbalar y tratar de no cruzarse con algún desaprensivo. Se subió el cuello de piel de su abrigo, se caló el gorro hasta las cejas y hundió las manos en los bolsillos. Los últimos guantes que le quedaban los había cambiado por varios troncos de madera que echar a la estufa de hierro colado de la habitación en la que agonizaba su hijo. Se dirigió a casa de Petia Smelov.

Desde que llegó a San Petersburgo hacía ya casi tres lustros, Petia Smelov se había convertido en su mejor amigo. Tenían la misma edad, se casaron el mismo año, aunque Petia no había podido cumplir su deseo de convertirse en padre. Fue Petia quien lo ayudó a aprender el ruso con corrección, hasta alcanzar una fluidez envidiable y un acento perfecto. Sabía del peligro de acercarse allí donde se comerciaba de contrabando, él mismo se lo había advertido muchas veces, por eso no alcanzaba a entender cómo se le había ocurrido exponer a Verónika. No le entraba en la cabeza. Estaba furioso por ello.

La casa en la que el matrimonio Smelov había residido antes de la revolución, cerca del edificio de los Santacruz, había sido asaltada, destrozada y arrasados todos sus bienes, como la gran mayoría de las viviendas de Petrogrado. Sin embargo, la pérdida de su casa tan solo supuso para los Smelov un cambio de residencia: después de aquello se habían hospedado durante más de dos años en el Grand Hotel Europe de Nevski Prospekt —que unos años atrás había adoptado el nombre de avenida 25 de Octubre—, con unas comodidades envidiables e inalcanzables para el resto de los mortales. Hacía tan solo unos meses, valiéndose de su condición de médico del gobierno del Partido Comunista, el comité de vivienda le había adjudicado una casa para él y su esposa, amplia y totalmente amueblada, con personal de servicio y protección en la puerta.

Miguel tuvo que identificarse al guardia en la entrada. Una vez flanqueado el primer obstáculo, subió las escaleras y llamó con insistencia, dando golpes a la puerta. Le abrió una mujer, una criada con el gesto malhumorado debido al escándalo. Antes de que pudieran cruzar una palabra, apareció Petia.

—¿Dónde está Verónika? ¿Adónde la enviaste?

Petia despachó a la mujer, que se alejó farfullando.

—Le advertí que era muy arriesgado.

—¿Cómo se te ocurre? —reclamó Miguel con vehemencia, casi fuera de sí—. Dime adónde ha ido.

Petia bajó la cabeza y negó.

—Lo siento mucho, Miguel. —Lo miraba con los ojos arrobados de una extraña inquietud—. Ahora mismo me disponía a ir a verte.

—¿Le ha pasado algo a Vérochka?

—La han detenido. —La voz cavernosa de Petia le provocó un escalofrío—. Alguien dio la voz de alarma y acudió una patrulla de chequistas, me lo acaba de decir mi ayudante. Estaba allí cuando se inició la redada...

Miguel Santacruz se quedó mirándolo entre el pasmo y el abatimiento.

—¿Adónde la han llevado?

—No estoy seguro. Creo que al Instituto Smolny.

Miguel se dio la vuelta y empezó a bajar las escaleras.

—¡Aguarda! —gritó Petia, mientras cogía su abrigo y su *ushanka*—, voy contigo.

VI

Miguel se negó a esperar al chófer, a quien el doctor pretendía avisar, y emprendió la marcha. Petia le siguió los pasos por las calles solitarias, resbaladizas como vidrios, rompiendo la nieve helada con sus botas. Atravesaron barrios lóbregos con el desasosiego de ser asaltados en cualquier momento, no tanto por su seguridad como por el temor de no llegar a tiempo de salvar a Verónika. Al fin alcanzaron el portón de hierro que daba acceso al enorme espacio ajardinado del Instituto Smolny.

Hasta el estallido de la revolución, el Smolny había albergado un pensionado de señoritas nobles patrocinado por la zarina (al que la propia Verónika había asistido durante una temporada antes de contraer matrimonio), pero en 1917 Lenin lo había encumbrado como cuartel general bolchevique, y ahora era la sede del aparato local del Partido Comunista. En sus sótanos se habían habilitado celdas para los detenidos, que ya se contaban por miles en toda la ciudad y que tenían colapsadas todas las prisiones y cárceles de la zona. Los posibles disidentes, los impostores, sobre todo las peligrosas «gentes de antaño»: aristócratas, profesionales burgueses, comerciantes, propietarios en general, considerados potenciales enemigos de la revolución. Lo que desconocían entonces era que a muchos los enviaban a lo que llamaron «campos especiales» a las afueras de la ciudad o a miles de kilómetros de distancia. Atrás quedaban sus familias, ignorantes de su suerte.

En la entrada del Smolny estaban aparcados los coches del mando local del partido. Era buena señal, se podrían dirigir a alguien con poder de decisión. Unos guardias armados se calentaban alrededor de una hoguera que habían prendido al pie de la escalinata. Una vez comprobada la documentación les permitieron entrar.

—Espera —le instó Petia a Miguel, que ya se precipitaba hacia el interior—. Tenemos que rellenar una instancia. Son las normas.

Miguel, ceñudo, aguardó a que su amigo rellenase la solicitud para ver al comisario jefe de la Cheká, la policía secreta creada a finales de 1917. Tenían la imperiosa necesidad de asegurarse de que Verónika se encontraba allí. Una chica les entregó dos papeles timbrados con el número de piso y la estancia adonde debían dirigirse.

Petia preguntó el nombre del comisario jefe, y la respuesta lo dejó atónito.

—Lo conozco —dijo extrañado—. Pero si apenas tiene veinte años...

La joven se encogió de hombros, dando a entender que no le interesaba en absoluto la edad que tuviera el comisario jefe. Dio media vuelta y se alejó.

Los dos amigos subieron por las amplias escaleras de mármol que, a pesar de la suciedad y el descuido, aún mantenían cierta reminiscencia de su antiguo esplendor.

—Déjame hablar a mí, conozco al tipo —dijo Petia—. Tengo buena relación con su padre. A ese pipiolo le he curado muchas veces las anginas, y a su madre le salvé la vida hace un par de años. Su familia me debe muchos favores.

Miguel lo miraba sin poder evitar una encendida indignación. De no ser por Petia, Verónika no estaría ahora en peligro.

—Está bien... Arréglalo como quieras, pero saca a Verónika de este embrollo, Petia, tienes que hacerlo.

—Confía en mí, Miguel, por favor.

A Miguel no le quedaba otra que hacerlo, confiar en aquel hombre al que profesaba un sincero afecto.

Entraron en una sala grande de techos altos, con dos ventanales desnudos de cortinajes, arrancados y desaparecidos hacía tiempo. Se acercaron a una imponente mesa de madera tras la que se sentaba un muchacho ceñido de autoridad bajo su gorra azul y su estrella roja. Había cierta descompensación entre la calidad de la mesa y la figura que la presidía. Algo más apartada, en otro escritorio mucho más pequeño, una mujer gruesa de unos cincuenta años tecleaba con brío sobre una máquina de escribir.

—¿En qué puedo ayudaros, camaradas? —preguntó el chico sin levantar la mirada de las cuartillas que tenía delante.

—Anatoli Serguéievich Golovnia.

El chico alzó la vista, algo desbaratado en su postura de dominio.

—Camarada Petia Smelov, no esperaba verte por aquí.

—Ya veo que has ascendido. Dime, ¿cómo está tu madre?

—Bien, bien. —Se le veía incómodo, tratando de guardar la compostura, mantener la autoridad que le confería su puesto—. Completamente recuperada de sus males.

—Me alegro.

—¿Qué te trae por aquí, camarada Smelov?

—Vengo buscando a la esposa de mi amigo. Su nombre es Verónika Olégovna Santacruz.

El comisario jefe arqueó las cejas, negras y pobladas, y se volvió hacia la mecanógrafa.

—Camarada Galina, comprueba el nombre.

La mujer se acercó con una carpeta, la abrió y ojeó un extenso listado.

—Verónika Olégovna Santacruz. —Le costó pronunciar el apellido de Miguel—. Aquí está. Acaba de entrar hace apenas una hora. Acusada de comprar productos monopolizados por la república, penado con pena de prisión no inferior a diez años de acuerdo al decreto del Consejo de Comisarios del Pueblo.

—La ciudadana Verónika Olégovna está detenida —afirmó el chequista.

—Estoy aquí para abogar por ella, en su defensa puedo decir que no es culpable de los delitos que se le imputan.

—Camarada Smelov, ¿estás poniendo en duda la efectividad de los agentes de la Cheká que la han detenido?

—Estoy convencido de la profesionalidad de los agentes, pero Verónika Olégovna debe quedar libre. Respondo por ella.

—La ciudadana Olégovna será juzgada por un tribunal popular por atentar contra las normas de la revolución.

Petia se aproximó al muchacho, poniendo las manos sobre la mesa y echando el cuerpo hacia delante.

—Anatoli Serguéievich, por la amistad que siempre me ha unido a tu familia, te suplico que dejes en libertad a Verónika Olégovna.

El joven negó sin dejar de mirarlo, regodeado en su poder.

—Lo siento mucho, camarada Smelov, pero lo que me pides es imposible. Tú mejor que nadie comprenderás que no puedo saltarme las reglas ni hacer excepciones. No sería justo.

Petia se mantuvo quieto unos segundos valorando aquellas palabras. Acto seguido echó un rápido vistazo a la mecanógrafa, que ya había vuelto a su mesa y aporreaba la máquina, y tras comprobar que ella no miraba, se quitó con un gesto rápido el grueso anillo de oro que adornaba el anular de su mano derecha, plantó la palma con el anillo debajo y la arrastró por la superficie de piel de la mesa hasta quedar junto a la mano izquierda del comisario, que no se había inmutado, fijos los ojos en Petia.

—Tal vez se puedan acelerar los trámites, teniendo en cuenta que estoy poniendo en juego mi palabra por esa mujer. Tengo el convencimiento, camarada Anatoli Serguéievich, de que algo se podrá hacer.

Solo en ese momento el chico bajó los ojos, miró un instante el anillo, lo cogió y se lo metió en el bolsillo.

—Camarada Smelov, me voy a fiar de tu palabra. Haré todo lo que esté en mi mano para que la ciudadana Verónika Olégovna quede en libertad lo antes posible. Puedes estar tranquilo.

—Lo estoy. ¿Cuándo crees que podremos llevarnos a casa a la esposa de mi amigo?

—Todo requiere su trámite, camarada. Te haré llegar cualquier novedad.

Petia se dio la vuelta dispuesto a marcharse, pero Miguel no se movió.

—Yo me quedo aquí hasta que liberen a mi esposa —se limitó a decir.

—No puede quedarse —le dijo el comisario a Petia, ignorando la presencia de Miguel.

—¿Quién me lo impide? —protestó el español.

—Yo —contestó el chico con altivez antes de dirigirse de nuevo a Petia—: Marchaos de aquí o no daré curso al proceso de puesta en libertad de la detenida.

El médico cogió del brazo a Miguel para salir, pero él se soltó.

—No me iré sin mi esposa —repitió.

Petia bregó con él unos segundos, intentando hacerlo entrar en razón, hasta que, por fin, Miguel cedió al empuje de su amigo.

—Vete a casa, Miguel. Déjame hacer a mí. Conozco a alguien que acelerará todos los trámites.

—Todo esto es culpa tuya —le reprochó con rabia.

—Lo sé, por eso me la voy a jugar. Sacaré a Verónika de aquí, pero déjame hacerlo a mi manera. Por favor... Espera en casa. Hazme caso.

VII

Cuando la espera está sostenida en la más angustiosa incertidumbre, el tiempo parece estancarse, los segundos se hacen horas, las horas pasan lentas añadiendo más desasosiego a la dilación del retorno. Es tan fuerte la opresión que a veces se retiene el aliento de forma inconsciente, alerta a cualquier ruido, cualquier indicio que anuncie el anhelado advenimiento.

Todos permanecían en el dormitorio donde estaba la cama de Sasha. La abuela sentada en la única silla junto al nieto enfermo, Katia pegada al regazo de Sveta, quien la abrazaba cual gallina clueca a su polluelo, acurrucadas las dos a un lado de la estufa. Sentados en otro rincón, Kolia amparado por su querido hermano Yuri.

Mientras, Miguel Santacruz daba vueltas y más vueltas en la alcoba, un ir y venir constante, las manos a la espalda, la cabeza gacha, fruncido el ceño, crispado el gesto.

—Siéntate un rato, Miguel, por el amor de Dios, vas a acabar exhausto —lo instó su suegra con aflicción—. No arreglas nada con tanto paseo.

—No puedo, Olga Ivánovna, me hierve la sangre solo de pensar que puedan hacerle daño.

—A mí me ocurre lo mismo, es mi hija. Pero debes mantener la calma, sobre todo por tus hijos. Los estás asustando con esa actitud.

Miguel se detuvo y se dio cuenta de que Yuri y Kolia lo observaban expectantes desde su rincón. En sus rostros se reflejaba el espanto por la ausencia de la madre. No fue capaz de decirles nada y volvió a sus paseos. Solo se detuvo al oír el llanto de Kolia, un llanto desconsolado como si el mutismo de su padre hubiera abierto la compuerta de un sentimiento soterrado por una ingenua prudencia.

—Deja de llorar. —Volcó contra él la exasperación acumulada en largas horas de espera.

Yuri, conmovido por el desamparo de su hermano, le rodeó el hombro con un brazo para consolar su llanto, luego miró a su padre y, durante unos instantes, ambos permanecieron fijos el uno en el otro, escrutando los miedos del otro con el fin de analizar los suyos propios. Yuri también tenía ganas de llorar, pero se aguantó, apretó los labios y consiguió tragar la amarga desazón que le punzaba el pecho.

Por fin Miguel Santacruz apoyó la espalda en la pared y se dejó caer, derrotado por un repentino agotamiento, echó la cabeza hacia atrás y, por primera vez desde hacía muchas horas, cerró los ojos.

Había amanecido. El cielo estaba plomizo y un viento gélido enturbiaba el aire. Desde hacía rato la habitación había quedado sumida en una aplastante calma. La abuela dormitaba en su silla junto al pequeño Sasha, que también dormía un sueño inquieto. Kolia se había dormido en el regazo de su hermano, que a su vez lo hacía con la cabeza apoyada en la pared. Asimismo Miguel Santacruz se había dejado abrazar por una duermevela; la rompió el rugido de un motor en la calle: se acercaba un coche. Miguel abrió los ojos y se mantuvo alerta unos segundos, todos los sentidos puestos en aquel sonido, hasta que lo oyó detenerse justo en el portal. Como si tuviera un resorte en las piernas, se levantó, se precipitó a la ventana y al asomarse vio que Petia descendía de un Packard oscuro sorprendentemente limpio. Corrió hacia el pasillo, salió al rellano y bajó a toda velocidad los dos tramos de las escaleras. En el portal se encontró de frente con Petia, que, en ese momento, entraba en el edificio llevando a Verónika sujeta por la cintura con claras dificultades para caminar. Miguel sintió que el corazón le iba a estallar con una mezcla explosiva de alegría por el regreso y de temor ante la evidente debilidad.

Durante esos segundos de incertidumbre rebotaron en su cabeza toda clase de torturas sufridas por la mujer a la que tanto amaba, y el dolor fue tan intenso que tuvo que parar y respirar, tomar aire con el fin de no desfallecer allí mismo.

Cruzó los ojos con los de Petia un segundo antes de alzar delicadamente a Verónika en sus brazos. Ella se dejó hacer y, agarrada a su cuello, hundió el rostro en la calidez de su pecho. Miguel percibió en su frágil cuerpo un desagradable olor frío a cerrado y humedad. No dirigió la palabra a Petia, le dio la espalda y empezó a subir la escalera. Petia se quedó mirándolo mientras ascendía, valorando si darse la vuelta o ir tras él, como al final hizo.

En la puerta de la habitación permanecía a la espera Yuri, que sujetaba por el hombro a su hermano Kolia, como si lo protegiera de todo peligro. Junto a ellos, Sveta, Katia y su abuela, que cuando los vio avanzar por el pasillo se llevó la mano a la boca sin saber si gritar de alegría o llorar de impotencia. Miguel tendió a su esposa con mucho cuidado sobre la misma cama en la que su hijo daba la batalla contra la fiebre. Solo entonces pudo ver el rostro de Verónika, magullado por golpes que no le habían provocado sangre; estaba sucia, desgreñada, parecía una muñeca dislocada, como si en vez de unas horas hubiera permanecido encerrada semanas.

—Verónika, amor mío, ya pasó todo. —Hablaba con el corazón encogido.

Ella abrió los ojos y sonrió. Le acarició la mejilla y habló con voz queda.

—Miguel... Lo siento... Los pendientes... Me los quitaron y...

Él la hizo callar, posando sus dedos sobre los labios secos.

Entre Sveta y Olga Ivánovna la lavaron y adecentaron como pudieron. Le prepararon un té en el pequeño samovar de plata que habían podido salvar de los saqueos. Tenía tantas ansias por beber que estuvo a punto de quemarse los labios con el agua hirviendo.

Mientras, Petia aguardaba en actitud prudente junto a la puerta. Los niños contemplaban la escena sin decir nada, cambiados los papeles, como sufridas madres, espectadores mudos de algo que, a pesar de su inocencia, percibían trascendental.

Cuando por fin se quedó dormida, Miguel se dirigió a su amigo en voz baja.

—Dime qué le han hecho, Petia.

—No pienses en eso ahora. Está aquí. Eso es lo que importa.

—Tengo los salvoconductos —agregó Miguel apesadumbrado—, pero no tengo con qué pagar los billetes.

Petia se quedó pensativo. Cogió la cadena de oro que llevaba al cuello, se la sacó por la cabeza y se la tendió.

44

—No puedo aceptarlo —la rechazó Miguel—. Fue un regalo de tu padre.

—Eres mi amigo, ¿es que no harías lo mismo por mí?

Miguel vaciló unos segundos; cogió la cadena y le sonrió agradecido.

—Tienes razón... Gracias. Nos iremos de este maldito país en el primer tren al que podamos subirnos.

Petia le dio la espalda, pero no se movió. Volvió otra vez a mirarlo indeciso.

—Miguel, fue un error darle esa dirección a Verónika y te pido disculpas por ello... Tendría que haber ido yo mismo.

Los dos hombres se mantuvieron la mirada durante unos largos segundos. Finalmente Petia desvió los ojos, se dio la vuelta y se alejó por el pasillo con grandes zancadas, aleteando los bajos de su abrigo como alas desplegadas al viento, un abrigo nuevo impecable de calidad extraordinaria, como lo eran sus botas de cuero o la *ushanka* de zorro que le cubría la cabeza y las orejas. Durante mucho tiempo Miguel había intentado obviar una realidad que se hacía evidente. Petia era su amigo y no quería aceptar que solo los altos cargos, los que tenían importantes influencias dentro del partido, podían mantener el nivel de vida que tenía: casas, muebles, comida en abundancia y protección en la puerta. Había decidido no preguntar, no analizar, no afrontar la realidad de que Petia formaba parte de toda aquella terrible maquinaria generada por la revolución que había comenzado tres años antes, un engranaje destructor de aquella sociedad en disolución de la que él y su familia eran víctimas. Sin embargo, era mucho más poderosa la amistad que los unía y no podía evitar sentir un gran afecto hacia él. Al fin y al cabo, Petia había dado siempre la cara por ellos, y en los momentos más duros les había proporcionado alimentos sin los cuales habrían muerto de hambre.

VIII

Los días siguientes al regreso de Verónika los vivieron con zozobra, por si iban a buscarla. Ocurría con frecuencia que, cuando se dejaba en libertad a un detenido, al cabo de poco tiempo volvían a llevárselo sin que esta vez se supiera más de su paradero.

Pasó una semana hasta que Miguel consiguió los billetes de tren. Aquella mañana Petia se presentó en el apartamento. Le abrió Kolia y al entrar vio a Verónika afanada en hacer un hatillo con un mantel.

—¡Petia! —Verónika dejó lo que estaba haciendo y se acercó hasta él, sus ojos brillaban sonrientes—. ¡Qué alegría verte! ¿Te lo ha dicho Miguel? Por fin nos vamos. Ha conseguido los billetes.

Petia pensó que hacía tiempo que no la veía tan alegre, a pesar de que aún tenía marcadas las magulladuras en la cara.

—No... —balbuceó tratando de mostrar alegría—. No lo sabía. ¿Cuándo sale el tren?

—Esta tarde. Nos han advertido que nos lo tomemos con mucha paciencia, porque es muy probable que haya retrasos, pero no importa. El caso es que por fin podremos marcharnos de aquí. Iremos en dirección a Minsk, y después a Berlín. Desde allí llegaremos a Madrid. —Hablaba con el rostro embelesado de felicidad—. Miguel me ha hablado tantas veces de su ciudad, su sol, el azul del cielo tan distinto a este. Me ha descrito con tanto detalle la casa de su padre en la que viviremos, un hogar en el que volveremos a ser felices, donde podremos ver crecer a nuestros hijos... —Le cogió de las manos y buscó sus ojos para contagiarle su optimismo—. Estoy tan contenta, Petia.

—Me alegro por vosotros, pero no negaré que os voy a echar mucho de menos.

—Me gustaría tanto que tú y Nadia nos acompañaseis...

—Sabes que eso es imposible. ¿Cómo está Sasha? —preguntó el médico.

El rostro de Verónika se ensombreció.

—Sigue con fiebre y muy débil. Está tomando algo más de leche, porque Yuri y Kolia le han cedido su ración. Dicen que ellos no la necesitan —añadió con ternura.

Petia sacó de su maletín dos botellas de leche, luego introdujo las manos en cada uno de los bolsillos y extrajo media hogaza de pan, algo de queso y una pastilla de jabón. Era como un prestidigitador rescatando de lo más profundo de su abrigo todo lo imaginable. Verónika recibió todo aquello con gratitud. Mientras ella comprobaba la mercancía, Petia se acercó al pequeño, que seguía en la cama.

—¿Dónde está Miguel? —preguntó cuando terminó de examinarlo.

—Ha ido a entregar los cupones de alimentos para recoger los billetes.

—¿Sabes lo que eso significa? —alegó sin ocultar su preocupación—. Si por algún motivo no pudierais tomar ese tren, os quedaríais sin nada, no habría marcha atrás —abrió las manos alarmado—, os moriríais de hambre. Ni siquiera podríais regresar a esta habitación: antes de que llegaseis a la escalera la habrían ocupado otros.

Ella alzó la barbilla y le habló convencida de la decisión tomada.

—Cogeremos ese tren, Petia. No pienso volver a este antro en el que se ha convertido lo que un día fue mi hogar.

Smelov tragó saliva, se le notaba incómodo.

—El niño no está en condiciones de viajar, es muy peligroso.

—Si seguimos aquí, moriremos todos. En ese tren mi hijo tendrá una oportunidad.

El médico asintió y, como si hubiera ahuyentado todas las dudas, desplegó una amplia sonrisa.

—Tienes razón, Verónika. Es vuestra oportunidad. Si me lo permites, yo mismo os llevaré a la estación.

Ella asintió agradecida. Quedaron a la hora en que debía recogerlos, y Petia Smelov se marchó.

Cuando llegó el momento, cada uno cogió un bulto en función de su edad y su fuerza. Miguel llevaba a su hijo Sasha atado al torso con un hato que le había hecho su suegra con tanta habilidad que parecía formar parte de su propio cuerpo, y eso le permitió colgarse dos pesados petates, uno en cada hombro. Olga Ivánovna, por su parte, se hizo su propio hato con apenas una muda, un libro de poesía, algo de comida y un pequeño icono de una Virgen que siempre llevaba consigo, regalo de su madre cuando era una niña y al que rezaba con devoción. Ella tomaría otro tren que la llevaría junto a su marido a Rostov del Don.

Antes de que la familia abandonase sus alcobas, Verónika llamó a Valka, el chófer; le dio el samovar, el infiernillo, una manta y un colchón, y le agradeció todo lo que había hecho por ellos. El hombre lloraba como un niño, incapaz de articular palabra. Se marchó y se encerró en su cuarto. No hubo más despedidas. Todos los demás ocupantes del edificio salieron a la escalera para ver la marcha de los Santacruz. Nadie dijo nada. Solo los miraban con el injustificado recelo que siempre habían manifestado hacia ellos. Antes de que hubieran salido al rellano, una de las parejas más conflictivas y provocadoras, que habitaba lo que en los buenos tiempos había sido el cuarto de juegos, se metió con un regocijo incontenible en la habitación que los Santacruz acababan de abandonar. Verónika se dio la vuelta y a punto estuvo de llorar.

—No mires atrás, Verónika, por favor. —Miguel intentó consolarla—. Este dejó de ser nuestro hogar hace mucho.

—Nuestro hogar estará siempre donde estemos nosotros —murmuró ella dando la espalda a la visión que tanto le dolía, y cerrando los oídos a las risas jocosas.

—Voy a dejar las llaves —le dijo su marido.

Subió las escaleras hasta el segundo. No tuvo que llamar a la puerta del piso porque estaba abierta de par en par. Se adentró en la casa y en el salón encontró a Varlam, el comisario del edificio, sentado en lo que debía de haber sido una hermosa butaca, ahora desvencijada por la falta de cuidado en su uso diario. Junto a él se hallaba su fiel esbirro. Varlam fumaba un cigarro y la ceniza caída se acumulaba sobre la madera, picoteada de motas negras consecuencia de quemaduras pasadas. Miguel se acercó con un paso lento, intentando equilibrar todo el peso que llevaba sobre su cuerpo, incluido al pequeño Sasha. Parecía un gigante, doblado su volumen por los bultos que portaba. Le tendió el juego de llaves de la habitación que había sido el hogar de su familia desde hacía más de dos largos y penosos años. El comisario lo miró con desprecio.

—Es bueno que la revolución se deshaga de gentuza como tú y tu familia, que solo habéis sabido vivir del trabajo ajeno —masculló con voz gutural, ronca de alcohol y tabaco. Escupió hacia él con descaro—. Largaos de una vez. Aquí no hay sitio para vosotros.

Él no contestó. Nunca entraba en las constantes bravatas de aquel patán que se había erigido en el jefe de las vidas de todos los que habitaban el edificio. Salió a la calle. Verónika terminaba de colocar los bultos en el coche de Petia.

—Ya no hay marcha atrás —dijo Miguel—. Aquí ya no nos queda más que la muerte.

Verónika no pudo evitar sentir vértigo y una profunda pena por tener que separarse de su querida madre y no poder despedirse de su padre. Sin embargo, y a pesar de los miedos a lo desconocido que la acuciaban, le sonrió y emprendieron la marcha.

IX

La estación Finlandia era un auténtico caos. Una multitud de bultos y cuerpos tirados en el suelo se extendía por todos sitios, impidiendo el tránsito en muchas zonas. Poco a poco se abrieron paso hasta conseguir acomodarse en un extremo de la gran sala central, junto a los andenes. Transcurrían las horas y su tren no llegaba. La incertidumbre iba en aumento. Verónika estaba nerviosa. Sasha había pasado a sus brazos y notaba la debilidad febril del pequeño, apenas un muñeco flaco entre las mantas.

Tal y como les habían advertido, el convoy que debía salir a primera hora de la tarde se retrasó sin que nadie les rindiera cuentas. Tras varias horas de larga espera se anunció el tren de Olga Ivánovna y, a continuación, se oyó el sonido estridente de un pitido y una voz atronadora avisó de la llegada del tren que debían tomar los Santacruz. De inmediato, como si hubieran despertado a una bestia durmiente, una masa ingente de personas con sus bultos y maletas se puso en pie y empezó a moverse. Una especie de histeria colectiva parecía adueñarse de la estación. Petia, que había permanecido con ellos todo el tiempo, se ofreció a acompañar a la anciana hasta su andén. Verónika creyó morirse cuando llegó el momento de despedirse de su madre; Petia y Miguel tuvieron que esforzarse para separarlas del abrazo en el que madre e hija se habían fundido. Kolia rompió a llorar al ver alejarse a su querida abuela engullida por aquel gentío, zarandeada como una frágil marioneta protegida tan solo por los fuertes brazos de Petia. Miguel tuvo que obligar a Verónika a entrar en razón, había demasiada gente y corrían el peligro de perder a los niños.

Empujados por un tumulto enloquecido a consecuencia de la larga y agotadora espera y el temor a perder la oportunidad de salir de aquella ratonera, los Santacruz iniciaron el avance hacia el puesto de control. Se pusieron a la cola para acceder a los vagones, jaulas de ganado a las que iban subiendo aquellos que pasaban la inspección. Cuando les llegó el turno a los Santacruz, todos contuvieron el aliento mientras el guardia, vestido con cazadora de cuero, gorra negra y la estrella cosida, miraba con concentrada avidez cada uno de los salvoconductos presentados. Uno por uno fue poniendo un sello: primero el de Miguel, después el de Yuri, Kolia y Katia; el de Sveta y el del pequeño Sasha también fueron sellados.

Miguel se dio cuenta de que el comisario había dejado a un lado el visado de Verónika. Con todos sellados, el comisario comprobó una lista que tenía a mano.

—La camarada Verónika Olégovna Filátova no tiene permiso para subir al tren.

Miguel y Verónika se miraron un instante, turbados, espantados, presas de un terror momentáneo.

—Pero tienes ahí el salvoconducto —arguyó Miguel—. Está en orden y aún vigente. Compruébalo, camarada, te lo suplico.

—Esto ya no sirve —negó con desdén mirando el papel—. La camarada Olégovna se encuentra en libertad provisional. No puede salir hasta que se la juzgue por los delitos de los que está acusada.

La situación era muy tensa. Los de atrás empujaban impacientes. Yuri y Kolia permanecían pegados a su madre, sin separarse ni un centímetro por miedo a ser arrastrados por la masa; Katia se mantenía agarrada a la vieja Sveta, engullida por la multitud que la zarandeaba como si estuviera inmersa en las aguas de un mar embravecido.

Miguel estiró el cuello y oteó por encima de las decenas de cabezas que lo separaban de su amigo médico. Era imposible verlo, y mucho menos avisarlo.

—Espera aquí —le dijo a Verónika—, iré a buscar a Petia.

El guardia lo oyó y le tendió los papeles; su gesto era ceñudo, la barba cerrada le oscurecía el rostro dándole un aspecto siniestro.

—Si no pasas ahora al tren, perderás el turno para hacerlo. Hay mucha gente y poco espacio.

—Pero tengo que hablar con alguien para que arregle el pase de mi esposa.

—Ya te he dicho que la camarada Olégovna se queda.

—No puedes hacer eso.

Ante el jaleo que se estaba organizando por la paralización del tránsito, se acercó uno de los comisarios que iban de un lado a otro controlándolo todo.

—¿Qué ocurre aquí? Están obstaculizando el paso.

—Camarada comisario —dijo Miguel con la vana esperanza de convencerlo—, el salvoconducto de mi esposa está en regla, pero no la quiere dejar pasar.

—Está en la lista —objetó el guardia, señalando al jefe el nombre en el papel—. Todos los demás están en regla.

El comisario —muy alto, con una zamarra negra con cuello de piel, gorra negra, el brazalete identificativo y armado con una pistola— revisó la lista y comprobó los pases.

—Ella no puede salir del país, el resto debe pasar al tren.

No les hablaba a ellos directamente, los ignoraba. Le daba las órdenes al guardia que sellaba los pases. La gente de atrás protestaba cada vez más airada.

—No puedo irme sin ella.

—Salid de la fila todos —ordenó el hombre.

—¡No! —gritó Verónika horrorizada, consiguiendo unos segundos más. Se dirigió a su marido con desasosiego—: Iré yo a buscar a Petia. Sube tú al tren con los niños. —Mientras hablaba, lo obligó a coger en brazos a Sasha.

—De ninguna manera, no te dejaré sola.

—Miguel, por favor, escúchame. Tienes que subir a ese

tren. —Lo impelió hacia el andén junto a los niños, tuvo que hacer un esfuerzo para separar a Yuri de su cintura.

—¡No quiero que te vayas! —gritó el niño con los ojos llenos de miedo.

—Volveré enseguida, Yura. Voy a buscar a Petia. Él lo arreglará todo. Ve con papá, por favor, hijo. Hazme caso, ve con papá.

Empujó a Yuri hacia su padre. Kolia permanecía a su lado aturdido.

Miguel se negaba, protestaba a gritos a pesar de que los guardias también lo forzaban a dejar el paso libre, separándolo cada vez más de ella.

—¡Por favor, sube al tren con los niños! —lo apremió Verónika sacudida por los empujones que recibía de los que los rodeaban—. Volveré en cuanto encuentre a Petia, pero tienes que subir, no podemos perder esta oportunidad, Miguel, por favor. Saca a los niños de aquí... Por favor...

Ambos se miraron durante unos segundos como si a su alrededor el resto del mundo se hubiera detenido. Los ojos de ella le suplicaban. Hasta que le dio la espalda y se adentró entre el gentío, como si nadase a contracorriente. Él iba a reaccionar, pero ya no lo dejaron pasar hacia el puesto de control. Tuvieron que moverse hacia el andén, buscando el número de su vagón. Miguel tenía la intención de acomodarlos a todos y salir a buscarla, puesto que el tren tardaría aún un buen rato en partir. En eso pensaba cuando oyó el grito desesperado de Sveta.

—¡Kolia! ¡Kolia! —chillaba mirando a un lado y otro, escrutando con angustia a su alrededor, sin soltar a Yuri y a Katia, que también buscaban con ansia—. ¿Dónde estás? ¡Kolia! ¡El niño, no veo al niño!

Miguel, desesperado, con Sasha en brazos, se unió a la búsqueda, pero era imposible ver nada entre tanta gente.

—Sveta, subamos al tren, ahora lo busco. Vamos, deprisa.

Llegaron al vagón y subieron. Sveta cogió a Sasha en brazos y el crío se puso a llorar desconsolado, alterado por el jaleo y percibiendo el miedo.

Miguel cogió a Yuri por los hombros y se inclinó hacia él.

—Voy a buscar a tu madre y a tu hermano, te dejo al cuidado de todos. ¿De acuerdo?

El niño asintió con un gesto solemne, dispuesto a asumir la responsabilidad que su padre acababa de cargar sobre sus espaldas.

Miguel quiso bajar del tren, pero no lo dejaron. Forcejeó con rabia, luchó con los dos tipos que lo obligaban a quedarse en la plataforma. Despachó y recibió puñetazos, empujones, insultos y gritos, hasta que sintió un fuerte golpe en la parte de atrás de la cabeza y perdió el conocimiento.

Cuando abrió los ojos, se encontró con el rostro de su hijo Yuri. Confuso, lo miró durante unos instantes, y entonces sintió el vaivén del traqueteo. Se dio cuenta de que el tren estaba en marcha. Como si hubiera saltado un resorte en su conciencia, quiso incorporarse, pero tuvo que detenerse porque el dolor era tan fuerte que sintió que la cabeza le estallaba. Agarró a Yuri del brazo y, aferrada su mirada a la de su hijo, preguntó implorante:

—¿Y tu madre?

Aguardó la respuesta, volcada la esperanza en aquellos grandes ojos claros anegados en lágrimas. Lo zarandeó del brazo, instándolo a contestar, su voz ya entrecortada.

—¿Dónde está mamá, Yuri? Y Kolia... ¿Dónde está tu hermano?

Yuri siguió callado, apretados los labios, tensa la mandíbula, sin dejar de mirarlo, hasta que la cabeza se movió ligeramente, negando. El padre, derrotado, buscó consuelo en los brazos de su hijo, pero el chico se apartó con brusquedad, fulminándolo con una mirada gélida, acusatoria. Miguel Santacruz, abrasado por el tormento de no haber sido capaz de protegerlos, notó cómo los ojos de su hijo le hincaban en el alma el afilado puñal de la culpabilidad.

La noche del segundo día de aquel demoledor viaje, el pequeño Sasha se durmió y no volvió a despertar. Aprovecharon para enterrar el cadáver en una de las muchas paradas que hizo el convoy; debieron hacerlo deprisa, con la tensión de que el tren se pusiera en marcha de nuevo, obligados a abandonar su cuerpo en medio de la nada, una tumba anónima sobre la que nadie lloraría nunca, en la que nadie entonaría una plegaria, un sepulcro que jamás se adornaría de flores frescas.

Con el tren ya en movimiento, Yuri y Sveta tuvieron que arrastrar al destrozado padre hasta el vagón, arrancado para siempre de aquella sepultura improvisada, atormentado por verse obligado a dejar a su pequeño en aquella tierra yerma.

Miguel Santacruz lloró sin consuelo durante horas, hasta que sus ojos quedaron secos, sin brillo, sin horizonte, roto para siempre.

Yuri culpó a su padre de dejar ir a su madre, de no protegerla. Lo culpó de perder a su querido hermano Kolia y de no evitar la muerte de Sasha. Como un mecanismo de defensa ante tanto dolor acumulado, Yuri convirtió a su padre en el culpable de todo.

X

La parte de los Santacruz que pudo abandonar Rusia consiguió recalar en Berlín tras un tortuoso viaje. Llegaron desnutridos, agotados y envilecidos de la miseria sufrida en los cuatro últimos años. Yuri, su hermana, su padre y la niñera Sveta por fin pudieron descansar sobre mullidos colchones limpios de piojos y chinches, arropados por ligeros edredones de plumas, y llevarse a la boca algo caliente, sólido, sabroso y contundente. En el recuerdo de Yuri quedaría para siempre el apego a la ciudad de Berlín, a sus gentes hospitalarias, cordiales, sonrientes, a volver a sentirse seguro, una libertad recuperada después de tanto miedo acumulado, miedo a ser arrestados, apaleados, robados, asesinados, miedo a morir de hambre, de frío, miedo a morir de miedo.

La familia Santacruz permaneció en Berlín varios meses, atendidos en todo momento por el hijo de un buen amigo de Miguel Santacruz, Erich Villanueva, que trabajaba en la cancillería española y que, a falta de embajada rusa en Alemania, facilitó y acompañó a Miguel a varios encuentros con altos cargos del Partido Comunista alemán, con el fin de negociar la forma de sacar de Rusia a su esposa y a su hijo. Ante la ausencia de respuestas, el propio Miguel decidió ir a buscarlos. Durante las semanas de ausencia paterna, Yuri esperó con ansia su regreso. Se pasaba los días en la ventana de la pensión en la que estaban hospedados, o sentado en el escalón del portal, mirando la calle vacía. Soñaba con el instante en el que aparecieran los tres, correr hacia ellos, abrazarlos. Solo pensaba en eso, cada minuto, cada hora, día tras día con cada una de sus noches imaginando el feliz reencuentro, porque así se lo había prometido su padre antes de partir: «Los traeré conmigo, no regresaré si no es con ellos, te lo prometo». Eso le dijo, y él lo creyó, estaba convencido de que esta vez su padre no le fallaría, no podía hacerlo, volvería con ellos a Berlín.

La mañana en que por fin regresó su padre caía una fina lluvia. Yuri cumplía trece años y había salido a comprar unos cuadernos con unos marcos que le había dado Villanueva como regalo. Estaba a punto de entrar en el portal cuando vio que se aproximaba un taxi. Sintió un pálpito y aguardó hasta que el coche se detuvo frente a él. Al cabo de unos segundos la puerta se abrió y apareció su padre, mucho más delgado, demacrado y envejecido, como si en vez de dos meses hubiera estado ausente diez años. De forma inconsciente, Yuri mantuvo la respiración hasta que sintió un ligero mareo y resopló con fuerza como si saliera de un oscuro pozo buscando aire para respirar. El taxi se marchó y quedaron solos en la calle separados apenas por unos metros. Su padre le mantuvo la mirada en silencio. Yuri apretó los puños a la espera de que sucediera algo. Se acercó despacio, como si la visión de su padre fuese un afilado puñal y a cada paso su punta se le hundiera poco a poco en el corazón. Cuando llegó a su altura, su padre le puso la mano en el hombro y, con escalofriante solemnidad, lo conminó a que olvidase a su madre. Lo que más lo sorprendió fue la firmeza con la que habló, una firmeza que nada tenía que ver con su aspecto derrotado y abatido. Era una contradicción, pero lo repitió.

—Viviremos sin ellos, Yuri. Debemos olvidarnos de ella y de tu hermano, borrarlos de nuestra mente y de nuestro recuerdo.

Yuri lo miraba atónito, sin entender aquellas palabras que lo abofeteaban con saña. Se deshizo de su agarre con aversión, como si le repugnase su aliento. Retrocedió varios pasos, tambaleante, sin dejar de mirarlo, como si ante sus ojos tuviera al mismísimo diablo; luego salió corriendo, huyendo de una realidad que no quería aceptar, dolido por la traición, por el fracaso reiterado. Corrió durante tanto tiempo que cuando se detuvo en medio de un parque estaba exhausto, empapado de sudor, a punto del colapso. Se dejó caer en la tierra húmeda y allí permaneció horas, sin sentir la lluvia que lo empapaba, ni el frío que le atería los músculos. Al anochecer se levantó y volvió caminando a la pensión. Estuvo varios días con fiebre muy alta, en estado de semiinconsciencia. En cuanto se recuperó un poco, los Santacruz tomaron un tren que los llevó a Madrid. Yuri no abrió la boca en todo el camino. Se sentía trastornado, fuera de la realidad que lo rodeaba, con la angustiosa sensación de que a cada traqueteo del tren se alejaba un poco más de su madre y de su hermano, abandonados a su suerte.

En su interior crecía el odio hacia su padre, quien le había fallado de nuevo, al renunciar a buscarlos, incapaz de persistir, de luchar, de pelear para conseguir el único objetivo posible que pasaba por su mente: recuperar a su amada madre y a su querido Kolia, salvarlos, traerlos a su lado.

Con el paso de los años, esta idea no hizo más que acrecentarse en la abatida sensibilidad de Yuri. El piso de la calle de la Princesa en el que se instalaron siempre le pareció lúgubre, frío, poco acogedor, ausente del calor de hogar materno. Era un pasillo largo, de techos altos, con suelos de madera que crujían al pisarlos como un lamento estremecedor en aquel vacío imperante. Todas las ventanas, menos las del salón y el despacho que ocupaba su padre, daban a un patio interior de cuyo fondo, al que nunca llegaba el sol, ascendían húmedas miasmas. Nunca sintió como suya la casa de Madrid, nunca sintió que aquella fuera su ciudad, allí nunca dejó de considerarse un extraño. En el colegio fue un alumno ejemplar, aprobaba los cursos con notas excelentes, pero no supo o no quiso integrarse con el resto de sus compañeros, quienes le pusieron el mote de «ruso», o los más osados el de «bolchevique». Lo de «ruso» lo admitía sin reparo, pero se descomponía si alguien lo llamaba «bolchevique», y llegó a enzarzarse en peleas puntuales para defender su honor herido. Se volvió solitario y desconfiado, pasó gran parte de su adolescencia recluido en la preciosa y abarrotada biblioteca que había pertenecido a su difunto abuelo paterno, el único sitio en aquella casa en el que se encontraba cómodo y que se convirtió en un refugio en el que nadie lo molestaba. La biblioteca tenía una buena colección de libros en alemán, y Yuri los leía no solo para perfeccionar el idioma, sino porque al hacerlo recordaba la cálida voz de su madre cuando les leía a Kolia y a él en esa lengua.

Durante todos aquellos años de su estancia en Madrid, la convivencia resultó muy difícil. A la rebeldía de Yuri se añadía la incapacidad de su padre de empatizar lo más mínimo con la desolación de su hijo, encerrado en una recalcitrante mudez. En lo que sí cumplió Miguel Santacruz fue en lo de olvidar lo que quedó en Rusia. Dejó de nombrar a su esposa e hijo perdidos, silenciados sus nombres y su memoria, como si hubieran dejado de existir, prohibió al resto de la familia volver a hablar de ellos en su presencia. Yuri había sido testigo de cómo desaparecían todos los recuerdos que lo unían a Rusia y a los que allí habían quedado, incluso las fotos ardieron en una especie de aquelarre premeditado. Una sola fotografía se había conseguido escamotear de aquella destrucción del pasado; en la imagen, su madre sostenía en su regazo a Kolia en el día que cumplía tres años; ambos sonreían felices, sin saber lo que el destino les deparaba. Sveta había guardado la foto entre sus pertenencias y, en vez de arrojarla al fuego, se la entregó a escondidas a Yuri, arriesgándose a quedarse en la calle por no cumplir la norma impuesta por Miguel Santacruz de deshacerse, sin excepción, de todo lo proveniente de Rusia. Aquel retrato impreso de color sepia oscurecido por el paso del tiempo había sido para Yuri el lazo al que se había asido durante todos aquellos años para evitar que el olvido diluyera el recuerdo de su madre. Cada noche, antes de dormir, sacaba la foto de su escondite como si fuera un icono sagrado y durante unos segundos observaba el rostro materno con fijeza: los grandes ojos grises, rasgados, que él había heredado, los labios carnosos dibujando la sonrisa, sus pómulos salientes y el pelo largo y rubio con un ligero recogido cuyas ondas enmarcaban la perfección de sus facciones, grabando en su memoria aquella efigie indeleble al inexorable paso del calendario, igual que el rostro infantil y sonriente del hermano añorado.

A diferencia de su padre, Yuri nunca renunció a buscar a su madre y a su hermano. Sacarlos de la Unión Soviética, traerlos a España, se convirtió para él en una obsesión callada. Cuando tuvo edad para actuar por su cuenta, supo por su padre que a todos los Santacruz se les había prohibido la entrada a Rusia. Con el final de la dictadura de Primo de Rivera y la proclamación de la República, se oía que el gobierno republicano, una vez reconocida la Unión Soviética, restablecería relaciones diplomáticas con Stalin; pero el tiempo pasaba y no terminaban de hacerse efectivas.

Erich Villanueva, convertido en secretario de comunicación de la embajada de España en Berlín, necesitaba a alguien de plena confianza para asistirlo en sus tareas. Miguel Santacruz se lo comentó a su hijo, y Yuri no dudó ni un instante ante la posibilidad de regresar a su ciudad fetiche, donde además había embajada rusa. De modo que aceptó la oferta de Villanueva y se trasladó a Berlín el primer día de enero de 1933 con el objetivo de encontrar algún contacto que le facilitase la forma de entrar en Rusia y buscar a su madre y a su hermano. Tenía veinticuatro años.

Yuri Santacruz se había instalado en una vivienda situada en Mohrenstrasse, muy cerca del cruce con Friedrichstrasse, propiedad de una viuda conocida de Villanueva. Se trataba de un estudio abuhardillado de techos inclinados con ventanas en forma de mansardas por las que penetraba la plomiza claridad berlinesa.

En el piso de abajo vivía su casera, *frau* Theresa Metzger, una viuda de origen prusiano que había perdido a su marido durante la Gran Guerra. Jamás le devolvieron su cuerpo, desaparecido en combate en tierras belgas, así que nunca tuvo el consuelo de una sepultura sobre la que llorar su muerte. Tenía una hija de nombre Krista, licenciada en Medicina, a quien Yuri aún no había conocido porque residía en Múnich, donde había obtenido una plaza como ayudante en una prestigiosa clínica maternal con la idea de terminar su doctorado en la especialidad de ginecología y obstetricia.

La señora Metzger vivía de la pensión de viudedad, además

del alquiler que percibía de Yuri y de la renta de un local en la Kurfürstendamm, la calle principal del Westend de Berlín. Se lo alquilaba a un sastre de origen judío, el atildado señor Ross, regente de una elegante tienda de ropa de caballero que gozaba de gran prestigio entre lo más ilustre de la sociedad berlinesa. Dichos ingresos le permitían vivir con cierta holgura, sorteando la importante crisis que afectó a una gran parte de la población a consecuencia de las deudas que recayeron sobre Alemania con la firma del Tratado de Versalles en junio de 1919, al final de la guerra.

La señora Metzger le ofreció cocinar para él con la única condición de servir las comidas en el comedor de su casa. Le confesó que le resultaba descorazonador poner la mesa solo para ella. Yuri aceptó encantado, ya que tampoco le entusiasmaba cocinar y no ganaba lo suficiente para comer fuera a diario. Desde el principio se encontró muy cómodo con aquella mujer. De carácter dulce y sosegado, era culta, buena conversadora, amante de la música y gran lectora; disponía de una excelente biblioteca que ofreció a Yuri para tomar los libros que estimase oportunos, con el ruego de que los cuidase y, una vez leídos, los devolviera a su sitio. A pesar de no haber cumplido los cincuenta años, su aspecto era el de una anciana prematura, algo desamparada, delgada, siempre impecablemente vestida y peinada. Yuri percibía en ella algo evocador, su voz melodiosa, sus formas exquisitas, la manera de mover las manos, gestos que sin remedio removían su memoria y sacaban a flote recuerdos de su madre, a quien tanto añoraba y que aún dolían.

En el transcurso de sus primeras conversaciones durante los desayunos, almuerzos o cenas, la señora Metzger le había puesto al tanto de la identidad del resto de los vecinos. Los del primero izquierda eran el señor y la señora Rothman, un matrimonio encantador de origen polaco que regentaba una exitosa panadería y confitería en el bullicioso bulevar de Leipzigerstrasse. Cruzarse con Lilli Rothman suponía embriagarse del dulce aroma a pan recién hecho. Era una mujer risueña que poseía un don especial para la repostería. Tenían dos hijos: Bruno, de dieciséis años, ayudaba en la tienda los fines de semana y antes de ir a la escuela repartía los pedidos de algunos de los clientes más antiguos, entre los que se encontraba la señora Metzger; la otra hija, Ernestine, acababa de cumplir los dieciocho, y llevaba dos años trabajando con sus padres aprendiendo los secretos de las deliciosas recetas de su madre.

Frente a los Rothman vivían el señor y la señora Siegel. *Herr* Siegel era catedrático de Filosofía y llevaba tres décadas dando clases en la Universidad Friedrich-Wilhelm; tan solo le faltaba un año para jubilarse.

En la segunda planta de Mohrenstrasse vivía la señora Blumenfeld, hija de un gran industrial que había dirigido una de las acererías más importantes del país hasta la guerra. El industrial, antes de morir y dada la recalcitrante soltería de su heredera y la imposibilidad de ponerla al frente de la empresa, decidió venderlo todo y adquirir varios inmuebles con cuya renta había podido vivir Angela Blumenfeld sin demasiadas apreturas. Rondaba los sesenta años, aunque ocultaba su verdadera edad, y se había quedado soltera porque nunca se fio de las buenas intenciones de ningún hombre. Se había convertido en un alma solitaria de carácter apacible que hacía punto junto a la ventana y siempre desplegaba una sonrisa cordial a sus vecinos.

En la puerta de enfrente de Angela Blumenfeld todo estaba preparado para recibir a una joven pareja de recién casados que aún no se habían instalado.

En la planta tercera, además de la señora Metzger, residían los Bauer, un matrimonio de ancianos que llevaban más de medio siglo juntos y que, de vez en cuando, se veían invadidos por una bandada de nietos, alegres y ruidosos, que llegaban a la casa alborotando gratamente su tranquilidad.

Desde el rellano del tercero partía un estrecho tramo de escalera que conducía hasta la buhardilla habitada por Yuri Santacruz. La misma en la que se encerró a cal y canto, temblando de frío y pánico, tras los acontecimientos de la noche de las antorchas, el 30 de enero.

Berlín, 1933

Lo único que se necesita para que el mal triunfe
es que los hombres buenos no hagan nada.

Cita atribuida a EDMUND BURKE

Habían pasado tres días desde el incidente con el grupo de las
SA, y Yuri seguía teniendo el cuerpo dolorido como si una
manada de potros desbocados le hubiera pasado por encima.
La hinchazón del labio le había remitido gracias a una poma-
da que le había dado su casera. Había mentido sobre la causa
de la herida, igual que a Villanueva. No estaba dispuesto a contar lo que había visto. Los periódicos habían publicado la noticia de la muerte del SA, que resultó ser Peter von Duisburg,
hijo de un miembro de las escuadras de protección, las llamadas SS, una especie de policía privada de Hitler. Apenas se
decía nada sobre la causa de la muerte, aunque se dejaba claro
que se trataba de un vil asesinato y que, sin duda, se daría con
el culpable. Nadie podía relacionarlo con aquella escena, así
que se esforzó en mantener la calma y dejar transcurrir el
tiempo.

Terminó de arreglarse y bajó a desayunar.

Le abrió Brenda, la criada de la viuda. Entró en el comedor, en el que ya se encontraba la señora Metzger, vestida y
peinada de manera impecable, como siempre.

—Buenos días, *frau* Metzger.

—Buenos días, Yuri. —La viuda lo observó de reojo—. Bruno ha traído el pastel que te gusta. Su madre lo ha amasado especialmente para ti —añadió sonriendo.

Complacido, se sentó en su sitio. Le gustaba madrugar y desayunar con tranquilidad, leyendo el periódico; era algo a lo que no estaba habituado en su casa de Madrid, siempre solo, en la cocina, de pie y con prisas. Casi no coincidía con su padre pese a vivir bajo el mismo techo. Sin embargo, la señora Metzger le ofrecía algo semejante a la calidez de un hogar, aquella sensación tan añorada que recordaba de niño, la calma de la sobremesa, el ritual del almuerzo, la ceremonia de lo cotidiano, que tanta seguridad le habían dado en un pasado remoto y que, gracias a la señora Metzger, volvían a imponerse en su día a día.

Brenda le llenó la taza de café humeante y él lo saboreó con fruición. Presumía la viuda de que era el mejor café de Berlín, y acertaba; Yuri nunca había tomado un café tan intenso y con tanto aroma como el que se servía en aquella casa. También estaban los periódicos que cada mañana recogía Brenda del quiosco. A la viuda le gustaba leer varios diarios de distintas tendencias con el fin de sacar sus propias conclusiones de lo publicado: habitualmente leía el *Morgenpost* y el *Berliner Tageblatt*, y cuando podía se hacía con el *Frankfurter Zeitung*. Se había resistido mucho tiempo a comprar *Der Stürmer* y el *Völkischer Beobachter*, diario oficial del nacionalsocialismo, pero en las últimas semanas Brenda compraba ambos sin consultarlo con ella, ya que, según su criterio, eran los únicos que contaban la verdad de lo que ocurría en el país. La viuda lo había aceptado porque, al fin y al cabo, no quedaba más remedio que leerlos para comparar y sobre todo enterarse bien de lo que se le venía encima a Alemania, pues, en su opinión, era evidente que, si las elecciones de marzo no lo impedían, el partido nazi y su descerebrado líder, Adolf Hitler, gobernarían el país en los próximos años. Así quedaba de manifiesto al desplegar la prensa cada mañana.

Desde un aparador, la radio murmuraba voces igual que un ave mecánica. Yuri mantenía puesta su atención en los titulares del periódico cuando la voz de la viuda lo obligó a levantar la vista.

—¡Dios santo, no es posible! —exclamó con el rostro desencajado.

—¿Qué ocurre, *frau* Metzger? ¿Malas noticias?

En ese momento entró Brenda con una jarra de leche caliente.

—Han detenido a Axel Laufer, el hijo del farmacéutico de Kronenstrasse. Lo acusan de asesinar a ese chico que murió hace unos días aquí al lado, en esta misma calle.

Yuri la escuchaba alertado.

—¿Me permite? —Tendió la mano solicitando el diario.

Ella se lo entregó y su mirada se perdió en los pensamientos que rotaban en su cabeza, incapaz de asimilar lo que había leído.

—No puedo creerlo... Axel es incapaz... —murmuraba para sí, mientras Yuri estaba concentrado en el periódico—. Es el ser más pacífico y tranquilo que conozco.

—¿Lo conoce? —preguntó Yuri prevenido.

—Desde que era un niño. Iba al mismo colegio que mi hija; ha pasado tardes enteras en este salón cuando sus padres tenían demasiado trabajo para atenderlo. —Cerró los ojos como si sufriera solo de pensarlo—. Pobre Dora, estará destrozada.

Brenda se había quedado remoloneando para curiosear lo que decían e interrumpió la retahíla susurrada de la viuda.

—A ese, todo lo que le pase le está bien empleado —soltó con desparpajo.

—¡Brenda! —La señora Metzger la miró con ojos desorbitados, sin dar crédito a lo que acababa de escuchar—. ¿Por qué hablas así?

—Porque es un cerdo comunista.

—¿Y qué problema tienes tú con los comunistas, si siempre los has defendido como los salvadores de los obreros? —La señaló con el dedo acusador—. Si hasta los votaste en las elecciones de noviembre, tú misma me lo dijiste, incluso me invitaste a votarlos.

Brenda, con una expresión de fatuidad, hizo avanzar su mandíbula, apretó los labios y negó chistando.

—Imposible, jamás se me ocurriría a mí votar a esa gentuza. Me habrá usted malinterpretado. Yo siempre he creído que los bolcheviques son el diablo con cuernos y que lo que quieren es establecer en Alemania la revolución dirigida por el Stalin ese. —Hablaba con tal convencimiento que resultaba difícil rebatirla—. Y Axel Laufer es de los peores.

—No digas disparates —añadió la viuda con cierta flema—. Axel nunca ha mostrado interés por la política y tú lo sabes.

—Qué ilusa ha sido siempre usted. Axel es de los más activos, se lo digo yo, que me lo han dicho de buena tinta.

Brenda era muy efectiva en su trabajo y dejaba todo al gusto de la señora Metzger, pero era una cotilla y gustaba de los chismorreos; en todo se metía, de todo se quería enterar, y lo peor era que lo hacía, de una manera u otra siempre se apañaba para enterarse de cualquier habladuría y, una vez conseguido, como si de un trofeo se tratase, se dedicaba a contarlo aquí y allá sin reparo, sin contrastar la información, sin importarle la veracidad o no de lo descubierto o el daño que la difamación pudiera infligir a los interesados, censurando conductas de gente que ni siquiera conocía. El mal ajeno le provocaba un perverso deleite que necesitaba propagar a quien le prestara atención. La señora Metzger conocía bien ese defecto de Brenda, optaba por hacer oídos sordos y, acostumbrada a su verborrea, la dejaba hablar salvo que la cosa fuera demasiado lejos; entonces la reprendía con firmeza. Y aquel era el caso, entre otras cosas porque Dora Laufer era buena amiga suya y a su hijo Axel le tenía un cariño especial.

—¿Y quién te lo ha dicho? —preguntó la señora Metzger marcando el tono irónico y alzando las cejas con sorna—. ¿Tu vecina Gitti?

La asistenta recompuso muy ufana el almidonado y blanquísimo delantal, cruzó los brazos bajo su orondo pecho y habló con burda jactancia.

—No, señora. Me lo ha dicho mi marido. —Se la notaba orgullosa—. Se ha apuntado a las tropas de asalto al servicio del Führer y allí los informan de quiénes son los enemigos de Alemania.

Sin salir de su asombro, la viuda soltó una risa sarcástica.

—¿Que Lukas se ha apuntado a las SA? Pero si a tu marido le horrorizan los uniformes.

Brenda encogió los hombros con expresión fanfarrona.

—Pues no sabe usted lo bien que le sienta, está hecho un pincel —manifestó con altivez—. En Navidad le regalé *Mi lucha*, el libro de nuestro querido Führer, en una semana se lo leyó enterito y se fue directo a apuntarse a las SA, y apuntó al chico a las Juventudes Hitlerianas. Y qué quiere que le diga: le pagan un sueldo, le han vestido de arriba abajo y está con quienes van a salvar Alemania de los enemigos que pretenden hundirla. Y claro, tiene información de primera mano, así no nos pillan desprevenidos.

—¿Y piensas que los Laufer son enemigos de Alemania? —continuó con la sorna.

—Son carroña. Y usted debería dejar de tener relación con ellos, señora Metzger, no me gustaría que se viera manchada.

—Te prohíbo que me hables así —saltó ofendida. Brenda había traspasado el límite de lo permitido—. Vete a tus tareas y deja de decir sandeces.

—Usted verá. Yo ya le he dicho qué clase de escoria es esa gente, luego no diga que no la advertí. —Encogió los hombros ofendida—. Los enemigos de nuestro país están infiltrados en la sociedad, y hay que desenmascararlos y denunciarlos de inmediato.

Dicho esto, cogió una copa de zumo vacía y se marchó a la cocina, desairada.

La viuda y Yuri se miraron sin salir de su asombro. Ella tomó aire como si los pulmones se le hubieran vaciado de repente.

—No le hagas mucho caso —alegó como si quisiera disculparse ante Yuri por el inadecuado comportamiento de la asistenta—. En el fondo es una buena mujer.

Brenda tenía cuarenta y cinco años y llevaba trabajando en casa de la señora Metzger desde antes de la guerra. Estaba casada con Lukas Kube, un hombre de carácter débil y fracasado que solía ahogar su frustración en cerveza, whisky o coñac según el presupuesto de que dispusiera; esa circunstancia le había llevado a perder varios trabajos, y como era incapaz de afrontar la verdad frente al fuerte carácter de su esposa, solía acabar dando tumbos en las tabernas más cutres de Berlín hasta que ella lo rescataba. Brenda era el motor de la casa. Gracias a su tesón, siempre hubo algo que llevarse a la boca y un techo bajo el que dormir. El matrimonio tenía dos hijos: Ilse, de dieciocho años, que tenía el mismo carácter pusilánime que el padre, y Rudi, de dieciséis, un chico consentido, maleducado y camorrista que se encaraba con su padre y al que a su madre le costaba cada vez más controlar. Hacía dos años lo habían expulsado del colegio por montar trifulca con otro chico, y Brenda le pidió a Lilli Rothman, la confitera del primero, su intermediación para que aceptaran a Rudi en el colegio de su hijo Bruno. Lilli no tuvo inconveniente en hacerlo, y desde entonces, Rudi Kube se convirtió en compañero de clase de Bruno Rothman.

Yuri volvió a centrarse en el periódico. Leyó la noticia entera. Una testigo de los hechos, de la que no se daba ningún dato, había inculpado a Axel Laufer como el asesino del SA. Además de dar el nombre del detenido, se revelaba su dirección, y el rostro del chico aparecía en una foto policial en blanco y negro. Yuri se quedó atrapado en la imagen de aquel muchacho. No tuvo ninguna duda de que se trataba del mismo a quien habían apaleado. De hecho, a pesar de que la imagen no era muy nítida, se apreciaba el párpado derecho inflamado y un corte en la mejilla.

Dejó el periódico sobre la mesa con gesto abstraído mientras se preguntaba qué razón había llevado a aquella chica que detuvo la agresión a realizar ahora una acusación en falso.

—No ha sido él —sentenció, acallando los lamentos de la viuda.

—¿Cómo lo sabes? —le preguntó con el rostro sumido en la confusión.

—Porque lo vi. No fue él —se reafirmó—. A este chico lo estaban agrediendo unos cafres de las tropas de asalto, incluido el muerto, uno de los más salvajes, por cierto, y que además iba borracho. Cuando otro decidió que ya era suficiente y estaban dispuestos a marcharse, el muerto se negó; se enfrentaron entre ellos en una pelea, el muerto sacó una navaja, el otro se la arrebató y se la clavó en el cuello. Yo estaba delante y lo vi todo, igual que el hijo del farmacéutico, igual que todos los demás, y también una chica testigo de todo, que imagino que será quien lo ha identificado como el asesino. Pero es mentira. Este chico lo único que hizo fue recibir palos y huir.

—Pero tú... —balbuceó temerosa de la respuesta—. ¿Qué hacías ahí?

—Intenté ayudarlo.

—Ahora entiendo las heridas del labio y el dolor en el costado. —Theresa Metzger lo miró con ternura. Luego arrugó la frente extrañada—. ¿Por qué no fuiste a la policía?

Yuri hizo una mueca y negó apesadumbrado.

—No lo sé... Salí corriendo. —Abrió las manos de forma

inconsciente, turbado ante la evidencia de su cobardía—. Reconozco que tuve miedo. Temí meterme en un lío. Nada más llegar, Villanueva me advirtió que evitara cualquier altercado de los muchos que se están dando en la calle. Que me alejase de cualquier pelea. Lo siento. Fui un cobarde.

—No te culpes —replicó benevolente la viuda—. Por desgracia, desde hace tiempo en este país se ha instalado esa misma sensación de temor. Pero ¿por qué culparlo a él?

—Esa chica conocía al que asestó la puñalada... —Yuri indagaba en sus recuerdos recogidos y archivados. Habló como si sus pensamientos se le escapasen de los labios—. Estoy seguro de que lo llamó por su nombre. Seguramente trata de protegerlo.

—Es una buena razón. Tenemos que ir a ver a los Laufer y contarles lo que viste. Hay que sacar a ese chico de este lío y solo tú lo puedes hacer.

Principio de orquestación.
La propaganda debe limitarse a un número pequeño de ideas y repetirlas incansablemente, presentadas una y otra vez desde diferentes perspectivas, pero siempre convergiendo sobre el mismo concepto. Sin fisuras ni dudas.
Si una mentira se repite suficientemente, acaba por convertirse en verdad.

Principios de propaganda de
JOSEPH GOEBBELS

Hacía más de treinta años que Julius Laufer regentaba una célebre farmacia en Kronenstrasse. Era oriundo de Heidelberg, en cuya universidad se formó como farmacéutico. Se trasladó a Berlín y empezó a trabajar como mancebo con un viejo boticario, quien, una vez jubilado, le traspasó el despacho de farmacia además de muchos de sus conocimientos. Al poco tiempo Julius conoció a Dora y se casaron. A pesar de sus deseos, tardaron varios años en ser padres; cuando ya casi habían aceptado que nunca llegarían a tener un hijo, nació Axel, un acontecimiento que los colmó de dicha y gratitud a la vida. Eran buenos por naturaleza y solícitos vecinos. Todo el mundo los quería.

Julius Laufer elaboraba sus propios medicamentos, además de preparar fórmulas magistrales prescritas por los médicos para cada paciente. Era hábil en la mezcla de los químicos y eso le había dado cierta fama. Utilizaba una vieja libreta de hule negra en la que apuntaba lo que le dejaban a deber clientes con dificultades para hacer frente a los gastos de sus medicamentos y que se lo iban abonando cuando y como podían. Algunas de esas deudas quedaban en el olvido, pero Julius Laufer no solía reclamar, no era capaz de hacerlo. Siempre había sido un hombre muy cumplidor con cualquier pago que tuviera que hacer, y tenía el terco convencimiento de que el resto del mundo funcionaba igual que lo hacía él. Ni la edad ni las grandes decepciones lo habían hecho cambiar, y seguía siendo extremadamente confiado.

Axel se había criado en la farmacia; aun así, tuvo claro desde muy niño que lo suyo no eran las fórmulas magistrales ni los albarelos de plantas medicinales. A él le gustaban las humanidades en general. Su padre se había disgustado mucho cuando le manifestó su intención de estudiar Filosofía, porque Julius había soñado con que su querido hijo siguiera su estela y dejar en sus manos todos sus secretos medicinales. Sin embargo, no le quedó más remedio que aceptar la decisión del hijo. A punto de licenciarse, con un expediente académico extraordinario que le había valido la felicitación de todo el claustro, Axel tenía previsto doctorarse y llegar a obtener una cátedra

73

para ejercer la docencia en la universidad, lo que llenaba de orgullo a su padre.

Por su parte, Dora Laufer era muy buena costurera, hacía arreglos para una tienda de postín, y confeccionaba encargos a clientas particulares, entre las que se encontraba la señora Metzger, a quien la unía una especial amistad de muchos años. Dora había sido el paño de lágrimas en el que se refugió Theresa Metzger durante el durísimo periodo de luto que siguió a la desaparición de su marido en la guerra, y a su vez, Theresa resultó fundamental para Dora en el cuidado de Axel cuando, de niño, no podía atenderlo por exceso de trabajo o porque tenía que ayudar a su marido en la farmacia.

Los Laufer vivían en el piso superior de su farmacia. Llevaban una vida holgada, pero sin ostentaciones, ya que, a pesar de la grave crisis de los últimos años, las cosas les habían ido francamente bien. La gente siempre necesitaba medicinas que curaran o mejoraran su salud, y con la falta de trabajo de muchos no había posibilidad de comprar vestidos nuevos, así que se aprovechaba para arreglar la ropa, transformarla y adaptarla, y eso suponía trabajo extra para Dora.

Cuando Yuri y la señora Metzger llegaron al cabo de la calle, ralentizaron el paso sorprendidos por un grupo de gente que se arremolinaba delante de la farmacia.

El pequeño escaparate del local estaba roto, igual que la puerta de cristal, quebrado el nombre de Laufer trazado en letras doradas sobre el vidrio. Pero lo más sangrante era una gran pintada con palabras escritas en toscos brochazos de color rojo que cubrían las paredes, en las que se leía: CERDOS BOLCHEVIQUES. ASESINOS. FUERA DE ALEMANIA.

Yuri y la viuda se quedaron atónitos, contemplando aquel perturbador espectáculo. Los vecinos murmuraban entre ellos, curiosos husmeando en la desgracia ajena. Tres camisas pardas con pinta de rufianes admiraban regodeados la escena.

—¿Qué ha pasado? —preguntó Theresa Metzger en voz

alta—. ¿Quién ha hecho esto? —Nadie respondía, la miraban huraños como si les molestase su preocupación—. ¿Dónde está *herr* Laufer?

—Queremos que se vayan —saltó de repente una mujer enrabietada y envalentonada por la masa que la rodeaba, y que con su gesto corroboró sus palabras—. No queremos comunistas por aquí, y mucho menos asesinos.

—Está usted equivocada —protestó la viuda ofendida—. Aquí no hay ni bolcheviques ni asesinos. Todo ha sido un error, y parece mentira que hablen así...

—¡Que se vayan! —interrumpió otro, a voces—. ¡Los queremos fuera!

—¡No han hecho nada malo! —Ella alzó la voz, cada vez más indignada—. Todo el barrio sabe cómo son los Laufer. Son buena gente, no merecen este trato.

Empezó un abucheo cada vez más tenso, voces, increpaciones airadas. Yuri cogió del brazo a la viuda y tiró de ella para retirarla de aquella turba encolerizada, pero la mujer se resistía, recriminando los ataques en defensa del honor y la respetabilidad de los Laufer.

—*Frau* Metzger, no haga caso, por favor —le suplicaba Yuri—. Todo se aclarará. Esta gente está rabiosa. No les replique. No merece la pena enfrentarse a ellos.

—¡Es injusto! —gritó irritada.

—Vamos a ver a los Laufer —insistió él—. Hablaremos con ellos y después iremos a la policía. Hágame caso.

La señora Metzger cedió y entró en el portal, seguida de Yuri. Subieron a toda prisa el tramo de escalera hasta llegar al rellano. La viuda llamó con insistencia, alterada y muy preocupada.

—Dora, Dora, ábreme, por favor, soy Theresa. —Presionaba el timbre y daba golpes a la puerta alzando la voz, cada vez más inquieta—. ¡Dora! ¡*Herr* Laufer!

El sonido de la cerradura la hizo enmudecer. Dio un paso

hacia atrás y esperó mientras la puerta se entornaba muy despacio. El rostro de una mujer apareció en la rendija abierta.

—Theresa... —susurró. Luego su mirada se dirigió a Yuri, que estaba detrás de la viuda.

Ella se dio cuenta de su desconfianza.

—No te preocupes, viene conmigo. Tenemos algo importante que decirte.

La señora Laufer abrió lo justo para dejarlos pasar, y cerró inmediatamente. Theresa abrazó a Dora y ella rompió a llorar desconsolada. Así permanecieron un buen rato, mientras Yuri mantenía un respetuoso silencio.

La mujer hablaba entre sollozos, la voz velada por una infinita tristeza.

—La otra tarde apareció molido a palos... Casi me lo matan... Y ahora esto... Anoche, cuando ya estábamos en la cama, oímos jaleo. Al asomarnos vimos cómo intentaban acceder a la farmacia. Subieron, lo sacaron de la cama y se lo llevaron a rastras, sin más explicaciones... Y ahora dicen que ha matado a un hombre... Mi hijo... —Las palabras se entrecortaban en sus labios temblorosos—. Mi Axel es incapaz de hacer daño a una mosca... Hijo de mi vida, mi hijo. Ay, Theresa, qué va a ser de él. Qué va a ser de nosotros...

—Trata de calmarte, Dora, hemos venido a ayudar.

—*Frau* Laufer —Yuri intervino con tono suave pero firme—, su hijo no mató a nadie, se lo puedo asegurar.

Ella lo miró y la viuda se adelantó a cualquier respuesta para aclararle:

—Dora, este es el inquilino del que te he hablado, Yuri Santacruz, el españolito —le dijo cogiéndole la barbilla al tiempo que buscaba transmitirle serenidad con una sonrisa—. Él lo presenció todo, estaba allí. Intentó ayudar a Axel.

—Fue usted... —susurró como si hubiera visto una aparición—. Mi hijo me contó que un hombre salió en su defensa y se llevó lo suyo por ello.

Yuri advirtió que Axel no había contado a su madre que vivía en el edificio de la señora Metzger, y vista la relación que había entre las familias, lo entendió como la voluntad de protegerlo, de no identificarlo ante nadie para no implicarlo en el asunto.

Dora Laufer posó la mano en su corazón obligándose a una sonrisa que se quebró embargada por la emoción.

—Le estaré eternamente agradecida por lo que hizo.

—Señora Laufer, voy a ir a la comisaría para contar lo que pasó —prometió conmovido—. Su hijo fue una víctima, no mató a nadie.

—No fue la policía quien vino a detenerlo —aclaró Dora—. Fueron esos bestias de las tropas de asalto... No ha hecho nada... Mi hijo no ha hecho nada —repetía murmurando, como si quisiera convertir aquella frase en un mantra salvífico.

En ese momento apareció Julius Laufer en pijama, envuelto en una bata de lana oscura. Tenía un golpe en la mejilla y una fatal incertidumbre grabada en el rostro.

Dora se acercó a su marido.

—Julius, este es el chico que ayudó a Axel cuando lo atacaron. Lo presenció todo y asegura que no fue él.

—No hace falta que nadie me confirme que mi hijo no es un asesino. —La voz sonó firme, sus palabras parecían rasgarse en la garganta.

—*Herr* Laufer, iré a la policía y prestaré mi testimonio. No les quedará más remedio que dejar en libertad a su hijo. Él fue la primera víctima de la pelea.

El hombre se lo quedó mirando durante un rato. En sus ojos, una mezcla de gratitud y desesperanza.

—No servirá de nada... —razonó al fin entregado a la cruda realidad—. Iban a por él. Axel me previno de que debíamos estar preparados. —Su rostro revelaba una profunda impotencia—. Cuando estaba en la escuela se negó a unirse a las Juventudes Hitlerianas, y al llegar a la universidad lo instaron a afiliarse al partido nazi; su negativa le señala para los intransigentes. Además, en varias ocasiones ha salido en defensa del profesor Siegel cuando esos energúmenos revientan sus clases con insultos y soflamas. El mismo *herr* Siegel me visitó hace poco: agradecía mucho lo que Axel hacía por él, pero me suplicó que lo convenciera de que no saliera en su defensa, que se sentiría responsable de cualquier cosa que pudiese ocurrirle. Ya entonces me avisó de que estaban haciendo circular graves acusaciones sobre nosotros: se nos tilda de comunistas, y peor aún, de que introduzco productos adulterados en mis medicamentos para dañar a mis clientes.

—Todo el mundo sabe que no es cierto —lo interrumpió la señora Metzger—. Es fácil demostrar la verdad.

Julius Laufer le dedicó una mueca entristecida.

—En estos tiempos que vivimos, eso da lo mismo. Resulta muy fácil convertir una mentira en verdad si con ello consiguen su propósito. Tienen el poder y los mecanismos para hacerlo. Su propaganda es muy clara: «Una mentira repetida suficientemente acaba por convertirse en verdad». —Negó con la cabeza, cabizbajo, el rostro entristecido—. Yo lo sabía... Sabía que tarde o temprano Axel pagaría la pretenciosa libertad de seguir su propio camino. Tal y como están las cosas en este país, desviarse de la senda marcada tiene su precio. Axel no sabe de política, nunca le interesaron ni sus idearios ni sus proclamas y no se lo perdonan. Esos mercenarios tan solo entienden una cosa: o estás con ellos o contra ellos.

El aire se espesaba en aquel diminuto vestíbulo en el que todos permanecían de pie, como en tránsito, impedidos de recalar hacia un lugar más cómodo. El señor Laufer miró a Yuri con los ojos, menudos y grises, inundados de lágrimas. Posó la mano en su antebrazo forzando una sonrisa y murmuró un «gracias», ahogada la palabra en sus labios temblones.

78

Se dio la vuelta y desapareció. La pesadez de sus pasos se fue alejando por el pasillo hasta enmudecer.

En el rellano de la escalera, la viuda daba indicaciones a Yuri de cómo llegar hasta Alexanderplatz, donde se encontraba la comisaría de policía. No quería acompañarlo porque pretendía convencer a los Laufer de que se instalasen en su casa, al menos hasta que las cosas estuvieran más calmadas. Cuando se iban a despedir, apareció por la escalera un hombre alto, delgado, algo desaliñado, gafas redondas con montura de pasta y un bigote ralo y claro, el traje grande, la chaqueta y la gabardina desabrochadas, algo arrugada la camisa y el nudo de la corbata caído. El sombrero lo llevaba inclinado hacia atrás, dejando despejada la frente.

—Fritz, ¿qué haces tú aquí? —le preguntó Theresa Metzger extrañada.

—Buenos días, señora Metzger. He leído la noticia. Mi madre me ha pedido que venga a ver cómo están y me gustaría, si fuera posible, recopilar información.

—Será mejor que lo dejes, al menos por hoy. Los Laufer se encuentran muy conmocionados.

—Está bien. Lo intentaré en otro momento, pero me gustaría conocer su versión, más que nada porque estoy convencido de que tendrán una muy diferente a lo publicado. —Dudó un segundo, como si estuviera pensando algo—. Solo una pregunta, señora Metzger: ¿se sabe adónde lo han llevado?

—No, Fritz, no saben nada. No lo ha detenido la policía. Por lo visto el destrozo de la farmacia y la detención han sido obra de las SA.

Él escuchaba con atención las palabras de la viuda, cavilando las consecuencias.

—Avíseme en cuanto pueda hablar con ellos, ¿lo hará?

—Claro que sí.

El hombre agitó la mano como despedida y, con una sonrisa, se dio la vuelta para empezar a desandar el camino.

—Fritz, espera —lo detuvo ella—, tal vez puedas hacer algo. Además, es probable que obtengas un buen artículo que publicar.

Él se acercó de nuevo.

—Yo me voy... —dijo Yuri prudente.

—No, aguarda. Yuri, este es Fritz Siegel, el hijo de los vecinos del primero, el catedrático del que hablaba Julius Laufer. —Se dirigió a Fritz—: Él es Yuri Santacruz, mi nuevo inquilino de la buhardilla. Trabaja en la embajada española. Él lo vio todo.

La viuda contó a Fritz lo ocurrido y la intención de Yuri de acudir a la comisaría para testificar en favor de Axel Laufer.

—¿Estás seguro de lo que dices?

—Absolutamente —sentenció Yuri ante la duda del periodista.

La señora Metzger lo interrumpió:

—Acompáñalo, Fritz, por favor. Yo tengo que dejaros. Saluda a tu preciosa mujer. —Y añadió, mirando a Yuri—: Te dejo en las mejores manos. Puedes confiar plenamente en él. Siempre sabe lo que hay que hacer.

—Me quiere usted muy bien, señora Metzger —observó Fritz.

Ella les dedicó un gesto amable y se metió en la casa de los Laufer. Los dos hombres quedaron solos en el rellano frente a frente. Yuri estaba incómodo. Parecía que aquel periodista lo estuviera analizando con la mirada.

—Así que quieres ir a la comisaría.

—Es lo justo —sentenció.

Fritz se llevó la mano a los labios, ceñudo, reflexivo.

—Ya... Y si realmente fuiste testigo de cómo mataban a ese chico, ¿por qué no acudiste esa misma noche a denunciarlo?

Yuri se sintió atacado. Le indignaba la pregunta, porque le

avergonzaba la respuesta, la obligación de tener que justificar su cobardía ante aquel tipo a quien acababa de conocer. Tomó aire, arqueó las cejas y respondió tajante:

—No quise meterme en líos. ¿Te vale?

No esperó respuesta. Se precipitó escaleras abajo hasta salir a la calle. Allí seguían los mirones cada vez más encendidos proclamando soflamas e insultos contra los Laufer, perfectamente orquestados por los chicos de las SA. Dudó un instante, y echó a andar tratando de recordar las indicaciones que le había dado la viuda para llegar hasta Alexanderplatz. Oyó a su espalda la voz de Fritz.

—Santacruz, espera.

Yuri miró hacia atrás por encima del hombro, pero no se detuvo. Fritz lo alcanzó y caminó a su lado.

—No pretendía molestarte. Pero ¿estás seguro de lo que vas a hacer?

—Tendría que haberlo hecho mucho antes.

—No creo que sea buena idea.

—¿No harías tú lo mismo? —La pregunta iba cargada de intención. Le molestaba la actitud indulgente que había adoptado hacia él aquel periodista entrometido.

—Si sirviera para algo, claro que sí, pero en este asunto ya ha habido bastantes víctimas.

—¿Qué quieres decir? —preguntó Yuri.

—Creo que tenías razón en tus temores y que lo más probable es que te metas en un buen lío, entre otras cosas porque la policía no tiene nada que ver con todo esto. Si es una acción de las tropas de asalto, ninguna comisaría va a mover un dedo por alguien a quien hayan detenido los SA, ninguna, ¿me oyes?

—Cometí un error silenciando lo que vi, pero los errores han de enmendarse, y cuanto antes mejor.

—Santacruz, si vas a la comisaría lo primero que te van a preguntar es por qué no fuiste el mismo día de la agresión. A partir de ahí te puede pasar de todo, y nada bueno, por ejemplo acusarte de encubridor.

Fritz no consiguió frenar la resolución de Yuri. Cuando llegaron a la puerta de la comisaría, se detuvo frente a ella como si fuera una montaña a escalar. Resopló indeciso ante el rótulo de la entrada, ese Polizeirevier que parecía increparlo, y movió la cabeza con desesperación.

—Si no lo hago, no podré dormir tranquilo en toda mi vida.

Fritz apretó los labios con gesto ponderado; se llevó la mano al sombrero y resopló.

—Está bien —resolvió al fin—, como tú quieras. Te acompañaré.

—No hace falta que lo hagas.

—Se lo prometí a la señora Metzger. Y yo siempre cumplo mis promesas.

Tal y como le había augurado Fritz, la visita a la comisaría fue un auténtico fiasco. La pesadilla empezó desde el momento en el que Yuri contó al funcionario del mostrador el motivo que lo había llevado hasta allí. El oficial le hizo unas cuantas preguntas, anotó algunos datos y le pidió que esperase. Yuri y Fritz se sentaron en un banco de madera situado en un largo pasillo y aguardaron más de una hora. Hablaban poco entre ellos. Fritz fumaba constantemente, se levantaba e iba de un lado a otro con pasos lentos, pensativo, una mano en el bolsillo, la otra sujetando el cigarrillo, mientras Yuri lo observaba sentado, la espalda pegada a la pared, los brazos cruzados.

Fritz se detuvo y hurgó en los bolsillos, palpándose como si buscase algo.

—¿Tienes un cigarro?

Yuri se palpó la chaqueta y negó.

—Lo siento, me los dejé en casa de *frau* Metzger.

—Voy a comprar una cajetilla. Estos sitios me alteran los nervios, y el tabaco es lo único que me calma. Vuelvo enseguida, ¿de acuerdo?

Yuri tan solo asintió con la cabeza.

Fritz salió con prisa de la comisaría. Cuando lo perdió de vista, Yuri miró a su alrededor y no pudo evitar una angustiosa sensación de soledad; hasta ese instante no se había dado cuenta de hasta qué punto agradecía la presencia del periodista. Echó el cuerpo hacia delante, puso los codos sobre las rodillas y hundió la cabeza entre las manos. Lo intentaba, pero no podía remediarlo, le asustaban las consecuencias que le podía reportar aquel acto heroico. Estaba convencido de que Villanueva no vería con buenos ojos lo que estaba haciendo. No había pensado en su reacción hasta ese momento. De él dependía su estancia en Berlín, podría enviarlo de regreso a Madrid. Se reprochó a sí mismo su torpeza. Tendría que haber hecho caso a Fritz.

Estaba a punto de desistir y marcharse cuando oyó su nombre al otro lado del pasillo. Se levantó y caminó hacia el policía que lo esperaba al pie de la escalera, y que empezó a subirla cuando él llegó a su altura. Yuri echó un último vistazo ansiando la presencia de Fritz. El policía se detuvo y lo instó a que se moviera. Subieron hasta el primer piso, anduvieron por otro corredor hasta una puerta con una placa de KRIMINALKOMMISSAR. El policía llamó dos veces con los nudillos y, en cuanto se oyó una voz en el interior, abrió, se echó a un lado e hizo una seña a Yuri para que pasara, antes de cerrar la puerta. Era un despacho amplio, con un ventanal que daba a la calle. Se respiraba un aire caliente, pastoso. Sentado tras una deslustrada mesa, un policía, claramente de rango superior, revisaba unos documentos. Llevaba unas gafas que de vez en cuando se ajustaba al entrecejo con un dedo. La gorra de plato descansaba a un lado del escritorio.

—Siéntese —le ordenó el comisario. Yuri lo hizo en una de

las sillas confidente. Solo entonces el oficial alzó los ojos y lo miró con abrumadora fijeza—. Por lo visto ha sido usted testigo de un crimen y quiere declarar.

Yuri asintió.

—Le escucho.

Vacilante al principio, Yuri empezó a relatar lo sucedido, procurando no olvidarse de ningún detalle. Mientras hablaba, el hombre lo observaba con una mueca de desgana. Cuando Yuri acabó de contarlo todo, incluso el intento de justificación por no haber acudido antes a denunciar lo sucedido, se hizo un silencio. Los ojos de aquel hombre seguían clavados en Yuri como si estuviera haciendo un exhaustivo análisis de cada gesto, cada palabra dicha y la forma de decirlo.

—¿Ha terminado? —preguntó al cabo con desdén.

—Sí, señor.

—¿Me permite su documentación?

Santacruz sacó el pasaporte y se lo entregó. El policía examinó sus páginas con detenimiento y acto seguido se mantuvo en silencio durante unos largos y tensos segundos, dando golpes en la mesa con el canto del pasaporte, mientras valoraba qué hacer. Hasta que se puso en pie y le dijo que se quedase allí.

Desapareció dejándolo solo en aquel despacho y llevándose el pasaporte. Tras más de media hora de espera, Yuri no pudo contener la impaciencia y se levantó dispuesto a buscar a alguien que le dijera qué estaba pasando, pero al abrir se encontró de frente con un hombre que vestía un traje de sarga gris marengo de corte elegante, camisa blanca y corbata de punto gris perla. Su cuerpo desprendía un penetrante perfume varonil, muy acorde con el aspecto pulcro. Era algo más alto que Yuri, hombros anchos, fornido, de unos cincuenta años. Tenía los ojos grandes, de un azul intenso, bajo el sombrero oscuro se intuía el pelo muy rubio, rapado por encima de las orejas y en la nuca, los labios finos y pómulos salientes, lo que le daba un aspecto duro, hostil. Yuri se fijó en la insignia del partido que lucía en la solapa.

—¿Iba a alguna parte? —preguntó en tono grave, el gesto frío como el hielo.

—Llevo un buen rato esperando. Pensé que...

—Acabaremos enseguida.

Yuri se dio la vuelta y se acercó de nuevo la silla. El hombre entró tras él, cerró la puerta y se dirigió al otro lado de la mesa.

—Tome asiento.

Yuri lo hizo. El recién llegado continuó de pie, observándolo desde su altura, con el escritorio por medio. Hundió una mano en el bolsillo del pantalón; Yuri vio que en la otra portaba su pasaporte.

—¿Qué relación tiene usted con Axel Laufer?

—Ninguna. Ya he declarado que no lo conozco. Intenté ayudarlo cuando lo golpeaban en la calle.

—¿Y está seguro de que era él?

—Claro.

—¿Cómo puede estar tan seguro si no lo conoce?

—Porque le vi la cara, la misma que aparece hoy en el periódico.

—¿A quién más vio?

—Había media docena de personas, miembros de las SA, y la chica que apareció y que también lo presenció todo.

—¿Y quién es esa chica?

—No lo sé.

—Y al que, según usted, cometió el crimen, ¿podría identificarlo?

Yuri se quedó pensativo unos segundos.

—Creo que sí.

—¿Lo cree o no lo cree?

—Lo creo —respondió tajante.

El hombre seguía de pie, con una pose soberbia. Abrió el pasaporte y lo examinó de manera meticulosa.

—¿Nació usted en Rusia? —le preguntó alzando los ojos.

—Sí, señor, en la antigua San Petersburgo. Pero como puede comprobar, mi nacionalidad es española. Mi padre trabajó en la embajada de España hasta la revolución bolchevique.

Le hizo varias preguntas personales: dónde vivía, cuánto tiempo llevaba en Berlín, dónde trabajaba, quién era su madre, quién su padre. Yuri contestó a todo con creciente impaciencia; su irritación y su cansancio aumentaban a cada pregunta, hasta que estalló cuando lo interpeló sobre la razón de que su madre se hubiera quedado en Rusia.

—No comprendo qué importancia puede tener que mi madre esté o no en Rusia. He venido aquí para testificar en favor de Axel Laufer. Él no mató a ese hombre.

La mirada penetrante del hombre de traje impecable lo intimidaba.

—Hay otro testimonio que dice lo contrario. Ha manifestado sin ningún género de dudas que Axel Laufer asesinó a sangre fría a Peter von Duisburg.

—Quienquiera que sea miente —replicó Yuri—. Las cosas sucedieron como le he contado.

De nuevo ese mutismo medido, calculado para exasperar.

—*Herr* Santacruz, me acaban de comunicar que Axel Laufer se ha declarado culpable.

El rostro de Yuri se ensombreció. Sus labios dejaron escapar un balbuceo.

—No puede ser... Por alguna razón está mintiendo...

—Me temo, *herr* Santacruz, que aquí el único que miente es usted. Y lo que me preocupa es la razón que le lleva a hacerlo. Axel Laufer es un comunista militante que ha atentado contra un familiar directo de un destacado miembro de las SA. Resulta muy sospechoso por su parte su empeño de quitarle el muerto para echárselo a la espalda de otro, y más sospechoso aún que se presente aquí tres días después del crimen que, según usted, presenció.

De repente Yuri se sintió derrotado. Entendió lo que le había dicho Fritz y empezó a agobiarse, el pulso se le aceleró. Sentía una fuerte presión en el pecho, como si la mirada de aquel hombre lo aplastase. Quería salir de allí.

—*Herr* Santacruz, escuche bien lo que voy a decirle: el caso de Axel Laufer es un asunto de Alemania que a usted no le concierne. Será mejor que olvide todo lo que dice que vio. Por su bien y el del propio Laufer.

Aquellas palabras le parecieron a Yuri una clara amenaza.

—Puede marcharse —le dijo el otro, lanzándole el pasaporte sobre la mesa, con cierto desdén, como si le perdonara la vida—. Pero queda advertido: olvídese de este asunto o lo pagará muy caro.

Yuri cogió el pasaporte, se levantó y se dio la vuelta casi tambaleándose, porque sintió que las piernas le temblaban.

Cuando se quedó solo, el hombre del traje cogió el teléfono y marcó un número.

—Von Schönberg al habla —contestó una voz al otro lado del hilo.

—Ulrich, ha surgido un problema —dijo el hombre—. Te espero en mi despacho en una hora.

Fritz permanecía sentado en el mismo banco de madera en el que había dejado a Yuri. Fumaba con un gesto cabizbajo. Cuando lo vio aparecer se fue hacia él.

—¿Qué ha pasado? —le preguntó.

—¿Me das un cigarro, por favor? —le pidió Yuri con el rostro desencajado.

Prendió el pitillo con la llama que le brindó Fritz y dio una profunda calada. En ese momento se oyeron pasos, y el hombre del traje gris marengo apareció caminando rápido hacia ellos. Al verlo, Fritz se irguió como si hubiera visto al diablo. El hombre pasó por delante de ellos sin apenas mirarlos, se caló el sombrero y salió a la calle.

—Tenías razón, Fritz. —Yuri le señaló con un leve movimiento de la cabeza—. Ese comisario o lo que quiera que sea me ha amenazado. Me ha dicho que me olvide del asunto...

—¿Has estado hablando con él? —preguntó Fritz con una mueca entre la sorpresa y la incredulidad.

Yuri asintió. Se llevaba el cigarro a la boca nervioso, aspiraba y soltaba el aire como si quisiera liberar la tensión acumulada a través del humo.

—Este asunto se complica... —murmuró Fritz.

—¿Quién es?

—Un pez gordo del SD, el servicio de inteligencia de las SS, un tipo con mucho poder y muy cercano a Himmler y, por supuesto, a Hitler. Además de ser un nazi convencido, es un anticomunista furibundo, les tiene un odio visceral. Desde el verano pasado está dedicado en cuerpo y alma a perseguir y quitar de en medio a cualquier disidente. Antes solo se centraba en los bolcheviques, pero ahora está ampliando su objetivo a socialistas, sindicatos, periodistas incómodos, todo lo que se queda al margen de su órbita política y doctrinal. Yo he tenido algún que otro encontronazo con él, aunque por ahora he salido indemne. El problema de todo esto es que esta gente actúa al margen de la ley, nada de tribunales, ni abogados, ni defensa... Si te atrapan, estás perdido.

Fritz reparó en que Yuri estaba muy pálido y tenía la frente perlada de sudor.

—¿Te encuentras bien? —preguntó preocupado.

Yuri se llevó de nuevo el cigarro a la boca, aspiró con fuerza y luego lo aplastó en el cenicero repleto de colillas que había junto al banco de madera. Se metió los dedos entre la camisa y el cuello, y se aflojó la corbata.

—Salgamos de aquí... Me estoy ahogando.

Principio de la verosimilitud.
Construir argumentos a partir de fuentes diversas, a través de los llamados globos sondas o de informaciones fragmentarias.

Principios de propaganda de Goebbels

Ya en la calle, echaron a andar sin rumbo fijo. Yuri caminaba deprisa, como si algo o alguien lo persiguiera. Fritz iba a su lado y lo observaba de reojo.

—¿Me dejas que te invite a una cerveza?

Solo en ese momento Yuri ralentizó el paso.

—Gracias... —Forzó una sonrisa—. Creo que me vendrá bien un trago.

Se encontraba agotado, igual que si hubiera librado una batalla campal. No sabía qué pensar, no entendía nada.

Se dirigieron a una taberna que solía frecuentar Fritz. En el interior de techos bajos se respiraba un aroma agrio de cerveza derramada mezclado con el humo del tabaco retenido. La abigarrada sala de largas mesas y bancos de madera estaba medio vacía.

—Tenemos suerte. —Fritz hizo un gesto hacia una de las mesas del fondo, donde un hombre de apariencia taciturna leía un libro mientras tomaba una cerveza—. Ven, vas a conocer a alguien que sabe mucho de todo lo que está pasando en Alemania.

Se acercaron y el hombre taciturno alzó la vista como si permaneciera alerta a lo que ocurría a su alrededor. Al verlos, se levantó sonriente.

—Fritz, qué alegría... —Se estrecharon las manos con cordialidad—. Cuánto tiempo. Sentaos, por favor. ¿Cómo está Nicole?

89

—Está muy bien, gracias —dijo Fritz mientras tomaban asiento. Yuri lo imitó quedando de espaldas al local y frente a los dos hombres que se sentaron juntos al otro lado de la mesa—. Este es Yuri Santacruz. Apenas lleva un mes en Alemania, pero empieza a tener una idea clara de lo que estamos viviendo aquí. —A continuación se dirigió a Yuri—: Te presento a Hans Litten, el único abogado que ha osado llamar como testigo al mismísimo Adolf Hitler, en el juicio del Tanzpalast Eden contra varios miembros de las SA que atacaron a unos jóvenes detractores, y lo mejor de todo es que lo sacó de sus casillas y lo puso en ridículo.

Yuri y Litten se estrecharon la mano. Litten tenía aspecto de joven intelectual, gafas redondas, pelo oscuro con grandes entradas, terno gris y una corbata de vistosos colores sobre cuyo nudo sobresalían los picos del cuello de ala de la camisa.

—De nada me sirvió aquello —alegó Litten con hastío—, y lo estoy pagando con creces desde entonces.

—¿Siguen los ataques personales? —preguntó Fritz, borrando la sonrisa de su rostro.

—Y los profesionales. Se apostan en la puerta de mi bufete e increpan a cualquiera que pretenda entrar. Mi pobre madre está de los nervios... Y ahora con el poder en sus manos... Si los nacionalsocialistas ganan las elecciones estoy perdido.

—¿Crees que ganarán? —inquirió Fritz.

—Lo harán. Y si no, les dará igual: tomarán el poder. El presidente de la República ha cometido un grave error al nombrar canciller a Hitler. Se creen que con ese cargo lo van a manejar y es todo lo contrario. Hindenburg le ha entregado la llave maestra para acabar definitivamente con la democracia en Alemania.

—Ojalá te equivoques.

—Hitler es un agitador inculto, que está utilizando las teorías del germanismo de manera mezquina —el abogado apretó los labios, pensativo—, y me temo que será despiadado para los que le resultamos molestos... Deberíamos tomar precauciones.

—Si empezamos a temerlos, habrán ganado la batalla —protestó Fritz—. Somos alemanes.

—Pero yo soy judío, no lo olvides...

—Tú eres más alemán que Hitler, naciste en Alemania mientras que él es austriaco.

—Estoy señalado, Fritz, y no tengo escapatoria. —Litten sonaba resignado.

Callaron porque llegó el camarero. Pidieron tres cervezas. Cuando se alejó, Fritz le contó el caso de Axel Laufer y la experiencia de Yuri en la comisaría.

—Por lo visto, Axel se ha declarado culpable —dijo Yuri—. Es mentira. Ese chico no hizo nada. No me creo que haya asumido la culpa.

—Lo más probable es que lo haya hecho con un poco de ayuda —dijo Fritz.

—¿Quieres decir que lo han torturado? —preguntó Yuri sin salir de su asombro—. No es posible. La República de Weimar es una democracia, existe un Estado de derecho, hay leyes y normas, hay un Parlamento, elecciones libres. No, no es posible —repitió.

El camarero se acercó con las jarras, las dejó sobre la mesa y se alejó de nuevo.

—Me temo que tu idea de Alemania no se ajusta a la realidad —objetó Fritz.

—Ya puedes dar gracias a que eres extranjero —intervino el abogado—, de lo contrario no estarías aquí tomándote una cerveza. Te habrían retenido con cualquier excusa. Cada vez controlan más estamentos.

—Pero ¿quién lo controla todo? —inquirió Yuri sin entender nada.

Hans Litten cogió el libro que estaba leyendo cuando llegaron. Sobre la cubierta roja destacaba el título en letras blancas: *Mein Kampf*, de Adolf Hitler.

—¿Quién? El autor de este panfleto y toda la cohorte de la que se ha rodeado. El nuevo canciller es un hombre sin escrúpulos, lleno de odio y prejuicios, dispuesto a tomar el poder a costa de lo que sea. Lo intentará por todos los medios. Si no puede hacerlo a través de la democracia, no tendrá inconveniente en desencadenar una revolución, violenta si fuera necesario. De hecho, lleva años ejerciéndola a través de sus tropas de asalto.

—Cuando hablas de sus tropas de asalto te refieres a las SA, ¿no es cierto? —intervino Yuri con curiosidad.

—Así es, las Sturmabteilung forman parte del partido nazi prácticamente desde su fundación hace trece años. Actúan como su brazo armado. Reclutan a parados, maleantes, hombres sin futuro a los que les dan un uniforme y pagan un sueldo a cambio de una obediencia ciega. Ellos se encargan de acabar con cualquier disidencia o elemento que les resulte molesto, mientras Hitler abraza el discurso pacificador.

—¿Y las SS? ¿Quiénes son?

—Las Schutzstaffel son sus guardaespaldas —respondió Litten—, una élite racial, hombres con los que Hitler puede contar porque le han jurado lealtad absoluta hasta la muerte.

—Están siempre al lado del líder o de los mandos del partido —agregó Fritz—. Se quedan de pie, dejándose ver con sus uniformes negros y sus runas.

—En las SS no entra cualquiera —prosiguió el abogado—. Ahí están los mejores, los elegidos, se creen y se sienten superiores, y en cierto modo lo son, porque están mejor preparados. Los reclutas han de tener apariencia atlética y ser arios puros; deben presentar un historial genealógico que se remonte a mediados del siglo pasado sin que aparezca ningún antepasado judío.

—Son antisemitas, anticomunistas y anticristianos —continuó el periodista—. Pretenden crear una religión basada en la ideología nacionalsocialista. Es una locura que, si no lo remediamos, se puede hacer realidad y no tardando mucho.

Fritz bebió un trago de su jarra. Lo mismo hizo el abogado. Yuri, sin embargo, los miraba atónito.

—Pero insisto, aquí hay elecciones, es un sistema basado en la legalidad. Algo sé de revoluciones. Viví en carne propia la de Rusia.

Yuri les contó a grandes rasgos su propia experiencia.

—Hitler tratará de tomar el poder sin violencia, al menos va a aparentar que lo hace —puntualizó Litten—. No le interesa. Utilizará todos los medios a su alcance para doblegar la ley a su medida.

—El pueblo alemán no caerá en esa trampa —defendió Yuri—. Esto no es Rusia. Alemania no lo permitirá.

—Claro que lo hará... —lo rebatió Litten—. Lo está haciendo, empezando por el presidente de la República. Hitler ya es canciller y pronto se hará con el Reichstag. Nos lleva al desastre. Europa debería estar alerta de lo que está ocurriendo aquí. Nuestro futuro dependerá de que los demás países de nuestro entorno reaccionen a tiempo o no.

Durante unos segundos no dijeron nada, los tres agarrados al asa de sus jarras, pensativos, abstraídos en sus preocupaciones y cuitas.

—¿Y qué hacemos con Axel Laufer? —Yuri abrió las manos con gesto interrogante—. No podemos dejar que ese chico se pudra en la cárcel a sabiendas de que es inocente.

Fritz bebió un trago de la cerveza y miró al abogado, pero este negó.

—Olvídalo. Si moviera un solo dedo por ese chico, lo condenaría definitivamente.

—Haré unas cuantas llamadas —resolvió Fritz—. Intentaré averiguar dónde lo tienen encerrado.

—¿Podrías hacerlo? —preguntó Yuri expectante.

—Soy periodista, tengo mis contactos. Aunque en los últimos tiempos me están empezando a fallar casi todos. Yo soy el primero que quiere sacar de este lío a Axel, no solo porque sé que es inocente, sino porque se lo debo por cómo se ha portado con mi padre.

Bebieron y los tres hablaron durante un buen rato. Yuri se fue relajando. Cuando iban a pedir otra ronda, Hans Litten recogió sus cosas.

—Tengo que marcharme. Me alegro de verte, Fritz. —Tendió la mano a Yuri—. Encantado de conocerte, Yuri. Ojalá te encuentres cómodo en esta ciudad.

Se despidieron y Litten se marchó justo cuando entraba en el local un grupo de gente. Sus voces y risas rompieron la quietud que había habido hasta ese momento.

—Mira quién está aquí —murmuró Fritz sin quitar ojo a los recién llegados—. Ulrich von Schönberg, nada menos...

—¿Quién es? —Yuri giró la cara para mirar por encima de su hombro.

—El del uniforme. —Había en su rostro un destello de rechazo—. Es el hijo del oficial que te acaba de tomar declaración en la comisaría, un malnacido de las SS hecho a imagen y semejanza del padre, que sería capaz de vender a su madre para obtener un puesto. Una mezcla de arrogancia, mediocridad y astucia, porque hay que reconocer que el padre es un tipo inteligente y calculador. En ese sentido el hijo no le llega ni a la altura del betún. Ulrich ha medrado por ser hijo de quien es, convertido en tiempo récord en ayudante personal de Himmler, nada menos. Un tipo peligroso.

Yuri volvió a mirar por encima del hombro, hasta que se volvió hacia Fritz.

—Y la rubia que está con él. ¿Sabes quién es?

Fritz observó a la chica durante unos segundos, y luego negó.

—Ni idea. Alguna de sus fulanas, imagino. —Arrugó el

ceño como si recordase algo—. Oí que se había casado o estaba a punto de hacerlo.

—Conozco a esa chica —dijo Yuri como si por fin hubiera sido capaz de asimilarlo—. Es la misma que apareció en la pelea a tiempo de librarnos a Axel y a mí de que nos matasen a palos. —Volvió a observarla y, durante unos instantes, sus miradas se cruzaron, pero ella la esquivó de inmediato, como si hubiera recibido una incómoda descarga—. Ella lo presenció todo.

—¿Estás seguro? —le preguntó Fritz atónito.

Yuri se volvió hacia él.

—Completamente. Es imposible olvidar esos ojos.

A partir de aquel día, Yuri y Fritz quedaron con frecuencia. Yuri conoció a Nicole Friedman, la encantadora esposa de Fritz, una norteamericana locuaz, independiente, avezada, que trabajaba como fotógrafa de una revista de moda. Hacían una pareja perfecta.

Yuri descubrió en Fritz Siegel un tipo interesante y divertido. Fritz había estudiado Derecho en la Universidad de Múnich. Desde su época de estudiante le había interesado el avance y transformación del partido obrero alemán, origen del Partido Nacionalsocialista, el NSDAP, popularmente llamado partido nazi. Antes de terminar la carrera tuvo la oportunidad de entrar a trabajar en el *Münchener Post*, un periódico con una línea editorial muy crítica con Hitler desde sus inicios políticos. Su faceta de futuro abogado quedó olvidada a los pocos días de ejercer como periodista. Su compromiso y habilidad para obtener información le abrieron camino en la redacción. En varios de sus artículos analizó con detenimiento la personalidad de la siniestra figura de Hitler, un tipo mediocre y fracasado que, aun así, en los últimos meses se había convertido en el líder absoluto de masas enfervorizadas y entregadas a su causa, y lo estaba haciendo a una velocidad extraordinaria.

Fritz fue de los primeros que se leyeron *Mi lucha*, el libro que el propio Hitler escribió durante el periodo que estuvo en prisión condenado tras el Putsch de Múnich, el intento de derrocar el gobierno de Baviera que tuvo lugar en noviembre de 1923. Desde su publicación en 1925 apenas se habían vendido unos pocos miles de ejemplares, un fracaso que había tranquilizado a Fritz, sabedor de su contenido subversivo, violento y profundamente antisemita. Sin embargo, en los últimos meses las ventas se estaban disparando de forma alarmante. *Mi lucha* se estaba convirtiendo en la biblia del nazismo e iba camino de imponerse en una especie de carta magna de la vida política y civil de toda Alemania. Fritz lo había analizado tratando de desentrañar la doctrina que aquel hombre tenía en la cabeza, sus tácticas para convertirse en un paladín de los valores más puros de Alemania, un guía axiomático que lo convertía en único. Su forma de hablar, los gestos entrenados, el tono bien adiestrado a la hora de dirigirse a las masas, su vestimenta, la peculiar forma que había dado a su bigote... Hitler lo había medido todo al milímetro, incluso se decía que suyo era el diseño de la bandera oficial del partido (fondo rojo con un círculo blanco y una esvástica negra en el centro).

Fritz llevaba años informando a través de sus artículos del peligro del nazismo, alertando de la personalidad histriónica, intolerante y desmedida de Hitler; había asistido a muchos de sus mítines y lo había visto y oído, además de cubrir reuniones del partido en Múnich y en otras ciudades de Alemania. Sin embargo, cada vez eran menos los que manifestaban su discrepancia, intimidados por las posibles represalias; se había impuesto una asfixiante cautela incluso entre sus colegas periodistas, antaño críticos, y ahora silenciados ante el temor de verse señalados por los férreos adeptos que se iban extendiendo como un letal veneno, y que alcanzaban todos los resquicios de la sociedad, todas las clases sociales: daba igual la tendencia política que uno hubiera mantenido en el pasado, el criterio podía verse alterado de la noche a la mañana para sorpresa e inquietud de los que se mantenían en sus trece, como le ocurría a Fritz Siegel. En su opinión, eran demasiados los que, peligrosamente, callaban y miraban para otro lado.

El trabajo que Yuri realizaba en la embajada le resultaba algo monótono. Estaba bajo las órdenes directas de Erich Villanueva, y solo podía recibir directrices de él; esa fue una de las cosas que le había dicho en la primera entrevista que mantuvieron en su despacho con el fin de ponerlo al corriente de sus cometidos.

Villanueva había nacido en Berlín, de padre español y madre alemana. Había cumplido de largo los cuarenta años, pero aún mantenía la apostura de su juventud, alto y corpulento, pelo negro abundante y pegado al cráneo con fijador, nariz pequeña, labios finos y una mandíbula potente; había heredado de su madre el color azul acerado de los ojos. Su español era rudo, con un fuerte acento que lo obligaba a remarcar la erre. Dotado de una risa sonora, tenía don de gentes y muy buena conversación, sabía escuchar y hablar sin importunar, y era muy astuto. Trabajaba en la embajada desde el inicio de la Gran Guerra. Llevaba más de diez años separado de su esposa, que vivía en Hamburgo con su hijo y una muy buena paga que cada mes les transfería. Desde entonces él vivía solo en un edificio cercano a su lugar de trabajo.

Villanueva gestionaba toda la correspondencia, telegramas, avisos, recados, reclamos o demandas de cualquier tipo, tanto de alemanes como de ciudadanos españoles que llegaban a la embajada. Lo analizaba todo, lo clasificaba, si era pertinente emitía un informe, y por último remitía cada cosa al departamento correspondiente dentro de la cancillería. Yuri sería el encargado de recoger toda esa correspondencia en el momento de su entrada a la secretaría consular. A diario debía hacer una comprobación previa, atento a cualquier carta, sobre o paquete cuyo remitente fuera Volker Finckenstein, que podía firmar con su nombre completo o tan solo con las iniciales VKF. En este caso tenía que retirarlo de la bandeja de recepción y entregarlo de inmediato y en mano a Villanueva, dejándolo fuera del registro: «Como si no hubiera entrado», le había dicho contundente en un tono a todas luces confidencial. Yuri tuvo claro que algo escondía aquel nombre, pero el deber de reserva y lealtad aprendido de su padre le impedía indagar más allá. Con ese compromiso, asintió a todo y memorizó el nombre, ya que no podía apuntarlo en ningún sitio, ni hablar de ello con nadie.

En todo caso, el verdadero objetivo que había llevado a Yuri de regreso a Berlín seguía claro.

A los pocos días de su incorporación, después de saber que Villanueva se había reunido con un miembro de la legación rusa, Yuri se atrevió a plantearle su interés por conocer la suerte de su madre y su hermano. El secretario de comunicación le había mirado igual que si le hubiera planteado asesinar a alguien.

—Ni se te ocurra mover un dedo en ese sentido.

—Necesito saber qué les ha ocurrido y cómo están —le rogó con gesto lastimero—. Póngase en mi lugar.

Villanueva había permanecido observándolo, el semblante contraído.

—Yuri, olvida a tu madre y a tu hermano. Hazme caso. No muevas esa mierda. Te arrepentirás si lo haces.

Yuri lo había mirado con una mezcla de incomprensión y estupor. Lo embargó un profundo desconsuelo, como si aquellas palabras le hubieran punzado el corazón.

—La mierda a la que se está refiriendo son mi madre y mi hermano pequeño. Hace doce años que no sé nada de ellos.

—Sus ojos se nublaron con un velo de tristeza—. Entiéndalo, Villanueva, necesito buscarlos para seguir viviendo. Iría hasta el mismísimo infierno por ellos.

—Te diría que has dado en el clavo...

—Yo no soy como mi padre —había murmurado Yuri con pesar—. Nunca los he abandonado. Nunca lo haré.

Villanueva lo había observado, reflexivo.

—Rusia es un terreno muy movedizo y peligroso, incluso fuera de sus fronteras. Las relaciones entre Hitler y Stalin se deterioran cada día. Todo está enrarecido y cualquier movimiento que se haga con los bolcheviques crea una desconfianza que, si te soy sincero, a mí no me conviene.

—No quiero perjudicarle, nada más lejos de mi intención. Si fuera necesario me despediría de la embajada, buscaría otro empleo, cualquier cosa me valdría para mantenerme mientras encuentre la forma de entrar en Rusia.

Villanueva se había quedado pensativo, ponderando una idea que le rondaba en la cabeza. Resopló, apretó los labios, apoyó los brazos sobre la mesa, cruzó las manos y le habló en tono confidencial.

—Vamos a hacer una cosa... —arrancó indeciso—. Yo trataré de hacer algunas averiguaciones, a cambio, quiero que hagas algo por mí.

—Lo que me pida —dijo Yuri con un halo de esperanza.

—Voy a necesitar que hagas algunos trabajos no muy... —había levantado el brazo y agitado la mano en el aire buscando la palabra exacta—, cómo te diría yo...

No dejaba de observarlo, como si lo estuviera analizando. Echó el cuerpo hacia delante y avanzó la barbilla hacia él, se decidió al fin.

—Hay gente que, en previsión de problemas en un futuro no muy lejano, está optando por vender su patrimonio y sacar el dinero del país sin dejarse todos los pelos en la gatera. Y nosotros los ayudamos a dar ese paso a cambio de una módica cantidad. Es un negocio justo para ambas partes; si no lo hacemos nosotros, lo harán otros utilizando métodos inicuos, te lo puedo asegurar. En resumidas cuentas: necesito tu colaboración. Se trata de trasladar una cartera como valija diplomática hasta un lugar concreto al otro lado de la frontera.

—Pero eso es tráfico de divisas —dijo sin ocultar su perplejidad—. Es ilegal.

—Los límites de la ley suelen ser flexibles —suspiró Villanueva—. Pero sí, es un delito penado con diez años de cárcel. Es muy arriesgado, no te lo voy a negar. Aunque todo depende de que compense, de lo contrario sería absurdo. Tú sabrás hasta qué punto estarías dispuesto a asumirlo. En cada viaje podrás obtener una ganancia considerable, y no te vendrá nada mal un ingreso extra teniendo en cuenta que los contactos que buscas suelen ser bastante caros.

Yuri dudó unos segundos. La oferta era tentadora y sabía que Villanueva podía darle acceso a los contactos que él necesitaba; era consciente de que encontrarlos por su cuenta tenía sus dificultades, requeriría tiempo y medios, y carecía de lo uno y de lo otro.

—¿Y si cometo algún error?

—Procura no hacerlo. Pero si ocurriese algo, me tienes a mí. Formas parte de la embajada española. Tengo contactos. Te sacaría de cualquier apuro.

—Estoy en sus manos, entonces.

—No dependes de nadie salvo de ti. Yo te daré la protección necesaria como miembro de esta embajada. —Agitó la mano en el aire como restando importancia al asunto—. Si haces lo que te digo, te resultará mucho más fácil de lo que imaginas.

—No sé qué pensar... —Yuri hablaba pesaroso—. Tengo la sensación de que se trata de aprovecharse de la desgracia ajena para obtener ganancias.

Villanueva entornó los ojos y esbozó una mueca en sus labios.

—Entiendo tus reticencias, Yuri, teniendo en cuenta lo que has vivido... Qué te voy a contar yo. Si tal y como todo el mundo prevé Hitler gana las elecciones en marzo, este país va a sufrir muchos cambios, no sé si para bien de Alemania, pero de lo que estoy seguro es de que ese hombre será una maldición para los judíos y aquellos que se empeñen en mantener una disidencia activa contra él; y nosotros estaremos ahí para ayudar al que quiera largarse de aquí llevándose lo que es suyo, lo que ganó con su trabajo, el valor de los bienes que heredó de sus ancestros. Eso también es justicia.

Tras unos segundos en una actitud reflexiva, Yuri le había tendido la mano.

—Cuente conmigo.

—Está bien —sentenció complacido Villanueva, sintiendo el fuerte apretón de manos—. Por supuesto, te ruego la máxima discreción.

—Puede confiar en mí.

—Y a tu padre ni una palabra de tu intención de contactar con Rusia. Como se entere de que quiero ayudarte, me fulmina.

—No tema por eso, Villanueva —le había contestado con una sonrisa benévola—. Mi padre ya no es ni la sombra de lo que fue.

—Por qué será que los hijos nunca llegan a conocer bien a sus padres —había replicado él, convencido de sus palabras.

Antes de marcharse, Yuri se había dirigido a Villanueva titubeante.

—¿Puedo hacerle una pregunta?

—Claro...

—¿Usted sabe por qué mi padre rompió definitivamente con todo lo que quedó de nosotros en Rusia?

Durante algunos segundos Villanueva había pensado qué responder. A continuación había negado con la cabeza.

—Tu padre tenía sus razones. Es lo único que puedo decirte.

Yuri no había insistido, consciente de la inquebrantable lealtad que Villanueva profesaba a su padre.

La negrura de las nubes había precipitado el anochecer. El aire húmedo era gélido y desapacible y había empezado a llover con fuerza. Yuri caminaba rápido, encogido, sintiendo la lluvia helada colarse por los resquicios de su abrigo. No había visto el sol en los veinte días de aquel gélido febrero, siempre nublado, siempre con lluvia o nevando.

Frente a su portal había aparcado un Opel Laubfrosch de color verde chillón que le llamó la atención. Una de las puertas estaba abierta y el interior se veía cargado de cajas y maletas. Al entrar en el portal se topó con una chica que salía de forma precipitada.

—Oh... Perdón —se disculpó ella.

También lo hizo él, quitándose el sombrero empapado. Ella llevaba un pañuelo atado a la cabeza y un vestido claro con un delantal de cuadros que le cubría la parte delantera.

Yuri se quedó sorprendido al reconocerla sin ninguna duda como la chica que había intervenido en el altercado con los SA y Axel Laufer. Ella también lo reconoció, pero desvió de inmediato la mirada; lo esquivó y salió a la calle.

Yuri se mantuvo en el interior del portal, observando atónito cómo ella se inclinaba hacia el interior del coche. Sus ojos se posaron en las sinuosas curvas de su trasero y no pudo evitar pensar que era perfecto. Hizo desaparecer la expresión embobada de su rostro cuando ella se volvió con dos pesadas maletas.

—Deje que la ayude —reaccionó caballeroso.

—No hace falta. Puedo sola, gracias.

Inició la marcha hacia la escalera, mirándolo de reojo.

—¿Tiene que subir todo lo que hay en el coche?

—Sí —respondió ella sin detenerse cuando ya empezaba a ascender el primer tramo de la escalera—. Haré varios viajes.

Yuri se puso el sombrero de nuevo, salió fuera y cogió la caja más voluminosa y pesada que vio en el interior, antes de subir tras ella. Al llegar al rellano del segundo piso, encontró la puerta abierta. Entendió que era ahí donde tenía que dejar la caja. No podía creerse que aquella mujer fuera a convertirse en vecina suya.

Entró en el recibidor justo cuando ella apareció por el pasillo.

—Ya le he dicho que no necesito ayuda.

—Pero yo no puedo permitirlo. ¿Dónde dejo esto?

Ella lo miraba con los brazos en jarras. Apretó los labios y Yuri hizo una seña para darle a entender que la caja pesaba.

—Está bien. Pase. —Se dio la vuelta para adentrarse por el largo pasillo hasta llegar al salón. Todo parecía nuevo. Había varias cestas con piezas de vajilla a medio colocar—. Déjelo ahí mismo —dijo señalándole un lugar libre en el suelo.

Bajaron a por el resto de las cosas y cuando terminaron de subir el último de los bultos, ya en el rellano, Yuri volvió a quitarse el sombrero para despedirse.

—Lo siento, no me he presentado, soy Yuri Santacruz. —Le tendió la mano—. Vivo en la buhardilla.

Ella lo observó, esbozó una sonrisa y se la estrechó.

—Claudia Kahler. Gracias por su ayuda.

Antes de que sus manos se soltaran, Yuri le lanzó la pregunta, arrugando el ceño, con una expresión calculada.

—Perdone..., ¿nos conocemos?

—Imposible —sentenció, soltándole la mano de inmediato.

—¿Está segura? Yo creo...

—Completamente —añadió tajante—. No le he visto en mi vida.

Yuri decidió ceder y no insistió.

—Si necesita algo de mí, ya sabe dónde encontrarme —agregó a modo de despedida.

Claudia lo observaba con curiosidad. Estaba empapada. Se quitó el pañuelo de la cabeza y algunos mechones de pelo rubio se soltaron sobre la frente húmeda. Se los retiró secándose el rostro con la manga. A Yuri le pareció extraordinariamente bella; le dio la espalda y empezó a subir la escalera rumbo a su estudio.

—Espere.

Yuri se detuvo al oír su voz. Cuando se giró la vio apoyada en el umbral de la puerta, los brazos cruzados en el regazo, el pañuelo mojado en la mano.

—¿Le apetece un café? —preguntó afable—. Creo que se lo ha ganado.

Él asintió. Vio la oportunidad de indagar algo más en los pensamientos de aquella mujer.

Entraron en la amplia cocina, muy similar a la de la señora Metzger, pero más actual. Sobre las blancas encimeras se apilaban cajas de vasos, rimeros de platos por colocar, copas envueltas aún en papel, cacerolas, sartenes. Algunas de las puertas de los armarios estaban abiertas. Claudia las cerró todas.

En el centro había una mesa de madera blanca rodeada de cuatro sillas. El ambiente era cálido y agradable. Todo olía a nuevo.

—Perdón por el desorden. Si llego a saber que montar una casa es tan complicado, me habría pensado antes lo de casarme. —Se movía por la cocina con aire despistado—. Creo que nunca podré poner orden a todo esto.

—Entiendo entonces que acaba de casarse.

—El sábado. Mi marido es un hombre muy ocupado y hemos tenido que renunciar al viaje de novios. Pospuesto para el verano... Eso me ha dicho, pero no me hago ilusiones. Si ganamos las elecciones, no volveré a verlo —dijo regodeada en la exageración.

—¿Quién cree que va a ganar?

—Hitler, por supuesto —afirmó ella—. El partido nazi está preparado para tomar las riendas del país. Todo irá mejor en Alemania cuando el Führer esté al mando.

Mientras hablaba buscaba la cafetera entre aquel caos. Cuando la encontró, la llenó de agua, puso el café y la colocó sobre el fuego.

—¿Está segura?

Ella se detuvo en seco y se volvió hacia él, sorprendida por la duda.

—Por supuesto que lo estoy. ¿Usted no?

—No estoy tan convencido como usted... En realidad, deseo que no gane.

—¿No será comunista? —inquirió sobresaltada.

—Noooo. —Yuri rio a carcajadas—. De ninguna manera. No podría serlo, lo sufrí en mis propias carnes. No lo soy, pero tampoco me terminan de persuadir los métodos del nacional-socialismo. Me gusta la democracia.

—La democracia tiene muchas grietas por las que el pueblo se desangra poco a poco. Mire cómo está Alemania desde que tenemos democracia, cada vez más hundida.

—El problema es ese: la perfección que pueden llegar a alcanzar los totalitarismos, cualquiera de ellos, da igual del signo que sean.

—El nazismo no es totalitario, es la única forma de unir al pueblo alemán para conseguir hacer una Alemania fuerte, una potencia mundial. Eso es el nazismo.

—Solo el tiempo dirá si tiene usted razón, o la tengo yo.

Ella lo miraba con una insistente fijeza, como si estuviera analizando sus palabras.

—¿De dónde es usted? Seguro que de aquí no, le delata el apellido y el acento, aunque su alemán es casi perfecto.

—Soy español... Bueno, en realidad soy ruso, nací en la antigua San Petersburgo.

—¿Cuánto tiempo lleva en Berlín?

—Desde primeros de año.

—Y ¿qué hace en Berlín un español nacido en Rusia?

—Trabajo en la embajada española.

Claudia se despojó del delantal y lo colgó en un perchero que había detrás de la puerta. Yuri había dejado su abrigo y el sombrero sobre una silla, pero permanecía de pie.

—Siéntese, por favor —dijo ella mientras fregaba dos tazas que había desembalado de entre un montón de papeles.

Antes de tomar asiento, Yuri se acercó al fregadero.

—¿Puedo? —preguntó mostrándole las manos sucias de coger paquetes.

—Claro. —Claudia le tendió una pastilla de jabón—. Iré a por una toalla.

—Me vale uno de esos paños. —Yuri señaló con la barbilla un montón de trapos de cocina perfectamente plegados sobre la encimera.

Mientras se lavaba la miró de reojo. Tenía una belleza extraña, una combinación de fuerza y delicadeza; su cara redonda, de facciones perfectas, los labios carnosos y rosados, cuando sonreía resaltaban los dientes blancos y bien alineados. La tela húmeda del vestido se pegaba a su pecho marcando la suave curva de sus senos. La mirada de Yuri se quedó clavada en aquella ondulación. En ese instante, como si hubiera percibido el fuego en su mirada, Claudia se volvió hacia él; sus labios trazaron una sonrisa y se redondearon sus mejillas rosadas. Yuri no podía evitar sentirse atraído por la luz de aquellos grandes ojos de un verde intenso, casi transparente.

Cuando la cafetera empezó a borbotear, un agradable aroma inundó la estancia. Se sentaron a la mesa y ella sirvió el líquido humeante en ambas tazas.

Yuri sacó un paquete de R6 del bolsillo de su chaqueta; los

Ideales que había traído de Madrid se le habían acabado hacía una semana.

—¿Fuma?

—Mi marido odia el tabaco.

—Pues que no fume —resolvió Yuri manteniendo su oferta.

Ella cogió el cigarro y se lo llevó a los labios. Yuri prendió primero el de ella y luego el suyo. Claudia dio una larga bocanada y cerró los ojos.

—Casi se me había olvidado lo bien que sabe —dijo con un suspiro de satisfacción.

Durante un rato quedaron abstraídos en el humo desprendido de los cigarrillos, sin saber qué hacer o decir. Fue Yuri quien rompió el silencio:

—Enhorabuena por su matrimonio.

—Gracias. Y usted, ¿tiene novia?

—No, pero no descarto encontrar el amor. Tal vez lo haga aquí, en Berlín. Estoy comprobando la belleza de la mujer alemana.

—Olvídese de eso. Las mujeres alemanas son para los alemanes —sentenció ella con una mueca, expectante por su reacción.

Yuri alzó las cejas.

—Dicen que el amor no conoce de fronteras, ni mucho menos de nacionalidades.

Claudia se retrepó en la silla y cruzó las piernas. Mantenía el cigarro pinzado entre los dedos, el brazo pegado al cuerpo y la mano frente a su rostro, entrecerrados los ojos, como si se ocultase tras las sinuosas hileras blanquecinas del humo que ascendían lentas hasta desvanecerse por el aire de la cocina.

—Alemania no es como los demás países. Las mujeres alemanas tenemos la obligación de salvaguardar la pureza de la raza aria, y para eso debemos casarnos con hombres arios.

—Lo tengo complicado entonces, con mi mezcla no sería posible enamorar a una mujer alemana.

—Ni lo intente.

—¿Hay alguna ley que lo prohíba?

—Por ahora no, tal vez más adelante.

Yuri se había llevado el café a los labios y, durante unos segundos, la miró por encima de la taza tratando de averiguar si le hablaba en serio o le estaba tomando el pelo.

—¿Piensa realmente eso? —preguntó.

—Claro que sí —respondió ella con exagerada firmeza.

—La ideología nazi, claro. —Yuri cargó sus palabras de ironía.

—Una ideología que beneficia a los alemanes.

—Tengo entendido que ese beneficio abarca solo a una parte de los alemanes.

—A los verdaderos alemanes.

—¿Y quiénes son los verdaderos alemanes? ¿Quién decide quién es buen o mal alemán? ¿Los camisas pardas? A esos los conoce usted bien, sabe cómo actúan. Si paseando por la calle deciden que un chaval es un mal alemán, lo apalean y encima, si algo sale mal, se le culpa a él y listo... De eso sabe usted mucho —le insistió.

—No sé de qué me está hablando —replicó ella impertérrita.

—Sabe perfectamente de lo que hablo.

Yuri la miraba sin parpadear, mientras que ella a duras penas le mantenía la mirada. Negó con la cabeza, en un intento de conservar la dignidad.

—Es usted extranjero, lleva aquí muy poco tiempo. No tiene ni idea de lo que ha padecido este país. Hay cosas que no puede entender si no es alemán.

Los sentimientos de Yuri rebotaban en su interior como bolas de billar impelidas por la fuerza de aquella mujer. Había algo en ella contradictorio, chocante, incompatible. No podía evitar sentir una fuerte atracción hacia ella, embaucado por aquella belleza como un bebedizo capaz de anular la voluntad, un hechizo roto tan solo por su discurso.

108

—El hecho de ser extranjero no quiere decir que sea ciego, y mucho menos estúpido —soltó al fin tratando de librar la mente de la seducción de su mirada.

—No he dicho que sea estúpido, tan solo digo que no puede entender la revolución que este país necesita.

—¿Revolución? —preguntó Yuri con una sonrisa mordaz—. ¿Forma parte de su revolución condenar a un inocente a sabiendas de que lo es?

—No sé de qué me está hablando —repitió ella.

—Miente. Igual que miente al decir que no me conoce, y ha mentido ante la policía.

Ella lo miraba ahora desafiante, sin moverse, apenas sin pestañear, como si lo quisiera fulminar con la fuerza de sus ojos.

—No le había visto en mi vida. —Su voz salió como un susurro rabioso.

Yuri se sentía cada vez más paralizado, como si de aquella mirada surgiera la hilera de una telaraña que se estuviera tejiendo a su alrededor. Tenía que cortar aquello, moverse para quedar liberado de la taumaturgia de sus ojos. Se llevó el cigarro a los labios, aspiró, lo aplastó con fuerza en el cenicero y echó el cuerpo hacia delante para acercarse más a ella y asegurarse de que lo escuchaba con atención. Le soltó del tirón lo que estaba deseando decirle desde que había chocado con ella en el portal.

—Claudia, usted y yo nos conocimos el 30 de enero, a pocos metros de aquí. Fue usted la que detuvo la paliza que nos estaban propinando a Axel Laufer y a mí. Muy valiente por su parte, y se lo agradeceré siempre. Pero es obvio que fue usted quien inculpó a Laufer del asesinato cuando sabía que no era cierto.

Ella permaneció impávida, como si las palabras le resbalasen igual que el agua de lluvia sobre una superficie impermeable.

—No tengo ni idea de lo que me está diciendo.

—Algún día averiguaré por qué miente y a quién encubre a costa de un inocente. No le quepa la menor duda de que no pararé hasta desenmascarar al verdadero asesino para que asuma su culpa. —Se puso de pie—. Tengo que marcharme. —Cogió el abrigo y el sombrero, y le habló en tono amable—: Gracias por el café. Si algún día quiere contarme la razón que la ha llevado a condenar a un hombre inocente ya sabe dónde encontrarme.

En ese momento se oyó la cerradura de la puerta. Claudia, extrañada, consultó su reloj de pulsera. Apagó el cigarrillo y se levantó en el instante mismo en el que apareció un hombre vestido con el impecable uniforme de las SS, la gorra de plato bajo el brazo, el pelo muy rubio y largo excepto el rapado de la nuca y por encima de las orejas. El semblante se le crispó al verlos juntos.

—Ulrich... ¿Qué haces aquí? —preguntó Claudia—. No te esperaba tan temprano.

—Ya lo veo. —Su tono sonó agrio y áspero.

El recién llegado miraba a Yuri con gesto arrogante, claramente molesto por la presencia de aquel intruso en su cocina.

—He traído algunas cosas que tenía en casa de mis padres —añadió Claudia—. Yuri Santacruz vive en la buhardilla y se ha ofrecido a ayudarme.

Sin embargo Ulrich parecía no escucharla, sus ojos seguían clavados en Yuri, que permanecía de pie, el sombrero en la mano y el abrigo colgado en el brazo; recordaba haber visto aquel rostro en la cervecería cuando estaba con Fritz. Cuando Claudia lo nombró, se acercó a Ulrich mostrándose cordial. Era alto y delgado, el rostro cuadrado y rudo, los ojos grises saltones y muy abiertos como los de un búho. Extendió el brazo y le tendió la mano mientras le hablaba.

—Un placer conocerle, *herr...*

—Von Schönberg —aclaró de inmediato Claudia—, Ulrich von Schönberg. Es mi marido.

Ulrich le tendió la mano y los dos hombres se la estrecharon. El alemán no abandonó en ningún momento el rictus serio, desconfiado. Yuri aflojó la presión y soltó la mano.

—Tengo que marcharme.

Ulrich permanecía delante de la puerta y apenas se inmutó cuando Yuri lo esquivó para salir al pasillo. Claudia lo siguió hasta la puerta.

—Gracias por su ayuda —dijo al abrir.

Ya en el rellano, Yuri sonrió lacónico, asintió y se alejó hacia la escalera.

Cuando ella cerró, Yuri ralentizó el ascenso y se mantuvo alerta, pero solo percibió el silencio.

Al otro lado de la puerta, Claudia regresó a la cocina. Ulrich había dejado la gorra de plato sobre la mesa y miraba las dos tazas cuando ella apareció.

—¿Qué significa esto? —preguntó.

Ella recogió las tazas, las llevó a la pila y se puso a fregarlas de espaldas a él.

—Ya te lo he dicho, me ayudó a subir los paquetes del coche y lo invité a un café. Me pareció lo más correcto. —Hablaba sin mirarlo, pero sentía sus ojos clavados sobre ella como dos afiladas ganzúas. Dejó las tazas, se secó las manos con el mismo paño que había utilizado Yuri y se volvió hacia su marido, que permanecía plantado en medio de la cocina a la espera de una explicación. Claudia se apoyó en la encimera y se cruzó de brazos como si le fuera a decir algo trascendental—. Es el que defendió a Axel Laufer. Me ha reconocido, sabe que fui yo quien testificó en su contra.

—Lo sé.

—¿Lo conocías? —preguntó ella sorprendida.

111

—Mi padre me dijo que estuvo en la comisaría hace un par de semanas intentando prestar testimonio en favor de ese Laufer... El muy imbécil. ¿Qué le has dicho tú?

—He negado conocerlo. Pero lo sabe. Y si me ha reconocido a mí, puede reconocer a mi hermano.

—Mi padre cree que no debemos preocuparnos demasiado. Es un infeliz con pretensiones de justiciero. Si resulta molesto, será fácil deshacernos de él.

—Vive en este mismo edificio, me cruzaré con él a menudo. —Claudia hizo una breve pausa—. ¿Crees que puede traer problemas a Franz?

—Tu hermano ya es un problema. En menudo lío se ha metido. Tengo que hacer algo con él.

—Franz no tuvo la culpa, ya te lo dije. Se defendió.

—Mató al hijo de uno de los mejores amigos del Führer, ¿es que no lo entiendes? Hitler está furioso, consideraba a Peter como un hijo. Quiere un culpable. —Ceñudo, su vehemencia le aceleró la respiración, las ventanas de su nariz moviéndose con rapidez, intentando captar aire—. Si trasciende que fue mi cuñado quien mató a Peter von Duisburg, tendré que dar muchas explicaciones. Y no me gusta tener que justificarme por errores ajenos.

—¿Qué ha sido de los otros chicos? ¿Los que estaban en la pelea? Ellos también fueron testigos.

—Ya me he hecho cargo de ellos —sentenció—. Al único a quien hay que vigilar de cerca es a este extranjero. Pensándolo bien, no es tan malo que viva aquí. Así lo tendremos más controlado.

—Es medio ruso y medio español. Podría ser un espía.

—Qué sabrás tú de espías —dijo Ulrich con una mueca displicente—. Mantente alejada de él. Lo demás déjalo en mis manos, ¿de acuerdo?

—Lo intentaré, aunque pase por una vecina antipática y maleducada —añadió ella con cierta guasa.

Él la observó un rato. Al final se acercó a su esposa con una sonrisa ladina y acarició sus mejillas, la envolvió con sus brazos por la cintura y la atrajo hacia él. La besó en los labios y se separó de inmediato contrariado.

—¿Has vuelto a fumar?

—No es fácil dejarlo, ya te lo dije. Además, me gusta fumar —agregó con un deje desafiante.

Ulrich la observó durante unos segundos, fulminándola con la mirada, pero el reproche quedó anegado por el deseo. Volvió a besarla en los labios, ella se dejó hacer.

La excitación de Ulrich reventaba a medida que sus manos parecían multiplicarse por cada rincón del cuerpo sometido de Claudia, sus labios lascivos recorriendo su cuello y su pecho, avasallador como siempre; con torpes prisas le levantó la falda hasta la cintura y le arrancó la braga. Luego dejó caer los pantalones hasta los tobillos. Sin tregua, la apoyó en la misma mesa en la que hacía un rato había estado tomando un café con Yuri. La espalda sobre la madera, el cuerpo de Ulrich entre sus piernas, sintiendo las embestidas, Claudia cerró los ojos y, sin poder evitarlo, se excitó pensando en su vecino español.

Claudia Kahler y Ulrich von Schönberg se habían conocido cuatro años atrás. Él se fijó en ella de inmediato; ella se resistió a sus encantos durante mucho tiempo y se convirtió así en un reto. Ulrich se había formado como piloto de la Luftwaffe en las bases rusas que se establecieron a mediados de los años veinte, bases secretas en las que el ejército alemán burlaba los pactos de Versalles, pero tuvo que dejar de pilotar cuando un accidente le afectó la movilidad de un brazo. Gracias a los contactos de su padre, se incorporó sin dificultad en las SS y ascendió con rapidez hasta convertirse en uno de los asesores del Reichsführer-SS Himmler.

Más le costó ganarse el corazón de Claudia. Le enviaba flores cada día, la invitaba a los mejores palcos del teatro y de la ópera, le hacía regalos caros, la llevaba a los restaurantes más selectos de la ciudad, la paseaba en su espléndido Adler descapotable. Claudia se encontraba cómoda en su compañía: era educado, atento, tenía buena conversación, aunque pecaba de exceso de seriedad, demasiado envarado, siempre con su uniforme, como si estuviera de servicio las veinticuatro horas del día. No es que le desagradase aquel férreo sentido del deber, al contrario, le parecía adecuado para un hombre de su posición, pero a ella le gustaba más divertirse —jugar al tenis, acudir a las fiestas, vivir sin otra preocupación que saber qué vestido ponerse o elegir el perfume adecuado—, y reconocía que a veces se aburría soberanamente a su lado.

Durante aquel periodo, Ulrich, astuto y paciente, no solo trataba de abatir la resistencia de Claudia al compromiso, sino que actuó ganándose el favor incondicional de los Kahler. Los visitaba a menudo, les llevaba regalos, les facilitaba la vida en todo lo que estaba en su mano. Franz, hermano de Claudia tres años menor que ella, estudiaba una ingeniería sin mucho éxito, era un botarate perezoso, toscamente impulsivo y superficial, y su tendencia a rodearse de malas compañías lo estaba precipitando a una oscura deriva. Su actitud errática se resolvió cuando Ulrich llegó a sus vidas. Con mucha habilidad por su parte, propuso a Franz unirse a las tropas de asalto: tendría un buen sueldo y le prometió que en poco tiempo le proporcionaría un ascenso. El hermano de Claudia aceptó y se enfundó el uniforme pardo. A los pocos meses, el mismo día que cumplía veinte años, Franz recibió el nombramiento de *truppführer*, con dos pines abotonados a su cuello. Aquel ascenso provocó no pocos recelos entre muchos de sus compañeros, que consideraron un trato privilegiado para un chico demasiado joven, visceral y falto de autoridad. Ante las críticas, Franz se refugió bajo el ala de Ulrich y, desde entonces, se convirtió en su fiel y leal escudero.

En cuanto a los padres de Claudia, Herbert y Erika Kahler —mediocre cardiólogo él, y ambiciosa clasista ella—, el sentir fue dispar desde el inicio. Allí donde Herbert veía reticencias —su hija era su ojito derecho y auguraba en ese joven un tanto controlador y siete años mayor que ella el fin de sus sueños de verla convertida en médica—, su mujer veía la posibilidad de llegar a moverse en la alta sociedad berlinesa. Erika llevaba siete años afiliada al Partido Nacionalsocialista de Hitler y estaba entusiasmada con aquel hombre, aquella manera de hablar, de expresar, de enardecer a las masas. Durante un tiempo había trabajado como funcionaria del servicio postal; allí conoció a Trude Mohr, con quien colaboró en la fundación de la rama femenina de las Juventudes Hitlerianas, con el objetivo de enseñar a las jóvenes alemanas la tradición y el rol como mujeres dentro de la sociedad, además del ideario nazi. Fue en una de las recepciones organizadas por altos cargos de las Juventudes Hitlerianas, a las que asistían también los mandos de la Liga de Muchachas, donde conocieron a Ulrich von Schönberg. Desde el primer momento Erika se mostró encantada con él y puso mucho de su parte para facilitarle las cosas en la inicial resistencia de su hija, además de abonar el terreno para que su marido cayera en sus redes. Ambos, Erika y Ulrich, se utilizaron mutuamente para sus propios intereses. Para Erika, la idea de emparentar con la familia Von Schönberg suponía el tan ansiado ascenso social. Por ello, con una sabia y sibilina insistencia, terminó de convencer a su hija del buen partido que aquel hombre era y de lo enamorado que estaba de ella.

El compromiso de la pareja se hizo oficial con una gran fiesta en la casa de los Von Schönberg, a la que asistieron, entre otros, figuras ya eminentes del partido, como el matrimonio formado por Magda y Joseph Goebbels, encargado de la comunicación como herramienta de promoción del partido y que poco tiempo después sería nombrado ministro de Propaganda en el primer gobierno de Hitler. La personalidad y el estilo que derrochaba Magda Goebbels resultaron impactantes para Erika Kahler, que desde entonces cayó rendida a sus encantos. La seguía a todas partes de forma descarada como un perro faldero, y gracias a su hábil insistencia para todo aquello que se proponía, consiguió entrar en su círculo más íntimo, no tanto por la empatía que Magda Goebbels sentía hacia ella como porque Erika Kahler le rendía una panegírica pleitesía, y eso resultaba muy del gusto de la altiva señora Goebbels.

La boda, celebrada el 18 de febrero de aquel año, se convirtió en un acontecimiento social, una mezcla de dirigentes del partido nazi con lo más exquisito e influyente de la alta sociedad berlinesa. Adolf Hitler regaló a los recién casados una edición especial de *Mi lucha* con una encuadernación de lujo y papel de biblia, dedicado y firmado por el propio autor, lo que a criterio de Erika le daba un valor incalculable.

Guapos los dos, rubios, de ojos claros y piel blanca, fuertes, sanos. Se decía de ellos que representaban el matrimonio ario perfecto. Y ella había llegado a creérselo.

Principio de la silenciación.
Acallar las cuestiones sobre las que no se tienen argumentos y disimular las noticias que favorecen al adversario, también contraprogramando con la ayuda de medios de comunicación afines.

Principios de propaganda de GOEBBELS

Los acontecimientos en Alemania se precipitaban como una cascada incontenible. Las elecciones convocadas para el 5 marzo estuvieron precedidas de un hecho insólito que alteró por completo la marcha de la campaña electoral, sobre todo para los miembros de los partidos opositores de izquierdas al omnipresente partido nazi. En la noche del 27 de febrero, un incendio claramente intencionado arrasó el Reichstag. Marinus van der Lubbe, un comunista holandés, fue detenido y acusado de ocasionar el fuego. Aquello lo utilizó Hitler como prueba irrefutable de la existencia de un complot bolchevique orquestado con la pretensión de hacerse con el poder por la fuerza mediante una revolución violenta. Ante el peligro inminente, el canciller convenció al presidente de la República, el viejo Hindenburg, para aprobar un decreto de excepcionalidad, mediante el cual quedaban sin efecto algunos de los derechos constitucionales como la libertad de prensa, de expresión y de asamblea, así como el secreto postal y telefónico, lo que otorgaba a los policías pleno derecho a efectuar registros domiciliarios, detenciones e incautaciones sin mandato judicial previo. Uno de los detenidos fue el abogado Hans Litten; su particular calvario había empezado.

La campaña electoral se vio adulterada, ya que a los partidos marxistas o de corte comunista se les prohibió celebrar mítines y cualquier propaganda electoral y además la mayoría de sus dirigentes permanecían detenidos sin causa justificada, como medida de prevención.

El partido nazi ganó las elecciones, pero sin llegar a su objetivo, que era obtener la mayoría absoluta. Con la excusa de romper la parálisis de ingobernabilidad que desde hacía tres años sufría el Reichstag, Hitler buscó coaliciones con las fuerzas políticas conservadoras, de centro y los católicos, deseosos de formar un frente común contra la amenaza comunista. Ante la imposibilidad de usar el edificio del Reichstag, el Parlamento se reunió en la Ópera Kroll, junto a Königsplatz: un teatro que resultó perfecto para la puesta en escena de aquella obra maquiavélica que estrenaba Adolf Hitler. La disposición se adaptaba a lo que serían en el futuro los trámites parlamentarios: en el escenario los miembros del gobierno, los secretarios y el presidente del Parlamento, Hermann Göring, nombrado por Adolf Hitler y uno de sus hombres de confianza. Los diputados ocupaban la platea, el cuerpo diplomático fue situado en el palco de honor, y los invitados y la prensa se repartían entre el resto de los palcos, anfiteatro y la segunda galería. Los únicos actores de aquella tramoya eran los que ocupaban el escenario: el gobierno y su presidente.

Yuri asistiría a aquella sesión parlamentaria inaugural del 23 de marzo en compañía de Fritz, y sería testigo directo de cómo se desarrolló en un complicado debate sobre la aprobación de la llamada ley de habilitación, en virtud de la cual el Reichstag concedía de facto el poder absoluto a Hitler. Tras exaltados debates y soflamas amenazantes de los representantes del partido nazi contra todo el que se opusiera a la propuesta presentada por el canciller, la ley quedaría aprobada y las cosas que antes se intuían empezarían a hacerse cada vez más visibles. La República de Weimar, cuyo único baluarte era el viejo y agotado Hindenburg, cedía terreno temerariamente a un nuevo régimen en el que se acumulaba el poder alrededor de un solo hombre, Adolf Hitler, apoyado por un solo partido, el partido nazi. Fritz quedaría desolado ante lo evidente y Yuri comenzaría a ser consciente de los peligros que se cernían sobre Alemania.

La amistad que se fraguó entre ambos resultó un aliciente para Yuri. A menudo los dos amigos se reunían a media tarde y podían permanecer hablando hasta bien entrada la noche. Solían quedar en una cervecería cerca de la estación de Friedrichstrasse, y siempre terminaban en casa de Fritz, compartiendo con Nicole su punto de vista como americana; fumaban y bebían vino español o jerez que Yuri conseguía gracias a los contactos de su jefe en la embajada. Aquellas veladas le resultaban a Yuri muy reconfortantes. Era la primera vez que sentía algo parecido a la amistad.

Así como sabían del paradero de Hans Litten en la prisión de Spandau, detenido durante las redadas de la policía a consecuencia del incendio del Reichstag, por más que lo habían intentado no habían hallado rastro de Axel Laufer. Era como si se lo hubiera tragado la tierra, nadie sabía nada de él, ni dónde estaba detenido.

Desde el día siguiente a que se lo llevasen a la fuerza, cada mañana, a primera hora, Dora Laufer acudía a la comisaría para preguntar por su hijo y siempre obtenía la misma respuesta: nada sabían de ningún Axel Laufer. Ella insistía inmune al desaliento. La trataban con desprecio, como si fuera una loca, pero Dora no se rendía y a la mañana siguiente volvía a hacer cola junto a otras madres, otras esposas, otras hermanas, mujeres de rostro afligido que intentaban conocer el hado de sus hijos, maridos, hermanos; mujeres que reclamaban saber dónde estaban sus hombres.

Por su parte, el señor Laufer arregló los desperfectos de la farmacia. Cubrió con cartones los agujeros del cristal de la puerta y del escaparate, a la espera de que se los reparasen, y una vez ordenado el interior, el boticario se armó de valor y abrió su negocio. De vez en cuando veía a grupos de jóvenes, chicos y chicas de las Juventudes nazis, que parecían patrullar su calle; algunas veces se apostaban en la puerta de la botica, sentados en el escalón de entrada, lo que entorpecía el paso de la clientela, cada vez más mermada. De repente nadie parecía tener ninguna dolencia que curar. De los pocos que seguían entrando, los había amables que le daban ánimos, defendían la teoría de que esto pasaría pronto y lo alentaban a no preocuparse, pero Julius Laufer notaba un cambio en el trato. Solían entrar apocados, compraban mirando hacia la calle, como si estuvieran haciendo algo malo, digno de vergüenza; eludían entablar conversación, muy a pesar de Julius, que gustaba de preguntar por la familia y mostrarse afectuoso con sus clientes. Alguno hubo que lo llamó por teléfono para disculparse con él; con pesar y en voz baja le decían que lo sentían muchísimo pero que no podían hacer otra cosa, que tenían sus familias, sus negocios, sus trabajos, y que habían recibido amenazas para que dejasen de ser clientes de la farmacia. Julius Laufer trataba de restarle importancia, intentando descargarles de culpa la conciencia.

Dora también tuvo lo suyo. Desde la misma mañana de la detención de Axel, comenzó a recibir llamadas de clientas anulando encargos de trajes, algunos ya empezados, con la tela comprada y pagada por ella, o le reclamaban la ropa que le habían llevado para arreglar, daba igual que el trabajo no se hubiera terminado aún, querían retirarlo de forma inmediata. Hubo algunas clientas de toda la vida que ni siquiera le pagaron lo debido por los arreglos ya realizados: cogían sus prendas y se marchaban muy ufanas, como si hubieran salvado sus vestidos de un lugar apestado. Igual que le ocurría a su marido, solo unas pocas mantuvieron depositada la confianza del arreglo de su ropa en las hábiles manos de Dora. Ninguno de los dos alertó al otro de los desprecios sufridos; intentando minimizar la propia aflicción, se guardaban cada desplante como un secreto inconfesable.

Pero lo más grave para los Laufer aún estaba por llegar. Dos semanas después de la desaparición de Axel, se presentó en la farmacia un hombre grueso, calvo, de ojos pequeños y oscuros, vestido con traje milrayas y gabardina, sombrero gris y las manos enguantadas. Dijo representar a un tal Hendrich, también farmacéutico. Le explicó que el señor Hendrich tenía un hijo que acababa de licenciarse en Farmacia, un chico brillante y con futuro, le dijo. Laufer pensó que aquel hombre llegaba con la pretensión de que contratase al chico como mancebo para su aprendizaje. No tenía necesidad de ello, no obstante, lo escuchó complaciente. Estaba a punto de despacharle cuando aquel individuo sacó del bolsillo de su chaqueta un cheque bancario con una cifra irrisoria.

—Le compro la farmacia.

El señor Laufer, sorprendido, esbozó una mueca de extrañeza.

—Discúlpeme, caballero —trató de ser amable—, no tengo intención de vender mi farmacia. Es mi forma de vida y no la abandonaría ni por todo el oro del mundo. Aún me quedan unos años para jubilarme y pienso seguir al pie del cañón mientras las fuerzas me lo permitan.

El otro no contestó. Se irguió con el rostro serio, cogió el talón, se lo guardó y se marchó, pero al día siguiente regresó. La corrección y amabilidad del primer día habían desaparecido. Sin mediar palabra, le puso sobre la mesa otro cheque con la mitad del precio que le había ofrecido el día anterior, un precio ridículo en cualquier caso por una farmacia a pleno rendimiento y con una buena clientela, al menos hasta aquel momento. Pero lo peor no fue el descaro de la miseria que le ofrecía, sino la advertencia que añadió al cheque: cada día que rechazase la oferta, el precio se reduciría. Sin perder nunca las buenas maneras, Julius Laufer le insistió en que no tenía intención de vender, y le pidió, prodigando educación, que se olvidase del asunto. A cada negativa, el hombre se marchaba y regresaba al otro día. Y así durante toda una semana, cada vez con una oferta más baja y una actitud de sibilina agresividad, algo que desconcertaba profundamente al boticario.

Las cosas se complicaron aún más cuando una mañana, muy temprano, se presentaron en la casa de los Laufer dos hombres con traje y corbata reclamando la presencia de Dora en la comisaría. Se la requería para declarar sobre un asunto del que no le dieron cuenta. Todo fue muy rápido, demasiado para los aturdidos Laufer. Julius quiso acompañarla, pero no se lo permitieron. La sacaron a empellones, vestida con la bata guateada que cubría el camisón, la tuvieron que llevar a rastras porque ella se negaba a irse sola, reflejados en su rostro el susto, el miedo y la incredulidad. Julius no sabía qué hacer, iba detrás de ella, suplicando que lo dejasen ir, hasta que, en la calle, al introducirla en el coche, uno de los hombres se volvió hacia él y lo empujó con tanta fuerza que le hizo perder el equilibrio y acabó sentado sobre un charco. Retrepado sobre los adoquines mojados, roto por la impotencia de no poder hacer nada, mantuvo los ojos clavados en el coche que se alejaba llevándose a su querida esposa.

Arrasados los ojos por el llanto, Julius Laufer intentaba levantarse cuando sintió que una mano lo agarraba y le servía de apoyo. Al alzar la vista para agradecer su gesto se encontró con la sonrisa ladina del insistente comprador.

—¿Está usted bien, *herr* Laufer?

El farmacéutico no contestó y rechazó la mano tendida. Sollozando como un niño, consiguió por fin ponerse en pie. Tambaleante, sin hacer caso a aquel hombre cuya presencia era como una mala pesadilla, se dirigió hacia el portal. Tiritaba, no solo por el disgusto y la desesperación, sino porque se sentía aterido, iba descalzo, había perdido las zapatillas en la carrera detrás de su esposa y tenía empapada la tela del fino pijama que se le pegaba al cuerpo con una desagradable y fría sensación. Cuando llegó a la puerta de su casa, que había quedado abierta de par en par, entró y al ir a cerrar descubrió que su pesadilla lo había seguido.

—Váyase, por favor, no puedo atenderle ahora —balbuceó temblando—. Ahora no... Se acaban de llevar a mi esposa y no sé qué hacer.

—No tiene de qué preocuparse, *herr* Laufer, yo puedo ayudarlo. Tengo buenos contactos. Si usted me lo pide, haré una llamada y le aseguro que en menos de una hora la señora Laufer estará de vuelta y todo este asunto habrá terminado.

Dolorido y sobrecogido por los acontecimientos, el señor Laufer lo miró como si tuviera delante al mismísimo diablo.

Dora Laufer regresó al cabo de dos horas, después de que el señor Laufer firmase un contrato de venta no solo de su farmacia, sino también de la casa que habitaban con todos sus muebles. Lo único que podía retirar eran los utensilios personales y la ropa, todo lo demás entraba en la venta. Tenían un plazo de veinticuatro horas para abandonar el piso. Todo por el precio de un único marco.

☙

Principio de la exageración y desfiguración.
Convertir cualquier anécdota, por pequeña que sea, en amenaza grave.

Principios de propaganda de Goebbels

Yuri observaba a través de la ventanilla del coche el extenso parque de Tiergarten, una arboleda en el corazón de la ciudad que aún guardaba los colores fríos del invierno. Era 24 de marzo, el día siguiente de la constitución del Parlamento.

Erich Villanueva iba al volante del lustroso Mercedes Benz Mannheim Cabriolet descapotable de color granate. Su interior todavía olía a nuevo, a piel recién curtida, al barniz de las maderas con las que se remataban los detalles de aquel lujoso vehículo. Se le veía contento, orgulloso: el ruido del motor le parecía música celestial, la comodidad en la conducción y la perfección de los acabados le confirmaban que los alemanes sabían cómo fabricar coches de calidad.

—¿Qué te parece, Yuri? No me digas que no es una delicia conducir con esta máquina.

—No lo dudo —dijo regocijado—, debe de serlo, una verdadera maravilla.

—¿Te gustaría tener uno así?

—A quién no. Pero creo que, en mi caso, llamaría demasiado la atención.

—¿Y es que no te gusta llamar la atención? Las mujeres se rendirían a tus pies.

—Puede que tenga razón —resolvió Yuri con una sonrisa complacida.

Villanueva le echó un rápido vistazo.

—Ya va siendo hora de que tengas coche propio.

—No me llegan los ingresos para tanto, bien lo sabe usted. El sueldo de la embajada apenas me da para pagarle el alquiler a *frau* Metzger y poco más. Y los dos viajes que he hecho a Suiza tan solo me han dado un respiro.

—Ten paciencia, Yuri. Por ahora te dejaré conducir mi antiguo Ford. No me gustaría venderlo, y se deteriora si permanece aparcado.

—¿De veras me va a dejar su coche? —preguntó sin terminar de creérselo.

—Siempre y cuando me lo cuides como se merece.

—No lo dude. —Sus labios se abrieron en una gran sonrisa—. Se lo agradezco mucho. No sé qué decir. —Hablaba entusiasmado, entre la incredulidad y la alegría—. Le aseguro que lo cuidaré con todo esmero.

—Te dará más libertad —insistió—. Esta misma semana podrás hacer kilómetros con él. Hay un trabajo que te reportará un buen pellizco para estar más cerca de un buen coche.

—¿Otro maletín? —A pesar de sus recelos iniciales, había ahora un deje de satisfacción en el tono.

—En esta ocasión, además del maletín tendrás que acompañarte de dos personas.

—¿Dos personas?

—Hay gente que necesita salir del país con cierta urgencia, pero por alguna razón, que a nosotros no nos incumbe, les resulta muy complicado hacerlo.

—¿Se refiere a judíos? He oído que muchos pretenden abandonar Alemania, al menos por una temporada.

—Esta vez no son judíos, son alemanes arios, aunque con el grave inconveniente de tener ideas propias. Se trata de un matrimonio. El hombre dirige una importante empresa de muebles. Se le ocurrió firmar un manifiesto contra las leyes que están acabando con la democracia de la República de Weimar.

Yuri asintió, sabía a qué manifiesto se refería porque había hablado de ello con Fritz Siegel. Villanueva seguía hablando:

—Fueron más de cien los firmantes, catedráticos, escritores, empresarios, médicos, abogados, judíos y no judíos, gente comprometida con una causa perdida en estos tiempos. —Soltó la mano derecha del volante y la agitó como si se diera impulso para continuar—. Todos los firmantes han tenido problemas. Muchos han sido detenidos acusados de derrotistas, los más han sido apartados de sus puestos de trabajo, o se han quedado sin forma de ganarse la vida; otros han muerto en extrañas circunstancias, accidentes, suicidios. Hay un librero que se ha esfumado de la faz de la tierra, desaparecido cuando regresaba de su librería. Nunca llegó a su casa; se encontró su coche aparcado en una calle cercana a su domicilio, con sus pertenencias intactas, pero de su paradero nada se sabe. Los pocos que se han librado es porque han salido de Alemania a tiempo, o porque están ocultos; y este es el caso. El matrimonio que tienes que trasladar a Suiza está escondido.

—¿En la embajada?

—No exactamente. Y por hoy no más preguntas. Conocerás todos los detalles a su debido tiempo. Ahora disfrutemos de esta fiesta.

El coche avanzó por Dahlem hasta que se detuvo frente a una de sus espléndidas mansiones de piedra.

—Aquí vas a conocer a gente muy interesante —le indicó Villanueva—. Quiero que pongas oídos a todo. Habla poco, siempre es mejor escuchar y más en estos ambientes en los que a todos se les va un tanto la lengua. Es importante que entiendas esto: nada de opiniones propias fuera de lugar ni de actuar como si fueras un periodista en busca de información. Aquí, Alemania es el centro y nosotros estamos en él. ¿Lo has entendido?

—No se preocupe, Villanueva, seré el invitado perfecto.

Dos criados uniformados abrieron las puertas de ambos. Yuri descendió del coche, se colocó los puños de la camisa, se ajustó el fajín de raso a la cintura y se aseguró de que la pajarita estaba derecha. Se veía bien con el esmoquin; se lo había tenido que hacer un sastre en tiempo récord y lo iba a pagar en cómodos plazos todo gracias al aval de Villanueva, que lo avisó, con solo una semana de antelación, de su asistencia ineludible a aquella fiesta. Le vinieron a la memoria los recuerdos de su niñez, cuando su madre se arreglaba para ir a alguna recepción o al teatro y terminaba de revisar el esmoquin de su padre. Se conmovió enredado en la adorable imagen: sus padres sonriéndose, felices, en un mundo de ensueño ya desaparecido. Tenía el convencimiento de que si su madre lo viera vestido con aquel esmoquin se sentiría muy orgullosa de él.

Yuri inspiró el aire húmedo y fresco del atardecer. A su espalda oía cómo Villanueva daba instrucciones al criado de cómo tenía que manejar el auto. Mientras esperaba, echó un vistazo al imponente palacete que se alzaba en dos plantas ante sus ojos, con grandes ventanales simétricos que otorgaban armonía a la fachada, rodeado de una verja de barrotes de hierro sobre un muro de ladrillos. Se accedía al jardín por una cancela de hierros curvados, y a través de un camino de tierra se llegaba a los pies de una escalinata de mármol blanco. La puerta de la casa estaba abierta de par en par, y en el porche que la precedía se agolpaban varios hombres y algunas mujeres, todos vestidos de etiqueta, a la espera de que se les permitiera el paso. Era evidente que el acceso estaba restringido.

Apostados en el umbral, dos lacayos elegantemente vestidos comprobaban la identidad de cada invitado. Nadie pasaba si su nombre no estaba en una lista que sujetaba uno de ellos. Por eso a Yuri le sorprendió que, cuando les tocó el turno a ellos, nada más ver a Villanueva los dos lacayos se cuadraron ante él haciendo el saludo nazi al que el secretario de comunicación de la embajada de España respondió sin demasiado entusiasmo, y a continuación le flanquearon el paso.

—Él viene conmigo —dijo Villanueva, adentrándose en el hall con aire marcial.

Yuri le siguió sin que nadie lo impidiera. Se notaba que era conocido en aquella casa. Había varios corrillos y se oía un murmullo constante de voces y risas.

En el enorme vestíbulo, Villanueva saludó a varias personas ignorando la presencia de Yuri que, discreto, se mantuvo a un lado. Entraron en un salón muy amplio lleno de gente repartida en grupos, la mayoría de pie, aunque también había algunos sentados en sillones y butacas distribuidos por varios rincones. La madera del suelo brillaba bajo los acharolados zapatos de los caballeros y los finos tacones de las damas; los techos altos proporcionaban majestuosidad a la estancia; un gran ventanal recorría la parte frontal que se abría a un jardín, el resto de las paredes estaban exquisitamente tapizadas con tela de damasco. En el centro, un músico vestido de frac amenizaba la fiesta sentado frente a las teclas de un piano de cola.

A Villanueva se le veía muy cómodo en aquel escenario. A medida que avanzaban, se iba deteniendo con algún conocido, se saludaban con un apretón de manos o con el *Heil Hitler!*, intercambiaban un par de frases, a veces de forma abierta, otras más confidencial, en voz baja. Yuri admiraba cada día más a aquel hombre que se esmeraba por hacerle la vida más agradable.

En un momento determinado, Villanueva se volvió hacia él y le habló al oído:

—Te voy a presentar a alguien que te puede interesar. Trabaja desde hace tiempo en la embajada rusa. Se trata de Vadim Sokolov. Un hombre discreto y taimado. —Yuri hizo amago de mirar hacia donde le señalaba, pero Villanueva le presionó el brazo, como si lo retuviera—. Sé prudente, Yuri, no te precipites. Con esta gente es necesario preparar bien el terreno para pisar con firmeza, sin resbalones.

Yuri lo miró agradecido y asintió. Solo entonces se acercaron a un grupo y Villanueva llamó la atención de uno de ellos, que estaba de espaldas y se volvió sonriente. Era alto y corpulento, pelo rubio muy corto, rondaba los cuarenta años.

—Villanueva, qué gusto verle por aquí. —Hablaba un alemán muy forzado.

—Estimado Sokolov, tenemos que quedar un día para ponernos al tanto de los asuntos que nos interesan. Pero ahora quiero presentarle a Yuri Santacruz. Trabaja conmigo. Alguna vez le he hablado de él.

Yuri y Sokolov se estrecharon la mano mirándose a los ojos, como si cada uno estuviera analizando al otro. Para responder al saludo, Yuri lo hizo en ruso; en ese momento Villanueva vio a otra persona y se alejó, dejándolos solos.

—Habla muy bien el ruso —alabó Sokolov.

—En realidad, mi nombre completo es Yuri Mijáilovich Santacruz Filatov.

—Padre español y madre rusa —dijo con una mueca ácida—. Extraña mezcla.

—Cierto. —Yuri esbozó una obsequiosa sonrisa—. Nací en San Petersburgo.

—Leningrado —recalcó el ruso.

—Era San Petersburgo cuando yo nací.

Yuri le contó en pocas palabras las razones por las que nació en Rusia.

—Salí de allí con doce años —dijo sin dar más explicaciones.

—¿No ha vuelto a Rusia desde entonces?

—No me ha sido posible. Stalin no me permite la entrada.

—Sus razones tendrá —agregó Sokolov ladino.

—Le aseguro que soy inofensivo —dijo marcando un tono inocente.

—En Rusia nadie es inofensivo.

Ambos se mantenían la mirada, observantes el uno del otro, en apariencia aislados del ruido alemán que los rodeaba, metidos en su propia burbuja rusa.

A pesar de que Villanueva le había dicho que no se precipitase, a Yuri le costaba contenerse. Apretó los labios y bajó los ojos un instante como si tomara impulso.

—Camarada Sokolov, le voy a ser sincero. Mi madre y mi hermano se quedaron en Rusia y hace más de doce años que no sé nada de ellos. Necesito saber si continúan vivos... Tal vez usted podría... —Dudó si se estaba precipitando, pero ya no había marcha atrás—. Tal vez podría indagar sobre ellos —añadió conteniendo la respiración.

Sokolov le dedicó una mirada fría, sus ojos acerados parecían horadar en su conciencia.

—Ha pasado mucho tiempo —dijo con aire despectivo—. En Rusia doce años son como doce décadas.

—Por favor, se lo suplico... —insistió Yuri sin ocultar su desazón—. Necesito saber... —Tragó saliva con un gesto de amargura, como si le dolieran las palabras pronunciadas—. Mi madre se llama Verónika Olégovna Filátova.

—La Unión Soviética es inmensa en territorio y en población. Sería como buscar una aguja en un pajar. —Negó con un movimiento seco, casi brusco—. Lo siento.

—Hay un médico que tal vez sepa qué ha sido de ellos; entonces ya era un hombre importante en el partido, imagino que lo seguirá siendo. Se trata del doctor Smelov, Petia Smelov.

Al escuchar aquel nombre, el ruso no pudo evitar que su

rostro se constriñera levemente, como si de pronto y sin esperarlo hubiera recibido una bocanada de aire helado. Yuri sintió que el corazón se le detenía ante la esperanza de que supiera de quién hablaba. Vio cómo el ruso arrugaba el ceño; sin embargo, tras un segundo de duda, volvió a negar con la cabeza.

—Nunca he oído ese nombre. Han pasado demasiadas cosas en la Unión Soviética desde que usted la abandonó. No tiene posibilidades de encontrarlos, ni siquiera sabe si están vivos o muertos. Se volverá loco si lo intenta.

—Permítame que sea yo quien gestione mi locura —replicó Yuri sin poder evitar la punzada de la decepción. Bajó los ojos al suelo. Se sentía un estúpido implorando ante aquel hombre al que acababa de conocer—. Tal vez..., si hubiera alguna probabilidad de conseguir un visado para entrar en Rusia, yo mismo podría buscarlos.

—Rusia tiene muchos enemigos, Yuri Mijáilovich, por eso se cuida mucho de a quién y para qué permite entrar en su territorio. Lo que pide resultaría muy complicado.

—Podría intentarlo. Estoy dispuesto a pagar. —Pensó que estaba haciendo todo lo contrario de lo que le había aconsejado Villanueva, pero su ansiedad era más poderosa que la solicitada cautela.

Sokolov mantuvo los ojos clavados en los de Yuri.

—No se trata solo de dinero —afirmó.

—Dígame qué quiere a cambio, haré lo que sea...

—Esa es una afirmación demasiado abierta, y muy peligrosa.

Aquellas palabras fueron para Yuri la confirmación de que se estaba aventurando demasiado. De forma instintiva, apretó los puños como un inútil mecanismo de contención, pero no quedaba otra que seguir adelante; temía perder aquella oportunidad.

—¿Podría conseguirme un visado de entrada a Rusia?

—Son trámites que pueden llevar mucho tiempo, tal vez meses, incluso años...

—No me importa esperar.

—Está bien, le tomo la palabra —dijo el ruso tajante—. Tendrá noticias mías.

Se dio la vuelta y se alejó, perdiéndose entre la gente. Yuri lo observó durante unos segundos, hasta que sintió la presencia de Villanueva a su lado.

—Yuri, acércate. Te voy a presentar al anfitrión y quien ha tenido la deferencia de invitarnos a esta magnífica fiesta.

Guiado por Villanueva, quedó frente al hombre que le iba a presentar. Ambos se miraron y se reconocieron. Era el mismo que lo había interrogado en la comisaría de Alexanderplatz, el suegro de su vecina, Claudia Kahler. En vez del traje, llevaba un elegante esmoquin.

—Yuri —Villanueva hablaba sin apercibirse de lo que ocurría entre los dos hombres—, quiero que conozcas al Standartenführer Friedrich von Schönberg, comisario de la SD, la policía secreta del Estado. —Con aire satisfecho, Villanueva se dirigió al coronel—. *Herr* Von Schönberg, le presento a Yuri Santacruz, trabaja en la embajada bajo mis órdenes. Un buen muchacho con mucho futuro.

—No hacen falta las presentaciones, *herr* Villanueva. Santacruz y yo ya nos conocemos.

Yuri sintió como si le atravesara un rayo al volver a contemplar aquellos ojos turbios.

El comisario, sin dejar de mirar a Yuri como si lo retuviera con el poder de sus ojos, le tendió la mano. Pero él siguió inmóvil.

Villanueva, incómodo por la falta de respuesta de su subordinado, lo animó a que reaccionara.

—Vamos, Yuri, que no se dude de la buena educación de los españoles. —Se acercó a él como si le fuera a decir una confidencia—. El Standartenführer Von Schönberg tiene sobre sus hombros la responsabilidad de acabar con toda la basura comunista que desde hace años intenta establecer en Alemania la gran revolución bolchevique. Bien sabes tú de los males que trae el marxismo. —Hablaba con una sonrisa satisfecha, regodeado en su discurso. Dirigió una mirada complaciente hacia el anfitrión, tratando de darle mayor relieve—. Ahora mismo podríamos afirmar que el coronel Von Schönberg es el ojo que todo lo ve y el oído que todo lo escucha.

—Siempre creí que semejante poder tan solo lo ostentaba Dios.

Villanueva se sintió violento por la inexplicable actitud desafiante de Yuri. El coronel retiró la mano sin inmutarse, en apariencia.

—Debería cuidar sus palabras, Santacruz.

—Siento mucho si le he ofendido, *herr* Von Schönberg, nada más lejos de mi intención.

—Está disculpado —dijo displicente—, pero le aconsejo que cuide sus formas. Tengo que dejarles, he de atender al resto de mis invitados. Caballeros, disfruten de la fiesta.

Villanueva se encaró con Yuri.

—¿Me puedes explicar qué significa todo esto?

—Lo conocí hace unos días, en una comisaría.

—¿Qué hacías tú en una comisaría?

Yuri tenía centrada su atención en una pareja que acababa de entrar. Claudia Kahler iba acompañando a su marido y estaba espectacular con un vestido que resaltaba su piel y sus ojos. El cabello recogido en un moño alto hacía brillar sus facciones. Estaba tan extasiado con la aparición que no se dio cuenta del enfado monumental de Villanueva. Lo miró como si lo acabase de descubrir. Le sonrió y, en un gesto afable, le puso la mano en el hombro.

—No se preocupe, Villanueva. No tuvo ninguna importancia. Si me disculpa, tengo que saludar a alguien.

Villanueva lo agarró del brazo para retenerlo.

—Ten cuidado, Yuri, caminas sobre un terreno pantanoso y no me gustaría verte hundido en el fango de esta gente. —Hizo un movimiento con la barbilla hacia los que los rodeaban.

El joven le hizo un guiño tranquilizador, le dio una palmada en el brazo, agradeciendo su advertencia, y se alejó esquivando los corrillos mientras Villanueva lo seguía con la mirada.

Yuri observó a la pareja desde lejos, sin llegar a acercarse lo suficiente para entrar en su círculo de agasajos que les brindaban unos y otros. Aquella mujer surtía una atracción magnética, imposible despegar los ojos de aquel rostro perfecto, de su cuerpo voluptuoso, de la sensualidad de sus hombros desnudos y la sinuosa línea de la espalda descubierta. Un camarero pasó junto a Yuri portando una bandeja con copas de champán, lo detuvo y cogió una. En ese momento ella lo descubrió y él alzó la copa como si le ofreciera un brindis. Ella no respondió al gesto; sin embargo, desde ese instante los dos se seguían con los ojos a pesar de que ella charlaba y reía con los que la rodeaban. Yuri mantuvo la distancia sin intención de acercarse, con la única pretensión de contemplarla en aquel ámbito, como quien admira una obra de arte sin otro motivo que deleitarse en su belleza. Parecía una diosa entre sus adoradores. Su marido iba vestido de impecable uniforme negro, camisa parda, corbata, las runas de la victoria cosidas al cuello de la chaqueta. Desprendía un aire seductor. Yuri se dio cuenta de que las damas merodeaban a su alrededor mendigando su atención. Bebió de un trago la copa y sintió calor. No entendía lo que le estaba pasando. Vio la puerta del jardín abierta, dejó la copa sobre una mesa y salió al porche.

Descendió los cuatro escalones de mármol blanco y sintió el mullido césped bajo los pies. Respiró el aire fresco de aquel atardecer de finales de marzo, nada que ver con el ambiente del interior, cargado en exceso de humo y ruido. Desde el in cidente en su infancia en la estación no le gustaban las aglomeraciones, no soportaba los sitios cerrados y llenos de gente, tenía la sensación de quedarse sin aire.

Sacó el paquete de tabaco y se puso un cigarrillo en los labios. Cuando buscaba el mechero en el fondo del bolsillo, una llama le alumbró el rostro. La mano enguantada de Claudia sostenía un precioso mechero encendido y la flama reverberaba fulgurante en sus ojos. Yuri acercó el pitillo a la lumbre para prenderlo.

—¿Me da uno? —preguntó ella—. Me muero por fumar.

Yuri volvió a sacar el paquete y ella cogió un cigarro, lo encendió y dio una larga calada. Cruzó los brazos en su regazo, aterida. Yuri reaccionó, se pinzó el cigarro en los labios y se desprendió de la chaqueta.

—Por favor, permítame —dijo posándola suavemente sobre sus hombros desnudos. Ella se dejó hacer—. Las noches de Berlín son muy frías.

—Sí que lo son... —añadió ella con expresión agradecida.

A paso muy lento, se adentraron por un estrecho camino de tierra hacia la frondosidad del jardín tenuemente iluminado, atraídos por la fuerza oculta de la oscuridad.

—Una fiesta estupenda —acertó a decir Yuri.

—Es cosa de mi suegra. Lo ha organizado todo ella, es una experta en protocolo. El complemento perfecto para mi suegro.

—Es lógico. Está demasiado ocupado en perseguir y encerrar a marxistas.

—Ser marxista es peligroso.

—¿Tanto como ser nazi? —Formuló la pregunta en tono cáustico.

—Tenga cuidado con lo que dice.

A Yuri aquello le sonó a una amenaza comedida. Le dedicó una mirada socarrona.

—¿Debo temer que me denuncie a su suegro? O mejor, a su marido.

134

Ella no respondió. Con expresión ausente, alzó los ojos al cielo cubierto por las ramas de los árboles mecidas por una suave brisa. Yuri prosiguió:

—Imagino que me estoy exponiendo a ser confinado en algún oscuro sótano, acompañando a centenares de comunistas y socialistas sin más delito que el hecho de serlo, de disentir con el nacionalsocialismo. O tal vez me lleven a esos campos de trabajo tan elogiados por el partido que tanto defiende y del que imagino que formará parte como miembro numerario.

—Si se los lleva allí, es para protegerlos de la ira del pueblo. —Claudia hablaba en tono blando, sin apasionamiento, convencida de lo que para ella era una evidencia—. Una ira justificada, pero peligrosa para ellos y para el orden público. Estará de acuerdo en que no se puede permitir que la gente se tome la justicia por su cuenta.

Yuri conocía la precaria situación de los detenidos y presos en Prinz-Albrecht-Strasse, donde se hallaba el cuartel general nazi, porque se lo había contado Fritz con pelos y señales. Varios de sus conocidos habían pasado o estaban pasando por la experiencia, algunos con resultados irreversibles. Por eso a Yuri le resultaba complicado callarse; era muy consciente de que se exponía, pero había algo en aquella mujer que lo obligaba a verter sobre ella toda la miseria de la realidad, a abrir los ojos de la conciencia al manto de mentiras en el que parecía flotar como una nube de algodón. Insistió sin inmutarse:

—No me creo que sea tan ingenua.

Claudia no replicó de inmediato. En su mente chocaba la pretensión de imponer la que consideraba su verdad ideológica con la perturbadora fascinación que le provocaba la cercanía de aquel hombre potenciada por su insolencia. Siguieron caminando de forma pausada, cada vez más alejados del barullo de la fiesta. Los acompañaba el crujir de los guijarros bajo sus zapatos. Claudia se llevó el cigarro a los labios y expulsó el humo como si quisiera arrojar de su mente las palabras escuchadas. Solo entonces rompió el incómodo silencio.

—No debe hacer caso a los que tratan de difamar al nacionalsocialismo. —Claudia lo miró de reojo—. ¿Sabe algo de ese chico? De Axel Laufer, ¿sabe algo?

—¿Ahora le interesa su suerte? ¿Es que tiene cargo de conciencia?

—Es solo curiosidad —respondió esbozando una sonrisa.

Yuri no dijo nada.

Ella se detuvo, tiró el pitillo al suelo y lo pisó retorciendo el zapato dorado sobre la tierra hasta hacer trizas la colilla. Yuri también se paró y arrojó su cigarro a medio consumir al camino. Se quedó mirando el tenue centellar de la colilla en la oscuridad. La distancia y los árboles amortiguaban el ruido del interior de la casa. Estaban los dos solos, frente a frente.

—¿Sigue sin tener novia?

Yuri rio relajado.

—Lo tengo difícil. Usted misma lo dijo: si las mujeres alemanas son solo para los arios, me quedan pocas posibilidades, al menos en su país.

Ella se acercó a él. Yuri aspiró su aroma como un narcótico paralizante. Sintió en su boca el calor de sus labios carnosos. Cerró los ojos. La mano de ella le acarició la nuca y Yuri la ciñó con sus brazos la cintura atrayéndola hacia él. Entonces ella separó los labios y Yuri abrió los ojos como si se hubiera deshecho el hechizo.

—Me alegro. —Su voz susurrante rebotó en su mente.

Le devolvió la chaqueta, se dio la vuelta y se alejó hacia la casa. Yuri la siguió con la mirada, libando aún el sabor dulce de su saliva. Se llevó la chaqueta a la nariz y aspiró el aroma que había quedado prendido en la tela.

Aquella noche, de vuelta en su buhardilla, apenas pudo dormir.

Principio de la vulgarización.
Toda propaganda debe ser popular, adaptando
su nivel al menos inteligente de los individuos a
los que va dirigida. Cuanto más grande sea la
masa a convencer, más pequeño ha de ser el esfuerzo mental a realizar. La capacidad receptiva
de las masas es limitada, y su comprensión, esca-
sa; además, tienen gran facilidad para olvidar.

Principios de propaganda de GOEBBELS

Claudia salió a la calle y se enfundó los guantes de cabriti-
lla. Se había estado anunciando en la radio y los periódicos
que aquel 1 de abril, a partir de las diez, se iba a realizar un
boicot a los comercios y negocios judíos. A ella no le importaba demasiado lo que hicieran o dejasen de hacer, pero lo más
seguro era que se formase jaleo y hubiera calles cortadas, así
que más valía dejar el coche y caminar. Consultó el reloj de
pulsera, regalo de Ulrich en su pedida de compromiso. Tenía
cita en la modista para hacerse la última prueba de un vestido.
Aunque llegó puntual, la hicieron esperar casi veinte minutos.
Aquello le molestó, a pesar de que no tenía otra cosa que hacer en toda la mañana. Cuando la ayudanta la hizo pasar no
ocultó su enfado, pero lo olvidó tan pronto como se vio con el
vestido. Se miraba en el espejo, girándose de un lado y de
otro, con la modista a su lado, orgullosa de la habilidad de la
hechura.

—Tiene una figura magnífica, señora Von Schönberg.

La modista tuvo que hacer algún ajuste en el pecho, pero
el vestido estaría listo para el día indicado. Se despidió no sin
antes censurar a la mujer por haberla hecho esperar. Tenía
asumido que el haberse convertido en la señora Von Schön-

berg le otorgaba una especie de aureola ante los demás, obligados a rendirle pleitesía; era algo que le había inculcado su madre, y en ciertos momentos le gustaba ejercer de esposa de un alto mando de las SS, con todo lo que ello conllevaba.

En las calles había más jaleo de lo normal, parecía un día festivo y no un sábado. Carteles rojos en las tiendas para señalar las empresas alemanas a las que no afectaba el boicot, tropas de asalto desfilando a pie o transportadas en camionetas abiertas, bramando consignas a voz en grito repetidas por grupos de fervorosos adolescentes de las Juventudes Hitlerianas con sus pantalones negros y sus camisas mostaza, y por muchas chicas de la liga ataviadas con la camisa blanca, falda azul marino y calcetines blancos; incluso había críos con el uniforme de los Deutsches Jungvolk, la sección infantil de las Juventudes. Se repetían arengas a su paso como eslóganes bien aprendidos: «¡No compréis a los judíos! ¡Quien compra a los judíos es un traidor! ¡Los judíos son la encarnación de la mentira y el fraude! ¡Hasta que no esté muerto el último judío, no habrá ni pan ni trabajo!»

Las camionetas que portaban a los SA se detenían en medio de la calzada, y a la señal de un pitido saltaban a la calle con una extraordinaria organización, se distribuían en pequeños grupos y pegaban carteles en los escaparates, puertas y placas de todo negocio o comercio judío que uno de ellos les iba señalando en un lado y otro de la calle. Otros hacían pintadas injuriosas a la vista de los curiosos que deambulaban por delante de los establecimientos, algunos con cierta prudencia, otros regodeándose en el mal ajeno, leyendo los mensajes de los carteles, muy parecidos a las reiteradas soflamas y que conminaban a los expectantes ciudadanos a no entrar ni consumir en establecimientos regentados por hebreos.

Claudia recordó que tenía que pasar por la confitería Rothman a recoger un *käsekuchen* (la tarta de queso que elaboraba la señora Rothman y que la había hecho famosa en Berlín) y una bandeja de pastas de Pascua que su madre le había encargado el día anterior para una de sus reuniones con mujeres del partido. Al llegar al bulevar de Leipzigerstrasse vio un desfile de tropas de asalto que se dirigía hacia ella. La gente se amontonaba en la acera brazo en alto con el saludo hitleriano y ella hizo lo mismo, también a la espera de que pasara la parada y poder continuar su camino.

A su lado pasó una familia, un matrimonio con tres hijas adolescentes que, ajenos al desfile, miraban con interés el escaparate de una tienda de ropa. Le extrañó esa actitud ante el paso de las tropas, pero los oyó hablar en inglés y dedujo que eran extranjeros, de ahí su indiferencia. Sin embargo, no solo habían llamado la atención de Claudia. Varios uniformados se les acercaron y, a voces y de malas maneras, les exigieron explicaciones de por qué no hacían el saludo y por qué, además, daban la espalda a las SA. Con gesto amable e intentando calmar la tensión creada a su alrededor, el hombre contestó en un forzado alemán que eran ciudadanos norteamericanos de turismo en Berlín y que su familia y él iban de regreso a su hotel. Una parte de la multitud empezó a increparlos con virulencia. La familia se sintió amenazada, la mujer pegada al brazo de su marido, y sus hijas con ella, haciendo una piña, espantados por la ira levantada a su alrededor. El americano vio a unos policías apenas a unos metros de ellos y les pidió ayuda ante aquel acoso, pero los guardias no se inmutaron, ni siquiera se movieron. La indignación del padre de familia se hacía evidente. Intentaba defender a los suyos con su propio cuerpo como muro protector. Claudia observaba los hechos con el pulso acelerado; le desagradaba, pero no podía meterse, no debía hacerlo. Al fin un viandante terció en aquel exceso leonino y contuvo la ira de aquella turba exaltada dando la oportunidad a que la familia se alejase arrastrando pánico y estupefacción, no sin antes llevarse algún empujón, incluso salivazos arrojados con inexplicable rabia.

Claudia cruzó la mirada con la del hombre que había detenido aquel escarnio, una mirada acusatoria por la pasividad ante una injusticia. Se estremeció al sentir la aversión lanzada contra ella. Rehuyó de inmediato los ojos y, hostigada por una incómoda sensación de rechazo hacia sí misma, echó a andar tratando de perderse entre la multitud y huir de la sombra de su propia conciencia.

A unos cincuenta metros de la confitería Rothman, otro hecho la obligó a detenerse. Un grupo de chicas jaleaba a un joven que, a brochazos, pintaba de amarillo el cristal del escaparate de la pastelería formando una tosca estrella de David. Claudia desconocía el origen judío de los Rothman, y de ahí su estupor. Ella y su familia siempre habían comprado en aquella confitería, sus productos eran exquisitos y de calidad extraordinaria. Nunca se hubiera podido imaginar algo así. Se encogió estremecida pensando en la reacción de su madre cuando se enterase; antisemita convencida, le iba a dar un síncope al saber que llevaba décadas comiendo pan y pasteles amasados por manos judías.

Los escrúpulos de Claudia hacia los judíos entraban dentro de lo habitual en el ambiente en el que se había criado. Su antisemitismo se basaba en la mera costumbre, no había argumentos sólidos en su conciencia que avalasen aquel sentimiento. Tampoco es que fuera activa en la cruzada que se había movilizado contra todo el colectivo hebreo; en realidad, no le importaban demasiado las constantes soflamas en su contra, los ataques violentos (aunque aislados, solía excusar), hasta le divertía aquel boicot que según le había oído a su marido estaba absolutamente justificado como defensa contra los infundios vertidos sobre la nueva Alemania por boca de los judíos en el extranjero. La vida diaria de la mayor parte de los ciudadanos, ella incluida, apenas había tenido alteraciones, con la excepción de la omnipresencia en las calles y las instituciones de las tropas de asalto o la oleada de banderas y esvásticas colgadas y expuestas por todas partes y el empeño del saludo nazi: ese *Heil Hitler!* cada vez más extendido, y que tan incómodo llegaba a resultar por lo repetitivo y en ocasiones absurdo. Pero lo cierto era que había en la población una sensación de euforia, de nación, de pueblo unido bajo el liderazgo de Hitler.

Decidió que no era un buen momento para recoger el encargo, así que cruzó a la otra acera y apuró el paso, pero lo ralentizó y se dio la vuelta cuando oyó nuevas voces.

Yuri Santacruz intentaba entrar en la confitería de los Rothman y, con bravura, se enfrentaba a las chicas que habían hecho una muralla humana delante de la puerta. Claudia, divertida, observó la escena desde el otro lado de la calle.

—¡No compres a los judíos! —voceó una de las chicas.

El vozarrón de Yuri resonó en toda la calle.

—Yo compro donde me da la gana.

—¿No serás un sucio judío?

—¿Y tú? ¿Lo eres tú?

—Claro que no —respondió la chica, enrojecida por la ofensa.

Claudia lo observaba y sonreía. Tras su fugaz encuentro en la fiesta de sus suegros, se había cruzado con él varias veces por la escalera y en la calle. Su trato amable le resultaba turbador. No podía evitar sentirse embrujada por aquellos ojos, seducida por completo por su singular atractivo: alto, pelo castaño abundante y algo ondulado, la piel morena, en contraste con la acostumbrada palidez aria, que resaltaba sus ojos grises, muy claros, gatunos, pensó ella, con largas pestañas negras. Elegante y atlético, el equilibrio de sus facciones le resultaba perfecto, y su sonrisa, cautivadora. Llevaba un traje oscuro, camisa blanca y la corbata en tonos celestes con el nudo algo desajustado, el sombrero de fieltro en la mano. Discutía acaloradamente, defendiendo su derecho a entrar en la confitería.

Por la esquina apareció una brigada de las SA. Reclamados

por las jóvenes, los cuatro hombres se acercaron con arrogante autoridad.

—Este quiere entrar a comprar a los cerdos judíos —dijo una de las chicas con voz chillona.

—No debes comprar a los judíos —le exhortó uno de los SA en tono conciliador, como si lo quisiera convencer por las buenas del yerro de su propósito.

—¿Quién me lo prohíbe? —preguntó Yuri.

—Si lo haces, tendrás que afrontar las consecuencias. —Con un rictus prepotente le tendió la mano—: Identificación.

Yuri se negó. No había cometido ningún delito ni infracción. Alzaron las voces y, en ese instante, los ojos de Claudia se posaron en el escaparate: al otro lado del cristal Lilli Rothman observaba consternada lo que pasaba en la calle, hasta que de pronto se volvió hacia Claudia. El reflejo del miedo en aquella mirada fue como un rayo fulminante que en vez de paralizarla la impulsó a intervenir. Con resolución, cruzó la calle y se dirigió a la confitería dispuesta a entrar.

—Señorita, no compre a los judíos. —Otro de los miembros de las tropas de asalto le impidió el paso.

—Soy *señora* y siempre he comprado aquí.

—Pues a partir de ahora deberá buscar otra pastelería regentada por alemanes. Tiene una en esta misma calle, a unos cien metros. El propietario es ario. Es lo más patriótico. Hay que dejar de enriquecer a esta escoria que nos ahoga y se aprovecha de los buenos alemanes.

Su llegada había acaparado toda la atención. Yuri también la observaba expectante.

—No quiero ir a otro sitio —añadió ella tajante—. Quiero entrar en esta tienda y nadie me lo va a impedir.

—Si insiste, tendrá que identificarse.

Ella abrió su bolso, sacó su documento de identidad y se lo tendió.

142

—No creo que a mi marido le guste mucho que lo quieran privar de sus pasteles favoritos.

El SA la miró con desdén, mientras anotaba sus datos.

—Me importa un bledo lo que piense su marido. Le corresponde a usted convencerlo de que comprar a los judíos es una traición a Alemania.

Ella se mostró petulante.

—Será mejor que lo convenzas tú mismo. —Lo tuteó adrede, con el único fin de arrebatarle su autoridad—. Es el Obergruppenführer-SS Von Schönberg. Lo encontrarás en el despacho de Heinrich Himmler, es su ayudante personal. —El impacto hizo su efecto, y decidió darle el golpe definitivo—: ¿Me puedes decir tu nombre y tu rango? —Torció la cabeza a un lado y abrió los labios con una sonrisa malévola—. Por favor.

El rictus del chico se tensó. Boqueó sin decir nada, y se volvió hacia los demás reclamando apoyo. Nadie se movió. Su compañero le quitó el documento de identidad de la mano y se lo devolvió a Claudia.

—Déjala en paz —le dijo en voz baja, sin quitar los ojos de la joven, que mantenía una sonrisa triunfal—. Que compre donde quiera.

Claudia cogió su documento. Dio dos pasos hacia Yuri y tiró de su brazo.

—Él viene conmigo.

La campanilla de la puerta tintineó y, una vez dentro, los recibió un silencio estremecedor junto al dulce aroma de azúcar y pan recién horneado. El bullir de la calle se oía mitigado. Lilli Rothman permanecía de pie junto al escaparate, los brazos cruzados en su regazo, como si tuviera frío, el gesto contraído. El señor Rothman y sus dos hijos, Bruno y Ernestine, estaban detrás del mostrador. Todos miraban a los recién llegados con desconfianza, prevenidos ante su reacción. El único que se movía era el señor Rothman que, lentamente, sin perder de vista a la pareja, colocaba una bandeja de *apfelstrudel* en una vitrina de cristal.

—Buenos días —dijo Claudia sonriente, imprimiendo normalidad en sus palabras—. Vengo a por el encargo que hice ayer. ¿Está preparado?

Lilli la miró unos segundos como si no terminase de creerse que aquella mujer, hija, hermana y esposa de nazis, fuera a comprarles algo. De repente se oyó al señor Rothman:

—Lilli..., ¿es que no has oído a la señora Von Schönberg?

Lilli reaccionó: de forma apresurada mandó a Ernestine a buscar el encargo de Claudia y solo entonces se distendió el ambiente. El señor Rothman atendió a Yuri, que pidió dos *bretzels* para llevar.

En ese momento se abrió la puerta y el tintineo de la campanilla rompió la serenidad. Una señora entró seguida de dos hombres de las SS impecablemente uniformados. Llevaba una bandeja de pasteles con su envoltorio a medio abrir.

El señor Rothman la saludó cordial, sin terminar de comprender la presencia de los dos hombres que parecían custodiarla.

—Buenos días, señora Kroge. ¿En qué puedo ayudarla?

Ella no le contestó. Se acercó al mostrador y dejó la bandeja con tanto ímpetu que habría acabado en el suelo, de no ser porque el pastelero la sujetó a tiempo.

—¿No han sido de su gusto los pasteles que le ha llevado mi chico? —volvió a preguntar atónito.

—Le exijo que me devuelva el dinero —dijo en un tono agudo y exagerada indignación—. No quiero sus pasteles, ni su pan, no quiero nada de ustedes. Si hubiera sabido que eran judíos, jamás habría pisado esta tienda.

El señor Rothman se quedó mirándola estupefacto. Fue Lilli la que reaccionó: abrió la caja, sacó un billete y se lo entregó a la mujer.

—No hace falta que me dé la vuelta. —Lilli forzó una sonrisa, tratando de ser cortés.

—No pensaba —respondió la mujer derrochando soberbia—. Debería exigirles todo lo que me he gastado aquí.

Sin más, alzó la mano con un sonoro *Heil Hitler!*, que replicaron los dos hombres. Hubo unos segundos de quietud a la espera de que los demás respondieran al saludo. Ernestine, la hija del señor Rothman, fue la primera en reaccionar, extendió el brazo y voceó el saludo nazi de forma enérgica y convincente. Los demás, apocados, la siguieron, aunque con bastante menos ímpetu, incluida Claudia. Yuri permaneció inmóvil, pero nadie se fijó en él. La mujer dedicó a todos una mirada displicente y, con desprecio, les dio la espalda. Los hombres, prestos a sus movimientos, le abrieron la puerta, la campañilla volvió a tintinear, y salieron los tres dando tal portazo que la sacudida del cristal a punto estuvo de quebrarlo.

Un consternado silencio mantuvo petrificados a los que allí estaban. Al cabo, fue Claudia la que lo rompió.

—No sabía que ustedes...

Lilli marcó en la caja registradora lo que debía Claudia, como si no la hubiera escuchado.

—Deberían haberlo dicho —prosiguió—. Los clientes tenemos derecho a saberlo.

—No somos judíos —dijo Lilli con exasperación—. No en el sentido religioso. —Su ánimo pareció desmoronarse súbitamente, su voz perdió el ímpetu—. Mi padre lo era, pero nunca ejerció como tal, era judío porque lo eran sus padres, eso es todo. Mi madre era católica, se casaron por la Iglesia, yo soy católica, mi marido es católico, mis hijos son católicos. ¿A qué viene esto ahora? —preguntó con una mueca de desesperación mirando hacia fuera. Negó con la cabeza, contenida, la mirada perdida hacia la calle—. Lo que no entiendo es cómo se han podido enterar. —Sus ojos se fueron un segundo hacia su hija, pero de inmediato rehuyó la mirada, como si al hacerlo la hubiera sacudido un espasmo. Su voz se oyó como un murmullo—: No lo entiendo.

—El boicot no durará mucho —añadió Claudia tratando de quitar hierro a lo que estaba sucediendo fuera—. En unos días todo volverá a la normalidad.

Lilli la miró desconcertada.

Claudia y Yuri se despidieron y se dirigieron juntos a la salida. El señor Rothman bordeó el mostrador para abrirles la puerta; agradeció su valentía inclinando el cuerpo una y otra vez hasta que salieron a la calle.

Tuvieron que esquivar a la gente que no dejó de increparlos, pero ahora de lejos, por la espalda, sin acercarse, cobardemente envueltos en la bravata del grupo.

La pareja caminó durante un rato sin decir nada, hasta que tuvieron la sensación de haber quedado a salvo.

—Empieza a ser una costumbre que me saque de líos —dijo Yuri con el fin de provocarla.

—No le he sacado de ningún lío. Quería entrar a recoger mi pedido y usted se hallaba en mi camino.

—Pero no me han permitido el paso hasta que ha llegado la señora Von Schönberg.

—Le hubieran dejado entrar sin problema.

—¿Sin problema? Les ha faltado detenerme.

Ella caminaba mirando al frente, con pasos cortos, no demasiado deprisa. Se dio cuenta de que Yuri se adaptaba a su velocidad.

—Es un boicot —señaló convencida—, tienen que informar a la gente.

—Entiendo, entonces, que usted no hace boicot a los judíos.

—Los Rothman no son judíos —le rebatió con una ojeada hacia él.

—Lo era su padre —puntualizó Yuri—. Lo ha dicho Lilli Rothman.

—Y también ha dicho que es católica, casada con un católico, sus hijos bautizados... Los Rothman son mucho más que una confitería, se han convertido en una institución en Berlín. Mi madre les compra desde que era niña. Está claro que se han equivocado con ellos.

Llegaron al portal y con paso lento iniciaron el ascenso de las escaleras. Cuando alcanzaron el segundo, Claudia se encontró con alguna dificultad para buscar las llaves en el bolso porque tenía las manos ocupadas con los paquetes. Yuri se brindó para sujetarle los envoltorios. Sacó las llaves y abrió la puerta. Se volvió hacia él, que permanecía a la espera. Ella le indicó que entrase y Yuri lo hizo, sin percatarse ni una ni otro de que en la puerta de enfrente lo observaba todo el ojo avizor de Angela Blumenfeld.

Yuri dejó las bandejas sobre la mesa de la cocina, en esta ocasión ordenada y recogida.

—¿Le apetece un café? Esta vez nos lo hemos ganado los dos. —Sonrió.

—Me lo tomaría con gusto, pero no sé qué pensaría su marido si me sorprende de nuevo aquí. La otra vez no le hizo mucha gracia mi presencia.

—Mi marido viaja mucho. Estará fuera hasta la semana que viene.

Claudia preparó el café y, portando todo en una bandeja, lo guio hasta el salón. Al entrar detrás de ella, Yuri se topó con una foto de medio cuerpo de Franz Kahler con el uniforme pardo de las SA. Cogió el marco que reposaba sobre el aparador. Claudia había depositado la bandeja en una mesa baja, se irguió y al volverse y descubrirlo observando la fotografía, se envaró.

—¿Quién es? —preguntó Yuri.

—Mi hermano Franz.

—Claro. Franz... Usted lo nombró... —murmuró Yuri con los ojos en la imagen. Dirigió la vista hacia ella—. Es el que le clavó el puñal a ese chico.

—Usted lo vio. Sabe que fue en defensa propia.

—¿Y por qué no lo dijo así en su declaración? ¿Por qué culpar a un inocente?

—No lo entendería —contestó ella, los brazos pegados al regazo como si le doliera algo.

—Se trata de decir la verdad. ¿Qué problema hay?

—Sería el fin para la carrera de mi hermano.

—¿Y para salvar la carrera de su hermano condena a un chico inocente? ¿Qué clase de mujer es usted?

—A ese chico no le pasará nada. Lo mantendrán encerrado un tiempo y luego lo soltarán. Es más, mientras permanezca preso estará protegido de represalias que podrían hacerle más daño. La muerte de ese Peter ha hecho que muchos busquen venganza.

—¿De verdad cree lo que está diciendo? —preguntó Yuri.

—¿Por qué no iba a hacerlo?

—Porque no es verdad y lo sabe.

—Mi marido me aseguró que será así.

Los dos callaron incómodos. Ella tomó aire y se acercó unos pasos hacia él.

—¿Tiene un cigarrillo? —le preguntó con voz blanda, como si quisiera abandonar ese asunto que tanto la incomodaba—. Por favor...

Sin decir nada, Yuri dejó la foto en su sitio, hundió la mano en el bolsillo y sacó el paquete. Ella cogió un pitillo y se dio la vuelta para prenderlo con un encendedor que había sobre la mesa, junto a la bandeja.

—Se va a quedar frío el café —dijo inclinándose para servir las tazas.

Yuri no podía despegar los ojos de su cuerpo, la curva de su cintura marcada por la falda de tubo dibujando la forma perfecta de sus nalgas. Se le aceleró el pulso. Sin pararse a pensarlo, se acercó hacia ella. De pronto Claudia se irguió y se giró quedando los dos frente a frente. Ninguno pudo evitarlo.

Los labios se unieron y todo lo demás quedó en suspenso, respirando el aliento del otro. Las prendas de ropa cayeron una tras otra por la alfombra. Los cuerpos desnudos se buscaban anhelantes. Todo se desvaneció a su alrededor y solo existieron ellos, al margen de un mundo que bramaba fuera. Acabaron agotados, sudorosos, acariciándose tiernamente, el pecho, el vientre, los labios, los muslos, y de nuevo volvieron a unir sus cuerpos.

Cuando Yuri salió de la casa de Claudia, la señora Blumenfeld volvió a asomarse a la mirilla al sentir la puerta. Al salir de su campo de visión, la mujer se volvió y se llevó la mano a la boca encogiendo los hombros, como para guardarse aquel secreto.

Yuri subía cada peldaño como si levitara. Estaba muy cansado. Había pasado la noche conduciendo de regreso de otro de los viajes a Suiza. Llevaba la bandeja de *bretzels* en la mano. Pensaba en comerse uno y echarse a dormir, pero al pasar por delante de la casa de la señora Metzger la puerta se abrió de repente, y apareció la viuda como si lo hubiera estado esperando. Con premura le pidió que pasara. Luego cerró y corrió el cerrojo, algo que nunca hacía.

—Por el amor de Dios, ¿dónde estabas? Llevo un buen rato esperándote.

—¿Ocurre algo, *frau* Metzger? —preguntó mientras dejaba la bandeja sobre una repisa, junto a la figura de bronce de un ángel.

Ella le agarró de la mano y tiró de él con prisa hacia el final del pasillo, a una parte de la casa a la que Yuri nunca había accedido; entraron en una habitación que llevaba a una pequeña puerta disimulada con el empapelado de la pared a modo de armario. Sacó una llave del bolsillo y la introdujo en la cerradura, la giró y la puerta se abrió hacia fuera. Se volvió hacia él. Yuri tardó en reaccionar. Era una especie de trastero de apenas dos metros de profundidad por uno y medio de ancho, sin ventanas y de techo bajo. Se veían maletas y cajas amontonadas a los lados. Desde el fondo lo observaban unos ojos grandes, sorprendidos, ojos de pájaro herido, un hombre con un lamentable aspecto de consunción.

—Santo cielo...

Axel Laufer había llegado a casa de la señora Metzger la noche anterior. Había conseguido escapar durante el trayecto que llevaba a un centenar de detenidos como él a un campo de trabajo que acababan de abrir en Dachau, cerca de Múnich. Los transportaban en camiones y aprovechó una cabezada del guardia que los custodiaba para saltar de la caja. Deshizo el camino de regreso a Berlín moviéndose solo de noche. No podía ir a casa de sus padres, pues temía que estuviera vigilada y no quería comprometerlos más de lo que ya lo había hecho. Pretendía llamarlos por teléfono, pero no tenía dinero. Decidió acudir a la señora Metzger para que le dejase hacer la llamada. Necesitaba tranquilizarlos, además de ropa y algo de dinero. Después, estaba decidido a salir del país.

Llegó al número 7 de Mohrenstrasse, pero el portal estaba cerrado a cal y canto. Era casi medianoche y no había contado con ello. Pensó en desistir, aunque oyó pasos y se escondió en el entrante de una zapatería que había en el edificio contiguo. Reconoció al señor Rothman, que se acercaba por el otro lado de la calle. No quería implicar a más gente en su fuga, así que contuvo la respiración cuando vio que cruzaba la calzada; pasó por delante de él sin verlo amparado por la oscuridad, y detuvo el paso delante del portal. Axel se mantuvo alerta. Debía ser muy rápido. Oyó cómo abría, se asomó y cuando comprobó que había entrado, corrió para sujetar la hoja de la puerta justo en el momento en el que iba a cerrarse. Se coló en el interior con el sigilo de un gato. Vio la espalda del señor Rothman adentrarse hacia el primer tramo de la escalera y dejó que se oyera el portazo. Durante unos segundos resonó el eco de los pasos en cada peldaño. Axel permaneció quieto como una estatua hasta que oyó al pastelero entrar en su casa y el portal se sumió en un silencio sepulcral.

Con mucha cautela, subió hasta el tercer piso y se plantó delante de la puerta de la señora Metzger. Pulsó el timbre y se sobresaltó por el ruido. Luego contuvo la respiración, a la espera.

La viuda estaba a punto de coger el sueño cuando sonó el timbre. Abrió los ojos y se quedó mirando la oscuridad de su alcoba. Se levantó y salió al pasillo al tiempo que se ponía la bata. Al llegar al vestíbulo, encendió la luz. Axel vio la claridad por debajo de la puerta. Dio dos toques en la madera.

—¿Quién es? —preguntó ella en voz alta.

Axel pegó la boca a la puerta y susurró todo lo fuerte que pudo.

—Señora Metzger, soy Axel...

La viuda tardó unos segundos en reaccionar, como si aquellas palabras susurrantes que traspasaban la puerta procedieran de ultratumba.

Axel volvió a llamar suavemente con los nudillos y ella abrió con premura. Tuvo que contenerse para no chillar, conmocionada por el lamentable estado del chico. Los ojos muy abiertos llenos de temor, hundidos en las oscuras cuencas, encogidos los hombros y tiritando de frío, parecía un animalillo apaleado y asustado.

—Señora Metzger —susurró con un deje suplicante—, ¿puedo pasar? Por favor...

Ella le cogió del brazo y tiró de él hacia dentro. Cerró con llave y se volvió.

—Por el amor de Dios, Axel... Pero ¿qué te han hecho?

Nada quedaba del chico sano y alegre que había sido, parecía un pispajo, consumido, agotado, extremadamente delgado, el pelo enmarañado y sucio, desaparecido el brillo de su piel ahora mate y cetrina, tiznada de mugre acumulada con manchas moradas de golpes pasados; despedía un hediondo olor a cloaca. A pesar del frío de la noche, vestía el fino pijama con el que había sido detenido, raído y pringoso. La viuda lo observó espantada.

—Siento molestarla, señora Metzger —dijo abatido, como si estuviera cometiendo un despropósito al presentarse allí—. No sabía adónde ir... ¿Podría hacer una llamada a mis padres? Me iré en cuanto hable con ellos.

—Pareces un espectro, criatura... —contestó todavía impactada ante su visión—. Pero no te quedes ahí. Ven, te calentaré un caldo, eso te irá bien. —Lo llevó hasta la cocina—. Siéntate. Te lo prepararé enseguida.

Axel se sentó dócilmente en una silla con una mueca dolorida. Expectante, incómodo, la veía trajinar en los fogones.

—No quiero comprometerla, señora Metzger.

—¿Te has escapado? —preguntó sin detenerse.

—Sí. Me iré en cuanto hable con mis padres, si usted me lo permite...

Ella lo escuchaba sin dejar de preparar las cosas, como si el movimiento le diera fuerzas para contarle la verdad.

—Lo siento, Axel, pero eso no va a poder ser.

Abatido al escucharla, el chico tragó saliva.

—Está bien... Lo entiendo... —Movió la cabeza y habló con un deje implorante—: ¿Les puede decir de mi parte que no se preocupen por mí, que estoy bien y que intentaré salir del país? Y... —Con gran esfuerzo se tragó las lágrimas—. Y que los quiero con toda mi alma. ¿Lo hará, señora Metzger? Por favor...

La viuda detuvo sus tareas, lo miró compasiva. Había encendido la lumbre del fogón y colocado el cazo sobre la llama. Sacó un chusco de pan de una cesta y lo puso en un plato junto a un buen pedazo de queso y un trozo de membrillo. Luego se plantó delante de él con los brazos cruzados bajo el pecho, como si se diera ánimo abrazándose a sí misma, o se refugiara de la cruda verdad, del descorazonador recuerdo del matrimonio Laufer alejándose en aquella destartalada furgoneta en la que habían metido el resumen de toda una vida: maletas, algunos libros, cestos con enseres; cómo contarle con franqueza la cruel realidad, cómo explicarle los ojos secos de llanto de la madre, el pecho hundido de dolor del padre, los hombros encogidos de ambos por la inmensa carga de la ausencia del hijo, su buen hijo ignorante aún del doloroso destino de sus amados padres. Se le rompía el corazón de tan solo pensarlo.

—Tus padres no están en Berlín —dijo al fin—. Se marcharon al poco de tu detención. Tu madre vino a despedirse, me dijo que lo habían vendido todo y que se iban a Suiza, a casa de una tía tuya.

—¿Que lo han vendido todo? —preguntó Axel sin salir del pasmo que le habían provocado aquellas palabras—. ¿Por qué? ¿Qué razón hay?

La viuda lo interrumpió alzando la mano.

—Dejó algo para ti. Espera. —Salió al pasillo y volvió enseguida con un sobre cerrado. Lo posó encima de la mesa y lo arrastró con los dedos despacio, consciente de su contenido—. Me dijo que te lo diera cuando volvieses, porque ella siempre tuvo la esperanza de que lo harías, que regresarías sano y salvo.

Axel extendió el brazo para cogerlo, pero lo replegó de inmediato porque sintió vergüenza de sus mugrientas manos en contraste con la impoluta blancura del sobre y de los dedos de la viuda.

—¿Podría lavarme antes? —preguntó medroso.

—Primero come algo. De lo contrario, cuando hayas terminado con la mugre que llevas en el cuerpo, habrás desfallecido de hambre. —Cogió el asa del cazo con un trapo para no quemarse, vertió el caldo en un cuenco y se lo puso delante con un largo suspiro—. Come, anda. Te iré preparando un baño. Ya tendrás tiempo de leerlo.

Sin dejar de mirar el sobre, el muchacho tragó con ansias la sopa, el pan, el queso y el dulce de membrillo. Después se dio un baño caliente. La señora Metzger buscó algo de ropa de su difunto marido que aún guardaba en un baúl. El pantalón era de muy buena hechura, pero le sobraba de ancho. Ella lo apañó con un cinturón. También le proporcionó una chaqueta de lana porque, a pesar de la calidez de la casa, Axel no dejaba de tiritar, como si tuviera congelada la sangre en las venas.

Una vez limpio y bien vestido, recuperó algo de dignidad. Con movimientos lentos, a sabiendas de que aquel sobre le iba a reportar dolor, se acomodó con la viuda en el salón y sentado en un sillón abrió la carta. Del interior cayó al suelo una cadenita de la que pendía una medalla de oro que Axel cogió de inmediato con la imagen del Corazón de Jesús. Sostenida en la palma de su mano, la contempló emocionado. Era la medalla de su bautismo, guardada con mimo por su madre para sus nietos futuros. Acarició la joya y con ella entre los dedos extrajo dos cuartillas escritas por las dos caras con la letra conocida, apretada y redonda de su madre. Esbozó una sonrisa de ternura al imaginarla escribiendo sobre la mesa en la que cortaba sus patrones. Echó un vistazo a la señora Metzger antes de sumergirse en la lectura. La viuda se había sentado en un sillón cercano a él; cogió su labor de punto y se centró en ella, mirándolo de vez en cuando, el gesto cálido, proyectando amparo y consuelo.

A medida que leía, Axel sentía que un puñal se hundía implacable en su corazón. La congoja se acrecentaba en cada línea, al suponer la terrible experiencia que sus queridos padres habían tenido que sufrir. Mantuvo el llanto a raya con la frialdad justa para llegar al final de aquel testimonio de amor y tormento. Cuando levantó la vista, sus ojos brillaban y lloró con tanta amargura que la señora Metzger se sintió conmovida. Aun así, no hizo nada por consolarlo, le dejó entregado a su pena porque sabía que era necesario darle tiempo para asumir el calvario padecido y la impotencia de no haber podido impedirlo. Pasó mucho rato acurrucado sobre sí mismo en el sillón, la cara hundida en la acolchada tela, las cuartillas entre las manos. Tan solo el ruido del reloj de pared que marcaba las horas y el sollozo callado de Axel quebraban el mutismo de la estancia, hasta que el sonido isócrono del tictac se hizo definitivamente dueño del silencio cuando el joven cayó, de puro agotamiento, en un profundo sueño.

La señora Metzger lo arropó con una manta y permaneció a su lado, reflexionando sobre lo que debía hacer. Muy a su pesar, Axel no podía quedarse allí; Brenda llegaría en unas horas y, si lo descubría, no le cabía la menor duda de que saldría corriendo a denunciarlo. Esa mujer se había convertido en un monstruo y no podía fiarse de ella. Pensó entonces en Yuri: podría esconderlo en la buhardilla hasta que decidieran qué hacer. Tal vez, al trabajar en la embajada española pudiera proporcionarle alguna forma de salir del país. Con esa idea en la cabeza salió sigilosamente y subió el tramo de escaleras hasta la buhardilla. Llamó con insistencia, pero nadie contestó. Preocupada, regresó a su casa y echó un rápido vistazo al reloj.

Dejó que durmiera un rato más, hasta que no le quedó más remedio que despertarlo al acercarse la hora de la llegada de la asistenta. A pesar de que lo hizo con mucho cuidado, no pudo evitar que, desorientado, se sobresaltase, grabada la constante alerta a su conciencia. Ella intentó tranquilizarlo con voz suave.

—Axel, tengo que esconderte. Aquí no puedes quedarte.

Él se resistió porque quería marcharse, pero ella no le dio opción, no iba a permitir que saliera a la calle. Así que se dejó llevar hasta la habitación del fondo del pasillo, donde la viuda abrió la puerta del pequeño trastero.

—Escóndete ahí. El joven que te ayudó en la pelea es mi inquilino, vive en la buhardilla. Intentó declarar a tu favor, pero nadie le hizo caso. Ahora no está, tengo que esperar a que regrese. Seguro que él encuentra alguna forma de ayudarte. Mientras, debes quedarte ahí sin hacer ningún ruido.

Se miraron unos segundos, Axel se introdujo en el hueco y se agazapó al fondo. La viuda cerró la puerta y se guardó la llave. Trató de vestirse con el mismo esmero de cada día, pero los nervios se lo impedían, le temblaban las manos y cada dos por tres se asomaba a la ventana para ver si veía venir a Yuri antes que a la criada.

Brenda llegó puntual a su hora. Nada más entrar notó rara a la señora Metzger, nerviosa y tensa. Pensó que había pasado mala noche y ella se lo confirmó.

—No he dormido nada, Brenda.

Luego se sentó en la ventana con la costura, pendiente de los movimientos de la mujer en la casa y del regreso de Yuri en la calle. Él sabría qué hacer, se repetía.

Habían pasado casi dos horas cuando la señora Metzger vio llegar desde la ventana a Yuri Santacruz acompañado de la nueva vecina. Se levantó apresurada.

—Brenda, ve a hacer la compra. Hoy no tengo ganas de salir.

—Termino el baño y bajo. No me había dado cuenta de lo sucio que está...

—No, ve ahora, quiero hacer la comida y así te traes el pan.

Brenda, escamada por las prisas, se puso el abrigo, cogió la cesta y se marchó.

La señora Metzger se había apostado al lado de la puerta a esperar a Yuri, pero tardó mucho, demasiado. Imaginó que se había entretenido en casa de los Siegel: ahora pasaba a verlos cuando Fritz iba a visitarlos. Con el corazón en un puño y la radio apagada, permaneció junto a la puerta atenta a los ruidos de la escalera. Al cabo de casi una hora, oyó un portazo. Abrió un poco hasta que Yuri apareció, y, sin apenas darle tiempo a reaccionar, había tirado de él al interior.

—¿Cómo ha llegado hasta aquí? —preguntó Yuri sin salir de su asombro ante la visión de Axel Laufer al fondo de aquel trastero.

—Es largo de contar —contestó la viuda—. Ahora no hay tiempo. —Se acercó a él y le puso la mano en el brazo, el gesto suplicante—. Tengo que sacarlo de aquí antes de que regrese Brenda. La mandé a comprar hace una hora. Si vuelve y lo encuentra, no solo Axel, yo también estaré metida en un buen lío. No sé qué hacer...

Mientras, el chico había salido de su escondite y los miraba desasosegado.

—No quiero comprometer a nadie. Bajaré al sótano y me iré al anochecer.

—De eso nada —lo interrumpió la viuda con energía.

—Podría esconderlo en la buhardilla —apuntó Yuri con gesto reflexivo—. El problema es que Brenda también sube a limpiar.

—Hoy es sábado, no subirá, sabe que estás en casa.

En ese momento Axel se movió con la intención de salir de la habitación, pero la viuda se lo impidió.

—Tú no vas a ninguna parte. No me perdonaría nunca que te sucediera algo por dejarte marchar.

—Tiene razón *frau* Metzger, Axel. No puedes salir, al menos por ahora.

La viuda se había acercado a la ventana y, al asomarse, su rostro se demudó.

—Esta puñetera... —Apretó los labios—. No tenemos tiempo, Yuri. Por favor...

—Vamos, Axel, ven conmigo —lo instó Yuri decidido.

—Espera. —La mujer cogió un paquete envuelto en papel y se lo entregó—. Es la ropa que traía, no puedo tenerla aquí. Luego me desharé de todo.

Yuri no se olvidó de sus *bretzels*. Salieron al rellano. La señora Metzger se asomó al hueco de la escalera y vio que Brenda iniciaba el ascenso desde el portal. Los apremió con la mano. Con mucho sigilo, los dos hombres subieron el tramo de la escalera hasta la buhardilla. Yuri abrió la puerta y se metieron en el interior cerrando muy despacio, procurando no hacer ningún ruido.

Asimismo, la viuda se introdujo en su casa y corrió por el pasillo a cerrar la puerta del trastero y comprobar, nerviosa, que todo estaba en orden.

Cuando oyó entrar a Brenda, salió a su encuentro, tratando de mostrarse tranquila.

—Qué pronto estás de vuelta.

—Ay, señora Metzger, vaya disgusto traigo, qué sofoco, no se imagina.

—¿Me vas a decir qué te ha pasado? —la instó la viuda.

—¿Sabía usted que los Rothman son judíos?

—¿Los Rothman judíos? ¿Quién ha dicho esa estupidez? ¿Tu marido? —preguntó con toda la sorna que pudo.

—No, señora, lo he visto con mis propios ojos. Tienen la tienda plagadita de carteles, y el boicot está en su puerta, así que usted me dirá si lo son o no lo son.

—Los Rothman son más alemanes que tú y que yo, tan rubios, tan blancos y con los ojos claros como los quiere tu Führer.

—Y el suyo, señora, y el suyo —le replicó con malos modos—. Por cierto, debería poner una bandera en la ventana y quemar esa basura de libros que tiene en la librería, que cada vez que me acerco me espanta solo mirarlos.

—¿Se puede saber por qué debería hacer eso?

—Porque suponen un peligro y es su obligación como alemana.

—Soy alemana —sentenció—, pero ni soy nazi ni pienso como ellos.

—Pues debería empezar a hacerlo, a pensar como ellos. Aquí, señora Metzger, no hay término medio: o se está a favor o se está en contra de una Alemania unida.

La señora Metzger la miraba conteniendo las ganas de darle una bofetada para ver si le volvía el poco sentido común que había perdido.

—Tú pon en tu casa las banderas que quieras, en la mía mando yo, y aquí no se cuelga ninguna. Y ahora ve a hacer las tareas, que me duele mucho la cabeza y no tengo ganas de oírte más tontunas.

—¿Y qué hacemos con el pan? —preguntó como si nada—. Si quiere me acerco a la panadería de *fräulein* Bruckner.

—Ni se te ocurra, esa mujer tiene el pan más malo de toda la ciudad. Luego iré yo a ver a los Rothman.

—No hablará en serio... —Ante la fulminante mirada de la viuda, Brenda no insistió—. Está bien, yo se lo he advertido, no me gustaría que se metiera en problemas.

En la buhardilla, Yuri y Axel se mantuvieron durante un rato inmóviles, de pie, como si estuvieran esperando a que pasara algún peligro acechante.

—Si no fuera porque no creo en esas cosas, pensaría que eres mi ángel de la guarda. —Axel sonrió—. Gracias, Yuri, gracias otra vez.

—Eres inocente, Axel. Imagino que habrías hecho lo mismo por mí. —Lo miró unos segundos sin saber si formular la pregunta—. ¿Sabes ya...? ¿Te ha contado *frau* Metzger lo de tus padres?

Axel asintió y se dejó caer en el sillón con una expresión tan desoladora que conmovió a Yuri. Se acercó a él y le puso la mano en el hombro como muestra de adhesión y consuelo.

—Todo saldrá bien, Axel. —Abrió el paquete de los *bretzels* que había dejado sobre la mesa baja—. ¿Has desayunado?

Axel negó, los ojos puestos en los bollos. Lo que le había dado la señora Metzger se había difuminado en el profundo vacío de su estómago por el hambre acumulada que arrastraba.

Yuri preparó café y calentó leche. Un agradable aroma se expandió por la estancia. Axel, sentado en el sillón, encogido como un jilguero, le contó su peripecia.

—En la comisaría me dijeron que te habías declarado culpable —apuntó Yuri.

—Les da igual lo que yo declare. Necesitaban un chivo expiatorio y me ha tocado. Conocía bien a Peter von Duisburg, me la tenía jurada desde que teníamos dieciséis años, y por algo tan banal como increíble... Todo porque en una competición del colegio le marqué un gol, era el portero de su equipo y perdieron por ese tanto... Desde ese momento su sola presencia se convirtió para mí en una pesadilla; me buscaba siempre, me provocaba constantemente; era un mal tipo, una mala persona.

Yuri lo escuchaba con atención mientras le servía un café con leche en un tazón.

—Está claro que algunos no saben perder —dijo sentándose frente a él—. Fue la chica que nos ayudó la que te señaló como el culpable. Trataba de proteger a su hermano.

Yuri se calló la identidad de Claudia, y tampoco quiso decirle que se había convertido en vecina del edificio.

—No me extraña —el chico se encogió de hombros, como si se conformase—, son como una manada, se protegen entre ellos, pero solo sobreviven los que están cerca del poder. Durante el tiempo que estuve en los sótanos de Hedemannstrasse coincidí unas horas con dos de los chicos que nos agredieron esa tarde. Estaban presos, igual que yo, y en un estado lamentable. No creo que salgan vivos de allí. Borrarán de cuajo cualquier prueba que pueda perjudicar al culpable, un tal Franz Kahler, cuñado de Ulrich von Schönberg, un pez gordo de las SS que a su vez es hijo de otro pez aún más gordo... Y eso son palabras mayores. A esa clase de tipos no les gusta dar explicaciones, ni que las tengan que dar sus hijos. Así que a todos los que fueron testigos se los quitarán de en medio, no importa que sean de los suyos. No tienen piedad. Son implacables con tal de salvar su propio culo.

—También yo fui testigo, por lo tanto, estoy en peligro.

—Eres extranjero —negó Axel antes de dar un bocado al segundo de los *bretzels* que le había ofrecido Yuri con un gesto—, puede que eso los frene para ir a por ti. No tengo ni idea de qué se les pasa por la cabeza, lo que sí te digo es que no te confíes, me juego el cuello a que te vigilan. Y en cuanto a mí, soy comunista... Mi vida para ellos no vale nada.

—Pero tu padre dijo que no querías saber nada de política —repuso Yuri extrañado.

—Hay cosas que un padre no puede entender. Hace tiempo traté de explicarle mis ideas, lo que pensaba, mis planteamientos de la vida, de la sociedad, del Estado... Pero se negó a escucharme. El comunismo para él es un veneno maldito que solo atrae la desgracia. Admito que tuviera sus motivos para pensar así, pero uno no tiene por qué adoptar las razones de otros, por mucho que fuera mi padre; sencillamente, las suyas no son las mías. Me hizo prometerle que me alejaría de esas ideas. Mi madre me suplicó que lo hiciera... Y lo hice, se lo prometí... —Alzó los ojos hacia Yuri y tomó aire, como si le pesara la pena—. Le mentí; nunca supo que me había afiliado al Partido Comunista. ¿Cómo decírselo? Les mentí porque los quiero demasiado como para confesarles esa verdad. Uno no puede renunciar al amor de un padre, y cómo negarle a una madre una súplica... Pero tampoco puedo desistir de los principios en los que creo y por los que quiero luchar. Mi padre es un hombre honrado, recto, un buen hombre. He de reconocer que algo de razón tenía cuando me dijo que mis ideas me traerían la desgracia. Lo peor de todo esto es que los he arrastrado a ellos y eso no me lo podré perdonar nunca. —Su rostro se demudó, rememorando el dolor contenido en las cuartillas que guardaba en el bolsillo. Su voz salió balbuciente, un hilo apenas audible—. Por mi culpa han perdido el trabajo de toda su vida... Lo han perdido todo y yo soy el único responsable.

—Aquí los únicos responsables son los que han actuado al margen de la ley, los que te detuvieron injustamente y los que les arrebataron todo a tus padres. —Negó con la cabeza—. No me gusta esta Alemania que veo...

—Ni a mí, y soy alemán. Quiero irme a Rusia. Es admirable lo que han conseguido allí con la revolución.

Yuri lo observó con atención unos segundos antes de hablar.

—¿Qué supones que han conseguido?

—Una sociedad de iguales —afirmó Axel con vehemencia. Por primera vez pareció que sus ojos se iluminaban—. El mundo entero debería aprender de aquella sociedad. Es ejemplar.

Mientras lo escuchaba, Yuri no pudo evitar recordar sus vivencias en Rusia, el desmoronamiento de todo su mundo, la brusca deshumanización consecuencia del hambre y la violencia descontrolada. Le dolía la situación de aquel chico porque ahondaba en su propia herida, en su recuerdo de ausencia, de separación, pero también se lamentaba de su ignorancia sobre aquella realidad, esa visión idealizada, casi poética que se había extendido entre la izquierda de muchos países, justificando la evidencia de los excesos tanto de Lenin como ahora de Stalin. La dictadura del proletariado como medio para conseguir la desintegración de las clases sociales envueltas en la defensa del obrero se había convertido en una perfecta cortina de humo que ocultaba una brutalidad que ya duraba casi dos décadas.

—¿En serio crees ejemplar lo que se ha hecho en Rusia?

—Por supuesto —contestó convencido. Parecía haber recuperado las fuerzas tras tomarse el café caliente y los bollos—. Se ha alcanzado la igualdad de toda la población, han desaparecido las clases y sus grandes diferencias, con las injusticias que ello suponía; todo el mundo tiene acceso a la cultura, a los teatros, los parques, los museos se abren para la gente del pueblo. El obrero ruso es feliz porque por primera vez tiene esperanza; no sufren explotación de unos cuantos patronos sin escrúpulos, son los trabajadores los que reparten los beneficios de su trabajo entre ellos. Nadie es más que nadie allí, cada cual tiene las mismas oportunidades.

—Axel, créeme, no sabes lo que dices...

—Todos son camaradas —se reafirmó Axel impetuoso—, todos iguales.

—Unos más iguales que otros —replicó Yuri entre la incredulidad y la indignación ante la obcecada credulidad de aquel idealista imberbe—, no debes olvidar eso.

Axel negaba, convencido de su idea.

—No conoces aquello —insistió desconocedor del pasado de Yuri—. Es el paraíso del obrero, del trabajador, de la igualdad...

—Pero no de la libertad —le interrumpió.

—¿De qué vale la libertad en un mundo de desigualdades?

—Pues para decidir lo que quieres ser, lo que quieres pensar, cómo te quieres mover o dónde quieres vivir. ¿De verdad te parece poco?

—Te estás refiriendo a decisiones personales. Lo importante no es el individuo sino el bien de la sociedad entera, el beneficio de la comunidad. Ese ha de ser el objetivo.

—Siempre me ha resultado peligroso el sacrificio personal. El que está dispuesto a inmolar su bienestar por un ideal, por muy noble que sea, termina demandando el mismo sacrificio a los demás, aunque no quieran.

—No sería así si todos nos comprometemos en la misma dirección.

Yuri bebió un trago de café.

—¿Has estado alguna vez en Rusia?

—No, pero un camarada ha estado varias veces, con Lenin, y hace poco con el camarada Stalin. Visitó varias ciudades,

Moscú, Leningrado, estuvo en pueblos y aldeas, todo el mundo tenía trabajo, todos estaban bien. Me contó maravillas de cómo se vivía, de cómo se compartía todo: la especulación ha desaparecido, la gente compra lo que precisa y no por apetencia; adquirir aquello que uno no necesita solo por tener algo más bonito, más grande o mejor que tu vecino es rastrero y egoísta y nos lleva a lo peor del capitalismo. —Axel hablaba con el entusiasmo que daba estar convencido de la solidez de su argumentación—. Si los que creemos en el comunismo como sistema de Estado hacemos bien nuestro trabajo, estoy convencido de que el futuro será mucho mejor, la gente será más feliz, habrá prosperidad. Hay que preparar la tierra, sembrar para poder cosechar. Merece la pena intentarlo.

Yuri lo escuchaba tratando de mantenerse sereno; no quería ni debía pagar con él su indignación. Le daba rabia el mensaje perfectamente pergeñado que se esparcía más allá de las fronteras sobre la realidad del bolchevismo hasta llegar a calar en mentes nobles y aún íntegras y decentes como la de aquel chico.

—¿Y tú te has creído todo eso?

—Es un profesor de la universidad, no es un cualquiera —se justificó Axel—. Tiene autoridad suficiente como para creerlo, y no es el único. Todo el que va regresa impresionado y convencido.

A Yuri le dolían aquellas palabras. Le costaba creer que las cosas pudieran haber cambiado tanto, que aquellos progresos y mejoras de los que se jactaban se hubieran consolidado en aquellos años. Él tenía su propia experiencia, su particular y privada vivencia que reventaba aquel vacuo discurso. Cómo espetarle su verdad, la realidad vivida y sufrida de primera mano, una realidad sumergida en el fondo más oscuro de su conciencia, depositada allí desde hacía años, atada con la gran piedra de la inagotable postergación. Sin pretenderlo, sus ojos se posaron en la foto que tenía sobre la cómoda, la foto que por fin podía tener a la vista sin el temor a que la mano negra de su padre se la arrebatase para arrojarla al fuego del olvido. Axel se dio cuenta.

—¿Es tu madre?

Yuri asintió con una sonrisa melancólica.

—Y mi hermano. Hace más de doce años que no los veo. Se quedaron en Rusia.

—¿En Rusia? No sabía... No tenía ni idea de que tuvieras familia en Rusia.

—No podías saberlo, apenas nos conocemos. —Sonrió conciliador—. Nací en la antigua San Petersburgo, salí de allí cuando aún era Petrogrado... Ahora la llaman Leningrado en honor al hombre que con su revolución provocó una de las guerras civiles más sangrientas de la historia y que mató de hambre a millones de rusos...

—Las cosas no fueron así.

—Axel, tú ignoras lo que ocurrió allí en realidad —lo interrumpió Yuri en tono sosegado. Le conmovía la ingenua ignorancia de quien ha sido adoctrinado—. Fue como te lo cuento. Mi familia y yo lo sufrimos en nuestras propias carnes.

—Las revoluciones siempre se cobran su porción de víctimas —dijo Axel con solemnidad—. Lo estamos viendo en esta Alemania culta y civilizada.

—Ese es el gran problema, que en nombre de la revolución todo se justifica...

El timbre lo obligó a callar. Sobresaltados, miraron hacia la entrada como si tras la puerta acechase una amenaza. Yuri le hizo una seña para que se escondiera en el baño. El timbre volvió a sonar.

—¡Un momento! —Alzó la voz para que lo oyera.

Cuando Axel estuvo fuera del alcance de la vista, se acercó a la puerta.

—¿Quién es?

—Soy Brenda, *herr* Santacruz. ¿Tiene algo de colada?

Antes de que pudiera contestar oyó la voz de la señora Metzger que, desde el rellano de su casa, reprendía a Brenda.

—Pero, Brenda, ¿qué haces?

—Voy a lavar, señora, y le preguntaba si tenía algo de ropa...

—Haz el favor de bajar y continuar con tus tareas.

Pero Brenda insistió.

—Ya lo sabe, *herr* Santacruz: si tiene algo de ropa, me la baja.

La oyó alejarse escaleras abajo. Sus palabras se mezclaban con los reproches de la viuda. Todo quedó otra vez en calma. Axel se asomó y salió de su escondite. Ya más relajados, el muchacho volvió a sentarse y se sirvió más café de la cafetera que estaba sobre la mesa. Yuri le tendió su taza para que también se la llenase, pero antes de sentarse sonó de nuevo el timbre, seguido de dos golpes en la puerta. Era la forma en la que solía llamar la señora Metzger, así que, convencido de que era ella, abrió confiado. Una sonriente Claudia estaba plantada en el pequeño rellano con un plato de pasteles en la mano y una sonrisa en su rostro.

—He pensado que... —Enmudeció al ver a Axel sentado en uno de los sillones, igual que si hubiera visto a un fantasma.

El plato cayó y se estrelló contra el suelo, y Claudia se dio la vuelta y empezó a bajar las escaleras. Yuri se precipitó tras ella y la agarró del brazo, deteniéndola.

—Espera... —le suplicó en voz baja.

—Tengo que marcharme. —Intentó soltarse.

—¿Lo vas a denunciar? —preguntó Yuri en tono apremiante.

Ella lo miró unos segundos, el rostro relajado.

—¿Vas a denunciar tú a mi hermano?

Yuri tensó la mandíbula y negó con la cabeza.

—Entonces, estamos en paz —dijo ella.

Ninguno de los dos se movió, detenidos frente a frente, en

silencio, mirándose de hito en hito, sintiendo el latir del pulso acelerado. Hasta que ella abrió los labios en una leve sonrisa y le acarició la cara desde la sien hasta la mejilla. Yuri se estremeció al contacto de su mano. Aquella mujer le había robado el corazón. Claudia se acercó y lo besó en los labios, un beso rápido, suave y dulce, antes de darse la vuelta y desaparecer escaleras abajo.

Yuri acudió a su amigo Fritz para contarle la aparición de Axel y analizar posibles salidas. A Fritz sí le confesó quién era Claudia Kahler y a quién trataba de proteger con su acusación, además de que había visto a Axel en la buhardilla.

—Yo no me fiaría de esa mujer —dijo Fritz pensativo.

—No dirá nada.

—¿Por qué estás tan seguro?

—No dirá nada —repitió Yuri sin mencionar lo que había ocurrido entre ellos—. Es un presentimiento.

—Con los nazis no hay presentimientos, tan solo certezas.

—No voy a denunciar a su hermano —le confesó al fin—. Me comprometí con ella.

—Lo imaginaba, pero sigo sin fiarme. Hay que sacar a Axel del país, y debemos hacerlo cuanto antes. Tenemos que conseguir un pasaporte falso para que cruce la frontera. Sé dónde obtener uno a cambio de una buena suma de dinero.

—Por el dinero no hay problema. Si es necesario, se lo pediré prestado a Villanueva.

—Tantearé el terreno —añadió Fritz reflexivo—. La infiltración de la policía secreta y de las SS está llegando a los bajos fondos, en donde se realizan este tipo de negocios fuera de la ley, así que debemos ser muy cautos.

A juicio de Fritz, a pesar de la exposición al peligro al que se enfrentaban, lo mejor era mantenerlo escondido hasta que las cosas se calmasen. Había que dejar pasar el furor de la búsqueda, esperar el momento más oportuno para sacarlo. Era muy probable que la atención sobre Axel cediera con el tiempo; tenían demasiados frentes abiertos, eran muchos a los que había que perseguir, buscar, identificar, detener... Por muchos medios que desplegasen, no tenían más remedio que priorizar.

Principio de simplificación y del enemigo único. Adoptar una única idea, un único símbolo. Individualizar al adversario en un único enemigo.

Principios de propaganda de GOEBBELS

Había pasado una semana desde que Axel Laufer llegó a casa de la señora Metzger. En la buhardilla no había sitio para los dos, así que el prófugo se instaló con la viuda. Durante las horas que Brenda andaba por la casa, Axel se mantenía oculto en el trastero, cerrada la puerta con una llave que la viuda guardaba.

Brenda terminó de colocar sobre la mesa las cosas del desayuno. La señora Metzger la observaba sin demasiado interés, sorda a su cháchara. Su atención estaba en el pequeño trastero donde, como cada mañana, Axel se había escondido unos minutos antes de la llegada de la asistenta. La viuda estaba muy preocupada porque el hijo del farmacéutico había pasado muy mala noche. Le había subido mucho la fiebre y le daban accesos de tos incontrolables. Había pensado en subirlo a la buhardilla, pero aquel era el día en el que le tocaba a Brenda hacer limpieza después de terminar en su casa.

No sabía qué hacer. Pensó en llamar a un médico, pero no se fiaba de ninguno. Debía tener mucho cuidado con lo que hablaba por teléfono, porque Brenda, en su afán de contarlo todo, la había avisado de que la policía secreta intervenía las líneas para descubrir a los enemigos del Estado a través de las conversaciones privadas. Sin darse cuenta, la criada la tenía al tanto de los peligros que se podrían cernir sobre ella por el hecho de mantener escondido a un fugado. Por eso, cuando la tarde anterior llamó por teléfono a su hija (ignorante de lo que ocurría con Axel) le dijo que era ella la que tenía los síntomas para que le indicase qué podía tomar. Krista le había aconsejado que bebiera mucho líquido, tomara paracetamol y guardara cama. Sin embargo, aquella llamada, lejos de tranquilizarla, le había añadido una preocupación más. Había notado a su hija muy rara; estaba convencida de que le ocultaba algo porque el tono de su voz no era el de siempre, parecía inquieta, pero fue incapaz de sacarle nada.

La viuda se sirvió el café humeante, a la espera de que Yuri bajase a desayunar; necesitaba comentarle el estado de salud de Axel. En ese momento llamaron a la puerta. Brenda abrió y oyó la voz de Lilli Rothman. La señora Metzger se levantó y salió al vestíbulo, extrañada por la presencia de Lilli, ya que en teoría debería llevar varias horas en la tahona elaborando el pan y los dulces del día.

—Buenos días, Lilli —saludó afable. La notó muy desmejorada: había perdido peso, tenía ojeras y la piel seca, nada que ver con las mejillas sonrosadas que siempre lucía—. ¿Qué la trae por aquí tan de mañana? ¿No debería estar amasando sus deliciosos bizcochos?

—Buenos días, Theresa. —La señora Rothman llevaba una bandeja envuelta en las manos. Se la mostró con una sonrisa forzada—. Le traigo una *szarlotka* de mi tierra, la tarta de queso polaca que tanto le gusta, recién horneada, y también le he puesto unas berlinesas para su inquilino español. Sé que son sus preferidas.

Brenda, que se mantenía en la puerta igual que un guardián controlando la entrada, murmuró con rabia: «Basura judía», e hizo un ademán de escupir.

A la viuda le resultaba muy dolorosa aquella actitud hacia la señora Rothman, a la que tanto tenía que agradecer por todo cuanto había hecho por el granuja de su hijo, y por las veces que le había regalado bizcochos y pan que Brenda recibía con regocijo. Desde que se enteró de la ascendencia judía de la confitera, la actitud de la criada se había vuelto agresiva. Sus desplantes resultaban muy desagradables para la señora Metzger, pero tampoco se atrevía a regañarla demasiado porque no quería soliviantar los ánimos mientras Axel permaneciera escondido en su casa.

—Brenda, ve a hacer las tareas —la instó secamente—. Ya atiendo yo a la señora Rothman.

Aquel pedido no era el habitual, la señora Rothman hacía su tarta de queso polaca solo en días muy señalados y por encargo. Era evidente que su presencia no era fortuita.

—¿Qué ocurre, Lilli? —preguntó cuando Brenda las dejó solas.

—Bruno no se encuentra bien. Theresa, ¿puedo hablar con usted? Necesito hablar con alguien... —La última frase fue un susurrado y angustioso grito de auxilio.

—Pase, Lilli, tómese un café.

—No me gustaría molestarla.

Antes de cerrar la puerta, apareció Yuri. Saludó a las dos mujeres y la viuda lo invitó a entrar.

—No tema, Lilli, Yuri es de absoluta confianza. Créame. Puede estar tranquila.

—Lo sé —dijo ella sonriente y segura.

Los tres pasaron al comedor. La viuda cerró la puerta y subió la radio para que la asistenta no pudiera escuchar la conversación.

—¿Qué le ocurre a Bruno?

—Está en casa, no quiere salir, no quiere volver al colegio.

Lo acosan, le escupen a su paso, lo insultan, lo humillan... Mi pobre hijo. Y parte de ese acoso lo lidera el chico de Brenda. Si usted pudiera hablar con ella...

—Ese Rudi es un diablo. Hablaré con su madre, no se preocupe, Lilli.

—Pero eso no es lo peor... —Calló un instante como si estuviera cogiendo fuerzas para soltar lo que le laceraba el alma. Alzó la cara y miró con fijeza a su vecina, aferrándose a sus ojos—. Ernestine le ha pedido a su padre que se separe de mí. —Se llevó la mano al pecho en un ademán de intenso dolor—. Mi propia hija...

Yuri y Theresa se miraron pasmados, sin dar crédito.

—¿Que Ernestine ha hecho qué? —reaccionó al fin ella.

—No sabíamos nada —continuó Lilli—, pero desde hace meses se ve con un hombre que pertenece a las SS. Es mucho mayor que ella y es tan... —Encogió los hombros como si la asustase tan solo recordarlo—. Unos días antes del boicot, lo invitó a casa para que lo conociéramos, y ese mismo día nos pidió la mano de nuestra Ernestine. Su padre le dijo que aquello le resultaba muy precipitado, que Ernestine era muy joven todavía, y que debían esperar. A él no le gustó la respuesta, sus formas eran tan rudas... Cómo iba a dejar a mi hija en manos de semejante bárbaro. No se imagina qué maneras, qué mala educación, qué prepotencia... Nos dijo que le daba igual lo que nosotros dijéramos, que se casaría con mi hija con o sin nuestro consentimiento. Estos últimos días he notado a mi marido muy triste, callado, incluso esquivo conmigo... Ayer por fin me confesó lo que tanto le consumía: Ernestine le ha pedido que se divorcie de mí.

—¿Cómo puede una hija pedirle eso a su padre? —inquirió la viuda espantada.

—Porque soy un obstáculo para su felicidad. Su novio le ha dicho que será mejor para todos si mi marido me repudia por ser judía. Así ella quedará libre de su vinculación a la raza maldita. Eso le dijo a su padre. —Sus palabras parecían tambalearse en sus labios secos—. Pretende que me vaya de la casa y que abandone la confitería... —Le temblaba la barbilla y la voz se quebró, rota por el dolor.

—Pero si usted es el alma de su familia. Y también de esa tienda, sin usted no sería lo mismo.

—Ernestine sabe mucho de mis recetas. Me ha visto trabajar desde que era una niña. Nadie es imprescindible.

—Y el señor Rothman ¿qué dice?

—Está destrozado... —Trataba de contener el llanto, hacía un esfuerzo para tragar la amargura que le roía el alma como si se hubiera introducido en su cuerpo una rata de cloaca—. Se siente muy presionado. El negocio va mal. Clientes de toda la vida lo instan a que me eche de la confitería o no volverán a comprar ni un panecillo. No sé qué hacer, Theresa, es todo tan horrible... Estoy convencida de que ha sido ese hombre el que ha sacado la condición de judío de mi padre. Quién si no. Yo ya casi me había olvidado de eso. Basta ese pequeño detalle en este país para hundirle a uno la vida.

En ese momento los interrumpió un grito y, a continuación, pasos acelerados por el pasillo. La señora Metzger y Yuri se levantaron para ver qué ocurría y, al abrir la puerta, Brenda pasó con la cara desencajada. Al ver a la viuda, alzó el dedo índice y la señaló acusadora.

—Esto no me lo esperaba de usted, señora Metzger, no me lo esperaba: ocultar al hijo de ese farmacéutico, un enemigo del Reich... Un asesino... ¡Un comunista! Voy a denunciarlo ahora mismo.

—Brenda, por favor, te lo suplico. —Intentó sujetarla del brazo para hablar con ella, pero la asistenta se soltó con brusquedad. La siguió por el pasillo, impetrante—. Brenda, se trata de Axel, nuestro Axel, lo hemos criado entre las dos aquí, en esta casa...

172

La asistenta se volvió y se enfrentó a la señora Metzger.

—No puedo creer que haya hecho usted una cosa así, señora Metzger, pensaba que era usted una buena alemana. Siempre la he defendido, a pesar de que se empeña en no poner la bandera de nuestro Führer en las ventanas, a pesar de que compra periódicos que mienten y envenenan sobre lo que está haciendo por Alemania este gobierno, a pesar de que no va a ninguno de los mítines, a pesar de todo eso he dado la cara por usted porque estaba convencida de que estaba a favor de una Alemania aria, limpia de basura como esa —se dirigió con desprecio hacia Lilli Rothman, que se mantenía, junto a Yuri, a la espalda de la viuda—. Y resulta que tenía escondido a un delincuente, a un asesino, a un...

—¡Basta ya! —estalló la señora Metzger—. Axel Laufer no es un delincuente ni un asesino, no ha hecho nada.

—Eso lo tendrán que decir las autoridades.

—Brenda, si me denuncias, me detendrán... Perderás tu trabajo.

La asistenta soltó una risa malévola.

—¿Se piensa usted que voy a volver a poner un pie en esta casa? No me hace falta su limosna a cambio de limpiarle su mierda. Lukas tiene un buen sueldo, y me encontrará una casa decente donde no se oculte a delincuentes.

Se alejó hacia la puerta. La viuda la siguió sin dejar de implorarle, sin conseguir detener a la asistenta que, airada, abrió y se precipitó escaleras abajo. Los tres se asomaron al hueco para comprobar impotentes cómo iba en busca de la policía.

Axel apareció por el pasillo tosiendo.

—Lo siento, señora Metzger, no pude evitar la tos. Debió de oírme y ha forzado la cerradura. Lo siento.

Temblaba por la fiebre. La señora Metzger se dirigió a Yuri.

—¿Qué hacemos?

—En la buhardilla no podemos meterlo —respondió pensativo.

—En mi casa tal vez... —se ofreció Lilli.

—No —negó Yuri—. Seguro que registrarán todo el edificio.

—¿Y qué hacemos? —insistió la viuda—. No tardará en volver.

Él permaneció unos segundos ceñudo. De repente reaccionó.

—Creo que sé dónde esconderlo. Axel, ven conmigo. —Empezó a descender el tramo de escalera seguido del chico, pero se detuvo y se dio la vuelta—. *Frau* Metzger, ordene el trastero y déjelo como si allí no hubiera entrado nadie, ¿de acuerdo? Hágalo ya. Y usted, señora Rothman, vaya a su casa.

Bajó hasta el segundo. Llamó al timbre con prisa, aporreando la puerta nervioso.

—¿Quién es?

—Claudia, abre, por favor.

Sabía que estaría sola, había quedado en verse con ella. Desde su primer encuentro se habían visto casi cada día, o bien en su casa o en la buhardilla. No terminaba de explicarse lo que sentía por esa mujer. Por primera vez notaba una sensación parecida a la felicidad estando a su lado, junto a ella el tiempo se detenía, nada había más importante que escucharla, abrazarla, sentirla cerca, aspirar su aroma, mirar sus ojos, besar sus labios. Se había enamorado perdidamente de ella.

Claudia abrió. Yuri empujó la puerta y entró con Axel.

—Tienes que esconderlo —le dijo sin dejarla reaccionar—, al menos durante un rato.

—¿Estás loco? No pienso hacerlo.

—Claudia, te lo suplico.

—¿Por qué crees que estará más seguro aquí?

—Porque no se atreverán a registrar tu casa.

Oyeron coches en la calle. Voces de gente. Claudia empujó a Yuri hacia el rellano, pero antes de cerrar la puerta fijó sus ojos en aquel rostro amado. Estaba tan enamorada que haría por él cualquier cosa que le pidiera. Luego guio al maltrecho Axel por el pasillo.

Yuri corrió escaleras arriba hacia la casa de la viuda. Entró y cerró la puerta, tratando de recuperar el resuello.

—Listo —se limitó a decir.

—¿Dónde...?

Yuri interrumpió la pregunta con un gesto.

—Solo confíe en mí.

La viuda lo miró como a un dios protector. Él la cogió del brazo y con mucha delicadeza la llevó hasta el salón.

—Usted y yo, a desayunar. Aquí no ha pasado nada. No sabemos nada y todo lo que pase nos va a sorprender y mucho. Vamos, disfrutemos del desayuno.

Principio de renovación.
Hay que emitir constantemente informaciones y argumentos nuevos a un ritmo tal que, cuando el adversario responda, el público esté ya interesado en otra cosa. Las respuestas del adversario nunca han de poder contrarrestar el nivel creciente de acusaciones.

Principios de propaganda de Goebbels

Del aparato de radio surgía la voz enlatada de Goebbels, el ministro de Propaganda. La viuda cogió la taza de café ya frío y la tuvo que dejar porque le temblaba la mano. Yuri le habló con una expresión de ternura en sus ojos.

—Tranquilícese, *frau* Metzger, todo va a salir bien. Yo estaré a su lado.

Ella asintió agradecida. Volvió a coger la taza, esta vez con las dos manos, bebió un sorbo y la posó de nuevo sobre el plato. Miraba a la puerta como si fuera a aparecer un monstruo terrorífico.

El timbre sonó de forma reiterada y Yuri se levantó.

—Déjeme a mí, ¿de acuerdo?

Abrió la puerta y un tropel de hombres vestidos de pardo se introdujo en la casa sin más explicación.

—¿Qué significa esto? —preguntó Yuri al único que se quedó delante de él.

—Ha habido una denuncia de que en esta casa se oculta un asesino fugado.

—Aquí tan solo estamos la señora de la casa y yo. —Señaló hacia su casera—. No hay nadie más.

—Eso ya lo veremos. ¡Registradlo todo, vamos! —gritó a los que ya recorrían todas las estancias.

En ese momento apareció Brenda y entró en la casa como si fuera suya.

—Busquen por todas partes, seguro que lo habrán escondido bien. Le enseñaré dónde lo tenían. —Se adentró hacia la última habitación, seguida de todos los demás—. ¿Ve? —Mostró la puerta del habitáculo, que pudo abrir sin problema al estar rota la cerradura—. Aquí lo tenían.

—Ahí lo único que hay son trastos y maletas vacías —dijo la viuda con impostada indignación—. ¿Qué barbaridad es esta, Brenda? ¿A qué viene este espectáculo?

—Esta cerradura está forzada. —Un SA comprobaba los daños que había causado Brenda al hacer saltar el cerrojo.

—Está así desde hace tiempo —respondió la señora Metzger serena—. Perdí la llave y no me quedó más remedio.

El SA miró a la viuda y luego a Brenda. Se asomó al interior y volvió a erguirse.

—Estaba ahí, se lo aseguro —insistió la criada—. Tiene que creerme.

—Está mintiendo —replicó la viuda.

—¿Por qué iba a mentir? —preguntó el jefe displicente.

—No lo sé... —La señora de la casa se estremeció ante los ojos inyectados en odio de Brenda—. Siempre ha sido muy envidiosa.

La mujer no respondió a los ataques directos de la viuda. Con una expresión maliciosa, se dirigió al que tenía el mando.

—Si no está aquí, busquen en el piso de arriba, allí vive él. —Señaló a Yuri.

—¿Le importa mostrarnos su casa? —inquirió el SA.

—No tengo ningún inconveniente. Pero le aseguro que pierden el tiempo.

Subieron, Yuri les abrió la puerta y cuatro hombres de las SA entraron en la buhardilla, mientras él permanecía parado en el umbral. Brenda también entró sin que Yuri pudiera impedirlo y fue directa a un arcón que había bajo una de las ventanas. Yuri sintió que se le aceleraba el pulso. Se había olvidado por completo de que ahí escondió el viejo pijama de Axel.

—Aquí está. —Lo alzó con satisfacción como si hubiera hallado un tesoro—. Lo vi el otro día, me extrañó que fuera suyo. —Miraba a Yuri con malicia—. Ahora lo entiendo todo. —Se lo tendió a uno de los SA—. Ahí tiene la prueba.

El SA lo desenvolvió y apareció la chaqueta y el pantalón sucios y raídos.

—¿Qué es esto? —preguntó.

—La ropa del comunista que han estado escondiendo —se adelantó ella.

—No es mío —dijo Yuri con serenidad—. Estaba aquí cuando me instalé. Pensé en tirarlo, pero se me olvidó por completo.

—Mentiroso —le espetó Brenda.

—Cuídate de insultarme, Brenda. —El tono resultó amenazante, y eso desconcertó algo la bravura destilada por la asistenta.

El SA lo observaba todo con recelo. Otro de los hombres dijo que allí no había nadie. El que tenía el pijama en la mano se lo plantó a Yuri en el pecho y salió a la escalera seguido de los demás. Brenda pasó por delante de él y se detuvo solo unos segundos para soltarle con rabia:

—Lo encontraremos, aunque lo hayan escondido en el mismísimo infierno.

Yuri salió detrás de Brenda y se reunió con la viuda en el rellano. Los hombres que habían entrado en su casa le indicaron al que tenía el mando que no habían encontrado nada.

—¡Registrad todo el edificio! —gritó con autoridad—. Inspeccionad hasta en el último rincón, entrad en cada piso, sótano, azotea, trasteros.

Los hombres, obedientes, se precipitaron escaleras abajo. El jefe se dirigió con malos modos a la viuda. Se le veía molesto por el fracaso de la caza.

—Usted, señora, muéstreme su documentación.

—¿Por qué ha de hacerlo? —replicó Yuri—. ¿Se la acusa de algo?

Los interrumpió una voz que resonó en el hueco de la escalera.

—Señor, ¿puede venir un momento?

El jefe empezó a bajar, con Yuri tras él. Los SA entraban y salían del resto de los apartamentos, ante el pasmo de los vecinos, incluida la señora Rothman, que también hizo su papel de sorprendida.

Llegaron al rellano del segundo. Claudia permanecía en la puerta de su casa impidiendo la entrada.

—Asegura que es la esposa del Obergruppenführer-SS Von Schönberg, señor —dijo uno de los SA.

—Y la nuera del Standartenführer Von Schönberg —puntualizó ella con arrogante firmeza—. ¿Está usted al mando? —El jefe asintió y ella continuó—: Sus hombres pretenden irrumpir en mi casa alegando que buscan a un prófugo asesino y comunista. Solo con eso podría hacer que los detuvieran a todos por difamación. Este es el domicilio de un alto cargo de las SS. La acusación es inconcebible.

Yuri miraba embobado la actuación magistral de Claudia. Definitivamente, amaba a aquella mujer.

Por su parte, el jefe desplegó ante ella un trato exquisito.

—Siento mucho la molestia, *frau* Von Schönberg, pero ha habido una denuncia y tenemos que proceder al registro de todos los apartamentos. Se trata de un peligroso delincuente que ya asesinó a una persona. Cabe la posibilidad de que se haya colado en su casa. El registro lo hacemos por su seguridad.

Hizo una señal a los hombres que esperaban en el rellano la orden de entrar en la casa, pero ella se cuadró.

—En mi casa no entra nadie si no trae una orden judicial.

Uno de los hombres la apartó y empujó la puerta que permanecía entornada. Yuri contuvo la respiración. Los ojos de Claudia lo buscaron, y él no esquivó la mirada. A medida que entraban en la casa, los alertó a todos un resonar de botas que subía por la escalera.

—¿Qué está ocurriendo aquí?

Franz Kahler subía el último tramo seguido de media docena de hombres, todos uniformados. Al comprobar las tres estrellas cosidas en la solapa de la chaqueta parda de Franz, el jefe se puso firme e hizo el saludo nazi.

—Estamos procediendo a un registro, *herr Offizier*.

—Me acusan de tener escondido a un asesino en mi casa, Franz —reclamó Claudia envalentonada—. Esto es un atropello imperdonable.

—Saque inmediatamente a sus hombres de aquí... ¡Ahora! —gritó Franz ejerciendo su autoridad.

El jefe entró en el vestíbulo y ordenó a los suyos que salieran. Todos lo hicieron. Yuri observó el rostro de Claudia.

—*Herr Offizier* —el que estaba al mando trató de justificarse—, ha habido una denuncia de que un peligroso delincuente se oculta en este edificio. Nuestra intención no era otra que la de proteger la seguridad de la señora Von Schönberg.

—La señora Von Schönberg es mi hermana, y en todo caso la protejo yo. Proceda a la batida del resto del edificio.

El hombre se cuadró con el saludo nazi y continuó con la inspección del inmueble. La escalera parecía una romería de subidas y bajadas de los hombres de pardo, voces de los vecinos por el atropello de la intimidad de sus hogares, rostros de susto, alarma compartida con el tropel de botas resonando en el solado. Yuri había aprovechado la confusión para subir a casa de la señora Metzger con el fin de alejarse de Claudia y evitar un encuentro directo con Franz.

Claudia permanecía en el rellano junto a su hermano, observando el jaleo. No vio a Franz con intención de quedarse más de la cuenta. Sus hombres lo esperaban. El corazón le latía con fuerza. Tomó aire e intentó calmarse, tenía que controlarse e impedir por todos los medios que Franz entrase en su casa. Había escondido a Axel en la última habitación, pero tosía mucho y temía que se le oyera.

—Menos mal que has aparecido —le dijo a su hermano—. Estos hombres son unos impresentables.

—Hacen su trabajo, hermanita. Me avisaron de que se iba a efectuar un registro en el edificio, andábamos por aquí y me acerqué para ver qué pasaba. La denunciante dice que se trata de Axel Laufer.

—¿No estaba encerrado? —preguntó con aparente inocencia.

—Se escapó hace una semana. Lo estamos buscando. Cuando lo encontremos, va a pagar caro su aventura.

Los hombres terminaron el registro y se marcharon en tropel.

—Anda, vete a tus quehaceres —lo instó Claudia cuando la escalera quedó vacía—, que yo tengo cita con mi ginecólogo y se me ha hecho muy tarde. Estos idiotas ya me han hecho perder mucho tiempo.

—A ver cuándo me haces tío. Me hace mucha ilusión tener un pequeño Franz.

—¿Franz? Como te oiga Ulrich, te arranca los galones.

—¿No pensarás llamarlo Ulrich? Es un nombre feo.

—Lo llamaré Hans —añadió con una sonrisa cómplice—, como el abuelo.

—Me gusta Hans.

Se puso la gorra y bajó con rapidez la escalera. Claudia esperó atenta hasta que salió a la calle. Entró en la casa y se asomó a la ventana para comprobar que se marchaban. Un segundo después sonó el timbre y, al abrir, se encontró con Yuri, que entró, cerró y la abrazó con fuerza, con el miedo aún metido en el cuerpo. Los separó la tos de Axel, que se oía al final del pasillo.

—Lo siento, Claudia —le dijo angustiado mirándola a los ojos—. Sé que te he puesto en peligro. No sé qué habría pasado si no llega a aparecer tu hermano.

—¿Qué piensas hacer con él? Es muy peligroso tenerlo aquí, Yuri.

—Lo sé... Tengo que sacarlo del país.

—Ten mucho cuidado, por favor —imploró ella—. No soportaría que te ocurriera algo.

—Lo tendré —le susurró acercándose a ella, volcado en sus ojos—, pero solo porque tú me lo has pedido.

Llamaron a Axel para que saliera. Mientras, Yuri seguía mirándola, conteniendo el impulso de besarla porque Axel avanzaba por el pasillo con paso renqueante, encogido por la fiebre, igual que un alma en pena.

Yuri se lo llevó a su buhardilla y lo acomodó en la cama. La fiebre la hacía tiritar, tosía mucho. La viuda cuidaría de él mientras Yuri se ausentaba para trabajar. Había pensado llevar a cabo un plan que había estado rumiando: no podían esperar a que Fritz consiguiera el pasaporte falso; Axel tenía que salir del país o todos pagarían las consecuencias. En la embajada había visto dónde almacenaban los pasaportes con los visados de solicitantes que pretendían abandonar el país. Cogería uno y llevaría él mismo a Axel hasta la frontera de Suiza; y lo haría esa misma noche. Conocía bien la mecánica, ya había hecho el viaje que le había encargado Villanueva trasladando al matrimonio disidente perseguido por firmar un manifiesto en contra de las políticas del gobierno, y que, para su sorpresa, Villanueva había escondido en su propia casa. Le había asombrado su atrevimiento, o más bien su valentía al ocultarlos en su domicilio, una peligrosa contraprestación al beneficio que obtenía con esos viajes. Había estado valorando contarle a Villanueva la existencia de Axel y la posibilidad de incluirlo en alguno de esos traslados, pero lo descartó y ahora no había tiempo de planteárselo.

La jornada en la embajada había transcurrido tan frenética como venía ocurriendo en los últimos días. Se había dejado correr el rumor, publicado en varios diarios berlineses, de que España necesitaba más de trescientos mil judíos. Estas noticias falsas, junto a la cada vez más complicada situación de los alemanes judíos, habían provocado que cientos de personas se agolpasen en las dependencias de la embajada española con la intención de pedir asilo a ese paraíso terrenal de la República española, en la que no existían los prejuicios de raza ni recelo hacia el extranjero, enarbolando en la mayoría de los casos su condición de descendientes de sefardíes. El embajador llevaba días desbordado y había tenido que colgar en la puerta un cartel advirtiendo de la falsedad de los rumores sobre las supuestas facilidades del gobierno español para el que pretendiera establecerse en España, como viajes gratis, concesión de terrenos para su colonización y otras preferencias. Sin embargo, movidos por la desesperación, nada parecía convencerlos. Cada vez eran más los hebreos que perdían su trabajo, apartados por leyes arbitrarias que se iban aprobando, según las cuales todos los judíos que ocupaban instituciones oficiales, empresas y corporaciones participadas por el Estado eran cesados.

Yuri esperó toda la jornada hasta que se marchó el último de los empleados de la sala de visados, el lugar en el que había visto el rimero de pasaportes listos para la entrega a sus titulares.

Tenía muy poco tiempo, porque las mujeres de la limpieza podían aparecer en cualquier momento. En cuanto la sala quedó vacía, se coló en su interior y cerró la puerta tras de sí. El aire estaba tan cargado de humo que podía masticarse. Se acercó al archivo en el que se guardaban los documentos, pero estaba bajo llave. Tratando de no perder la calma, ojeó a su alrededor, registró en los cajones de las mesas hasta localizar un juego de llaves, y tras varios intentos surgió el milagro y la cerradura cedió. Chequeó en el montón las fotos en las que la imagen tuviera un parecido razonable con Axel. Apartó dos, y luego valoró cuál se ajustaba a los rasgos, pero ninguno de los pasaportes tenía aún el sello. En ese momento vio sobre la mesa uno con el papel del visado en su interior. Examinó la foto y, aunque con más pelo y más oscuro que el titular del documento, podría pasar por Axel. Pensó que muy posiblemente su propietario fuera a recogerlo pronto y esa circunstancia haría saltar la alarma de su desaparición. Yuri dudó sobre este inconveniente, pero al final decidió arriesgarse. Escondió el documento en el calcetín, oculto bajo la pernera del pantalón, dejó todo tal y como lo había encontrado y salió con mucho cuidado al pasillo.

Ya fuera de la embajada, se montó en el coche prestado por Villanueva y se marchó a casa. Aparcó frente al portal. Al salir del Ford vio a un hombre apostado al otro lado de la calle. Tenían vigilado el edificio. Subió a la buhardilla y encontró a la señora Metzger dando un caldo al maltrecho Axel.

—¿Cómo está?

—Sigue con fiebre alta, y dice que le duele todo; lo peor es la tos.

Axel apenas podía hablar. El dolor afloraba a su gesto.

—Tengo la documentación. Salimos de viaje inmediatamente. *Frau* Metzger, haga una maleta con algo de ropa, coja de la mía, alguna camisa, mudas, y algo de aseo.

Mientras que la señora Metzger hacía lo que le había pedido, Yuri se asomó por la ventana.

—No puede salir por el portal —dijo inquieto—. ¿Hay alguna otra salida?

—Por el patio de atrás, donde está la basura. Pero tendrá que saltar dos tapias hasta llegar al callejón que da a Taubenstrasse.

—Sé cuál dice. —Yuri se dirigió a Axel, que se estaba calzando los zapatos—: ¿Crees que podrás saltar?

—Lo haré —contestó convencido.

—Está bien. Llevaré el coche hasta Taubenstrasse. Te esperaré justo en la entrada del callejón. ¿De acuerdo?

La señora Metzger y Yuri lo acompañaron hasta el patio, lo ayudaron a saltar la primera tapia y le lanzaron la maleta por encima de ella. Luego Yuri salió a la calle con aparente tranquilidad, sin mirar al hombre que lo observaba sin ocultarse. Arrancó y condujo despacio hasta girar a la izquierda por Friedrichstrasse. Justo cuando torció de nuevo a Taubenstrasse, vio asomarse a Axel por el callejón. Detuvo el coche y, en cuanto subió, pisó el acelerador. El corazón le latía con fuerza.

Axel durmió casi todo el trayecto. La viuda le había suministrado un somnífero para que no le molestase la tos durante el viaje. Evitaría las carreteras nacionales, lo que los retrasaría algo, pero era más seguro para no arriesgarse a caer en uno de los habituales controles. Yuri condujo toda la noche. Después de varias horas, sentía el cuerpo entumecido y decidió parar a estirar las piernas. Axel seguía profundamente dormido. El primer albor de la mañana creaba una especie de nebulosa rojiza. Hacía frío. Se estremeció mientras orinaba con vistas a un paisaje idílico de montañas, cuyas líneas oscuras empezaban a definirse en la palidez del horizonte. Volvió al coche y reinició la marcha.

Cuando estaban a punto de llegar a la frontera, se detuvo en el arcén y despertó a Axel. Hablaba pastoso, casi no podía abrir los ojos, pesados los párpados como si fueran mármol. Yuri le detalló su nueva identidad, le indicó que no dijera nada, que confiase en él, y sobre todo le pidió que, pasara lo que pasase, no intentase escapar.

—Aunque veas la baliza muy cerca y sepas que en apenas diez pasos estarías en Suiza, no lo intentes. Te matarán.

Axel le habló con voz fangosa.

—Si me quedo en este país, me matarán de todas formas.

—Sé cómo tratar a esta gente.

Axel asintió y Yuri puso el motor en marcha. Llevaba los dos pasaportes en el salpicadero, el suyo y el de Axel con el visado de salida. Vieron las luces del puesto fronterizo y dos guardias que salían a darles el alto. Yuri frenó hasta detener el coche. Cuando uno de ellos se acercó a la ventanilla, le habló con cortesía. Le entregó la documentación, examinó primero el de Yuri y se lo devolvió sin hacer comentario alguno. Al abrir el de Axel lo observó con más detenimiento. Se fijó en Axel, que permanecía inmóvil, junto a Yuri, con gesto algo compungido pensando en sus padres, con quienes podría reencontrarse si conseguía superar aquella valla con franjas blancas y rojas que tenía delante, iluminada por los focos del coche.

—Este visado no entra en vigor hasta dentro de tres días.

El policía devolvió a Yuri el visado y él comprobó la fecha sin ocultar su desconcierto. No se había dado cuenta de aquel detalle.

—Tiene toda la razón, agente. —Trató de mantener la calma—. No sé cómo ha podido ocurrir, ha debido de haber alguna confusión. La solicitud era para hoy.

—Lo siento, caballero, sin el visado en orden su acompañante no puede pasar. Son órdenes.

Con toda frialdad, Yuri sacó un sobre del bolsillo de su chaqueta, lo metió en el interior del pasaporte y se lo volvió a tender desde el coche, sacando la mano por la ventanilla, y mostrando una sonrisa abierta y amable.

—Tal vez podríamos arreglar este asunto de la fecha...

El guardia dio una rápida ojeada por encima de su hombro antes de coger de nuevo el documento. Echó un vistazo al interior del sobre. Volvió a mirar a su alrededor para asegurarse de que no había nadie cerca. Con disimulo, se guardó el sobre en la pechera y le devolvió el pasaporte a Yuri.

—Todo en orden, caballeros.

El guardia se llevó la mano a la frente para saludar y les permitió el paso.

Axel no se podía creer que estuviera en territorio suizo. Incluso su estado febril mejoró. Se sentía más vital, como si al rodar por aquella carretera recuperase las fuerzas perdidas en su país, el país que había dejado atrás y que tan mal los había tratado, a él y a sus queridos padres.

—Te dejaré aquí —dijo Yuri al llegar al primer pueblo, unos kilómetros más allá de la frontera—. Será mejor que regrese a Berlín cuanto antes.

Detuvo el coche frente a una pensión y los dos descendieron del vehículo.

Una densa niebla parecía aquietar las casas y la vida que dormía en ellas. Sacaron de la parte de atrás la maleta que había preparado la señora Metzger. También le había proporcionado doscientos marcos.

—Me llevo el visado, he de devolverlo a su sitio. Lo más fácil es que solicites un pasaporte Nansen, te servirá para moverte sin que nadie te moleste, al menos por un tiempo.

—Lo tendré en cuenta. Lo primero que voy a hacer es ir a ver a mis padres.

—Buena suerte —le dijo Yuri.

Los dos hombres se estrecharon la mano.

—Te debo mucho, Yuri, espero que la vida me dé la oportunidad de devolverte todo lo que has hecho por mí.

—Ten cuidado, Axel, te has librado de las garras del nazismo, no cometas el error de echarte en brazos del comunismo. Los que detentan el poder prometen un porvenir a cambio de robarte la libertad y condenarte a una vida dura y sin futuro, un futuro que solo les pertenece a ellos.

—Discrepo contigo. Puede que algún día te demuestre lo equivocado que estás.

Axel tenía los ojos brillantes, la piel ardiente por la fiebre. Le sonrió clemente, como si le estuviera perdonando su error. Le dio la espalda y entró en la pensión.

Yuri volvió a cruzar la frontera y llegó a Berlín al atardecer. Se acercó hasta la embajada y dejó el pasaporte en una mesa distinta debajo de algunas carpetas. Luego se marchó a casa, se metió en la cama y durmió hasta el día siguiente.

Al amanecer del jueves 11 de mayo, Fritz Siegel tuvo que despedirse de sus padres en la estación central. Estaba destrozado. Dos semanas antes el profesor Siegel había sufrido una brutal paliza en la universidad, de la que había salido vivo gracias a la intervención de algunos colegas y alumnos que consiguieron detener la agresión, no sin antes advertirle que si no hacía callar a su hijo, ellos se encargarían de silenciarlo para siempre.

Fritz estaba obsesionado con proteger a sus padres. Los ataques habían ido en aumento, igual que los anónimos que recibía en la redacción del *Berliner Tageblatt*, el periódico en el que trabajaba, con amenazas de muerte además de improperios de todo tipo. El problema era que habían empezado a enviarlos a su domicilio. Nicole se había encontrado una nota clavada en la puerta, en la que se leía: «Te vamos a matar como a un cerdo». Aquello estaba yendo demasiado lejos.

Fritz no temía por él, era testarudo, se sentía capaz de enfrentarse a ellos a través de la palabra, y ellos lo sabían; por eso atacaban a su padre y por eso tuvo que ponerlos a salvo, alejarlos del peligro para poder seguir ejerciendo su derecho a la crítica, a opinar, a mantener latente una libertad de expresión cada vez más asfixiada.

Nicole había movido los hilos en la Universidad de Columbia, donde tenía conocidos, les expuso la situación y el currículo de su suegro y recibieron respuesta inmediata: lo querían en su universidad. El embajador de Estados Unidos les facilitó los trámites y la documentación necesaria, y en muy pocos días obtuvieron la declaración jurada con varias firmas que les permitiría entrar en el país sin problema; incluso les proporcionaron dos pasajes, pagados por la universidad, en un camarote de primera clase en el barco que debían tomar en Southampton. Los padres de Fritz se despidieron de su hijo rumbo a Nueva York con el alma partida porque sabían que se quedaba en un avispero.

Después de dejar a sus padres en el tren, Fritz regresó a casa dando un paseo. Era muy temprano y el sol escalaba lentamente el cielo en un horizonte rosado. Arrastraba su pesadumbre por la Unter den Linden respirando el aire cargado de un penetrante olor a quemado. La madrugada había sido larga y convulsa no solo en Berlín sino en toda Alemania, en la que proliferaron hogueras exaltando un arrebatado despotismo. Al llegar a la Bebelplatz, frente al edificio de la Universidad Friedrich-Wilhelm, se detuvo para contemplar con amargura los restos aún humeantes de la monumental pira formada en el centro de la plaza, las negras montoneras de libros calcinados, de sabiduría abrasada, devastada por la cerril incultura. Aún podían apreciarse algunas cubiertas ahumadas de obras de los señalados como comunistas, judíos, homosexuales, liberales o «sospechosos»; las palabras escritas de autores como Karl Marx, Freud, Stefan Zweig, Hemingway, H. G. Wells o Helen Keller habían ardido sin piedad, considerados enemigos de los nazis o nocivos para Alemania. Ante aquella bacanal de furia y fuego, sus labios susurraron al viento la frase premonitoria escrita más de un siglo antes por el poeta Heinrich Heine: «Ahí donde se queman libros, acabarán quemando personas».

Aquella «acción contra el espíritu antialemán» —así definida por las masas de estudiantes que la habían llevado a cabo, tan cargada de siniestro simbolismo, aprobado y jaleado por el partido en el poder— había abierto la caja de Pandora de un desatado y peligroso fanatismo que sería muy difícil de controlar.

Quedaban dos minutos para las diez de aquel sábado que inauguraba el mes de julio. Claudia salió de casa, cerró la puerta y echó la llave. Apenas había podido dormir. Se sentía emocionada y tan ilusionada como una adolescente en su primera cita. En ese momento la puerta de enfrente se abrió y apareció Angela Blumenfeld.

—Buenos días, señora Von Schönberg —saludó la mujer con amabilidad.

—Buenos días, señora Blumenfeld. —Claudia empezó a bajar la escalera con prisa, y también lo hizo su vecina.

—Voy a dar mi paseo diario. Me viene muy bien caminar. Es muy sano y hace un día estupendo. Tal vez podamos ir juntas algún día...

—Lo siento, señora Blumenfeld —objetó Claudia sin detenerse—. Tengo mucha prisa. Que tenga un buen día.

La señora Blumenfeld le hizo un gesto condescendiente que ella no vio, mientras oía el eco de su precipitado taconeo.

Aquella joven no la terminaba de convencer. Demasiado impetuosa, demasiado arrogante, demasiado nazi.

Cuando Claudia llegó al portal, se ajustó el pañuelo de seda verde que se había puesto sobre la cabeza y, al salir a la calle, se colocó las gafas de sol. Se quedó pasmada al ver el Ford de Yuri aparcado donde siempre. Dio unos pasos hacia él y se asomó con disimulo a su interior. Aprovechando que Ulrich estaría unos días fuera de Berlín, Yuri y ella habían decidido pasar el fin de semana juntos en un discreto hotel ubicado a las afueras de Mittenwald, un precioso pueblo a una hora de camino en coche. Hacía tres meses que había empezado aquella historia de amor y querían celebrarlo. Habían quedado en que la recogería en el cruce entre Grinkastrasse y Kronenstrasse. Viajarían en el coche de Yuri, de ahí su desconcierto al verlo frente al portal. Consultó el reloj de pulsera: pasaban tres minutos de la hora indicada. Alzó la vista hacia la buhardilla como si esperase ver alguna señal desde la ventana. Nerviosa, echó a andar hacia el punto de encuentro. Al llegar al cruce, se paró y miró a su alrededor, inquieta, con la sensación de que todo el que pasaba se daba cuenta de su escandalosa infidelidad. Un espectacular Mercedes Benz de color granate se detuvo junto a ella y una voz salió del interior:

—¿Busca a alguien, señorita?

Claudia se agachó para ver el rostro radiante de Yuri.

En los primeros momentos no se dijeron nada. Los nervios de que alguien pudiera identificarlos los agobiaban hasta dejarlos mudos. Ya estaban saliendo de la ciudad cuando Claudia lo miró con el alborozo de una enamorada.

—¿De dónde has sacado este coche?

—Mi jefe es muy comprensivo —contestó Yuri con una mueca de regocijo.

—¿No le habrás contado nada?

—¿Por quién me tomas? No sé cómo serán los arios, pero yo soy un caballero.

Ella no pudo resistir la tentación de echarle los brazos al cuello y llenarle la cara de besos. Él se reía, divertido y satisfecho, atento a la conducción.

—Cuidado... Como le haga un solo rasguño es capaz de expulsarme del país.

El intenso sol de julio les regalaba una luz especial. Yuri y Claudia pasaron juntos dos días inolvidables, los dos solos, sin el temor a miradas indiscretas, haciendo el amor sin sobresaltos, dando largos paseos por el campo; se sentían felices el uno con el otro, apartada de sus mentes la realidad que los aplastaba, conscientes de que su amor era imposible. Disfrutaban de cada segundo juntos, como si presintieran que en cualquier instante todo podía estallar en mil pedazos.

—Divórciate y cásate conmigo —le dijo Yuri cogiéndola por la cintura cuando paseaban por una preciosa arboleda—. Nos iremos a España, o a América...

Ella le dedicó una tierna sonrisa. Lo agarró por el cuello y lo besó.

—Amor mío —le susurró rozándole los labios—, si yo pudiera, me iría contigo al fin del mundo. Estás en mi pensamiento constantemente... A todas horas.

—¿Incluso cuando estás con tu marido? —Yuri se arrepintió de sus palabras tan pronto como salieron de su boca.

A ella se le congeló la sonrisa y se desprendió del abrazo.

—Eso no es justo, Yuri...

—Lo siento, Claudia, lo siento. —La abrazó, hundiendo su cuerpo en su regazo. Dio un largo suspiro antes de continuar hablando—: Me muero cuando sé que duermes con él. —Buscó sus ojos—. ¿Por qué no lo dejas? —No esperó una respuesta—. Claudia, mi propuesta es seria: deja a tu marido y vente conmigo. Nos iremos de Berlín. —Su rostro se iluminaba—. Empezaremos una vida juntos en otro lugar.

Ella lo miraba arrobada de amor por él, pero su voz tembló al responderle.

—No quiero marcharme de Berlín... Y aunque quisiera, no puedo dejar a Ulrich.

Yuri la soltó sin poder evitar la decepción, y dejó su mirada correr por el campo que se extendía ante ellos en una explosión de vida y color.

—Entiéndelo, Yuri —añadió ella con un tono conciliador—. No podría hacerlo. El divorcio no entra en sus esquemas, ni siquiera en los míos... —El tono de su voz se tornó apremiante—. ¡Dios santo, acabo de casarme, sería un escándalo! Tendría que renunciar a todo lo que soy. ¿Es que no lo entiendes?

—¿Y qué pasa conmigo? ¿Qué soy para ti, un mero entretenimiento, un pasatiempo excitante para contarles a tus amigas del club de tenis, el amante que te mantiene viva mientras tu marido trabaja por una Alemania grande y unida?

—Si piensas eso, Yuri, es que no has entendido nada. Tu amor es un regalo tan extraordinario que no creo merecer. No hay palabras para explicar lo que siento por ti... No existen, no se ha inventado aún la forma en la que expresarte cuánto te amo, todo lo que significas para mí. Pero no me puedes pedir que renuncie así, de repente, a todo lo que ha sido mi vida hasta que tú llegaste a ella.

Yuri le dedicó una mirada cargada de impotencia.

—Tal vez sería mejor que no me amases tanto.

Se observaron con intensidad, como si cada uno buscase en los ojos del otro algo a lo que aferrarse. Fue Yuri el que desvió la vista, le dio la espalda y se alejó despacio, una mano en el bolsillo del pantalón y la otra sobre su hombro sujetando con los dedos la chaqueta que acababa de quitarse. Ella lo contempló un rato.

—Espera —lo instó. Yuri se detuvo y se volvió hacia ella, que sacaba de su bolso una cámara Kodak—. Quiero hacerte una foto. —Miró por el objetivo—. Sonríe, por favor, necesito captar tu sonrisa para poder verla cuando no estás a mi lado. Me hace tan feliz...

Lo dijo con tanta dulzura que Yuri no pudo evitar hacerlo, sonrió y Claudia se apresuró a atrapar el brillo de sus ojos, su rostro iluminado por el sol de aquella tarde de domingo, grabada su imagen para siempre en el negativo de la cámara.

Antes del anochecer de aquel caluroso domingo, Yuri la dejó en el mismo cruce en el que la había recogido. Durante el regreso hablaron poco, cada uno enfrascado en sus pensamientos, temiendo compartir sus miedos con el otro, enturbiada la magia que existía entre ellos. No se besaron por temor a ser vistos. Antes de bajar, disimuladamente, Claudia le agarró la mano y le susurró sin mirarlo que lo amaba como nunca había amado a nadie.

—No lo olvides nunca —recalcó con la voz rota.

Yuri la miró implorante, entrelazados sus dedos, hasta que ella se soltó con suavidad de su mano, salió del coche y echó a andar.

La observó mientras se alejaba. Le tentó la idea de salir corriendo hasta alcanzarla y estrecharla entre sus brazos, ofrecerle ese último abrazo que le había negado antes de subir al coche, molesto aún por su rechazo, por no seguirlo en su loca propuesta. Sabía que no tenía ningún derecho a pedirle que lo dejase todo por él, un paso demasiado arriesgado para ella, no tanto para él, que nada tenía que perder. Quién era él para pedirle algo semejante, un don nadie sin otra cosa que ofrecerle que un futuro incierto. Un sinfín de contradicciones chocaban en su cabeza: amaba a aquella mujer con toda su alma, consciente de que era inalcanzable en un mundo ajeno y contrario a todo aquello en lo que creía. Nunca podría estar con ella, nunca se lo permitirían, ni su marido, ni el sistema. Se desesperaba ante la evidencia contra la que le resultaba inútil luchar.

Cuando desapareció de su vista, aceleró y se dirigió a casa

de Villanueva para devolverle el coche. No podía compartir con nadie aquel cúmulo de sentimientos enmarañados. Se lo había prometido a ella, no contarlo a nadie, ni a Fritz, ni a Villanueva, ni mucho menos a la viuda. Debía guardar silencio, cuando su interior estallaba de amor por ella, tragarse en soledad aquella pasión que le brotaba en el pecho, ya que nunca haría nada que pudiera perjudicarla y mucho menos ponerla en peligro ante las murmuraciones o la ira de su marido.

Claudia entró en casa arrastrando la congoja de la separación, del obligado alejamiento, de su falta. Qué error su boda, qué irremediable error. Si Yuri hubiera irrumpido en su vida tan solo unos meses antes, todo habría sido distinto, nunca habría aceptado casarse, pero era tarde... No dejaba de preguntarse si debía conformarse con aquellos encuentros a escondidas con el hombre que había dado la vuelta por completo a su vida, cuánto tiempo podría soportar aquella situación, obligada a ocultar el sentimiento más hermoso que había experimentado nunca. Todo en su pensamiento giraba en torno a él, grabado en su memoria el aroma de sus besos, del sudor de su piel, el tacto de sus manos sobre su cuerpo, su voz, su sonrisa, sus ojos, todo en él emitía su amor por ella.

Ulrich no volvería hasta el día siguiente, asistía a una convención de las SS celebrada en Múnich. Al menos aquella noche, pensó Claudia, podría dormir sin que sus manazas mancillasen las tiernas caricias de Yuri.

Sin embargo, cuando encendió la luz de la habitación la sangre se le heló en las venas. Ulrich estaba sentado en la butaca junto a la ventana, erguido como un dios en su trono.

—Ulrich... —balbuceó sobresaltada—. ¿Qué haces ahí a oscuras? Me has asustado.

—¿De dónde vienes?

Aquel tono cavernoso alertó a Claudia, que trató de controlar la situación. Con aire despreocupado, se descalzó, se quitó la chaqueta y la dejó a los pies de la cama.

—He ido al cine y después a dar un paseo. Hace muy buena tarde.

—Mientes —replicó amenazante—. ¿Dónde has pasado la noche?

—Aquí. ¿Dónde si no? —Abrió los brazos dispuesta a lanzarse a la ofensiva. Le había funcionado en otras ocasiones. Tenía que averiguar qué sabía, porque era consciente de la habilidad que Ulrich tenía para sacar verdad con mentiras. Había aprendido de sus artimañas, todo pasaba por mantener la calma—. ¿Qué te pasa? ¿Crees que voy a quedarme en casa sin salir hasta tu vuelta? Si piensas así, deberías haberte casado con otra. No soporto estar sola, me aburro, me gusta salir y divertirme, ya lo sabías cuando te casaste conmigo.

Ulrich se levantó, su ceño estaba demasiado fruncido y eso era mala señal. Estaba realmente furioso. Claudia se puso tensa, de nuevo a la defensiva, pero procuró que él no lo notase.

Se acercó a ella y, sin mediar palabra, le propinó una fuerte bofetada que la dobló y la hizo tambalearse. Con la mano sobre la mejilla, lo miró atónita, descompuesta por lo imprevisible del golpe. Nunca le había puesto la mano encima hasta ese momento.

—Pero ¡¿qué haces?! —le gritó con desconcertada fiereza—. ¿Te has vuelto loco?

—Ha llegado a mis oídos que te ves con un hombre —dijo con voz enronquecida.

—¡¿Y tú te lo crees?! —chilló ella pensando cómo controlar la situación.

—Ayer te vieron subir a un coche conducido por un hombre.

—Te han informado mal. No era yo —sentenció con decisión—. Pero ¿qué te pasa? No llevamos casados ni cinco meses. ¿Me crees tan estúpida como para arriesgarme a perder lo que tengo? —Notó un ademán de debilidad en las arrugas de la frente, eso quería decir que dudaba de la información que le habían dado—. Esos murmuradores lo único que pretenden es hundirte. Lo sabes, me lo has dicho muchas veces. Muchos te odian por lo que eres, por lo que has conseguido, y harán todo lo posible por desestabilizarte. Ya nos pasó cuando éramos novios: intentaron malmeter para separarnos. ¿Ya se te ha olvidado cómo esa arpía que tienes en la secretaría me vino con el cuento de que te veías con una actriz de medio pelo? ¿Y aquel que me dijo que te habías liado con una de las chicas de las Juventudes? ¿Me lo creí yo? ¿Di por ciertas esas mentiras o confié en tu palabra? —Su tono subía a medida que las arrugas del ceño de Ulrich se desplegaban; su estrategia estaba funcionando—. Seguirán tratando de minar nuestro matrimonio, sembrando la duda entre nosotros. ¿Es que no lo comprendes? ¿Vas a entrar en su juego?

Ulrich la escuchaba con una mueca agria. El chivatazo se lo había dado un estúpido que gustaba medrar a costa de la desgracia de otros, un cotilla maledicente que conseguía enterarse de todas las miserias de aquellos a los que quería hundir y las aireaba, poco a poco, con mucho tiento, con el fin de esparcir el desprestigio de su víctima de tal manera que le fuera imposible recuperar su honorabilidad.

—Te lo advierto, Claudia —dijo contundente, la expresión fría, señalándola con el dedo índice enhiesto—, si me estás engañando, averiguaré quién es y me encargaré personalmente de ese hijo de puta. Sea quien sea, acabaré con él y luego lo haré contigo, lo juro.

Ella lo miró sin parpadear, aquellos ojos fríos tan diferentes a la calidez de la mirada de Yuri. Forzó la sonrisa y se acercó a sus labios. Lo besó.

—No tienes nada que temer, Ulrich. Soy tuya. Y además...

—calló unos instantes con una mueca sagaz—, mañana tengo cita con el ginecólogo.

Al oírlo, el ceño fruncido de Ulrich desapareció definitivamente, pero se contuvo para no sonreír, aún no quería dar su brazo a torcer.

—¿Estás embarazada? —preguntó sin poder ocultar su anhelo.

Ulrich estaba obsesionado con dejarla embarazada y solo tenían sexo para eso, sin pensar en ella. No hablaban entre ellos de otra cosa que no fueran los hijos futuros, que si el primero debía ser un varón, que si debía ser rubio, hercúleo, incluso hablaba del colegio al que iba a inscribirlo. Claudia llevaba con desagrado aquella situación y mucho más con la llegada de Yuri a su vida, y trataba de seguir los consejos de su madre que, además de paciencia, la instaba a actuar con astucia y utilizar a su favor sus armas de mujer, asegurándole que lo tendría a sus pies como hombre y como marido en el momento en que le diera un hijo varón. «Tú quédate embarazada —le había dicho en tono confidencial—, dale ese hijo deseado y lo tendrás comiendo de tu mano para siempre.» Claudia se quedó con el mensaje, sabía muy bien que estaba cargado de razón.

—Aún es pronto para saberlo —dijo consciente de que había ganado el combate—, pero ya son dos retrasos. Te lo iba a decir cuando estuviera segura, no quisiera desilusionarte. —Claudia se llevó la mano a la mejilla con gesto huraño—. Pero lo que es seguro es que estos disgustos no me convienen.

—Bien... Eso está muy bien... —murmuraba él entre el desconcierto y la alegría que se resistía a mostrar. Apretó los labios y le dio la espalda, como si estuviera analizando la situación—. Mi madre se traslada este fin de semana al campo a pasar el verano. —Volvió a mirarla de nuevo—. Te irás con ella, te vendrá bien el aire libre.

No protestó, no debía hacerlo. Era lo mejor. Tenía que

alejarse de Yuri. Sabía que la amenaza de Ulrich iba en serio: si descubría su identidad, acabaría con él. Una vez abierta la espita de la sospecha, era imposible evitar que la situación les explotase en la cara con consecuencias que no quería ni imaginar. No le quedaba otra alternativa que renunciar al hombre al que amaba con el fin de protegerlo.

No le dio tiempo a pensar más. Ulrich la agarró y la besó excitado. Sus babas, sus manos torpes y su peso aplastaron el aroma que Yuri le había dejado en el cuerpo.

❧

Principio del método de contagio.
Reunir diversos adversarios en una sola categoría o individuo. Los adversarios han de constituirse en suma individualizada.

Principios de propaganda de GOEBBELS

El día había amanecido gris y oscuro. Yuri contemplaba desde su ventana abierta de par en par el cielo cegado por nubes que amenazaban lluvia, como fiel reflejo de su estado de ánimo desde hacía días, aumentado por las noticias que le llegaban desde España. El día anterior había recibido carta de su hermana Katia, donde le contaba largo y tendido cómo iban las cosas por Madrid. Las noticias resultaban poco alentadoras. La salud de su padre se deterioraba. Resultaba desolador ver la degeneración física y mental, le decía su hermana. Le inquietaba la situación, pero leyendo aquella carta se dio cuenta de que estaba vacío de amor por Miguel Santacruz, que sentía hacia él algo parecido a la lástima, más que el dolor que debiera sufrir como hijo, y eso le ocasionaba un regusto de amargura. Se dijo que pondría una conferencia a lo largo del día para tratar de hablar con Katia.

Guardó la carta en el cajón de la cómoda, aspiró el aire húmedo, se ajustó la corbata, se puso la chaqueta, cogió el sombrero y se dirigió a casa de la señora Metzger a desayunar. Llamó a la puerta y esperó. Ya no le abriría Brenda. No habían vuelto a saber nada de ella desde el incidente con Axel. La viuda la había sustituido por una chica judía de diecisiete años de nombre Sarah Stein. Sarah era hija de un conductor de tranvía que se había quedado sin trabajo a consecuencia de las nuevas leyes del gobierno, que empezaban a complicar la vida a muchos alemanes de origen hebreo. De la noche a la mañana los Stein se vieron sin su medio de vida, sin ingresar ni un mísero *pfennig*. Sarah era la mayor de seis hermanos, todos estaban en la escuela; su madre tenía una salud delicada con problemas de corazón que le impedían hacer grandes esfuerzos. Sarah necesitaba trabajar, así que en cuanto una vecina la avisó de que la señora Metzger andaba buscando una asistenta, se presentó a la viuda. Desde el primer momento había sido sincera con ella: sabía muy poco de las tareas de la casa, pero estaba dispuesta a aprender rápido; era cumplidora, limpia, leal y muy puntual, no le importaba la dureza del trabajo, ni las horas, lo único que le pedía era un sueldo que llevar a casa. La señora Metzger valoró a aquella joven, le agradó su apariencia educada y culta, y sobre todo lo callada y discreta que parecía. Apenas llevaba un par de meses trabajando en la casa y la señora Metzger estaba encantada con Sarah, aun cuando pasaba gran parte de la mañana indicándole cómo hacer las tareas a su gusto.

Sarah abrió la puerta a Yuri. No era guapa, tampoco fea, de baja estatura, algo regordeta, piernas cortas y mucho pecho, su pelo negro recogido en una gruesa trenza. Tenía los ojos negros y grandes, y lo más bonito era su sonrisa grata, afable, sincera, que dejaba ver unos dientes blancos, aunque algo descolocados en su alineación.

—Buenos días, señor Yuri.

—No me llames «señor», Sarah, por favor, con «Yuri» basta.

—Ay, señor Yuri, es que se me olvida, perdóneme.

Yuri entró en el comedor, saludó a la viuda y se sentó a la mesa. Ella plegó el periódico que estaba leyendo y se fijó en el gesto serio de su inquilino. Desde hacía días lo notaba taciturno, triste, como si arrastrase una pena muy honda. Había tratado de indagar sobre cuál era el origen del mal que le había apagado la sonrisa, pero siempre le eludía con habilidad una respuesta.

—Tengo buenas noticias —intentó animarlo—. He recibido carta de Dora Laufer. Axel está con ellos. Nos da las gracias y dice que, a pesar de todo, están felices.

—Cuánto me alegro —respondió Yuri con una expresión melancólica.

La viuda, turbada por la falta de reacción del joven, le mostró un bizcocho que había sobre la mesa. Desde que Bruno había dejado de hacer el reparto de la mañana, había veces que no les llegaba a tiempo y tenían que conformarse con tostadas del día anterior.

—Mira qué delicia; es el que a ti te gusta. Lo ha subido Lilli hace un rato.

—¿Cómo está *frau* Rothman? —Yuri se sirvió una taza de café.

—Muy mal. Estoy muy preocupada por ella. Trabaja en el obrador durante todo el día, y tiene prohibido salir a atender al público. Se siente como una apestada en su propia familia: tiene que entrar por la puerta del almacén por donde descargan los sacos de harina y el resto del material. Todo son órdenes de esa víbora de la hija, que ahora parece la dueña de la tienda. Qué niña tan estúpida —murmuró indignada—. No imaginas lo bravucona que está. Ese novio suyo le ha dado unas ínfulas insufribles. Como siga así, va a terminar por matar a disgustos a su pobre madre.

—¿Y su padre se lo permite?

—El señor Rothman es un bendito. —La viuda se encogió de hombros, sometida a una realidad inapelable—. No ha levantado la voz en su vida a nadie, y mucho menos a sus hijos, y ahora ya es demasiado tarde. El pobre está acobardado. Le tiene pavor a la hija, y sobre todo al energúmeno de novio que se ha echado la niña. Cuando va por allí parece el dueño de la panadería.

—¿Y Bruno?

—Lilli está muy preocupada. Ha suspendido varias asignaturas y lo obligan a ir en agosto a uno de esos campamentos de las Juventudes Hitlerianas, donde no me cabe la menor duda de que les lavan el cerebro a los muchachos. —Chascó la lengua torciendo el gesto—. No digo yo que no hagan ejercicio, y el aire puro del campo les viene muy bien y más a esa edad, pero son muy jóvenes y maleables; todo esto se está yendo de madre. Luego nos extrañan las cosas que se ven por la calle.

Se hizo un silencio, envueltos ambos en la voz anodina que surgía de la radio. Yuri parecía haber caído en un abismo, su expresión ensimismada, la mirada fija en la mano que daba vueltas y más vueltas a la cucharilla dentro del café.

—Yuri, ¿me vas a decir de una vez qué te pasa? —preguntó la viuda—. Y no me digas que nada porque algo arrastras, y me tienes muy preocupada. Ya sabes que si está en mi mano ayudarte...

Yuri alzó los ojos hacia ella sin dejar de menear la cucharilla. Le enterneció la actitud de aquella mujer, porque hacía mucho tiempo que nadie se preocupaba por lo que sentía, y había llegado al convencimiento de que a nadie le importaba. Ese maternal esmero hacia él de la señora Metzger volvía a traerle el recuerdo de su madre, que con solo mirarlo sabía que algo le ocurría; no había secretos para ella, en su presencia se convertía en un ser transparente y ella era capaz de curar todas sus heridas. Pero la herida que se había abierto en su corazón era demasiado profunda para poder sanarla con palabras maternales. No había vuelto a saber nada de Claudia desde el fin de semana que habían pasado juntos en Mittenwald. Al día siguiente de su regreso había encontrado una nota echada bajo la puerta, con una sola frase escrita: «Lo nuestro es imposible, olvídate de mí». Nada más, ninguna explicación a tan escasas palabras, nada sólido a lo que pudiera agarrarse para intentar hacer lo que le pedía, sin saber si se trataba de una súplica o una exigencia, en todo caso, algo que en aquel momento le parecía imposible. Cómo olvidar, se preguntaba una y otra vez, de dónde desconectar un amor como el que sentía, cómo arrumbar el estallido de sentimientos que le desbordaba.

Por casualidad se enteró de que Claudia se había trasladado con su suegra a una casa de campo en la Selva Negra; se lo oyó decir a la señora Blumenfeld en una conversación que mantenía con la viuda en el portal. Todos parecían estar más tranquilos sin la presencia de Claudia Kahler en el edificio, todos menos Yuri. La puerta de su casa siempre cerrada, las ventanas clausuradas, su ausencia constante le hacían sentir de nuevo una soledad ya conocida que solo con ella había conseguido aplacar. No podía indagar ni preguntar a nadie y eso lo desasosegaba aún más.

Yuri se quedó mirando unos instantes a la viuda, indeciso. Alguna vez había pensado en contarle sus penas de amor, volcar en ella su angustia y desolación, porque se sentía como un náufrago en medio de un océano embravecido a punto de ser tragado por las olas, y la única mano tendida que encontraba era la fraternal dulzura de aquella mujer. Sin embargo, supo muy pronto que la viuda, que nunca llegó a saber lo que Claudia Kahler hizo por Axel, no tenía ningún aprecio a su vecina: la consideraba una nazi convencida, arrogante, estúpida y una engreída que no perdía ripio en aprovechar su condición de esposa de un oficial de las SS. La viuda no era la única que pensaba así, aquella era la opinión general en toda la escalera, había que alejarse de esa mujer como de una infección. Yuri sabía que en cierto sentido no les faltaba razón, pero él había conocido la otra cara de aquella mujer recubierta de una enorme y apabullante esvástica que ocultaba la nobleza de su corazón.

—Se lo agradezco en el alma, *frau* Metzger, pero no me ocurre nada, al menos nada que el tiempo no cure —mintió al fin sin poder evitar un cierto cargo de conciencia.

—Soy perro viejo, mi querido Yuri —replicó ella con un tono de dulce indulgencia—. No me lo querrás contar, y yo eso lo acepto, faltaría más. Pero a mí no me engañas; a ti te pasa algo, y tiene todos los visos de que es una mujer la causante de tanto suspiro.

Yuri no pudo reprimir una melancólica risa. Movió la cabeza.

—No hay ninguna mujer, *frau* Metzger —mintió de nuevo—. Se trata de mi padre. —Aquella era la excusa perfecta para tranquilizarla—. Las noticias sobre su salud que me da mi hermana no son buenas. Seguramente viajaré en agosto para hacerles una visita.

—Oh, cuánto lo siento, Yuri. —La viuda se creyó la excusa y torció el gesto irradiando una infinita ternura—. Estoy segura de que tu padre agradecerá verte. No os imagináis los hijos lo que duele vuestra ausencia, sé que es ley de vida, pero una visita de vez en cuando puede resultar muy gratificante.

En ese momento sonó el timbre. La señora Metzger arrugó la frente.

—¿Quién será a estas horas? —murmuró mirando hacia el pasillo, como si la resonancia le pudiera dar alguna pista—. ¡Sarah! ¿Puedes abrir, por favor?

La chica apareció con un ademán apresurado, un pañuelo

en la cabeza recogiéndole el pelo y un delantal que había sido de Brenda y le estaba algo apretado.

—Ahora mismo voy, señora.

Los dos se quedaron alerta a la identidad de la visita inesperada, pero en cuanto oyó la voz de la recién llegada, la viuda se levantó como si tuviera un resorte en las piernas y salió a su encuentro espoleada por una inmensa alegría sobrevenida.

—¡Krista, hija de mi vida! —exclamó desde el pasillo, abriendo los brazos—. Pero ¿qué haces tú aquí?

La hija dejó la maleta en el suelo y se fundió con su madre en un abrazo largo y entrañable. Cuando se separaron, Krista se fijó en la asistenta, que las observaba conmovida.

—Ella es Sarah —se adelantó la madre con una amplia sonrisa—. La chica de la que te hablé.

No le había contado a su hija toda la verdad sobre Brenda, no quería hablarlo por teléfono. Simplemente le dijo que se había ido y que había contratado a otra chica.

—¿Sigues sin saber nada de Brenda? —preguntó ingenua.

La señora Metzger agitó la mano en el aire, frunciendo el ceño.

—Ya te contaré —respondió. Luego volvió a reír radiante, mirando a la hija a los ojos, palpando sus brazos, sus hombros, repleta de gozo de tenerla delante después de tantos meses de ausencia. No la veía desde la Navidad, tanto era el volumen de trabajo que no había encontrado un hueco para hacerle una visita a su madre, eso le decía—. ¡Qué alegría verte! Vamos, pasa, hay café recién hecho.

—¿Y los bizcochos de Lilli Rothman? Los he echado tanto de menos...

Avanzaron despacio por el pasillo, las dos cogidas del brazo, muy juntas. La madre la miraba y movía la cabeza conmovida.

—Estás más delgada, no te alimentas bien en Múnich, demasiado trabajo, mi niña.

La hija no decía nada. Agarrada a la seguridad del brazo materno, disfrutaba del alborozo del recibimiento.

—Cómo me gusta verte en casa. ¿Hasta cuándo te quedarás?

No esperaba respuestas, tampoco Krista intentaba darlas. Dejaba que la madre hablase. Sabía que lo necesitaba.

Al entrar en el salón, Krista vio por primera vez al hombre del que tanto le había hablado su madre. Yuri se había levantado y la esperaba sonriente. Sin poder evitarlo, el corazón de Krista estalló en mil latidos. Había imaginado al inquilino de su madre de otra manera, o tal vez ni siquiera lo había llegado a imaginar. Solo sabía que su madre estaba feliz en su compañía e insistía en que era muy buena persona; con eso le bastaba para su tranquilidad. Pero el joven que tenía delante de ella era el ser más bello que había visto nunca, eso fue lo que pensó nada más verlo y aquel pensamiento le provocó un rubor que le encendió el rostro, algo que nunca le había ocurrido y que la hizo sentir como una adolescente.

Las palabras de su madre al hacer las presentaciones eran como un zumbido apenas audible, sumida en el vacío de aquellos grandes ojos grises, aislada de todo, como si de repente se hubiera sumergido en cálidas aguas termales. Cuando Yuri le tendió la mano, notó que se le aceleraba el pulso y temió que lo notase al estrechársela. No entendía qué le pasaba. Estaba en su casa, en su salón, con su madre y se sentía nerviosa, desubicada, fuera de lugar, como si pisara terreno desconocido, un paraíso recién descubierto.

—Un placer conocerte, Krista.

La voz de Yuri le pareció celestial y, para su desesperación, su sonrisa encendió aún más sus mejillas.

—También es un placer para mí —acertó a decir al fin, su voz demasiado dulce, meliflua—. Mi madre me ha hablado mucho de ti, está encantada contigo. No llevaba nada bien mi ausencia. —Dedicó a su madre una grata sonrisa—. Hemos pasado mucho juntas. Me consta que gracias a ti se siente muy acompañada.

La señora Metzger los animó a que se sentaran, y le pidió a Sarah que hiciera más café, pero Yuri se excusó.

—Yo tengo que irme. Las dejo solas, seguro que tendrán mucho de que hablar. —Hizo una ligera inclinación gentil ante Krista, se despidió y se marchó.

La señora Metzger se sentó a la mesa e instó a su hija a que lo hiciera a su lado, pero Krista seguía quieta, de pie, como si la presencia de aquel hombre la hubiera narcotizado.

—Es guapo, ¿eh? —dijo la madre risueña—. Ya te lo dije.

—Sí que lo es —murmuró la joven sentándose al lado de su madre.

—Y muy educado, no imaginas lo contenta que estoy con él. Es como un hijo.

Krista le dedicó una sonrisa abierta, tomó sus manos entre las suyas y se acercó a ella, algo más repuesta.

—Me alegro tanto por ti, madre...

Sarah trajo una nueva cafetera recién hecha y la señora Metzger llenó la taza de su hija.

—Te noto cansada, hija. ¿No has dormido bien?

—Llevo noches sin pegar ojo —respondió Krista con gesto circunspecto, mientras vertía un chorrito de leche templada en su taza.

—¿Por qué no me avisaste de que venías? ¿Cuántos días te quedarás?

El rostro de ella se ensombreció y sus ojos se velaron de tristeza.

—Mamá... Me han despedido de la clínica. Me han echado, y conmigo a quince de los médicos más competentes, más sabios y más eficientes de este país.

—¿Por qué? —preguntó la madre sin ocultar su decepción.

—A ellos por ser judíos, a mí por defenderlos.

Aquellas palabras paralizaron la alegría que había traído su llegada. En ese momento la madre fue consciente de que su hija no solo había arrastrado hasta allí la maleta, sino que también traía consigo el desagradable peso de la injusticia.

—No sé adónde vamos a llegar con esta locura —murmuró desconcertada.

Krista empezó a contar como quien vuelca en una montonera toda la basura acumulada en su interior, exhalando un hedor apestoso que le impedía respirar con normalidad. Todo había empezado cuatro meses antes, el día del boicot nacional contra los judíos. Aquella mañana estaban programados varios partos en la clínica y en principio solo una de las parturientas presentaba dificultades. Llevaba muchas horas de dilatación, el bebé venía de nalgas, el agotamiento de la madre comenzaba a ser evidente y tenían que decidir si hacer cesárea o utilizar los fórceps. El encargado de atender el difícil parto era el doctor Greenstein, mentor de Krista, un médico judío con más de treinta años de experiencia y miles de partos a sus espaldas. El esposo de la parturienta suplicó al doctor que hicieran todo lo posible para que su hijo naciera de forma natural. Ante aquella situación, el doctor Greenstein utilizó los fórceps para tratar de extraer al bebé, pero las cosas se complicaron. La vida del bebé estaba gravemente comprometida y no había tiempo para otra cosa que actuar. Sin la autorización del marido, se procedió a realizar una cesárea de urgencia, consiguiendo así salvar a la madre y a la criatura, un hermoso niño de más de tres kilos que por fin lloraba con vitalidad en brazos de la agotada madre. El recién estrenado padre se dejó llevar por la alegría del desenlace sin plantearse la forma en la que había llegado al mundo. Estaba en plena celebración cuando los impolutos pasillos de la clínica se vieron invadidos de una cohorte de mercenarios de uniforme pardo con una lista de quince médicos judíos que trabajaban allí. Aquello se convirtió en lo más parecido a una cacería, aunque nadie del personal se prestó a señalar a ninguno de los facultativos incluidos en la lista. Sin embargo, los alborotadores no se dieron por vencidos. Sin ningún sentido del decoro que se requería en una clínica de maternidad, entraron en todas las dependencias y habitaciones conminando a las pacientes a que revelasen el nombre del médico que las asistía. Consiguieron dar con siete de ellos, entre los que se encontraba el doctor Greenstein, delatado por el esposo de la parturienta que aún se recuperaba de la cesárea en el paritorio y a quien acusó de haber rajado a su esposa sin su consentimiento: en cuestión de minutos había transformado su alegría de ser padre en odio y resentimiento hacia el médico que acababa de salvar la vida de su esposa e hijo. Krista no dudó en defenderlo y se enfrentó al oficial de las SA que estaba al mando. Lo único que consiguió fue que le tomaran el nombre y la advertencia (más bien amenaza) de que aquella actitud le traería graves consecuencias. Los médicos señalados, ataviados con sus batas blancas, fueron empujados hasta la calle, donde esperaba una multitud enfebrecida de odio que, en cuanto aparecían por la puerta, los abroncaba profiriendo insultos, silbidos, arrojando contra ellos un escarnio salvaje. Después de pasearlos por las calles, zarandeados y zaheridos, los dejaron en paz. Pero aquella pesadilla no había hecho más que empezar. A los pocos días de aquellos incidentes, el director del hospital recibió una notificación en la que se le instaba a despedir a todos los médicos, enfermeras y auxiliares judíos en un plazo máximo de veinticuatro horas, siendo sustituidos por personal de raza aria, cuyo listado se adjuntaba. En un anexo de dicha notificación, susceptibles asimismo de ser destituidos, aparecían los nombres de dos sanitarios no judíos que habían intentado impedir activamente la expulsión de los médicos el día del boicot; uno de esos nombres era el de Krista Metzger.

El hospital era de capital privado, aunque contaba con mutuas de particulares y subvenciones estatales destinadas a la investigación. El director se opuso a semejante orden, y desde ese momento el acoso a la clínica fue constante. Una parte de la prensa, en concreto dos periódicos locales, empezaron a publicar artículos con noticias falsas referentes a la clínica con graves acusaciones sobre extrañas desapariciones de recién nacidos, muertes injustificadas de parturientas sanas, falta de higiene en las instalaciones. Toda una campaña de difamación que irremediablemente llevaba a la quiebra. Los dueños de la clínica se reunieron con el director y decidieron aceptar el ultimátum: despidieron a todos los de la lista y admitieron a los impuestos a cambio de que finalizasen de inmediato las calumnias. El director también renunció a su cargo, avergonzado de ser alemán.

—Eso les dijo antes de firmar su dimisión —sentenció Krista—. No es posible que un alemán se considere superior a otro alemán por la raza. Y si esto es así, entonces Alemania ha dejado de ser un Estado de derecho.

Krista calló, y madre e hija quedaron sumidas en un turbador silencio.

Las noticias de Miguel Santacruz seguían siendo inquietantes y Yuri decidió viajar unos días para visitarlo. A principios de agosto tomó un tren y más de cuarenta horas después se apeaba en la estación del Norte de Madrid. Al indicarle al taxista la dirección, el conductor se volvió para, en tono indulgente, corregirle que la calle de la Princesa ya no era tal, sino que había sido renombrada como de Blasco Ibáñez. A pesar de que ya lo sabía, Yuri guardó silencio, indiferente a las pretensiones de aquellas medidas. Se dejó llevar por la ciudad aletargada por el sofocante calor seco de la hora de la siesta.

Al llegar fue recibido por su hermana y Sveta, que trataron de prepararlo antes de ver a su padre. Le explicaron que era como si se le fueran descolgando los recuerdos borrados lentamente de su memoria. Había veces que no las reconocía, a ellas, que estaban todo el día a su lado; en otras confundía a Katia con la madre y se dirigía a ella como si nunca se hubieran separado, lloraba como un niño sin causa aparente, a ratos caminaba con dificultad, a menudo se desorientaba y no sabía dónde estaba. A pesar de los intentos por advertirle del evidente deterioro, el impacto que Yuri recibió ante la imagen de su padre fue brutal. Cualquiera habría jurado que en vez de ocho meses habían transcurrido veinte años, pero lo peor fue que no lo reconoció, lo miró como quien mira a un extraño, con recelo. Aquello a Yuri le dolió en el alma.

Katia pretendía ingresarlo en una institución, pero Sveta se negaba, afirmando que ella se encargaría de cuidarlo. Le suplicó a Yuri que no lo permitiera, y Yuri le dio la razón. La idea de dejarlo en su casa, dentro de su ambiente, le parecía más aceptable que internarlo en un centro en el que sería un número entre muchos.

Los días que estuvo allí mantuvo largas conversaciones con su hermana. Hablaron de la situación política de Berlín y de lo que estaba sucediendo en Madrid. Dos años después de la proclamación de la República el entusiasmo suscitado por su advenimiento empezaba a desmoronarse. Las buenas intenciones del inicio hacían aguas por la multitud de grietas abiertas en la frágil estructura social, política y económica del momento.

Katia tenía la intención de empezar en septiembre la carrera de Derecho, la atraía mucho la política. Había conocido a Clara Campoamor, una de las tres mujeres diputadas elegidas a Cortes constituyentes en junio del 1931, que habían defendido con uñas y dientes los derechos de las mujeres, en especial el sufragio femenino. Katia la consideraba una mujer íntegra, luchadora e incansable. A Yuri le gustaba escuchar a su hermana, nunca antes habían hablado tanto y de forma tan cercana entre ellos. Katia se lamentaba de su ausencia, le confesó que desde su marcha se sentía muy sola, que la situación de deterioro de su padre le resultaba insufrible y que su relación con Sveta se había enfriado mucho en aquellos últimos meses. Le contó que se había enamorado de un hombre casado, padre de dos hijos, un abogado que estaba en proceso de divorcio y le anunció que tenía pensado irse a vivir con él. Yuri dudó de lo acertado de aquel planteamiento, pero se contuvo y no le dijo nada, consciente de que no tenía ningún derecho a dirigir su vida.

A finales de agosto regresó a Berlín con una extraña sensación de abatimiento, como si intuyera que se estaba cerrando definitivamente una parte de su vida.

Yuri encontró en la compañía de Krista un apoyo inesperado. Las largas conversaciones de sobremesa o el sosiego de los desayunos parecían aplacar su desdicha. Empezaron a salir juntos; daban apacibles paseos en los cálidos atardeceres del final del verano, o iban al cine o al teatro cuando la lluvia y el frescor de otoño irrumpieron ineludibles en la marcha cotidiana de Berlín. Todo en ella lo reconfortaba, su voz cálida, su conversación siempre interesante, sus ideas argumentadas y rebatidas con firmeza y seguridad, sus proyectos. Sin querer, halló en ella el modo de empezar a desenredar el sólido nudo que, de forma tan intensa y precipitada, lo había unido a Claudia y que, hasta la aparición de Krista, lo ahogaba como una dulce lazada alrededor del cuello. Estaba dispuesto a dejarse llevar por esa sensación plácida que notaba a su lado.

—No puedo negarte que me gusta esa mujer. Es inteligente, divertida, delicada y a la vez parece tan fuerte... —le decía Yuri a su amigo Fritz con una cerveza en la mano.

—No me extraña que te hayas quedado prendado. La conozco desde que era una niña y te puedo asegurar que es una persona extraordinaria. —Los dos amigos hablaban en una serena charla—. Eso sí, te advierto que, aunque la veas de apa-

riencia modosa, tiene su carácter, es terca como una mula,
cuando algo se le mete en la cabeza no para hasta que lo consi-
gue. Nada se le pone por delante, es valiente y a veces arriesga-
da, ya ves cómo ha perdido una oportunidad de oro por defender sus principios.

—Y la admiro por eso —añadió Yuri pensativo—. Es una
mujer de la que podría llegar a enamorarme.

Fritz bebió un trago de cerveza observando a su amigo por
encima del vaso, su rostro encandilado evocando a Krista.
Apretó los labios para saborear la espuma.

—¿Y qué pasa con tu vecina?

—¿Qué vecina?

—Qué vecina va a ser. La del segundo. Hay que reconocer
que es un bombón, pero de ahí a que te líes con una nazi, esposa de un nazi, hija y nuera de nazis...

Yuri lo observó extrañado. Nunca le había hecho mención
de su relación con Claudia.

—¿De dónde sacas eso?

—Me lo contó Angela Blumenfeld —le confesó Fritz divertido con el evidente desconcierto de su amigo—. Te ha visto
más de una vez colarte a hurtadillas en su casa en ausencia del
marido, y luego salir de madrugada; y a ella subiendo sigilosa
a tu buhardilla.

—Será cotilla...

—No la culpes. No es mala mujer, se aburre. Y no te preocupes, no le dirá nada a nadie, es una tumba —dijo pasándose
los dedos por los labios como para sellarlos.

—Ya lo veo —replicó con sarcasmo.

—A mí me lo dijo porque estaba preocupada por ti y sabe
que somos amigos. Me tiene mucho cariño. Teme que esa mujer te haga daño. No le tiene mucho aprecio.

Yuri se quedó pensativo, alzó los hombros sin poder evitar
una expresión decaída.

—No te voy a negar que tuvimos algo... —Le daba reparo

contar a su amigo que se había enamorado como un loco de una nazi—. Pero hace tiempo que no la veo.

—Ten cuidado, Yuri, si Von Schönberg te pilla seduciendo a su mujer, te aplastará como a una mosca. Tiene poder para hacerlo sin despeinarse.

Aquellas palabras lo molestaron; lo suyo con Claudia era mucho más que la mera seducción, pero se tragó su malestar porque no podía ni quería expresar sus sentimientos. Le costaba controlar la confusión que se batía en su cabeza; le urgía olvidar el intenso amor que aún sentía por esa mujer a todas luces inalcanzable, y a su vez necesitaba fomentar el que Krista le brindaba de forma cada vez más evidente.

—Eso se acabó —afirmó con toda la seguridad que pudo mostrar—. Es agua pasada. Mi atención ahora está centrada en Krista. Adoro a esa mujer, me da calma. Estar a su lado es como entrar en un paraíso.

Fritz lo miraba con una sonrisa satisfecha.

—Me alegro por ti, Yuri. Te mereces a alguien como ella. —Levantó la jarra—. Brindemos por vuestro futuro.

Mantuvo la jarra en el aire a la espera de que Yuri reaccionase. Lo hizo y chocaron el rudo vidrio de sus cervezas para luego llevárselas a la boca.

El final del verano había sido trágico para los Rothman. Su querido hijo Bruno se había ahogado en uno de los campamentos estivales organizados para los adolescentes de las Juventudes Hitlerianas, a las que el hijo de los Rothman se había visto obligado a asistir. Según la versión oficial que les dieron a los afligidos padres, el chico se metió en el río contraviniendo órdenes explícitas, la corriente —acrecentada por las tormentas del día— tiró de él, no fue capaz de regresar a la orilla y acabó tragado por las aguas. Su cadáver apareció varios kilómetros río abajo, con fuertes golpes ocasionados, según el informe oficial, por las rocas contra las que el cuerpo había ido chocando.

Los Rothman enterraron a su hijo con el dolor añadido de no poder ver su cuerpo por última vez, ya que el ataúd que les entregaron estaba sellado. A partir de aquel momento la casa se inundó de un impactante silencio. Lilli no pudo acudir a la pastelería durante las primeras semanas después de la muerte de su hijo, no porque careciera de la fortaleza suficiente para mantenerse en pie, sino porque se vio obligada a atender a su marido, que parecía haber entrado en un estado de catarsis, postrado en la cama sin gana ninguna de seguir respirando. La única que continuó con su vida normal fue Ernestine, como si la muerte de su hermano apenas la hubiera afectado, fría como un témpano, ajena al dolor de sus padres. Era ella quien abría la confitería y elaboraba el pan y los dulces; había contratado a dos muchachas para que la ayudasen a despachar, aunque día a día aumentaban las quejas de los clientes habituales sobre la gran diferencia de sabor y presencia de pasteles, bizcochos, pastas, incluso del pan, con los elaborados de la mano de su madre, así que no tuvo ningún reparo en presionarla para que regresara a la tahona. Lilli intentó hacerle comprender el peligroso estado en el que se encontraba su padre, tan vulnerable que podría cometer cualquier barbaridad. La hija desechó semejante idea, y tras varias horas de discusión y a regañadientes, Lilli acabó cediendo. Reconocía que la actividad la hacía sentirse mejor. A veces lloraba mientras hundía las manos en la masa, pero se reponía aspirando el aroma del pan recién sacado del horno de leña, o del olor a canela y esencia de naranja de los bizcochos.

Habían pasado casi dos meses desde la muerte de Bruno cuando Lotte Schulze subió el tramo de la escalera, buscando la puerta de la casa de los Rothman. Era sábado por la tarde. La joven, alta y algo desgarbada, llevaba un estuche de violín colgado al hombro. A esa hora Lotte debería estar en una asamblea organizada por la Liga de Muchachas Alemanas, donde se les enseñaba cómo debía vestir y arreglarse la mujer aria y la forma en la que debía relacionarse con los chicos. Había tenido que urdir una excusa convincente para ausentarse durante un rato. Sabía que a esas horas el matrimonio Rothman estarían en casa y solos, porque su hija Ernestine era una de las ponentes del cursillo, por eso había elegido aquel momento para visitarlos. A medida que subía, las dudas la abrumaban como un lastre ralentizando su paso. Aún estaba a tiempo de darse la vuelta y salir corriendo, pensaba con cada peldaño, aún podía huir y dejar las cosas como estaban. Sin embargo, sentía que una poderosa fuerza mucho más potente que sus temores la impulsaba hacia aquella casa. Había tenido que mirar en los buzones para asegurarse de la planta y de la puerta. La escalera estaba en calma; apenas se oía el rumor lejano de una radio con el volumen demasiado alto. Lotte tomó aire para darse ánimo y presionó el timbre, que resonó en el interior. Al cabo de unos segundos una débil voz se oyó al otro lado de la puerta.

—¿Quién es?

—Soy Lotte Schulze, señora Rothman.

Se oyó descorrerse un cerrojo. La puerta se abrió y apareció Lilli.

Lotte había conocido a la señora Rothman en la confitería, cuando iba a ver a Bruno o a comprar pasteles o pan. Aquella mujer de sonrisa permanente, pupilas brillantes, de rostro grato y maneras amables había desaparecido por completo y ante ella se presentaba una anciana prematura, de piel apergaminada y ojos apagados y secos.

—Buenas tardes, señora Rothman, ¿puedo pasar? —Se la notaba inquieta—. Me gustaría hablar con usted. No le robaré mucho tiempo.

—Tiempo es lo que me sobra. —La confitera se apartó

para permitirle la entrada a la penumbra del vestíbulo y ambas se miraron en silencio. La casa olía a cerrado.

—Señora Rothman —dijo al fin Lotte—, he pensado mucho si venir a contarle esto... Pero creo que tiene derecho a saberlo.

—¿Saber qué? —Lilli se puso en guardia.

La chica seguía indecisa. Apretó los labios, esquivó un segundo la mirada y habló como si lo hubiera estado ensayando mucho rato antes.

—Cómo murió su hijo.

—¿Qué quieres decir?

—Bruno no se ahogó por su negligencia, no fue un accidente, a su hijo lo arrojaron al río ya inconsciente, los mismos que le acababan de dar una paliza.

Lilli se tambaleó un instante como si el suelo bajo sus pies se hubiera convertido en blandas arenas movedizas. Se llevó la mano al cuello porque sintió ceñirse a su alrededor un dogal que se estrechaba cada vez más impidiéndole respirar. De repente la cogió del brazo y la guio hasta la cocina. Le indicó que se sentase y Lotte lo hizo despacio, las manos sobre las rodillas, bajo el tablero de la mesa en la que solo había un frutero con dos manzanas en su interior. Lilli se mantuvo de pie unos segundos, mirándola con fijeza, hasta que también se sentó frente a ella, los brazos en la mesa y las manos entrelazadas.

—¿Cómo sabes eso?

—Porque yo estaba con Bruno... Yo estaba en el campamento de las chicas y por la tarde, a escondidas, procurábamos vernos un rato. Señora Rothman, yo quería mucho a su hijo, y su hijo me quería a mí... —Bajó los ojos hacia sus manos antes de desplazar la mirada hacia la ventana, cubiertos los cristales con una cortinilla calada que caía hasta la mitad dejando ver el cielo que empezaba a oscurecerse—. El día que pasó... Estábamos sentados junto al río y aparecieron ellos...

Bruno intentó defenderme porque Rudi quería que yo... —La chica pegó la barbilla al pecho como si estuviera avergonzada.

—¿Te refieres a Rudi Kube?

Lotte levantó la cara y asintió.

—Rudi y yo salimos juntos hace un año, pero es un chico muy bruto y lo dejé. A él no le gustó que me hiciera amiga de Bruno... Rudi se la tenía jurada, y empezó a molestarlo. Esa tarde Rudi le pegó con más rabia que nunca porque nos había visto besarnos. Lo golpeó con tanta fuerza que lo tiró al suelo, y siguió pegándole mucho rato... Estaba tan rabioso que parecía un animal salvaje. Los demás le jaleaban. Hasta que se cansó. Entonces lo cogieron entre todos y lo tiraron al río.

—Y tú... —Negó con la cabeza, incapaz de asimilar lo que estaba escuchando—. ¿Tú no hiciste nada? ¿No gritaste pidiendo ayuda? ¿Te quedaste parada viendo cómo mataban a mi hijo?

Los ojos de Lotte se llenaron de lágrimas, se vino abajo.

—No podía hacer nada... Ellos me sujetaban... Me taparon la boca... Luego me... —Su frente se arrugó como si un intenso dolor le estallara por dentro. La voz apenas era audible—. Me amenazaron con decir a todo el mundo que me había acostado con todos ellos... Me dijeron que si contaba algo, volverían a por mí y me harían más daño... —Rompió a llorar, las lágrimas salían a borbotones de sus ojos, sus labios húmedos se quebraban con cada palabra, sus manos temblorosas se batían en el aire como si quisiera espantar un monstruo que la acechara—. Tuve miedo... Tuve mucho miedo... Y ahora estoy... —Alzó la mirada y clavó sus ojos enrojecidos en los de Lilli Rothman—. Estoy embarazada... y no sé qué hacer... No sé a quién acudir... Si mi padre se entera, me matará... Usted es la única que puede ayudarme, señora Rothman. —Se dobló como si hubiera recibido una puñalada en el vientre.

Un estremecedor silencio cayó sobre ellas, tan solo roto por los sollozos lastimeros de Lotte. Sus hombros reflejaban las sacudidas del llanto; la cabeza baja, las manos entrelazadas, tensas, los pies muy juntos.

Lilli la miraba sin reaccionar, no sabía qué decir.

—¿Por qué crees que yo puedo ayudarte? —preguntó al fin.

Ella la miró, los ojos arrasados por el llanto, un hilillo de baba le caía por la comisura de los labios, las mejillas arreboladas.

—Señora Rothman... El niño es de Bruno. Estoy de cuatro meses... Mi madre quiere que aborte... Dice que no quiere saber nada de mí hasta que no me deshaga del bebé... Y yo no sé qué hacer... Estoy confusa. Es cierto que sería una solución, así acabaría esta pesadilla, pero algo dentro de mí me lo impide... Es como si necesitase tener a este hijo para no perder del todo a Bruno.

Lilli tenía la boca abierta, incapaz de asimilar aquel torrente de sentimientos contradictorios.

Su marido apareció en el umbral de la puerta con semblante serio. Había estado escuchando todo desde el pasillo. Observó durante unos segundos el llanto inconsolable de Lotte, que mantenía la cabeza gacha.

—No lo harás —dijo de repente con una firmeza que sorprendió a su esposa—. No abortarás porque nosotros te ayudaremos a tener a ese niño. —Miró a su esposa y su voz y su gesto se ablandaron—. Nos iremos a Polonia, a casa de mi hermana. —Volvió sus ojos de nuevo a Lotte, que lo escuchaba con arrobo, como si estuviera ante una aparición divina—. Allí podrás tenerlo sin que nadie te moleste. Nosotros cuidaremos de ti y de tu hijo.

Lotte se mantuvo inmóvil durante un rato, incapaz de hacer ni decir nada, mirando al señor Rothman. Acto seguido se levantó despacio, dio dos pasos hacia él, luego otro más y otro hasta echarse en los brazos de aquel hombre, alto, grande, desmañado, quien en un principio se vio sorprendido por aquel arrebato, sin saber muy bien qué hacer, ni cómo reaccionar; por encima del hombro de la chica miraba a su mujer como si esperase alguna señal de ella. Los ojos de Lilli se anegaron de lágrimas y desvió la mirada a sus manos temblorosas. Al señor Rothman se le nubló la visión, cerró los ojos y notó que le brotaba un llanto callado. Tragó saliva, movió los brazos y rodeó a Lotte con ellos, estrechándola contra su pecho herido.

Aquella mañana de principios de diciembre había amanecido fría y lluviosa. Yuri ya estaba sentado a la mesa junto a la señora Metzger cuando apareció Krista muy arreglada. Le dio a su madre un cariñoso beso en la frente y saludó con un beso en la mejilla a Yuri. El cariño entre ellos aumentaba día a día para regocijo de la viuda.

Se sentó a la mesa justo cuando Sarah entraba con la cafetera en la mano.

—Ayer me crucé con esa nazi del segundo —dijo la viuda con el ceño fruncido—. Y ¿a que no sabes lo que me soltó?

Krista se llevó la taza a los labios y alzó las cejas en un gesto de interrogación.

—Que se había enterado de que Sarah era judía, que eso no podía ser, que debía echarla, y que si no lo hago, lo va a denunciar...

—No lo hará —replicó su hija como si tal cosa mientras se untaba mantequilla en una tostada.

—Yo no estoy tan segura. Tiene el odio metido en el cuerpo. Le dio a la pobre Sarah un empujón que casi la tira por la escalera.

—No fue nada —intervino Sarah tratando de minimizar el asunto—, yo iba más despacio y ella tenía prisa. No creo que fuera con mala intención...

—Por el amor de Dios, Sarah, no intentes justificarla

—protestó la viuda—, la señora Blumenfeld y yo estábamos delante y lo vimos todo: te dio un empujón adrede y con muy mala baba. Ya le dije que en mi casa meto a quien me da la gana, faltaría más.

—No le des tanta importancia, mamá. Es más inofensiva de lo que aparenta.

—Me río yo de la inocencia de esa mujer. Pobre criaturita... Vaya un mundo de odio que le espera con esos padres... Dios bendito...

Yuri las escuchaba sin decir nada. Claudia Kahler había regresado a Mohrenstrasse a principios de septiembre. Presentaba un aspecto estupendo, la piel bronceada, y la amplitud de sus vestidos apuntaba a un espléndido embarazo. A los pocos días Yuri se la había encontrado en el portal en compañía de su marido. Al verlo, Claudia se agarró con un gesto de impostura al brazo de Ulrich como si exhibiera su feliz maternidad. Desde entonces apenas se veían y cuando lo hacían ella lo saludaba con educación, pero se alejaba como si temiera su mirada. Yuri no hizo nada por acercarse, respetó su decisión y siguió actuando como si fueran meros vecinos. Aquella actitud confirmaba que lo suyo había terminado definitivamente. Yuri quería convencerse de que era lo mejor para ambos, sobre todo para ella, aunque no podía evitar una sensación de nostalgia cuando hablaban de ella en su presencia.

Krista miró el reloj y se levantó de un salto limpiándose la comisura de la boca con la servilleta.

—Tengo que irme. —Se puso la chaqueta, abrió el bolso, sacó un pintalabios y se repasó los labios de *rouge* delante del espejo que había colgado sobre el aparador. Se atusó el pelo, se puso el sombrero y se volvió hacia ellos—. ¿Qué tal voy?

—Vas perfecta —le dijo la madre.

—¿De verdad no quieres que te lleve? —preguntó Yuri.

—No hace falta. Tomaré el tranvía. Y si no te das prisa, serás tú el que llegue tarde. —Sonrió y le guiñó un ojo.

—Lo vas a conseguir —añadió Yuri—. Estoy convencido.

—Ojalá tengas razón.

Se marchó y él y la viuda se quedaron solos.

—A ver si esta vez la contratan, pobre hija mía. Tanto esfuerzo para nada.

—Krista es una mujer extraordinaria y conseguirá lo que se propone.

—Gracias, Yuri. Eres un buen hombre. —Le sonrió—. ¿Sabes que te estoy tomando mucho aprecio? —Yuri asintió—. Y Krista también. Me hacéis tanta compañía...

Él la observó pensativo. Echó el cuerpo hacia delante y le devolvió la sonrisa.

—*Frau* Metzger, quería decirle... Quería pedirle permiso para... Yo siento por Krista algo muy especial y me gustaría, si a usted no le importa, me gustaría pedirle relaciones...

—¡Dios santo, Yuri! —exclamó la viuda sin poder contener su entusiasmo—. Qué alegría me das, qué alegría...

—Entonces, ¿no le importa?

—Por el amor de Dios, ¿cómo me va a importar? Eres el yerno perfecto, el hombre que toda madre quiere para su hija. Estoy muy contenta.

Yuri se levantó, le tomó la mano y se la besó con una mezcla de gratitud y felicidad.

—Gracias, *frau* Metzger, pero guárdeme el secreto. Me gustaría conquistarla a mi manera.

Ella se llevó la mano libre a la boca y selló sus labios con una mueca cómplice.

—Y ahora me voy a la embajada, porque al final tendrá razón su hija y llegaré tarde.

Mientras, Krista Metzger había descendido las escaleras con prisa. Los nervios le habían hecho un nudo en el estómago: una entrevista después de tanto tiempo la alentaba; sin embargo, temía el rechazo. Había enviado su currículo a todas las clínicas de Berlín, privadas y públicas, grandes, pequeñas, consultorios, hospitales..., de ninguna había recibido ni siquiera respuesta. La oscura sombra de su alegato a favor de los médicos judíos iba a resultar muy alargada para ella. Se lo había advertido en Múnich su mentor, el doctor Greenstein, el día que se despidió de él antes de su partida a Palestina.

Antes de llegar al rellano del segundo piso, la puerta de la izquierda se abrió y apareció Claudia Kahler. Las dos mujeres habían hecho buenas migas. A Krista le había caído bien, a pesar del rechazo que provocaba entre los vecinos. Seguramente por ese rechazo que reconoció en otros contra ella misma, Krista había decidido esquivar los prejuicios que flotaban en el vecindario y conocerla de primera mano y no por las habladurías. Las dos mujeres eran casi de la misma edad, y Krista, a falta de un empleo, no tenía otra cosa que hacer que ver pasar el tiempo; en eso coincidía con la existencia banal que llevaba Claudia. Incluso habían salido a tomar café y a pasear, todo ello a espaldas de la señora Metzger, que la consideraba un demonio nazi.

—Hola, Krista —le dijo sonriente—. ¿Adónde vas tan temprano y tan elegante?

Claudia, por su parte, había encontrado en Krista una tabla de salvación para paliar el profundo aburrimiento que la abatía desde su regreso de la casa de campo de su suegra en la Selva Negra. No solo le caía bien, la admiraba por el hecho de ser médica y la pasión que mostraba por su profesión, y le hacía plantearse qué habría sido de ella si hubiera hecho caso a su padre cuando la animaba a estudiar Medicina.

—Voy al Hospital de la Charité, en el distrito de Mitte, a una entrevista de trabajo —respondió Krista con voz emocionada—. Deséame suerte.

La notificación le había llegado el día anterior: el director de personal, el doctor Dressel, la citaba a las nueve en punto para una entrevista, sin especificar nada más. Con él tendría que encontrarse en tan solo media hora.

—¿A la Charité? Allí voy yo también a mi revisión mensual. Te llevo.

—No quiero molestarte.

—Vamos, Krista —declaró con aire complacido—, sabes que lo hago encantada. Eres la única en todo el edificio que no sale huyendo cuando me ve, salvo la hija de la confitera, que me ha cogido un cariño... —Acompañó sus palabras con una expresión de hartura.

—No se lo tengas en cuenta. Son todos muy buena gente, pero el uniforme de tu marido les impone. Dales tiempo a que te conozcan, ya verás como terminan por rendirse a tus pies.

Claudia rio agradecida.

—Lo de rendirse a mis pies lo dudo —dijo divertida—. Pero les daré tiempo, claro que sí.

Llegaron al portal y se detuvieron porque llovía a cántaros. Claudia abrió su paraguas y, resguardadas bajo él, cruzaron la calle esquivando los charcos hasta llegar al Opel Laubfrosch de color verde chillón.

Justo en ese momento Yuri salió del portal y las vio introducirse en el interior de forma apresurada. Una punzada le atravesó el corazón. No sabía muy bien por qué, pero le desagradaba esa cordialidad surgida entre ambas. Sabía que se veían a menudo desde que Claudia había regresado, incluso se había dado cuenta de que Krista la defendía frente a las críticas de su madre. Aunque le agradaba esa actitud de Krista, cuando las veía juntas o cuando Krista le contaba alguna cosa de Claudia, no podía evitar sentir desconfianza o vulnerabilidad ante su alianza. Se metió deprisa en el Ford y las vio pasar en el coche bajo la torrencial lluvia. Ni siquiera se fijaron en él, abstraídas en su afable charla.

—Conozco a muchos médicos en la Charité —le decía

Claudia pisando con suavidad el acelerador—. ¿Quién te va a entrevistar? A lo mejor te puedo ayudar.

—Me ha citado el director de personal, el doctor Dressel.

—Lo conozco. Un tipo duro y algo antipático. ¿Me permites que te dé un consejo para tu entrevista?

—Sí, claro —respondió Krista.

—Quítate el maquillaje y el carmín de los labios, de lo contrario no te dejará ni siquiera entrar. Hazme caso. El doctor Dressel es de los que opinan que las mujeres deben centrarse en las tres kas: *Kinder, Küche, Kirche* —niños, cocina, iglesia—. Si te ve maquillada le darás una excusa más para enviarte a casa a coser o guisar.

Krista se volvió hacia ella y fijó sus ojos en la tripa, ya abultada.

—Ya te queda muy poco —replicó, obviando lo que le había dicho—. ¿Cómo te encuentras?

—Pesada —recalcó Claudia la palabra—, cada vez más. Y si por lo menos pudiera fumar...

—No es bueno, ya te lo dije. Perjudica al bebé, y a ti, por supuesto.

—Si te soy sincera, Krista, por una parte me encantaría que por fin encontrases trabajo, pero siendo egoísta me daría mucha pena, porque entonces te convertirás en una mujer muy ocupada y ya no podré contar con tu grata compañía.

—Hay tiempo para todo, Claudia, no te preocupes. Además, con el bebé vas a estar muy entretenida, ya lo verás, no vas a tener ocasión de aburrirte.

—Eso espero... Si no fuera por ti, no me relacionaría con ninguna chica de mi edad. A mis antiguas amigas parece que se las ha tragado la tierra. La que no está prometida y preparando su boda está gestando niños para gloria de nuestro Führer. Hay algunas que ya van por el tercero, y hace tres años que están casadas. —Chascó la lengua antes de continuar contrariada—: No te cases, Krista, es un error, una trampa... El amor es otra cosa.

—Vamos, no te dejes llevar por el desánimo —dijo Krista en tono cálido—. Ser madre es un reto, pero también es una experiencia extraordinaria. Además —añadió sonriente—, tienes que reconocer que el matrimonio supone la consolidación del amor, de otra manera sería un escándalo, ¿no crees?

—¿Has estado alguna vez enamorada? —le preguntó Claudia.

Los ojos de Krista brillaron irradiando la felicidad que sentía desde que Yuri había irrumpido en su vida.

—Lo estoy..., profundamente enamorada.

Claudia quitó el pie del acelerador y la miró unos segundos, para luego volver su atención a la calzada. Su rostro se había iluminado.

—¡Krista! ¡Pero bueno! Qué callado te lo tenías. ¿Quién es el afortunado? —inquirió con una amplia sonrisa—. Un médico, imagino. Uno de esos doctores tan apuestos que van con su bata blanca de aquí para allá como pavos reales...

Krista reía divertida por el entusiasmo de Claudia, negando con la cabeza.

—No es médico.

—Si te casas, seré tu dama de honor. Te ayudaré en todo. Tengo experiencia.

—Pero si acabas de decir que no me case.

A Claudia se le borró la sonrisa y su expresión reveló un halo de tristeza, aunque Krista no se apercibió de ello.

—No es lo mismo casarte con el hombre al que amas. No es lo mismo...

Hubo un silencio entre ellas. Krista intuyó que Claudia no era todo lo feliz que pudiera parecer. No supo qué decir, pero Claudia recuperó su alborozo de inmediato:

—Vamos, cuéntame cómo es, a qué se dedica, cómo surgió el amor... ¿Vive en Berlín?

—Te lo diré si me guardas el secreto, porque lo único seguro es que yo lo amo desde que lo vi por primera vez.

—Soy una tumba, te lo prometo —afirmó Claudia con una radiante expectación.

—Se trata de Yuri, el inquilino de mi madre...

Aquellas palabras cayeron como plomo derretido sobre la conciencia de Claudia; sintió que se quedaba sin respiración, como si de pronto se hubiera esfumado el aire de aquel habitáculo asfixiante. Quitó la mano del volante e hizo girar la manivela para abrir la ventanilla y, justo en ese momento tuvo que pisar a fondo el freno para evitar atropellar a la mujer que cruzaba por delante, ajena a la cercanía del coche, más pendiente de escapar del hostigamiento de un grupo de adolescentes con el uniforme de las Juventudes Hitlerianas que la perseguían profiriéndole toda clase de insultos y empujones, entre los que destacaba como un grito de guerra: «¡Salta, cerda judía!».

Claudia masculló con rabia dos palabras como si las arrancase de sus vísceras.

—Basura judía.

—¡Claudia! Ella no ha tenido la culpa. Son esos niñatos que no saben de educación ni respeto a las personas mayores.

—¿Te molestan estas cosas? —preguntó intentando contener la rabia que su confesión había removido.

—Claro que me molestan. Debería incomodar a toda persona que se considere decente.

—Los judíos no sienten como sentimos nosotros, son la escoria de la sociedad, embusteros, farsantes y tramposos. —Hablaba como si con cada palabra escupiera el veneno que su amiga acababa de inocularle, el bebedizo de los celos, de la rabia, del miedo y la locura de perder lo que aún consideraba suyo—. Una chusma que ha llegado a donde está por la ingenuidad y buena fe del pueblo alemán. Deberían desaparecer de la faz de la tierra.

—Qué barbaridad —dijo Krista con estupor—. Ideas como

esa y hechos como estos cubren de ignominia a un país como Alemania. Resulta bochornoso el odio que se está alentando desde el gobierno.

Claudia la miró con un gesto grave, su voz sonó rotunda.

—Ten cuidado con lo que dices, Krista. Podría denunciarte... No está bien difamar al gobierno de tu país.

La joven Metzger se quedó pasmada por la reacción tan desairada de Claudia. Parecía que estaba hablando con una persona distinta a la de hacía solo unos segundos. No entendía ese odio repentino y no quiso continuar con la conversación. Tras unos tensos segundos Claudia metió la marcha y pisó el acelerador. Krista siguió con los ojos la trayectoria de la mujer víctima de aquella infamia, tan vulnerable, tan asustada, intentando escabullirse del escarnio ejecutado en plena calle y a la vista de todos, sin que nadie hiciera nada para impedirlo: nadie defendía a la más indefensa, ni siquiera ella misma, pensó descorazonada mientras el coche avanzaba. No podía detenerse, no podía arriesgarse a no llegar a tiempo a su cita. Cerró los ojos y se tragó el amargo sabor de la cobardía.

Envueltas en un incómodo silencio, llegaron al Hospital de la Charité y, una vez en el interior del gran hall, las dos se dispusieron a separarse para acudir cada una a su cita pactada.

—Gracias por traerme —se despidió Krista tratando de ser amable.

—Krista... —La voz de Claudia volvió a dulcificarse, al menos en apariencia—, ¿te corresponde él? En ese amor que sientes por ese hombre... ¿Te corresponde?

Krista dejó la mirada perdida. Una expresión de fruición se le dibujó en el rostro y sus labios esbozaron una sonrisa que abofeteó el ánimo de Claudia.

—Creo que empieza a hacerlo.

Claudia apretó los labios y se tragó lo que quería contestarle: que ese hombre era suyo y que su amor no podía pertenecer a otra que no fuera ella. Se contuvo y se giró un poco con la intención de marcharse, pero se volvió de nuevo y se llevó los dedos enguantados a los labios.

—Hazme caso. Quítatelo.

Krista sonrió sin decir nada, luego se dirigió al despacho indicado en la cita. Antes de llamar cogió un pañuelo y se retiró el carmín de los labios.

En la puerta había un rótulo con el nombre impreso: Doctor Albert Dressel. Miró el reloj y comprobó que eran las nueve en punto. Con los nudillos dio dos toques, y de inmediato oyó una orden desde el otro lado para que pasara. Abrió y asomó la cabeza.

—¿Doctor Dressel? Soy Krista Metzger, tengo una cita con usted.

Él la hizo entrar con un gesto, sin apenas levantar la vista de unos papeles que tenía sobre la mesa.

Era un hombre fornido, de cabeza grande, pelo cano muy corto. Llevaba la insignia de la cruz gamada prendida en la solapa de la bata blanca, impoluta, bajo la que se veía la corbata de tonos claros sobre una camisa beis.

Krista cerró la puerta y se quedó de pie, a la espera.

—Tome asiento, *fräulein* Metzger —le indicó mirándola con severidad. Aguardó a que estuviera sentada para seguir hablando—. Su expediente es extraordinario. Sería una lástima que, por una actitud incívica, impropia de una buena ciudadana alemana como usted, se eche a perder una excelente doctora.

Krista tardó en reaccionar. Era evidente que él conocía los motivos que la habían traído de vuelta a Berlín, pero debía ser cauta.

—No entiendo...

—No se haga la tonta, *fräulein* Metzger. Estoy al tanto de todo lo que ocurrió en la clínica Lemman de Múnich.

Krista trató de armarse de dignidad antes de hablar.

—Los médicos a los que se expulsó eran excelentes doctores. Me pareció una injusticia lo que les sucedió, por eso mostré mi oposición. ¿No haría usted lo mismo?

El doctor Dressel la observó durante unos segundos. Su expresión era fría, distante. Al cabo, clavó los codos en la mesa y entrelazó las manos señalándola con los dos dedos índices.

—*Fräulein* Metzger, fingiré que no ha dicho lo que acaba de decir. —Sus ojos pequeños de mirada afilada permanecieron fijos en ella. Luego continuó hablando con gesto adusto—. Tras analizar con detenimiento su caso, hemos decidido darle otra oportunidad para que termine su doctorado y pueda trabajar en beneficio del Tercer Reich y de nuestro Führer. En estos momentos de cambio, todos los recursos del Estado son necesarios y no podemos permitirnos desperdiciar el alto coste de su formación. Por supuesto, vamos a seguir muy de cerca su trayectoria, no solo profesional sino personal —alzó la mano y la meneó en el aire—, para evitar que vuelva a cometer errores que puedan llegar a complicarle la vida innecesariamente.

—No se preocupe, doctor Dressel, no tendrán ninguna queja de mí.

—Esa es la actitud, *fräulein* Metzger —dijo el doctor mostrando por primera vez una sonrisa satisfecha—. Uno debe saber a qué bando pertenece. Su lugar está con la Alemania aria, y los verdaderos alemanes están con nuestro Führer, el hombre que ha devuelto la esperanza a este país y a sus habitantes.

Krista se tuvo que morder la lengua para no soltar lo que pensaba en verdad del Führer, del nazismo y de todas las ideas fanáticas que estaban desplegando desde que habían llegado al poder. Pero se mantuvo callada. Necesitaba ese trabajo; si no completaba la especialidad, no podría ejercer la profesión que tanto la apasionaba.

El doctor Dressel sacó un papel de la carpeta y se lo tendió. Krista lo cogió y leyó.

—Finalizará su doctorado bajo la dirección de la doctora Hotzfeld. Dirige el Departamento de Ginecología del Hospital de La Piedad, situado en el Scheunenviertel. Debe presentarse allí cuanto antes. La doctora Hotzfeld le indicará sueldo, horarios, guardias. Ella le facilitará todo lo necesario para su incorporación inmediata.

—Iré hoy mismo a verla.

Krista se levantó dispuesta a marcharse, pero el doctor Dressel la detuvo.

—Otra cosa, *fräulein* Metzger, la próxima vez que acuda a una entrevista de trabajo, hágalo con la cara lavada. Esto no es una *boîte* en la que vaya a exhibirse ni yo soy un caballero al que ha de conquistar.

Krista sintió una punzada de humillación. Sin decir nada, asintió con un movimiento de cabeza, apretando los labios. En ese momento el doctor Dressel alzó el brazo acompañado del *Heil Hitler!*

Krista dudó unos segundos antes de imitarlo y farfullar el saludo nazi. Luego salió al pasillo y se precipitó escaleras abajo. Había dejado de llover y un rayo de sol pugnaba por colarse entre las algodonosas nubes grises. Claudia tenía razón. Esa mujer no podía tener mal corazón, pensó esbozando una sonrisa.

Con la desbordante alegría de volver a trabajar, tomó un tranvía para llegar hasta el Hospital de La Piedad.

La doctora Anna Hotzfeld era una mujer muy alta, delgada, de hombros anchos igual que su rostro, sus rasgos tenían una extraña mezcla de dulzura y fortaleza. Morena, pelo corto, risueña y de maneras afables, que rondaba los cuarenta años.

Krista se sorprendió gratamente al comprobar su reacción cuando se presentó en su despacho. La saludó con extrema cordialidad, contenta de verla allí.

—Menos mal que has aceptado, Krista —dijo con una amplia sonrisa en los labios—. Andamos tan faltos de personal que todas las manos son pocas. Permíteme que te tutee, vamos a tener que trabajar codo con codo y necesito tu complicidad y sobre todo tu confianza absoluta.

—Cuente con las dos cosas, doctora Hotzfeld —contestó Krista.

—Sé que enviaste tus datos solicitando trabajo hace meses, pero toda nueva contratación que hacemos tiene que pasar por una comisión de valoración del partido. Burocracia pesada e inútil que retrasa todo y que nos está creando importantes problemas de falta de personal. El caso es que estamos absolutamente desbordados.

—Aquí tengo una carta de recomendación de mi mentor en Múnich.

—No hace falta que me enseñes nada. Fue el mismo doctor Greenstein quien me informó de tu manera de trabajar.

—¿Lo conoce?

—Claro que lo conozco. Es una pena que haya acabado así, una grave injusticia. Alemania no es consciente de la eminencia que ha perdido con su marcha.

—Estoy de acuerdo. —No había acabado de decirlo cuando descubrió una cruz gamada en la solapa de la doctora; su rostro se ensombreció, congelado el entusiasmo inicial.

Anna Hotzfeld se dio cuenta, se miró la insignia y la tocó con una expresión complaciente.

—Tranquila, soy del partido por pura conveniencia, no por convencimiento. Puedes confiar en mí. Desde que recibí tu solicitud de trabajo he hecho todo lo posible para contratarte. Estoy al tanto de lo que hiciste en la clínica de Múnich en favor de los facultativos judíos. No cabe duda de que tu reacción fue admirable, pero reconoce que ha resultado inútil salvo para complicarte y mucho profesionalmente. —Tras una breve pausa, prosiguió con calma—: Verás, Krista, a mí no me gusta lo que está pasando. Tenemos a un loco dirigiendo el país y a una masa estúpida y enfervorizada que lo sigue de forma cada vez más masificada. Dadas las circunstancias, nos queda o callar y no hacer nada o tratar de actuar con más inteligencia que ellos, utilizando sus propias organizaciones, luchar desde dentro. Mi marido no está de acuerdo conmigo, él mantiene la idea de permanecer pasivo, confiando en que esto pasará pronto, que no hay modo de sostener el monumental circo en que Hitler ha convertido este país sin que se desmorone por su propio peso. Pero a mí, por ahora, mi táctica me va muy bien. Esta cruz gamada me abre muchas puertas y me permite hacer cosas que de otra forma no podría ni siquiera pensar; contratarte a ti, por ejemplo, me habría sido imposible si no tuviera esta insignia prendida en la solapa. —Encogió los hombros y bajó el tono de voz—: Al contrario de lo que ya está ocurriendo en otros hospitales, aquí se sigue atendiendo a pacientes sin preguntar su religión o raza. Y voy a decirte algo en confianza que no debe salir de aquí: he conseguido contratar a dos médicos y varias enfermeras de fuera de Berlín, ninguno de ellos es ario puro tal y como me exigen ahora para aceptar sus servicios, pero me las he arreglado para que pasaran como si lo fueran. Y lo puedo hacer gracias a que mi nombre está en la lista de afiliados del partido nazi, a que pago religiosamente mi cuota mensual y a que llevo esta basura prendida en mi chaqueta. Resistiremos desde el sistema. No queda otra.

—Se expone usted demasiado, doctora Hotzfeld.

—Lo sé. Hay que asumir riesgos, tú lo hiciste, pero se trata de obtener réditos por los que merezca la pena ese riesgo. —Se levantó pletórica—. Vamos, te enseñaré las instalaciones. Lo arreglaré todo para que empieces lo antes posible.

Berlín, 1934

Principio de la transposición.
Cargar sobre el adversario los propios errores o
defectos, respondiendo el ataque con el ataque.
Si no puedes negar las malas noticias, inventa
otras que las distraigan.

Principios de propaganda de GOEBBELS

El embarazo de Claudia se complicó a partir de principios de
enero y se vio obligada a guardar reposo. A esa circunstancia
se unió el nombramiento de Ulrich von Schönberg como ins-
pector de los campos de concentración que se estaban abriendo y habilitando en todos los rincones del país, lo que lo obligaba a ausentarse de la ciudad a menudo. En esta situación, a
Claudia no le quedó más remedio que instalarse en casa de su
madre hasta dar a luz.

Para Krista fueron meses de trabajo intenso. La relación
con Yuri se iba afianzando muy poco a poco, dejando fluir el
tiempo y los sentimientos, sin prisas, amparados en el sosegado regazo del hogar común. La señora Metzger se sentía pletórica tanto por la ausencia de los irritantes vecinos del segundo como por la relación de su hija querida con Yuri. Apreciaba
a su inquilino tanto como a un hijo y estaba segura de que a su
marido le habría gustado como yerno; eso pensaba mirándo-

los embelesada reír, charlar o cuando salían juntos. Y en cuanto a Krista, por fin volvía a verla feliz, apasionada de nuevo por su trabajo y entregada al amor que sentía por Yuri; la vida le sonreía y eso, a la madre, le bastaba y le sobraba para estar en paz con el mundo.

Durante los primeros meses de 1934, Yuri tuvo que hacer muchos viajes con encargos de Villanueva y su socio Volker Finckenstein, el misterioso VKF cuyos envíos iban directos a Villanueva sin pasar por el registro; Yuri ya lo había conocido. En cada viaje ganaba una suma importante, y el secretario de comunicación de la embajada estaba muy satisfecho de su efectividad.

Fritz Siegel, por su parte, empezó el año montando su propia rotativa. Dos meses atrás había sido despedido tras un ataque a la redacción provocado por un artículo con su firma en el que analizaba la ley de esterilización que había entrado en vigor en enero y que llevaría a la castración a cuatrocientos mil hombres y mujeres aquejados de alguna de las nueve enfermedades susceptibles, conforme a lo que él calificaba de siniestra ley, de ser transmisibles por herencia: el retraso mental, la esquizofrenia, la epilepsia, la psicosis maniaco-depresiva, la enfermedad de Huntington, la ceguera de nacimiento, la sordera hereditaria, cualquier malformación física y el alcoholismo.

Lejos de amedrentarse por el ataque y por el despido, Fritz puso en marcha el proyecto que llevaba años maquinando: un periódico dirigido por él. Se rodeó de unos pocos colegas comprometidos en rendir la batalla informativa contra la apabullante maquinaria propagandística nazi; a través de un testaferro contrató con la imprenta que imprimía los periódicos del partido nazi, de ese modo nunca la clausurarían, y en un pequeño local del norte de Berlín empezó a editar un diario con una tirada reducida pero suficiente para esparcir una visión informativa que permitiese ofrecer a la población otro punto de vista distinto al único y oficial impuesto desde hacía meses.

Los dos amigos habían estado tomando algo en una cervecería y decidieron dar un paseo por Unter den Linden.

—Cada vez son más los que se marchan —le decía Yuri después de haber acompañado a una familia de judíos de cinco miembros hasta la frontera suiza—. Todo esto me trae muy malos recuerdos. Tengo la sensación de que Alemania va derecha al abismo y me sorprende que nadie reaccione. Esto no es Rusia, ¿qué les pasa a los alemanes?

—Hitler no está haciendo una revolución violenta como hizo Lenin en Rusia, al menos en apariencia. No cree en la democracia, pero utiliza con mucha habilidad los instrumentos que le brinda la Constitución para ir ganando terreno hacia el poder absoluto. De hecho, ya casi lo tiene; el único impedimento es el viejo presidente. Ahora mismo, Hindenburg es el único que puede detenerlo, solo él puede destituirlo. Pero no lo hará, está muy cansado y tan decepcionado que va a ser incapaz de reaccionar o lo hará demasiado tarde.

—Si Hindenburg muere, habrá elecciones y se nombrará un nuevo presidente de la República. Tal vez sea otra oportunidad para acabar con todo esto.

Fritz le echó un vistazo con un destello de desánimo en sus ojos.

—¿Qué República? Desde que en marzo se promulgó la ley que concentra en Hitler todos los poderes del Estado, la República ya es papel mojado. Además, si muere Hindenburg ya nada se interpondrá en su camino. Estoy convencido de que Hitler no convocará elecciones, será el jefe supremo y fulminará lo poco que queda de la República de Weimar y todo lo que significa.

Caminaron un rato sin decir nada, cavilantes. Yuri habló ceñudo, sin comprender.

—Lo que más me sorprende es que la gente no se revuelva contra tanto exceso, que nadie proteste. Nunca habría imaginado que Alemania pudiera caer en esta trampa.

—La propaganda de Goebbels está funcionando a la perfección. Han creado un líder carismático que conduce a millones de personas. Hitler le dice al pueblo lo que el pueblo quiere oír, enfoca con sus discursos enardecidos la frustración que arrastra la gente desde hace una década, tocan la fibra de los sentimientos con mucha habilidad, y orientan la ira de muchos contra el mal de todos los males: el judío.

—No acabo de entender el porqué de ese odio a los judíos.

—No es nuevo, viene de lejos, y en nuestra defensa he de decir que no es exclusivo de los alemanes. ¿Por qué crees que en el resto de Europa no están reaccionando ante la sangría de leyes contra ellos? Les importan un bledo —sentenció Fritz—. Inglaterra o Francia también profesan un contumaz antisemitismo; la gran diferencia es que aquí han confluido en un gobernante el poder y la fuerza para llevar a cabo su empeño, que no es otro que extirparlos de Alemania. A los judíos se les atribuye el origen de todas las adversidades, son ellos la causa de todas las desgracias, las penurias que arrastra Alemania lo son por su maldad y avaricia. Para Hitler y los nazis, los hebreos y los comunistas son la misma basura, los califican como seres inferiores, se los considera ciudadanos de segunda, sin derechos civiles, y sin embargo se les exigen todas las obligaciones legales, sin excepción, y en ocasiones con gravámenes abusivos. Y mientras, el resto del mundo mira para otro lado.

—Todos menos tú —añadió Yuri.

—Me resulta imposible mirar para otro lado, reventaría si lo hiciera.

—¿Y Nicole? No me creo que no te importe lo que siente ella. Me ha dicho Krista que está muy preocupada, que ya no solo son anónimos en tu casa, sino que te han seguido por la calle, incluso que te agredieron hace unos días.

—Ah, las mujeres no pueden callarse —murmuró con una media sonrisa; resopló y desvió la mirada—. Ayer la despidieron del trabajo.

—No sabía nada.

—Era cuestión de tiempo. En su puesto van a contratar a un alemán. Estoy tratando de convencerla de que se marche a América, al menos una temporada. Aquí no está segura.

—Sabes que no se irá sin ti. Estás en peligro, Fritz.

—Todos estamos en peligro —arguyó él—. Mi sitio está aquí. Necesito hacer algo para detener esta gran falacia. Me sentiría un cobarde si me fuera, les daría la razón...

—¿Y qué crees que se puede hacer? ¿Hay alguna forma de luchar contra esto?

—Buena pregunta... —murmuró circunspecto—. Aunque de muy difícil respuesta. El problema es que nos estamos dejando arrebatar todos los instrumentos para conseguirlo. Han borrado del mapa al disidente, al crítico, al opositor; la propaganda está encadenando las mentes más lúcidas con un mensaje monótono, simple, insistente, suscitando desde la absoluta indiferencia hasta la peligrosa insensibilidad, cuando la reacción normal debería ser repugnancia y rebelión.

—Entonces, ¿qué se supone que puedes hacer en este país que, según tú, no tiene remedio? Márchate y al menos sálvate.

Fritz sacó un libro de su cartera de piel y se lo tendió. Yuri lo tomó en sus manos.

—*Los amigos de Voltaire* —leyó en voz alta—, de Evelyn Beatrice Hall.

—Es mi última lectura, un gran descubrimiento. —Cogió de nuevo el libro en sus manos y lo abrió por una de sus páginas mostrándole una frase que había subrayado. Se la leyó en tono grave y pausado, primero en inglés, luego en alemán—: «*I disapprove of what you say, but I will defend to the death your right to say it*». «No estoy de acuerdo con lo que dices, pero defenderé hasta la muerte tu derecho a decirlo.» ¿Te das cuenta de lo que esto significa? La autora da en el clavo, es la base de la libertad de expresión, y es lo que yo debo y quiero seguir haciendo, es mi aspiración. El único límite debería ser la apología de la violencia y la discriminación, que es precisamente lo que están haciendo los que quieren hacerme callar. Este es mi país, Yuri, a pesar de todo lo que está pasando, amo a Alemania, me siento alemán de corazón. ¡Hay muchos premios Nobel alemanes, los mejores músicos de la historia son alemanes! El pueblo alemán es culto, y la cultura debería ser un escudo contra la perversión de la política y sobre todo de estos que ahora la dirigen... —Movió la cabeza de lado a lado—. Me niego a aceptar que los que pretenden doblegar nuestra libertad de pensamiento nos estén ganando la batalla.

La voz de Fritz era firme, pero su tono era muy bajo. No había nadie a su alrededor que pudiera escuchar lo que decían, de eso ya se cuidaban ambos.

—Si quieres mi opinión, tal y como está ahora mismo este país no se merece tu presencia. Hombres como tú son necesarios, Fritz. Podrías hacer un gran papel fuera de Alemania, alertar a los países que ahora mismo están errando con la figura de Hitler y sus políticas. Hay muchas cosas que podrías hacer sin estar tan expuesto.

Fritz ofreció a su amigo una sonrisa sincera y sagaz.

—Puede que te haga caso y me replantee las cosas. Abandonar o no mi país dependerá de que determinadas circunstancias cambien.

—¿Y se puede saber cuáles son esas circunstancias?

—Aún no es seguro, pero... —Fritz le echó el brazo por encima del hombro en un gesto amistoso—. Confío que esta vez sí. —En sus ojos centelleaba la emoción—. Nicole está embarazada. Voy a ser padre, Yuri. Esta vez parece que vamos a conseguirlo.

La primavera había estallado con toda su fuerza con la llegada de mayo. La tarde invitaba al paseo. Yuri y Krista regresaban a casa caminando despacio y, justo cuando estaban a punto de alcanzar el portal, vieron salir el carrito encapotado de un bebé con grandes lazos azules en cada lado empujado por una niñera; tras ella apareció Claudia Kahler. Era la primera vez que se cruzaban con la reciente mamá desde Navidad.

Krista se dirigió a Claudia para interesarse por el parto, por la recuperación, por cómo se había hecho con el niño, si le estaba dando el pecho. Ella respondía con agrado. Cuando Krista se inclinó sobre el carrito para conocer al pequeño Hans, Claudia clavó su mirada en Yuri, que apenas la había saludado.

—Qué niño tan hermoso —dijo Krista admirando al orondo recién nacido vestido con blancos faldones que miraba con los ojos muy abiertos recién estrenados al mundo—. Tiene mucho pelo —agregó sonriente. Lanzó un vistazo fugaz a la madre, y volvió de inmediato su atención al bebé.

Claudia, sin embargo, no despegó los ojos de los de Yuri, mirándose ambos en un tenso reto.

—Sí —afirmó Claudia—. Mucho pelo y muy oscuro. No sé a quién ha podido salir.

Él esquivó un instante la mirada, pero aquellos ojos lo atraían como el imán. Ella le sonreía. Su amor por él seguía tan vivo como antes. Por eso se le hacía insoportable saber que estaba en brazos de otra, besando los labios de otra, libando el sabor de otra; sus celos la encendían y tenía que contenerse para no saltar al cuello de esa mojigata que le estaba arrebatando lo que consideraba suyo.

Mientras, Krista continuaba haciendo arrumacos al bebé y hablaba como si buscase una razón para el aspecto poco ario del recién nacido.

—Los niños pueden cambiar mucho en estos primeros meses. Seguramente se le aclarará con el tiempo, o tal vez ha salido a alguno de sus abuelos. Es tan bonito y se le ve tan sano —añadió mientras lo observaba con arrobo.

Yuri no podía quitar los ojos de Claudia. La maternidad le

había sentado muy bien. Su sensual voluptuosidad, lejos de apagarse con el parto, se había acrecentado; llevaba un vestido de color claro, el escote en pico insinuaba la turgencia de los senos resbalando por la tela, hasta la estrecha cintura para marcar a continuación la curva perfecta de sus caderas. Iba tocada con un elegante canotier con una tira del mismo color del vestido. Sus labios pintados con *rouge* contrastaban con su piel blanca y lustrosa. Lo único que ensombrecía su belleza era el broche que llevaba prendido en el pecho, una esvástica a modo de joya.

—Vamos, Krista —alegó Yuri tratando de no mostrarse descortés—, dejemos que la señora Von Schönberg pasee con su hijo.

—Nos hemos tuteado siempre, Yuri. —Claudia dulcificó su tono—. No pierdas las buenas costumbres. No he cambiado en absoluto por el hecho de ser madre.

Aquello lo dijo con un retintín que irritó a Yuri, por lo descarado, pero no le contestó; cogió a Krista del brazo y, con delicadeza y forzando una sonrisa, la llevó hacia el interior del portal y empezaron a subir la escalera.

—No la soporto —murmuró en un intento de desterrar lo que el corazón le marcaba—. Estábamos mucho mejor sin ella.

—Es inofensiva, Yuri. —Krista le restó importancia—. Se le nota mucho.

—¿El qué? ¿La mala leche que tiene? —recalcó con un tono de ironía.

—¿No me digas que no te has dado cuenta de que está coladita por ti?

Yuri se detuvo sorprendido; nunca le había hablado de su relación con ella.

—No digas tonterías.

—Pero si se ve a la legua. En cuanto le confesé que estaba enamorada de ti cambió por completo. Me esquiva. He llamado varias veces a casa de su madre para interesarme por ella, y nunca se ha puesto. Me ha desterrado de su vida. —Bajó la voz y se acercó a él sonriente—. Vamos, Yuri, no te hagas el interesante. No es nada extraño que las mujeres se enamoren de ti. Yo lo hice nada más verte.

—Es una mujer casada —objetó él, esquivando los ojos de Krista.

—¿Y qué? ¿Es que una mujer casada deja de tener sentimientos? Su marido es un témpano de hielo, se ve a la legua. Antipático y frío. —Le hizo un arrumaco. Ella estaba un escalón por encima de él—. Nada que ver contigo, un español tan ardiente y divertido.

—Te recuerdo que por mis venas corre sangre rusa —le dijo mirándola por fin a los ojos y ciñéndole la cintura con los brazos para acercarla más a él—, y los rusos de ardientes tienen poco —alzó las cejas con guasa—, y de divertidos no te digo nada, a no ser que estén hasta arriba de vodka, entonces sí que son divertidos.

—El problema de *frau* Von Schönberg es que yo me he quedado con el pastel entero y no pienso darle ni una sola cucharada.

Le pasó los brazos por el cuello y lo besó. Yuri se dejó hacer y sintió la ternura de sus labios. Cerró los ojos sin poder evitar pensar en Claudia. Se estremeció y retiró la boca, lo que provocó la extrañeza de Krista, pero la voz de una mujer procedente del primer rellano los obligó a desviar la atención. Los dos miraron hacia arriba y reiniciaron el ascenso del tramo de escalera hasta llegar al primer piso. La puerta de los Rothman estaba abierta de par en par y Ernestine daba órdenes de mala manera a una de las dependientas que trabajaba en la confitería. Hacía seis meses que el señor y la señora Rothman se habían despedido de ellos y habían puesto rumbo a Polonia en compañía de Lotte, a quien habían acogido como a una hija. Desde entonces, la verdadera hija, Ernestine Rothman, se había hecho la dueña y señora de la casa de sus padres, a quienes impidió llevarse joyas o lujo alguno y tan solo les permitió echar en la maleta su ropa y algunos objetos personales carentes de cualquier valor que no fuera sentimental. El dinero que los Rothman tenían ahorrado en el banco no pudieron sacarlo porque se había impuesto sobre la cuenta un bloqueo sin saber la razón del mismo. Tendrían que haberse quedado más tiempo para averiguar y arreglar el motivo de una medida semejante sobre sus ahorros, y no tenían tiempo para ello; debían abandonar Alemania de inmediato, ya que pesaba sobre Lilli la amenaza de una posible detención, una información que le había proporcionado la propia Ernestine como si le estuviera haciendo un gran favor a su madre, avisándola del peligro que se cernía sobre ella. A pesar de la estricta vigilancia que estableció su hija durante el embalaje, los Rothman habían conseguido introducir en el interior de una de las maletas una cantidad de efectivo que tenían guardada en la casa; además, dejaron firmado un poder a favor de Yuri para que, a través de Volker y Villanueva, pudieran transferir los ahorros de toda la vida a una cuenta en Suiza en cuanto quedase liberada la suya del banco. Todas estas tramitaciones las habían hecho los Rothman a espaldas de Ernestine, que se hallaba ofuscada en su espantosa persecución contra su madre por el hecho de haberle ocultado a la familia el origen judío de su abuelo, algo que no podía ni quería perdonar, resentida por la sombra que aquella circunstancia había hecho recaer sobre ella. No obstante, su prometido, Oskar Urlacher, en su calidad de Sturmscharführer de las SS, le estaba tramitando un falso certificado de pureza aria a través de un contacto que tenía en el ayuntamiento. A cambio de una cantidad de dinero, podría llegar a tejer para Ernestine Rothman unos antecedentes de pureza de sangre impecables, haciendo desaparecer el apellido materno.

Ernestine despidió a la dependienta justo cuando Krista y

Yuri llegaban al rellano. La hija del confitero les salió al paso con una sonrisa impostada.

—*Fräulein* Metzger, iba a subir ahora a verla para invitarla a tomar un café mañana, aquí, en mi casa. Nos vamos a reunir un grupo de amigos, y estaríamos encantados de contar con su presencia.

Ernestine vestía una blusa blanca y una falda oscura, el pelo recogido en dos trenzas que le caían por los hombros hacia el pecho. Llevaba un broche de cuello del servicio de trabajo del Reich de la mujer joven, y una insignia del partido con la esvástica prendida en el pecho.

Los ojos de Krista se posaron sobre el broche. Ernestine se dio cuenta, y se llevó los dedos al cuello con expresión de orgullo.

—Desde hace unos días formo parte de la Asociación de Mujeres Nacionalsocialistas. Me han aceptado y estoy muy contenta, *fräulein* Metzger. Ese es el motivo de la invitación, quiero celebrarlo. —Miró por encima del hombro a Yuri, que esperaba sin demasiado interés en lo alto del tramo de escalera. Se dirigió a él forzando una sonrisa—: Usted puede venir si quiere, pero vamos a hablar de Alemania y nuestro futuro como pueblo, estoy segura de que se aburrirá.

—Pienso lo mismo, Ernestine —añadió él con amabilidad.

—Pero usted, *fräulein* Metzger —volvió sus ojos entusiastas hacia Krista—, usted no me puede fallar.

—Lo siento, Ernestine, mañana tengo un día complicado.

—Se lo ruego, será para mí un honor recibirla en mi casa. —Mostró una impostada zozobra—. No quiero pensar que me rehúye por la incómoda cuestión de mi madre. No sé si sabe que estoy haciendo todo lo posible por arreglar ese perjuicio tan grande. Entiéndame, yo no quiero ser diferente...

—No —Krista la interrumpió indignada—, de ninguna manera, ¿cómo se te ocurre pensar algo así? No me importa en absoluto la ascendencia judía de tu madre.

—Pues debería —añadió la otra, el rostro ceñudo como si la estuviera reconviniendo—. Es muy lógico que el alemán puro sienta rechazo por esos cerdos. Puede estar segura de que yo lo hago, los rechazo y los odio, son basura...

—No deberías hablar así.

—¿Por qué no iba a hacerlo? Es la verdad. —Tras unos tensos segundos, cambió el semblante e intentó argumentar—: A mí este asunto de la que fue mi madre me ha causado unos problemas terribles que estoy tratando de solventar como buenamente puedo. El mes que viene me casaré con mi prometido y por fin podré estar tranquila. Mi futuro marido y yo vamos a vivir aquí, en esta casa, y seguiremos siendo vecinas. Por eso me gustaría tanto que estuviera en nuestra reunión, *fräulein* Metzger, me haría muy feliz... Por favor, se lo suplico. Acepte mi invitación.

Krista miró a Yuri, que de inmediato esquivó los ojos y continuó ascendiendo los escalones de madera con paso lento, alejándose de Krista.

—Está bien —dijo ella incapaz de responder con una negativa, que era realmente lo que quería hacer—. Me pasaré un rato.

Principio de la unanimidad.
Llegar a convencer a mucha gente de que se piensa «como todo el mundo», creando impresión de unanimidad.

Principios de propaganda de GOEBBELS

Al día siguiente Krista llamó a la puerta de Ernestine Rothman pasados unos minutos de las siete de la tarde. Se había despedido de Yuri prometiéndole que en una hora estaría de regreso. Habían quedado con Nicole y Fritz para ir al teatro y a cenar. Ernestine le abrió y la hizo pasar al salón, donde se encontró con un hombre joven vestido con el uniforme pardo de las SA. En ese mismo momento se arrepintió de haber aceptado la invitación.

Ernestine se acercó hacia el SA con exagerados ademanes de amabilidad que los convertían en impostados.

—*Fräulein* Metzger, le voy a presentar a Franz Kahler, el hermano de la señora Von Schönberg.

Franz se acercó a Krista mirándola fijamente. Le cogió la mano con delicadeza y, sin llegar a rozarla, se la llevó hasta los labios en un gesto caballeroso, fascinado por los ojos de la recién llegada.

—Encantado de conocerla, *fräulein* Metzger. ¿O puedo llamarla Krista?

—Puede llamarme como usted quiera, *herr* Kahler.

—Franz, por favor, llámeme Franz a secas.

Krista se soltó la mano. Se sintió incómoda.

—El resto de los invitados llegará enseguida. —La anfitriona había notado la contrariedad de Krista—. Siéntese, por favor, *fräulein* Metzger. La dejo en buena compañía. Mientras, voy a preparar el café que les serviré con unos de mis mejores pasteles.

Krista se movió por el salón, sin saber muy bien qué hacer ni qué decir.

En ese preciso instante Claudia subía con paso sigiloso hasta la buhardilla.

La invitación a casa de Ernestine Rothman había sido cosa suya, una encerrona urdida para tener la oportunidad de encontrarse a solas con Yuri. Claudia sabía que Yuri nunca asistiría a una reunión de nazis, y también sabía que Krista no se podía negar a aceptar la invitación si no quería que le colgasen prejuicios de los que carecía. Sabía muy bien que la hija de la viuda era demasiado honesta, demasiado honrada y con principios inamovibles. Por otro lado, Ernestine Rothman idolatraba a Claudia Kahler, mientras que Claudia la consideraba una estúpida fácilmente manipulable y muy maleable para utilizarla en su propio beneficio.

Yuri abrió la puerta creyendo que Krista lo había pensado mejor y había decidido no ir a esa reunión de patriotas, y se sorprendió al ver a Claudia.

—¿Qué quieres? —preguntó sin moverse del umbral de la puerta.

—Déjame entrar, por favor, tenemos que hablar.

—Vete, Claudia. Tú y yo no tenemos nada que decirnos... Ya no.

—Será solo un minuto, por favor, Yuri...

Él se mantuvo indeciso. Temía su propia reacción y no quería caer en aquella hermosa trampa, pero también temía que saliera la viuda y pudiera verla allí, así que al final cedió y la dejó pasar. Tras cerrar, la arrinconó contra la puerta para impedir que diera un solo paso hacia el interior. De este modo, sus rostros quedaron muy juntos, pero Yuri no hizo nada para alterar la postura y mantuvo alzado el brazo con la mano plantada contra la pared por encima de su cabeza.

—No deberías estar aquí.

—Me equivoqué. Tendría que haber aceptado tu propuesta.

Yuri sintió una punzada en el pecho. Sabía que no podía dejarse llevar por el flujo interior que desperezaba sus sentimientos más profundos, consciente de que lo que sentía por aquella mujer era imposible, un amor inalcanzable porque ninguno de los dos era dueño de su destino; tampoco lo era él ahora, entregado a otra mujer a la que debía un respeto.

—Lo siento, Claudia, ya es muy tarde para eso.

—¿Es que has dejado de amarme?

—No fui yo el que eligió desaparecer.

—Estaba embarazada —se excusó a sabiendas de que esa

no era la verdadera razón por la que se había visto obligada a distanciarse de él.

—Elegiste alejarte de mí, Claudia, y asumí tu decisión. Ahora te toca a ti aceptar la mía, que no es otra que Krista.

—¿Has pensado que el niño puede ser tuyo?

Yuri alzó las cejas sin apenas inmutarse.

—Y si así fuera, ¿cambiaría en algo las cosas? ¿Qué pretendes, que lo reconozca? ¿Cómo crees que se lo tomaría tu marido? A mí me metería en uno de esos campos que inspecciona... Me pregunto qué haría contigo y con tu hijo.

—Mi marido no tiene nada que ver con nosotros. Esto es entre tú y yo. No puedo dejar de pensar en ti, y estoy convencida de que tú tampoco has conseguido olvidarme.

—¿Qué importa eso? Si hubo algo entre nosotros se acabó en el momento en el que Krista apareció en mi vida. Mi amor por ella es sincero.

—No te creo.

—Que lo hagas o no, no cambiará las cosas.

—No es posible que hayas olvidado cuánto nos amamos. —La voz de Claudia se deshacía en sus labios, melosa, suplicante.

Yuri sintió que su firmeza se tambaleaba.

—Claudia... Tú y yo... —Estaba confuso, no sabía qué palabras utilizar, qué decir y qué callar. No quería hacerle daño, pero tampoco podía darle lo que ella le pedía, no ahora con Krista en su vida—. Aunque quisiera, no podría..., ya no... Krista ocupa ahora el vacío que tú dejaste...

—Entérate bien, Yuri: nadie podrá amarte como te amo yo. Podrá enamorarse, pero nunca podrá sentir lo que yo siento por ti.

—No puedo tenerte —protestó angustiado—. Perteneces a otro hombre, vives en un mundo opuesto al mío. Tú y yo no tenemos nada que ver, somos como la noche y el día.

—La noche y el día se complementan, ambos son necesarios, la una no puede existir sin el otro, ¿es que no lo comprendes? Yo te necesito a ti, pero tú no podrás desprenderte de mí... Nunca.

Yuri cerró los ojos. Le costaba luchar contra unos sentimientos que no podía ni debía admitir. Ella percibió su debilidad y aprovechó para insistir.

—No me dejes, Yuri... Lo eres todo para mí...

El tono suplicante deshacía las pocas fuerzas que le quedaban a Yuri. Notó que se le disparaba el pulso como un aviso de peligro. Abrió los ojos y su voz salió en un leve susurro, escapada de sus labios.

—Déjalo, Claudia, por favor, déjalo...

Ella le mantuvo la mirada.

—No renunciaré a ti, Yuri. No puedo hacerlo.

Permanecían inmóviles el uno frente al otro, muy cercanos sus cuerpos, palpitantes. Yuri sintió un deseo irreprimible de besarla, que competía con una voz en su interior que clamaba que no lo hiciera, que saliera huyendo, que aún estaba a tiempo de soltar aquel amarre que lo arrastraría sin remedio a un profundo precipicio del que le costaría salir. Pero el canto de sirena ya se había instalado en su cabeza cuando Claudia adelantó su boca. Tan pronto como sus labios carnosos rozaron los de él, un fogoso latido se desató en su interior. Yuri cerró los ojos como si quisiera apagar la luz de su conciencia. Las lenguas se enredaron, las respiraciones se aceleraron desacompasadas, los cuerpos chocaron entre sí en un afán de encontrarse, de buscarse con un ansia salaz. Rodaron por el suelo, pero cuando él se puso sobre ella, la miró y se detuvo. Durante unos largos segundos se miraron como en una escena congelada en el tiempo. Tan solo se movían sus pechos al compás de la respiración acelerada. Yuri se sentó a su lado y ocultó la cara entre las manos, mesándose el pelo alborotado.

—Lo siento... Lo siento, Claudia, no he debido... Lo siento...

Se levantó de un salto. Ella quedó tendida sobre la mullida alfombra de lana. Lo miraba entre el pasmo y la desesperación, aturdida, sin asimilar qué había pasado. Yuri la contemplaba absorto. Era tan hermosa... La falda algo subida mostrando parte de sus muslos, la blusa desabrochada con el pecho al descubierto, el pelo revuelto. Le tendió la mano, pero ella se puso en pie rechazando la ayuda. Se abotonó la camisa sin mirarlo. Se colocó derecha la falda, se ajustó el liguero y las medias, y se atusó el pelo. Su rostro era el espejo de la contradicción, de la incomprensión, la rabia.

—No pienso conformarme, Yuri. Me niego a perderte. Juro que lucharé por ti con todos los medios que tenga a mi alcance.

—No lo hagas, Claudia. Lo que hubo entre nosotros fue algo demasiado hermoso como para envilecer su recuerdo por algo que tú y yo sabemos imposible. Intento hacer lo que me pediste: olvidar lo que hubo entre nosotros... Olvídame tú, Claudia... Tienes que hacerlo.

Ella alzó la mano y le acarició la mejilla sonriendo.

—Me estás pidiendo que deje de respirar, y eso supone la muerte. ¿No lo comprendes?

—Aléjate de nosotros... Déjanos vivir en paz.

Claudia no dijo nada, lo miró largamente, con una sonrisa dibujada en los labios. Luego abrió la puerta, salió al rellano y se detuvo un instante. Sintió que a su espalda la puerta se cerraba despacio. Tras unos segundos, tomó aire y empezó a descender las escaleras hasta el primer piso.

Yuri se quedó agarrado al picaporte, tratando de recuperar la calma. Tenía el corazón acelerado. La excitación lo llevó hasta el lavabo; se mojó la cara con agua fría. Al ver su imagen en el espejo negó con un movimiento, reprochándose no haber cortado antes. Sin secarse, se fue hacia el sillón y se dejó caer abatido.

Mientras, Claudia había llegado al piso de los Rothman.

Pulsó el timbre y esperó. Abrió la puerta la misma Ernestine, que no se privó de halagos y lisonjas; Claudia apenas le hizo caso. En ese ínterin habían llegado Oskar Urlacher, el novio de la anfitriona, acompañado de otros dos oficiales de las SS, amigos de Oskar desde la escuela. Franz los miraba con envidia: el burdo uniforme pardo de las SA nada tenía que ver con el elegante traje negro de corte impecable y hecho a medida de las SS. Su objetivo era llegar a entrar en la Schutzstaffel. Ya se lo había planteado a su cuñado Ulrich, quien le había pedido paciencia.

Cuando Claudia entró en el salón donde estaban todos los invitados, dirigió una mirada pérfida a Krista. No podía evitar sentir un odio irracional por aquella mujer que lo único que había hecho era enamorarse. Krista había notado un claro distanciamiento desde el día en que la llevó en el coche a la Charité, y entendió que tenía celos de su relación con Yuri; no le dio mayor importancia, pero no le quedó más remedio que admitir algunos de los escrúpulos que se vertían sobre ella y sus malas formas. Le dedicó una sonrisa, y Claudia se la devolvió, regodeándose en el sabor de los labios de Yuri.

Los invitados se habían ido distribuyendo por las butacas y los sillones que rodeaban una mesa de centro en la que la anfitriona había colocado una enorme bandeja de pasteles rellenos y otra con un bizcocho de naranja troceado, además de tazas de café para todos. Con voz chillona y demasiado alta a criterio de Claudia, Ernestine contaba que en los últimos tiempos habían notado escasez en la cooperativa a la que pertenecía para la compra de azúcar y harina de su confitería (ya consideraba todo suyo, la tienda, la casa y todo lo que había en ella, como si sus padres hubieran desaparecido, esfumados, muertos, y ella lo hubiera heredado todo), y que los precios eran cada vez más desorbitados.

—Resulta que la gran mayoría de los vendedores de azúcar y harina son judíos —explicó mientras servía el café—. Son ellos los que controlan el precio. Solo buscan su propio enriquecimiento, no están por el beneficio del pueblo alemán. Es indignante.

—Nos encargaremos de eso, no tienes de qué preocuparte, Ernestine —afirmó Franz. Ella lo miró con simpatía; el solo hecho de que se dirigiera a ella la hacía sentirse importante—. Acabaremos con esa situación insostenible, y el azúcar y la harina para tus pasteles volverán al mercado libre arrancado de las sucias manos de los judíos.

Oskar, el novio de la anfitriona, terció campanudo:

—No solo es el azúcar, mucho peor es la prensa que sigue en manos de indeseables y que se permite injuriar a nuestro Führer y difamar a nuestra patria sin que nadie lo impida. Muy pronto conseguiremos que toda esa escoria que malmete y siembra el odio entre los ciudadanos sea barrida para siempre de nuestra sociedad.

—En este país lo único que debería leerse es la magnífica obra de nuestro Führer —añadió el Sturmscharführer-SS que aparentaba más edad—. Si todo buen alemán leyese *Mi lucha*, nos iría mucho mejor.

—¿Lo has leído, Krista? —le preguntó Claudia con la clara intención de exponerla.

—No, no he tenido tiempo —contestó ella con naturalidad—. He estado muy ocupada.

—Eso hay que solventarlo, *fräulein* Metzger —replicó el Sturmscharführer-SS—. Ningún alemán que se precie puede dejar de leer esa joya.

—No lo dirá usted por su narrativa. —Krista no pudo callarse—. Gente muy leída de cuyo criterio me fío me ha trasladado que es nefasta.

Todas las miradas se centraron en ella.

—La superioridad del discurso está muy por encima de la escritura —agregó el subteniente.

—No me negará que nuestra lengua merece el mejor de

los tratos, sobre todo por parte de alguien que pretende liderar un país como Alemania.

El semblante huraño de los comensales inquietó a Krista.

—Tal vez, *fräulein* Metzger, podría ilustrarnos sobre la razón que la ha llevado a semejante consideración —inquirió Oskar. Su tono rudo tenía un claro efecto intimidatorio—. Resultará muy interesante escucharla.

Krista había hablado de más delante de gente que no conocía. Aquellos hombres podrían perjudicarla si no actuaba con prudencia. Decidió dar marcha atrás.

—Lo cierto es que no puedo opinar —añadió entristecida, porque se sintió cobarde—. Como le he dicho, no he podido leerlo.

—Pues debería —repitió ufano el sargento de las SS al sentir que la habían doblegado—, en vez de dejarse llevar por las falacias y los bulos que corren por ahí con la única finalidad de injuriar a nuestro Führer, un gran hombre, alguien puro y auténtico, nuestro líder.

—Un ser perfecto que Dios nos ha enviado para salvar Alemania —intervino fatua Ernestine—. Por eso hay que amarlo. Gracias a nuestro Führer, el futuro por fin está en nuestras manos...

—Debería cuidar sus compañías y a quién da crédito en sus opiniones —interrumpió Oskar, molesto por el protagonismo de su prometida—. Usted es una mujer aria, muy válida para nuestra patria, no debe caer en el lodo de los enemigos de la nación.

—Tendré que buscar tiempo para leerlo y opinar por mí misma —zanjó Krista notando que la saliva se le agriaba en la boca.

Franz la observaba embelesado. Aquella mujer lo había encandilado; le atraía poderosamente ese carácter salvaje, libre, convencido de que bajo su dominio él podría doblegarlo y someterlo. Se propuso conquistarla. Sería un reto.

—*Fräulein* Metzger, tengo entendido que ese extranjero inquilino de su madre anda coqueteando con usted.

Krista miró a Franz sin ocultar la incomodidad por la pregunta.

—Esto empieza a parecerse a un interrogatorio —dijo con una sonrisa sardónica al tiempo que dejaba su taza de café sobre la mesa—. Discúlpeme, *herr* Kahler, pero no creo que tenga que rendirle a usted cuentas de con quién me relaciono. —Dedicó a todos una mirada retadora—. Estamos en un país libre, ¿no es así?

Su pregunta quedó sin respuesta, interrumpida por el rugir del timbre.

—No sé quién puede ser. —Ernestine se puso en pie—. No espero a nadie más.

El que llamaba era Yuri, reclamaba la presencia de Krista. Ella oyó su voz desde el salón y corrió hacia el recibidor.

—Krista, acaba de llamar Nicole. Se trata de Fritz.

Nicole estaba hecha un manojo de nervios. Temblorosa y a punto del llanto, les explicó lo ocurrido.

—Me ha llamado un compañero de Fritz. A media tarde, una veintena de hombres han irrumpido en la redacción con mucha violencia y los han detenido a todos. Él pudo escaparse por una ventana, pero teme por su vida. Tengo miedo, Yuri. Me ha dicho que se ensañaron a golpes con Fritz, que se lo llevaron muy maltrecho... No sé adónde ir ni qué hacer. —Rompió a llorar.

Krista la abrazó y trató de consolarla, a sabiendas de que no había consuelo para aquella incertidumbre. La llevó hasta un sillón y se sentaron las dos. Nicole posó las manos sobre su tripa, ya algo abultada, como si quisiera proteger a su bebé de la sombra de la tragedia. Krista le tendió un pañuelo para que se enjugase las lágrimas.

Mientras, Yuri, de pie en medio de la sala, una mano en el bolsillo, la otra en la nuca, las observaba pensativo, paralizado, sin saber cómo reaccionar. Pensaba en alguna solución, algo que hacer, algo que decir. Sabía por experiencia que era complicado localizar a un detenido, y más si el arresto lo había llevado a cabo la Gestapo como parecía haber sucedido. Pensó en Villanueva. Era el único que podría ayudarlo.

Se dirigió al teléfono y marcó su número, pero nadie contestó tras varios intentos.

—Me pasaré por su casa —dijo colgando el auricular. Se volvió hacia Krista—: Quédate con ella.

Yuri condujo su Ford por las bulliciosas calles de Berlín rumbo al piso de Villanueva en Tiergartenstrasse. Era viernes, y sabía que la tarde de los viernes Erich solía quedarse en casa. Estaba nervioso y muy preocupado; siempre había temido aquel momento; hacía meses que la detención de Fritz era más que una posibilidad lejana, a pesar de que se había ido librando de aquel zarpazo. Una vez confirmado el embarazo de Nicole, Fritz había tomado por fin la decisión de salir del país a principios de agosto rumbo a América: se instalaría en Washington, la ciudad natal de su esposa, con la idea de que la lucha contra el nazismo y las políticas que se estaban implantando de la mano de Hitler había que librarla también en el extranjero. Le quedaban poco más de dos meses de estancia en Berlín. Al estar casado con una norteamericana, no le pondrían ninguna pega para entrar en el país en el que a finales de año nacería su primer hijo.

Aquellos proyectos que ahora parecían hacerse añicos rondaban la mente inquieta de Yuri cuando llegó a su destino. Aparcó el coche en la misma puerta. El portero estaba apoyado en el quicio del soberbio portalón. Se extrañó de verlo y se irguió, como si, además de inesperada, su presencia allí no fuera conveniente.

—¿Está *herr* Villanueva en casa? —le preguntó Yuri de manera precipitada—. Tengo que verlo urgentemente.

El portero, turbado, balbuceó indeciso.

—Sí... Bueno... *Herr* Villanueva se encuentra en casa..., pero... no sé si...

Yuri ya no lo escuchaba, porque se había lanzado al interior del portal y, obviando el ascensor, empezó a subir de dos en dos los escalones hasta llegar al segundo piso con el corazón latiendo deprisa. La preocupación por la suerte de su amigo le caía sobre la conciencia como una losa. «Tendría que haberlo acuciado a salir del país hace tiempo», se decía a sí mismo con rabia contenida. Llamó a la puerta de forma insistente, presionando el timbre y golpeando con los nudillos, con énfasis apremiante. Imaginaba que podía estar en compañía de una mujer, alguna de las amiguitas con las que se paseaba por recepciones y fiestas, siempre jóvenes y de espectacular belleza; no sabía cómo se las apañaba (tampoco él le había querido confesar nunca el secreto) para que mujeres así se colgaran de su brazo dejándose exhibir como un trofeo.

Cuando la puerta se abrió, Yuri la empujó sin reparo y penetró en el vestíbulo, plantándose frente a un Villanueva desconcertado, descalzo, vestido con un batín de seda granate desanudado, por lo que mostraba el pecho desnudo y el calzoncillo blanco que llevaba puesto. Se pasó la mano por el pelo alborotado, como si acabase de salir de la cama.

—¿Qué ocurre? —preguntó en un tono enfurruñado que Yuri ni siquiera apreció.

—Erich, necesito de su ayuda. —Hablaba nervioso, atropelladamente—. Se trata de mi amigo Fritz, el periodista. Lo ha detenido la Gestapo y si no hacemos algo pronto, temo que le pase algo irremediable.

—¿Y qué coño crees que puedo hacer yo? —inquirió atónito, aún más enfadado.

—Usted conoce a un abogado —insistió Yuri—. Una vez me comentó que había conseguido liberar a varios políticos socialistas.

—Tu amigo Fritz no es un político socialista.

—Erich, solo le tengo a usted. No sé a quién acudir. Por favor, deme el contacto...

Se calló porque en ese momento se oyó el ruido de una puerta. De manera irremediable, los ojos de ambos se dirigieron hacia el pasillo que se abría desde el amplio recibidor; Yuri miró por encima del hombro de Villanueva, y este volvió la cabeza en la misma dirección. Un muchacho de apenas veinte años, desnudo por completo, muy rubio, el cuerpo blanco y extrañamente inocente, delgado y nervudo, apareció por el corredor caminando de puntillas cual niño que escapase de su escondite. Al verse descubierto, se detuvo unos segundos cubriéndose el miembro con una mano; a continuación abrió en sus finos labios una sonrisa cómplice y alzó la otra mano para saludar con un gesto entre burlón y pícaro antes de desaparecer en una de las habitaciones.

Yuri miró a Villanueva, que mantenía los ojos puestos en el pasillo ahora vacío, hasta que, al cabo, enfrentó su mirada con un largo y profundo suspiro, como si soltase todo el lastre retenido en su interior. Con una expresión grave dibujada en su rostro, le hizo una indicación con el brazo hacia la puerta de su despacho.

—Será mejor que pases. —Se cruzó el batín sobre el cuerpo para atarse la lazada alrededor de la cintura—. Te debo una explicación.

—No tiene por qué dármela. Es una cuestión que no me incumbe —contestó Yuri incómodo por la situación.

—Pero quiero hacerlo. Ha llegado la hora de que sepas cómo soy en realidad.

Con paso lento, detenido cualquier asunto perentorio, atrapado en una extraña red de confusión, accedieron al vistoso despacho. El anfitrión cerró la puerta e invitó a Yuri a sentarse en uno de los confidentes que estaban delante del escritorio. Se acercó hasta un historiado mueble bar de madera, llenó dos vasos de absenta y, portando uno en cada mano, le entregó uno a Yuri, que lo cogió y bebió un trago; su rostro se constriñó, paladeando el intenso sabor del licor. Villanueva, sin embargo, dejó el suyo sobre la mesa sin llegar a probarlo, como si quisiera mantener la mente fresca para hablar. Luego se sentó en el otro confidente y los dos hombres quedaron frente a frente en las dos recias butacas. Yuri no pudo evitar mirar sus piernas desnudas, las rodillas huesudas, cubiertas por finos pelos claros, los pies descalzos bien pegados a la mullida alfombra que tenía bajo las plantas, como si le agradase el tacto de la lana. Nunca antes lo había visto así.

Villanueva le confesó su homosexualidad, una tendencia que había sentido desde adolescente y que había tratado de arrinconar incluso por medio de una boda, aterrado de que la verdad saliera a flote.

—Durante los primeros años de matrimonio las cosas, en mi cabeza, aparentaron haberse calmado, mi vida parecía encauzada, preservado en una familia de apariencia normal. Pero nació mi hijo y el alejamiento de mi esposa fue inevitable, nos unían tan pocas cosas... Empecé a ir a locales donde había hombres como yo... —Abrió los brazos y agitó las manos en el aire como si buscase los términos en los que expresarse—. No sé explicarte... Era un deseo irreprimible, una parte de mí rechazaba mis preferencias sexuales, pero había otra, más potente, que se rebelaba contra esa negación de la realidad de mis verdaderos sentimientos. Me gustan los hombres, Yuri —afirmó como si dictara una sentencia—, no todos los hombres —recalcó—. Igual que a ti te gustan las mujeres, pero no te llevarías a todas a la cama. El amor es impredecible. He llegado a la conclusión de que esto funciona así, y si luchas contra ello, lo haces contra tu propia naturaleza.

Yuri lo observaba atento. La curiosidad había conseguido atemperar la inquietud que lo había llevado hasta allí. Villanueva reclamaba el derecho y la necesidad de explicarse, y él tenía el deseo de entender qué había detrás de la fachada que se había construido aquel hombre al que había llegado a apreciar, y a quien consideraba casi un padre benefactor. Villanueva continuó con voz blanda:

—Con el tiempo volví a recuperar la relación con el hombre al que abandoné para casarme y al que nunca dejé de amar. Todo iba más o menos bien; llevaba una doble vida: de cara al mundo mi esposa, mi hijo, la familia. De puertas adentro, el amor, el verdadero amor... Pero algo salió mal, cometimos un error, nos confiamos, y mi esposa nos descubrió. Lo peor de todo fue que se lo contó a mi hijo. —Había permanecido cabizbajo, y al alzar la cara Yuri se estremeció al ver un rictus de honda amargura en su rostro—. No imaginas la vergüenza que sentí, lo despreciable que me hizo sentir... Tengo grabada la mirada de mi hijo... Nunca podré olvidar su aversión, esa repulsión hacia mí, igual que si estuviera ante un apestado lleno de llagas y pústulas. Tan solo era un niño que no entendía qué estaba pasando, pero ella lo azuzó contra mí en una venganza despiadada. —Volvió a pegar la barbilla al pecho y durante unos segundos guardó silencio; se tragó la emoción, y siguió hablando—: Mi esposa me hizo una propuesta, o para ser más exactos me hizo un chantaje, algo que mi hijo ha aprobado sin fisuras a medida que ha ido creciendo. A cambio de su silencio, de no montar un escándalo, nos divorciamos de forma amistosa y se marcharon de Berlín para alejarse de mí y no tener que verme. Desde entonces residen en Hamburgo, ya lo sabes, en una casa que les pago yo, a lo que hay que añadir una cantidad de dinero para su manutención que ingreso puntualmente cada mes. —De repente soltó una risa afectada—. Lo peor de todo es que desde hace cinco años mi esposa vive con otro hombre en la casa que yo sigo pagando y se da la gran vida con el dinero que yo le ingreso.

—¿Y aquel hombre? —Yuri escuchó su voz con rubor, como si se le hubiera escapado sin querer un pensamiento de entre sus labios semiabiertos.

—Murió... —La voz de Villanueva adquirió profundidad—. Se quitó la vida... No pudo soportar la presión... No pudo... Es el precio de ser como soy, de «mi ominoso y sucio defecto», como lo llama mi esposa. Si la hubiera engañado con cien mujeres, no le habría dolido tanto, pero esto... No lo podía soportar, eso decía..., eso sigue diciendo, aunque no la he vuelto a ver desde hace más de diez años; si me llama por teléfono es solo para pedirme algo, y siempre termina espetando la misma ponzoña: que soy un ser repugnante, antinatural, un depravado.

Yuri trataba de asimilar la situación. Nunca hubiera imaginado aquello de Erich Villanueva, de ahí su perplejidad.

—Yo... —balbuceó sin saber muy bien qué decir—. Lo siento mucho... —Se hizo un silencio cómplice entre ellos. Yuri alzó la mano y la agitó en el aire, con una expresión cavilante—. ¿Ha pensado que el escándalo también los afectaría a ellos?

—En Alemania ser homosexual es un delito penado con prisión y con la pérdida de los derechos civiles. Siempre ha sido así, aunque en la mayor parte de los casos se solía hacer la vista gorda siempre y cuando no exhibieras en exceso esa condición. Pero desde que gobierna esta panda de cafres, mi homosexualidad no solo sería un delito, sino que podría costarme la vida. Esto no va solo contra los judíos o los comunistas; los homosexuales entran en el saco nazi de la escoria. No están dispuestos a ver manchado el ideal de masculinidad del hombre ario. Hay tanta hipocresía... Te sorprendería quién está metido en esto... Muchos de ellos son los mismos que luego nos azuzan con violencia... Qué paradoja. —Calló un instante, el gesto taciturno—. Mi hijo se ha metido en las SS; el verano pasado recibí una carta de su puño y letra exigiéndome una paga exclusiva para él. Por supuesto accedí y le entrego casi el doble de lo que le envío a su madre. La amenaza es más clara ahora que hace un año. —Rio desolado—. Me han salido muy calculadores.

—Dice muy poco de ellos, mantener una situación así durante tanto tiempo.

—Si te digo la verdad, me importan una mierda los dos. Si me cruzase con mi hijo, ni siquiera lo reconocería —dijo esbozando una mueca maquiavélica—. Creen que todo lo que les ingreso lo saco de mi sueldo de la embajada y de algún negocio esporádico que me sale de vez en cuando; por eso me aprietan, pero no me ahogan. Desconocen que la cantidad que les estoy ingresando es una limosna para lo que podrían llegar a pedirme... ¡Ah, si lo supieran! —Alzó las cejas y por primera vez mostró cierto regocijo—. Gracias a ese chantaje familiar, y con la imperiosa necesidad de buscar ingresos extra, conocí a Volker y entré en los negocios que me han reportado mucho dinero, un dinero del que te puedo asegurar no verán ni un solo marco. Soy rico, y con dinero, mi querido Yuri, uno puede con casi todo, incluso con una familia de buitres.

Villanueva cogió el vaso de absenta y bebió hasta apurarlo. Durante unos segundos lo saboreó como si el licor limpiase su conciencia.

—¿Dan para tanto los viajes a Suiza? —preguntó sin dar crédito.

Villanueva se echó a reír.

—Ese es uno más de los negocios que han surgido en los últimos tiempos. Puede que algún día te cuente en todo lo que ando metido, te sorprendería, aunque no sé si gratamente. Pero imagino que ahora mismo lo que más apremia es la suerte de tu amigo.

—¿Me va a ayudar con Fritz?

—Los periodistas que, como tu amigo, se aventuran a contar la verdad en un país donde está prohibida, penada y perseguida la libertad de expresión, más que héroes son suicidas. No se dan cuenta del peligro de la soga que se urde a su alrededor, hasta que un día el lazo se cierra en torno a su cuello y ya no pueden respirar.

—¿Es posible desatarlo? —murmuró Yuri circunspecto.

Villanueva esbozó una sonrisa.

—Nada hay imposible mientras esté vivo.

Se levantó y se dirigió al otro lado del escritorio ajustándose al pecho las solapas del batín y apretando la lazada del cinturón. Se sentó en el sillón, abrió una agenda, buscó entre sus páginas y descolgó el auricular del teléfono. Habló con su interlocutor, mirando de vez en cuando a Yuri. Apretaba los labios como si el otro negase, insistió, hasta que colgó. Le dio el nombre y la dirección.

—Te advierto que ese tipo no es una hermanita de la caridad. Es un hueso duro de roer, no te va a ser fácil convencerlo para que te ayude. Ha accedido a recibirte porque me debe favores, pero ya me ha adelantado que no se compromete a nada. Cada vez resulta más arriesgado, ya no la defensa, sino el hecho de mostrar interés por algún detenido, sea cual sea la causa de su detención. En cualquier caso, Yuri, debes saber que si mueve alguna ficha por tu amigo periodista, lo hará asumiendo un riesgo muy alto, y eso se ha de pagar muy caro.

—Lo tendré en cuenta. —Yuri se puso en pie y le dedicó una mirada cargada de afecto—. Erich... No sé cómo agradecerle... —Buscaba las palabras—. Es importante que sepa el aprecio que le tengo, que, para mí, usted... —Se encogió de hombros conmovido—. Nada ha cambiado... Quería que lo supiera.

El otro sonrió abiertamente, agradecido a su vez.

—Buena suerte, Yuri, me temo que tú y tu amigo la vais a necesitar.

Yuri corrió escaleras abajo con el nombre, la calle y el número del portal en la cabeza; pasó por delante del portero, que lo observó tratando de escudriñar alguna reacción en su rostro. A él no le importaba nada lo que ocurriera en aquella casa. *Herr* Villanueva le daba una buena propina por mantener la boca cerrada y eso hacía. Se apoyó en el quicio de la puerta y contempló cómo se alejaba el coche de Yuri Santacruz.

Mientras, Villanueva se mantuvo inmóvil, sentado en su despacho, pensativo. Tenía una confianza ciega en Yuri y le había llegado a tomar mucho afecto; era leal, discreto y conservaba intactos sus ideales, por eso nunca le contaría toda la verdad sobre algunos de sus negocios, los más sucios, los más miserables, los que se ocultaban bajo el boato del lujo, el caviar, las luces, la música, el perfume y la etiqueta. Explotar los bajos instintos y las perversiones sin freno le reportaba grandes beneficios, aunque tuviera que taparse la nariz para evitar la podredumbre que aquello desprendía. Estaba convencido de que Yuri había comprendido y asimilado su debilidad, su vicio, su defecto, sus sentimientos al fin y al cabo, pero nunca le confesaría la parte más turbia de su negocio, se repitió, no era algo de lo que alardear.

Aquella parte de su vida solo la conocía Volker Finckenstein. Le debía mucho a ese hombre.

Erich Villanueva conoció a Volker Finckenstein a finales de 1922, pocos meses después de divorciarse de su mujer. La galopante devaluación del marco alemán le había puesto en serios aprietos económicos, como a la mayoría de los alemanes, para quienes su dinero no servía sino para prender la estufa. Los más ávidos comenzaron a invertir en acciones, lo único que lograba mantener el ritmo de la desbordante inflación. Alemanes de toda clase y condición se convirtieron de la noche a la mañana en accionistas. Ganaban grandes sumas de dinero en muy poco tiempo de la misma forma que podían llegar a perderlo en unos minutos. Pero aquellos que acertaron en la inversión se convirtieron en millonarios. Algunos supieron mantener y proteger su riqueza, aunque muchos de los nuevos ricos —la gran mayoría jóvenes imberbes con poca visión de futuro— se volcaron en dilapidar lo que habían ganado sin ningún esfuerzo. Se empezó a gastar de forma incontrolada. Berlín se convirtió en un campo abonado para el epi-cureísmo y la diversión desenfrenada; por encima de todo se trataba de vivir el presente sin importar el tan incierto futuro. La gente quería salir, bailar, disfrutar, y la ciudad se llenó de bares, clubes, casinos, cafés, salas de fiestas, cabarets dedica-dos a hombres, mujeres y travestidos, como los célebres cinco locales del Eldorado, adonde acudían desde el jefe de las SA Ernst Röhm hasta Marlene Dietrich. Todo valía, todo era ne-gocio, el negocio del placer efímero. Se cumplía el dicho «vive y deja vivir». El recuerdo de la guerra con todo el sufrimiento y las pérdidas que provocó, y la difícil situación económica, social y política de los años siguientes, aumentaron en la po-blación esa sensación de un presente inestable, donde la vida valía poco o nada. Villanueva era uno de los que habían he-cho dinero rápido en la Bolsa, pero temía perderlo y buscaba una forma más sólida de invertir el capital acumulado en la cuenta del banco. Fue entonces cuando Volker Finckenstein se cruzó en su camino.

A Villanueva, aquel hombre algo más joven que él, elegan-te, con mucha clase y más don de gentes que él mismo, le cayó bien desde el principio. Hablaba varios idiomas y tenía un en-canto especial. Oriundo de Suiza, Volker residía desde hacía poco tiempo en Berlín. Pertenecía a una adinerada familia de Ginebra. No le ocultó nada a Villanueva y desde un principio fue muy claro con él: a consecuencia de graves desavenencias con su padre se había quedado fuera del negocio familiar, y se encontraba sin trabajo, sin dinero y con muchas ideas para llevar a cabo en aquel mundo de oportunidades que se había abierto en Alemania. Tenía una oferta para hacerse con uno de los más prestigiosos y renombrados cabarets de la ciudad, pero no tenía capital, un capital que sí poseía Villanueva. Su propuesta fue facilitarle a él la compra del negocio. Durante el primer año solo tendría que pagarle la manutención, y si las cosas funcionaban tal y como tenía previsto, entonces pasaría a ser socio igualitario en gastos y también en beneficios. Villanueva aceptó, pero le puso una condición ineludible y era que, de cara al público, de cara al mundo, el único dueño de todo lo que montasen sería Volker Finckenstein. Él no debía aparecer en ningún sitio como propietario de los locales, ni siquiera en el registro oficial. Entre ellos pactaban una relación contractual privada, basada en la lealtad y en la honestidad mutuas. Volker también le puso una condición: de vez en cuando iba a necesitar sacar algunos documentos de Alemania a Suiza; si Villanueva lo ayudaba amparándolos en la valija diplomática, se llevaría un buen pellizco, eso sí, nada de preguntas. Erich Villanueva aceptó, los dos hombres se dieron la mano para sellar el pacto. De ese modo empezó su estrecha y lucrativa relación comercial y personal.

La sociedad entre ambos fue tan boyante que en dos años habían abierto tres cabarets más, dos cafés y un restaurante en los mejores barrios de la ciudad. Volker resultó ser muy hábil con las inversiones, sabía en qué terrenos debían moverse y cuáles evitar; tenía una previsión tan certera del negocio de la Bolsa que vendió todas las acciones seis meses antes del desplome de Wall Street en octubre de 1929, librándose él y librando a Villanueva del desastre y la ruina. Los suyos fueron de los pocos negocios en Alemania que no sufrieron pérdidas; muy al contrario, surgieron otros nuevos que cada vez eran más fructíferos para ambos. Para llevar las cuentas contrataron como contable a Benjamin Neuman, un húngaro de origen judío afincado en Berlín, hábil, leal y discreto. Hacía tres años que le habían tramitado una ligera alteración del apellido, una propuesta hecha por Volker, en previsión de los problemas que el ascendente nacionalsocialismo podría traer a los judíos si algún día llegaban al poder. Quedó convertido en Benjamin Newman, y desapareció toda ascendencia judía en los registros oficiales. Los tres hombres formaban un buen equipo.

Pensaba Villanueva en todo eso cuando la puerta se abrió y se asomó el chico rubio que había transitado por el pasillo mostrando una amplia sonrisa.

—Te echo de menos... ¿Vienes?

Villanueva sonrió y se levantó del asiento.

Martin Ritter tenía el despacho en Wilhelmstrasse, muy cerca de la cancillería del Tercer Reich y a escasos cinco minutos en coche del domicilio de Villanueva. Pertenecía al partido nazi desde hacía dos años y contaba con muy buenos amigos entre altos cargos, gente importante en el círculo de Hitler; en apariencia apoyaba las políticas del Führer sin apenas críticas, pero por encima de todo era abogado y había intentado ejercer como tal, a pesar de que el cariz que tenían algunas de sus defensas no habían gustado demasiado a ciertos estamentos del partido, incluso había llegado a recibir serios toques de atención. Sin embargo, Ritter reivindicaba su derecho al ejercicio de su profesión, y como letrado tenía que proceder a defender a sus clientes, que le pagaban importantes honorarios a cambio de hacerlo. Había conseguido la liberación de medio centenar de socialistas, detenidos en los primeros meses tras la llegada de Hitler a la cancillería; algunos de ellos no habían sobrevivido a las malas condiciones en las que regresaban a la libertad, la mayoría habían optado por el exilio. En el fondo, las simpatías de Martin Ritter por el nacionalsocialismo y su profunda decepción con la deriva que estaban tomando las políticas erráticas del Führer y su gobierno eran lo que realmente lo movía a seguir tratando de salvar a los inocentes que caían en la demoledora máquina en la que se había convertido el nazismo. Desde hacía un tiempo le rondaba la idea de salir del país, desaparecer una temporada y esperar a que las aguas se calmasen, pero cada vez que lo pensaba se le presentaba otra víctima propiciatoria para ser rescatada de las garras del mal.

Y eso era justo lo que le traía la llegada de Yuri Santacruz.

El abogado lo observaba sentado tras un sólido escritorio de caoba. El único punto de luz era una lámpara situada sobre la mesa, por lo que gran parte de la estancia quedaba sumida en una leve penumbra.

Ritter era menudo, casi calvo, tenía la mirada de un cuervo detrás de los cristales de unas gafas de pasta oscuras que engrandecían artificialmente sus ojos pequeños y muy grises; blanco de piel, era tan delgado que el nudo de la corbata parecía holgarse alrededor de su cuello. Habló con el ceño fruncido, incómodo, carente de cordialidad.

—Le advierto que le recibo por deferencia a Villanueva. Ni son horas, ni es el momento. Le escucho. —Echó el cuerpo hacia atrás y posó la nuca en el respaldo del sillón.

Yuri se había sentado en el borde de la silla.

—Le agradezco su atención, *herr* Ritter —dijo antes de detallarle el motivo que le había llevado hasta allí.

—He oído hablar de ese Siegel, ha cruzado demasiadas líneas rojas, *herr* Santacruz. Uno tiene que saber cuándo debe parar y hasta dónde puede llegar.

—Fritz Siegel es periodista. Su obligación es informar de manera veraz, y eso es lo que siempre ha hecho.

—¿Cree que la gente se preocupa por la verdad?

—Debería.

El abogado lo observó unos segundos, valorativo. Movió la cabeza y habló tajante.

—Lo siento, no puedo ayudarle. No está en mi mano.

—Me ha dicho Villanueva...

—No me importa lo que le haya dicho Villanueva. No puedo hacer nada por su amigo; es más, nadie puede hacer nada por él. Fritz Siegel era muy consciente de que tenía el dedo en el gatillo y él mismo lo ha apretado. Se acabó.

—Le pagaré lo que me pida —insistió Yuri—. Lo que sea.

—Lo siento. No hay precio que cubra el riesgo al que me expondría.

—Póngalo. El precio... Ponga el precio que quiera, se lo pagaré, pero ayúdeme a liberar a Fritz Siegel.

El letrado apretó los labios y se llevó una mano a la boca, como si quisiera ocultar la intención reflejada en su rostro. Al cabo, cogió una cuartilla y escribió sobre ella una cifra. Se oyó el arañazo de la pluma sobre el papel. Luego, con dos dedos, lo arrastró por el tablero del escritorio hasta dejarlo a la vista de Yuri, cuyos ojos pasaron de Ritter al papel. En ningún momento soltó el letrado el papel escrito, ni Yuri llegó a tocarlo. La cifra era muy alta, quinientos marcos.

—Le pagaré si libera a mi amigo.

El letrado negó y retiró el papel deslizándolo hacia sí. Lo tapó con la mano.

—Yo no me comprometo a un resultado satisfactorio para usted. Con esto paga las pesquisas para saber dónde está detenido y en qué situación se encuentra; su posible liberación dependerá de esas circunstancias, y entonces deberá añadir una cantidad similar o puede que superior.

Yuri lo pensó unos segundos. Era mucho dinero, pero no había otra opción.

—Está bien. Averigüe dónde tienen recluido a Fritz Siegel.

—El pago es por adelantado. Mañana, aquí mismo y en efectivo.

Yuri asintió. Se levantó sin dejar de mirarlo.

—Mañana a primera hora tendrá el dinero.

Se marchó a casa de Fritz. Las dos mujeres lo recibieron anhelantes. Yuri les contó la conversación con el letrado.

—¡No dispongo de esa cantidad! —clamó ella desesperada—. Tal vez mis padres...

—No hay tiempo, Nicole, hay que hacer el pago mañana. No te preocupes, yo tengo el dinero. Se lo llevaré. Pero sería conveniente que hablases con tus padres, porque me temo que vamos a necesitar más si queremos liberar a Fritz.

—Lo que sea, Yuri, pagaré lo que sea, pero que me devuelvan a Fritz... Lo necesito a mi lado para seguir viviendo.

Se echó a llorar y Yuri la acogió en sus brazos. Krista los miraba con los ojos inundados en llanto, la mandíbula tensa de rabia, los puños apretados de impotencia. Cómo era posible que pudiera estar pasando aquello, la iniquidad y el desafuero empezaban a considerarse como norma integrada en la ley del Tercer Reich. Se sentía avergonzada de ser alemana y le dolía el corazón por ello.

Al día siguiente, antes de acudir a la embajada, Yuri llevó a Martin Ritter los quinientos marcos en metálico. El abogado se negó a extenderle un recibo.

—Tendrá que fiarse de mí. Espere a que yo le llame. No se ponga en contacto conmigo, mucho menos por teléfono. Lo escuchan todo —señaló con gesto serio—. Déjeme actuar a mi aire. No se entrometa, ah, y adviértale a la esposa de Siegel que no vaya a la comisaría. Eso empeoraría las cosas.

El tiempo empezó a transcurrir desesperadamente lento, sobre todo para Nicole. Apenas comía y casi no dormía, siempre pegada al teléfono, sobresaltada si alguien llamaba a la puerta. Krista decidió instalarse en su casa para que, al menos por las noches, no estuviera sola.

Habían pasado diez largos días de la detención de Fritz cuando Yuri recibió una llamada de Ritter. Lo esperaba en su despacho a las seis en punto de la tarde. No dijo nada a Nicole para no darle falsas esperanzas. Esperaría a saber qué noticias traía el abogado.

Le abrió el asistente, que le dio paso inmediato al despacho. Martin Ritter estaba de pie en camisa, frente a la ventana, mirando hacia la calle. La chaqueta permanecía colgada junto al sombrero de fieltro oscuro en un perchero de madera que había a un lado. Llevaba remangadas las mangas hasta la mitad de los antebrazos y se había aflojado el nudo de la corbata; los pantalones de franela de buena calidad parecían resbalar de su cuerpo enteco sujetos a su fina cintura. Tenía aspecto cansado, como si llevase muchas horas trabajando. En la mano sostenía un cigarrillo que de vez en cuando se llevaba a la boca, la otra la tenía oculta en el bolsillo del pantalón.

Yuri entró hasta la mitad del despacho y se quedó quieto, expectante.

—Siéntese —dijo Ritter dirigiéndose hacia el sillón de su escritorio.

—¿Hay alguna noticia de Fritz Siegel? —preguntó Yuri impaciente.

—Sí —contestó fijando los ojos en él—. Está detenido en la prisión de Moabit, mejor dicho, estaba, al menos hasta ayer. Por lo visto, esta mañana lo han trasladado a Dachau; de eso me han dado noticia hace apenas media hora. Muy probablemente mis preguntas han hecho que lo alejen de Berlín.

—¿Cómo está? —inquirió Yuri.

—*Herr* Santacruz, le voy a ser sincero: su amigo lo tiene muy difícil. Se le acusa de propagar mentiras sobre el Reich con sus artículos y, lo que es peor, de injuriar al Führer.

—Ya le dije que Fritz es periodista. Su deber es informar, aunque la información sea incómoda para el poder. El ciudadano tiene derecho a saber y criterio para discernir qué pensar.

Ritter lo observaba con el gesto contrito.

—*Herr* Santacruz, en este país se hace, se dice y se piensa lo que marca el Reich, que es precisamente lo que piensa el Führer. Esas son las reglas para los de aquí y para los de fuera. Si no le gusta, le aconsejo que abandone cuanto antes Alemania, porque su calidad de extranjero no le exime del cumplimiento de las normas establecidas.

Había en aquellos ojos algo retorcido, y la desconfianza de Yuri aumentaba por momentos.

—¿Va a ayudarme?

—Me temo que no puedo.

—¿Quiere más dinero?

—El de su amigo es un asunto espinoso y muy complicado...

—¿Cuánto? —lo interrumpió Yuri echando el cuerpo hacia delante—. *Herr* Ritter, le dije que le pagaría lo que fuese, pero tiene que sacar a mi amigo de su encierro. Una vez libre, me encargaré de que salga de inmediato de Alemania. No molestará más. Dígame cuánto quiere y acabemos de una vez con este asunto.

—No crea que es solo un asunto de dinero. —Calló con un ademán reflexivo, como si estuviera valorando qué hacer o qué decir. Abrió una carpeta que tenía delante, sacó una nota y se la tendió—. Lo he recibido esta misma mañana: me conminan a abandonar el caso referente a Fritz Siegel. De lo contrario tendré que atenerme a graves consecuencias.

—Esto no tiene firma. —Yuri miraba la cuartilla escrita a máquina.

—Da igual si está o no firmado. La amenaza es firme y lo sé.

—¿Va a ceder a este chantaje?

—¿Qué haría usted?

—No puede dejarnos así, *herr* Ritter. Fritz Siegel tiene esposa, va a ser padre en unos meses... Él es inocente.

Ritter lo interrumpió con un tono brusco, enfadado.

—Su amigo debería haber pensado antes en su esposa y en su hijo, incluso en su amigo. —Movió la cabeza chascando la lengua como si le disgustase aquella situación—. Lo único que puedo hacer es confirmar que está en Dachau e intentar que desde allí lo pongan en una buena situación, tal vez incluso puedan dejarlo en libertad si su comportamiento se considera adecuado. Conozco a uno de los jefes del campo. Es amigo mío, pero... —Abrió las manos.

—Hable claro, *herr* Ritter, por favor.

—Estoy hablando de sobornar a un oficial de las SS. Aparte de que me juego el pellejo, ese tipo de pagos no son baratos, entiéndalo...

—¿Cuánto? —insistió sin poder ocultar su ansiedad.

Ritter mantuvo la mirada unos largos segundos, impasible. Era como si quisiera tirar hasta el tope de la cuerda de la impaciencia que abrasaba el ánimo de Yuri. Él lo sabía, y se aprovechaba de ello.

—Tres mil marcos —dijo el abogado en tono firme—. Tal vez tenga que pedirle más... Hay mucha gente intermedia a la que contentar para llegar al objetivo final.

—¿Podrá liberarlo? —preguntó Yuri.

—Solo le prometo que lo voy a intentar, es lo único a lo que me puedo comprometer, por ahora. Estoy siendo absolutamente honesto con usted.

Yuri tomó aire y lo soltó en un largo suspiro. Asintió antes de hablar.

—Está bien. Le traeré el dinero mañana a primera hora.

—Tiene que ser hoy. Salgo esta noche hacia Múnich para otros asuntos. Aprovecharé el viaje para tratar de salvar a su amigo.

—No tengo disponible esa cantidad en casa. Debo ir al banco.

—Esta noche antes de las diez... De lo contrario, olvide el asunto.

Yuri se marchó sin apenas despedirse. Aunque también tenía prisa por que actuase, aquella premura de Ritter por coger el dinero y salir de Berlín tan precipitadamente lo escamaba. Sin embargo, no podía hacer otra cosa que confiar en aquel tipo. Era lo único a lo que podía agarrarse.

Se detuvo en una cabina y llamó por teléfono a casa de Nicole. Le contestó Krista; le contó que Fritz se encontraba en el campo de concentración de Dachau, y que iría a verlas después de llevarle el dinero al abogado. Luego llamó a Villanueva. Era el único que le podía adelantar semejante cantidad hasta que, al día siguiente, pudiera devolvérselo después de pasar por el banco a vaciar su propia cuenta.

Al cabo de una hora Yuri llevó al despacho de Ritter los tres mil marcos en metálico; tampoco en esta ocasión hubo recibos. Fue la última vez que vio a Martin Ritter. Al día siguiente lo despertó la llamada de Villanueva.

—¿No te has enterado?

—¿Qué ha pasado? —preguntó Yuri con voz pastosa.

—Han detenido a Ritter. Anoche, en la estación, a punto de tomar un tren rumbo a la frontera de Polonia.

—¿A Polonia? ¡El muy cabrón! Me dijo que iba a Múnich, a Dachau...

—Pretendía huir con tu dinero y el de unos cuantos más como tú que han confiado en él. —Enmudeció unos segundos. El joven oía su pesada respiración—. Lo siento, Yuri, siento haberte indicado su nombre. Se le acusa de estafa y soborno. Y lo más sorprendente es que es judío. Eso no lo sabía ni siquiera yo. Ese hombre ha cavado su tumba.

La desesperación de Yuri fue en aumento, no sabía qué hacer. Colgó el auricular y se sentó en la cama, los pies desnudos sobre el suelo de madera, llevaba unos pantalones de pijama y una camiseta, las noches de junio estaban siendo muy cálidas. Durante unos instantes se mantuvo inmóvil, los ojos puestos en el horizonte columbrado a través de la ventana abierta. Había amanecido hacía un rato y el sol empezaba a inundar toda la alcoba. Miró el reloj que tenía sobre la mesilla. Se preguntaba cómo decírselo a Nicole, pensaba en ello sin tregua.

Fritz llevaba preso cuarenta y cinco días cuando, la noche del 30 de junio y la madrugada del 1 de julio, hombres de las

SS detuvieron a los cabecillas de las SA en todo el país. La noticia de su posterior asesinato resultaba muy inquietante. Se hablaba mucho de las causas de aquella redada masiva, y cada vez parecía más claro que se trataba de una purga contra «elementos» rivales demasiado incómodos para las aspiraciones del Führer.

Nicole estaba a punto de quedarse dormida de puro agotamiento. Hacía un par de horas que la había llamado Krista para decirle que se iba a retrasar porque a última hora había ingresado una parturienta primeriza y tenía que esperar a que llegase el ginecólogo que llevaba a la paciente. Nicole agradecía sus atenciones, pero cada día que pasaba su ánimo se hundía más en el doloroso abismo de la incertidumbre de no saber nada de Fritz desde hacía tanto tiempo.

Se sentía debilitada, afianzado su sustento anímico a su incipiente tripa que, de vez en cuando, como muestra de su milagrosa existencia, daba claras señales de vida en su interior.

El timbre sobresaltó su fatigosa duermevela. Abrió los ojos sin saber muy bien si era producto del sueño o si alguien había llamado a la puerta. Tras unos segundos de inmovilidad, el timbre volvió a sonar con todos sus sentidos despiertos. Pensó que era Krista, y se levantó a duras penas. Sus piernas se habían hinchado debido a la falta de movimiento y los desvelos. Tenía los tobillos como bloques de cemento. Se arrastró por el pasillo hasta la entrada y echó una rápida ojeada por la mirilla. Dos hombres vestidos de traje esperaban en el rellano. Abrió lo justo para asomarse.

—¿Es usted la esposa de Fritz Siegel? —preguntó uno de ellos.

Ella abrió más la puerta, sintiendo una ola de esperanza en su interior que apenas duró los segundos de su contestación.

—Sí... Soy yo.

—Lamentamos comunicarle que su marido ha fallecido de

un ataque al corazón. Aquí tiene la dirección en la que puede recoger sus cenizas.

Con el semblante frío, le tendió un sobre cerrado.

Nicole los miraba sin reaccionar, incapaz de entender lo que le estaban diciendo, negado su cerebro a aceptar el contenido real de aquellas frases.

—¿Las cenizas? —preguntó confusa—. ¿Por qué le han...? —Tragó saliva, incapaz de pronunciar la palabra—. ¿Quién ha dado permiso para...?

Volvió a callar, llena de incredulidad. Miraba atónita a los dos hombres que tenía delante. Ninguno de ellos mostraba ni un atisbo de compasión o condolencia; estaban ahí, el sombrero puesto sobre la cabeza, la expresión cansina, igual que si le estuvieran vendiendo estufas para el invierno y les quedase ya poco para conseguir el cupo mensual de ventas.

—No puedo responderle a eso, *frau* Siegel. Nosotros traemos órdenes concretas: comunicarle el deceso, el lugar en el que están los restos del finado, e indicarle que tiene que acudir a recogerlos a lo largo del día de hoy; es importante este detalle porque de lo contrario será inhumado sin su presencia. Asimismo deberá hacer efectivo el pago de los gastos de su manutención, atención sanitaria e incineración. En el interior del sobre lo tiene todo detallado. Lo puede tramitar todo en la misma dirección. Allí le entregarán también sus efectos personales. ¿Le ha quedado claro?

Nicole lo miraba como si estuviera viendo una aparición sin sentido. El hombre debió de dar por sentado que lo había entendido. Como si tuvieran prisa por marcharse, el tipo se llevó la mano al ala de su sombrero con un ligero toque, inclinando apenas la cabeza, se dio la vuelta y empezó a bajar las escaleras seguido del otro, que tan solo la miró, sin decirle ni una palabra de despedida.

Nicole se quedó quieta en el umbral de la puerta, el sobre en la mano, los ojos clavados en la escalera vacía por la que habían desaparecido ambos, incapaz de reaccionar, petrificada como una estatua de sal. Al cabo de unos largos e intensos segundos empezó a boquear como pez fuera del agua, le faltaba el aire. Se tambaleó, primero se quebraron sus piernas y dio con las rodillas en el suelo; a continuación su frente tocó las baldosas del piso y se oyó un grito desgarrador.

En ese momento Krista entraba en el portal. Se había cruzado en la calle con los dos hombres y, alarmada por el grito, subió corriendo la escalera hasta llegar al rellano donde Nicole yacía presa de un llanto incontenible, chillando como si le arrancaran la piel a tiras. Krista notó los ojos en la puerta de los vecinos. Nadie salió a ayudarla. A pesar de los gritos desgarradores, solo se oían puertas que se abrían y que volvían a cerrarse enseguida. Un recelo despiadado e inhumano se había instalado en el alma de la población.

Con mucho esfuerzo y paciencia, Krista consiguió levantar a Nicole y meterla en la casa. Entre sollozos repetía solo dos palabras: «está muerto...», «está muerto...». Krista cogió el sobre sin membrete ni remite; un sobre en blanco en cuyo interior había una nota con la dirección de una funeraria y una factura que ascendía a doscientos ochenta marcos.

Cuando pudo calmar el llanto, las dos mujeres tomaron un taxi con destino a la funeraria. Al entrar en el edificio, Krista tuvo que llevarla sujeta del brazo para enderezar su paso tambaleante. Las atendió una mujer de mirada fría, ruda, impermeable al drama del que era testigo a diario. Nicole se tuvo que identificar y hacer efectivo el pago de los gastos indicados. Solo entonces la mujer sacó la urna funeraria y la colocó sobre el mostrador, como quien pone un jarrón chino recién restaurado. Nicole sintió que se desvanecía, pero se aferró con fuerza al brazo de Krista y se obligó a mantener la serenidad. Se había hecho la firme promesa de no llorar delante de aquella mujer que la trataba con la misma indolencia que si le estuviera entregando un traje limpio en una tintorería. También le dio un paquete abultado. Nicole cogió la urna y se la pegó al pecho, mientras Krista tomaba el paquete, y las dos mujeres salieron de allí en el acto.

Una vez en casa, Nicole depositó la urna sobre la mesa baja del salón, la misma en la que Fritz plantaba sus pies grandes mientras ella lo regañaba para que los quitase porque estropeaba el barniz de la madera. El recuerdo de aquellas escenas tan cotidianas dibujó una leve sonrisa en sus labios, pero se desvaneció al instante, al comprender que ya nunca podría reconvenirle por eso, que todo aquello pertenecía a un pasado que jamás volvería porque su amado esposo ya no estaba, ni sus pies grandes de dedos nervudos ni sus piernas largas y fibrosas, nada de él existía salvo las cenizas que contenía esa sobria urna. La evidencia de aquella terrible realidad caía sobre ella a grandes pedazos, aplastándola un poco a cada trozo. Tomó aire ante la atenta mirada de Krista, que había dejado el paquete junto a la urna para que Nicole lo abriera. Era un bulto de papel de estraza, sin ataduras.

Separó el envoltorio y se encontró con una parte de la ropa que Fritz llevaba el día de su detención: la camisa, la chaqueta, el pantalón; faltaban los zapatos, el cinturón, la corbata de seda que ella le había regalado en su último cumpleaños; también el reloj de pulsera y la cartera de piel nueva, aunque sí estaban su identificación personal y su carnet de prensa. Nicole cogió la camisa y la desplegó con un nudo en la garganta al recordar la última vez que se la había planchado. La tela estaba raída, algo rasgada, renegrida y tiesa de mugre, como si no se hubiera despojado de ella en todas aquellas semanas. Cogió el pantalón e hizo lo mismo, lo desdobló y durante unos segundos observó una parte de la pernera rasgada; el tacto de la tela resultaba pringoso de suciedad acumulada en el tiempo. Se llevó al pecho la chaqueta y aspiró la tela con fruición tratando de encontrar entre tanta suciedad la esencia de Fritz, el aroma de su piel que siempre quedaba impregnado en sus trajes. Palpó algo en uno de los bolsillos. Introdujo la mano y sacó las gafas redondas con montura de pasta. Estaban cubiertas de sangre reseca, la sangre que confirmaba la desgarradora realidad de que su muerte había sido de todo menos plácida.

Habían pasado seis meses desde la muerte de Fritz. Se notaba la proximidad de las fiestas navideñas, la gente parecía más alegre, más cordial, más familiar. Pero Yuri continuaba sintiendo el enorme vacío que su amigo había dejado en su vida. Se sorprendía de que todo siguiera como si nada hubiera pasado, como si aquella enorme pérdida no fuera una señal clara del peligro que acechaba a todos aquellos rostros sonrientes con los que se cruzaba, cargados de regalos y de aparente felicidad.

Nada más llegar a la embajada tenía un recado de Villanueva para que pasara de inmediato a su despacho.

—Esto es para ti. —Lanzó un sobre encima de la mesa—. Lo envía Vadim Sokolov.

—Vaya, por fin. Pensé que se había olvidado de mí —dijo cogiendo el sobre.

—Cualquier cosa, por nimia que sea, se hace eterna en Rusia.

Yuri extrajo una cuartilla del interior. Sorprendido, vio un sello de la URSS, su apellido, seguido de su nombre y patronímico escrito en caracteres rusos.

—¿Qué es esto? —Levantó la mirada hacia Villanueva.

—Tú lo sabrás mejor. Mis conocimientos de ruso se quedan en *spasiba*, *proshchay* y poco más.

Yuri leyó el texto escrito en una tosca letra de máquina de escribir.

—Me piden que vaya a Moscú —habló sin dejar de mirar el documento—, en realidad no me lo piden: se me ordena personarme en la sede de la Lubianka cuanto antes.

—¿Qué piensas hacer?

—¿Qué cree que debería hacer? —inquirió Yuri sorprendido—. Llevo años esperando esto.

—Lo sé, pero si te soy sincero, no me fío.

Yuri lo miró desalentado unos segundos.

—¿No se fía? —preguntó mirando el papel como si no entendiera su desconfianza—. Es un visado, Erich, por fin me permiten entrar en Rusia, podré saber la suerte de mi madre y mi hermano. ¿Dónde está el problema?

—¿Tú sabes qué es la Lubianka?

—No llegué a conocer Moscú —respondió Yuri negando con la cabeza.

—Es el cuartel general de la policía secreta. —Abrió las manos para dar más vehemencia a sus palabras—. ¿No lo entiendes? Te ordenan que te presentes en el NKVD.

Yuri encogió los hombros pensativo.

—Quizá quieran saber de mí antes de dejarme transitar por Rusia, concederme un pasaporte; tengo entendido que se necesita uno para viajar dentro de la Unión Soviética. —Ante el semblante serio de Villanueva, abrió una sonrisa y trató de imprimir normalidad al asunto—. No tengo nada que ocultar, no he hecho nada en contra de Rusia, en cierto modo soy ciudadano ruso, y ya sabe cómo se las gastan estos bolcheviques, no saben pedir las cosas, solo ordenan. Conozco bien esa forma de actuar.

Villanueva lo miraba sin ocultar su preocupación.

—Yuri —imprimió a su voz un tono cálido—, comprendo tus ansias de buscar a tu madre y a tu hermano. Pero creo que este no es el mejor momento para hacerlo.

—Ya... —murmuró el aludido sin ocultar su desánimo al no contar con el apoyo de Villanueva—. En Rusia nunca hay un buen momento.

—Las noticias que me llegan de la situación allí son muy preocupantes. El asesinato de Kírov, nada menos que el secretario general del Comité del Partido Comunista, ha desatado una brutal campaña contra los disidentes. Stalin ha emprendido purgas masivas que están haciendo caer a miles de personas; gente de su entera confianza desaparece sin dejar rastro... Se esfuman sin ninguna explicación y no se los vuelve a ver. Debes pensarlo, Yuri. Es un riesgo demasiado grande.

—Stalin no tiene nada contra mí. No soy un peligro para él. ¿Qué podría hacerme?

—Parece que se te ha olvidado que para estar en peligro en Rusia solo es necesario estar allí.

Yuri leyó de nuevo el papel que mantenía entre sus manos.

—Este visado tiene un periodo de vigencia de un mes —dijo alzando los ojos hacia Villanueva—. Desaprovecharía la única posibilidad que he tenido desde que los perdí. Sé cómo se las gastan, y estoy convencido de que no me darán otra oportunidad.

Villanueva no se dio por vencido e insistió en sus argumentos.

—¿Y no has pensado que, en el caso de que salgas indemne de Rusia, el problema lo tendrás en la frontera de Alemania?

—No veo por qué. Si fuera un problema para los nazis, me habrían echado hace tiempo, usted lo sabe.

—Lo sé, y si te digo la verdad, no alcanzo a entender qué razón hay para que no lo hayan hecho ya...

—¿Qué quiere decir? —inquirió con el ceño fruncido.

—Yuri, Yuri... —dijo Villanueva como si lo reconviniera, tratando de mantener a raya su inquietud—. Te vigilan desde hace meses. Estás ennoviado con una alemana de raza aria que ha tenido sus más y sus menos con el sistema, tienes ascendencia rusa, saliste en defensa de un comunista, se rumorea que lo escondiste y que lo ayudaste a escapar del país, has estado liado con la mujer de Ulrich von Schönberg...

—¿Cómo sabe todo eso? —le interrumpió atónito.

—Tengo mis propios informadores. Lo sé todo de ti desde que llegaste. Me preocupo por ti.

—Debería habérmelo dicho —añadió Yuri en tono grave, mientras se esforzaba por asimilar lo que acababa de escuchar.

—Ahora lo sabes —sentenció Villanueva. Los dos hombres sostuvieron la mirada hasta que Villanueva resopló y le habló en tono cálido—: Tengo que confesarte que he dudado mucho si entregarte ese sobre.

—No entiendo por qué.

—¡Porque me importas, joder! —exclamó tajante dando un golpe sobre la mesa. Luego atenuó un poco el tono—. Y me preocupa que no regreses.

Yuri descubrió en sus ojos un vestigio de ternura reprimida que lo estremeció.

—Villanueva... —murmuró azorado—, agradezco su preocupación, pero le aseguro que no tengo ninguna intención de quedarme allí.

—Te recuerdo que en Rusia las intenciones personales no existen. —El hombre se removió inquieto, desesperado por persuadirlo de que no emprendiera aquel viaje suicida—. Yuri, hay algo en todo esto que no me gusta, no sé explicártelo, solo sé que no debes ir a Moscú.

—Fue usted quien me presentó a Sokolov —insistió como si intentase convencerlo, a pesar de sus propias dudas incipientes.

—Por eso mismo no me encajan estas formas. —Villanueva cerró los ojos como si aquella conversación lo estuviera dejando exhausto—. Lo siento, Yuri, es..., es una corazonada... Ya sé que lo que yo sienta te importa poco, pero hazlo por Krista. Olvídate de una vez de lo que dejaste en Rusia y céntrate en ella... Ella es ahora lo primordial en tu vida.

Yuri esbozó una sonrisa.

—Es cierto que Krista me importa mucho... Pero también me importa usted.

Villanueva lo miró complacido.

—Solo te pido que lo pienses antes de tomar una decisión.

A veces hay que soltar el lastre del pasado para asegurar el presente y, sobre todo, el futuro. De lo contrario corres el peligro de perderlo todo... —Calló un instante mirándolo con intensidad—. Yuri, tu madre y tu hermano representan ese pasado incierto; Krista es tu hoy y tu mañana. No lo eches todo por la borda porque lo más probable es que no te merezca la pena.

A Yuri le embargó un sentimiento afectuoso por ese afán de protegerlo.

—Le prometo que lo pensaré —le dijo con un gesto agradecido.

—Con eso me basta. —Se echó hacia atrás con una leve y triunfal sonrisa—. Una cosa más —le dijo cuando Yuri se levantó para marcharse—, cuídate de esa mujer.

—¿De quién?

—De Claudia Kahler. Por lo que sé, muestra demasiado interés por todo lo que haces.

Tras unos segundos Yuri asintió, cogió el sobre con el visado y salió del despacho de Villanueva confuso. No sabía qué hacer. Aquella posibilidad de entrar en Rusia le tentaba. Su deseo de ir permanecía vivo, pero las cosas habían cambiado. Las palabras de Villanueva le habían puesto muy difícil la decisión. La idea de dejar sola a Krista le impulsaba a rechazar ese viaje tan ansiado; le importaba demasiado como para asumir la amenaza de que no le permitieran volver a entrar en Alemania; esa idea lo desasosegaba mucho más que los peligros de Rusia.

Cuando llegó a casa leyó de nuevo el documento remitido por Sokolov, y tras una larga meditación rasgó el papel por la mitad muy despacio. Después volvió a rasgarlo una y otra vez hasta que el papel quedó reducido a pequeños trozos que arrojó a la estufa.

Berlín, 1936-1939

Krista leía la carta que había llegado desde Washington. Junto a ella Nicole le había enviado una foto del pequeño Fritz, que crecía sano y alegre, ajeno a la tragedia ocurrida unos meses antes de su nacimiento.

Después de enterrar las cenizas de Fritz, Nicole se marchó de Alemania. No permanecería ni un minuto más en un país que iba a permitir que la muerte de su marido quedase impune, convencida de que había sido una muerte violenta. Como ciudadana norteamericana, había clamado a la embajada de Estados Unidos en Berlín para que investigasen el caso de su esposo; el embajador le contestó con buenas palabras, le prometió que haría lo posible por esclarecer la causa real de la muerte. La respuesta llegó cuando le presentaron una declaración firmada por el propio Fritz Siegel en la que alegaba que, debido a un malestar en el pecho, daba su consentimiento para ser atendido por los médicos del campo de lo que parecía una dolencia cardiaca; asimismo manifestaba que estaba «siendo tratado con todo respeto y la máxima atención», y quedaba por ello «muy agradecido al personal del KL de Dachau». Ante semejante prueba remitida al embajador por el mismísimo jefe de la Gestapo, Reinhard Heydrich, se dio por resuelto el asunto referente al fallecimiento de Fritz Siegel. Para Nicole aquel documento resultó desolador, la puntilla a una serie de humillaciones difíciles de asimilar. Supo que mientras Hitler estuviera en el poder nunca podría resarcir la muerte de su esposo, a lo que se añadía el hecho de la oportuna incineración del cadáver, lo que hacía imposible conocer la verdad sobre los últimos días de vida de Fritz, qué pasó y cómo murió. Ni siquiera se le permitió trasladar las cenizas a Estados Unidos, la solicitud le fue denegada sin ninguna explicación.

Nicole solía escribir una carta al mes; les daba cuenta de su nueva vida en Washington. A los pocos meses de llegar encontró trabajo en una prestigiosa revista de moda. El hecho de retomar su cámara de fotos hizo que volviera a sentirse viva. Veía crecer a su pequeño Fritz, y mirando su rostro, les decía en su carta, mantendría para siempre vivo el recuerdo de su padre, el amor de su vida.

Por su parte, Krista había conseguido su doctorado. Su trabajo en el hospital le ocupaba gran parte de su tiempo. A las pocas semanas de que se aprobasen las leyes de Núremberg en septiembre de 1935 —unas leyes que establecían categorías en función de la pureza de sangre y prohibían la mezcla de razas—, el Hospital de La Piedad recibió una notificación ministerial sobre una denuncia en la que se daba cuenta de que en la planta de ginecología se seguía atendiendo a pacientes judías. Se instaba al centro a dejar de hacerlo, con la amenaza de retirar las subvenciones e incluso el cierre definitivo del hospital, y las consecuencias pertinentes para todo el personal. La doctora Hotzfeld tuvo que rendir cuentas al director sobre dicha denuncia; no le quedó más remedio que acatar las órdenes generales y dejar de admitir en las consultas de ginecología a pacientes judías, así como a las mestizas medio judías (con dos abuelos judíos) que profesasen la religión hebrea, o arias que estuvieran casadas con judíos completos. A todas las derivó a otras clínicas o consultas particulares, tratando de que ninguna quedase sin la protección debida en sus necesidades sanitarias.

Mientras tanto, Claudia continuaba con su vida cada vez más anodina y vacía. Las constantes ausencias de su esposo por motivos de trabajo la forzaban a una soledad a la que se había acostumbrado y que incluso agradecía. La crianza del pequeño Hans era lo único que realmente la hacía sentirse bien y útil, aunque las obligaciones como miembro del partido nazi y esposa de un oficial de las SS se habían multiplicado y le impedían estar con el niño todo lo que a ella le gustaría. Casi a diario, acuciada por su madre, tenía que acudir a reuniones, eventos y cursos relacionados con la propaganda y el proselitismo nazi destinados a las mujeres arias. Claudia seguía los dictados maternos sin apenas rechistar. Había sido educada sobre la base del nazismo: debía odiar a los judíos, comunistas, gitanos u homosexuales y reprobar y rechazar sin medias tintas a todo el que de una manera u otra no siguiera las reglas establecidas por el Reich. Sin embargo, desde que Yuri Santacruz irrumpió en su vida, se había alzado en su interior un auténtico vendaval de sentimientos; casi de forma inconsciente, como guiada por un hilo invisible, se había replanteado muchas cosas que antes daba por incuestionables y sólidas. Se preguntaba por qué hacer daño a personas que no le habían hecho nada, solo por el hecho de ser judíos, por qué humillarlos, apartarlos de sus trabajos, incluso echarlos de sus casas. Había cosas que le empezaron a disgustar, cada vez menos convencida de las bondades que tan abrumadoramente se mostraban sobre la nueva Alemania. Aquel desafecto la desasosegaba, porque no podía compartirlo con nadie, consciente de que hacerlo le acarrearía problemas. Envidiaba a Krista por su trabajo y esa independencia que desprendía su modo de vida y que a ella le arrebataba el tan ensalzado nazismo. Le perturbaba su amabilidad, su disponibilidad y empatía. Pero eran los celos lo que la reventaba por dentro: verla junto a Yuri, agarrada a su mano, caminando juntos, riendo juntos; no podía soportar verlos felices y amartelados. Tenía el convencimiento de que Yuri seguía enamorado de ella. Un amor como el suyo no podía olvidarse, estaba segura.

Claudia no había vuelto a quedarse encinta a pesar de que Ulrich esperaba con ansia otro embarazo que, para su desesperación, no llegaba. Ella sabía que aquello era imposible, porque conocía un secreto de su marido que ni siquiera el propio interesado sospechaba. Lo había descubierto estando embarazada del pequeño Hans. A los pocos días de aquel jubiloso anuncio, instalada ya en la casa de campo que sus suegros tenían en la Selva Negra, tuvo un extraño encuentro con su suegro.

—Friedrich, qué sorpresa, no le esperábamos. —Claudia leía en el jardín cuando lo vio acercarse y se levantó para recibirlo—. Hilda no está —dijo refiriéndose a su suegra—. Se marchó esta mañana con el chófer. Iba a Berlín, a resolver un asunto urgente que requería de su presencia. Se han debido de cruzar en el camino.

Su suegro se detuvo frente a ella, el gesto hosco. Iba vestido de paisano con un traje oscuro, impecable como siempre, y un sombrero cuya ala le hacía sombra en los ojos.

—Lo sé. Vengo a verte a ti. No te robaré mucho tiempo.

La presencia de aquel hombre siempre le había resultado perturbadora, la hacía sentirse incómoda. No sabía qué hacer, si volver a sentarse o permanecer de pie. Al final se sentó en el borde de la silla y apoyó un codo sobre la mesa.

—Usted dirá —dijo expectante.

Friedrich von Schönberg la observó desde arriba.

—Ha sido muy sorprendente el anuncio de tu embarazo.

—Lo hemos buscado desde el primer momento —replicó ella sonriente, llevándose la mano a la tripa—. Ulrich deseaba ser padre, y por fin ese deseo se ha cumplido.

—El problema es que es imposible que sea de Ulrich —dijo sin más preludios.

Claudia se quedó pasmada.

—¿Qué... qué quiere decir? —balbuceó, sin apenas fuerza—. No entiendo qué...

La mirada incisiva de su suegro la obligó a callarse.

—Con quince años Ulrich tuvo paperas, que le ocasionaron algunas secuelas. La más grave fue la incapacidad para concebir hijos.

—Eso no es posible... Ulrich...

—Ulrich no lo sabe, ni él ni nadie. El médico que lo asistió y yo mismo decidimos ocultarle esa desagradable circunstancia. No era necesario en aquel entonces y no creo que lo sea ahora. Ese médico murió en un infortunado accidente, por lo tanto, el único que conoce el asunto soy yo —la miró con desagradable fijeza—, y ahora tú.

Claudia no daba crédito a lo que estaba escuchando. Se sentía engañada y a la vez cazada en una gran mentira. Desconcertada, abrió la boca y la volvió a cerrar porque no supo qué decir. Sintió pánico, la habían descubierto y desconocía las consecuencias de aquella conversación. Se mantuvo a la espera de la sentencia definitiva de su suegro, que permanecía frente a ella, arrogante. Aquellos ojos la amedrentaban.

—Desconozco de quién es ese bastardo que llevas en el vientre; solo espero que el hombre con el que estás engañando a mi hijo sea un alemán puro. Si es así, lo aceptaré como mi nieto y mi hijo nunca sabrá que su esposa es una furcia.

—¿No le importa que me acueste con otro?

—Lo que hagas con tu cuerpo no es asunto mío. Lo importante es que lo que gestes sea ario. —Recalcó cada sílaba, cada palabra, muy lentamente. A continuación, sin dejar de observarla, le dijo con voz firme—: El Führer necesita nuevas generaciones que le sigan y le sirvan en el futuro. Esa es la obligación de mujeres como tú, y lo cumplirás a costa de lo que sea.

—¿No cree que Ulrich tiene derecho a saberlo?

La mirada de su suegro la estremeció.

—Si alguna vez mi hijo llega a enterarse de esta desdichada

289

eventualidad, acabaré contigo y con tu bastardo. ¿Ha quedado claro?

A partir de aquel momento, cada vez resultaban más patéticas las exigencias de sexo de Ulrich con la única idea de dejarla embarazada, mucho más cuando se ponía furioso al saber que volvía a tener la regla, culpándola siempre a ella de lo que consideraba un nuevo fracaso.

—Cálmate, Ulrich, ya tenemos a Hans —le decía ella tratando de apaciguar la frustración de aquel hombre—. Tal vez la naturaleza no quiera darnos más...

—¡No! —la interrumpía él lleno de ira. Luego callaba, observando al niño con desasosiego—. Es demasiado moreno, y ese pelo tan oscuro...

No era la primera vez que hacía referencia al aspecto poco ario del pequeño; ella se rebelaba contra él por esa actitud algo despectiva hacia el niño.

—¡Es nuestro hijo! —replicaba ella—. Hitler también tiene el pelo oscuro y no creo que pongas en duda la raza del Führer.

La mirada aviesa de Ulrich la inquietaba, pero Claudia se mantenía firme.

—Es nuestra obligación con el Reich y con el Führer: quiero hijos rubios, de piel blanca, ojos azules, arios, eso es lo que quiero y eso es lo que has de gestar.

—A veces pienso que la obligación te ciega, Ulrich. Parece que hablases de perros y no de tus hijos.

—Lo seguiremos intentando. —Se ofuscaba—. Lo haremos hasta la saciedad, si es necesario vendrás conmigo a vivir a Dachau hasta que te quedes embarazada. Si he conseguido preñarte una vez, volveré a hacerlo una segunda y una tercera...

La idea de tener que irse a vivir al campo de concentración con su marido la alertó, y más cuando la propuesta llegó a oídos de su madre, para quien aquella era la solución ideal, ya que las largas ausencias de Ulrich en el lecho marital resultaban contraproducentes para un posible embarazo.

Al final Claudia no tuvo más remedio que acompañar a su marido al campo de Dachau. Ulrich no consintió que el niño fuera con ellos, con el argumento de que la casa no era grande y no reunía las condiciones necesarias para él. Además, a pesar de que solo tenía dos años, Hans había entrado en una selecta escuela infantil a la que acudían los hijos de los altos mandos de las SS, con la intención de que, una vez cumplidos los diez años, ingresara en una de las mejores Napolas, las escuelas de élite que lo formarían para convertirse en un futuro dirigente del glorioso Reich; lo había apuntado el padre, en contra del criterio de Claudia, que lo consideraba demasiado pequeño para estar en un lugar así. Pero Ulrich defendía que los hijos de raza aria pertenecían al Führer y debían aprender cuanto antes a ser disciplinados, saludables, «rápidos como un galgo, resistentes como el cuero y duros como el acero de Krupp», decía, poniendo en su boca palabras pronunciadas por Hitler sobre cómo debía ser la educación y preparación de los niños alemanes. Vivir alejado de la protección materna le vendría muy bien para fortalecer su espíritu ario.

Sería la madre de Claudia quien se encargaría de su cuidado durante su ausencia. Claudia llevó muy mal aquella separación, no solo de su hijo, sino de todo lo que le era cotidiano: su casa, su entorno, Berlín, incluso de la presencia de Yuri, aunque fuese del brazo de otra.

Poco tiempo después de la marcha de Claudia Kahler, entrado ya el verano de 1936, Krista recibió en su consulta una extraña llamada.

—¿Es usted la doctora Krista Metzger? —preguntó una voz masculina.

—Sí, soy la doctora Metzger, ¿quién llama?

—¿En noviembre del treinta y cuatro atendió usted a Ilse Kube?

Krista frunció el ceño. Ilse era la hija de Brenda. Hacía dos años se había presentado en su consulta con la pretensión de que la ayudase a abortar. Se había quedado embarazada de un hombre casado y temía la reacción de su madre. Krista se negó en redondo; era una práctica que no se realizaba en aquel hospital salvo casos muy excepcionales y bajo dictamen de varios médicos. Recordaba que Ilse estaba muy nerviosa, que había tratado de calmarla, de hacerla entrar en razón. Entendía que tenía una situación muy complicada, pero intentó convencerla para que descartase esa posibilidad porque podría acabar en prisión; ella y el médico que se lo practicase. Demasiado riesgo para una chica tan joven. Ilse pareció entenderlo, o al menos eso pensó Krista. Antes de marcharse Ilse le hizo jurar por lo más sagrado que no le diría nunca nada a su madre, se lo suplicó hasta el llanto, y Krista le aseguró que su madre jamás sabría por ella de su problema, que siempre la tendría a su lado para lo que necesitase y le rogó a su vez que no cometiera ninguna locura. Ilse se marchó de la consulta y Krista no volvió a verla ni supo más de ella ni de lo que había sido de aquel embarazo.

—¿Con quién hablo? —volvió a preguntar Krista.

—Le está hablando la policía criminal. Responda a mi pregunta, doctora Metzger.

—Lo siento, pero lo que me solicita está dentro del secreto profesional. No estoy autorizada a dar esa información por teléfono.

—Puedo enviar a buscarla.

Aquella frase le sonó a Krista como una amenaza.

—Haga usted lo que crea conveniente, yo debo cumplir con mi deber, y por eso no le daré la información que me pide. —Hubo un silencio al otro lado de la línea. Krista aprovechó para indagar—: ¿Qué quiere de mí exactamente?

—Usted extendió un certificado de conveniencia para Ilse

Kube. Mañana a las diez en punto preséntese en la jefatura de policía de Alexanderplatz, negociado de abortos. Traiga el historial médico y toda la información que tenga sobre el asunto.

Al colgar el teléfono le temblaba la mano. Un sudor frío le bajó por la espalda. En ese momento se abrió la puerta y apareció la doctora Hotzfeld.

—El parto de la señora Merkel se adelanta... —Al verle la cara se interrumpió, entró en la consulta, cerró la puerta y se acercó a ella. La joven ni siquiera la miraba, como si no la hubiera visto—. Krista, ¿ocurre algo?

Solo entonces la miró y tragó el nudo que tenía en la garganta.

—Me acaban de llamar de la Gestapo...

Le contó lo sucedido. Tras escucharlo, la doctora Hotzfeld se dejó caer en la silla.

—Alguien te ha denunciado. ¿Estás segura de que no firmaste ese certificado?

La duda ahondó en la herida abierta. Sintió un dolor intenso en el pecho.

—No, no. —Repitió varias veces la negativa—. No lo hice. No se me ocurriría.

—Está bien, Krista, cálmate, te creo, tenía que preguntártelo, pero te creo. Posiblemente hayan falsificado un certificado en tu nombre. Dios santo, tenemos un problema. Pueden meterte en la cárcel sin que nadie te interrogue.

—Nunca he practicado un aborto y jamás he firmado un certificado de conveniencia para hacerlo. Ni siquiera tengo historial de ella, solo la cita en la agenda.

—No te dejaré sola, ¿me oyes? —Le tendió la mano por encima de la mesa—. Iré contigo.

—No. —Negó también con la cabeza—. Se lo agradezco mucho, Anna, pero sería peor. No quiero involucrarlos ni a usted ni a la clínica. Iré yo sola.

Esa tarde llegó a casa con la intención de no contarle nada a su madre, al menos hasta saber qué ocurría, no quería preocuparla, pero al verla no pudo evitar echarse a llorar y fue incapaz de ocultárselo. Sabía que aquella acusación podría llevarla a prisión durante varios años. La doctora Hotzfeld se lo había advertido para que supiera a qué se enfrentaba, porque no era la primera vez que sucedía. Se había creado un ambiente insano en el que la falta de escrúpulos permitía a gente tomarse la justicia por su mano; envidias, celos, resentimientos acumulados en el tiempo, todo afán de venganza se podía canalizar a través de una simple denuncia.

Cuando Yuri regresó de la embajada, valoraron la situación. Podía sacarla del país esa misma noche, tal vez fuera mejor que se mudase a Suiza una temporada, hasta saber qué había ocurrido exactamente. La madre apostó de inmediato por aquella solución, todo con tal de alejar a su hija de las garras de la Gestapo.

—Si me voy es como si estuviera dándoles la razón —adujo Krista—. Correría el rumor de que soy culpable y mi carrera acabaría para siempre. No me iré. Mañana me presentaré allí y contaré la verdad.

No hubo forma de convencerla de lo contrario. Daría la cara porque insistía en que ella no había hecho nada. Permitió que Yuri la acompañara a cambio de que su madre se quedase en casa. Todo estaba decidido. Se sentaron a cenar, pero apenas probaron bocado. Una honda preocupación se clavaba en sus mentes como finos alfileres.

A la mañana siguiente Krista se presentó puntual frente al gris y siniestro edificio de Alexanderplatz. Su único punto de fortaleza era la calidez de la mano de Yuri que envolvía la suya, helada como un témpano a pesar de estar a últimos de julio y no hacer nada de frío.

Krista se dirigió a un policía que había tras un mostrador frente a la entrada.

—Buenos días.

El hombre no se inmutó y siguió con los ojos clavados en un documento sobre el que escribía algo.

—Me han citado aquí a las diez. —Bajó el tono de voz al tiempo que se acercaba un poco más hacia el hombre—. En el negociado de abortos.

El policía alzó la cara y la miró como quien contempla a un sentenciado.

—Tiene que ir al Departamento de Investigaciones Criminales.

Los acompañó otro agente hasta un pasillo solitario. Durante más de una hora permanecieron sentados en un banco de madera sin que nadie los atendiese. Los nervios de Krista se desbordaban a cada minuto que pasaba. Yuri trataba de calmarla. Echó el brazo por encima de su hombro y la atrajo hacia él con una sonrisa complaciente. En ese momento ella buscó sus ojos.

—Yuri, prométeme una cosa. Si ocurre... Si me pasara algo, prométeme que cuidarás de mi madre... —Las lágrimas le nublaron el rostro de su amado—. No lo podrá soportar si está sola; por favor, cuida de ella.

Rompió a llorar y él la acogió en su regazo. Estaba furioso con todo aquello, pensando en las consecuencias. Había hablado con Villanueva del asunto, quien había intentado tranquilizarlo; tal vez quedase todo en nada, le decía, «las denuncias deben llevar alguna prueba que las sostenga; debes conservar la calma», le había insistido, persistir en la verdad y no caer en sus trampas.

Una puerta se abrió y apareció un funcionario que declamó el nombre completo de Krista. Ella se levantó y apretó la mano de Yuri.

—Estaré aquí esperándote —acertó a decir él, con un

nudo en la garganta que apenas lo dejaba respirar—. Krista...
—añadió reteniéndola un instante—, te quiero...

Ella esbozó un gesto de ternura, soltó su mano y se encaminó hacia el funcionario que la aguardaba. La puerta se cerró y Yuri quedó sumido en un estremecedor silencio. La idea de que pudiera pasarle algo malo a Krista lo desbordaba, habría ido en su lugar sin dudarlo, le dolía su sufrimiento, su preocupación lo mortificaba.

Habían pasado dos largas horas cuando oyó el eco de unos tacones al fondo del corredor. Vio acercarse a la doctora Hotzfeld y se puso en pie para recibirla.

—Todavía no ha salido —le dijo angustiado—. Lleva una eternidad ahí dentro.

Anna Hotzfeld lo observó conmovida.

—Yuri, Krista está detenida. Hace más de una hora que la trasladaron a la Columbia-Haus.

Mientras ella hablaba, Yuri sentía el brutal impacto de aquellas palabras en la boca del estómago. Sobrecogido, se dejó caer en el banco.

—No puede ser... —balbuceó—. Ella no ha hecho nada...

—Eso lo sabemos, y seguramente también lo saben ellos. Trataré de averiguar de dónde viene la denuncia. He conseguido hablar con la chica: Ilse Kube me ha confirmado que ella no tiene nada que ver. —La doctora se sentó junto a Yuri—. Me ha confesado que abortó de forma clandestina, que además de que casi le cuesta la vida todavía hoy sigue pagando la deuda que contrajo con la partera que le hizo el trabajo... Sus padres creen que está trabajando en una fábrica de sedas, pero en realidad está en un burdel de mala muerte a las afueras de Berlín.

—¿Quién ha podido hacer algo así?

—Piensa en alguien que la quiera mal y lo más seguro es que aciertes.

Yuri pensó de inmediato en Claudia, y la perversa y cruda

realidad de los celos hacia Krista cayó sobre sus hombros igual que una losa pesada. Abrumado por aquella idea, se le rompía el alma imaginando a Krista encerrada en una horrible celda.

—Márchate a casa —le dijo la doctora Hotzfeld—. Aquí ya no haces nada. Y díselo a su madre con suavidad: la señora Metzger tiene el corazón delicado. Voy a hacer todo lo posible por sacarla.

Yuri fue a la embajada y buscó el teléfono del campo de concentración de Dachau. Sin dudarlo, marcó el número. Le contestó la voz de un hombre.

—Tengo que hablar con la señora Von Schönberg. Es urgente.

—¿Quién le llama?

—Se trata de un asunto privado.

—No puedo pasarle directamente. Le daré su recado, señor...

—Dígale que se ponga en contacto con la embajada española de inmediato.

Colgó. No podía dar su nombre, sabía que quizá la metería en un lío. Esperó delante de su escritorio sin dejar de mirar el teléfono. Si le daban el recado, ella llamaría. Si no lo hacía, estaba dispuesto a presentarse en Dachau para pedirle explicaciones.

No había pasado ni media hora cuando sonó el teléfono y al otro lado de la línea oyó la dulce voz de Claudia.

—Han detenido a Krista. —Yuri interrumpió la frase que Claudia apenas había iniciado.

—¿Por eso me llamas? ¿Qué tiene que ver conmigo?

—Sé que has sido tú. —Estaba rabioso, necesitaba un culpable y ella era el blanco de todas sus sospechas.

—¿En serio me estás acusando de haber denunciado a Krista? ¿Cómo puedes pensar que sea capaz de hacer algo así?

—Porque sé que la odias.

—Te estás equivocando conmigo, Yuri. Yo no odio a Krista,

si acaso la envidio por tenerte... Pero jamás se me ocurriría hacer una cosa así.

—Ya lo hiciste con Axel Laufer —sentenció él.

—¡Estaba protegiendo a mi hermano! —protestó ella en tono ofendido—. Y te recuerdo que lo escondí en mi casa; me la jugué porque tú me lo pediste.

—Harás todo lo que esté en tu mano para quitarte a Krista de en medio.

—Nunca has entendido nada.

La línea enmudeció durante unos segundos, hasta que irrumpió la voz bronca y despechada de Yuri.

—Si algo le pasa... Claudia..., si Krista sufre algún daño te juro...

Ella colgó el teléfono dejándolo con la palabra en la boca. Luego lo hizo él con tanta fuerza que a punto estuvo de quebrar la baquelita. Se ahogaba en aquel minúsculo despacho, le faltaba el aire. Metió el dedo entre la camisa y el cuello para dar holgura al lazo de la corbata. Sudaba con profusión. La actividad en la embajada era muy alta, se oían pasos, voces, gente que iba y venía haciendo su trabajo o requiriendo algún trámite. Se levantó, fue al despacho de Villanueva y abrió la puerta sin llamar. Erich hablaba por teléfono y lo miró molesto por la interrupción. Yuri esperó en el umbral, hasta que Villanueva alzó la mano y le indicó que pasara y se sentase. Tardó un rato en colgar. Hablaba con monosílabos, frases cortas y directas, el ceño fruncido, claramente preocupado. Cuando colgó se quitó las gafas, cerró los ojos y se frotó el puente de la nariz con los dedos.

—Qué día tan nefasto... —dijo sin abrir los ojos.

Yuri lo interrumpió impaciente.

—Erich, quería pedirle permiso para marcharme a casa.

—No, Yuri, no puedes marcharte.

—Han detenido a Krista.

—Lo siento mucho —dijo Villanueva contrariado—, y espero que todo se resuelva pronto, pero precisamente hoy te necesito aquí. El viernes hubo un alzamiento militar en España.

—¿Qué ha ocurrido? —Yuri se alarmó.

—Sabemos poco, la información es aún muy confusa. Se ha sublevado el ejército de Marruecos y en la península se han unido al golpe varias guarniciones militares. Sevilla ha sido la primera, pero lo están haciendo otras muchas por todo el país.

—¿Y Madrid?

—Madrid es un despropósito. El gobierno de Casares Quiroga dimitió el mismo sábado porque se negaba a dar armas al pueblo; lo sustituyó Martínez Barrio, pero también dimitió a las pocas horas. José Giral ha cedido y ha repartido armas a los sindicatos y organizaciones obreras. Solo sabemos que ayer por la mañana asaltaron el Cuartel de la Montaña, cuya guarnición se había adherido a los sublevados, y que ahora mismo el caos reina en las calles.

—Debería llamar a mi hermana —murmuró Yuri ensimismado.

—¿Has tenido noticias de tu padre? ¿Cómo va?

—Recibí carta de Katia a finales de junio. Pensaba ir a verlo unos días en agosto. Por lo visto está cada vez más deteriorado. Le preguntes lo que le preguntes siempre contesta lo mismo: «Verónika», como si solo le hubiera quedado esa palabra en su conciencia. —Su voz era blanda; no podía evitar sentir el peso de la culpa porque hacía tres años que no iba a Madrid—. Ya no conoce a nadie, ni siquiera a Sveta, que vive con él. No habla, casi no se mueve, se olvida de comer si no se lo dan... Es como si una maldición le estuviera robando la memoria lentamente.

—Hablé con ese neurólogo amigo mío; me dijo que los síntomas responden a una enfermedad degenerativa llamada Alzheimer, el nombre del médico que lo descubrió.

—¿Sabe si hay algún remedio?

Villanueva negó.

—Este tipo de demencia fue descubierta hace apenas tres décadas, y aún se desconoce todo sobre las causas que producen la pérdida de memoria. El deterioro puede ser muy rápido.

—Eso es lo que le está ocurriendo. Mi hermana dice que no lo reconocería, que aún no ha cumplido los sesenta y ya parece un anciano octogenario. —Chascó la lengua y se mordió el labio—. Debería ir...

—Ahora es imposible —lo interrumpió el otro tajante—. Además, ¿para qué? Si no conoce a tu hermana, tampoco lo hará contigo. Resultaría un viaje inútil y peligroso, y te necesito aquí más que nunca, Yuri. Si la cosa sale mal para los sublevados, van a rodar muchas cabezas, la primera la del embajador. Aquí la mayoría han seguido su ejemplo y reniegan del gobierno de la República. Hay que estar preparado.

—¿Puedo preguntarle qué posición tiene usted?

—Si te soy sincero, lo que pase en España me trae sin cuidado. Dadas las circunstancias, he prestado toda mi colaboración al embajador.

—¿Qué se supone que debo hacer yo?

—Yuri, a ti y a mí la política solo debe interesarnos en la medida en que nos es útil. —Se puso las gafas, dando por concluida aquella conversación—. Y ahora vete a tu puesto. Va a llegar algo importante y tienes que estar pendiente. Ah, y en cuanto a lo de Krista, veremos si se puede hacer algo tan pronto como esto se calme un poco...

Yuri asintió y volvió a su despacho. Cuando al atardecer entraba en su portal sintió que la casa se le caía encima. No sabía qué hacer. Golpeó con los nudillos la puerta de la señora Metzger. La había llamado por teléfono para contarle lo ocurrido, y su respuesta había sido un ahogado silencio de varios segundos a los que siguió el clic que indicó que había colgado.

Le abrió Sarah; sus ojos rojos le indicaron que había estado llorando.

—La señora está en la biblioteca —le dijo en tono abatido—. No he querido marcharme hasta que llegase usted. Me daba mucho apuro dejarla sola.

La señora Metzger permanecía en su butaca favorita, en la que pasaba horas leyendo o cosiendo. Se encontraba junto a la ventana sin hacer nada, las manos dispuestas sobre el regazo. Yuri se acercó despacio. Ella no se inmutó al sentir su presencia. Siguió con la mirada fija en el ventanal.

—¿Hay alguna novedad? —preguntó él.

Ella negó con la cabeza.

—Mi pobre niña —murmuró llorosa—. Qué va a ser de ella, Yuri. Mi querida niña...

Durante un rato él se mantuvo a su lado, compartiendo su dolor y su impotencia. Sarah estaba a punto de marcharse cuando sonó el timbre. La viuda y Yuri se miraron extrañados.

—¡Ay, ay, ay! —Las voces de Sarah los alertaron—. ¡Señora, señora, que está aquí! La señorita Krista ha regresado...

Con la última frase Yuri corría por el pasillo seguido de la viuda, que había tardado más en reaccionar. Al llegar al vestíbulo, Yuri vio a Krista acompañada de la doctora Hotzfeld. Se detuvo un par de segundos frente a ella, los ojos del uno fijos en el otro.

—¿Cómo estás? —preguntó Yuri conteniendo la emoción.

Ella asintió antes de abrazarse a él, que la estrechó entre sus brazos con dulzura. La madre reclamó su abrazo también.

Krista estaba muy cansada. Sarah le preparó un baño. Mientras se aseaba y cambiaba de ropa, sentados en el salón, con una taza de té en la mano, la doctora Hotzfeld le explicó a Yuri y a la señora Metzger cómo había conseguido dar con un contacto, un abogado conocido, que pudo intervenir y dejar sin efecto la denuncia por falta de pruebas.

—¿Se sabe quién la denunció? —preguntó Yuri.

—La denuncia la suscribe una tal Ernestine Urlacher. Lo hace como testigo del suceso por el que se le acusaba a Krista. Dice ser amiga de Ilse Kube.

—Ernestine Rothman... —murmuró la viuda, con un gesto de espanto.

—¿La conocen? —se interesó la doctora Hotzfeld.

La señora Metzger asintió. La hija de los confiteros había adoptado el apellido de su marido Oskar al casarse. Su afán por parecer más nazi que cualquiera la estaba llevando a una especie de delirio exacerbado.

La doctora Hotzfeld continuó hablando.

—La directora de la organización a la que pertenece me ha asegurado que se le va a abrir un expediente disciplinario por tramitar una denuncia falsa. Es lo único que se puede hacer por ahora.

—Pero ¿por qué? —inquirió la viuda—. ¿Qué la ha llevado a hacer eso? Mi hija se habría podido pasar meses en prisión por su culpa.

—No busque sentido común donde solo hay odio, señora Metzger. La tal Ernestine es una activista muy destacada, eso me lo han confirmado. No le dé más vueltas. Todo ha terminado, Krista está en casa, libre de toda sospecha. Ahora debemos olvidarnos de todo.

—¿Olvidar? —preguntó la madre—. ¿Cómo se puede olvidar tanto sufrimiento acumulado en estas horas?

—Señora Metzger, entiendo su malestar, pero es mejor así. Tengo que marcharme. Dígale a Krista que si quiere tomarse unos días de descanso, no dude en hacerlo.

Yuri acompañó a la doctora hasta la puerta y le agradeció su intervención.

—Se lo debía a Krista —alegó Anna Hotzfeld—. A diario se la está jugando por mí. Cuídala mucho, Yuri, es una mujer extraordinaria.

Yuri estaba apesadumbrado. Se había equivocado al acusar

a Claudia. Oyó la voz de Krista y se dirigió de nuevo al salón tratando de quitarse de la cabeza su grave error.

Krista se incorporó a trabajar al día siguiente. Estaba dispuesta a pedirle explicaciones a Ernestine Rothman de su infame denuncia, pero no pudo hacerlo porque desapareció del edificio sin que nadie supiera adónde había ido. Con el tiempo se enteraron de que se había ido a vivir a casa de sus suegros una temporada. Sabía que había sido descubierta y temía enfrentarse con la realidad de sus vecinas.

Habían pasado más de dos semanas desde aquel incidente; era la media tarde de un sábado. Yuri estaba solo en su buhardilla, pues Krista tenía guardia en el hospital y no tenía previsto volver hasta la mañana siguiente. Villanueva le había propuesto salir a cenar y luego a tomar una copa, pero rechazó la oferta. Se encontraba muy cansado, quería acostarse pronto; le había prometido a Krista que pasarían el domingo en el campo.

Yuri leía las últimas noticias sobre las Olimpiadas inauguradas cinco días antes con la llegada de la antorcha olímpica entre esvásticas y el dirigible Hindenburg sobrevolando el cielo de Berlín. Provocaba sonrojo la servil aceptación de la mayoría de los países que, salvo excepciones como España, se habían rendido a la maquinaria de propaganda que Hitler había desplegado con la finalidad de obtener el respaldo a sus políticas antisemitas, camufladas con habilidad durante los Juegos para no «molestar» a los visitantes extranjeros. Aquel día los titulares de todos los rotativos daban cuenta del tercer oro para Jesse Owens, un corredor norteamericano de color a quien, según le habían contado en la embajada, Hitler desdeñó al ausentarse cuando el medallista fue invitado a la tribuna para evitar tener que estrecharle la mano. A Yuri le resultaba paradójico que fuera precisamente un atleta negro quien estuviera arrebatando el protagonismo a la supuesta hegemonía racial de los deportistas alemanes.

El timbre del teléfono lo arrancó de la lectura. Descolgó con desgana y se pegó el auricular al oído.

—Yuri, soy Claudia.

Al oír su voz, se incorporó en el sillón tan rápido que el periódico cayó al suelo.

—Claudia, ¿qué quieres?

—Estoy en mi casa, me marcho mañana.

—¿Me llamas para eso?

—Me debes una disculpa... Me acusaste de algo muy grave. Y se ha demostrado que te equivocaste conmigo.

Hubo un silencio. Ella esperó a que Yuri dijera algo.

—Está bien, me equivoqué. Lo siento.

—Tengo que hablar contigo.

—No, Claudia, tú y yo no tenemos nada de que hablar.

—Es algo que te va a interesar.

—Nada que venga de ti me puede interesar.

—No hace falta que seas tan duro conmigo... No me lo merezco.

El silencio estremeció a Yuri. Le habló en tono blando, tratando de convencerla.

—Lo siento, Claudia, pero es mejor para los dos que no nos veamos.

—¿No te interesa saber cómo murió tu amigo Fritz Siegel?

Aquella pregunta fue como un puñetazo a traición en la mandíbula.

Yuri no tuvo que llamar a la puerta de Claudia: lo estaba esperando tras ella y al llegar al rellano le abrió con sigilo. Una vez en el interior echó el cerrojo, se dio la vuelta y mantuvo la espalda pegada a la madera, mirándolo en la tenue penumbra del recibidor.

—Espero que sea cierto lo que dices...

Ella lo interrumpió poniendo el dedo sobre sus labios para

obligarlo a callar. Le cogió de la mano y le guio hacia el interior de la casa. Él se dejó llevar movido por la morbosa curiosidad de saber si lo que le había dicho era verdad o una simple añagaza. Todas las ventanas estaban cerradas a cal y canto y se notaba mucho calor en la casa. Dedujo que estaban solos. Yuri se inquietó con el temor de que todo fuera un engaño. Llegaron hasta la habitación de matrimonio que él ya conocía, iluminada solo con la lámpara de una de las mesillas. Se soltó de su mano con brusquedad y se detuvo en el umbral, sin llegar a entrar en la estancia. Ella continuó avanzando hacia la cama. En ese instante se dio cuenta de que iba descalza. Sobre la colcha adamascada había una pequeña maleta abierta con algo de ropa perfectamente colocada en su interior. Claudia se inclinó y de entre las prendas dobladas sacó una carpeta de color sepia. Solo entonces se volvió hacia él, alzando el brazo, manteniéndola en la mano, mostrándosela.

—Este es el expediente de tu amigo Fritz Siegel. Aquí está anotado todo por lo que pasó desde el día de su detención, cada interrogatorio, sus declaraciones, cada día hasta el momento de su muerte y su posterior incineración. Tu nombre también aparece.

Yuri se estremeció. Resultaba muy tentador conocer toda la verdad sobre las últimas semanas de la vida de Fritz, saber cómo murió, quién intervino en su muerte, y qué criterios manejaba la Gestapo de él mismo. Sería posible emprender acciones judiciales contra los culpables, aunque fuera a nivel informativo, sacar del país aquella información y utilizarla como ariete contra el nazismo y sus métodos. Sería un buen material para los periodistas extranjeros. Ciego por la curiosidad, dio varios pasos hacia ella atraído por esa carpeta que le podría ofrecer respuestas a tantas cuestiones sin resolver. Cuando estaba a punto de cogerla, ella bajó el brazo y llevó a la espalda la mano con la carpeta. Lo miró con una sonrisa sagaz.

—No tan deprisa, Yuri... Me la he jugado por esto. Si se enteran de que lo he cogido, estoy acabada.

Yuri la miraba a los ojos. La tenía muy cerca, podía aspirar ese aroma que le anulaba la voluntad. Ella insinuó su cuerpo hacia él. Sin poder evitarlo, los ojos de Yuri bajaron a sus labios, que le sonrieron sensuales, incapaz de reprimir el deseo de descender hasta su generoso escote precipitado al mórbido y voluptuoso pecho. Cerró los ojos tratando de recuperar el control ya perdido, la respiración acelerada, negó con la cabeza.

—No puede ser, Claudia... Por favor, no me puedes pedir esto.

—Te necesito, Yuri, me ahogo sin ti, muero por ti...

—No, no, no... —negaba con los ojos cerrados, con temor a abrirlos y caer en el precipicio abierto bajo sus pies—. No puedo hacerle esto a ella... Sería injusto.

—Ella te tiene siempre, Yuri. —Su voz era dulce, suplicante, casi un susurro—. Yo solo te pido unas migajas de amor, algo de ti que me haga sentir viva... Solo te pido eso, Yuri, por favor, solo eso...

Él sintió el tacto de sus manos en la cara y la suave calidez de sus labios rozó su boca. La sangre bombeaba con fuerza a través de sus venas, su cabeza le gritaba que parase, que huyera de la tentación; pero su cuerpo ya no respondía, como si aquellos labios carnosos hubieran ocasionado un cortocircuito en su voluntad, anulada su capacidad de decisión.

Con prisas, de manera atropellada, sin despegarse el uno del otro, se despojaron mutuamente de sus ropas y durante largo rato sus cuerpos cabalgaron desbocados en una pasión desenfrenada. Aquel cuerpo voluptuoso se enroscaba en él igual que una serpiente pitón a punto de tragárselo; incapaz de luchar contra tanta fruición, se volcó en ella hasta que ambos se rindieron exhaustos, tendidos sobre el colchón, la respiración acelerada, sudorosas las pieles. La maleta había caído y la ropa se había desparramado por la alfombra.

Cuando se despegó del cuerpo desnudo de ella, Yuri se quedó quieto mirando al techo, intentando recuperar el resuello. Ella permanecía a su lado. No se dijeron nada durante un largo rato, hasta que Yuri se sentó en el borde de la cama. Buscó la carpeta y la encontró en el suelo, pero estaba vacía. Se levantó blandiéndola en la mano como si fuera una espada y se encaró con ella.

—¡Eres una embustera!

Ella se recostó sobre la colcha revuelta, con una sonrisa en los labios, el codo pegado al colchón y con la mano se sujetaba la cabeza mostrando la piel tersa, aterciopelada, y la perfección de sus curvas.

—Lo que me has hecho es miserable...

—No te he engañado, Yuri. Esa es la carpeta en la que estaba lo que le pasó a tu amigo. Todo tiene un precio y yo tenía que estar segura de que cobraba el mío.

Yuri le arrojó la carpeta y ella la recibió sin inmutarse.

—¡Eres una puta! —rugió con rabia.

Yuri empezó a vestirse, estaba enfurecido con ella y consigo mismo por haberse dejado embaucar.

—Vuelves a equivocarte conmigo. —El tono de ella era sereno, lo que lo ponía más furioso—. Una puta no sentiría lo que yo siento por ti...

—¡Cállate! —la interrumpió alzando el tono de voz—. Nunca he odiado a nadie, Claudia, pero esto que me has hecho...

—Yo cumplo con lo que digo. —Tras esto, se estiró hasta alcanzar la mesilla del otro lado de la cama, abrió el cajón y sacó un grueso taco de folios mecanografiados—. Ahí tienes todo el expediente de Fritz Siegel. —Los dejó sobre el colchón y luego se envolvió en la colcha; cogió el paquete de tabaco que había en la mesilla. Encendió un cigarrillo y apoyó la espalda en el cabecero. Dio una calada sin dejar de mirarlo.

Yuri se había quedado paralizado al ver los papeles sobre la cama revuelta. Su furia parecía haberse congelado. Terminó de abrocharse el pantalón y recogió el rimero de folios; se sentó en la cama y empezó a ojearlos. Allí estaba todo, desde antes de su detención: sus encuentros con Fritz, la orden de arresto y todo lo que vino después. El corazón se le encogía con cada línea que leía, cada frase escrita, cada pregunta con la respuesta que Fritz supuestamente había dado. Percibía la voz rota de su amigo en su conciencia, como si le estuviera hablando desde aquellas frases mecanografiadas. Se estremeció al ver la firma de Fritz, los trazos temblorosos, sin duda forzados. En cada interrogatorio estaba escrito el rango y el nombre del interpelante. En el último folio se había especificado con todo lujo de detalles la causa de la muerte: politraumatismo tras un duro interrogatorio de cuyos golpes y torturas inferidos fue imposible recuperarlo; terminaba con el dato estremecedor: «Causa oficial del fallecimiento, infarto de miocardio fulminante». El nombre de Ulrich von Schönberg y su rango acompañaban a su firma, con la orden de incineración inmediata y reclamación a la viuda de todos los gastos.

Cuando por fin despegó los ojos de aquellos folios sintió un amargo malestar en el estómago, como si con cada línea se hubiera ido tragando un áspero brebaje.

Claudia había permanecido todo ese rato a su espalda, sin moverse de la postura en la que estaba, observándolo. Se incorporó y lo envolvió con sus brazos, su cuerpo desnudo se pegó al de Yuri.

Ella le habló pesarosa, a sabiendas de que el nombre de su marido estaba allí, que era él el responsable de todo lo que pasaba en Dachau, incluida la muerte violenta de Fritz Siegel.

—Lo siento, amor mío... Te juro que siento mucho todo esto. Si pudiera hacer algo para consolar tu dolor...

Aquellas palabras fueron el preludio de caricias y besos que trataban de cubrir el dolor por tanta ignominia. Tendido sobre la cama, Yuri se dejó hacer y de nuevo se entregó a ella, consciente de que al poseer aquel cuerpo en cierto modo estaba mancillando el honor de Ulrich von Schönberg.

Se quedaron dormidos en brazos el uno del otro, ebrios de sensualidad y amor derramado, ausentes de cualquier realidad que no fuera aquella cama, aquella alcoba, él y ella, solos en el mundo.

Cuando Yuri abrió los ojos empezaban a palidecer las brechas en la cortina. Miró a Claudia. El cabello rubio desparramado por la almohada, su rostro plácido, sus labios, su cuerpo respirando vida. Con delicadeza le retiró un mechón que le cruzaba la cara. Se levantó muy lentamente para evitar despertarla. Cogió los pantalones y cuando se los estaba poniendo oyó la voz dulce a su espalda.

—Gracias por esto...

—Claudia, por favor..., Krista no debe saber...

—Ella no sabrá nada —lo interrumpió con una sonrisa—. Esto será solo nuestro.

Mientras él terminaba de vestirse, Claudia recogió los folios y los metió en la carpeta. Yuri cogió la chaqueta sin ponérsela. Ella había vuelto a sentarse con la espalda pegada al cabecero, el expediente a su lado.

—Necesito que me des ese expediente. —Habló tendiendo la mano hacia ella.

—No puedes llevártelo. Tengo que devolverlo a su sitio. He venido a Berlín solo para enseñártelo, pero me la estoy jugando, Yuri, y lo estoy haciendo por ti. Mi marido no sabe que estoy aquí. Estará fuera del campo tres días y por eso he aprovechado para venir, pero hoy mismo regresaré para dejar esto en su sitio; de lo contrario me espera la misma suerte que a tu amigo Fritz, y tú no puedes querer eso para mí.

Yuri la observó unos segundos. Con los hombros desnudos y el pelo revuelto, tenía una extraordinaria belleza racial que lo atraía como un potente imán. Llegó a sentir el deseo de envolverse en sus brazos de nuevo, pero esquivó la mirada, se dio la vuelta despacio, dirigiéndose a la puerta; se detuvo en el umbral unos segundos, indeciso.

—Gracias, Claudia... Y siento que tú y yo... —Apretó los labios y movió la cabeza con una expresión taciturna—. Lo siento de veras.

Ella esbozó una sonrisa de infinita ternura, y asintió a su vez agradecida.

Yuri se dio la vuelta y encaró el pasillo rápido, liberado por fin de su cautivadora mirada. Una vez en el rellano, la puerta de la casa cerrada a su espalda, se mantuvo quieto, los ojos bajos, trastornado como si le pesara la conciencia. Con gesto cansino se puso la chaqueta y al levantar la vista se encontró con otra que lo observaba estupefacta, petrificada en lo alto del tramo de la escalera.

—Krista...

Tardó una semana en poder hablar con ella. Krista se negaba a verlo. Cuando Yuri entraba en la casa para desayunar o cenar, ella ya había salido o se metía en su habitación y echaba la llave. Yuri estaba desesperado, la culpa le aplastaba. La señora Metzger no decía nada, no opinó ni preguntó, no se metió ni intervino en favor de uno o de otro, se quedó completamente al margen, a la espera de que algún día pudieran aclarar aquello que tanto había dolido a su hija. Sufría por ambos.

Yuri ya no podía más, necesitaba contárselo, pedirle perdón, explicarle lo que no tenía explicación. Una tarde decidió sentarse en la escalera, junto a la puerta de la señora Metzger, a aguardar el regreso de Krista. Pasaron más de dos horas antes de que, desde el portal, se oyera el lento taconeo que subía peldaño a peldaño. Se levantó y se asomó al hueco de la escalera para comprobar que era ella. La esperó de pie. Cuando Krista llegó al principio del último tramo de escalera, alzó los ojos y lo descubrió. Sin moverse, lo miró durante unos largos segundos. No dijo nada; bajó de nuevo los ojos y continuó subiendo los peldaños que quedaban hasta la puerta de su casa. Al llegar frente a él se detuvo porque Yuri le impedía el paso.

—Krista, te lo suplico, déjame que te explique.

—No hay nada que explicar, Yuri. Esa mujer ha ganado.

—No, no es cierto. Ella no ha ganado porque no compite. Tú eres la única que me importa. Tienes que escucharme, por favor... Necesito decirte lo que pasó.

—No quiero oírlo. ¿Es que no lo entiendes? Me duele solo imaginarlo...

Estaban muy juntos, él un escalón por encima de ella.

—Krista, te lo ruego, déjame curar tus heridas... —Su tono suplicante era casi un susurro. Con un movimiento muy lento y medido, se atrevió a tocarle el pelo, ella no lo rechazó. Yuri se dio cuenta de que estaba a punto de llorar, el rostro contenido, con un sufrimiento interno que le dolía a él como si tuviera brasas en su alma—. Por favor, Krista, deja que te explique.

Al cabo de unos segundos Krista accedió a subir a la buhardilla. Lo hicieron despacio, escalón a escalón, como si temiesen romper algo muy valioso si se precipitaban. La invitó a sentarse, pero ella se quedó de pie en medio de la estancia, los brazos cruzados en su regazo, como si tuviera frío a pesar del calor reinante, insegura del terreno que pisaba. Yuri la miraba con las manos metidas en los bolsillos del pantalón, encogidos los hombros. Empezó a hablar con voz clara y modulada, le contó cómo se equivocó al llamar a Dachau acusando a Claudia de la denuncia, el ofrecimiento de mirar los informes de Fritz, le desgranó detalles de dicho informe, de cómo había muerto y de quién había sido el responsable directo. Ella lo miraba. No lo interrumpió en ningún momento, como si estuviera esperando la verdadera razón de todo aquello. Yuri se dio cuenta de esa espera. Lo había ido esquivando hasta que no tuvo más remedio que contarle toda la verdad sobre la relación que habían tenido antes de conocerla a ella.

—Ahora lo entiendo todo —murmuró con una expresión grave.

—Te juro que todo eso se ha acabado.

—Pero has pasado la noche con ella.

Yuri rehuyó sus ojos.

—Lo siento... —balbuceó avergonzado—. Lo siento... Lo siento...

—¿Sigues enamorado de ella?

Ahora sí buscó él sus pupilas, para volcar su verdad en ellas.

—Krista, tú eres la única mujer de mi vida, la única que me importa...

—Ella sigue enamorada de ti —replicó Krista sin creer las palabras de Yuri.

—Ese no es mi problema —la interrumpió—, no es nuestro problema, Krista. Yo solo te quiero a ti. Me muero por ti.

—¿Cómo voy a creerte, Yuri? ¿Cómo voy a creer que me amas cuando te has acostado con esa mujer? ¿Cómo piensas que voy a poder vivir con eso?

—Cásate conmigo, Krista, casémonos... Quiero estar el resto de mi vida a tu lado... No aspiro a otra cosa que hacerte feliz.

Ella lo miraba exhausta. Se sentía mareada. Estaba muy cansada. Las cosas en el hospital cada vez se complicaban más, día a día aumentaban la presión y la desconfianza, el temor a dar un paso en falso y caer en un peligroso abismo; todo estaba lleno de espías, de confidentes, incluso los niños espiaban y delataban a sus padres. Necesitaba confiar en ese hombre, lo amaba con todo su corazón, le dolía la traición, pero estaba convencida de que no podría vivir todo aquello sin él.

Yuri se acercó más a ella. Sin tocarla, volvió a repetir la pregunta.

—Krista, ¿quieres casarte conmigo?

Ella alzó los ojos hasta encontrar los suyos. Dio un paso hacia él y lo rodeó con los brazos pegando su rostro en su pecho.

—Yuri, te amo tanto... —dijo con la voz quebrada—. Sí quiero... Amor mío, sí quiero...

Claudia se marchó la misma mañana de su tierno encuentro con Yuri; lo hizo muy temprano y con sigilo, de vuelta a la oscura y desangelada casa del campo de Dachau en la que se aburría soberanamente, sola todo el día, a la espera del regreso de Ulrich, que solía hacerlo muy tarde, a menudo más bebido de la cuenta y con un comportamiento grosero, obligándola a tener relaciones bruscas, dolorosas y humillantes. En los últimos tiempos el carácter de Ulrich se había agriado, bebía y comía en exceso y apenas dormía; se había vuelto más irascible, más violento. Devolvió al archivo el expediente de Fritz Siegel sin que nadie lo echara en falta. Sin embargo, cuando su esposo regresó su asistente personal le comunicó la inesperada ausencia de su esposa del campo durante dos días, sin que hubiera podido averiguar el motivo real de la misma. Ulrich no le dijo nada a ella. Quiso hacer sus propias indagaciones y llamó a su suegra para preguntar si Claudia había ido a ver al niño; la negativa de la única excusa plausible lo enfureció. Al volver de una cena con varios oficiales de las SS, Claudia lo notó más agresivo que otras veces: no buscaba sexo, su actitud era otra y eso la puso en guardia. Le pidió explicaciones que Claudia no pudo darle. Aquella noche se ensañó con ella; la golpeó hasta dejarla inconsciente. Estuvo toda la noche tirada en el suelo mientras él dormía la mona sobre la cama. Cuando recuperó la consciencia, tenía un labio partido y un ojo hinchado que ya empezaba a amoratarse. La atendió un médico, nadie dijo nada, ella tampoco.

Unas semanas después le anunciaron lo que tanto ansiaba, de nuevo estaba embarazada. Podía regresar a Berlín, a su casa, lejos de aquel hombre al que cada vez odiaba más.

Con el embarazo recuperó el poder sobre su marido. La

actitud de Ulrich se transformó; volvió a agasajarla como a una reina, la cuidaba con esmero. Una vez repuesta, Claudia volvió a ser la misma de siempre, más altiva, más nazi, más esquiva que antes, una fachada que se construyó para poder soportar la punzada de ver a Yuri junto a Krista, sobre todo en cuanto la noticia de su compromiso corrió entre los vecinos. Claudia reclamó la ayuda de su hermano Franz, ya convertido en SS. Desde el desastre del verano de 1934, cuando fueron detenidos y ejecutados todos los cabecillas de las SA considerados enemigos de Hitler, la posición de Franz en aquel grupo de asalto defenestrado por el partido nazi había pasado a ser una de las preocupaciones principales de la madre de Claudia, que había iniciado una cruzada en todos los estamentos a su alcance para conseguir que admitieran a Franz en las Schutzstaffel, las SS, las escuadras de protección que el Führer cada vez tenía en más alta estima y que habían ampliado considerablemente su poder en todos los ámbitos.

El mismo Ulrich ayudó a Franz a redactar su *lebenslauf*, el currículo necesario para su solicitud de entrada. En una hoja manuscrita por las dos caras, Franz fue desgranando con letra fina e insegura las razones por las que las SS debían aceptarlo entre sus filas. Después de varios meses de informes y entrevistas, el tesón de Erika Kahler, sumado a una genealogía perfecta, logró que Franz Kahler pasase a formar parte de las SS.

—Hay que impedir ese matrimonio sea como sea —le dijo Claudia a su hermano en una de sus visitas. Hablaba con rabia, a sabiendas de que era el único instrumento del que disponía para encauzar su frustración.

—Nada me gustaría más, hermanita. Esa mujer me vuelve loco, la conquistaría si no fuera porque está entontecida por ese extranjero. La muy estúpida no sabe lo que se pierde; si me hubiera elegido a mí... —dijo pagado de sí mismo.

—¡No! ¡No es ella la que pierde! ¿Es que no te das cuenta? —Se acercó a él y le dio con el dedo índice en el pecho con cada palabra pronunciada—. ¡Pierdes tú y pierde Alemania! Esa mujer no puede emparejarse con ese Yuri Santacruz... No debe hacerlo. Es alemana, un aria pura que debe dar hijos al Tercer Reich. —Claudia conocía muy bien el discurso adecuado para alentar su plan ante su hermano—. La pureza de nuestra raza está por encima de cualquier otra cosa, incluso de lo que ella pueda considerar amor. ¿Admitiríamos acaso que se casara con un judío? ¿Y vamos a permitir que se case con un extranjero? Las leyes están de nuestra parte. Haz lo que tengas que hacer para evitar que esa mujer se eche a perder con un no ario.

Franz valoró sus palabras. Krista seguía atrayéndolo, era como un potro desbocado, y a él le excitaba la idea de domarla.

—Puedo mandar detener a ese cretino —dijo él—. Podría arreglarlo para que lo expulsaran del país. Tenemos base legal para hacerlo.

—Ni se te ocurra. No queremos problemas con la embajada española. Además, quién te dice a ti que ella no se va a ir corriendo tras él como una perra en celo. —A Claudia le daban igual los conflictos diplomáticos. Tenía muy claro que no quería a Yuri lejos, sino separado de Krista—. Escúchame bien, Franz, tú quieres a esa mujer. Lucha por ella, tiene que ser tuya. Tienes derecho a ello.

—Dime de una vez qué es lo que tramas. Si puedo, no dudes que lo haré.

—No quiero que Yuri Santacruz se vaya —dijo en voz baja, como si sus pensamientos se le deslizasen de sus labios—. Lo que quiero es que Krista Metzger se case contigo. ¿Lo entiendes?

—Lo entiendo, hermanita... Lo he entendido perfectamente.

Ella asintió algo más tranquila. Pensaba en ellos día y noche, los espiaba cuando salían y cuando entraban, se los imaginaba unos metros más arriba, abrazados, compartiendo la vida. A veces despertaba sobresaltada cuando en sus sueños intentaba darle alcance y, a punto de hacerlo, él se alejaba cada vez más hasta que desaparecía y ella se precipitaba a un profundo y oscuro precipicio.

Aquel segundo embarazo lo llevó mucho mejor que el del pequeño Hans; le permitió hacer una vida normal, asistir a reuniones, atender asociaciones a las que estaba adscrita, acudir a suntuosas fiestas del brazo de su esposo. Podría parecer que era poderosa, dueña del mundo, pero en realidad se trataba de un mundo vacío porque no tenía al hombre al que amaba.

A finales de abril de 1937 Claudia daría a luz a una preciosa niña, rubia, de piel blanca y ojos claros, idéntica a ella cuando nació, en palabras de la feliz abuela materna.

Le pusieron el nombre de Jenell.

La intromisión del Estado en la vida cotidiana de los ciudadanos se hacía cada vez más asfixiante y, a pesar de ello, la mayoría de la población lo aceptaba sin apenas rechistar con la justificación de que las cosas iban bien: había trabajo, paz social y la inestabilidad política había desaparecido, aunque fuera bajo un mando único como forma de equilibrar las fuerzas. Hitler se había erigido como Führer de Alemania con poder absoluto, con una autoridad inexpugnable, considerado un ser infalible que adoptaba en persona las decisiones más trascendentales del gobierno.

La idea de que los alemanes desleales pudieran hacer estallar una revolución espontánea que echase definitivamente del poder a los nazis se transformó con el tiempo en una quimera inalcanzable. La maquinaria del miedo era muy efectiva y atenazaba cualquier reclamación o revuelta. No obstante, algunas grietas apenas percibidas demostraban que, pese a la apariencia de mirar hacia otro lado, se producían filtraciones de información secreta, desde el aviso anónimo que recibía el que estaba a punto de ser detenido para darle tiempo a huir, hasta las numerosas rutas secretas que recorrían el país, utilizadas muchas de ellas por Yuri a través de encargos de Villanueva, con el fin de sacar de Alemania personas, dinero, noticias y documentación sensible. De estas fisuras estaba al tanto Himmler, el director de los guardias negros de las SS, y preocupado por la seguridad y obcecado en fulminar al disidente de cualquier orden, adoptó medidas para fortalecer y proteger las estructuras del Estado. Se abrieron más campos de concentración y el trato a los presos empeoró de manera considerable, se desarrolló el arte del espionaje, se fomentó la delación entre la población leal, se creó un cuerpo de guardias que vigilaban los edificios y portales, aumentaron las sentencias condenatorias a pena de muerte con métodos tan brutales como la decapitación, basadas en acusaciones ridículas e infundadas.

Krista pertenecía a ese grupo de desleales silentes que trataba de dinamitar con acciones calladas la consistencia de muchas de las normas que iban saliendo, rebelándose ante determinados límites que traspasaban lo más privado del ser humano, como cuando se estableció un impuesto a la soltería para los arios y otro para los matrimonios sin descendencia; una forma de penalizar lo que se consideraba un morboso egoísmo de los hombres y mujeres que se mantenían solteros o, una vez casados, se negaban a concebir hijos. Para el Reich, esta actitud suponía un absoluto desprecio a la solidaridad de la patria. Este tipo de cosas exacerbaban a Krista.

—Pretenden imponernos hasta los hijos que debemos tener. —Hablaba mientras leía el periódico que le había dejado su madre—. Me sorprende hasta dónde hemos llegado y lo que los alemanes estamos consintiendo.

—A ti, en todo caso, te multarán por soltera —añadió su madre mientras se servía un café.

—Quiero casarme, madre, pero se está convirtiendo en una tarea imposible —resopló—. Todo son trabas.

—No conseguirás nada si sigues empeñada en no sacarte el *Ahnenpass.*

—No necesito demostrar mi ascendencia aria.

—Sí lo necesitas —replicó la madre—. Te guste o no, Krista, las leyes son las leyes, y si no tienes ese pasaporte, además de no poder casarte, acabarás por perder tu trabajo —añadió tajante, bajando el tono de voz.

—Todo esto me resulta insufrible. —Echó la mirada a lo alto.

—Baja la voz.

—¿Que baje la voz? —inquirió vehemente obviando la advertencia de su madre—. ¿Desde cuándo estamos así? ¿En qué momento nos han arrebatado la libertad para hablar en nuestra propia casa?

Su madre la miraba con expresión alarmada.

—Krista, por lo que más quieras, baja la voz. —Se levantó inquieta y se fue hasta el otro lado de la estancia para colocar un cojín sobre el teléfono; luego volvió a la mesa—. Se dice que lo oyen todo a través del teléfono —susurró la señora Metzger una vez sentada—, aunque esté colgado. Hay que ser prudentes, hija, no quiero líos.

—Es todo tan grotesco —añadió Krista furiosa por la actitud de su madre.

Durante unos segundos no dijo nada, la mandíbula tensa, como si se estuviera conteniendo. De repente se puso en pie y se acercó hasta el cajón de un chifonier; sacó una caja de latón y la llevó hasta la mesa para mostrarla a su madre. En su interior había una docena de insignias de carácter nazi.

—¿Me puedes explicar por qué tienes esta basura?

Las mejillas de la madre se enrojecieron, avergonzada como

un niño cuando lo pillan en falta; echó una rápida ojeada a las insignias de formas diferentes, aunque todas tenían la esvástica.

—Son donativos —murmuró.

—¿Das donativos para sostener esta locura, madre? —Krista era incapaz de reprimir su indignación.

La mirada de la madre reflejaba la humillación sentida.

—En el vecindario se murmura sobre ti, sobre tu intención de casarte con un extranjero, se sabe que no perteneces al partido, saben que no estás de acuerdo con Hitler... —Negó con la cabeza—. Y hay muchos que no lo perdonan...

—¿Y tú, madre? ¿Me lo perdonas tú?

La madre alzó las cejas, melancólico el semblante, como si de pronto se sintiera muy cansada.

—Eres mi hija, no tengo que perdonarte nada. Pero esas insignias prendidas en mi solapa me permiten caminar más segura por la calle, que la gente me salude, evitar el mal trago de que me vuelvan la cara o que no quieran despacharme en una tienda y me miren como una apestada. Para evitar todo eso, no me queda más remedio que llevar esas insignias.

Krista se quedó atónita al escuchar las palabras de su madre.

—Mamá... No sabía... ¿Por qué no me lo dijiste?

—¿Qué iba a decirte? ¿Que la gente habla? Eres mi hija, y si tengo que dar donativos para acallar las bocas, doy donativos, aunque sea al mismísimo diablo. —Llevó los ojos hasta las insignias amontonadas en el interior de la caja y cerró la tapa con un golpe, como si su visión le hiciera daño a la vista—. No soportaría que te ocurriera algo.

Krista sintió que el sufrimiento de su madre penetraba en su conciencia como una flecha de acero. Desde su arresto vivía en un continuo estado de alerta, siempre temerosa por ella, inquieta cada vez que salía de casa y hasta que regresaba, apenas dormía y se le notaban las ojeras. Le apenaba comprobar cómo se habían ido apagando el vigor y la fortaleza de ánimo que siempre la habían caracterizado, ni siquiera la pérdida de su padre le había hecho tanta mella como aquella extraña situación en la que vivía Alemania.

Trató de mostrarle la ternura que brotaba en su interior y el arrepentimiento por su ataque. Estiró el brazo y apretó su mano con una sonrisa.

—No te preocupes, mamá, tengo mucho cuidado. Pero tú... Siento que estés pasando por todo esto. Es todo culpa mía.

—No, hija, no quiero que te culpes. Lo cierto es que cada vez es más difícil quedarse al margen. Nos acorralan, Krista... Y no podemos escapar.

Con los ojos bajos, como si fuera a enseñar algo malo, se llevó la mano a un bolsillo y sacó un papel con un membrete oficial; vaciló un instante y se lo tendió.

—Me llegó hace dos días... —La voz de la madre se quebró—. No sé qué hacer...

Krista lo leyó:

«Conforme a la ley de pensiones de viudedad, se le solicita responda a las preguntas que figuran a continuación de forma detallada y acorde a la verdad...».

A continuación se desplegaba una larga lista de preguntas, la mayoría capciosas y partidistas.

—¿Qué es esto? —preguntó atónita.

—Ya lo ves, una encuesta que tengo que responder.

Al final del cuestionario, como el colofón a la ringlera de preguntas, había un texto en el que se daba por cierto el apoyo de la encuestada al gobierno del Tercer Reich, además de brindar su absoluta lealtad al Führer, Adolf Hitler.

—¿Piensas responder? No puedes entrar en su juego...

—Si no lo hago, me retirarán la pensión. Y las dos estaremos en peligro.

A Krista se le partió el alma de ver a su madre en aquella tesitura. La rabia la quemaba por dentro. Le costaba encajar aquel golpe bajo.

—Es todo tan aberrante...

Le besó la mano y se acarició con ella su propia mejilla, brindándole una sonrisa, con lo que consiguió desdibujar la amargura de su rostro. Dobló el papel y se lo devolvió.

—Si quieres, te ayudaré a contestar.

La señora Metzger esbozó una sonrisa entristecida mientras se guardaba el papel en el bolsillo. Luego empujó el plato con el bizcocho que había sobre la mesa.

—Come algo, hija, que estás muy delgada.

Le sirvió un plato con un trozo. Krista se lo llevó a la boca con una expresión de desagrado mientras masticaba.

—Cuánto echo de menos los pasteles de Lilli Rothman.

En ese momento entró Sarah con otra cafetera humeante que dejó sobre la mesa.

—Por cierto —dijo con prudencia la criada como si pidiera permiso para hablar—. Ernestine Rothman ha regresado. La he visto esta mañana temprano salir sola y muy deprisa. Ha engordado mucho, y ha debido de tener un bebé, porque se oía el llanto de un niño en la casa.

La señora Metzger miró a su hija.

—No le digas nada, Krista, te lo suplico, déjalo estar. No merece la pena.

—Tienes razón, madre. —Esbozó una sonrisa—. No merece la pena.

Desde su paso por los calabozos de la Gestapo, Krista vivía en un constante estado de nervios, no podía evitar estremecerse cada vez que sonaba el teléfono o recibía en su consulta una carta del ministerio. Todo en su entorno resultaba opresivo, de temor y alerta perpetuos, y el único que le daba aire para respirar era Yuri.

Cuando el cartero le entregó el telegrama remitido por su hermana Katia, Yuri intuyó que traía malas noticias. Su padre había muerto, pero no por la enfermedad que lo había estado consumiendo en los últimos años, sino destrozado por una bomba. No murió solo, lo hizo junto a la vieja Sveta. La torpeza al caminar de Miguel Santacruz les había impedido salir del piso a tiempo para bajar al refugio. Los alcanzó de lleno una bomba lanzada desde Junkers alemanes, que llevaban meses actuando como refuerzo y apoyo al ejército sublevado, el mismo que defendía la mayoría de sus compañeros de trabajo en la embajada, capitaneados por el embajador Agramonte.

Leyó varias veces aquel trozo de papel, dos frases que parecían entrecortadas portadoras del luctuoso anuncio: las dos muertes y una escueta causa de ellas. Una catarata de impulsos contradictorios lo abrumó de repente. La culpabilidad que había tratado de esquivar en todos aquellos años de desapego cayó a plomo sobre su conciencia. Notó una fuerte presión en el pecho, la emoción desbordada. Sintió que se ahogaba. Se volvió para mirar la foto de su madre y de su hermano; su imagen borrosa quedó desvirtuada por un llanto amargo, se dejó caer en la butaca, apoyó los codos en las rodillas, hundió la cabeza entre las manos, respirando a bocanadas. Mil preguntas sin respuestas se desmoronaban de su conciencia, acumuladas durante años de silencio, preguntas que quedarían sin resolver para siempre.

Al cabo de un rato, recuperada la calma, miró a su alrededor como si se encontrase en un lugar extraño. Debería haber estado allí, murmuró, si hubiera estado con él no habría enfermado; si hubiera estado a su lado, podría haberlo salvado; debería haber estado allí, se repetía como un mantra susurrando con los dientes apretados. Al fin se secó las lágrimas y llamó por teléfono a Villanueva para darle la noticia.

—Lo siento mucho, Yuri. Es algo que podía ocurrir. —Calló unos instantes—. ¿No estarás pensando en viajar a Madrid?

—Apenas esperó una contestación, pensando en aportar argumentos que lo convencieran de lo contrario—. La ciudad lleva meses sitiada por las tropas de Franco.

—Debería haber ido hace tiempo... —lo interrumpió pegados los labios al auricular.

—Yuri, tu padre fue un buen hombre. Quédate con eso. Ya no puedes hacer nada por él.

Yuri cerró los ojos y echó la cabeza hacia atrás con un gesto de dolor, como si se estuviera rompiendo por dentro.

—Me siento como un miserable... —Sonaba agotado—. Soy un miserable... Debería haber estado allí.

—Culparte ahora no te va a servir de nada. —Villanueva esperaba ansioso alguna respuesta al otro lado del auricular. Aquella mañana estaba más nervioso de lo habitual, la Gestapo estaba acosando a algunos de los trabajadores de sus locales, había habido arrestos y Volker le había mostrado su preocupación—. Yuri, Yuri —su tono revelaba una mezcla de impaciencia e inquietud—, escúchame: tu padre estaba enfermo desde hace tiempo, lo hemos hablado muchas veces. Tal vez pueda parecerte duro lo que voy a decirte, pero creo que es lo mejor que le ha podido pasar; las consecuencias de esta enfermedad son demoledoras, para él y para los que están a su alrededor.

—No para mí. Nunca estuve a su lado. Me aparté de él y lo responsabilicé de todo.

Hubo un silencio expectante. Villanueva resopló.

—Creo que ha llegado el momento de que sepas la verdadera razón por la que tu padre no quiso volver a saber nada de tu madre ni de Rusia.

En ese instante sonó el timbre.

—¿Qué quiere decir, Erich? ¿Qué sabe de mi padre?

—Te lo explicaré todo cuando vengas.

Villanueva colgó y él se quedó inmóvil, el auricular pegado a la oreja, en una espera sin sentido hasta que el timbre, insistente, resonó de nuevo acompañado de dos apremiantes toques sobre la madera.

Yuri colgó por fin, tomó aire y se acercó a la puerta.

—Buenos días, camarada Yuri Mijáilovich.

Habían pasado cuatro años desde su primer y único encuentro. El recuerdo que Yuri tenía de Vadim Sokolov quedó distorsionado con el hombre que tenía delante, más delgado, el rostro algo más afilado, vestido con un traje de franela barato, camisa de cuello tazado y un sombrero impregnado de manchas de sudor. Nada que ver con el elegante esmoquin que lucía en la fiesta de los Von Schönberg en marzo de 1933.

—¿Te pillo en mal momento, camarada? —preguntó el ruso ante el pasmo de Yuri.

—Acabo de recibir malas noticias de España...

Sokolov se tocó el ala de su sombrero echándolo ligeramente hacia atrás, para luego volver a colocárselo en el mismo sitio. Alzó las cejas antes de hablar.

—Corren malos tiempos para España y los españoles. —Ante el silencio y la inacción de Yuri, Sokolov hizo un gesto hacia el interior—. ¿Puedo?

Yuri lo dejó pasar y cerró la puerta. Se quedó quieto observando al ruso, que con paso lento se adentró en el salón abuhardillado mirando todo a su alrededor con curiosidad y sin ningún reparo. Se giró y asintió con una expresión complacida.

—Tienes una casa cómoda y muy cálida, camarada. Te felicito.

—Gracias, Sokolov. Dígame a qué ha venido, por favor. ¿Tiene alguna noticia de mi madre?

—No de ella —respondió con una sonrisa malévola—, pero sí de tu hermano.

Yuri se adelantó hacia él con un ansia esperanzada reflejada en su rostro.

—¡Kolia! ¿Sabe algo de él? ¿Qué ha averiguado?

—Todo a su tiempo, camarada, todo a su tiempo.

A Yuri le molestaba que lo llamase «camarada», y sobre todo le incomodaba el tuteo como táctica bolchevique de una intimidad forzosa que escondía uno de los muchos métodos de sometimiento; aun así no le dijo nada. El ruso le volvió la espalda y continuó con la descarada inspección de la intimidad de Yuri, llegando a asomarse a la alcoba. Yuri supuso que estaba comprobando que no hubiera nadie más en la casa. Sokolov se acercó a la radio que había sobre la cómoda, pulsó el botón y la voz Brigitte Horney entonando *«So oder so ist das Leben»* lo envolvió todo. Se volvió hacia él sonriente.

—Así nadie podrá escucharnos.

Luego avanzó hasta quedar justo frente a él, con una mirada mordaz e inquisidora. El aliento le apestaba a alcohol.

—Me pregunto por qué no acudiste a Moscú cuando se te invitó.

—No diría yo que aquello fuera una invitación, más bien era una orden.

—Y las órdenes se cumplen —sentenció el ruso.

—No estoy a sueldo de la Lubianka, no tengo ninguna obligación ni con ellos ni con usted.

Sokolov insistió en la misma línea.

—¿Hay alguna razón convincente para que no hicieras ese viaje?

—¿Por qué tendría que darle explicaciones? —respondió Yuri soltando una risa incómoda.

—¿Porque te conviene hacerlo? —preguntó el ruso con los ojos chispeantes de malicia—. Tu madre, tu hermano... ¿Son razones de peso para ti?

A Yuri se le congeló la risa en los labios. Durante unos segundos dudó de la respuesta. Al final decidió decir la verdad.

—Sinceramente, no me fiaba.

Sokolov lo miró de hito en hito, recriminándole su actitud.

—Deberías hacerlo. Si lo que quieres es conocer la suerte de tu familia, no tendrás más remedio que fiarte de mí.

—¿Qué sabe de ellos? —volvió a preguntar.

Sokolov arrugó los labios con una mueca, asintió.

—Ha costado mucho obtener la información.

—¿Cuánto quiere? Le dije que le pagaría lo que fuera.

—Y yo te dije que no se trataba de dinero.

—¿Qué quiere de mí?

—Es fácil. Información a cambio de información.

—No sé qué clase de información podría darle yo.

—Camarada Yuri Mijáilovich, no te subestimes. Trabajas en la embajada de España y, como bien sabes, el embajador ha tomado partido por el ejército sublevado de Franco, tendiendo puentes con los nazis y dándoles toda clase de facilidades para matar a españoles como tu padre.

—¿Cómo sabe que mi padre ha muerto? —preguntó Yuri sin dar crédito a lo que había escuchado.

Con una sonrisa artera, Sokolov abrió las manos como si mostrase algo evidente.

—Malas noticias de España... —repitió despacio con una mueca irónica—. Es fácil de deducir. No hay que ser muy avezado para ello. —Cambió el gesto, algo más sosegado, buscando argumentos con los que convencer—. Camarada Yuri Mijáilovich, creo no equivocarme al considerarte un hombre cabal y dudo que estés de acuerdo en la forma en la que ese embajador que ha traicionado a la República y al gobierno que lo nombró permita ahora que los nazis utilicen la guerra de España como banco de pruebas de su propio armamento. Sorprende que España ponga el conflicto, el dinero, el territorio y las víctimas... Hay que reconocer que los nazis saben usar sus bazas. A Hitler la guerra de España le ha venido de perlas. Dime, camarada, ¿qué opinas tú de todo esto?

—Hace tiempo que aprendí a no meterme en política, ni nazis ni bolcheviques.

—Todos estamos metidos en política, no podemos eludirla; las leyes que ordenan nuestra vida, las normas que organizan la convivencia, la justicia que nos ampara, cada paso que damos viene auspiciado por la política. No puedes quedarte de brazos cruzados mientras los Junkers nazis matan a tu familia en España, ¿o es que te importan menos los de allí que los de Rusia?

—Disculpe, pero ese es un asunto que no le incumbe.

Yuri se sentía herido porque aquel hombre tenía razón, había dado en la diana de sus más profundos miedos: tanto tiempo dedicado a buscar a los que se quedaron en Rusia y, sin embargo, tanto abandono a los que dejó en España, a los que había dedicado una sola visita de apenas unos días además de unas pocas cartas. Ahora ya no tenía remedio. Su padre había muerto y no había posibilidad de reparar lo que tuvo que arreglarse hacía mucho tiempo.

—Haremos una cosa, camarada Yuri Mijáilovich: tú saca información de la embajada y tendrás la oportunidad de reencontrarte con tu hermano Kolia.

—¿Y mi madre?

—Vamos por partes, camarada. Tu hermano vive en Moscú. Se ha convertido en un hombre fuerte del Partido Comunista y está muy bien considerado. Vive con una mujer, tiene una hija de cinco años y tengo entendido que hace poco ha tenido un nuevo retoño. Ha cambiado el apellido de tu padre, su nombre ahora es Nikolái Fiódorovich Smelov.

Yuri frunció el gesto extrañado.

—¿Por qué Smelov? ¿Por qué el patronímico de Fiódorovich? El nombre de mi padre era Miguel.

—Eso tendrás que preguntárselo a él.

—¿Y mi madre? —insistió.

—Por ahora esta es la información que te ofrezco. Ha llegado el momento de que tú me des algo a cambio. Es lo justo.

—¿De verdad pretende que espíe en mi embajada? —preguntó sin dar crédito.

—Quiero que pongas todos tus sentidos y me informes de lo que allí se cuece. Es fácil, lo único que tienes que hacer es estar atento, saber con quién se entrevista el embajador, tratar de obtener información de las conversaciones; las secretarias suelen tener muy buena memoria cuando un hombre apuesto como tú sabe estimularlas un poco. Cuando tengas algo que pueda interesarnos, harás un informe y lo depositarás en el lugar y la forma que yo te indique. Eso es todo. Podrás seguir con tu vida, no te supondrá demasiado esfuerzo, será incluso más fácil que tu colaboración en los turbios negocios de Erich Villanueva... —Hizo una pausa intencionada—. Un tipo hábil..., muy hábil.

Yuri lo miraba absorto, contenida la respiración mientras lo escuchaba. Soltó el aire retenido en sus pulmones acompañado de una risa escéptica.

—Nunca he sido espía. No sabría por dónde empezar. Me descubrirían a la primera de cambio.

—Camarada Yuri Mijáilovich, cuando lo que está en juego es la vida, uno agudiza el ingenio.

—Eso suena a amenaza.

—No te lo tomes a la tremenda —le dijo en tono indolente—. Yo te doy lo que quieres y a cambio tú me das lo que quiero. Ese fue el trato.

—¿Y si me niego? ¿Y si no quiero entrar en este juego?

Sokolov movió la cabeza negando y chistando antes de acercarse más al rostro de Yuri, sus siniestros ojos lo miraban aviesos.

—Ya es tarde para eso. Hay un trabajo previo hecho por mi parte. ¿No pretenderás que me marche con las manos vacías? —Sokolov llevó deliberadamente la mirada a la fotografía que había sobre la cómoda. Se apartó de Yuri y la cogió—. Es sorprendente el parecido de tu hermano Kolia con el hijo de la vecina del segundo, la señora Von Schönberg. —Se volvió hacia él con una mueca irónica—. Teniendo en cuenta que Kolia está a miles de kilómetros... Y siguiendo las reglas de la genética, cualquiera podría llegar a pensar que el pequeño Hans es hijo tuyo.

Yuri fue hacia él y le arrancó la foto de las manos. Sokolov continuó con su ataque frontal, sabedor de que le estaba tocando en plena línea de flotación y que faltaba muy poco para hundirle el ánimo.

—No sé qué pensará de todo esto esa preciosa alemana con la que pretendes casarte, Krista se llama, ¿no es así?

—A ella déjela fuera de esto.

—Eso depende de ti, camarada.

Yuri tomó aire, apretó los labios conteniendo la rabia y asintió.

—Haré lo que pueda en la embajada. No me comprometo a nada más.

Sokolov rio taimado, satisfecho por haber conseguido dar en el blanco.

—Tendrás que esmerarte, camarada, de ti depende la vida de mucha gente.

—Es usted un canalla.

—Recibirás noticias de cómo y dónde dejar la información. —Sokolov le dio la espalda para dirigirse a la puerta con paso lento—. No hables de esto con nadie, ni con Villanueva ni con tu prometida, los pondrías en peligro innecesariamente. —Levantó la mano para hacer callar a Yuri, que pretendía replicarle—. Ah, y si me permites, te daré un consejo de camarada a camarada: ten cuidado con la madre de tus hijos... No es de fiar... Desde hace tiempo vigila cada uno de tus movimientos, y lo que es más grave, los de Krista. —Chascó la lengua con un gesto ladino—. Una mujer celosa puede ser de armas tomar, y Claudia Kahler además está rodeada de hombres muy poderosos.

Yuri no supo qué decir, atragantadas las palabras en su mente.

—Y recuerda, Rusia siempre se cobra los favores, aunque sea con la vida... No la tuya, sino la de quienes más te importan. No lo olvides nunca.

Salió y cerró la puerta, dejando a Yuri abismado en un marasmo de sentimientos. Miró la foto de su madre y de su hermano. Se fijó en Kolia. El pequeño Hans von Schönberg tenía tres años, los mismos que Kolia en la foto... Los mismos ojos color ámbar tan singulares y enigmáticos, el mismo pelo oscuro y rizado, los mismos labios carnosos... La misma sonrisa infantil.

Estremecido, dejó la foto en su sitio.

Nada más marcharse el ruso, Yuri se vistió y sin pasar por casa de la señora Metzger, salió a la calle rumbo a la embajada. Cuando entró en el despacho de Villanueva, este se levantó, se fue hacia él con el rostro demudado y le dio un abrazo. Yuri se dejó querer porque aquel consuelo atemperaba el duelo.

Deshecho el abrazo, Villanueva lo guio con la mano en el codo hasta uno de los confidentes y él se sentó en el otro. Dio un largo suspiro, el gesto serio.

—Villanueva... Se lo pido por favor, dígame por qué mi padre renunció a mi madre... ¿Qué ocurrió en aquel viaje que hizo a Rusia?

Su voz rota estremeció a Villanueva. Lo miró largamente, analizando qué palabras utilizar para tratar de no herir demasiado.

—A tu padre lo detuvieron nada más pisar suelo ruso. Lo estaban esperando... Estaba obsesionado con sacar a tu madre de ese maldito país, se estaba volviendo loco, la amaba como nunca he visto a nadie amar a una mujer... —Villanueva observaba desolado a Yuri, consciente de cuánto iba a sufrir con sus palabras, pero también sabía que ya no podía evitarlo—. Había estado intentando contactar con ese amigo suyo, Smelov, pero todo fue en vano. Hasta que un día decidió aventurarse utilizando el pasaporte diplomático, un error, un grave error... Permaneció encerrado en una celda durante todo el tiempo, hasta que le entregaron una carta manuscrita y firmada por tu madre. —Le mantuvo la mirada. Yuri permanecía callado implorando sus palabras—. En esa carta tu madre le decía que estaba bien, que no iba a acompañarlo, que todo había sido un plan urdido desde el principio para obligarlo a salir de Rusia, alejarlo de ella. Afirmaba que no renunciaría nunca a su patria. Le suplicaba que no volviera a buscarla porque con ello la perjudicaría.

—Pero eso es imposible. Mi madre quería salir de Rusia, quería hacerlo...

Villanueva dudó si continuar, pero comprendió que Yuri tenía derecho a saberlo.

—Yuri, tu madre había dejado de amar a tu padre; en la carta le confesaba que desde hacía tiempo era otro hombre el que ocupaba su corazón...

—¿Quién? ¿Quién era ese hombre?

—Piotr Smelov.

—Petia... —susurró el nombre del médico, del mejor amigo de su padre, el hombre que lo trajo al mundo y curado de todas sus dolencias era el amante de su madre. Las palabras salían a trompicones—. No puede ser... No es posible...

—Después de eso, lo dejaron libre y regresó a Berlín absolutamente desolado, roto de dolor.

Yuri sintió una explosión, una marea cuya fuerte resaca le arrastraba al fondo de un mar oscuro y profundo. Recordaba con claridad a su padre después de aquel maldito viaje, cuando descendió solo de aquel taxi, la mirada perdida, el rostro abatido.

—Es mentira... Una burda mentira... —Hablaba sin aire en los pulmones, sintiendo el desbocado latir de su corazón.

—Yo mismo pude leer esa carta antes de que tu padre la

arrojase al fuego. Él mismo me confirmó que era su letra y su firma... Luego me hizo jurar que no os diría nada, quería que mantuvierais intacta la imagen de vuestra madre tal y como la recordabais. Creyó que era lo mejor, habíais sufrido mucho. En cierto modo consiguió su propósito. La memoria de tu madre se ha mantenido indemne para ti.

El peso de aquellas palabras le resultó insoportable. Se sintió herido, desgarrado por dentro. Había enaltecido a su madre y ahora toda esa imagen adorada se desintegraba en su conciencia rasgada en mil pedazos. Había despreciado a su padre, culpándolo de todos los males, acusándolo de un olvido que en realidad era una forma más de amor hacia ella y hacia su hijo.

—Lo siento de veras, Yuri.

Villanueva le ofreció un cigarro, pero él ni siquiera se movió, absorto en sus pensamientos. Erich encendió el suyo, aspiró una bocanada y soltó el humo muy despacio, dejándole tiempo para que asimilara todo aquello.

Al cabo, Yuri alzó los ojos. Comprendió que tenía que encontrarse con su hermano. Su padre ya no estaba para poder hablar con él y destapar los errores del pasado, pero Sokolov le brindaba la oportunidad de ver a Kolia y esclarecer qué ocurrió realmente en aquella estación y en los días posteriores a su partida. Era el único que podría aclarar todo aquel maldito embrollo en que se debatía su pasado.

—Sé que Kolia está vivo —dijo sin más.

—¿Cómo lo sabes?

—Recibí una nota de Sokolov —mintió. No quería que supiera que lo había visto.

—Es mal momento para que te acerques a los rusos. La guerra no está yendo según lo previsto para Franco. Madrid se resiste gracias a la ayuda que los republicanos han recibido de Stalin. El embajador cree que todos los depósitos de oro del Banco de España han acabado en las arcas de Moscú. Como sea cierto, el ejército de Franco tiene un problema. Stalin no va a dejar pasar la oportunidad de sacar partido de esta guerra.

—¿Y Hitler qué dice?

—Alemania reconoce el gobierno de Franco como el único legítimo. Era de esperar. Desde el verano le está enviando tropas y armas. Estamos en un momento delicado, la balanza puede caer a un lado u otro dependiendo de las fuerzas que llegan de fuera. La guerra de España se ha convertido en una competición entre Hitler y Stalin. Hace meses que este edificio parece un anexo de la cancillería de Defensa del Führer. Hay muchos nervios y nadie entendería aquí que tuvieras encuentros con rusos, y mucho menos que te plantearas irte a Rusia. Si te soy sincero, me pondrías en un grave aprieto. Aléjate de Sokolov, por tu bien y el de todos.

Por supuesto, Yuri no le dijo ni una palabra sobre el chantaje envenenado que le había dejado Sokolov. Temía por las represalias, sobre todo temía por Krista, incluso por Villanueva. Había caído en la trampa y no le resultaría fácil salir de ella, así que había decidido hacer lo que le pedía Sokolov tratando de conseguir sus propios beneficios.

—Tan solo me ha dicho que vive en Moscú —le restó importancia al asunto—, y que se hace llamar Kolia Fiódorovich Smelov —añadió esbozando una agria sonrisa sarcástica—. Smelov, por supuesto...

Villanueva soltó una risa socarrona.

—Imagino que tu madre se encargaría de cambiarlo de inmediato. Tiene su lógica. Piensa que en la Unión Soviética estar emparentado con un extranjero ha pasado a ser un acto criminal, y ser hijo de uno supone como mínimo diez años en alguno de los campos de prisioneros a los que destinan a los enemigos del pueblo, más allá de los Urales, en Siberia.

—Erich, me gustaría prestar mi colaboración en la embajada a favor de los nacionales. No quiero que en España se imponga un gobierno bolchevique, haré todo lo que esté en mi mano para que no sea así.

Villanueva lo observó unos segundos. Alzó las cejas y asintió con satisfacción.

—Comprendo perfectamente lo que sientes y considero que es una decisión acertada. Tu ayuda puede ser de mucha utilidad. Eres el único de confianza que sabe ruso, así que tu contribución será bienvenida. Le comunicaré tu decisión al embajador, estoy convencido de que se alegrará.

Durante meses Yuri estuvo pasando información a los soviéticos de los tratos y acuerdos realizados en la embajada. Las cosas habían sido mucho más fáciles de lo que podría haber imaginado. El nuevo embajador, Antonio Magaz (un aristócrata, marino militar nombrado por Franco, que ya se había erigido como generalísimo con mando único en toda la zona nacional), así como el agregado de relaciones exteriores depositaron en él la suficiente confianza como para tener conocimiento de encuentros, conversaciones, toma de decisiones y acuerdos entre ambos gobiernos, de Hitler y de Franco, con la posibilidad de acceder a los informes que salían de dichas reuniones.

Sokolov le dio instrucciones muy precisas de dónde tenía que dejar los sobres con la información. El lugar elegido era el Cementerio de los Inválidos. La referencia, la sepultura de Marga von Etzdorf, la primera mujer que había volado en solitario de Europa a Japón y símbolo de la obsesión alemana por la técnica, que se había suicidado cuatro años antes. Cerca de ella, junto a un roble centenario, había una pequeña tumba con el nombre grabado de Anita Wolf, muerta un siglo antes con tan solo tres años. En la parte baja de la piedra había una grieta y era allí donde debía dejar su informe. Cada vez que lo hiciera, pintaría una sola raya con una tiza en el borde superior de la lápida. Si alguna vez encontraba dibujada una marca con una equis, debía alejarse sin dejar nada porque era la señal de que el lugar estaba vigilado.

En todo aquel tiempo Yuri no vio nunca la equis. Acudía al cementerio en torno a una vez al mes, por lo general al atardecer, aparentando pasear plácidamente entre las tumbas.

A Sokolov lo volvió a ver un año después. Se hizo el encontradizo en la calle, chocó con él como si fuera despistado, pero no lo saludó y fingió no conocerlo, se disculpó y continuó su camino. Yuri tampoco hizo ningún amago de tomar contacto con él. Extrañado, siguió caminando y al introducir la mano en el bolsillo de su abrigo palpó algo. Sin sacar la mano, mantuvo la calma hasta llegar a casa. Una vez cerrada la puerta con llave, comprobó que se trataba de un sobre que no tenía ni destinatario ni remitente. En su interior había una carta de Kolia manuscrita en ruso. Desplegó la cuartilla doblada y observó la caligrafía, los trazos redondeados y separados; se estremeció al recordar la paciencia que derrochaba su madre cuando enseñaba a escribir correctamente a Kolia. La nota era fría y breve, tan escueta que parecía haberla escrito forzado. Le expresaba su alegría de saber que estaba bien y le dejaba ver que era conocedor de todo cuanto hacía por el interés general de la Unión Soviética. Cuando Yuri terminó de leer la última palabra de despedida, dio la vuelta a la cuartilla. La página estaba en blanco, le devolvía de nuevo el mutismo sobre su madre, ni una sola mención a ella, ningún interés por su padre y su hermana, apenas cinco líneas loando su «trabajo». Lo inundó una profunda decepción, un amargo vacío.

No obstante, había continuado con sus pesquisas secretas en la embajada. A medida que pasaban los meses, la balanza de la guerra se fue decantando a favor de los sublevados. Villanueva se sentía muy satisfecho de haberse posicionado del lado de los vencedores.

Principio de la transfusión.
Por regla general, la propaganda opera siempre a partir de un sustrato preexistente, ya sea una mitología nacional o un complejo de odios y prejuicios tradicionales; se trata de difundir argumentos que puedan arraigar en actitudes primitivas.

Principios de propaganda de GOEBBELS

Los deseos de Krista de convertirse en la esposa de Yuri Santacruz se veían una y otra vez aplazados por las trabas burocráticas con las que se topaba. Una de las funcionarias del registro civil le había llegado a confesar que había órdenes estrictas de no emitirle la documentación necesaria para celebrar el enlace. Poco podían hacer ante semejante impedimento administrativo, pero lo que no les podían prohibir era que continuasen juntos con un amor inquebrantable.

El trabajo en la clínica le absorbía mucho tiempo y el poco que le quedaba lo dedicaba a las visitas clandestinas a sus pacientes judías. Yuri no estaba de acuerdo, pues temía por ella, pero Krista era terca y se sentía confiada al estar bajo el amparo de la doctora Anna Hotzfeld. A pesar del ambiente cada vez más enrarecido que se vivía en Alemania, de las tensiones sufridas en su trabajo y de los obstáculos para ejercer su profesión por el mero hecho de ser una mujer, Krista se consideraba profundamente afortunada de estar al lado de un hombre como Yuri, y sentía que lo amaba cada día más.

El 9 de aquel mes de noviembre de 1938 Krista cumplía veintinueve años. Hacía tiempo que Yuri le estaba enseñando a hablar ruso; a ella le gustaba aprenderlo, le parecía divertido y mostraba bastante facilidad para asimilarlo. Él le había regalado una edición especial de *Anna Karenina* en la lengua materna de Tolstói y un diccionario de ruso con el fin de que pudiera afianzar el aprendizaje. Y para celebrar el cumpleaños quería invitarla a cenar a uno de los restaurantes más exquisitos de la ciudad, situado en Kurfürstendamm. Se había puesto su mejor traje, se colocó la corbata delante del espejo, cogió el sombrero y bajó hasta el tercero. Justo en ese instante salía de su casa el matrimonio Bauer, acompañados por su hija Eva y sus cinco hijos. Se saludaron con cordialidad.

—Nos vamos al cine —dijo muy contenta la más pequeña de las niñas, agarrada de la mano de su abuelo—. Y luego mi abuela me va a comprar un helado.

Yuri dedicó a la niña una risa amable. En ese momento Krista abrió la puerta.

—Espera, que cojo el bolso.

Volvió a meterse en el interior mientras Yuri, asomado al hueco de la escalera, observaba a la familia Bauer bajar hacia la calle. Los niños más mayores corrían escaleras abajo con energía, mientras que los dos ancianos iban despacio, peldaño a peldaño, con la atenta compañía de su hija Eva adaptada a su paso y de la nieta, que no soltaba la mano de su abuelo.

—Ya estoy —dijo Krista a su espalda.

Yuri se volvió y la miró de pies a cabeza con admiración.

—Estás preciosa.

Ella alzó la mano derecha y le mostró su muñeca.

—Mira lo que me ha regalado mi madre. Es una leontina de oro que perteneció a mi padre; la ha reconvertido en pulsera para mí.

—Es preciosa —dijo admirando la joya. Luego le sonrió con complicidad—. Esto deja mi regalo en muy mal lugar.

Ella iba a contestar cuando los interrumpió un jaleo de voces y ladridos procedentes del portal. Alertados, se apresuraron escaleras abajo y al salir a la calle se encontraron con Eva Bauer de rodillas junto a su padre maltrecho y derribado en el suelo, los nietos alrededor de su abuela, que trataba de protegerlos conmocionada, los ojos puestos en su esposo; los rostros asustados de los Bauer y la presencia omnipresente de Ulrich von Schönberg junto a Claudia, su hermano Franz —extrañamente vestido de paisano, ya que no solía desprenderse de su elegante uniforme— y un hombre de las SS con un dóberman que tiraba con violencia de la correa ladrando enfurecido al anciano.

—¿Qué ha ocurrido? —preguntó Krista al salir a la calle.

Ulrich von Schönberg la miró con desprecio y, sin contestar, pasó a su lado tan cerca de ella que se tuvo que apartar para que no la arrollase. Krista, ignorándolo, se fue enseguida hacia el señor Bauer para atenderlo.

Yuri observó cómo Franz la miraba. Desde hacía tiempo sabía por ella que andaba cortejándola, pero le había rogado que no interviniera para no empeorar las cosas. Estaba convencida de que un enfrentamiento les causaría problemas a ellos y no a Franz, y le aseguró que podía controlar la situación por sí misma, sin necesidad de que interviniera en su auxilio como un héroe de cuento.

Yuri se cruzó con Ulrich, a quien siguieron Franz, que le dedicó una mirada aviesa, y Claudia, que se detuvo frente a él un solo instante, los ojos fijos del uno en el otro hasta que ella eludió la mirada y entró en el portal en pos de su marido y su hermano.

El SS con el perro se apartó hasta quedar junto al coche oficial aparcado. Los ladridos continuaban como una evidente amenaza.

—Canallas, son unos miserables canallas —murmuraba Eva Bauer, con la cabeza de su padre sobre el regazo, con una mezcla de impotencia y rabia.

El señor Bauer estaba consciente, aunque se quejaba muy dolorido. Al salir a la calle, la familia se había encontrado con Ulrich von Schönberg y el señor Bauer le había dedicado un despistado «buenas tardes». Entonces Ulrich y Franz, con un movimiento de orquestada apariencia, alzaron el brazo y clamaron un *Heil Hitler!* casi al unísono. El anciano ni siquiera los miró, puesta toda su atención en lo que le estaba contando su pequeña nieta. Ulrich von Schönberg le había reclamado el saludo nazi, pero el anciano repitió un escueto y amable «buenas tardes». Entonces Ulrich, sin mediar palabra, le propinó un severo bofetón que lo hizo tambalearse, sujeto solo por el débil brazo de la niña de cinco años, hasta que cayó al suelo.

—Creo que se ha roto la cadera —dijo Krista—. Hay que llamar a una ambulancia.

Esperaron hasta que llegó la asistencia, se llevaron al señor Bauer al hospital y la familia quedó absolutamente desolada.

Aunque con muy mal sabor de boca, Yuri y Krista se montaron en el coche y se fueron a cenar. Era miércoles, las tiendas de la calle ya habían cerrado cuando salieron del local. El portero de la entrada les advirtió que tuvieran cuidado porque desde hacía un rato se estaban produciendo disturbios en los alrededores.

—¿Qué está pasando? —Krista oteaba la calle llena de gente que rompía cristales de comercios, otra vez con proclamas contra los judíos.

—No estoy seguro —respondió el hombre—, algo que ha ocurrido en París hace unos días y que ha exacerbado la *judenkoller*.

—¿Y qué tienen que ver los comercios judíos?

—Algo tendrá que ver, digo yo. Cuando la gente reacciona así, será porque tienen razón. Ya se sabe, los judíos siempre son culpables.

Yuri y Krista se miraron con preocupación. Hacía dos días un judío polaco de diecisiete años había tiroteado a un secretario del embajador. La razón oficial de la agresión que se filtró era la desesperación del chico por la situación que vivían sus padres, atrapados desde hacía semanas en la frontera entre

Alemania y Polonia; sin embargo, corrían rumores de que se trataba de un crimen pasional por una posible relación entre ambos hombres. En cualquier caso, las consecuencias fueron nefastas: Ernst vom Rath había muerto esa misma mañana, y la cólera antijudía atizada por los nazis más radicales parecía haber organizado un acto de venganza a gran escala.

La pareja subió al coche e inició la marcha esquivando la turba que aporreaba puertas de comercios, rompía a pedradas los cristales de los escaparates y arrojaba la mercancía a la calle, y una nube de aprovechados de toda edad y calaña —hombres, mujeres, jóvenes, viejos, desde los más humildes hasta los más pudientes— se lanzaban al pillaje con la misma ansia que un hambriento se bate por un trozo de pan. Una vez saqueados los artículos de la tienda, los atacantes arrojaban al interior de los locales teas encendidas y empapadas en gasolina, lo que estaba ocasionando incendios a lo largo y ancho de toda la calle, en la que había muchos comercios y grandes almacenes aún regentados por judíos. Los asaltantes dejaban intactos los comercios arios. Lo tenían muy fácil, ya que desde hacía tiempo todos los judíos propietarios de negocios tenían la obligación legal de poner un anuncio en la fachada de sus locales que los señalaba como tales, al igual que se los inscribía como judíos en su pasaporte y en cualquier documento administrativo público o privado. Señalados para ser identificados. Los ataques, por lo tanto, eran precisos y selectivos.

Cuando el coche llegó a la altura del local propiedad de la señora Metzger, Krista vio al señor Ross, el inquilino de su madre, tratando de evitar que una docena de hombres (la mayoría con el uniforme pardo, pero también los había vestidos de calle) saquearan su tienda. Ross & Company se había convertido en uno de los comercios más elegantes de Berlín; la aristocracia y los más adinerados de la ciudad no faltaban a su cita para que el atildado Ross les confeccionara trajes de temporada de un corte perfecto, siempre utilizando telas de la mejor calidad, camisas de impecable hechura y las últimas tendencias en una exclusiva selección de corbatas y lazos. Viudo desde hacía muchos años, sin hijos, Gustav Ross era de pequeña estatura, muy delgado, siempre elegantemente vestido, distinguido, educado, culto, muy refinado; a lo largo de los años se había ganado una encomiable reputación que había atraído hasta su tienda a muchos de los jerarcas del partido nazi y sobre todo a muchos de los mandos de las SS, para que les confeccionase sus trajes de calle.

—¡Para! —gritó Krista al ver al viejo Ross bracear con un hombre vestido de uniforme pardo que lo empujaba con violencia—. ¡Yuri, para el coche!

Frenó en seco, y ella descendió precipitadamente y echó a correr hacia el señor Ross, que peleaba con más rabia que fuerza.

—¡Déjalo en paz! —conminó ella al de las SA al tiempo que se interponía entre ambos; el sastre quedó a su espalda.

—¿Cómo se atreve a defender a este cerdo judío? —le reprochó con desprecio el uniformado.

—¡Es un hombre decente! —resaltó indignada.

—¡Es basura! —replicó el SA.

Krista sentía tras ella el lamento del sastre, quien se había asido a su brazo como punto de apoyo. Podía oler su miedo.

El soldado pardo no estaba dispuesto a dejar escapar así como así a su presa. Intentó apartar a Krista agarrándola por el brazo y tirando de ella.

—¡Váyase a su casa!

—¡Suéltela ahora mismo! —El grito de Yuri atrajo la atención del SA.

El hombre la soltó rabioso.

—Defender a esta basura tiene sus consecuencias y los pone a su misma altura.

Yuri no quería entablar una diatriba con aquel tipo, así que, una vez asegurado de que Krista estaba libre, los conminó a que fueran hacia el coche.

—Mi tienda, mi tienda... —gimoteaba el sastre agarrado al brazo de Krista, acobardado y tembloroso—. Es todo lo que tengo...

Los cristales chirriaban bajo sus pies. Ya estaban cerca del coche cuando, sin previo aviso, Yuri recibió un fuerte empujón y, al volverse, un puñetazo lo derribó al suelo y lo dejó noqueado por unos instantes. El dolor en la boca era tan intenso que parecía tener un hierro candente incrustado en el rostro. En medio de su dolor oía los gritos de Krista tratando de librarse del amarre de dos hombres que la arrastraban a una camioneta. Intentó levantarse, pero recibió una patada en el estómago que lo paralizó. Con la boca pegada al frío pavimento, vio el forcejeo de Krista, cómo se retorcía con todas sus fuerzas. Uno de ellos la abofeteó con tal saña que la obligó a doblar el cuerpo y en ese momento la subieron a la caja del camión, en el que ya había unos cuantos más a la espera del encierro. Yuri se revolvió en el suelo hasta ponerse en pie; tambaleante, se dirigió hacia el camión. Fue entonces cuando descubrió a Franz Kahler, vestido con el mismo traje de civil que llevaba hacía unas horas, hablando con los que custodiaban a los detenidos. Le hizo una seña autoritaria, y el hombre indicó a Krista que bajase. Ella lo hizo ayudada por la mano de Franz. Luego la guio hacia Yuri.

—¡Llévatela de aquí! —lo instó con acritud—. No deberíais meteros en estos asuntos.

Krista obvió a los dos hombres y corrió hacia donde estaba el señor Ross; mientras, ellos se sostuvieron las miradas igual que en una muda pelea de gallos.

Franz, desafiante y provocador, colocó el dedo índice muy cerca del rostro de Yuri, señalándole, los ojos cargados de un profundo desprecio.

—No eres hombre suficiente para protegerla como es debido.

Herido en su pundonor, Yuri lo empujó fuera de sí.

—¡Aléjate de ella, ¿me oyes?! —le gritó—. Es mucha mujer para ti. No está a tu alcance.

Krista se apercibió de la pelea y fue a separarlos.

—¡Basta! —Agarró a Yuri del brazo para que retrocediera en aquel absurdo duelo—. Por favor, basta ya. Vámonos, Yuri, por favor.

Ninguno de los dos hombres retiraba la mirada, arrostrados el uno frente al otro, sin dar signos de ceder, mientras Krista tiraba del brazo de su pareja, instándolo a marcharse.

—Aléjate de ella —repitió Yuri, el dedo alzado emulando a su adversario.

Solo entonces cedió en su reto, a pesar de la réplica de Franz.

—Acabaré contigo, ruso de mierda, te echaré de mi país. Nos sobra basura como tú.

Krista consiguió por fin que Yuri le diera la espalda, y llegaron al coche; el sastre ya estaba instalado en el asiento de atrás. Subieron en silencio, Yuri arrancó y pisó el acelerador con suavidad. Había mucha gente en la calzada, obstáculos que tenía que sortear. Solo cuando se alejaron del lugar, Krista saltó encolerizada.

—¿Es que te has vuelto loco? ¿Cómo se te ocurre enfrentarte a él? ¡Podría haberte detenido!

—Encima le voy a tener que dar las gracias a ese puto nazi —replicó con aspereza.

—Ese puto nazi tiene suficiente poder para acabar contigo y conmigo...

—Ese puto nazi ha insultado mi hombría y no se lo permito.

—¡Vaya! —clamó ella con sarcasmo—. Así que se trata de bravuconadas entre machos.

—¿Prefieres que me deje pisotear como una basura? Nadie va a poner en duda que puedo protegerte.

—No necesito que nadie me proteja, Yuri, puedo hacerlo yo sola.

Él apretó los labios y se mantuvo callado. Seguía encendido por dentro. Le dolían mucho más las ofensas vertidas por Franz que la herida del labio. Mientras, el coche avanzaba por la avenida, esquivando a los alborotadores, hasta que reventó de rabia.

—Pero ¿qué clase de bárbaros sois los alemanes? —Hablaba como si a través de las palabras escupiera el dolor de aquel infame atropello—. ¿Cómo puede estar pasando esto en un país que presume de los mejores músicos, de los más grandes científicos, de los escritores más leídos y reconocidos? Barbarie en vez de cultura. Dios santo... ¡Qué país!

—¿Es mejor España con su guerra brutal? —protestó Krista ofendida por el ataque inesperado—. ¿O Rusia tal vez, con su revolución y sus purgas? ¿Te crees tú, ruso y español, mejor que los alemanes?

El llanto quejumbroso del señor Ross los obligó a callarse, como una voz de la conciencia advirtiéndoles que no cayeran en la trampa de aquella sinrazón.

Los envolvió un silencio incómodo. Yuri se sentía irritado y dolorido. Ella se dio cuenta de que le sangraba el labio, sacó un pañuelo y se lo tendió. Él lo cogió y la miró un instante antes de ponérselo en el labio herido.

—Lo siento, Krista —dijo al cabo, en tono blando.

Ella no contestó. Al otro lado de la ventanilla varios exaltados encaramados al escaparate de la tienda de música Weill destrozaban los pianos expuestos, unos Bechstein que debían de costar una fortuna. Los observó impotente ante una profanación tan inútil, con los sollozos del señor Ross de fondo. También ella tenía el cuerpo dolorido, su precioso vestido se había rasgado, había perdido un zapato y al tocarse la muñeca se dio cuenta de que le faltaba algo.

—Mi pulsera... He perdido la leontina de oro de mi padre...
Solo entonces rompió a llorar con una profunda pena.

El resto del camino lo hicieron en silencio. La oscuridad
de la noche se veía salpicada por el resplandor de incendios,
asperjados en todas direcciones como un maldito hisopo en
manos de un perverso dios salvaje. Dieron por hecho que no
había sido solo en la Kurfürstendamm; la barbarie y el vanda-
lismo se había desatado por toda la ciudad. Al llegar a su calle,
un numeroso grupo de personas permanecía apostada frente
al portal.

Krista, extrañada, bajó del coche y fue hacia la multitud.
Iba descalza, despeinada, alrededor de los ojos tenía manchas
de rímel corrido por las lágrimas.

La gente gritaba proclamas contra los judíos. Krista no entendía nada. Nerviosa, abriéndose paso entre aquella turba,
entró en el edificio y empezó a subir, mirando hacia arriba por
el hueco de la escalera. Vio algunas cabezas asomadas. En el
segundo piso, Claudia y Ernestine estaban cuchicheando. Cuando la vieron, se callaron y Ernestine se echó a un lado. Sin embargo, Claudia se encaró con ella.

—Dile a tu madre que tiene que echar a esa familia. Nos
pone en peligro a todos. No queremos judíos en el edificio.
¿Queda claro?

Krista se había detenido solo un segundo, sin entender
nada, atónita por la vehemencia de Claudia; respondió con
una callada indolencia a esa actitud desafiante. La rebasó y
continuó la carrera hacia la casa de su madre. Llamó con insistencia a la puerta y abrió Sarah con el gesto de susto y el abrigo
puesto.

—¡Sarah! ¿Qué haces tú aquí? —preguntó sorprendida de
verla a esas horas en su casa, pero no aguardó la respuesta—.
¿Dónde está mi madre?

—Están todos en el salón.

Cuando entró en la estancia se encontró a su madre junto a la ventana, pendiente de lo que sucedía en la calle; pero no estaba sola como ella esperaba. Desperdigados por los sillones, una mujer desconocida y cinco adolescentes la miraban con el terror marcado en sus rostros.

Sin comprender nada, Krista se fue hacia su madre, que la miró asustada.

—Pero, hija... ¿Qué te ha pasado?

—Nada, madre, ya te lo explicaré. Cuéntame qué ha ocurrido.

—Es la familia de Sarah, han venido a refugiarse aquí. Esa Ernestine del diablo los vio llegar y ha dado la voz de alarma para echarlos. —Se acercó a ella y bajó el tono—. Al padre de Sarah se lo han llevado, les han incendiado la casa, lo han perdido todo. —Encogió los hombros mirando a su hija—. Qué otra cosa podía hacer. Hace un rato ha subido esa mujer, Claudia, hecha una fiera, me ha dicho que tengo que sacarlos de la casa. —Con gesto lastimero, contempló a la familia desahuciada—. Cómo les voy a decir que se vayan. No tienen adónde ir...

—Has hecho lo correcto. No somos como ellos.

Mientras tanto, Yuri subía la escalera lentamente, acomodando su ascenso al del señor Ross, a quien llevaba sujeto del brazo. Cuando vio a Claudia ralentizó el paso sin dejar de mirarla. Gustav Ross continuó su arduo camino sin fijarse siquiera en ella, agarrado a la barandilla al quedar suelto del amarre de Yuri, que se había plantado frente a ella con una desafiante gravedad. Claudia reparó en su labio hinchado y se estremeció como si aquella herida le doliera. Levantó la mano hacia su rostro, pero él la retiró de un brusco manotazo.

—No se te ocurra tocarme. —Hablaba con voz baja pero rugiente, como si escupiera veneno con sus palabras—. Estarás satisfecha de las fechorías de los tuyos. Os felicito. Ya podéis descansar y daros palmaditas en la espalda por esta brillante noche de trabajo.

—Yuri, yo... —balbuceó descompuesta, a punto del llanto.

—Cállate, Claudia —la interrumpió imprimiendo en sus ojos tanto desprecio que le dolió como si le hubiera propinado un puñetazo en la mandíbula—. No digas nada...

Yuri le dio la espalda y reinició el ascenso para alcanzar a Gustav Ross. Cuando los dos hombres entraron en el salón, la viuda se asustó al ver el aspecto que traían.

Krista observaba la escena.

—Dios mío... —murmuró desolada—. ¿Qué vamos a hacer?

En los días que siguieron fueron conscientes de la magnitud de los sucesos acaecidos, a los que la prensa denominó «la noche de los cristales rotos», *Kristallnacht*, al quedar las calzadas de la ciudad sembradas de ellos. En todo el país, incluida Austria (que había quedado incorporada al Tercer Reich desde marzo de aquel año), fueron incendiadas y destruidas miles de sinagogas, calcinando libros sagrados y de oración, biblias, archivos, imágenes y mobiliario; se destrozaron y desvalijaron la gran mayoría de los comercios y locales que dirigían o aún eran propiedad de judíos, se saquearon consultas médicas, despachos de abogados y de todo profesional regentados por hebreos.

El señor Ross tuvo que hacerse cargo de todos los daños en la tienda, porque la aseguradora se negó a asumir los gastos. Podría haberlo demandado, pero los abogados a los que se lo planteó se negaron a llevarle el asunto. A través de la única organización judía permitida por el Reich, tramitó su marcha a Palestina y en poco menos de dos meses, dejándose casi toda su fortuna en abonar daños, impuestos y tasas (incluso tuvo que pagar por sus propias pertenencias, que pretendía llevarse), abandonó para siempre el país en el que había nacido, su nación, la tierra que cubría los restos de su adorada esposa, arrojado de su seno miserablemente. Se subió al tren con los ojos anegados en lágrimas, sin comprender, sin entender el sentido de todo aquello.

El señor Bauer falleció a los pocos días del funesto episodio con Ulrich von Schönberg, víctima de las complicaciones derivadas de la rotura de cadera y lo avanzado de su edad.

Sarah y su familia se quedaron con la señora Metzger. Como le había advertido Claudia, la viuda tuvo muchas dificultades por acoger a los siete judíos en su casa. En varias tiendas del barrio le negaron la entrada, por la calle le gritaban toda clase de improperios e insultos. Vivían con un temor opresivo. Una semana después de aquella noche, un hombre llamó al timbre del tercer piso.

—Buenos días, señora, he de hablar con *frau* Stein.

—Aquí no vive ninguna señora Stein —contestó la viuda al tiempo que hacía amago de cerrar la puerta, pero el hombre había metido el pie y se lo impidió.

—Soy funcionario —dijo en voz muy baja—, trabajo para la policía criminal y le traigo noticias de *herr* Stein.

Antes de que Theresa Metzger pudiera reaccionar apareció Regina, la madre de Sarah.

—¿Qué sabe de mi marido? —preguntó ansiosa.

—Déjeme entrar y le explicaré todo. Me la juego al venir a verla. —Ante la duda de las dos mujeres, insistió—: Le aseguro que mi única intención es ayudar a su marido.

Regina Stein le hizo un gesto a la viuda, pero esta no cedió.

—Diga qué sabe y márchese —lo urgió.

El hombre estaba inquieto, se mostraba nervioso, mirando por encima de su hombro constantemente.

—Deben darme su palabra de honor de que van a guardar el secreto de todo lo que hablemos aquí. Lo que estoy haciendo me puede costar muy caro.

Las dos mujeres se miraron.

—Tiene mi palabra de honor —afirmó Regina.

El hombre miró a la señora Metzger instándola a hacer lo mismo.

—¿Dónde está el señor Stein? —reclamó de nuevo la viuda sin responder a su demanda. No se fiaba.

—Está en la cárcel de Tegel —confesó al fin—. Acusado por una denuncia que le ha puesto un compañero de trabajo. Conozco al tipo, lo ha hecho por venganza.

Regina Stein se quedó atónita. Desde hacía tres años su marido hacía trabajos de limpieza de las alcantarillas. Era lo único que le habían ofrecido una vez que fue expulsado de la compañía de tranvías.

—¿De qué quiere vengarse? —preguntó horrorizada—. ¿Quién es?

—Por lo visto su marido le quitó el puesto cuando prácticamente era suyo.

—¿Me toma el pelo? Mi marido trabaja limpiando las alcantarillas.

—No se trata de ese trabajo, sino del de antes. De cuando era conductor de tranvía.

Regina recordó la dura competencia que había librado con otros dos candidatos para conseguir el volante, y lo hizo en la más justa de las lides.

—Pero si eso ocurrió hace más de ocho años... —agregó desolada.

—*Frau* Stein, la venganza es un plato que se sirve frío. El caso es que por mi puesto he podido acceder a la denuncia, la tengo aquí. —Hundió la mano en el bolsillo de la chaqueta—. No puedo enseñársela, bastante me estoy arriesgando; si usted conociera los detalles de la denuncia, podrían actuar luego contra el denunciante, atarían cabos y me acusarían de revelar información confidencial.

—¿Qué pretende entonces?

La señora Metzger observaba a aquel hombre de aspecto

mediocre, delgado, pelo ralo, vestido con un antiguo traje oscuro, mal planchado y algo tazado que le quedaba corto de mangas y del pantalón. Los ojos pequeños y claros, la cara angulosa, los labios finos y muy pálidos; todo en él recordaba a un cuervo.

—Es necesario actuar con rapidez —dijo él en tono áspero—. Tengo dos opciones: o devolver esta denuncia al archivo y dejar que siga su curso, con lo que su marido puede pasar los próximos diez años en la cárcel, o puedo hacerla desaparecer... Si no hay denuncia, no hay caso...

—¿Le está pidiendo dinero? —preguntó la viuda al advertir la treta. Había oído a Yuri contar que se estaban produciendo chantajes de ese tipo: extorsionaban a los atemorizados judíos haciéndose pasar por funcionarios con argucias para sacarles dinero, joyas o cualquier cosa de valor.

—Me la estoy jugando, señoras, merezco una recompensa a cambio.

—Yo no tengo dinero... —murmuró Regina.

—A mí no me engaña, *frau* Stein —le censuró cada vez más arisco—. Sé que ha estado en el banco.

Aquella misma mañana muy temprano, la viuda había acompañado a Regina al banco a sacar quinientos marcos que tenían ahorrados, con el fin de iniciar los trámites que les permitieran salir del país. Pretendían marcharse al sur de Inglaterra, donde vivía una prima de Regina que había abandonado Alemania con toda su familia en la primavera de 1933. Aquel hombre pretendía aprovecharse de la vulnerabilidad en la que se encontraban.

—Es usted un miserable —le recriminó indignada la señora Metzger.

—¿Qué me contesta? —inquirió él obviando el insulto.

Regina estaba espantada. Se adentró en la casa. La viuda fue tras ella.

—No lo haga, Regina, es una estafa, no servirá de nada.

—¿Y si es verdad? —Abrió el bolso y sacó el sobre con el dinero—. Y si puede hacer desaparecer la denuncia... Tengo que creerle, señora Metzger, tengo que hacerlo. Se trata de mi marido, el padre de mis hijos... Qué haríamos sin él...

Regina Stein le entregó el dinero. Con la avaricia grabada en el rostro, el funcionario se lo guardó en el bolsillo. Sin decir nada, se dio la vuelta y se precipitó escaleras abajo. Las dos mujeres lo estuvieron observando hasta que desapareció de su vista.

No volvieron a saber nada de aquel funcionario impostado. A finales de aquel mes de noviembre, gracias a la llamada de teléfono de un hombre que había compartido celda con él y acababa de salir en libertad, supieron que el señor Stein estaba vivo: les enviaba recuerdos. Aquello le sirvió a Regina para acumular la fuerza suficiente e iniciar los trámites que se exigía a todo judío que pretendiera salir del país, una tarea ardua y complicada.

A principios de octubre una ley anuló los pasaportes de los judíos alemanes, con la obligación de entregarlos para ser validados por las autoridades. Solo se expedían de forma muy excepcional y sellados con la letra J. Los trámites se convirtieron en largos, tediosos y muy caros, porque para todo había que pagar; a pesar de ello, cada mañana Regina se presentaba en la puerta de la embajada de Inglaterra. No era la única, decenas de judíos se agolpaban en la entrada de la cancillería con su misma pretensión, ser recibidos y atendidos. Así estuvo casi dos semanas, cada día se ponía a la cola desde la madrugada hasta el atardecer; durante la primera semana no llegó ni siquiera al interior del edificio. Una vez presentado el afidávit en el que declaraba la voluntad por parte de su prima de subvenir las necesidades de la familia Stein al completo, admitido y sellado por el cónsul, Regina Stein estaba en disposición de iniciar los trámites necesarios para obtener el permiso de salir de Alemania, y trasladó su espera a las colas delante de la comisaría, donde obtener los certificados de buena conducta, cola en Hacienda para pagar los impuestos requeridos, cola en Aduanas para conseguir el permiso que le permitiera sacar sus pocas pertenencias por la frontera... Se pasaba el día a la intemperie guardando riguroso turno junto a cientos de judíos con las mismas intenciones que ella. Sarah continuaba haciendo las tareas de la casa mientras que la señora Metzger asumió la instrucción de los hermanos pequeños, ya que seis días después de la *Kristallnacht,* el Ministerio de Educación expulsó a todos los niños judíos de las escuelas públicas.

Regina contaba con tenerlo todo en regla para cuando su marido volviera, porque tenía claro que no se marcharía sin él. Un profundo temor los acuciaba no solo por la suerte que pudiera correr el señor Stein, sino porque constantemente se publicaban nuevas leyes que limitaban más y más la capacidad de movimientos de los judíos. Una locura que destrozaba los nervios del ánimo más templado.

Una gélida tarde de finales de enero sonó el timbre de la viuda. Al abrir la puerta la visión la impactó tanto que tardó en reaccionar. El señor Stein se había convertido en un hombre roto. Había perdido varios dientes, sus manos estaban destrozadas y encalladas, apenas podía dar un paso porque le faltaban algunas uñas de los pies, lo que le había ocasionado heridas infectadas, y su abundante pelo negro azabache se había tornado blanco como la nieve. Le suplicó a su esposa que no le preguntase nada.

Solo tres días después la familia tomó un tren con destino a Bremerhaven, de allí embarcaron en un barco que los llevaría hasta Inglaterra.

Tras los altercados producidos la noche del 9 al 10 de noviembre, la embajada española se hacía eco de la opinión del bando de Franco, alabando la lógica ira de los alemanes, a quienes, según la prensa afín, se les había acabado la paciencia con la confabulación judeomasónica desplegada por el mundo. De ese modo se cargaba de razón la expulsión de los judíos de la península ibérica, cinco siglos atrás.

La marcha de la familia Stein supuso para la señora Metzger y también para Krista recuperar algo de tranquilidad, ya que la presión del vecindario para que se deshiciera de ellos había resultado asfixiante.

Un mes después, en febrero de aquel 1939, Yuri recibió una sorpresiva visita de Sokolov. Lo esperaba oculto en la sombra del rellano de la buhardilla. Al verlo Yuri se sobresaltó, pero ninguno de los dos hombres dijo una sola palabra. Entraron en la casa y, nada más cerrar la puerta, el ruso habló con voz gruesa.

—Llevas más de tres meses sin aparecer por el cementerio. En Moscú están nerviosos y, si ellos se inquietan, soy yo quien lo paga.

—La guerra está perdida —replicó Yuri—. ¿O es que el camarada Stalin aún no se ha enterado? Ha caído Barcelona, y Madrid está a punto de hacerlo. Los republicanos han sido derrotados, de nada les ha servido la ayuda de Rusia. —Abrió en sus labios una risa socarrona—. ¿De qué quiere que informe, del regocijo que reina en la embajada?

—Me consta que había información importante que deberías haber pasado...

—¿Me está pidiendo cuentas? —preguntó Yuri irritado—. Llevo años esperando recibir noticias de mi madre, y lo único que tengo son cuatro líneas supuestamente escritas por mi hermano diciéndome lo bien que estoy haciendo *su* trabajo. —Puso mucho ímpetu en el *su*, a la vez que le plantaba el dedo en el pecho con furia—. Como siempre, Rusia nunca cumple, salvo sus amenazas, de eso jamás se olvida...

353

—Camarada Yuri Mijáilovich...

—¡Deje de llamarme «camarada»! —ordenó furibundo sin levantar la voz—. No soy su camarada, no lo seré nunca.

Sokolov le mantuvo la mirada. Luego asintió.

—Tienes razón, camarada, ha llegado el momento de que recibas la compensación por tu trabajo. —Metió la mano en el interior de la chaqueta, mientras Yuri lo miraba receloso. Extrajo un sobre arrugado y se lo tendió.

—¿Qué es esto? —preguntó sin inmutarse.

—Un visado de entrada a la Unión Soviética, emitido y firmado por tu hermano.

Yuri cogió el sobre, lo abrió y sacó un papel doblado en dos. Lo desplegó y lo leyó. Era un documento oficial, auténtico en apariencia, sellado y con la rúbrica clara y firme de Kolia Fiódorovich Smelov, la misma que había plasmado en la única nota manuscrita que tenía de él. Se fijó en la fecha en la que había sido emitido.

—Este salvoconducto es de hace más de dos años —le dijo contrariado.

Sokolov alzó los hombros transigente.

—La guerra de España se ha alargado más de la cuenta. Te necesitábamos aquí.

El golpe le llegó tan de sorpresa que Sokolov rodó por el suelo.

—¡Hijo de puta! —rugió Yuri con el puño dolorido.

Sokolov, con expresión constreñida, se palpó la mandíbula como si se la recompusiera. Se levantó despacio y se quedó frente a él sin perder la serenidad.

—No he averiguado nada de tu madre. Es como si se la hubiera tragado la tierra.

Yuri no supo qué decir. El ruso se caló un gorro de lana que sacó del bolsillo.

—Tengo que marcharme —añadió con una honda preocupación en su tono sombrío. Hizo un amago de hablar, pero apretó los labios, como si lo hubiera pensado mejor. Se fue hacia la puerta y se detuvo unos segundos, de espaldas a Yuri, indeciso. Se volvió hacia él sin soltar el picaporte, como si quisiera asegurarse la salida. Su voz sonó cavernosa—. Yuri Mijáilovich, ya tienes lo que querías, he cumplido mi palabra, pero si me permites un consejo: no vayas a Rusia..., no saldrás vivo de allí.

Abrió la puerta y se precipitó escaleras abajo. Yuri no reaccionó hasta que ya fue imposible seguirlo sin el peligro de ser visto.

El mes de mayo había empezado lluvioso, frío y desapacible. Aquella mañana no fue una excepción, así que Krista no pudo evitar empaparse los zapatos y las medias pese a haber tomado el tranvía. Frente a la puerta del hospital había aparcados dos coches oficiales. Le extrañó el despliegue de hombres de las SS en la entrada; pensó que tal vez la esposa de algún alto cargo había tenido que acudir a la clínica con urgencia. Se dirigió a su consulta. La sala de espera estaba a rebosar. Mientras se abotonaba la bata blanca, le dijo a la enfermera que hiciera pasar a la primera, pero antes de que saliese, sonó el teléfono que estaba sobre su mesa. Descolgó el auricular y al otro lado de la línea oyó la voz de la doctora Hotzfeld.

—Krista, ven a mi despacho, por favor.

—Buenos días, Anna. —Le sorprendió lo directo de la orden, algo poco habitual en la doctora Hotzfeld—. Tengo pacientes esperando...

—¡Ahora, Krista! —zanjó en tono impaciente—. Tienes que venir ahora.

Krista colgó preocupada. El tono era alarmante: algo grave había ocurrido, de lo contrario nunca se le ocurriría interrumpirla durante la consulta.

Dio nuevas instrucciones a la enfermera para que la disculpase ante quienes esperaban su turno y subió las escaleras rumbo al despacho de Anna Hotzfeld. Al enfilar el corredor vio apostados en la puerta a dos hombres de las SS. Ralentizó el paso recelosa, y tomó aire. Al llegar, uno de los hombres le abrió. En el interior, además de la doctora sentada tras su escritorio, vio al Sturmbannführer-SS Ulrich von Schönberg, el marido de Claudia, sentado en uno de los confidentes y custodiado por Franz Kahler, que permanecía de pie, a su lado, luciendo un elegante traje negro de las SS.

Von Schönberg se puso en pie en cuanto vio aparecer a Krista, se cuadró e hizo el saludo nazi. Franz hizo lo mismo brazo en alto y declamó un *Heil* marcial.

Anna la observaba, el semblante muy serio.

Krista tardó unos segundos en reaccionar antes de dar el paso al interior del despacho, levantar lánguida el brazo y pronunciar un *Heil* sin fuerza, incómoda por una situación inesperada.

—Buenos días, doctora Metzger —le dijo Ulrich con una sonrisa amable—. No hacen falta las presentaciones, así que, por favor, tome asiento.

Aquel hombre le daba grima. A pesar de su impecable uniforme, le estremecía su rostro y esos ojos que parecían de hielo. Krista se sentó despacio, manteniendo una postura rígida. Ulrich se sentó a su vez, quedando frente a ella.

—La doctora Hotzfeld me está hablando maravillas de usted.

Krista miraba de reojo a Anna, que tenía una expresión tensa.

—Hemos estado valorando su futuro. Su proyección es magnífica.

Durante unos largos minutos le habló de su expediente, de los proyectos del Reich en la mejora de la medicina, de la investigación. Krista no entendía nada. Miraba a la doctora, pero su rostro solo le devolvía una honda preocupación.

—Si me disculpa, *herr* Sturmbannführer Von Schönberg —lo interrumpió impaciente al cabo de un rato—, tengo pacientes esperándome y necesitan de mi asistencia. Le rogaría que me dijera qué quiere de mí.

Ulrich apretó los labios, esbozó una sonrisa forzada y asintió con la cabeza.

—Tiene toda la razón, vayamos al grano. Doctora Metzger, Alemania la necesita para que se incorpore a un nuevo destino fuera de Berlín.

—Pero yo trabajo aquí —alegó Krista tratando de imprimir serenidad a sus palabras—. No quiero cambiar. Tengo muchas pacientes y ellas también necesitan de mis cuidados.

—No tiene que preocuparse por sus pacientes. Ya lo hemos acordado con la doctora Hotzfeld. Ella repartirá entre sus colegas la atención debida a todas ellas.

—¿Y si me niego? —preguntó desafiante.

Ulrich von Schönberg la miró incisivo. Luego echó un vistazo a la doctora con un gesto de estar perdiendo la paciencia y, por primera vez, Anna Hotzfeld intervino en la conversación.

—Krista, en esta profesión debemos estar allá donde se nos necesita —dijo con voz fría—. No está en tu voluntad esta decisión.

Las dos mujeres se miraron durante unos instantes. Krista percibió un destello de tensión en sus ojos.

—Su incorporación es inmediata —añadió Ulrich a modo de sentencia.

—Dígame al menos adónde me envían.

—Lo siento, *fräulein* Metzger, su destino es confidencial. No podrá comunicarse con nadie ni recibir ninguna clase de carta o llamada del exterior.

—¿Y qué le digo a mi madre? Ella me va a preguntar.

—Que estará fuera una temporada y que todo es por el bien del Tercer Reich. Estoy convencido de que su madre lo entenderá.

Se puso en pie y se colocó la gorra sobre la cabeza. Krista alzó la cara para mirarlo, sin llegar a levantarse, por temor a que sus piernas no la sujetasen.

Parecía que se iba a marchar, pero se quedó quieto, observándola, como si la estuviera analizando.

—¿Qué edad tiene, *fräulein* Metzger?

—Veintinueve —respondió ella.

—A su edad, ya debería estar casada y rodeada de niños... —Arrugó el ceño condescendiente—. No lo deje demasiado, pero elija bien, no se equivoque. —Llevó sus ojos a Franz Kahler—. Por lo que sé, hay un caballero alemán de muy buena familia que la pretende desde hace tiempo.

—*Herr* Sturmbannführer, no creo que mis pretendientes sean asunto suyo.

—Usted es una mujer alemana, *fräulein* Metzger. —Se acercó a ella como si le fuera a decir una confidencia—. Deje que le dé un consejo: cumpla con su obligación como mujer y cásese con ese muchacho. —Hizo un ligero gesto con la cabeza hacia Franz—. Imagínese, esposa de un oficial de las SS; y con un futuro prometedor, se lo puedo garantizar.

Krista tuvo que apretar los labios y forzar la mandíbula para evitar escupir el torrente de palabras que se le agolparon en la garganta.

—Piense en ello —recalcó Ulrich—. Es una gran oportunidad para usted.

Alzó el brazo clamando un *Heil*, salió del despacho y el eco de sus pasos retumbó por el pasillo. Tras unos segundos de silencio inquietante, Krista se dirigió a la doctora Hotzfeld, pero Franz la interrumpió con brusquedad.

—Lo siento, Krista, no está permitido que hables con ella. Vayamos a casa a recoger tus cosas. Nos queda un largo camino.

—¿Es que estoy detenida? —le preguntó.

—No, en absoluto. El Estado te ha asignado una labor y

debes cumplirla. Todos tenemos obligaciones que realizar. No debes preocuparte, yo estaré en todo momento a tu lado y procuraré que esté todo a tu gusto. Estarás de regreso antes de lo que esperas. Vayamos a recoger tus cosas. Se hace tarde.

La señora Metzger se quedó pasmada al ver a su hija regresar tan temprano en compañía de Franz Kahler y un hombre de las SS.

Krista tuvo que hacer la maleta en presencia de ambos. Su madre la ayudó sin entender nada. Tan solo le habían dicho que estaría fuera una temporada, pero que no estaba detenida, en eso Franz fue muy claro. La excesiva amabilidad vertida por Franz sorprendía tanto a Krista como a su madre.

—Le aseguro, señora Metzger, que tan solo es un cambio de destino.

—Entonces, ¿por qué no puedo saber adónde la llevan? —insistió la viuda.

—No me está permitido dar esa información. Pero yo velaré por que Krista esté bien atendida. Confíe en mí.

La joven se detuvo en seco al oír esas tres últimas palabras, como si le hubieran clavado los pies al suelo.

—¿Que confíe en ti? —preguntó con sarcasmo.

—Krista, te lo ruego —hizo un leve ademán hacia el SS que esperaba en el pasillo—, no pongas las cosas más difíciles. Te aseguro que nunca permitiría que te sucediera nada malo.

Madre e hija lo miraban entre el recelo y la necesidad de aferrarse a algo, aunque fuera encomendarse al mensaje de tranquilidad que les daba. Krista terminó de hacer la maleta y la cerró. Al ir a cogerla, Franz se apresuró hacia ella para ayudarla.

—Puedo hacerlo sola —le espetó desabrida.

—No lo dudo —replicó él mirándola tan cerca de ella que sintió la calidez de su aliento—. Sin embargo, la llevaré yo.

Sin dejar de mirarla a los ojos, cogió el asa de la maleta. Krista ofreció unos segundos de resistencia para después aflojar el agarre y soltarla.

—Tenemos que irnos. —Franz se alejó unos pasos—. Por favor, despídete.

Krista se volvió hacia su madre, que estaba a punto de echarse a llorar.

—Todo va a ir bien, ¿me oyes? No me pasará nada. Te escribiré en cuanto pueda.

Las dos mujeres se fundieron en un largo abrazo y Krista aprovechó para susurrar al oído de su madre el nombre de Ulrich von Schönberg. Franz no lo oyó, pero se impacientó.

—Krista, por favor... —reclamó apremiante.

Al soltarse del abrazo, Krista tomó a su madre por los hombros, con la intención de captar toda su atención.

—Dile a Yuri que lo amo con toda mi alma. —No pudo evitar un llanto emocionado—. Que volveré en cuanto pueda. ¿Lo harás?

—Y dígale también que no intente buscarla —añadió Franz con una incómoda frialdad en su rostro—. Cualquier cosa que haga podría perjudicarlas —se detuvo un instante como si quisiera dar fuerza a sus palabras—, a las dos.

Madre e hija lo miraron, pero enseguida la viuda volvió los ojos a Krista.

—Claro que sí, hija. Yo se lo digo. Cuídate mucho, y come, que estás muy delgada...

Tuvo que callarse porque la voz se le quebraba. Krista la besó en la frente.

Salió precipitadamente de la casa seguida de los dos hombres. La madre se asomó a la ventana. Al salir a la calle, Krista alzó los ojos y le sonrió levantando la mano, pero su gesto se congeló cuando descubrió, en la ventana de abajo, el rostro de

Claudia, que la observaba desde detrás del cristal. Las dos mujeres se miraron unos tensos segundos, hasta que Krista desvió la vista y se introdujo en el coche. El sonido seco de cada una de las puertas resonó en toda la calle.

La viuda observó con ahogo cómo se alejaba el auto hasta que dobló la esquina. Sintió una opresión en el pecho que le impedía llorar; se retiró de la ventana, le faltaba el aire, boqueaba sin apenas poder respirar hasta que un desgarrador grito la liberó de la angustia que la asfixiaba. Lloró durante un rato, impotente, porque no podía acudir a nadie. Aquella misma mañana Yuri había salido muy temprano a uno de sus viajes. No estaría de regreso hasta el día siguiente, y entonces, pensó, tal vez sería demasiado tarde.

Una lluvia torrencial los acompañó durante todo el camino. Las ventanillas traseras iban forradas con un hule oscuro y Krista solo podía ver el exterior a través del parabrisas, aunque el exceso de lluvia y el constante vaivén de las varillas deslizándose de un lado a otro sobre el cristal dificultaban la visión. Junto al conductor se sentaba el otro SS; Franz, atrás con Krista. Durante más de tres horas recorrieron una carretera en dirección norte. En un momento determinado, el coche se había desviado por una vía secundaria por la que transitaron apenas unos kilómetros. Krista miraba de vez en cuando el reloj con el fin de calcular el tiempo y la distancia. Nadie dijo una palabra en todo el trayecto. El coche redujo la velocidad y giró a la derecha por una pista de tierra que se adentraba en un espeso hayedo que parecía tragárselos conforme avanzaban. Circulaban muy despacio, sorteando los baches con un traqueteo que repercutía en el estómago de Krista. Después de unos minutos de marcha se vislumbró un muro de varios metros de alto con alambre de espinos en la parte superior. El vehículo llegó hasta la puerta de entrada, en la que había apostados varios hombres de guardia uniformados, armados y sujetando fieros perros que tironeaban con fuerza de sus correas ante su llegada. El conductor redujo la velocidad y se detuvo. Franz descendió y se dirigió al grupo de guardias. Les mostró algo y hablaron unos segundos. Krista observaba todo desde el asiento de atrás, abrumada por la ansiedad. No había estado en ninguno, pero aquello parecía uno de esos campos de trabajo de los que tanto había oído hablar. Se estremeció al pensarlo.

—¿Dónde estamos, Franz? —preguntó en cuanto él se sentó de nuevo a su lado—. ¿Adónde me traéis?

—Tranquilízate, Krista. Se te informará de todo inmediatamente.

El coche avanzó a través de las grandes puertas de hierro abiertas de par en par, y enfiló un camino hasta volver a pararse frente a un edificio de dos plantas. En ese momento apareció una fila de unas veinte mujeres vestidas con una bata de rayas blancas y azules. La mayoría llevaban un pañuelo en la cabeza. Marchaban en fila de a dos custodiadas por otras tres mujeres con uniforme gris con una porra en la mano.

—Ya hemos llegado —dijo Franz tratando de ser amable.

El SS que iba delante se bajó con rapidez y abrió la puerta de Krista. Tardó unos segundos en moverse, tiempo suficiente para que Franz rodease el coche hasta llegar frente a ella. Le ofreció la mano; ella aceptó la ayuda y por fin salió del coche. El SS la cubrió con un paraguas, mientras que la gorra y la chaqueta del uniforme de Franz empezaban a oscurecerse por la lluvia. Estaba muy cerca de él, el rostro risueño, con un ligero parpadeo por las gotas que de vez en cuando caían desde la visera de su gorra. Percibió el aroma a tela húmeda de su uniforme.

Krista siguió a Franz al interior de la comandancia. Por todos los sitios se desplegaban banderas con la esvástica y retratos de Hitler como recordatorio de que él es el ojo que todo lo ve, el oído que todo lo escucha y la mente que lo decide todo.

Una mujer los esperaba en el vestíbulo.

—Krista, te presento a *fräulein* Langefeld. Ella es la supervisora del campo de Ravensbrück.

—Doctora Metzger, bienvenida —dijo la supervisora con frialdad.

—¿Qué significa esto? —preguntó dirigiéndose a Franz.

—Acompáñeme, por favor —la instó la supervisora—, le enseñaré el hospital.

Aquello la tranquilizó. Franz mostró una sonrisa de confianza.

—Ve con ella. Hay pacientes que necesitan de tu atención. Te veré luego.

El campo de Ravensbrück apenas llevaba unas semanas abierto y estaba pensado para albergar solo a mujeres. Cada día llegaban camiones cargados de presas derivadas desde otros campos o prisiones de todo el país: gitanas, prostitutas, seguidoras de los testigos de Jehová, mujeres sin empleo ni hogar, las consideradas disidentes políticas por el mero hecho de haber contado algún chiste de Hitler o haber cuestionado alguna de las medidas del Reich. Todas eran distribuidas en los barracones recién construidos.

Nada más entrar en el barracón del hospital la obligaron a desprenderse de su ropa y le entregaron un vestido de rayas igual que el que llevaban el resto de las presas. Estaba limpio, pero la tela era recia e incómoda. También le dieron una bata blanca para estar en el hospital. Las enfermeras y auxiliares llevaban un delantal por encima de la bata de rayas y todas se cubrían la cabeza con una pañoleta. A ella también se la dieron y empezó a atender a las pacientes que ya esperaban.

Cuando acabó la jornada la condujeron a una edificación que había junto a la enfermería. Se trataba de un habitáculo bastante más cómodo que el resto de los barracones, con medio centenar de camas individuales para cada una de las mujeres que atendían las cocinas y la enfermería.

Krista se sentó sobre la cama que le asignaron. Se encontraba agotada. Vio acercarse hacia ella a una chica, arrastraba los pies y la miraba con fijeza.

—Hola, *fräulein* Metzger —dijo deteniéndose frente a ella—. ¿No se acuerda de mí?

Krista se levantó despacio, sorprendida. Apenas quedaba nada de la joven que la memoria le devolvía.

—Ilse... Pero ¿qué haces tú aquí?

—Es la pregunta que me hago cada día —dijo con una mueca de resignación.

Llevaba cinco años sin ver a la hija de Brenda, desde que se presentó en su consulta con la zozobra grabada en su rostro reclamando su ayuda para deshacerse del niño que llevaba en las entrañas. Aquellas ojeras a causa de la preocupación de un embarazo no deseado se habían hecho más profundas y oscuras, cinceladas en su rostro para siempre. Había desaparecido su preciosa y abultada melena de color castaño, el pelo rapado endurecía su rostro.

—Te sonará mal lo que voy a decirte, pero... —Krista alzó los hombros con una sonrisa afectuosa y algo emocionada— me alegro de verte.

—Y usted, ¿qué se han inventado para que esté aquí?

—No lo sé muy bien... Me han dicho que no estoy detenida, pero me traen obligada, me visten con esta ropa y no me dejan volver a mi casa. No entiendo nada...

—No intente hacerlo, doctora Metzger. Se trata de estar en el grupo de los perseguidos o en el de los perseguidores. Usted ahora está en el de los perseguidos.

Las dos mujeres callaron. Ilse se sentó en la cama, sacó un cigarrillo y se lo ofreció. Era un paquete de tabaco muy caro. Krista se sentó a su lado y cogió un pitillo.

—¿Se puede conseguir esto aquí? —preguntó extrañada.

—Si sabes a qué puerta tocar, se puede conseguir casi todo.

Krista le devolvió el pitillo.

—No fumo, gracias.

—Yo tampoco fumaba; de hecho, hace tiempo que hago cosas que nunca hubiera imaginado que podría llegar a hacer. —Se prendió el cigarro, aspiró el humo y dejó que saliera poco a poco entre sus labios. Alzó los ojos y su gesto se tornó pesaroso—. Krista, sé que Ernestine la metió en un lío por mi culpa. Quiero que sepa que yo no tuve nada que ver con esa denuncia.

—Lo sé. Debería haberte ayudado en vez de dejarte marchar.

Ilse volvió a llevarse el cigarro a los labios.

—Salvo a usted, a la única que se lo conté fue a Ernestine Rothman... Fue ella la que me proporcionó el contacto para que abortase. Mi gran error fue confiar en esa chica. Es un demonio... Desde que hablé con ella mi vida ha sido un desastre.

Krista le cogió la mano y la apretó para darle ánimos, pero ella la retiró con un extraño recelo; no estaba acostumbrada a recibir muestras de cariño.

—¿Sabe tu madre que estás aquí? —preguntó Krista.

Una mueca de decepción se dibujó en su rostro.

—Estoy aquí por mi madre. La muy bruja se ha convertido en una maldita nazi, igual que mi hermano Rudi. Se enteró de que estaba trabajando en un burdel para pagar la deuda del aborto y se plantó allí acompañada de un grupo de las SA. Ella misma me señaló. —La miró con una profunda tristeza, pero sin llorar, como si sus ojos estuvieran secos—. Usted que ha visto nacer a tantos niños, que ha visto a las madres soportar los dolores del parto, sus rostros felices contemplando a su criatura después de tanto sufrimiento... ¿Cómo es posible que una madre pueda mirar con tanto odio a su hija?

—Ilse... Lo siento.

Ella le dedicó una amarga sonrisa agradecida.

—He estado más de dos años en Sachsenhausen. Aquello es un infierno. Aquí las cosas son mucho mejores, al menos por ahora. El Reichsführer-SS Himmler nos considera el sexo débil y ha dado la orden de que no se nos maltrate tanto como a los hombres. La comida es mejor y más abundante, nos cambian la ropa a menudo, nos pegan menos, el trabajo es menos duro, y antes de aplicar cualquier castigo tienen que reportarlo al mismísimo Himmler. Él decide si administrarlo o no. Ahora estoy en la cocina y me tratan bien. Es lo que tiene haber sido apaleado como un perro, en cuanto recibes una caricia te sientes el centro del universo.

Hubo un primer aviso de que las luces se apagarían en un minuto. Ilse sofocó con cuidado la brasa del cigarro y se metió la colilla en el bolsillo antes de ponerse en pie.

—Yo duermo allí, junto a la entrada. —Le dedicó una sonrisa—. Doctora Metzger, sé que no se ha doblegado al nazismo y por esa razón tiene todo mi respeto. Yo me encargaré de que todas aquí lo sepan. Si necesita algo, no tiene más que pedírmelo.

La señora Metzger pasó todo el día sola, sumida en un agitado estado de nervios. No sabía a quién acudir. Tenía miedo de todo y de todos. Tan solo le quedaba esperar el regreso de Yuri. A la única que se atrevió a llamar casi de inmediato fue a la doctora Hotzfeld, pero su respuesta fue tan fría y distante que la dejó mucho peor. Se había pasado todo el día en la ventana, pendiente de la vuelta de Yuri, a sabiendas de que ese día no iba a regresar. Apenas durmió, tan solo alguna cabezada en la butaca pegada a la cristalera, una duermevela inquietante en la que se imponía la angustiosa sensación de que le habían arrancado de su lado a su hija querida. Al día siguiente empezaba a atardecer cuando vio por fin aparecer el coche de Yuri, bajo un fuerte chaparrón. Se asomó a la ventana a pesar de que la lluvia le empapó la cara y el pelo, y lo vio bajar del coche con la pequeña maleta y correr hacia el portal. La viuda se dirigió a la entrada pasando las manos húmedas por el rostro mojado; salió al rellano y se asomó al hueco de la escalera.

—¡Yuri! —gritó sin poder esperar en cuanto lo vio—. Sube, deprisa... Sube...

Yuri alzó la cara y al advertir que algo pasaba, echó a correr escaleras arriba.

—¿Qué ocurre? —preguntó al llegar junto a ella sin resuello.

—Entra —lo instó la viuda con el semblante desencajado—. Es Krista. Se la llevaron ayer, al rato de irte tú.

—¿Adónde se la han llevado?

—No lo sé... Llamé a la doctora Hotzfeld, pero me ha dicho que no podía ayudarme, que debía mantener la calma y aguardar noticias. —Hablaba a trompicones, el pelo empapado, tratando de recordar cada detalle con la esperanza de que Yuri lo arreglase todo—. La acompañaba el hermano de esa nazi del segundo.

—¿Franz Kahler? —inquirió extrañado.

La viuda asintió y le contó cómo la habían recogido en el hospital y de allí la habían traído a casa solo para hacer la maleta, todo bajo la vigilancia de los SS.

—Antes de irse me dijo el nombre del estirado del marido. Algo tendrá que ver, seguro.

Yuri marcó el número de la doctora Hotzfeld, pero una enfermera le dijo que estaba pasando consulta. Marcó entonces el de Claudia. Contestó ella.

—¿Estás sola?

—No —respondió tajante—. Mi marido está aquí. ¿Qué quieres?

—Tengo que hablar contigo. Sube a casa de la señora Metzger, por favor...

—Si me vas a preguntar por Krista, te adelanto que no sé dónde está.

—Ha viajado con tu hermano.

—Tampoco sé dónde está él. —Hablaba en voz muy baja.

—Claudia, por favor.

—Lo siento, Yuri. No puedo ayudarte.

Y colgó el teléfono. Yuri miró el auricular con sorpresa, como si no se lo esperase. Tras unos momentos de reflexión se fue hacia la puerta.

—Voy al hospital, hablaré con la doctora Hotzfeld.

—Yo también voy —dijo la viuda.

—No —la interrumpió él—. Quédese aquí, *frau* Metzger.

—Es mi hija...

—Theresa —Yuri trató de imprimir firmeza a sus palabras—, aunque la hayan llevado al fin de mundo, la buscaré y la traeré de vuelta. Confíe en mí, ¿de acuerdo?

Bajó las escaleras y salió a la calle. Antes de entrar en el coche, miró hacia la ventana del segundo: el rostro de Claudia parecía diluirse tras los cristales empapados por la lluvia. Se miraron unos instantes hasta que Yuri se metió en el Ford.

Las nubes cargadas y oscuras se tragaban la luz del atardecer y una bruma blanca parecía emerger del pavimento encharcado. Aparcó frente a la clínica y decidió esperar a la doctora, no era conveniente que lo vieran entrar. Meses atrás, Krista lo había avisado de que la Gestapo vigilaba los movimientos de Anna Hotzfeld. Aunque no había perdido la confianza del partido, aumentaban los recelos de unos y otros.

Aguardó en el interior del coche más de una hora, sin dejar de observar la puerta por la que solía salir el personal, con el temor, a medida que avanzaba el reloj, de que la doctora Hotzfeld hubiera abandonado el Hospital de La Piedad por otra salida o antes de su llegada. Estaba a punto de marcharse cuando la vio. Iba sola, sin paraguas; miró a un lado y otro, se subió el cuello de su gabardina, resguardó el bolso bajo su brazo y echó a andar en dirección contraria a la de Yuri. Él puso el coche en marcha y la siguió a cierta distancia para comprobar que nadie la seguía. Las calles estaban desiertas, apenas algún transeúnte que se cruzaba con ella bajo su paraguas o su sombrero, sorteando los charcos. Cuando Anna Hotzfeld se metió por una bocacalle, aceleró hasta estar a su altura. Bajó la ventanilla. La doctora se sobresaltó al comprobar que un coche se detenía a su lado y, al verlo, continuó caminando más deprisa. Yuri la siguió.

—Doctora Hotzfeld, por favor, tengo que hablar con usted.

—No hay nada de que hablar. Lo siento.

Anna aceleró el paso y giró por una calle estrecha. Yuri detuvo el coche y salió corriendo tras ella. Cuando la alcanzó, la obligó a pararse bloqueando su camino. Los dos quedaron frente a frente, mirándose. Una vaga y húmeda penumbra parecía embargarlos. La lluvia resbalaba por sus rostros.

—¿Dónde está Krista? Dígame adónde se la han llevado.

—No lo sé, y no te miento. —Su voz afligida era tenue y sincera.

—Por favor, doctora Hotzfeld, no puede hacernos esto.

—Krista está bien, Yuri, pero en cuanto a vosotros... Sé lo que sientes por ella, y lo mucho que ella te ama a ti. —Bajó los ojos y negó con la cabeza—. Las cosas se ponen muy difíciles para vosotros dos. Debes olvidarla. Por su bien, debes olvidarte de Krista.

Las palabras de la doctora Hotzfeld llegaban como puñetazos.

—No puede pedirme eso. No puede hacerlo. Se lo suplico, dígame dónde está.

—Escúchame bien, Yuri: Krista será de ellos o no será de nadie. Tienes que renunciar a ella... Si no lo haces, morirá.

Aquella certeza se desplomó de forma brutal sobre la conciencia de Yuri, y durante unos segundos eternos todo se paralizó a su alrededor: la mirada de Anna, el aire húmedo que respiraba, el repiqueteo de la lluvia, el latido del corazón... Todo detenido en un aplastante silencio. Lentamente, la mujer esquivó el cuerpo estupefacto de Yuri e inició la marcha. Él se mantuvo inmóvil, petrificados sus pies en la tierra mojada, incapaz de asimilar lo que acababa de escuchar. Cuando pudo reaccionar, la doctora Hotzfeld había desaparecido.

En los días siguientes en el campo de Ravensbrück, Krista no tuvo más remedio que volcarse en el trabajo. Era la única doctora y debía ocuparse de todas las dolencias. Una vez a la semana venía un médico de las SS que supervisaba el tratamiento dispensado a las pacientes, pero apenas permanecía unas horas y se negaba a atender a las enfermas judías. Era desabrido y frío. Cuando se marchaba, el ambiente se relajaba.

Una tarde, cuando Krista estaba a punto de terminar su larga jornada de trabajo, una de las guardianas del hospital fue a buscarla.

—Doctora Metzger, tiene que acompañarme. Le han asignado otra habitación.

Krista la siguió sin decir nada. Herta era una chica de unos veinte años, rubia y risueña a pesar de su traje de chaqueta gris que endurecía su aspecto. Las dos mujeres llegaron hasta la zona de viviendas donde residían los SS que custodiaban el campo. Eran casas familiares, acogedoras, con macetas de flores que cubrían de color las ventanas. Caminando por sus calles, nadie podría decir que a solo una decena de metros se amontonaban centenares de mujeres de todas las edades en incómodos barracones.

Llegaron a una de las casas más pequeñas, de una sola planta y con una preciosa entrada con parterres de tonos amarillos, verdes, rojos y blancos a los lados. Accedieron a una estancia amplia que hacía el papel de comedor y cocina. El mobiliario era escaso y sobrio, pero todo estaba ordenado y limpio. Sobre la mesa había un enorme ramo de rosas rojas con una nota.

Herta entró y abrió una de las dos puertas que había.

—Esta es la habitación y ahí está el baño, con bañera y todo.

Krista se adentró despacio en la casa, mirando todo a su alrededor, recelosa de aquel extraño cambio. Se asomó a la habitación, y se sorprendió al descubrir su maleta junto a la cama. No la había vuelto a ver desde el día de su llegada.

—Espero que sea de su agrado —dijo la chica al notar su apatía—. Era la vivienda de la supervisora. —Se encogió de hombros, sacudió la mano y habló en tono confidencial—. No imagina lo enfadada que está.

—¿Qué razón hay para que me cambien aquí? —preguntó Krista.

—Son órdenes del Scharführer-SS Kahler —respondió la chica, sonriente—. Las flores son para usted. Las ha mandado traer de la mejor floristería de Berlín.

Krista se acercó al ramo y leyó la nota, un escueto «Espero que estés cómoda» firmado por Franz. No tocó las flores.

—¿Franz Kahler ha pedido que me instalen aquí?

—Y esta noche la invita a cenar. Vendrá a recogerla en una hora. —Herta la miró con picardía—. Es muy guapo, el Scharführer-SS. Tiene usted mucha suerte.

—¿Por qué tengo suerte? —inquirió Krista con evidente extrañeza.

La guardiana volvió a encoger los hombros con una sonrisa estúpida.

—Aquí las noticias vuelan, se habla, se dice... —Esperó alguna reacción por parte de Krista, pero al comprobar su gesto displicente prosiguió con cierto regodeo—: No se haga la tonta, doctora Metzger, es un secreto a voces.

—No sé a qué se refiere —la contestación de Krista fue tan fría que la guardiana se mostró incómoda porque no le seguía el juego.

—Pues qué va a ser, que usted y el Scharführer-SS están juntos, y que esta misma noche le va a pedir matrimonio. He oído que el anillo de compromiso es una preciosidad... —Se llevó la mano a la boca como si se hubiera dado un susto repentino—. Uy, no debería haberle dicho esto, se supone que debe ser una sorpresa. Bueno, espero que de verdad se sorprenda.

Krista la miraba con los ojos desorbitados. Empezó a comprender algo de lo que se tramaba en torno a ella. Sin decir una palabra, salió de la casa y enfiló el sendero hacia la zona de barracones tan furiosa que su paso parecía dejar una estela de rabia.

Herta salió a toda prisa tras ella.

—¡Doctora Metzger, espere! —gritó alcanzándola—. Pero ¿adónde va?

—A mi barracón.

—Tiene un compromiso...

Krista se detuvo y se encaró con la chica.

—No tengo ningún compromiso. Dígale al Scharführer-SS Kahler que prefiero morirme de hambre antes que compartir mesa con él; y devuélvale las flores. ¡Odio las rosas!

Inició la marcha y Herta se quedó observándola sin entender nada. De nuevo alzó los hombros y desanduvo el camino para cerrar la puerta de la casa.

—Qué contenta se va a poner la supervisora cuando lo sepa —murmuró echando la llave.

Tres semanas después del episodio de la casa y de las flores, Krista recibió una sorpresa inesperada.

—Doctora Metzger, tiene visita —le anunció la supervisora.

—¿Una visita? —preguntó sorprendida—. ¿Quién es?

—Acompáñeme —dijo con la frialdad de siempre.

Krista se despojó de su bata, la colgó en la entrada y siguió a la mujer hasta llegar al edificio de la comandancia. En el trayecto pensaba en quién podía ir a visitarla hasta aquel lugar. Tenía la esperanza de que fuera su madre o tal vez Yuri.

La supervisora se detuvo ante una puerta, abrió y se apartó para dejarle paso. Cuando Krista vio a la doctora Hotzfeld, sintió una extraña mezcla de alegría, temor y decepción. Anna se encontraba de pie, frente a la ventana, y se volvió sonriente hacia ella.

—Tienen quince minutos —dijo la supervisora—. Ni uno más. —Luego cerró la puerta y las dejó solas.

Las dos mujeres se miraron unos segundos, antes de acercarse y darse un abrazo.

—Qué alegría verte, Krista, qué alegría —le dijo emocionada—. ¿Cómo estás?

—Todo lo bien que se puede estar aquí. ¿Cómo está mi madre? ¿Y Yuri?

—Tu madre está bien. Pasé ayer para decirle que venía a verte. Está deseando que regreses.

—¿Y cuándo podré hacerlo? —preguntó con la ansiedad grabada en los ojos.

—Krista, sentémonos —le dijo la otra con actitud adusta—. Tenemos que hablar y no disponemos de mucho tiempo.

Las dos mujeres se sentaron en las únicas sillas que había en la estancia.

—¿Qué ocurre, Anna? —preguntó al intuir algo sombrío en los ojos de su jefa.

—Krista, solo depende de ti salir de aquí.

—¿Qué se supone que tengo que hacer? —inquirió contrariada.

—Debes aceptar la propuesta de matrimonio de Franz Kahler.

Krista echó el cuerpo hacia atrás como si de repente la visión de aquella mujer le provocase rechazo.

—¿No estará hablando en serio? Usted sabe que amo a otro hombre, que estoy comprometida con Yuri...

—No se trata de amor, Krista —la interrumpió. Estaba incómoda, en una situación forzada que no sabía muy bien cómo controlar. Le habían puesto sobre la mesa un ultimátum que no pudo ni quiso eludir. Conocía muy bien los métodos que utilizaban para convencer a la gente y prefería ser ella la que convenciera a Krista antes que cualquier otro—. Se trata de vivir.

—No... No lo haré... —Se levantó tan rápido que la silla cayó con estruendo en la habitación vacía. Se fue hacia la ventana, dándole la espalda a la doctora Hotzfeld—. No me casaré con ese hombre. Jamás... Hablamos de mi vida. No pueden obligarme. —Su voz rabiosa se alzaba a cada palabra—. Me quedaré aquí para siempre, moriré aquí si es necesario, pero no aceptaré ese chantaje... Nunca.

Anna Hotzfeld la dejó desahogarse consciente de aquella lógica reacción.

—Krista, no solo lo pagarías tú... Si no aceptas, detendrán a tu madre y la encerrarán. Y también pondrás en peligro a Yuri.

Krista se volvió hacia ella. Sus ojos brillaban por el horror que sentía. Aquellas palabras se le habían clavado en lo más profundo de su conciencia. El daño le resultaba insufrible, incapaz de comprender que algo así estuviera pasando.

—No pueden hacer eso. —La frase salió de sus labios en un susurro ahogado—. No tienen nada contra mi madre.

—Encontrarán una razón. ¿No lo comprendes? Ellos tienen el poder y pueden hacer lo que quieran. Son ellos los que ponen las reglas. Si no lo aceptas, tendrás que asumir las consecuencias.

—Es un disparate —masculló Krista—. Un tremendo disparate...

Anna Hotzfeld se levantó y se acercó hasta ella. Le puso la mano sobre el hombro y buscó su mirada, pero Krista giró el rostro.

—Si aceptas casarte con Franz, en unos días estarás en Berlín con tu madre.

Solo en ese instante los ojos de Krista, cargados de resentimiento, se clavaron en los de la doctora Hotzfeld.

—¿La han enviado sus amigos nazis para convencerme, doctora Hotzfeld? Por eso está aquí, ¿verdad? Tiene que conseguir que no se pierda una mujer aria para la causa. —Krista escupía las palabras—. Lo importante es que la raza se mantenga intacta...

—Lo importante es que sigas con vida, Krista. Lo demás carece de sentido. ¿De qué valdría tu muerte? ¿De qué te servirá poner en peligro a tu madre? ¿Es que no te das cuenta de que nunca te dejarán casarte con Yuri? Te destruirán antes de consentirlo, os destruirán a los dos...

—Nos iremos, saldremos de este país. —Hablaba con la mirada perdida haciendo caso a los alocados pensamientos que pululaban por su mente en medio de la confusión—. Puedo hacerlo, soy ciudadana alemana, tengo derecho a salir de Alemania sin dar explicaciones...

—Es tarde para eso, Krista... También es tarde para ti.

Krista tenía el rostro demudado. Rehusó su mirada y le dio la espalda. Sintió que se ahogaba, como si de repente el aire de aquella habitación se hubiera esfumado.

—¿Sabe Yuri todo esto? —preguntó al cabo de un rato.

—Algo le he dicho. Si aceptas el compromiso, trataré de explicarle la situación antes de que llegues a Berlín. Krista, piensa que si permanecéis vivos, es posible que la vida os dé otra oportunidad. Si te quedas en Ravensbrück morirás, y tu madre también.

—Cuánta maldad... —murmuró Krista cabizbaja.

En ese instante se abrió la puerta y apareció la supervisora.

—Tienen que terminar ya.

Anna Hotzfeld sacó un papel de su bolso, lo desplegó y se lo puso delante de los ojos a Krista. Le temblaba la mano.

—Tienes que darme una respuesta ahora —instó a Krista acercándose a ella—. Si regreso a Berlín sin este compromiso firmado, hoy mismo detendrán a tu madre.

Krista miró el papel y después a ella. Cogió el documento. Leyó el texto escrito, bajo la atenta mirada de Anna Hotzfeld y la supervisora, que permanecía a la espera en la puerta. No solo se comprometía a contraer matrimonio con Franz Kahler, sino que juraba solemnemente no mantener ninguna clase de contacto con Yuri Santacruz. Asimismo debía cumplir su palabra de matrimonio y actuar en todo momento como la prometida de Franz Kahler, con el respeto debido a su prometido y a la familia del mismo, asistiendo a los festejos y actos que se iban a celebrar previos a la boda, fijada para el 3 de septiembre de aquel 1939.

Cuando terminó de leer, Anna le tendió su pluma Montblanc. Krista la cogió, retiró el capuchón y apoyó el documento en una de las sillas para firmarlo. Luego le entregó el papel y la pluma.

Diez minutos antes de las seis de la mañana, Krista estaba dispuesta con la misma ropa con la que había llegado dos meses atrás. La noche previa, un poco antes de que apagasen las luces, la supervisora se había presentado en el barracón donde dormían más de un centenar de mujeres para entregarle la ropa y comunicar a la doctora que a las seis en punto del día siguiente debía estar en la comandancia. Antes de irse, Johanna Langefeld se dirigió a voz en grito a todas las presas y anunció con regodeada satisfacción que la doctora Metzger abandonaba el campo para casarse con un oficial de las SS. A partir de ese momento un manto de silencio se había cernido sobre Krista. Apenas había podido pegar ojo sintiendo a su alrededor la fría sombra del rechazo.

Antes de ir a la comandancia, decidió acudir al barracón del hospital para despedirse de las enfermeras, auxiliares y pacientes. Nada más entrar se activó una cadena de miradas recriminatorias y un silencio helado la acompañó a medida que avanzaba por el pasillo central. Si hacía el amago de acercarse a alguna de sus pacientes, esta giraba la cara hacia el otro lado o bien una de las enfermeras se apresuraba a interponerse en su camino dándole la espalda con descaro. Ilse fue la única que salió a su encuentro y se encaró con ella.

—Me equivoqué con usted, pensé que era distinta, pero es de la misma calaña que ellos. —Escupió y la saliva pastosa le impactó contra la mejilla.

Krista fue incapaz de reaccionar a tanto desprecio. Aturdida, sin dejar de mirar aquellos ojos tan llenos de odio que la fulminaban, se pasó la mano por la cara. Luego, sintiendo entre sus dedos la viscosa humedad del repudio, se dio la vuelta y echó a andar camino de la comandancia. A su espalda se oyó primero un insulto, al que siguieron otros, hasta formar un coro de improperios, gritos y chanzas que la siguieron hasta llegar a su destino, donde ya la esperaba Franz junto a un coche.

Al verla, tiró el cigarrillo e inconscientemente se cuadró.

—¿Estás lista? —preguntó afable—. Tu maleta ya está en el coche.

Krista se dio la vuelta hacia los barracones donde centenares de mujeres vestidas de rayas pululaban de un lado a otro cabizbajas, dispuestas a afrontar otro día sin sentido, un día más de horas de trabajo a cambio de un plato de sopa.

Franz y Krista se montaron en un coche que conducía un SS, y de inmediato emprendieron el camino de regreso a Berlín.

—Me alegro mucho de que hayas aceptado, Krista. Estoy convencido de que todo va a salir bien.

377

—No digas nada, Franz, por favor. Estoy muy cansada y lo único que quiero es volver a casa y abrazar a mi madre.

—Eso no va a poder ser. Lo siento. No puedo permitir que mi prometida conviva bajo el mismo techo que un hombre que la pretende.

—Yuri no me pretende —replicó con desdén. Acto seguido le habló imprimiendo en sus palabras toda la rabia acumulada—. Franz, quiero que te quede claro: Yuri Santacruz es el hombre al que amo, el único hombre al que amo.

En ese momento Franz se cruzó con la mirada del conductor reflejada en el retrovisor. El hombre retiró los ojos del cristal y dirigió la vista hacia la carretera.

—Aún no estoy casada contigo —continuó Krista, ajena a aquellas miradas—, así que hasta entonces exijo quedarme en casa de mi madre.

Franz parecía no inmutarse. Se esperaba la actitud desafiante de Krista. No le importaba. Había conseguido lo que quería. Habría tiempo de doblegar ese carácter. Ahora su intención era deshacerse del único obstáculo que lo separaba de ella. Si ese extranjero desaparecía, las cosas le resultarían mucho más fáciles con Krista. Lo había intentado, pero su cuñado le había advertido que actuar contra él podría crear un conflicto con la embajada de España, y eso no convenía. Todo a su tiempo, pensaba.

—Krista, tal vez podríamos arreglarlo —dijo Franz—. Hasta el día de la boda, si lo que quieres es estar con tu madre, tendrá que ser bajo la custodia permanente de guardias de las SS. Y con la prohibición de que ese hombre entre en la casa.

—No voy a consentir que ningún SS vigile nuestras vidas.

—Lo imaginaba —murmuró con sorna—. Hay que reconocer que puede resultar muy incómodo tener dos hombres apostados en tu puerta todo el día. Por eso había pensado ofrecerte una opción conveniente para todos. Puedes instalarte en una *suite* del Hotel Adlon. Tu madre podrá visitarte siempre que quiera. De ese modo, todos estaríamos contentos y tranquilos.

—Voy a seguir trabajando en La Piedad —sentenció. Quería dejar las cosas claras desde el principio—. No voy a renunciar a mi profesión.

—No hay problema —añadió Franz—. Los embarazos irán marcando tu vida.

—No quiero hijos... —replicó ella tratando de imprimir firmeza a su decisión.

Franz no dijo nada. Su madre, Erika Kahler, experta en decir una cosa e inmediatamente después la contraria sin inmutarse, le había dado algunas indicaciones de cómo debía reaccionar a los lógicos envites de Krista. Tenía que darle tiempo para asumir la nueva situación. «Afloja la soga —le decía—, no aprietes, no ahora, ya habrá tiempo para imponer tu voluntad. Una vez que sea tu esposa tendrá que pasar por donde tú digas. Ten paciencia.»

Metió la mano en el bolsillo. La piel del asiento crujió quejumbrosa bajo su peso. Sacó una bolsita de tela y volcó el contenido en la palma de su mano abierta.

—Creo que esto es tuyo. —Se lo mostró.

A Krista le dio un vuelco el corazón al ver la pulsera de la leontina de su padre. Antes de cogerla se acercó más para cerciorarse de que sus ojos no la engañaban.

—Franz... —Sonrió a su pesar—. Mi pulsera. Creí haberla perdido...

—Deja que te la ponga —dijo Franz.

La leontina de oro que le había regalado su madre volvió a lucir en su muñeca y Krista no pudo evitar un sentimiento de gratitud por el hecho de haberla recuperado. Tras un día aciago, su ánimo se tornó algo más suave.

Gracias a Anna Hotzfeld, la señora Metzger estaba informada tanto del regreso de Krista como del motivo del mismo. Así que en cuanto recibió la llamada de Krista convocándola a la *suite* en la que la habían instalado se precipitó a la calle para reunirse con su hija. Había tenido que suplicar a Yuri que no la siguiera y esperase a su regreso. Él se sentía roto por el chantaje inmoral y perverso que le habían hecho a Krista, pero no tuvo más remedio que ceder al ruego de la viuda.

Madre e hija se dieron un largo abrazo, se miraron, se preguntaron cómo estaban, volvieron a estrecharse, sonrientes, felices de verse de nuevo, de estar vivas, de poder hablarse. Se sentaron en dos butacas de la lujosa habitación.

—Me lo ha contado todo la doctora Hotzfeld —le dijo la madre aún emocionada por el encuentro—. Y a Yuri también.

—¿Cómo está?

—Cómo va a estar. Mal, muy mal. Está desolado, tiene que renunciar a ti y eso le rompe el corazón. Pobre Yuri.

—Madre, tengo que verlo.

—No, Krista —dijo tratando de infundir un halo de autoridad a sus palabras—, no voy a permitir que te pongas en peligro, otra vez no. Me lo advirtió muy seriamente la doctora Hotzfeld. Si descubren que tienes cualquier tipo de contacto con él, no habrá vuelta atrás. Son capaces de todo, tú lo sabes. —Echó el cuerpo hacia delante y le agarró la mano sin dejar de mirarla, con una expresión de ansiedad y de profundo temor—. Hija, lo importante es que estás viva, eso es lo fundamental. Lo demás el tiempo lo arreglará.

—Me pregunto, madre, qué clase de vida es pasar el resto de mis días con un hombre al que odio.

—Yo sigo amando a tu padre a pesar de que la muerte me lo arrebató. Sé que no recuperaré nunca su presencia, ni sus abrazos, ni volveré a oír nunca su voz... Pero eso no me impide que lo ame cada día, que cada segundo lo tenga en mi pensamiento, ni siquiera la muerte ha podido acabar con ese amor. —Tenía los ojos fijos en su hija, unos ojos llenos de ternura—. Lo que tú sientes por Yuri tan solo te pertenece a ti, y ni Franz, ni los SS, ni el mismísimo Hitler podrán extraerlo de tu corazón. Amarlo solo depende de ti, solo tú eres dueña de esas emociones. Si ahora te precipitas por un abrazo a escondidas, te arriesgas a perderlo todo, que te hagan daño a ti o se lo hagan a él. No dejes que te quiten el poco espacio de libertad que te queda.

Krista miraba a su madre con arrobo. Se dio cuenta de que, igual que a ella la habían amenazado con hacer daño a su madre si no accedía a su propuesta, asimismo habían advertido a su madre de la necesidad de disuadirla de cualquier locura e impulsarla a ese matrimonio para evitar que volvieran a encerrarla lejos de ella.

—Madre..., tengo tanto miedo...

—Yo también lo tengo. Pero piensa que esto está sucediendo hoy, quién sabe lo que nos depara el futuro. Las cosas pueden cambiar en un solo instante, y si estás viva, puedes reaccionar. Pero encerrada en ese campo de concentración, o peor aún, si estás muerta... Entonces, nada podría salvarse.

Krista la escuchaba y comprendía los temores de su madre.

—Mamá, no puedo escribirle porque seguro que te registrarán cuando salgas de aquí. —Ahora fue ella quien sujetó las manos de su madre entre las suyas, acariciándolas con ternura—. Pero, por favor, tienes que decirle que lo amo, que lo amaré siempre... Y que no sé cómo, pero volveré a él si sabe esperarme.

La señora Metzger la miraba extasiada, valorando aquellas palabras escuchadas y comprendidas, hasta que sus labios se abrieron en una risa complaciente.

—Qué inútil resulta limitar y someter a un enamorado —murmuró como si los pensamientos se le hubieran escapado a través de los labios—. La fuerza del amor es incontenible.

Chasqueó la lengua con un gesto de conformidad, se soltó del dulce amarre, se quitó el zapato derecho y hurgó en el forro de piel del interior ante la mirada atónita de Krista. Levantó el cuero, sacó un papel plegado en varias dobleces y se lo dio.

—Krista, te lo suplico, ten mucho cuidado. Eres lo único que me queda en este mundo. Si te ocurriera algo... —Hizo una leve pausa, contenida—. No podría soportarlo.

Cuando su madre se marchó, Krista leyó la carta de Yuri. Era solo una cuartilla, escrita con letra apretada para contarle todo lo que sentía. La leyó varias veces, tratando de imaginarse sus manos sobre el papel, la caricia de su tacto, la mirada profunda de sus ojos, la ternura dibujada en sus labios. En ella le pedía que no se pusiera en peligro, que la necesitaba viva, que la quería por encima de cualquier compromiso, circunstancia o situación adversa como la que se veían obligados a pasar; le insistía en que no sabía cómo, pero lucharía por ella.

Aunque no me veas, estaré cerca de ti. Tu recuerdo será el motor de mi vida, recuperarte será mi único proyecto.

Se llevó la hoja al pecho con la emoción desbordada. Se preguntaba cómo iba a ser capaz de estar en brazos de otro, cómo podría aceptar los besos de otros labios que no fueran los suyos, cómo podría soportar que fueran otras manos las que la tocasen.

Villanueva fumaba uno de sus puros habanos con los ojos puestos en los distintos rotativos nacionales e internacionales que se desplegaban sobre el escritorio, leyendo los titulares que, sin excepción, llevaban todos en su portada y que se resumían en la frase: «Hitler y Stalin firman un tratado de no agresión». La mayoría de las fotos que ilustraban la noticia mostraba a Molotov, responsable soviético de asuntos exteriores, sentado a punto de firmar, y a su espalda y de pie, su homólogo alemán, Ribbentrop, junto a un Stalin que observa con expresión satisfecha. Sobre sus cabezas, la imagen enmarcada de Lenin.

—Hasta hace unos días Alemania estaba tratando con Gran Bretaña y ahora sale con este pacto entre diablos —dijo Villanueva—. Grave error de Chamberlain, qué cándido ha sido el inglés. Hitler ha dejado la pelota de la guerra botando en el lado occidental, sabe que ni los ingleses ni mucho menos Francia se meterían en un conflicto de forma inminente.

—El pueblo alemán no lo va a entender. Pactar con el comunismo; va a ser difícil de encajar.

—Bah, Hitler se lo puede permitir. Está en lo más alto de popularidad, los alemanes no le pondrán ni un pero, aunque se queden estupefactos, como el resto del mundo. No hay más que leer los editoriales: ya están justificando, alabando un hecho inaudito, llevan seis años doblegando la voluntad de la población y se lo tragarán sin rechistar.

—Y España, ¿en qué lugar queda ahora? —preguntó Yuri con ironía—. Franco debe de estar atónito. Me pregunto qué va a hacer con su particular cruzada contra el comunismo ahora que su mayor aliado se ha unido al bolchevique, su enemigo más temido.

—Por lo visto no sale de su asombro. —Villanueva rio—. Pero Franco no hará nada, no lo va a criticar abiertamente, no le interesa incomodar al Tercer Reich. Si no hubiera sido por los nazis, no estaría donde está. Le debe muchos favores.

—Y el embajador, ¿qué opina de todo esto?

—Magaz calla. Es un asunto territorial y de equilibrar fuerzas. Stalin envía a Alemania materias primas y Hitler le paga en cómodos plazos. La no agresión es solo una tapadera, pero estoy convencido de que hay algo más que no sabemos... Tal vez tú me puedas aclarar cuál es la letra pequeña de este pacto.

Yuri alzó los ojos y se encontró con la mirada inquisidora de Villanueva.

—¿Qué quiere decir?

Villanueva se llevó el puro a los labios y dio una calada, alargando la expectación que revelaba el rostro de Yuri.

—Lo sé todo, Yuri, lo sé desde el principio.

—¿Qué es lo que sabe?

—Tus chanchullos con Sokolov. Que has estado sacando información de la embajada para entregársela a los rusos. —Negó con la cabeza esbozando una sonrisa sarcástica—. Me lo temía, y no te culpo. Eras el objetivo perfecto para los planes rusos.

Yuri, sin dejar de mirarlo, mantenía el rostro impertérrito.

—¿Por qué no me ha denunciado?

—Será que me estoy haciendo viejo. —Una mueca le quebró la sonrisa—. Te aprecio más de lo que soy capaz de admitir —levantó la mano a modo de advertencia—, y no en el sentido que te imaginas, sino como a un hijo... Supongo que los bolcheviques te habrán dado algo a cambio. Solo espero que te haya merecido la pena.

—Hay un plan para ocupar Polonia —añadió Yuri en un tono mesurado—. Rusia y Alemania se van a repartir su territorio. Esa es la letra pequeña.

—Lo imaginaba... —murmuró Villanueva—. Tendrá que ser a la fuerza, porque Polonia no está dispuesta a ceder como lo hicieron Austria o Checoslovaquia.

—Hitler pretende convertir Polonia en un campo de experimentación para la Wehrmacht y las SS —dijo Yuri—. La guerra de España le ha salido muy bien, han probado armamento, tanques, aviones, tácticas...

—Claro —lo interrumpió Villanueva con expresión concentrada, como si estuviera atando cabos de un desbarajuste difícil de entender—. Gran Bretaña y Francia no se moverán contra una alianza de Alemania y Rusia. Con esto conseguirá romper el lazo de colaboración entre Rusia y los ingleses, y estos se mantendrán neutrales cuando Hitler decida emprender la gran campaña rusa, una de sus muchas obsesiones.

Tras un silencio, Yuri se removió en su asiento y echó el cuerpo hacia delante.

—Villanueva, estoy pensando en viajar a Rusia. Creo que ha llegado el momento de enfrentarme al pasado.

—Entiendo entonces que el riesgo que has asumido todo este tiempo te ha merecido la pena.

—Aquí ya no me queda nada.

—¿Y qué pasa con Krista?

Encogió los hombros, resignado, con un movimiento negativo de la cabeza.

—La boda será la semana que viene. No puedo hacer nada. Con mi presencia en Berlín lo único que consigo es hacerle daño y hacérmelo a mí. No quiero perjudicarla... No debo hacerlo.

—¿Crees que te dejarán salir del país sin trabas?

Yuri se echó a reír.

—Están deseando que me quite de en medio. Si me descuido, me pondrán banda y música y una alfombra roja hasta la frontera.

Se cernió entre ellos un extraño silencio que olía a despedida.

—¿Necesitas algo de mí? —preguntó al cabo Villanueva.

Yuri trató de contener la emoción que le ahogaba. Tragó saliva y habló afligido.

—Ya ha hecho mucho por mí, demasiado... Solo le pido una cosa: cuide de ella, Erich, por favor... Cuide de Krista.

Yuri salió del palacete de la embajada con el corazón en un puño. A lo largo de aquellos años Villanueva se había convertido en un ser entrañable para él, un remedo de la figura paterna que él mismo había desterrado de su vida de manera

385

tan injusta. No sabía si aquella despedida sería definitiva, nada le quedaba ya en Berlín. Todo había terminado para él en aquella ciudad que tanto le había dado y tanto le arrebataba ahora.

Tenía previsto tomar un tren con destino a la frontera de Polonia. De allí viajaría a territorio ruso hasta llegar a Moscú.

El sol apenas se veía en el horizonte. Aquella tarde de agosto ya empezaba a languidecer. Todavía hacía calor, pero una ligera brisa invitaba a caminar. Recorrió las calles con paso lento, observando a la gente, el transitar de unas vidas cotidianas, distendidas, ajenas a lo que se estaba tramando en las altas esferas del gobierno que los dirigía. Hacía tiempo para llegar a su destino a la hora fijada, ni antes ni después. Desde que Krista había regresado de Ravensbrück, cada tarde de viernes acudía al mismo lugar donde años atrás se reunían con Fritz y Nicole. Se lo había dejado entrever a la señora Metzger para que se lo transmitiera a Krista con la esperanza de que algún día, si veía la posibilidad, acudiera a la cervecería. Aquella era la última oportunidad que tenía de hacerlo. Pero también sabía del recelo que la viuda mantenía hacia él. Casi no la veía: desayunaba y almorzaba fuera para no ponerla en el compromiso de su presencia. Además, ella le había sugerido con mucha delicadeza, pero también con mucho dolor, que era mejor que se marchase de la casa, que abandonase la buhardilla porque de ese modo su hija podría ir a visitarla. Esa era otra de las razones que lo habían llevado a tomar la decisión de abandonarlo todo; los ojos de la señora Metzger suplicando por la vida de su única hija le destrozaban el alma. Tenía que alejarse, por el bien de Krista, debía marcharse de Berlín.

El local se encontraba muy animado. Se adentró entre las mesas repletas de hombres que bebían, cantaban, reían, gritaban y se movían de un lado a otro con las jarras rebosantes y espumosas. Al fondo, a un lado del escenario sobre el que siempre había música y bailes, se hallaba la mesa en la que antaño solían reunirse los amigos. Estaba algo apartada, por eso casi nunca se ocupaba. Se sentó, pidió una cerveza y miró a su alrededor buscando el rostro ansiado, pero todo eran máscaras sin ningún interés para él. Estuvo algo más tiempo de lo normal, apurando aquella última oportunidad. Al levantarse se sintió algo mareado por el alcohol. Necesitaba tomar el aire. Pagó y salió del local.

Parecía haber traspasado un abismo entre el ambiente cargado y bullicioso del interior y aquella calma suspendida en el aire limpio que respiró con fruición. Echó a andar por la calle desierta, acompañado del eco de sus pasos en el vacío de la noche. A su espalda oyó un taconeo apresurado. Se dio la vuelta y ahí estaba.

Ella se detuvo a solo un par de metros. Los pies clavados al suelo y el corazón desbocado.

—Yuri... Amor mío...

Aquella voz fue el motor que lo puso en marcha. Se acercó y la abrazó, pero Krista enseguida se deshizo de su abrazo con un ademán inquieto, mirando hacia los lados, temerosa de ser vistos. Lo cogió de la mano y lo guio hasta el interior de un portal largo y oscuro al que se adentraron hasta desembocar en un patio interior. Como si tuviera medidos cada paso, se metió bajo el hueco de una escalera donde quedaban ocultos de miradas. Solo entonces volvieron a abrazarse.

Yuri le cogió la cara con las dos manos y escrutó sus ojos en la penumbra.

—Estaba convencido de que algún día vendrías —susurró él—. ¿Cómo estás?

—Ahora estoy bien...

Volvió a rodearla entre sus brazos, la cara de ella pegada a su pecho, aspirando el olor de su pelo. Se sentaron sobre unas cajas de madera con las manos agarradas, muy juntos, acariciándose en la oscuridad; a sabiendas de que tenían poco tiempo, hablaban precipitadamente en voz muy baja, casi un susurro, temerosos de que pudieran oírlos.

Las campanas de una iglesia rompieron aquella magia.

—Tengo que marcharme. —Ella se levantó sobresaltada.

—Krista... —Yuri cogió su mano para retenerla—. Me marcho de Berlín.

—Lo sé... Me ha llamado Villanueva.

—Qué gran tipo, Villanueva —murmuró él sonriendo.

—Yuri, escúchame bien: pase lo que pase, mi amor por ti seguirá intacto. Solo te pido que no me olvides... Prométeme que no lo harás.

—No podría hacerlo, aunque quisiera —la interrumpió vehemente, alzando un poco la voz—. Volveré a por ti, Krista, juro que volveré a por ti y te sacaré de este infierno.

Ella le acarició el pelo con ternura. Se ajustó el sombrero y cogió su bolso. Después se inclinó hacia él y le susurró:

—Te amaré siempre.

Se acercó y lo besó. Yuri cerró los ojos para retener el sabor de sus labios, su aroma, grabarlo todo en su memoria. Cuando Krista separó la boca, Yuri sintió vértigo, como si estuviera al borde de un precipicio y se hubiera quedado sin sujeción.

—Espera unos minutos antes de salir —le dijo ella.

Luego avanzó un paso, las manos entrelazadas en un último empeño de retener aquel instante. Se soltó, le dio la espalda y echó a andar. Yuri observó su figura enmarcada por la tenue claridad de la luna que se colaba en el umbral del ancho corredor. No dejó de mirarla hasta que salió a la calle y desapareció, pero se mantuvo concentrado en su taconeo, apagado poco a poco hasta que se extinguió. Apoyó la espalda en la pared, se encendió un cigarro y fumó. Se sentía un cobarde por dejarla en brazos de otro hombre, por no tomarla de su mano y huir lejos, fuera del alcance de los que los hostigaban. Le torturaba la idea de que algo saliera mal y pudiera sufrir algún daño. Además, sabía que Krista renunciaría a todo para evitar cualquier perjuicio a su madre. Tenía que alejarse, la distancia calmaría aquel dolor punzante que parecía corroerlo por dentro. Como una nefasta paradoja, la historia se repetía de nuevo, otra vez tenía que marcharse dejando atrás lo más querido, otra vez la dolorosa separación, otra vez el lacerante sentimiento de ausencia.

Volvió a oír el lento tañido de la campana repicar en el aire. Arrojó la colilla al suelo, se puso el sombrero y salió de su escondite dispuesto a volver a casa. Nada más pisar la calle oyó unos pasos tras él y, sin previo aviso, recibió un empujón tan fuerte que cayó de bruces al asfalto.

—Hijo de puta, lo sabía.

Al volverse, Franz lo apuntaba con una pistola. Yuri no se movió, estaba en desventaja, tirado sobre la acera.

—Ya es hora de que me ocupe de ti, Yuri Santacruz.

Franz adelantó un paso hasta quedar muy cerca de los pies de Yuri.

—Has conseguido lo que querías —le dijo él intentando ganar tiempo antes de oír el disparo que lo mataría—, con muy malas artes, pero lo has conseguido. Lo único que te pido es que la trates bien.

—Lo que necesita esa zorra es un hombre que la dome y la meta en cintura...

En ese instante, con un rápido movimiento, Yuri le propinó una patada entre las piernas que lo dobló, lo que le dio tiempo para echarse contra él. En el empuje, Franz perdió la pistola. Forcejearon para alcanzar el arma sin lograrlo. En un giro inesperado, Franz se puso a horcajadas sobre Yuri hasta inmovilizarlo. Era fuerte y estaba entrenado. Le rodeó el cuello con las manos y apretó con rabia, furioso, el odio grabado en sus ojos, repitiendo entre dientes «te voy a matar», como si se estuviera animando a sí mismo a oprimir más y más la fragilidad de la garganta. Yuri se removía lleno de ira sin conseguir soltarse de su amarre. Cuando empezó a sentir que las fuerzas le fallaban, oyó un disparo, la presión de las manos asesinas cedió y, tras una sacudida, su atacante se desplomó sobre él; lo apartó con rapidez y el cuerpo de Franz cayó a un lado. Por un momento Yuri percibió en sus ojos un destello de perplejidad, de consternación al haber ido a matar y no a morir; a continuación su mirada quedó vacía, escapada la vida por ella, los labios abiertos, interrumpida su frase de muerte. Al incorporarse se topó con la mano enguantada que un hombre le tendía. Yuri levantó la vista extrañado de que alguien vistiese guantes en esa época del año. En la otra mano llevaba la pistola con la que acababa de disparar. Confuso, con la sensación de asfixia aún en la garganta, aceptó la ayuda y se puso en pie.

—Márchese —le ordenó el hombre, mientras tanteaba el cuello de Franz para comprobar si tenía latido. Se enderezó y guardó la pistola.

—¿Por qué lo ha hecho? —preguntó Yuri perplejo.

—Dé las gracias a su ángel de la guarda; Villanueva lo protege desde hace tiempo. Y ahora, si no quiere meterse en más líos, márchese y procure ocultarse. Van a por usted. Si no lo han conseguido ahora, lo intentarán de nuevo. Salga cuanto antes de Berlín.

El desconocido se alejó con paso rápido dejando a Yuri con la palabra en la boca. Varias preguntas quedaron flotando en el aire. Sin obtener respuesta, emprendió la marcha en sentido contrario, pero cuando apenas llevaba unos pasos se topó con un hombre que le salió al paso, como si lo estuviera esperando.

—Lo he visto todo... He visto cómo han matado a ese hombre.

Yuri lo miró atónito. Trató de esquivarlo, pero el otro lo sujetó, gritando:

—¡Policía, socorro! ¡Policía!

Yuri se desembarazó de él propinándole un fuerte empujón y salió corriendo. Los gritos que reclamaban a la policía se acompasaban con el sonido de su propia respiración y el eco de sus pasos.

Llegó a la buhardilla empapado de sudor. Tenía que abandonar Berlín, salir de Alemania, ahora ya no había marcha atrás. Hizo la maleta con lo más imprescindible, cogió el pasaporte y el visado firmado por su hermano y los guardó en el bolsillo interior de la chaqueta. Sacó del marco la foto de su madre y de su hermano y la metió junto al pasaporte. Comprobó el dinero en efectivo: solo veinte marcos, con esa cantidad no podía ir a ninguna parte. Pensó en llamar a Villanueva. Descolgó el auricular y marcó el número; la señal se mantuvo durante varios segundos, sin embargo, nadie contestó a la llamada. Lo más seguro era que a esa hora estuviera cenando en alguno de los lujosos restaurantes de la ciudad y suponía que regresaría tarde a casa. Decidió esperar, tenía que contarle lo ocurrido para que avisara a Krista. Estaba demasiado confuso para pensar con claridad, Villanueva sabría qué hacer.

Se sintió exhausto. Se dejó caer sobre la cama con los pies plantados encima de la alfombra como si no quisiera perder el contacto con la realidad. Sin poder evitarlo, se sumió en una duermevela hasta que unos fuertes golpes en la puerta lo arrancaron de su sopor. Abrió los ojos sin moverse, reteniendo la respiración, a la espera de oír las voces de la policía ordenándole que abriera, pero lo que oyó fue la apremiante voz de Claudia. Abrió y no tuvo tiempo de decirle nada porque ella entró y cerró la puerta. Hablaba deprisa, inquieta, muy nerviosa.

—Vienen a por ti. Van a detenerte. Tienes que marcharte. ¡Ahora!

—¿Cómo lo sabes?

—Me acaba de llamar Ulrich. No está en Berlín, pero me ha advertido de que están de camino los de la Gestapo para detenerte... Se te acusa de matar a Franz. Tienes que salir del país. Te llevaré en mi coche hasta la frontera de Polonia.

Yuri la miró unos instantes entre la incredulidad y el recelo.

—¿Y sabiendo de lo que me acusan vienes a avisarme? —Abrió las manos consternado—. ¿Por qué tendría que creerte?

Ella se acercó a él mirándolo a los ojos con la verdad contenida en ellos.

—Porque tu vida me importa mucho más que la de mi hermano.

Durante apenas unos segundos mantuvieron sus miradas.

—No necesito tu ayuda.

—Sí la necesitas —arguyó ella con una seguridad aplastante—. No podrás hacer nada por tu cuenta, te cogerán en cuanto salgas por la puerta. —De nuevo se acercó a él, su rostro revelaba una angustiosa inquietud—. Yuri, si te detienen, no sobrevivirás... Tienes que confiar en mí.

—Tengo que avisar a Krista. Las cosas han cambiado, ahora ella...

—No hay tiempo, Yuri. Yo hablaré con ella.

—No te creo.

—Muerto no le servirás de nada.

Durante unos segundos Yuri se quedó perplejo, hasta que por fin se volvió para coger su maleta.

—No, deja la maleta, si no están tus cosas, sabrán que has huido y pondrán vigilancia en las fronteras. Coge solo tu pasaporte. —Ante la inmovilidad de Yuri, Claudia se desesperó y lo conminó con gesto suplicante—: ¡Tenemos que irnos!

Yuri la siguió hasta su casa, abrió y le indicó que entrase. Apareció Mina, la niñera que vivía con ellos desde el nacimiento de la pequeña Jenell. Traía colgado en el brazo un traje envuelto en una tela que le entregó a Claudia.

—No abras a nadie y no contestes el teléfono. —Claudia

cogió su bolso, el pasaporte y las llaves del coche—. Tú ni has visto nada ni sabes nada. ¿De acuerdo?

La chica asentía con el susto metido en el cuerpo, como si le fuera la vida en aquella aventura.

Claudia abrió la puerta y se asomó a la escalera. Luego se volvió hacia Yuri.

—¡Rápido! ¡Tenemos que salir de aquí!

Los dos se precipitaron escaleras abajo, se metieron en el coche. Claudia arrancó y aceleró. Justo cuando iban a girar la esquina se cruzaron con dos coches de la Gestapo que iban a toda velocidad y que frenaron junto al portal. Yuri se quedó sobrecogido. Era cierto: Claudia lo estaba ayudando a huir.

—Cámbiate de ropa —le dijo ella—. Por unas horas y mientras estés en Alemania, te convertirás en Ulrich von Schönberg. Tienes el uniforme atrás. Sois casi de la misma talla. El problema va a ser el pelo, demasiado largo y oscuro. Tendrás que calarte bien la gorra.

Yuri cogió de la parte de atrás el bulto que la niñera le había dado a Claudia. Era el uniforme completo de SS. Se cambió con algo de dificultad por la estrechez del habitáculo. Cuando se abotonaba la chaqueta negra, ya habían salido de la ciudad. Dejó la gorra de plato sobre sus piernas. No pudo evitar sentirse incómodo con aquel atuendo que tenía impregnado el olor a Ulrich.

Claudia soltó una mano del volante y la introdujo en su bolso sin dejar de mirar hacia la carretera. Sacó un pasaporte y se lo dio.

—Es el pasaporte de Ulrich —le dijo—. Cruzaremos la frontera de Polonia. Sé que Ulrich lleva unos meses haciendo este recorrido para reunirse con una fulana polaca a la que visita sin ningún reparo. En la aduana conducirás tú. Debes comportarte como un SS, arrogante y altivo, y con autoridad. En cuanto comprueben quién eres, te dejarán pasar.

—¿Y tú?

—Soy la esposa de Ulrich. Apenas se fijarán en mí.

—¿No temes que la niñera se chive de todo esto?

—No dirá nada.

—¿Cómo estás tan segura? En este país los delatores están al alza.

—Es judía.

—¿Tienes una judía trabajando en tu casa? —inquirió sorprendido.

—No lo sabe nadie. Tampoco lo sabía yo, lo descubrí por casualidad hace poco. Tiene una identidad falsa. Se ha creado una personalidad nueva. No hablará, es de absoluta confianza.

—¿Cómo es posible que una nazi convencida como tú deje que una judía cuide a sus hijos?

—También son los tuyos.

—No empieces con eso.

—Mis dos hijos son tuyos, Yuri. Mi marido no puede tenerlos. Está incapacitado para engendrar, aunque él no lo sabe. Me lo confesó mi suegro. Son tuyos —sentenció.

Yuri la miraba estupefacto por la revelación. Se le había pasado por la cabeza que el mayor pudiera ser suyo, pero siempre descartó la idea por improbable, o porque no quería pensarlo.

—¿Es cierto lo que dices? ¿Son míos esos niños?

—Te lo juro por lo más sagrado. No ha habido más hombre que tú en mi vida, además de Ulrich, claro.

Yuri abrió la boca para decir algo, pero sus palabras quedaron trabadas en la garganta en una extraña emoción. La confirmación de que aquellos niños eran sus hijos le producía una mezcla de desconcierto y complacencia que le costaba encajar.

Se hizo un largo silencio entre ellos. Yuri trataba de ensamblar aquel insólito rompecabezas. Ella lo sabía y le dio tiempo. Al cabo, Yuri le habló con voz blanda.

—Estás arriesgando demasiado.

—Quiero hacerlo.

—¿Por qué?

—Ya lo sabes —dijo Claudia echándole un rápido vistazo.

Dudó unos segundos antes de hacer la pregunta temiendo lo que creía cierto—. ¿De verdad has matado a mi hermano?

—Tu gente me acusa de ello, así que estoy condenado. ¿Qué más da lo que haya ocurrido en realidad?

—¿Lo has hecho o no? —insistió ella.

—Se lo merecía. Era un miserable. Y no, no lo he hecho, aunque no me hubiera importado acabar con él. En realidad, si no le llegan a disparar, me habría matado; esa intención tenía y a punto estuvo de conseguirlo. —Se llevó la mano a la garganta—. Al menos ahora Krista no tendrá que pasar por lo que la obligó a firmar... ¿Cómo se puede ser tan canalla? Ojalá se pudra en el infierno.

—Yuri, siento todo lo que ha ocurrido... A veces... —Claudia soltó una mano del volante y la agitó en el aire, tratando de buscar las palabras exactas para expresar lo que sentía—. Uno cree que hace las cosas por amor cuando en realidad es puro egoísmo.

—¿Qué me estás queriendo decir, Claudia?

Ella dejó escapar un suspiro, las manos asidas al volante como si temiera caer al abismo.

—Yo animé a mi hermano a que conquistase a Krista. Se prendó de ella desde que la conoció.

—No me digas que has sido tú la que ha urdido toda esta mierda —dijo él entre el reproche y la decepción.

—Te juro por lo más sagrado que nunca pensé que fuera capaz de lo de Ravensbrück, nunca creí que pudiera llegar tan lejos.

—¿Cómo voy a creerte, Claudia? Era tu hermano...

—Lo sé, y lo siento... —Su tono sonaba implorante—. Pero te juro por mis hijos que te estoy diciendo la verdad. No tenía ni idea de sus intenciones.

—¡Me pregunto qué coño os pasa por la cabeza a los nazis! —bramó Yuri sin poder ocultar su enfado porque en lo más hondo de su ser quería creerla—. Estáis llenos de odio... Odio al

395

diferente, o al que no piensa como vosotros, odio al que se pone en vuestro camino incluso en algo tan íntegro como es el amor...

Claudia no replicó de inmediato. Trató de argüir algo válido con lo que rebatir los certeros ataques de Yuri.

—Tengo la sensación de que me he equivocado en casi todo —murmuró apenada—, pero el mayor error de mi vida fue no haberme ido contigo cuando me lo pediste.

Él la miró de reojo. Su voz se ablandó.

—Eso ya forma parte del pasado, Claudia, de nada sirve volver a hablarlo...

—No podía hacerlo, Yuri —lo interrumpió vehemente—. Tuve que protegerte.

—¿Protegerme de qué? Tu mundo cómodo y seguro era mucho más seductor que la locura de vivir el amor a mi lado. Esa es la realidad, y no te culpo, nunca lo he hecho, aunque he sido una víctima propiciatoria de ese bienestar.

—De nuevo te equivocas conmigo —añadió melancólica—. Yuri, aquella tarde... Cuando volvíamos de nuestro viaje... Había decidido hacerlo —sentenció con estremecedora firmeza—, dejarlo todo y marcharme contigo; pero a mi marido le habían llegado rumores de que me veía con un hombre. —Los envolvía el sordo zumbido de las ruedas sobre el asfalto—. Si me hubiera matado a mí, no me habría importado, pero me amenazó con indagar tu identidad y deshacerse de ti; y sé que lo habría conseguido si no renunciaba a ti... Si te hubiera pasado algo por mi culpa, no me lo habría perdonado nunca. Por eso me alejé de tu lado...

—¿Por qué no me lo dijiste? —preguntó Yuri conmovido.

—¿De qué hubiera servido? Nunca te pondría en peligro.

Durante mucho rato no dijeron nada, envueltos en la oscuridad del habitáculo, sintiendo cada uno la presencia del otro, los ojos fijos en la franja de la calzada iluminada por los faros.

Al cabo de dos horas de trayecto, Claudia detuvo el coche a un lado de la carretera.

—Ponte al volante. Falta muy poco para llegar a la frontera. Recuerda quién eres, no los mires, muestra impaciencia e irritación si se demoran en exceso. Y ponte la gorra, espero que no se fijen mucho en el pelo.

Se cambiaron de sitio, pero antes de iniciar la marcha Yuri se volvió hacia ella.

—Claudia, si no pudiéramos... Si algo saliera mal... —Su tono era serio, reflejo de su expresión trascendente—. Quiero que sepas que agradezco lo que estás haciendo.

Ella asintió devolviéndole la sonrisa. Le agarró la mano y presionó levemente.

—Todo va a salir bien... —susurró—. Vamos...

Cuando atisbó la baliza del puesto fronterizo, Yuri notó que el pulso se le aceleraba. Detuvo el coche junto a los dos guardias. Al acercarse y comprobar los galones y runas de su chaqueta, se cuadraron. Yuri bajó un poco la ventanilla y entregó los dos pasaportes a través de la rendija del cristal, y primero abrieron el de Claudia; apenas se asomó para echarle un vistazo rápido; de inmediato abrió el de Ulrich. El otro guardia permanecía a un par de metros, despreocupado de lo que ocurría junto al coche. El que inspeccionaba el pasaporte lo cerró, pero se fijó en el pelo que le asomaba por debajo de la gorra. Yuri se dio cuenta y contuvo la respiración.

En ese momento apareció un segundo coche que se detuvo detrás de ellos. El otro guardia se acercó hasta el recién llegado. A los pocos segundos reclamó la presencia del compañero que estaba junto a Yuri y que había vuelto a mirar la fotografía. Durante unos segundos el hombre mantuvo los documentos en la mano.

—¿Algún problema, sargento? —preguntó al fin Yuri armándose de valor y de toda la autoridad de la que fue capaz.

—Ninguno, *herr* Sturmbannführer —respondió devolviéndole los pasaportes—. Puede continuar su viaje. —Retrocedió un paso, levantó el brazo y dijo un firme—: *Heil Hitler!*

Yuri imitó el saludo de mala gana, metió la marcha y avanzó hacia la baliza que ya empezaba a elevarse. Solo cuando la rebasaron, los dos resoplaron soltando toda la respiración contenida.

Unos kilómetros más adelante llegaron a los arrabales de una ciudad. Claudia le hizo desviarse a un lado de la calzada.

—Ya puedes cambiarte de ropa y volver a ser tú —le dijo—. Sigue recto y llegarás a la estación. Allí podrás tomar un tren a Varsovia.

Salieron del coche. Yuri se cambió y, mientras volvía a ponerse su traje, Claudia dobló delicadamente el uniforme de su marido y lo metió en la parte de atrás. Luego abrió la guantera del coche, sacó un sobre y se lo tendió.

—Lo vas a necesitar.

Yuri comprobó lo que contenía, y frunció el ceño.

—Esto es mucho dinero —dijo tratando de rechazarlo.

—Ya me lo devolverás algún día —añadió ella sonriente presionando para que lo guardase—. Tenemos que despedirnos, Yuri. He de regresar a Berlín.

—¿Cómo lo vas a hacer? Reconocerán el coche y se extrañarán de que Ulrich no te acompañe.

—No te preocupes por mí. Me las arreglaré. Sabes que soy una mujer de recursos.

Le sonrió agradecida por preocuparse. Abrió la puerta del coche.

—Claudia... —Yuri tragó saliva, sin saber si hablar o callarse—. Lo siento...

Ella le puso la mano en los labios para hacerlo callar.

—No digas nada, Yuri. Ya no importa. Yo te amaré siempre, aunque sea Krista la que ocupa tu corazón. Es una mujer extraordinaria, digna de tu amor.

Él cogió las manos de Claudia entre las suyas. Las tenía heladas.

398

—Claudia, dile a Krista que no fui yo. Y, por favor, cuida de ella. ¿Lo harás?

—Estoy convencida de que, si Krista te oyera, se rebelaría contra ti. Ella sabe cuidarse sola.

—Hazlo por mí.

—Desde el día que te conocí, todo lo hago por ti. Unas veces mejor, otras peor, pero el centro de mi vida has sido y sigues siendo tú.

En aquella silenciosa oquedad de la noche tenían la sensación de estar solos en el mundo. Permanecían de pie junto al coche, envueltos en la penumbra, iluminados por los faros encendidos. Yuri no pudo ni quiso evitar acercarse y besarla dulcemente en los labios. Ella se dejó, al cobijo de sus brazos. Claudia fue la primera que despegó los labios. Sin apenas separarse, mirándolo a los ojos le susurró.

—Hazme un favor tú a mí.

—Dime cuál.

—Mantente con vida...

Moscú, septiembre de 1939

Una misma persona, a sus distintas edades, en distintas situaciones de la vida, es alguien totalmente diferente. Unas veces está cerca del diablo y otras del santo. Pero siempre se llama igual y siempre se trata del mismo hombre.

ALEXANDR SOLZHENITSYN, *El archipiélago Gulag*

... Sí, sí, el problema para nosotros no es de libertad, pues respecto de esta siempre preguntamos: ¿libertad para qué?

Respuesta de Lenin en una entrevista realizada por
FERNANDO DE LOS RÍOS URRUTI, *Mi viaje a la Rusia sovietista*

I

Kolia Fiódorovich Smelov llevaba un rato delante de la ventana de su magnífico despacho en la tercera planta del edificio Lubianka, observando el ir y venir de la gente por la amplia plaza. Dirigía la mirada hacia la avenida en la que, a unos cuatrocientos metros escasos, se hallaba el Hotel Metropol en el que se hospedaba desde hacía días su hermano Yuri. Le costaba reconocer que aquella visita tanto tiempo anhelada y a la vez tan temida había conseguido abrir una brecha en su corazón, endurecido como una roca tras años de adiestramiento y catequización en un odio mortal a la familia que lo había abandonado, un resquicio por el que respiraba el vago y oculto deseo de volver a encontrarse con él. Lo había querido tanto, lo había echado tanto de menos, había sufrido tanto la pérdida, que le dolía solo recordar aquel tiempo. En su mente confusa brotaba la hiriente memoria de aquella tarde en la estación Finlandia de San Petersburgo. Recuerdos rotos, quebrados por el intenso dolor del abandono, de aquella sensación de soledad y desamparo que se había cernido sobre él a partir del momento en el que corrió detrás de su madre, a la que nunca llegó a alcanzar, tragado por aquella multitud rabiosa y convulsa, que lo zarandeó con violencia y lo dejó aturdido el tiempo suficiente para perderlo todo: el contacto de su padre, la visión de su madre, la posibilidad de recuperarlos. Los buscó con desesperación, incapaz de asimilar que lo hubieran dejado, desahuciado de su cuidado y protección. Desvalido, había vagado por la estación durante varios días con sus respectivas noches, caminando entre la gente con la esperanza de hallar el rostro conocido que le devolviese a la realidad, a su realidad, alimentándose de lo que hallaba en la basura o lo que recibía de algún ser compasivo con el que se pudiera cruzar. Rememoraba el frío intenso incrustado en su cuerpo hasta paralizarlo, la sensación de orfandad que se iba adueñando de él a cada instante, el llanto incontenible ovillado en un rincón sin comprender nada.

Una semana después, cuando el hambre lo obligó a robar una manzana, fue detenido y trasladado a una comisaría. Allí recibió los primeros golpes, las primeras bofetadas sin causa ni motivo, antes o después de preguntas constantes respecto a su padre, vertiendo horrendos crímenes sobre los hombros de su adorada madre, aquellas voces que lo increpaban exigiéndole explicaciones que no tenía. Encerrado en una celda en compañía de hombres igual de desconcertados y asustados que él, fue la primera vez que deseó morirse. Dejó de hablar en un firme voto de silencio. Dejó de comer el rancho que les daban. Dejó de moverse, tendido sobre el frío suelo, acurrucado sobre sí mismo, cada vez más débil, cada vez más cercano a su propósito final, a la vista de todos a los que el terror les impedía hacer otra cosa que mirar, observar el inmenso desconsuelo de aquel niño de once años. Hasta que un día apareció su ángel custodio, la mujer que lo salvó de aquel infierno y de las garras de la muerte que ya había hecho presa en él. Su nombre lo recordaría siempre, Evgenia Fiódorovna, una de las guardianas de aquel antro, que decidió hacerse cargo de él, lo sacó de allí, se lo llevó a su casa, una pequeña habitación de apenas siete metros cuadrados en la que vivía sola.

Durante más de un mes Kolia permaneció tumbado en la cama sin fuerzas ni para abrir los ojos. Evgenia lo obligaba a comer, lo aseaba a diario igual que a un bebé, lo arropaba y le cantaba con voz dulce para calmar su sueño siempre inquieto. Él se dejaba hacer, los ojos fijos en la nada, con una sensación de tristeza tan pesada como si su alma hubiera quedado convertida en plomo. Recordó el instante en el que la miró y por primera vez fue capaz de sonreírle. Evgenia se había tumbado junto a él y tarareaba una nana que también le cantaba su madre. Fue como si su corazón se abriera de nuevo y la sonrisa brotase espontánea en sus labios. Ella enmudeció, sorprendida por aquel gesto de vida que recibió como una entrañable muestra de gratitud. Ninguno de los dos dijo nada. Cuando se recuperó y pudo salir a la calle empezaron los problemas. La vecina de habitación denunció a Evgenia porque había metido al chico en el edificio sin estar registrado. Antes de que vinieran a buscarlo para llevarlo a una escuela forestal, Evgenia le aconsejó que cambiara de apellido: tenía que olvidar que era hijo de un extranjero, porque eso lo pondría en peligro.

—Nunca pronuncies el nombre de tu padre ni digas quién era, ni tampoco de tu madre. Invéntate otros nombres, di que no tienes a nadie, que tus padres han muerto, que te has quedado solo, di lo que quieras, pero nunca, ¿me oyes?, nunca digas que eres hijo de un extranjero. ¿Lo harás por mí?

Kolia rememoró aquellos ojos suplicantes de Evgenia Fiódorovna en el momento en que lo separaron de ella, cuando otra vez volvió a sentir el dolor de la soledad, del desarraigo, de no pertenecer a nada ni a nadie, de no ser, de tan solo respirar. A partir de entonces empezó a utilizar el apellido Smelov y el patronímico Fiódorovich, en honor a su salvadora.

Cuando años después abandonó la escuela, volvió a buscarla, pero su habitación la ocupaba una familia de cuatro personas. Nadie sabía dónde estaba, ni qué había sido de ella. Evgenia Fiódorovna se esfumó al igual que se había ido desvaneciendo la imagen de sus padres y sus hermanos, difuminados en su memoria sus rostros, su voz, el tierno tacto de sus abrazos. Poco a poco se había ido convenciendo de que lo habían abandonado y el odio hacia ellos, alentado por las arengas de formación de todo cuanto lo rodeaba, había hecho una mella irremisible en su corazón, endurecido como una roca. Aquel hermano, tan amado y luego tan maldecido, aparecía en su vida como venido de un tiempo pasado.

Un toque en la puerta lo arrancó de sus pensamientos. No se movió. Detrás de él sonó la voz gutural de su secretaria.

—Camarada capitán, está aquí el camarada Sokolov.

Kolia se mantuvo quieto, las manos entrelazadas a la espalda, mientras que la mujer esperaba órdenes agarrada al picaporte de la puerta.

—Hazlo pasar —dijo Kolia al fin, acercándose a su escritorio.

La mujer desapareció. Kolia se sentó y durante unos segundos revisó el expediente de su hermano que le había hecho llegar Sokolov antes de su regreso. Miraba su foto tomada subrepticiamente al salir de la embajada, y trataba de ver los ojos que tanto había añorado.

La voz ronca de Sokolov lo obligó a alzar el rostro.

—Vaya, vaya... —Su gesto era de asombro, como si no diera crédito a lo mayestático de aquel despacho—. Camarada capitán, nada menos... Parece que te ha ido muy bien durante mi ausencia.

Kolia lo observó sin decir nada. En los últimos dos años su ascenso dentro del escalafón había sido espectacular, en tanto que las purgas llevadas a cabo contra los enemigos del pueblo, saboteadores y traidores a la causa de Stalin había dejado muy mermado de personal de confianza el partido. De ahí su nombramiento, a pesar de su juventud.

Sokolov se acercó al imponente escritorio de madera maciza con una mueca socarrona. Kolia observó la maleta que portaba en su mano derecha; parecía pesada.

—¿Cuándo has llegado? —le preguntó.

—Hace una hora. —Depositó la maleta sobre la mesa sin dejar de mirar a Kolia, y se sentó en uno de los confidentes al otro lado del escritorio—. Me he librado de milagro. ¿Has oído las noticias? Hitler lo ha hecho. Ha entrado en Polonia. No tiene límites.

—Rusia es su límite —dijo Kolia zanjando el asunto. Señaló la maleta—. ¿Qué traes?

Sokolov puso la mano sobre ella con una sonrisa ladina.

—Un encargo personal del comisario Beria. —La abrió y le mostró el contenido—. Diez pistolas Walther. Un arma perfecta de fabricación alemana.

—¿Se sabe para qué las quiere?

Sokolov negó con la cabeza.

—Camarada capitán, yo solo cumplo órdenes.

Sokolov cerró la maleta y se encendió un cigarro. Kolia rechazó su ofrecimiento.

—Yuri Mijáilovich está aquí. —Kolia bajó el tono de voz.

—Le advertí que no viniera. Por lo visto se ha metido en un lío. Lo acusan de asesinar a un oficial de las SS. Un turbio asunto de celos. —Movió la cabeza de lado a lado—. Fue un error darle el salvoconducto.

Kolia echó el cuerpo hacia delante, los codos sobre el tablero, como si quisiera contarle una confidencia. Desde que Sokolov le dio la noticia de que su hermano lo buscaba, su destino había quedado irremediablemente atado a él.

—Sokolov, si alguien se entera de que Yuri es mi hermano, estaré acabado.

Vadim Sokolov lo miró con fijeza durante unos segundos.

—Lo sé... —aseveró al fin con gravedad—. ¿Lo has visto?

Kolia negó.

—¿Piensas encontrarte con él? —prosiguió Sokolov.

—¿Crees que debería?

Sokolov resopló con una mueca reflexiva.

—Si no te haces ver, se pondrá nervioso. Si pregunta demasiado, puede meterte en un lío.

—Tienes razón... —añadió Kolia pensativo—. En cualquier caso, su presencia aquí supone una amenaza para mí. El único que sabe la verdad de mi pasado eres tú. —Le resultaba difícil ocultar su inquietud—. Y eso quiere decir que estoy en tus manos.

Sokolov le mantuvo la mirada con una mueca arrogante y una sonrisa mordaz.

—Puedes confiar en mí, camarada capitán, estoy convencido de que cuando llegue el momento recompensarás mi discreción.

—Eso no lo dudes.

II

La vida ha mejorado, camaradas; la vida se ha
vuelto más alegre.

Frase propagandística de STALIN

Yuri se despertó y tardó unos segundos en comprender dónde
estaba: tumbado sobre la mullida cama de aquella lujosa *suite*
a la que lo habían conducido dos hombres que lo esperaban
en la estación y que no le dieron alternativa. Había llegado a
Moscú hacía una semana. Desde entonces su vida había quedado circunscrita a aquellas cuatro paredes. No podía evitar
sentirse prisionero en una jaula de oro. Le permitían salir a la
calle, aunque custodiado siempre por dos hombres que de día
y de noche permanecían apostados en la puerta y que le indi-
caban por dónde podía ir y por dónde no. El resto de la jornada se lo pasaba en su habitación. Dedicaba el tiempo a leer un
par de libros de Stefan Zweig que había comprado en Varsovia, además de surtirse de algo de ropa y una maleta; revisaba
el periódico que le traían con el desayuno consciente de que
la única verdad irrefutable era el nombre (*Pravda* significa
«verdad» en ruso) y las noticias publicadas en sus páginas eran
las únicas posibles en la Unión Soviética; escribía cartas a Krista (también lo hizo a Villanueva), que entregaba a sus vigilantes para sellarlas y echarlas al correo, aunque no estaba seguro
de si las enviaban o acababan arrojadas a la basura antes de
llegar a la calle. Además, intentaba poner en orden sus ideas
sobre qué hacer en el futuro inmediato.

Eran las cuatro de la madrugada y no podía dormir. Trataba de paliar el insomnio leyendo cuando oyó dos fuertes toques en la puerta. Extrañado por la hora, abrió y se encontró
a Sokolov, que accedió a la habitación sin esperar a que le

diera paso. Yuri se asomó al pasillo; no había ni rastro del guardián que custodiaba la puerta. Cerró y, sin decir nada, se volvió hacia el recién llegado.

—Ya veo que no seguiste mi consejo, camarada Yuri Mijáilovich. —Sokolov se había sentado en uno de los sillones que había junto a la ventana.

Yuri se acercó hacia él lentamente. Descalzo, las manos en los bolsillos de la chaqueta del pijama, lo interpeló en busca de respuestas con voz serena, sin alterarse.

—¿Qué pasa conmigo? ¿Por qué me tienen aquí encerrado? Llevo más de una semana en Moscú y nadie me dice nada. ¿Dónde está Kolia? ¿Es que no quiere verme? Que lo diga y me iré de inmediato del país.

—La paciencia es una buena virtud que nunca debería perderse, camarada. —Sokolov sacó un cigarro y lo prendió con una cerilla. Continuó hablando con los ojos entrecerrados y el pitillo pinzado en la boca—: En Berlín te andan buscando. Están removiendo cielo y tierra para dar contigo. Buena la has liado —añadió en un tono socarrón, quitándose el cigarro de la boca.

—¿Voy a poder ver a mi hermano? —insistió él.

—Te aconsejo que dejes de referirte a él como tu hermano.

—Por mucho tiempo que haya pasado y aunque utilice otro apellido y un patronímico distinto, seguirá siendo mi hermano.

—Yuri Mijáilovich, grábate esto en la cabeza. —Sokolov acompañó su gesto adusto señalando con el dedo índice enhiesto—. Kolia Fiódorovich Smelov no tiene hermanos. Y será mejor que esta vez sigas mi consejo porque os va la vida en ello... A los dos. —Se llevó el cigarro a los labios, aspiró el humo y lo soltó sin dejar de mirarlo, como si estuviera analizando su inquietud, regodeado en su desconcierto e impaciencia. Abrió las manos con una nueva actitud, sonriente—. Tienes que entenderlo, camarada, todo lleva su tiempo y el tuyo por fin ha llegado.

—¿Eso qué quiere decir? —preguntó Yuri receloso.

—Ha llegado el día, el camarada capitán ha decidido verte. Para eso estoy aquí.

—¿Se refiere a mi...? —Calló y rectificó—: ¿A Kolia?

El otro asintió.

—¿Ahora? —preguntó sorprendido.

—El camarada capitán es un hombre muy ocupado.

—Son las cuatro de la madrugada —insistió Yuri.

—¿Quieres o no quieres encontrarte con Kolia?

Yuri se aseó deprisa y se vistió. Al ponerse la chaqueta cogió la foto de su hermano y su madre y la guardó en el bolsillo. Apenas media hora después de la llegada de Sokolov, los dos hombres salieron del hotel y subieron a un Lincoln con chófer que los esperaba en la puerta. Recorrieron las calles vacías de la ciudad durmiente. Yuri estaba más nervioso de lo que quería admitir. Vio las murallas rojas del Kremlin y nada más atravesar el puente Bolshói Kámenni sobre las negras aguas del río Moscova el coche redujo la velocidad y se detuvo frente a una gigantesca mole gris compuesta de dos torres de diez plantas, plagadas sus fachadas de ventanas, unidas por una monumental arcada recta que le daba un aspecto de fortaleza. Los dos hombres se apearon y Yuri siguió los pasos de Sokolov. Accedieron a un imponente portal bien iluminado. Un conserje somnoliento vestido de uniforme con ribetes de oro les salió al encuentro y preguntó a qué piso iban. Sokolov sacó una tarjeta y se la mostró, y sin apenas darle tiempo para que la mirase, continuó avanzando hacia el ascensor, entró en el pequeño habitáculo y detrás de él lo hizo Yuri. Subieron hasta la planta décima. En el rellano, el ruso se dirigió a una de las puertas y llamó solo una vez. Les abrió una criada uniformada que los hizo pasar a una sala y les pidió que esperasen, luego desapareció. No se oía nada, sumida la casa en la placidez del sueño.

Yuri lo observaba todo sorprendido. Era una estancia amplia, con pocos muebles pero de calidad, cuatro butacas ricamente tapizadas rodeaban una historiada mesa de centro; una mullida alfombra cubría el parqué. Se acercó a una librería, repletas sus baldas de libros.

—Parece que no le va nada mal al camarada Kolia Fiódorovich Smelov —comentó ojeando los títulos.

—El partido cuida bien a sus hombres, sobre todo a sus leales. El camarada Fiódorovich es uno de los más fieles a la causa de Stalin, de la revolución y de la patria. Pero no te equivoques, nada de lo que ves aquí es de su propiedad, en Rusia todo pertenece al gobierno. —Movió la mano en el aire con un gesto de ironía—. Hoy te lo da y mañana te lo puede quitar.

Yuri se dio la vuelta hacia él, pensativo. No le encajaba todo aquello, le costaba creer que su hermano querido se hubiera echado en brazos de aquellos que con tanta violencia rompieron su estructura familiar.

—¿Me da un cigarro? —preguntó al ver a Sokolov con el paquete en la mano.

El ruso le tendió el tabaco. Los dos hombres se encendieron los pitillos. Sokolov se sentó, pero Yuri paseaba como un león enjaulado, tratando de calmar su nerviosismo. Al otro lado del gran ventanal empezaba a clarear sobre el meandro oscuro del río Moscova, los edificios del Kremlin y las cúpulas doradas de la catedral de Cristo Salvador. Tras media hora de espera la puerta volvió a abrirse y apareció la criada.

—El camarada capitán le espera —dijo dirigiéndose a Yuri.

Sokolov se levantó de un salto.

—Ha llegado la hora. Te deseo suerte, camarada.

—¿Se va? —preguntó Yuri algo turbado.

—Este momento es solo vuestro —dijo el otro con una sonrisa—. Buena suerte, camarada.

Salió al rellano con cierta premura y desapareció.

La mujer aguardaba a Yuri con gesto paciente. Apagó el cigarrillo y la siguió por un largo y ancho corredor de techos altos y suelos de madera. Casi no había decoración en las paredes. La mujer se detuvo ante una de las puertas, llamó con dos suaves toques y, sin esperar, abrió y le dio paso. Desde el umbral Yuri miró precavido al interior, como quien se asoma a un precipicio. La estancia estaba apenas iluminada por una lámpara. Vio la figura de un hombre de espaldas a él apostado frente a la ventana por la que se vislumbraban los primeros fulgores del alba. En cuanto Yuri accedió, la puerta se cerró a su espalda. Solo entonces Kolia se dio la vuelta. Su figura quedó en contraste con el resplandor del incipiente día y a Yuri le pareció un ser venido del más allá. El pulso se le aceleró y se sintió profundamente conmovido. Ambos se miraban en la distancia, observándose.

—Hola, Yuri —dijo Kolia al fin.

—Kolia... —murmuró él enternecido—. No te imaginas cuántas veces he deseado este momento, cuánto lo he soñado... No te lo imaginas.

Un duro silencio cayó sobre Yuri como un jarro de agua helada. Tragó saliva e intentó serenarse.

—¿Cómo estás? —preguntó para romper aquel gélido mutismo.

Sin contestarle, con el rostro impasible, Kolia se le acercó despacio hasta ponerse frente a él. La tenue luz de la lámpara les permitió contemplarse uno al otro después de tanto tiempo. Yuri sintió que la emoción ascendía a borbotones por su garganta. Reconoció sus ojos, su mirada, su pelo; el parecido a su padre que apuntaba de pequeño se había intensificado. Era un poco más bajo que él, espigado y ancho de hombros; sus rasgos de adulto se habían endurecido, arrugas muy acusadas envolvían sus ojos con ese color ambarino tan peculiar, iguales a los de su padre. Llevaba una camisa rusa de percal y una chaqueta de lustrina. Las manos en los bolsillos, el gesto distante.

Yuri sintió la necesidad de abrazarlo, pero cuando hizo el amago Kolia se contrajo levemente, un rechazo apenas perceptible que cortó de golpe la magia del reencuentro.

411

—¿No te alegras de verme? —preguntó Yuri extrañado.

—Han pasado demasiadas cosas. Ya no soy el niño al que abandonasteis sin compasión.

—¿Por qué dices que te abandonamos? ¡Te perdimos! Desapareciste entre la gente. No pudimos hacer nada...

—¿No pudisteis hacer nada? —Alzó un poco la voz, claramente irritado—. Os subisteis a ese tren y os fuisteis a sabiendas de que me quedaba solo, sin importaros nada que no fuera poneros a salvo.

—Las cosas no fueron así... Papá quiso bajar del tren y no lo dejaron...

—Ni siquiera tendría que haber subido. —Su expresión era furibunda, rebosante de rabia y rencor acumulados durante demasiado tiempo—. Tu padre se subió a ese tren y se marchó como un cobarde.

Yuri trataba de asimilar una reacción absolutamente inesperada. Sus anhelos del reencuentro se habían roto en mil pedazos.

—También era tu padre...

—Hace dieciocho años que no tengo familia: ni padre, ni madre, ni hermanos... ¡Nadie se preocupó de mí! ¡Nadie vino a buscarme! Me quedé solo...

—Papá se jugó la vida para venir a buscarte —replicó Yuri cada vez más amedrentado.

—La única que se jugó algo por mí fue la mujer que me acogió en su casa y evitó que muriera de hambre y de pena. Pagó muy caro hacerse cargo de mí. —Abrió los brazos como si quisiera abarcar el dolor que había padecido—. ¿Cómo puede abandonar un padre a su hijo? ¿Cómo fue capaz de subirse a ese tren y dejarme en aquella maldita estación? ¡Me abandonasteis y no os importó lo que me ocurriera!

—¡Eso no es cierto! —estalló Yuri iracundo—. Es injusto... —Lo dijo con pesar porque se daba cuenta de lo arbitrario que había sido él mismo con su padre durante tantos años, culpándolo de todo—. Papá lo intentó...

Calló porque de repente la puerta se abrió. Una mujer joven, con el pelo algo alborotado, se asomó con gesto entre extrañado y asustado.

—¿Ocurre algo? —preguntó casi en un susurro.

Kolia se fue hacia ella compungido.

—Sonia, querida, siento haberte despertado. Vuelve a la cama, te prometo que no volveré a molestarte. —La besó en la frente.

Ella sonrió sin decir nada y echó un vistazo al recién llegado que se mantenía de pie en medio de la estancia. Yuri esquivó esa mirada, avergonzado por haber levantado la voz y trastocado por los ataques directos de su hermano, porque se dio cuenta de que, creyéndolo arropado por el amor de su madre, nunca se le habían pasado por la cabeza los padecimientos sufridos y esa evidente sensación de abandono. La turbación hizo mella en él, se le vino abajo todo cuanto había construido alrededor de aquel encuentro.

Al quedarse solos, ambos se sumieron en un mutismo reflexivo, como si aquella aparición hubiera conseguido apaciguar el torbellino de tensión que se había formado entre los hermanos.

—¿Es tu esposa? —preguntó Yuri afable.

Kolia invitó a su hermano a sentarse en una de las dos butacas de piel que había junto a la ventana; él se acomodó en la otra.

—Llevamos juntos diez años. Tenemos dos hijos.

—Así que tengo cuñada y sobrinos.

—¿Y tú? Sokolov me dijo que pretendías casarte.

—Lo he intentado, pero el matrimonio en Alemania es un tanto complicado si eres extranjero y pretendes hacerlo con una alemana.

—No tienes hijos entonces.

—Por lo que sé, tengo dos... con otra mujer.

—¿Por lo que sabes? —repitió con curiosidad—. ¿No estás seguro de que seas el padre?

Yuri sacó la foto que lo había acompañado todos aquellos años y la dejó sobre la mesa baja que había entre ambos, a la vista de Kolia.

—No tengo ninguna duda. El mayor es tu viva imagen.

Kolia, sin moverse, contempló largamente la foto.

—¿Qué pasó?

—Está casada. Me enamoré de una mujer inalcanzable para mí.

—Y por lo que veo, sigues enamorado de ella...

Yuri iba a replicarle, pero pensó que allí no tenía por qué ocultar la confusión de sus sentimientos. Negó con la cabeza.

—Mi corazón ahora está ocupado por otra —le dijo moviendo la mano, para dejar a un lado ese tema que le arañaba el alma.

Solo entonces Kolia cogió la foto, la expresión seria, fijos los ojos en los dos retratados. Luego la arrojó sobre la mesa, como si quemase. No quería enfrentarse al pasado porque sabía que le causaría dolor y roería la herida con la punta de una realidad que desconocía.

—¿Qué fue de los demás? —se atrevió a preguntar.

—A papá lo mató una bomba en Madrid hace tres años, durante la guerra civil, murió junto a la vieja Sveta, que lo cuidaba. Reconozco que fui muy injusto con él, igual que lo estás siendo tú ahora. Todos estos años fueron una tortura para él, sufrió mucho, llegó a perder la memoria... Yo creo que fue su voluntad: olvidar para dejar de sufrir.

—Suerte para él que pudo hacerlo.

A Yuri le consternaba la indiferencia y el desapego que destilaba.

—A Katia no la veo desde hace seis años. Vive con un abogado divorciado y es madre de un niño de cuatro años. Poco más sé. Sus escasas cartas eran muy breves, apenas unas líneas; tampoco yo me he esforzado mucho por saber de su vida. Reconozco que no me agradaba que viviera con un hombre sin estar casada. Un error por mi parte, entre tantos otros.

—¿Y Sasha? —preguntó Kolia circunspecto—. ¿Salió adelante?

Yuri negó con tristeza.

—Murió en el tren, un par de días después de emprender aquel maldito viaje.

Kolia no dijo nada. Tan solo miraba la foto que seguía en la mesa. Una mirada impasible y distante.

Yuri lo observaba con una punzante sensación de frustración. Nunca habría pensado que el encuentro con su hermano se iba a desarrollar así, con tanta frialdad, como si dos desconocidos se estuvieran dando un resumen de los últimos años. Se sintió vacío.

Kolia se levantó de repente y se acercó a un mueble con una bandeja.

—Necesito un trago —dijo, tratando de ahogar la emoción que le ascendía incontrolable por la garganta—. ¿Quieres un vodka?

—Me vendrá bien.

Le dio el vaso y volvió a sentarse. Yuri bebió un trago largo. La cálida punzada le llegó hasta el estómago. Necesitaba acumular el suficiente ánimo para formular la pregunta que clamaba en su interior, pero temía hacerla porque le amedrentaba la respuesta. Era tal la lucha interna que libraba que llegó a sentir dolorido todo el cuerpo debido a la tensión.

—Kolia..., ¿qué sabes de mamá?

Lo interrumpió una cascada de gritos y risas infantiles, la puerta se abrió y un niño de unos cuatro años irrumpió corriendo y reclamando la atención de su padre. Iba en pijama, el pelo revuelto y descalzo. Escaló hasta las rodillas de Kolia riendo como si se escondiera de su perseguidora, una niña algo mayor que apareció tras él y se quedó clavada en el umbral de la puerta, como si aquel fuera un territorio privado de los dos hombres.

—Sasha, ven aquí —le dijo con infantil autoridad—. Ha dicho mamá que no podemos molestar a papá.

El niño se había acurrucado en el regazo de su padre y miraba con fijeza a Yuri, quien no pudo evitar pensar en Hans, el hijo mayor de Claudia; no cabía duda de que ese niño era suyo, porque sus genes le habían llegado a través de la imagen de su hermano. El parecido de los dos niños era tan real que asustaba.

—Papá, ¿quién es?

—Un amigo —contestó Kolia—. Se llama Yuri Mijáilovich.

La niña volvió a instar al niño a que saliera de la habitación. Yuri no pudo evitar un sentimiento de simpatía hacia ella. Debía de tener unos nueve años, y tenía el mismo pelo que su hermana Katia. Kolia dejó con delicadeza al niño en la alfombra, le dio un beso en la mejilla y lo impulsó hacia la puerta.

—Ve con tu hermana.

El niño le hizo caso y salió corriendo, esquivando a la niña, que cerró la puerta y los dejó de nuevo solos.

—¿Tu hijo se llama Sasha? —preguntó Yuri conmovido.

—Lo eligió su hermana Larisa —respondió Kolia. A continuación, tratando de borrar cualquier señal de ternura, añadió en tono lúgubre—: Tu madre murió hace tiempo.

Aquel desafecto abofeteó a Yuri con tanta fuerza que quedó aturdido durante varios segundos. Tuvo la sensación de que le faltaba el aire para respirar; se levantó y se dirigió hasta el ventanal. Ya había amanecido. El sol teñía de tonos rosa las nubes rotas que se desperdigaban por el cielo. Diez pisos más abajo, la ciudad empezaba a despertar, en el Moscova espejeaban las primeras luces de la mañana, y el Kremlin se extendía majestuoso ante sus ojos. Tomó aire y lo soltó con un largo suspiro.

—¿Cómo fue?

—No lo sé... Nunca la vi —contestó Kolia a su espalda.

Yuri se volvió hacia él sorprendido.

—¿Qué quieres decir?

—Nunca supe que ella se había quedado. Hasta hace apenas unos años pensé que había conseguido subir a ese maldito tren.

—¿Y de Petia Smelov? El médico amigo de papá, ¿sabes algo de él?

Yuri tenía que asegurarse de si Kolia conocía la historia entre su madre y Smelov.

—Es uno de los médicos del Kremlin.

—¿Te tratas con él? Al fin y al cabo, llevas su apellido.

—Elegí ese apellido como podría haber adoptado otro. Lo he visto en alguna recepción, pero él no sabe quién soy, desconoce mi existencia y así tiene que seguir.

Yuri se dio cuenta de que Kolia ignoraba la relación que había habido entre Petia Smelov y su madre, la razón por la que su padre rompió para siempre con todo lo que tenía que ver con Rusia, incluido Kolia, el hijo perdido, incapaz de luchar por él. Valoró si debía contárselo, pero decidió no hacerlo. Estaba convencido de que bajo aquella capa de odio y resentimiento todavía quedaba algún vestigio de amor materno, y no quería aplastarlo con una verdad que nada arreglaría y destruiría mucho.

—Ahora empiezo a comprender... —murmuró Yuri casi sin querer, como si se le hubieran escapado las palabras solo pensadas.

—Mi vida no ha sido nada fácil desde que me quedé solo... Me las he tenido que ingeniar para sobrevivir. —Sus ojos exhibían un profundo resentimiento—. Hace mucho tiempo que dejé de ser un Santacruz para convertirme en otra persona; si no lo hubiera hecho, nunca me habrías encontrado porque estaría muerto. En Rusia nadie sabe quién soy en realidad, salvo Sonia, y gracias a ti, también Sokolov. —Abrió las manos conforme—. Si alguna vez se llega a saber quiénes eran mis padres, estaría acabado, y no solo yo: Sonia y los niños lo pagarían también.

Yuri lo escuchaba absorto.

—¿Qué sentido tiene entonces el salvoconducto para que pudiera regresar a Rusia?

—A Sokolov le pareció buena idea utilizarte como espía. Un grave error que espero no nos pase factura.

—Entiendo... —Yuri lo observó durante unos segundos—. ¿La volviste a ver alguna vez? A mamá... ¿Volviste a verla?

La mirada de Kolia se enturbió y negó con la cabeza. Le mentía porque no soportaba hablar de ella. Sus ojos se posaron en la foto, en el rostro sonriente de su madre; aquella imagen le había abierto en canal todos sus miedos, los recuerdos más dolorosos, más intensos, más terribles que había vivido y que lo removían por dentro como un perverso acervo de maldad y podredumbre acumulados con el paso del tiempo.

III

La escuela forestal en la que Kolia permaneció hasta los dieciséis años lo había transformado en un ser distante, imperturbable, un témpano de hielo huidizo y desconfiado; la ternura que una vez embargó su corazón le fue arrancada a base de golpes y maltrato, de gritos, de frío y hambre. El único apoyo que halló en aquel infierno en el que se tornó su vida fue el de un compañero, Liovka Vasílievich, un georgiano alto y desgarbado pero fuerte como un roble, con una personalidad arrolladora, un año mayor que él, que decidió protegerlo cuando Kolia no lo delató por el robo de una hogaza de pan a una despiadada cuidadora, cargando él mismo con un castigo injusto por su silencio. A partir de ese momento Liovka y Kolia se convirtieron en amigos y aliados inseparables. Cuando Liovka Vasílievich salió de aquel reformatorio, Kolia se marchó con él. Recorrieron en tren todo el país de norte a sur. Liovka lo trató como a un hermano, lo acogió en su casa de Tiflis y convivió con su madre y su hermana, Sonia Vasílievna, que con el tiempo se convertiría en su esposa y madre de sus hijos.

Liovka era un buen chico, buen estudiante, buen hijo y buen hermano; lo habían enviado a aquella escuela especial como castigo por un comportamiento inadecuado con dos de sus compañeros, aunque la realidad había sido otra muy distinta, ya que los denunciantes le habían tendido una trampa en la que había caído de forma cándida con la única intención de perjudicarlo y alejarlo de Tiflis.

Liovka Vasílievich era vecino de Beria, un hombre de apariencia anodina y expresión severa, convertido tras la guerra civil en el jefe de la Cheká en Georgia, astuto y despiadado; su poder era implacable y temido por todos. Antes de la traición que lo alejó de su madre y de su hermana durante más de cuatro años, Liovka miraba con recelo las oscuras tareas del NKVD —el Comisariado del Pueblo para Asuntos Internos, la policía secreta que Beria dirigía en Tiflis—, pero a su regreso no dudó en acercarse a él afiliándose al Komsomol, y arrastró consigo a su amigo. A partir de entonces Kolia se vio involucrado de lleno en la organización del Partido Comunista. Cuando en 1934 Beria fue nombrado miembro del Comité Central, empezó a estar más tiempo en Moscú que en Tiflis, y se llevó con él a Liovka y a Kolia como hombres de confianza. Ya entonces Kolia llevaba cuatro años casado con Sonia, y la hija de ambos había cumplido los tres años. Los cuatro se instalaron en un edificio de siete plantas, en una oscura y mal ventilada habitación con dos camas: en la más grande dormía el matrimonio con la niña y en un pequeño catre dormía Liovka. Estaban algo apretados pero contentos de compartir el baño y la cocina solo con tres habitaciones más.

Tal y como le había aconsejado su protectora, Evgenia Fiódorovna, Kolia ocultó sus orígenes y su pasado familiar. Su discreción, su adhesión incondicional y la prosélita fidelidad habían conseguido que el comisario Lavrenti Beria pusiera el máximo interés en él. Al poco de llegar a Moscú, Beria nombró a Kolia investigador y lo llevó a la cárcel Butyrka, con el fin de que fuera formado de la mano de Vasili Blojín, uno de los investigadores más audaces, crueles e inhumanos de todos, el más experto en las distintas habilidades para tratar a los detenidos y sacarles toda la información necesaria en el mínimo tiempo posible. Durante varios meses Kolia asistió a los interrogatorios realizados por el camarada Blojín. Al principio solo observaba, sin intervenir en nada, atento a las formas fanáticas del instructor, pero con el tiempo se le invitó a participar en ese aprendizaje intensivo, afanado en el sadismo asimilado, aplicando procedimientos que provocasen en el acusado un padecimiento medido, ajustado a cada segundo, calculando la tortura hasta el límite más extremo del sufrimiento sin llegar a sobrepasarlo nunca, o casi nunca.

Tenía que madrugar mucho para llegar a su hora a la prisión de Butyrka: tomaba el autobús y luego tenía que caminar un largo trecho hasta su destino. Pero una mañana de enero de 1935, al salir a la calle, se encontró un Ford negro aparcado frente a su edificio. Un agente con gorro militar y abrigo civil le dijo que tenía órdenes del camarada Beria de llevarlo a la Lubianka. Amedrentado, Kolia se subió al coche sin oponer resistencia. El ambiente gélido congelaba el vaho del aliento. Había estado toda la noche nevando y cubría las calles un manto blanco y helado, tiznado de las salpicaduras del paso de coches, tranvías y trolebuses además de las sucias botas de los transeúntes. El cielo estaba tapado por plomizas nubes que parecían a punto de desplomarse sobre la ciudad. El automóvil se adentró en la plaza Lubianka y se detuvo frente al edificio de estilo *fin de siè*de, construido cuarenta años antes para albergar la sede de una pacífica compañía de seguros; desde la revolución bolchevique, en su interior se tramitaba la detención de miles de personas, decidiendo sobre su destino, una efímera libertad en el mejor de los casos, lo habitual, una condena de prisión, el destierro, o una muerte rápida o en lenta agonía, ya fuera en grupo o con el extraño honor de ser ahorcado o fusilado en soledad.

Al entrar se encontró con un apabullante vestíbulo presidido por un enorme retrato de Lenin y otro de Stalin algo más grande, además de una gran bandera roja de la Unión Soviética con la hoz y el martillo en amarillo. Un guardia lo esperaba en la puerta. Una vez rellenado el salvoconducto con la hora de entrada, dejando en blanco la de salida, condujo a Kolia por las majestuosas escaleras hasta llegar a un elevador cíclico, los llamados «paternóster» por su evocación a un rosario; subieron un par de pisos. Accedieron a un pasillo impersonal muy iluminado y con muchas puertas a un lado y a otro. El guardia caminaba con paso firme un metro por delante de Kolia, que lo seguía mirándolo todo con curiosidad y algo de temor. Se oía el rumor del tecleo de máquinas de escribir. Su guía se detuvo al final del corredor, frente a una puerta de doble hoja que nada tenía que ver con las otras. Dio dos toques, abrió, se asomó al interior. Luego se volvió hacia Kolia y le indicó que pasara.

Accedió a un vistoso despacho, con techos altos. Tres hombres uniformados permanecían de pie junto a la ventana por la que se veía la extensa plaza Lubianka y, en el horizonte, las torres del Kremlin. Beria fue el único que se acercó a él mostrando una sonrisa afable.

—Camarada Kolia Fiódorovich, me alegro de verte. Espero que tu esposa y tu hija estén bien. Me han informado de que estáis conviviendo con Liovka Vasílievich y que eso supone una molestia para una pareja tan joven que necesita su intimidad. Te pido un poco de paciencia; en breve tus condiciones van a mejorar ostensiblemente. Se te asignará en la Casa del Gobierno un apartamento más grande y adecuado para que podáis criar a vuestra hija. Además, sé que Sonia Vasílievna tuvo que dejar su trabajo en Tiflis para seguirte a Moscú. Soy consciente de su preparación y de que no será de su agrado ser una simple *baba*, dedicada todo el día a las labores de la casa. —Consultó su reloj de pulsera—. Dile que mañana a esta hora un coche pasará a recogerla para tratar sobre el asunto. Me encargaré en persona de que Sonia obtenga un puesto de trabajo que le permita emanciparse y ganar su propio sueldo; y por supuesto, necesitaréis una asistenta que atienda las tareas domésticas. Lo arreglaremos para que la tengáis de inmediato.

Hablaba sin esperar respuesta, dando por sentado la aceptación de todo lo que decía. Kolia escuchaba asintiendo de vez en cuando y sonreía medroso.

Beria lo llevó hasta el escritorio, una preciosa mesa maciza cubierta de paño de piel verde, con cantos de cobre. Los otros dos hombres observaban sin decir nada. El georgiano cogió una carpeta y la abrió con gesto satisfecho.

—Tengo aquí el informe elaborado por el camarada instructor Vasili Blojín. Tu actitud ha sido excelente, has pasado la prueba con nota. Ha llegado la hora de que tengas tu propio puesto y manejes tus propios expedientes. Te conviertes así en un instructor y este cargo se verá recompensado en tu sueldo. Por cada detenido interrogado se te dará un complemento, por cada condena una doble paga, por cada sentencia a muerte, obtendrás un importante incentivo. Se trata de hacer desaparecer a los criminales de la nación, fulminar a los enemigos del pueblo que nos acechan y que pretenden atentar contra nuestro padre Stalin. Hay que acabar con ellos sin miramientos, de manera tajante, de tal modo que todos sepan que la traición a Rusia se paga muy caro. En estos meses has podido aprender cómo muchos de esos miserables conspiradores intentaron ablandarte con sus lágrimas y súplicas, y el camarada Blojín te demostró que esos son los peores, los que más ocultan, los más peligrosos a los que hay que tener muy en cuenta. Ahora te toca a ti pasar a primera línea e integrarte en la difícil tarea de suprimir y desactivar cualquier amenaza. ¿Estás dispuesto a ello?

—Por supuesto, camarada secretario general —contestó Kolia de inmediato, adiestrado para acatar órdenes, sin pensar en su conveniencia, en su gravedad o sus consecuencias; acatarlas por pura supervivencia—. Haré lo que tenga que hacer.

Beria asentía condescendiente, mirándolo con fijeza con esos ojos acuosos amplificados tras los cristales de las gafas redondas.

—Eso me gusta de ti, camarada instructor. No dudes de que la lealtad al partido tiene su recompensa, y cuanto más ciega sea esa lealtad, más suculento será el premio.

Kolia no pudo evitar estremecerse al sentir su mirada aviesa.

—Empezarás ahora mismo —sentenció Beria con autoridad—. Que traigan al primer detenido.

Uno de los oficiales que estaban junto a la ventana salió al pasillo, y a los pocos segundos entró seguido de una mujer vestida con un traje de chaqueta oscuro que se sentó frente a la máquina de escribir dispuesta en una mesa auxiliar junto al escritorio. Llevaba consigo una carpeta.

Kolia se dio la vuelta y se acercó a la ventana dando la espalda a lo que ocurría en el despacho. Había aprendido a no mirar al preso antes de comenzar el interrogatorio, a no dejarse embaucar por el semblante lleno de temor, la súplica reflejada en sus ojos, agostados por un miedo aterrador, a mostrarse frío, a ver en aquellos hombres y mujeres, mayores y más jóvenes, a todos los que a lo largo de los años le habían hecho daño, los que le habían golpeado o humillado, los que le habían robado lo poco que tenía para comer, a irradiar todo su odio contra cada uno de esos rostros desencajados, a transformar el espanto de los interrogados que se sentaban ante él en rencor e inquina hacia ellos, a convertir su temor en ira.

Abstraído, observaba con fijeza el lento caer de la nieve mientras blindaba su alma para realizar la sádica tarea que se esperaba de él.

La voz taimada de Beria lo arrancó de su ensimismamiento.

—Camarada Pulkheria Raskolnikova, dinos a quién tenemos hoy aquí.

La respuesta de la mecanógrafa golpeó con violencia la conciencia de Kolia.

—Se presenta la enemiga del pueblo, ciudadana Filátova, Verónika Olégovna. Edad cuarenta y cinco años. Acusada de no delación a un enemigo del pueblo, delito recogido en el punto decimosegundo del artículo cincuenta y ocho del Código Penal, con el agravante de haber mantenido en el pasado relación con extranjeros y de enseñar otras lenguas a potenciales espías.

Kolia se volvió espantado para ver el cuerpo inerme de su madre, sentada en una silla en medio del despacho. Los dos oficiales la flanqueaban jactándose de su poder, como si acecharan a su presa. Ella mantenía la cabeza baja, encogidos los hombros. Llevaba un tazado abrigo de nutria y unas viejas botas de fieltro, y un gorro de lana le ocultaba el pelo. Su cuerpo tembloroso parecía a punto de quebrarse. Kolia sintió que perdía la fuerza, que las piernas no lo sostenían. Ella estaba allí, en Rusia. Todo aquel tiempo había pensado que estaba solo; sin embargo, resultó evidente que ella no llegó a tomar aquel maldito tren, nunca abandonó el país. Le dolía pensar lo cerca que debieron de estar todo aquel tiempo sin saberlo. No podía creerlo, catorce años después volvía a reunirse con su querida madre, pero no para abrazarla, no para besar sus manos, no para acariciar su cabello, no para mirar con arrobo sus ojos y escuchar su cálida voz. Ahora debía juzgarla, maltratarla, ejercer contra ella un ensañamiento vacuo con el fin de obligarla a confesar la verdad pretendida por ellos, fuera o no cierta. Se sintió desolado: si le manifestaba su amor y descubrían su parentesco, los condenarían a los dos de forma inmediata y brutal. Debía contenerse, ahora que la había encontrado, ahora que sabía que estaba allí, tenía que salvarla, pero para eso primero tenía que ejercer de verdugo contra ella.

Kolia se topó con los ojos de Beria, que lo observaba con una mueca satánica. De manera pausada, las manos a la espalda, Beria se acercó hasta la detenida y se posicionó a su espalda, para poder mirar a Kolia de frente mientras la interrogaba.

—Camarada Kolia —dijo con autoridad, conforme le arrancaba el gorro de la cabeza y dejaba al descubierto la melena canosa y desgreñada—, es hora de proceder.

Aquel nombre hizo que Verónika alzase la cara. Los ojos de la madre indagaron en aquel muchacho buscando el rostro de su hijo querido, rascando en la costra de su semblante impertérrito, derribando el muro del odio y resentimiento hasta llegar al fondo de su alma, un brutal esfuerzo que tan solo una madre es capaz de realizar. Tragó saliva ahogando su emoción, esbozando apenas una mueca de la terrible felicidad de saberlo vivo, de tenerlo tan cerca, aunque fuera en aquel infierno. Por unos segundos madre e hijo quedaron suspendidos en una abrumadora y muda cascada de sentimientos dolorosamente intensos. Abiertas de par en par las puertas de su corazón, a punto había estado Kolia de dejarse vencer, de arrojarse al tierno abrazo de la madre, aunque le fuera la vida en ello; buena forma de morir, había llegado a pensar. Sin embargo, Verónika, intuyendo sus anhelos, bajó la mirada a sus manos inquietas y rompió el mágico hilo tejido entre ellos, contraído todo su cuerpo como si se escondiera en sí misma, indicándole que no lo hiciera, suplicando con su gesto que se mantuviera alejado de ella, que tenía que vivir, porque la vida de su hijo era lo más importante para ella.

IV

Antes de empezar, Kolia bebió un buen trago de vodka con el único fin de perder la conciencia de sí mismo, arrancarse su cualidad de hijo para envolverse en la piel del Leviatán, transformado en demonio. La imputación contra su madre era tan fútil como esperpéntica. Se la acusaba de no haber delatado a una vecina que había sido condenada unas semanas antes. Se daba por hecho que Verónika sabía de las maldades conspiratorias de esa mujer y que participó en todas las reuniones clandestinas urdiendo tramas de oposición política. Nada más lejos de la verdad: su madre nunca supo de política, no pertenecía a ningún partido ni organización y, por supuesto, nunca había conspirado contra nada ni contra nadie. Pero eso no importaba; finalmente, la vecina fue condenada y todos sus contactos, incluida Verónika, fueron cayendo en las redes del artículo 58 del Código Penal —aplicado contra cualquier sospechoso de actividades contrarrevolucionarias, los llamados «enemigos del pueblo»— cual frágil cascada de naipes.

El interrogatorio dio comienzo bajo la atenta y sagaz mirada de Beria. Kolia solo formulaba preguntas sin hacer otra cosa que mantenerse de pie frente a la detenida, como observador pasivo de su tormento. Se la veía exhausta. Se le venía aplicando el método denominado «al poste», que consistía en un interrogatorio ininterrumpido que podía durar días con sus respectivas noches sin comer ni dormir apenas, con la única finalidad de acabar con los nervios rotos del detenido.

Al cabo de un rato, Beria se acercó a la mesa y colocó sobre la madera un trozo de papel abierto con unos polvos blancos que alineó en dos rayas iguales con un cortaplumas. Luego se volvió hacia Kolia.

—Esto te proporcionará el coraje suficiente para cumplir con el trabajo —le indicó con la mirada siniestra y una mueca en la boca, antes de dirigirse a los dos que estaban junto a Verónika—: Quitadle la silla. Está demasiado cómoda y eso le imprime fortaleza.

Kolia le sostuvo la mirada durante unos segundos. A su espalda sentía la respiración extenuada de su madre. Aproximó la cara hasta el trozo de papel, se tapó una de las ventanas de la nariz y aspiró con fuerza, después hizo lo mismo con el otro lado. Se irguió bruscamente, cerró los ojos y se puso la mano en el puente de la nariz, mientras notaba el ascenso picajoso de la cocaína por las fosas nasales hasta la garganta. No era la primera vez que esnifaba aquella mierda, no le gustaba hacerlo, pero negarse al ofrecimiento de Beria habría sido temerario.

Al cabo de unos segundos, en los que las preguntas reiteradas y capciosas habían continuado sin descanso, Kolia se dio la vuelta y se unió, ya sin reparo, al macabro baile de la tortura, embadurnada su alma de la inmisericordia, desaparecido cualquier rastro de humanidad; dejó de ser hijo para convertirse en un monstruo brutal, embriagado de la más deleznable crueldad, un Mefistófeles feroz y despiadado.

Ella trataba de que sus ojos no se encontrasen con los del hijo atormentado. Cuando la flojera le doblaba las piernas, los dos guardias la sujetaban de los brazos antes de caer para que continuara erguida. Desorientada por el agotamiento, respondía con monosílabos y frases deslavazadas en apenas un hilo de voz. Cuando Beria dio la orden de que se la llevaran, Verónika, casi en un susurro, tarareó la canción de *Kalinka*, ofreciendo su perdón al hijo verdugo, entregada la remisión de su pecado a través de aquel canto tantas veces entonado por ambos.

427

Verónika Olégovna Filátova fue declarada culpable con una pena de cinco años de prisión que cumpliría en la cárcel Butyrka, en régimen de aislamiento y sin derecho a correspondencia.

Aquella sesión abrió una herida incurable en la conciencia de Kolia, una más que abundaba en su remordimiento, una terrible tortura que lo acompañaba desde entonces de día y de noche, igual que una sombra oscura.

Al regresar aquella noche a los brazos de su esposa, Kolia era como un cadáver andante, convertido en un despojo de sí mismo. Su cuñado Liovka no estaba y la niña dormía. En un susurro constante y pausado, Kolia volcó todo su ayer al oído de Sonia, desgranando su verdadero nombre, la felicidad de su niñez, la quiebra de su mundo, aquella estación, su madre, el impulso indeliberado de ir tras ella, la sensación de abandono de su familia, la soledad, el vacío, la brutal visión en la Lubianka de su madre, la mortificación de su madre..., su madre..., su querida madre extirpada a golpes de lo más profundo de su alma... El pastoso sentimiento de una vida miserable y envilecida. Sonia lo escuchó mientras lo acunaba amorosa en su regazo. Nada le dijo, no vertió sobre él ni un solo reproche, continuó amándolo, lo colmó de caricias y ternura, y en aquella noche maldita engendraron al pequeño Sasha.

V

La guerra avanzaba sin tregua en Europa. A los tres días de la brutal y rápida invasión de Polonia por parte de Alemania, Gran Bretaña primero, seguida de Francia, Australia y Nueva Zelanda declararon la guerra a Hitler. A los pocos días se les unió Canadá. A mediados de aquel septiembre fue la Unión

Soviética la que invadió territorios de Polonia Oriental, y en noviembre Stalin hizo lo mismo con Finlandia. Apenas veinte años después de nuevo se había puesto en marcha la maquinaria de una guerra descomunal.

Tras el embarazoso encuentro con su hermano, Yuri tomó la firme decisión de abandonar Rusia. Nada lo ataba allí. Había llegado a una vía muerta.

Su pretensión de regresar a Berlín para reunirse con Krista parecía imposible porque aún lo buscaban por el asesinato de Franz Kahler. A través de Sokolov había logrado contactar con Villanueva para buscar la única solución factible que no era otra que utilizar un pasaporte falso. Villanueva trató de convencerlo del peligro que corría con su vuelta a Alemania incluso bajo una falsa identidad, pero el empeño de Yuri, que no quería renunciar a ver a Krista, puso en alerta a Erich, porque sabía que si él no le proporcionaba la documentación, intentaría conseguirla por otros medios menos seguros. Así que le prometió que se lo facilitaría, eso sí, le pidió tiempo, no era fácil obtener ese tipo de documentos en tiempos de guerra.

Mientras esperaba, se mantuvo hospedado en la lujosa *suite* del Metropol. Kolia se hizo cargo de todos sus gastos. La vigilancia sobre Yuri ejercida en las primeras semanas había ido cediendo poco a poco, al menos en apariencia. Ya no tenía a nadie apostado en el pasillo y cuando salía a la calle a veces notaba que lo seguían, pero no lo molestaban, nadie le decía adónde podía ir y adónde no, tomaba el tranvía o entraba en el metro, al que llamaban «el palacio del pueblo», con aparente libertad. Sokolov lo llevó al teatro y a comer a la Casa Griboiédov, antiguo palacio de un aristócrata prerrevolucionario, donde les sirvieron en una bandeja de plata esturión acompañado de pinzas de cangrejo y caviar fresco, además de filetes de mirlo con trufas entre otras *delicatessen,* incluyendo una botella de agua mineral. En lugares como aquellos parecía no haber estallado nunca la maldita revolución que tanto le había arrebatado. En contraste, le sorprendía lo habitual de las colas frente a cualquier comercio.

—¿De qué les sirve llegar con tanta antelación? —preguntaba Yuri a Sokolov al comprobar cómo más de medio centenar de personas aguardaban frente a una tienda tres o cuatro horas antes de su apertura, soportando con paciencia el frío intenso y la humedad—. Esperan para nada durante demasiado tiempo.

—Tienen sus razones —replicaba Sokolov tratando de normalizar algo en apariencia absurdo—. Solo los primeros conseguirán su propósito. Hay mucho aspirante para poco material. La demanda es muy superior a la oferta y no se da abasto.

Después de seis años viviendo en Berlín y casi dos décadas fuera de Rusia, a Yuri se le hacía extraño la vida cotidiana en exceso resignada, acostumbrada a una indefinida espera, a la oferta de mercancías feas, despojadas de todo atractivo; todo era vulgar, carente de calidad. Tuvo mucho tiempo para observar a su alrededor, reflexionar sobre el resultado de lo que vivió y sufrió junto a su familia, tratar de entender los efectos de la destrucción de todo para la construcción de otro sistema basado en una felicidad hecha de esperanza, de una aceptación indolente; el espíritu del pueblo al que se había pretendido salvar de la opresión por medio de la revolución había sido moldeado de tal forma que su conformismo resultaba natural, desidioso, casi negligente. La ignorancia los hacía arrogantes, nadie tenía acceso al exterior, nadie sabía cómo se vivía y qué pasaba más allá de las fronteras de la gran Unión Soviética, mirando siempre al ombligo patrio que ensalzaba todo lo suyo, denostando y menospreciando aquello que no fuera ruso o no estuviera hecho en Rusia. Había una generación entera que no había conocido otra cosa que las consecuencias de la revolución, no podían comparar, carecían de criterio para contrastar y mucho menos para elegir. Todo cuanto tenían o recibían les era dado, concedido por el Estado protector.

Sonia, que enseguida supo que Kolia y Yuri eran hermanos, solía llamarlo para comer o cenar en su casa, invitaciones que él aceptaba a pesar de que Kolia nunca le ocultó la incomodidad que le suscitaba su presencia.

Yuri siguió enviando cartas a Krista, pero ahora era su cuñada quien las echaba al correo, y para evitar que la Gestapo pudiera interceptarlas, las dirigía sin remite al domicilio de Villanueva: él se las haría llegar de forma segura. A su vez, le indicó a ella que cuando le escribiera lo hiciese poniendo como destinatario el nombre de Sonia Vasílievna, además de su dirección, y que en el remite indicase sus iniciales, KM. Con eso sabría que eran suyas. A pesar de todo, Yuri nunca obtuvo respuesta.

Durante aquellos meses los niños llegaron a tomarle cariño; les contaba cuentos, jugaba partidas de ajedrez con Larisa, se revolcaba por el suelo con el pequeño Sasha y les enseñaba canciones típicas rusas. La niña tenía muy buena voz y le gustaba mucho bailar. Sonia lo trataba con amabilidad y disfrutaba al ver reír a sus hijos. Los dos cuñados nunca estaban solos en la casa, los custodiaba con su presencia Yevdokia Tiviérzina, la asistenta que Beria les había proporcionado al instalarse en aquella casa, una ucraniana adusta y brusca traída de un *koljós* que, además de hacer las tareas domésticas, vigilaba e informaba de todo lo que se hablaba y sucedía en aquella casa.

Sonia era una belleza georgiana, morena de ojos claros, alta y bien formada. Vestía trajes occidentales, ceñidos a sus curvas, nada que ver con las líneas rectas y masculinas que se impusieron al principio de la revolución bajo el mando de Lenin. Yuri la notaba como ausente y sus ojos parecían velados de una profunda tristeza incluso cuando sonreía.

La familia vivía muy bien; formaban parte de una élite privilegiada que disfrutaba de todo aquello que le faltaba al pueblo. Ellos constituían «la vanguardia» de un porvenir mejor para todos, habían conseguido llegar a vivir en la abundancia y eso quería decir que toda esa opulencia de la que gozaban unos pocos elegidos llegaría al resto de los ciudadanos; esa era la promesa, y de ahí surgía la esperanza natural instalada en la mentalidad general. No obstante, formar parte de esa selecta minoría no era gratuito. El precio que habían tenido que pagar resultó muy alto, vendida su alma al diablo. Pero nada de eso sabía Yuri, admirado por aquella vida acomodada de su familia.

Kolia solía defender la política bolchevique, ensalzando el comunismo y las «grandes» virtudes de su líder, normalizando las carencias e injusticias que sucedían en Rusia. Yuri lo escuchaba y con tristeza pensaba que aquel hombre que le hablaba con vehemencia, con desdén incluso, nada tenía que ver con el que durante tanto tiempo había soñado encontrar, asolado cualquier indicio de ternura, apacibilidad y sensibilidad que su corazón de niño albergó alguna vez. Nunca replicaba a estos discursos. Se lo había advertido Sonia desde el primer día; la asistenta, Yevdokia, estaba atenta a todo y si oía algo inconveniente podría perjudicarlos. Así que Yuri se limitaba a escuchar, sufriendo por el deterioro de la personalidad de su hermano.

El tiempo transcurría y el pasaporte que debía remitirle Villanueva no llegaba. Desde Berlín se le pedía paciencia. La situación de guerra ralentizaba y complicaba no solo cualquier tránsito por Europa, sino también los trámites burocráticos. De ese modo llegó la Navidad y el nuevo año, y continuó el frío invierno en ese Moscú gélido, blanco y gris que parecía espesar el aire.

A finales de marzo de 1940, Sokolov le entregó por fin el pasaporte falso.

—Me debes una, camarada. Esta vez me la he jugado por ti.

Yuri le sonrió agradecido, pero cuando lo abrió comprobó que el visado para pasar la frontera tenía una validez de un mes. Ya habían transcurrido casi veinte días, y las gestiones para conseguir un boleto de tren con destino a Minsk tardarían como mínimo otros tres días. A pesar de ello, inició los trámites y escribió una última carta a Krista anunciándole su llegada.

La tarde de su partida, con todo preparado, Yuri fue a despedirse de su familia consciente de que sería la última vez que los vería. Notó a su hermano cansado, como desmadejado, mucho más ensimismado que de costumbre. En las últimas semanas había estado fuera y no había coincidido con él. Había regresado el día anterior. Yuri llegó a pensar que no lo volvería a ver.

La despedida fue tensa, triste por parte de los niños, y extraña por parte de Sonia. Se la veía muy inquieta. Cuando le entregó su abrigo reconoció en su mirada la angustia de algo que en ese momento Yuri no alcanzó a entender. Luego, prudentemente, se retiró con los niños y dejó solos a los dos hermanos.

Kolia se fue hacia su mesa y abrió un cajón. Sacó una pistola y se la entregó.

—Llévala contigo, corren malos tiempos, es posible que la necesites.

—Tal vez la necesites tú.

—Quédatela, tengo otra.

Yuri cogió la pistola, una Walther alemana con el cargador al completo de balas.

—Agradezco todo lo que has hecho por mí —dijo guardándola en el bolsillo.

—Hubiera preferido no volver a verte. Remover el pasado no siempre es bueno, y más cuando hubo tanto sufrimiento.

Aquella indolencia dejó a Yuri desolado. Se puso el abrigo y le tendió la mano.

—Buena suerte, Kolia.

Kolia no se inmutó ante la mano tendida. Tras unos tensos segundos, Yuri la retiró y, apenado, se dio la vuelta. Caminó bajo una fría y pertinaz lluvia de primavera con la pesadumbre marcada en el corazón. Se preguntaba si había merecido la pena conservar tantos años el recuerdo de su hermano. Tal vez su padre tenía razón: debería haber olvidado, haber cerrado las puertas a la constante evocación, alentar la añoranza de un tiempo que jamás regresaría, perdido para siempre, diluido en los imprecisos huecos de la memoria.

Al llegar al hotel consultó el reloj. Su tren salía en una hora, le quedaba el tiempo justo para ir a la estación. Metió la pistola en la maleta, ocultándola entre la ropa, y la cerró; se cercioró de que llevaba la documentación y lo guardó todo en el bolsillo interior de su chaqueta. Cogió la maleta y echó un vistazo a su alrededor para asegurarse de que no olvidaba nada. De manera instintiva, metió la mano libre en el bolsillo del abrigo y notó un papel. Lo sacó y comprobó que era una nota doblada en cuatro pliegues. Dejó la maleta en el suelo, lo desplegó y se encontró con la letra picuda y recta de Sonia. Tuvo que sentarse mientras lo leía porque le temblaban las piernas.

VI

Yuri bajó a la recepción del hotel con prisa. Allí se topó con Sokolov. Su presencia lo desconcertó.

—¿Qué hace aquí?

—Te acompañaré a la estación.

—¿Cómo ha sabido que me iba precisamente hoy?

—En Rusia se sabe todo —contestó Sokolov con sarcasmo.

—No hace falta que venga conmigo. Tomaré un taxi.

Trató de esquivarlo, pero Sokolov fue más rápido y le cortó el paso terminante.

434

—Camarada Yuri Mijáilovich, tengo orden de asegurarme de que subes a ese tren.

—¿Qué le hace pensar que voy a quedarme en este país un minuto más de la cuenta?

—Yo no pienso, camarada, cumplo órdenes.

—¿Le envía Kolia?

—Qué más da quién las dé, las órdenes hay que cumplirlas. —Le hizo un gesto con la cara hacia la calle—. Será mejor que nos vayamos. Es tarde y no me perdonaría no llegar a tiempo.

Turbado por la obligación de alterar sus planes, Yuri se subió al coche que los esperaba en la puerta del hotel. Guardó silencio durante todo el camino, abstraído en lo que Sonia le había escrito. No podía tomar ese tren, aún no.

Llegaron a la bulliciosa estación Belorusski. Yuri portaba en la mano su maleta. Entraron en el vestíbulo del edificio y los engulló el ensordecedor bullicio de viajeros que pululaban de un lado a otro. Buscaron la vía de la que partía el tren a Minsk. En el apeadero resultaba complicado avanzar, sorteando a los grupos formados por las despedidas y el constante ir y venir de los mozos que empujaban los carros cargados de baúles, maletas y bultos. Una vez frente al vagón, Yuri se detuvo y se volvió hacia Sokolov.

—¿No pretenderá subir también?

Sokolov movió la cabeza y le habló con un claro tono de reproche.

—Nunca deberías haber regresado a Rusia.

Sin decir nada, Yuri le dio la espalda, se agarró a la barra y subió a la plataforma. En el andén, Sokolov se prendía un cigarro en medio del gentío que a su paso lo esquivaba. Yuri se acomodó en el confortable asiento de primera clase. Como estaba solo, aprovechó para abrir la maleta, coger la pistola e introducírsela en el bolsillo del pantalón. Luego la cerró y la dejó a un lado. Justo entonces apareció en la puerta del compartimento un hombre rollizo que lo saludó afable; con prisas, se desprendió de su abrigo de piel de oveja y de un gorro de lana, los depositó sobre su asiento y volvió a salir al pasillo. Yuri observó cómo, desde la ventanilla abierta, aquel hombre se despedía de una mujer y dos niños, las manos entrelazadas, lágrimas de ella y palabras de cariño de él. Nervioso y con el pulso acelerado, fijó la vista en el abrigo del asiento de enfrente. Se asomó de nuevo al pasillo. Sokolov hablaba animadamente con alguien en el andén, mientras el viajero, de espaldas a él, continuaba con la ceremonia de separación de sus seres queridos. En ese momento se oyó el atronador silbido que avisaba de la salida. Sin apenas pensarlo, Yuri agarró el gorro y el abrigo de oveja del viajero, salió del compartimento y avanzó por el pasillo con paso acelerado hasta llegar a la plataforma que lo separaba de los vagones de segunda. Se dio la vuelta para comprobar que el hombre seguía enfrascado en los que se quedaban, sin apercibirse de la sustracción de sus prendas. Con los ojos puestos en el andén y en Sokolov, que ahora le daba la espalda, se caló el gorro de lana hasta las cejas, se despojó de su abrigo, lo arrojó a un rincón y se puso el que había cogido y, justo cuando el convoy se estremeció por el fragor del arranque, saltó al apeadero. Con la cabeza gacha, apresuró el paso perdiéndose entre la gente. De pronto recordó que había dejado la fotografía en la maleta. Sintió una profunda pena: había perdido un bien preciado, insustituible. Apretó los puños con rabia y continuó hacia la calle.

Al salir cogió un taxi. Le dio la dirección que Sonia le había escrito en su nota.

—Esto está a una hora de la ciudad —le advirtió el conductor con desidia.

—Le pagaré. —Yuri, con prisa, sacó del bolsillo cinco rublos y se los dio—. Le daré otros cinco más cuando lleguemos. Vamos, arranque.

No dejaba de mirar hacia atrás, con el temor de que apareciera Sokolov y le diese alcance, pero no lo vio. Cuando el coche se alejó de la estación, se desprendió del gorro y cerró los ojos con un suspiro; había conseguido darle esquinazo. Sin embargo, sus nervios no se calmaron. Sacó de su chaqueta la nota manuscrita por su cuñada y la leyó de nuevo. «Yuri, tu madre vive, o al menos vivía la última vez que la vi hace ya varios meses...» Le indicaba la dirección en la que podía encontrarla, y al final había escrito una frase que lo inquietaba: «Te suplico que no culpes a Kolia... Ella lo perdonó, aunque él no haya sido capaz de hacerlo consigo mismo». Terminaba con la advertencia de que tuviera mucho cuidado porque, muy probablemente, lo vigilaban.

El taxi lo llevó por calles y barrios de las afueras de Moscú. Era noche cerrada cuando ralentizó la marcha hasta detenerse frente a un bloque de pisos. Pagó al taxista con una generosa propina. Cuando bajó, sintió un escalofrío al observar aquella fachada gris taladrada de ventanitas a modo de descomunal colmena, uno de los muchos edificios *kommunalki* construidos en los últimos tiempos: pisos comunitarios sin apenas espacios de intimidad en los que todo era de todos o, más bien, nada era propiedad de nadie.

Echó un vistazo a la nota de Sonia con el fin de asegurarse del portal al que debía dirigirse. Casi no se veía con la tenue luz de las farolas. Se adentró en el número indicado, era estrecho, con desconchones en las paredes y manchas de humedad que ascendían desde el suelo; la primera impresión fue de un lugar oscuro, mugriento y descuidado.

Llegó hasta un ascensor, pero en su puerta había un cartel advirtiendo que no funcionaba. Alzó la vista para mirar por el hueco de la escalera, una lóbrega espiral que se elevaba por encima de su cabeza. Tenía que subir al séptimo piso. Inició la marcha despacio, pensando en lo que se podía encontrar. No se planteaba siquiera no hallarla, ansiaba verla, hablar con ella, entender qué ocurrió para que le hiciera aquello a su padre, y también a ellos, alejarlos de su lado para echarse en brazos de otro hombre. Necesitaba respuestas, pensaba a cada peldaño que lo aproximaba a un destino tanto tiempo anhelado.

Cuando llegó al séptimo tenía el pulso acelerado y sudaba por la espalda. El abrigo de aquel viajero había resultado ser de buena calidad. La puerta del piso estaba entreabierta y del interior salían voces de mujeres que discutían. Al abrir le impactó una tufarada a cerrado, a sudor y humanidad. Del pequeño recibidor salía un largo pasillo con puertas a un lado y a otro. La gresca provenía de una de las primeras estancias. Yuri avanzó y se asomó a lo que resultó ser la cocina comunitaria. Tres mujeres mayores, desgreñadas e iracundas increpaban a una chica muy joven, que se defendía como podía de los improperios, insultos y amenazas. Una de ellas se apercibió de la presencia de Yuri y enmudeció, al instante lo hicieron las demás, y todas miraron sorprendidas al recién llegado.

—Hola —dijo Yuri—, busco a Verónika Olégovna.

—Otro chulo para esa puta... —murmuró la más mayor.

La reacción de la chica fue tan inmediata que apenas dio tiempo a sujetarla. Se lanzó a por la que había hablado y la agarró del pelo tirando con fuerza e insultándola como poseída de un espíritu maligno. Yuri estuvo a punto de intervenir, pero las otras dos consiguieron separarlas. Las voces volvieron a adueñarse de aquella sucia cocina, hasta que las tres mujeres fueron saliendo, una detrás de otra, sin dejar de gritar a la chica, que en ningún momento se arredró y respondía furibunda a los ataques.

—Esto no va a quedar así, María Petrovna —le advirtió la mayor—. No pararé hasta echaros a la calle, que es donde debéis estar. —Soltó un escupitajo hacia la chica—. Aquí no queremos basura.

Al pasar por delante de Yuri, las tres mujeres le dedicaron una mueca despreciativa. Yuri tuvo que contener la respiración por el hedor que exhalaban sus cuerpos. Cada una se metió en una habitación distinta, sonaron tres portazos. De repente todo quedó en silencio. Yuri y aquella chica frente a frente. Ella lo miraba con recelo. Era muy bonita, pensó Yuri, una adolescente de facciones curtidas a base de luchar por sobrevivir. Vestía un traje tazado de mujer mayor que le quedaba grande y una chaqueta de lana, cubría los pies con unos calcetines gordos y llevaba el pelo recogido en una trenza.

—¿Puedes ayudarme? —preguntó Yuri rompiendo aquel extraño mutismo—. ¿Sabes dónde puedo encontrar a Verónika Olégovna Filátova?

—¿Por qué la buscas? —espetó ella, desabrida.

Yuri reflexionó la respuesta unos segundos, esbozó una leve sonrisa y la voz salió blanda de sus labios.

—Es mi madre...

La chica lo miraba como si no acertase a entender sus palabras.

—¿Eres Yuri? —preguntó al cabo de un rato en un tono tenue, casi imperceptible.

Él asintió.

Sin decir nada y sin dejar de mirarlo, como si hubiera descubierto una aparición y temiera perderla al retirar la vista, la chica salió al pasillo indicándole que la siguiera. Avanzaron hasta llegar a una puerta. La chica se detuvo, metió la llave en la cerradura y se volvió hacia Yuri. Lo miraba con ávida curiosidad, escrutando en sus ojos como si quisiera llegar hasta el fondo de su alma. Insinuó una sonrisa, abrió y entró. Yuri sintió que se le aceleraba el pulso. El interior estaba sumido en una penumbra difusa y fragmentada. La chica se adentró en la habitación, encendió una cerilla y prendió una vela. La llama titilante iluminó apenas una estancia ordenada en la que había un armario, una pequeña mesa, una butaca, una estantería cargada de libros y una cama en la que percibió un cuerpo acostado bajo varias mantas que se removió con un quejido al percibir la luz.

—Es ella... —oyó decir a la chica—. Es tu madre...

Estremecido, Yuri se aproximó muy despacio hasta quedar junto al lecho. La mujer lo miraba con los ojos muy abiertos, indagando en los recuerdos más profundos de su memoria.

—¿Yura?

Aquella dulce y débil voz provocó en el ánimo de Yuri un cúmulo de emociones contrapuestas, sobrecogido por reconocer a su madre y comprobar su lamentable y desgarrador deterioro. Nada quedaba de la espléndida belleza que Yuri retenía en la memoria gracias a la fotografía guardada durante tantos años; le costaba creer que aquella mujer fuera su madre, la imagen distorsionada en una anciana consumida, el rostro cadavérico, los ojos hundidos en las cuencas oscuras. Su larga y abundante melena había perdido su brillo, convertida en una madeja de pelo seca y canosa.

—*Mámochka*... —Aquella palabra se escapó de sus labios como un silbido.

Ella tendió los brazos hacia él, conminándolo a acercarse, las manos temblorosas.

—Yura... Yura... Mi osito, mi felicidad, mi alegría, mi hijito. —Con un hilo de voz trémulo volcó todos los diminutivos cariñosos tan propios de una madre rusa en un momento de profunda emoción—. ¿De verdad eres tú?

Yuri se inclinó hacia ella, agarró las manos tendidas y las sintió frágiles y huesudas; hincó las rodillas al suelo, cerró los ojos, se las llevó a los labios y las cubrió de besos sin poder contener las lágrimas.

—Mamá... *Mámochka*... Mi querida *mámochka*...

Verónika se dejó hacer, mirándolo enternecida.

—Mi angelito... Mi niño de oro... Mi Yura... Sabía que volverías, lo sabía, estaba convencida de que tú no te rendirías... Yura, mi amado Yura...

La chica se había sentado en la butaca en el fondo del cuarto y observaba la escena conmovida, las piernas recogidas entre sus brazos, una mueca de complacencia en el rostro, sus ojos claros desprendían un brillo especial.

Cuando Yuri logró al fin reaccionar, dirigió la mirada hacia la chica.

—Me gustaría estar a solas con mi madre —le dijo con amabilidad.

—También es la mía —adujo ella utilizando un tono muy dulce, grato y cercano—. Soy tu hermana; mejor dicho, tu medio hermana. Mi padre es Petia Smelov.

Yuri miró sorprendido a su madre. Las palabras salieron de su boca a empujones, expulsadas de su atormentada conciencia.

—Mamá..., papá murió de pena porque tú... —Volvió a tragar, le costaba pronunciar delante de ella la palabra *traición*. Se cargó de valor y le espetó—: Tú lo traicionaste... Y yo..., madre, yo necesito entender por qué lo hiciste...

Verónika apretó su mano y la llevó a su corazón.

—Mi Yura querido, te juro por lo más sagrado que ni un solo instante de mi vida he dejado de amar a tu padre, ni uno solo. Desde aquel día en que la fatalidad me separó de vosotros, nunca habéis salido de mi pensamiento.

—Pero tú... Smelov y tú... —Vacilante, incapaz de volcar las contradicciones que inundaban su mente, miró a la joven que se mantenía atenta pero al margen—. Ella es la prueba de tu pecado...

Verónika se volvió hacia la chica y las dos se dedicaron un gesto de complicidad.

—María es mi hija y es tu hermana, la quiero con toda mi alma; si no hubiera existido, me habría quitado la vida hace mucho tiempo. Pero ella no fue el fruto del amor como lo fuisteis todos vosotros. Petia Smelov fue un miserable, un canalla, conmigo, con tu padre, incluso con su propia hija...

—Pero tú le dijiste... Escribiste una carta diciéndole que estabas enamorada de él, que todo había sido un plan para alejarnos y quedarte a su lado...

—Sí, sí... —lo interrumpió la madre con un ademán de agotado estoicismo—. Aquella maldita carta... —Cerró los ojos durante unos largos segundos, como si se le desgarrasen las entrañas. Tomó aire y lo soltó en un hondo suspiro. Luego buscó sus ojos, enfrentándole la verdad—. Aquella carta execrable la escribí de mi puño y letra, y lo hice porque era la única forma de salvar la vida a tu padre. Sabía que lo tenían encerrado. Petia me amenazó; si no la escribía, si no hacía creer a tu padre que ya no estaba enamorada de él, que desde hacía tiempo mi vida con él había sido una farsa y que todo lo sucedido en la estación lo habíamos urdido juntos para alejaros definitivamente de Rusia, si no hacía todo eso —insistió atribulada—, lo ejecutaría de inmediato sin piedad. ¿Qué otra cosa podía hacer? —inquirió con avidez, sus ojos clavados en los del hijo, implorando su comprensión—. No podía arriesgarme. Fui consciente del dolor que iba a causar al único hombre que he amado con toda mi alma, pero en mi conciencia pesó mi sentido de madre; si Petia cumplía su amenaza, ¿qué hubiera sido de vosotros? De mi pequeño Sasha, de Katia, de ti... —Bajó los ojos entristecida—. Mi pobre Kolia..., si hubiera sabido que no subió a ese tren, lo habría buscado hasta en el mismísimo infierno... —Perdió la mirada en algún punto del pasado, pero siguió hablando—: Por eso escribí esa carta despreciable, aun sabiendo que le rompería el corazón; era el único modo de que tuvierais la oportunidad de vivir la vida junto a vuestro padre. Con esa intención la escribí, con la esperanza de que, una vez instalado en Madrid, tu padre encontrase a una mujer que lo amase y lo cuidase hasta la muerte, tal vez no tanto como yo lo he amado en todos estos años, pero al menos tendría la posibilidad de rehacer su vida, una oportunidad de volver a ser feliz, con eso me bastaba.

Mientras Yuri la escuchaba, un escalofrío le recorrió todo el cuerpo, le invadió un sudor frío, angustioso. Todo había sido una gran mentira, el profundo sufrimiento que su padre había padecido durante años y que había derivado en un deterioro galopante había sido en vano: su madre lo había seguido amando, y él nunca fue capaz de rehacer su vida trastocada, rota, quebrada por aquella carta mentirosa y envilecida, no de la mano de quien la escribía, sino del canalla que urdió semejante infamia. El hostigamiento que él mismo había mantenido contra su padre había sido un castigo inicuo. Tanto tiempo perdido en recriminaciones infames, acusaciones injustas, una tortura añadida a semejante suplicio.

Yuri le hizo un breve relato de cómo llegaron a Madrid, de Katia, que para su madre siempre sería esa niña que se abrazaba a ella con siete años, le contó por todo lo que había pasado su padre debido a su ausencia, no le ocultó su actitud mezquina contra él, haciendo un acto de contrición ante la madre; le explicó cómo había ido diluyéndose poco a poco y cómo había muerto.

Ella lo escuchó y, cuando terminó, un triste lamento se escapó de sus labios.

—Qué pena... —murmuró—. Mis pequeños...

Yuri se dio cuenta de repente de que había llegado hasta ella como emisario de antiguas tragedias. No sabía cómo explicarle la muerte del pequeño Sasha. Bajó los ojos y mientras hablaba, con la voz entrecortada por la emoción, acarició sus manos dulcemente.

—*Mámochka*, tienes que saber... —Tragó la amargura que le ascendía por la garganta—. Nuestro pequeño Sasha no consiguió sobrevivir...

Los ojos de Verónika se quedaron fijos en los de Yuri con una mueca de dolor, como si los pensamientos construidos durante tanto tiempo —en los que le había visto cumplir cinco años, seis, diez, hacerse un hombre— se desmoronasen barridos por una fuerte corriente. Se encogió sobre sí misma, comprimida en un tormento, y al ir a hablar, se le quebró la voz.

—¿Cómo puede una madre llorar la muerte de su hijo diecinueve años después de haberlo perdido? Dios mío... Qué cansada estoy.

Con un quejido de puro agotamiento, Verónika se dejó caer lentamente sobre la almohada. Cerró los ojos y se quedó muy quieta. Todo se sumió en un estremecedor silencio, roto tan solo por voces de otras habitaciones filtradas a través de las paredes.

VII

Durante un largo rato Yuri y María no se movieron, velando ambos a la maltrecha madre. La imagen resultaba desoladora.

Yuri observó todo a su alrededor. Hacía mucho frío en la habitación. Sus ojos se cruzaron con los de María, que lo escrutaba con extraña fascinación.

—¿Desde cuándo vivís aquí? —le preguntó Yuri en voz muy baja.

—Desde que *mámochka* salió de la cárcel.

—¿Ha estado en la cárcel? —inquirió Yuri entre alarmado y sorprendido—. ¿Por qué? ¿Qué daño ha podido hacer ella?

No pudo evitar alzar la voz y María le pidió con un gesto que callara, se levantó y le indicó que saliera. Antes de moverse, los dos miraron el rostro de la madre. Parecía haber caído en un agotado letargo. María la arropó con cuidado y se fue hacia la puerta.

—Te lo contaré todo, pero vamos fuera —susurró—. Dejemos que descanse. Estará exhausta. Ha sido un momento muy intenso y emotivo.

Yuri la siguió, sin dejar de mirar el cuerpo inerte de su madre.

—¿La vamos a dejar sola? —preguntó ya fuera de la habitación, mientras María echaba la llave.

—Está sola la mayor parte del tiempo.

Avanzó por el pasillo sin detenerse. Salió al rellano, apenas se veía nada; subió un tramo de escalera, entró por un angosto corredor hasta llegar a una especie de estrecho balcón de poco más de un metro de ancho y dos de largo con una barandilla de hierro oxidado por la que se podía acceder al edificio contiguo. Un fuerte viento húmedo y gélido los abofeteó. Ella se encogió y se cruzó de brazos. Luego se volvió hacia él. Se veían gracias al resplandor que salía de un ventanal que había al lado.

—Nadie salvo yo la cuida. Se pasa el día dormitando, está muy débil, casi no tengo nada para alimentarla. Todo es muy complicado. —Hablaba como si se estuviera justificando por el estado en el que se encontraba la madre—. No puedo hacer más, no puedo...

Yuri se dio cuenta de que tiritaba y sus labios se tornaban morados por el frío. Se quitó el abrigo y se lo puso a ella sobre los hombros. Sin pensarlo, la envolvió entre los brazos y ella se dejó abrazar en un silencio quebrado por el viento.

—No te preocupes, María, os sacaré de aquí. Os llevaré a un lugar digno, tengo dinero.

Ella se desprendió del abrazo con una expresión asustada.

—No podemos marcharnos, sería mucho peor. Somos unas proscritas. *Mámochka* no debería estar aquí, le conmutaron el último año de prisión por la condena del «Menos doce» que le prohíbe instalarse en las ciudades más importantes de la Unión Soviética, incluida Moscú. Pero vino a buscarme, se la jugó utilizando el pasaporte de una mujer que murió en una aldea por la que pasó... —Se interrumpió de improviso. El fuerte viento había soltado guedejas de la trenza, que se arremolinaban en su rostro adolescente.

—¿Qué ocurrió, María? ¿Por qué la detuvieron?

—¿Es que no sabes que en Rusia no tiene que haber un motivo para que te detengan? Caes en desgracia y ya está, esa es la razón, eso fue lo que le pasó a nuestra *mámochka*.

Durante unos segundos sus ojos se perdieron en aquel desapacible horizonte negro y sin estrellas. Yuri sentía el cuerpo aterido; sin embargo, la voz cálida de aquella hermana recién descubierta le hacía olvidar el frío.

—Sucedió en la Navidad de 1934. Vivíamos en Leningrado. Estábamos durmiendo; los chequistas suelen actuar por la noche con el fin de pillarte en el desconcierto del sueño y para que de ese modo no opongas resistencia ni montes jaleo. Dos hombres llamaron a la puerta y le dijeron que se vistiera, que tenía que acompañarlos. —Lo miró con una profunda tristeza en sus ojos—. No volví a verla hasta hace un año. A los niños que quedan sin padres los llevan a una especie de escuela horrible donde les lavan el cerebro a base de golpes. Me lo había advertido *mámochka* muchas veces, que, si alguna vez se la llevaban, me fuera inmediatamente, que viajase a Moscú y buscase a Tania Kárlovna, la mujer que protegió a nuestra madre en Leningrado. Y eso hice. Me vine hasta aquí. Kárlovna me acogió en la habitación que ocupamos ahora, hasta que un día ella apareció... —Buscó los ojos de su hermano—. Si la hubieras visto, Yuri... Si supieras cuánto ha sufrido.

—¿Y tu padre? ¿Qué papel tiene Petia Smelov en todo esto? ¿Por qué no hizo nada por ella?

María dejó escapar un largo suspiro y negó con la cabeza.

—Eso te lo tendrá que contar ella. Yo apenas sé que era mi padre, y que la hizo sufrir mucho... Pero nunca me habló de lo que sucedió cuando os marchasteis, ni de la razón por la que yo estoy en el mundo. Es un secreto que se guarda para ella.

—¿Qué puedo hacer, María? Dime cómo puedo ayudaros.

—Si salimos de la habitación se la quitarían a Tania Kárlovna, y no podemos hacerle eso. Están todas sus cosas, todo lo que has visto es suyo.

—¿Dónde está ella?

—Se la llevaron hace unos meses. Gracias a Sonia nos libramos de que nos detuvieran, nos avisó justo a tiempo para que pudiéramos salir y ocultarnos.

—¿Sonia Vasílievna? ¿La mujer de Kolia?

María asintió compungida.

—No sé cómo nos encontró, pero un día apareció. Ha sido muy buena con nosotras. Solía traernos comida, jabón, ropa. —Encogió los hombros—. Pero desde que detuvieron a Tania Kárlovna, no la hemos vuelto a ver. *Mámochka* teme que le haya ocurrido algo por ayudarnos.

—No... Sonia está bien. —Yuri pensaba en las frías conversaciones con su hermano y en los silencios de su cuñada—. Fue ella la que me contó dónde estabais.

—Me alegra saberlo. A pesar de todo, es una buena mujer...

—¿A pesar de todo?

El mutismo de María a su pregunta provocó la rotura del muro de contención que Yuri había mantenido hasta entonces, ciego por voluntad propia a la evidencia del trabajo de su querido hermano; de pronto se dio cuenta de que el frío de sus ojos revelaba una crueldad brutal y asimilada.

—¿Y Kolia? —preguntó vehemente—. ¿Por qué no os ha sacado de aquí? ¿Por qué no os ha ayudado? —Las ideas se batían con fuerza en su mente confusa—. ¿Por qué me dijo que mamá había muerto?

María clavó los ojos en los de su hermano Yuri, apesadumbrado el semblante.

—Fue Kolia el que la interrogó, quien dictó la sentencia y la condenó a cinco años de prisión... Kolia torturó a nuestra madre con sus propias manos.

VIII

Sokolov entró en el despacho con expresión satisfecha. Kolia alzó los ojos de su escritorio y, con indiferencia, volvió la atención a los papeles que tenía delante.

—Problema resuelto, camarada capitán —se pavoneó Sokolov—. El camarada Yuri Mijáilovich ha tomado el tren y va camino de Minsk. En unas horas habrá salido de la Unión Soviética. Caso cerrado.

Kolia guardó silencio y a Sokolov le resultó extraño, pero lo achacó al exceso de trabajo. Era evidente que tanta responsabilidad le venía grande. El puesto al que había conseguido llegar aquel pipiolo estaba destinado para él; así se lo había prometido Beria en varias ocasiones. Lo cierto era que aquel muchacho tímido y callado se había convertido en uno de los instructores más despiadados, crueles e insensibles, aunque también uno de los más eficaces para el NKVD dirigido por el bárbaro Beria.

No le tuvo en cuenta aquella apatía, en el fondo le había tomado aprecio. Él sabía que Kolia era mucho más vulnerable de lo que nunca admitiría. Se sentó repantingado en la única silla que había al otro lado de la mesa, dispuesto a cobrarse su recompensa por el trabajo realizado.

—Camarada capitán, ahora que nos hemos deshecho de tu hermano deberíamos retomar el asunto que me incumbe.

—¿Qué clase de asunto? —Kolia alzó de nuevo los ojos.

—Ya lo sabes, camarada capitán —respondió relajado—. Llevo diez años fuera de Rusia cumpliendo con lo que el partido me ha pedido; he recabado información de gran utilidad para los nuestros; conseguí convencer a Yuri Mijáilovich —esta vez no se atrevió a pronunciar la palabra *hermano*— para sacar información de la embajada española; lo he custodiado, vigilado e informado de cada movimiento durante todos estos meses, y acabo de dejarlo en la estación cumpliendo órdenes tuyas, camarada capitán. Si te soy sincero, estoy cansado de errar de aquí para allá siempre solo —prosiguió con voz blanda—. No veo a mi esposa desde hace casi una década, cuando salí de Kiev para prestar mis servicios a la contrainteligencia del Komintern. Me gustaría regresar a mi ciudad, con mi familia. No pido mucho: una pequeña dacha para mí y mi familia, un puesto cómodo en el partido de Ucrania, un coche, una buena paga y los privilegios que un buen bolchevique como yo se merece.

Kolia lo escuchaba impasible.

—Tendré en cuenta tu petición —resolvió con frialdad.

—Fue una promesa que se me hizo cuando empecé con todo esto —lo interrumpió arrogante—. Tú lo sabes, camarada capitán, lo hemos hablado muchas veces antes de que ocupases este puesto tan merecido. —Sus labios se contrajeron levemente—. La diferencia es que, ahora, la decisión está en tus manos.

—Aún te necesitamos aquí, camarada Sokolov. No podemos fiarnos de que Alemania mantenga su palabra de no atacar la Unión Soviética. Precisamos de hombres bien situados en Berlín hasta que cese el peligro.

Sokolov negaba mientras Kolia hablaba.

—No, no, camarada capitán, en unos meses cumpliré cincuenta años, estoy cansado, mi decisión es firme: quiero volver a casa.

Kolia clavó los codos sobre la mesa, entrelazó las manos y lo observó reflexivo.

—Está bien —dijo al fin—, lo comprendo. Solo te pido una última cosa, necesito que me acompañes a una misión que nos ha encargado el mismísimo Stalin y que dirige Beria. Tu colaboración supondrá una dacha más amplia, un coche más potente, una paga más abultada y un retiro en las mejores condiciones, para ti y para tu familia. Piénsalo, puedes obtener buenos réditos; la misión la capitanea tu amigo Vasili Blojín.

Sokolov soltó una risa sarcástica.

—No acostumbro a tener como amigo al diablo —replicó displicente—. Está claro que, si participa ese sanguinario, hablamos de algo salvaje.

—Es un tema delicado —insistió Kolia para intentar convencerlo—. Seremos muy pocos, necesito gente de confianza y tú eres uno de ellos.

—¿Se puede saber de qué se trata?

—Debemos deshacernos de unos cuantos prisioneros en Bielorrusia, oficiales polacos algo incómodos. Será cuestión de un par de semanas. La recompensa valdrá el esfuerzo.

Sokolov se quedó pensativo unos segundos, luego negó con la cabeza.

—No me gusta andar con malas compañías. Blojín es peligroso, te lo he advertido muchas veces. Ándate con cuidado con ese tipo: en cuanto le des la espalda, te la jugará, y no serás el primero, ya sabes cómo se las gasta.

—¿He de entender que rechazas mi oferta?

Sokolov se levantó y se colocó el gorro con la soberbia grabada en el rostro.

—No voy a acompañarte a ninguna parte, camarada Fiódorovich —retirarle el grado de capitán fue en sí mismo una amenaza—, y mucho menos con semejante compañía. Hasta aquí he llegado. Si no me envías a Kiev de inmediato, le contaré a Beria todo lo que sé de ti.

Kolia relajó el gesto y asintió sereno.

—Está bien, te entiendo, camarada, no hay problema. Hoy mismo daré orden de tramitar tu traslado a Kiev. Tendrás tu recompensa, te lo has ganado.

Sokolov afirmó satisfecho, se dio la vuelta y salió del despacho.

Kolia presionó un timbre que tenía bajo su mesa. A los pocos segundos aparecieron dos hombres de aspecto siniestro vestidos con gruesas chaquetas de piel.

—Acabad con él —sentenció antes de conminarlos con voz autoritaria—: Que no quede rastro.

Los chequistas asintieron y salieron tras su presa.

IX

Finos copos de nieve revoloteaban ante sus ojos como molestas moscas blancas; ateridos, María y Yuri decidieron abandonar la terraza, y al regresar adentro descubrieron a dos de las mujeres que habían estado increpando a la chica en la cocina con la oreja pegada a la puerta de su habitación, cuchicheando entre ellas.

En un primer impulso, María, furiosa, pretendió ir hacia ellas, pero Yuri la sujetó del brazo, tratando de tranquilizarla.

—¡Apartaos de ahí, brujas! —las increpó mientras se acercaban juntos a ellas.

Las mujeres se sobresaltaron al haber sido descubiertas infraganti, pero enseguida se recompusieron e iniciaron una retahíla de improperios a voz en grito.

Yuri se puso delante de María mientras su hermana abría la puerta, sin dejar de replicar a cada insulto. Cuando entraron en la habitación, las voces del pasillo se acallaron. La madre seguía aparentemente dormida, acurrucada entre mantas, la respiración pausada. Con sigilo, los dos hermanos se aproximaron a la ventana, Yuri se sentó sobre un sólido baúl de madera y María en la butaca. Estaban frente a frente y se hablaban entre ellos en voz muy baja para no alterar el sueño de la madre.

—¿Por qué te tratan así? —le preguntó Yuri.

—Pretenden que nos vayamos. Las mueve la ambición de quedarse con este cuarto y con todo lo que hay dentro. Si no nos han denunciado ya es gracias a las visitas de Sonia Vasí-lievna; sabían que era la esposa de un alto cargo del NKVD. La misma Sonia las amenazó con que si algo nos ocurría, las culparía a ellas y pagarían las consecuencias, aunque lo que de verdad nos protege fue la visita que Kolia nos hizo sin previo aviso hace un par meses.

—¿Kolia estuvo aquí?

—Una sola vez... —respondió María con expresión circunspecta—. Estuvo hablando mucho rato con *mámochka*. Se marchó con su perdón, pero desde entonces no ha vuelto.

En ese instante Yuri entendió lo que su cuñada Sonia le había escrito en la nota: «Te suplico que no culpes a Kolia. Ella lo perdonó, aunque él no haya sido capaz de hacerlo consigo mismo». Comprendió sus silencios, sus ojos esquivos cuando alguna vez le preguntó si había llegado a conocer a su suegra. Sonia siempre esbozaba una apenada sonrisa y negaba huidiza. En ningún momento supo Yuri interpretar la verdad oculta bajo la mirada fría y sombría de su hermano, una verdad que de repente cobraba sentido.

—Me pregunto por qué Kolia me negó la posibilidad de ver a nuestra madre.

—No quería que supieras la verdad. Kolia se avergonzaba de lo que había hecho.

—Ahora empiezo a entender tantas cosas... —murmuró consternado.

—Yuri, me alegra tanto que hayas venido... Le queda tan poco tiempo...

—¿Qué quieres decir?

—Mamá se muere, Yuri. El cáncer le tiene invadido todo el cuerpo. No sé ni cómo aguanta... Es como si todo este tiempo te hubiera estado esperando, algo incomprensible. En el piso de arriba vive un médico; es un hombre de buen corazón y de vez en cuando pasa a verla. A principios de enero, justo un par de días antes de la visita de Kolia, me aseguró que no duraría más allá de una semana. Cada vez que el buen doctor la visita afirma que es un milagro que se mantenga con vida, un milagro —repitió ensimismada—. Cuando Kolia se marchó de esta habitación, ella me dijo que tú vendrías a verla, estaba convencida, la corazonada de tu llegada la ha mantenido viva hasta ahora.

Yuri no dejaba de mirar a su madre mientras escuchaba hablar a aquella hermana recién descubierta. Se levantó y se acercó despacio hasta la cama, se sentó con cuidado junto al cuerpo inmóvil, tomó su mano y se la llevó a los labios para cubrirla de besos. Verónika abrió los ojos y, sin apenas moverse, sonrió.

—Mi hijito, mi dulce Yura... —Su voz era melosa y débil—. Tengo tanto que contarte... Pero antes quiero que me prometas una cosa.

—Haré lo que tú me pidas, madre.

—No quiero que tu dulce corazón se emponzoñe de odio como le ha ocurrido a tu hermano Kolia. Tienes que prometerme que te irás de aquí con el alma limpia de rencor y que no te moverá el afán de venganza.

Yuri bajó la mirada, movió la cabeza y apretó los labios.

—No puedo prometer lo que no está en mi mano, madre. —Yuri sabía que la ira, el odio, el resentimiento, al igual que el amor, son impulsos irreprimibles que surgen de la caja de Pandora del corazón; una vez abierta, nada ni nadie los puede dominar—. Te mentiría si te dijera lo contrario, y por nada del mundo querría faltar a mi palabra contigo.

La madre sonrió, cerró los ojos y asintió.

—Tienes razón, hijo, pero concédeme al menos la promesa del perdón. Otorgarlo o no está en tu voluntad. Lo estuvo en la mía: conseguí perdonar a todos los que me provocaron tanto daño, a todos los que me hicieron padecer tanto, y gracias a eso mi alma quedó libre de una pesada carga que apenas me dejaba respirar. De ninguna manera quiero para ti esa condena, mi querido Yuri. Antes preferiría mantenerte en la ignorancia.

—Trataré de hacerlo, *mámochka*, te prometo que procuraré perdonar, es lo único que puedo ofrecerte. Te lo ruego, cuéntame todo, necesito saberlo. Dejarme en la ignorancia de lo sucedido sería un castigo mucho mayor, sería injusto. Tengo derecho a saber qué ha ocurrido en todos estos años.

Ella, sin dejar de mirarlo, asintió cerrando los ojos un par de segundos y, a continuación, con voz muy suave, el tono claro, la mirada perdida, puesta de vez en cuando en los ojos de aquel hijo añorado que el destino le había devuelto después de tanto tiempo, Verónika Olégovna Filátova empezó a desgranar muy despacio todos sus recuerdos desde aquel funesto día en el que se separó definitivamente de sus hijos y de Miguel Santacruz, el gran amor de su vida.

—Después de alejarme de vosotros encontré a Petia enseguida; me estaba esperando... Entonces no me di cuenta, pero luego comprendí... Él sabía que no me permitirían subir al tren, lo sabía desde el principio y dejó que pasáramos por todo aquel calvario del control de visados. Había dejado a mi madre en el tren, o eso me hizo creer. Con el tiempo me enteré de la penosa suerte que había corrido tu pobre abuela, detenida ese mismo día, mientras nosotros tratábamos de acceder al tren, acusada de conspiración y espionaje, condenada y exiliada a Siberia. Solo sé que murió, igual que tu abuelo, asesinado por una turba enloquecida que lo quemó vivo con varios de sus socios en el interior de las oficinas en Rostov del Don. —Sus ojos quedaron sumidos en una profunda pena—. Me lo contó el mismo Petia cuando por fin acabó mi tempestuosa relación con él...

—Entonces, ¿estuviste con él?

Ella levantó la mano para hacerlo callar.

—No me interrumpas, Yura, te lo ruego. Sé que tienes derecho a saberlo, pero revivir todo esto me resulta muy doloroso.

Él asintió con un movimiento de cabeza y se llevó la mano de la madre a los labios para besarle el dorso, como si se disculpase con ella. Verónika tomó aire, lo soltó en un quejumbroso suspiro y continuó hablando:

—Viví en casa de Petia durante un año. Las primeras semanas todo fueron buenas palabras, todo amabilidad, la compañía de su esposa, mi querida amiga Nadia Galaktiónova, reconfortaba mi dolor por vuestra marcha. Petia me aseguraba que estaba acelerando los trámites para que pudiera salir de Rusia, me afirmaba que estaba en contacto con tu padre, que no me preocupase, que todo iba a salir bien y que muy pronto me reuniría con vosotros. Al principio discurrió todo con normalidad, pero poco a poco su actitud hacia mí fue cambiando, gestos apenas perceptibles como una caricia a mi paso, un beso desviado tan cerca de los labios que me incomodaba, una frase insinuante y fuera de lugar. Mi querida Nadia lo notó y se lo recriminó. —Calló un instante, como si la sola idea de expresarlo le diera vértigo—. La reacción nos sorprendió a las dos: la abofeteó, la insultó, la humilló... Al día siguiente unos hombres se la llevaron a la fuerza... Petia no estaba. Y yo... yo no pude hacer nada... —Tragó la saliva amarga del recuerdo—. Nunca volví a saber de ella. Desapareció. A partir de ese momento Petia exhibió su verdadero rostro, mostró su malvada intención y dejó al descubierto el diablo que habitaba en él. Fue entonces cuando me obligó a escribir aquella maldita carta dirigida a tu padre. Lo que ocurrió en aquellos meses se mueve en mi mente como una masa viscosa, podrida y fría. Todo fue tan inesperado, tan absolutamente imprevisible que me sentía incapaz de reaccionar. Me mantuvo encerrada en una parte de la casa a la que solo él tenía acceso. De entrada se mostró como un loco enamorado, me suplicaba que lo amase; me pedía que le diera la oportunidad de hacerme feliz; me juraba que me colmaría de todo lo que yo quisiera, que, si me convertía en su amante, volvería a vivir con el lujo que había tenido antes de la revolución. Yo no daba crédito a lo que sucedía. Lo rechazaba, le suplicaba a su vez que me permitiese marchar, que al único hombre al que amaría sería a tu padre, que mi corazón le pertenecería siempre a él y que antes que renunciar a su amor me quitaría la vida.

Llegados a este punto, Verónika enmudeció, apretó los labios para no contar. No era capaz de referir a su hijo tantas vejaciones a las que la había sometido Petia Smelov a partir del día en que la violó por primera vez. Ahí había empezado de verdad su tormento. No podía contarle que terminó por entregarse pasivamente para dejar de recibir golpes, o para que no la tuviese sin beber durante horas, o sin poder salir de la habitación ni siquiera para ir al baño y tener que hacer sus necesidades en un rincón, y luego recibir una paliza por la suciedad acumulada que no podía limpiar. No podía decirle todo aquello, no podía cargarle con aquella horrible vergüenza que de forma indeleble quedaría grabada en su alma para siempre. No, no lo creía necesario, aquello sería su único secreto, algo que se llevaría a la tumba para evitar infligir un daño inútil.

—Las cosas se complicaron cuando le dije que estaba embarazada —prosiguió al cabo—. Fue entonces cuando me contó la muerte de mis padres; lo hizo con tanta maldad que me duele solo recordarlo. Luego me echó de su casa... Me liberó para que me muriera de hambre; eso me dijo.

Tampoco podía explicarle que en aquel momento había renunciado a su dignidad como mujer por el instinto materno de proteger la vida que crecía en su vientre, no quiso contarle que se había arrojado de rodillas delante de su carcelero y que le suplicó clemencia y amparo. No le sirvió de nada porque Verónika acabó en la calle en un mes de enero tan gélido como el alma de aquel hombre, sin un lugar en el que cobijarse, nada que comer ni con qué abrigarse. Petia Smelov sabía que la condenaba a una muerte segura, a ella y al hijo por nacer.

Verónika prosiguió el relato esquivando aquellos nefastos recuerdos.

—Durante unos días me aposté en la entrada del gran bazar Gostiny Dvor, cantaba durante horas para mendigar algo que llevarme a la boca. Tu abuela siempre decía que todos tenemos un ángel custodio que nos protege, y a mí se me apareció en la persona de una bendita mujer, Tania Kárlovna. Mi voz la cautivó, se compadeció de mí y me invitó a su casa. Vivía en una pequeña dacha de madera muy acogedora, limpia y cálida, a una hora del centro de Leningrado. Me propuso darme cobijo a cambio de que impartiese clases de canto a las mujeres del pueblo. Acepté, y gracias a ella tuve una oportunidad para tener a María y criarla sin demasiadas dificultades. Fue una época tranquila y casi feliz, hasta que Tania tuvo que venirse a Moscú. María y yo permanecimos en su dacha... Pero a los pocos meses de la marcha de Tania Kárlovna, me detuvieron.

—¿Qué pasó, madre? Sé que Kolia... —Titubeó—. Lo sé todo.

—Pobre Kolia... —murmuró con un velo de tristeza en su rostro—. Sufrí tanto al verlo... Tenía allí a mi hijo querido, lo tenía ante mí y no podía tocarlo, ni abrazarlo, ni besarlo... No podía ni siquiera mirar sus ojos asustados para que su voz contra mí no temblase. ¿Qué otra cosa podía hacer él sino cumplir con su cruel obligación?

—Te condenó —protestó Yuri indignado—. ¿Cómo puede un hijo sentenciar a su madre? Su corazón tiene que estar muy podrido para hacer una cosa así.

Verónika recordó dolorida los golpes recibidos de la mano de Kolia, eran los únicos que le dolían, los de los demás apenas los notaba, tan solo los del hijo. También eso se lo calló.

—Es cierto, su corazón está envenenado de odio y soledad. Pero creo que también fue él quien logró de algún modo que me liberaran un año antes de cumplir la condena, Yura. No debemos juzgarlo, Kolia lo pasó muy mal.

—¡Todos lo pasamos mal! —exclamó rabioso, alzando la voz—. Tú, yo, papá, Katia... Y nunca se nos ocurrió ser tan crueles contra uno de los nuestros...

Yuri cerró los ojos porque sus palabras se habían vuelto contra él como una fuerte bofetada. Estaba acusando a su hermano cuando él mismo había ejercido contra su propio padre la crueldad de su incomprensión y desprecio, alejándose de él para siempre. Antes de que cayera en el abismo del olvido, Katia le había insinuado en sus cartas que su padre lloraba su ausencia, que preguntaba por él día y noche; sin embargo, él nunca cedió, nunca le brindó un ápice de cariño, nunca le concedió la oportunidad de una redención.

Tomó aire y pidió disculpas a su madre, que había cerrado los ojos como si la fiereza de las palabras también la hubiera salpicado a ella.

—Está todo dicho. —Dio por terminado el relato—. Ahora debes vivir con esto y seguir con tu propia vida. Pero recuerda, esta familia ha dejado demasiados cadáveres por el camino, y no quiero que tú seas uno más de ellos.

X

Durante más de un mes Yuri convivió en aquella minúscula habitación con su madre y su hermana. Apenas salía. Desconocía si lo buscaban o lo creían fuera de Rusia, convertido en un peligro desechado; así que procuraba no arriesgarse para no ser descubierto. Con el dinero que le dio a María, la chica compró un colchón para él, ropa para ella, mantas y comida. Todo llevado poco a poco para no provocar la animosidad entre los vecinos, siempre alerta a cualquier cambio. En aquellos días Yuri evocó irremediablemente la miseria que había vivido durante sus últimos años en San Petersburgo. Dos décadas después todo seguía igual para la mayoría: la escasez, las carencias; resultaba desolador comprobar la indigencia en la que se desarrollaba la vida cotidiana del grueso de la población, que tantas esperanzas había puesto primero en Lenin y luego en Stalin.

El 30 de abril de ese 1940, treinta y cinco días después de aquel encuentro, Verónika Olégovna cerró los ojos y ya no los volvió a abrir. Su respiración se fue pausando hasta detenerse definitivamente, su vida había acabado y sobre Yuri cayó a plomo una insoportable sensación de orfandad.

La enterraron en una soleada mañana del Primero de Mayo, la fiesta grande de los trabajadores celebrada como fiesta nacional en toda la URSS, con el sonido reverberante de las campanas repicando al viento a lo largo y ancho de Rusia y los desfiles desplegados en cada una de las ciudades, pueblos y aldeas más remotas.

Hasta el solitario cementerio llegaban los ecos de aquella fanfarria patria. Acompañaron al sencillo ataúd los dos hijos, María y Yuri, y el médico que la había visitado en los últimos meses. Yuri se encargó de que su madre tuviera un entierro digno. Aquello levantó suspicacias en la vecindad al evidenciar que disponía de dinero.

La situación con el resto de los residentes era cada vez más complicada; la muerte de su madre y la ausencia de Tania Kárlovna, titular de la habitación, hacían insostenible que María pudiera quedarse a vivir allí. Tras darle muchas vueltas, Yuri decidió ir a visitar a Kolia para pedirle que proporcionase a María Petrovna un lugar donde vivir.

Tomó un tranvía que lo llevó al centro de Moscú. Caminó hasta la casa de su hermano siendo muy consciente de que se la jugaba, ya que su presencia en la Unión Soviética era ilegal, con un pasaporte falso y un visado de salida caducado. Sin el amparo de nadie, ni siquiera de Kolia, tendría que dar muchas explicaciones en el caso de que se le requiriese la documentación. Por si acaso, había cogido la pistola. Era media tarde cuando llamó a la puerta del piso de Kolia, con el corazón desbocado. Le abrió Sonia. Cuando lo vio, se asustó como si hubiera visto a un muerto resucitado; le hizo una seña para que no hiciera ruido y le indicó que se metiera en un pequeño cuarto de juegos que había cerca de la entrada.

—Espera aquí —le susurró—. Volveré cuando Yevdokia Tiviérzina se vaya a dormir.

Durante más de tres horas Yuri se mantuvo como un ladrón agazapado en la sombra, oyendo a sus sobrinos hablar con su madre, reír entre ellos, el trasteo de los cacharros en la cocina, le llegó el olor a col cocida de la cena. Poco a poco los ruidos fueron remitiendo, hasta que el silencio se adueñó de la casa.

La puerta se abrió muy despacio, Sonia entró y cerró sigilosa; con una sonrisa en los labios, se deslizó hasta sentarse a su lado. Era la primera vez que los dos cuñados estaban solos y tan juntos.

—¿Pudiste verla? —le preguntó en voz muy baja.

Yuri asintió con una sonrisa.

—Murió hace una semana... Gracias, Sonia. Si no hubiera sido por ti, no habría podido despedirme de ella. Estoy en deuda contigo.

—Era lo justo. Tu hermano me prohibió decirte nada de ella. Temía que llegaras a conocer la verdad sobre él.

—No alcanzo a entender cómo se ha podido volver tan despiadado.

—No debes juzgarlo, Yuri. Tu hermano no es malo —arguyó ella con un tono dulcificado—, son las terribles circunstancias a las que ha tenido que enfrentarse las que lo han hecho así.

—Sonia, abre los ojos, Kolia se ha convertido en un monstruo.

—Bajo ese monstruo hay un alma buena, el alma de un hombre al que amo profundamente, el padre de mis hijos; es un buen marido y un padre entrañable. Estoy convencida de que a base de amor puedo llegar a salvarlo, rescatarlo de esa ponzoña en la que se mueve cada día. Lucharé por él hasta el final.

Yuri bajó la barbilla con una mueca risueña.

—Qué prodigioso puede llegar a ser el amor...

—Hablando de amores —añadió Sonia—. Tengo una buena y una mala noticia. La buena es que llegó una carta de Krista. La recibí a los pocos días de tu marcha y la guardé por si acaso volvías. La mala es que ya no la tengo. No me quedó más remedio que deshacerme de ella —prosiguió Sonia—. Descubrí a esa bruja ucraniana hurgando en mis cajones. Ya lo hace sin esconderse. Tengo al enemigo metido en mi casa.

—No te preocupes, Sonia, bastante has hecho por mí. Saber que Krista ha escrito ya me vale. Tal vez fuera la respuesta a la que le remití diciéndole que regresaba a Alemania con una identidad falsa. Le envié otra anunciándole que había encontrado a mi madre y que tendríamos que retrasar nuestro encuentro. La eché al correo, pero desconozco si la habrá recibido o habrá acabado hecha trizas en algún vertedero de Rusia. —Su voz se tornó melosa—. La echo tanto de menos...

—Me encantaría conocerla.

—Te llevarías bien con ella. Es una mujer extraordinaria.

Durante unos segundos callaron los dos. No se oía nada, parecían solos en aquel universo caótico.

En el pasillo, con la oreja pegada a la puerta, Yevdokia Tiviérzina, la asistenta ucraniana, mantenía la respiración ante aquel mutismo, alerta a lo que hacían y decían.

—¿Por qué has venido? —preguntó Sonia—. Es muy peligroso.

—Quería hablar con mi hermano, pero no pienses que vengo a echarle nada en cara, no lo haré; se lo prometí a mi madre y lo cumpliré. Necesito que ayudéis a María Petrovna. Se ha quedado sola y temo que muy pronto la echen a la calle. No tiene adónde ir. Necesita un lugar en el que vivir con cierta seguridad.

—En Rusia nadie está seguro, Yuri, ni siquiera nosotros. Mi hermano Liovka Vasílievich me ha dicho que las cosas están tensas en la Lubianka. Andan con algún asunto muy turbio de prisioneros polacos en Katyn, cerca de Smolensk.

—¿Smolensk? ¿Qué hace Kolia allí?

Sonia clavó los ojos en su cuñado.

—Lo único que le han enseñado a hacer... Matar. —La voz le salió fría, seca, como el graznido de un cuervo.

XI

Yuri salió de la casa con la promesa de Sonia de que intentaría hablar con Kolia sobre el futuro de María. Volver allí era peligroso, así que esperaría noticias en la habitación en la que convivía con su hermana.

Bajó del tranvía y caminó con paso tranquilo hacia el edificio, pero al doblar la esquina se detuvo en seco. Frente al portal había un elegante Rolls-Royce negro del Comisariado del Pueblo; un chófer uniformado se hallaba apoyado sobre la carrocería fumando con ademán aburrido, en actitud de espera. Era evidente que se trataba de alguien importante del partido. Por precaución, esperó para ver quién era. Se sentó en un escalón de otro bloque, desde donde tenía a la vista el portal. En un gesto involuntario, palpó la pistola en la parte de atrás de su cinturón. La temperatura era agradable, aunque se empezaba a notar la humedad de la noche. Alzó la mirada a un cielo plagado de estrellas y aspiró para llenar los pulmones de aquel aire fresco de primavera. Pensaba en su hermano, en lo que le había dicho Sonia sobre él, en el amor ciego que ella le profesaba, y se preguntaba si Kolia experimentaba por esa mujer el mismo amor que ella sentía por él.

Unas voces lo sacaron de su ensimismamiento y se puso de pie alertado. El chófer también se había incorporado y, raudo, abría la puerta del coche. Del portal salió María acompañada por un hombre corpulento que la sujetaba con fuerza del brazo y la llevaba casi a rastras. Ella se resistía, protestaba a gritos, luchaba por soltarse, pero la fuerza del hombre era mayor que su empeño.

Echó a correr dispuesto a auxiliar a su hermana. Justo cuando estaba a punto de meterla en el coche, María lo vio y se revolvió.

—¡No, Yuri, no, vete, huye! No te acerques.

Yuri se detuvo en seco al descubrir el rostro del hombre que sujetaba a su hermana. Lo reconoció enseguida.

A pesar del paso de los años, Petia Smelov había cambiado poco, tenía algo menos de pelo y más encanecido, más grueso, pero los mismos ojos, esa mirada que lo dejó petrificado a unos metros de distancia. Sin poder evitarlo, su atribulada conciencia se vio hostigada por el recuerdo de su padre junto a aquel hombre, la complicidad de ambos, sus risas, sus confidencias de amigos, imágenes que apenas duraron unas décimas de segundo, confusas y envilecidas.

Petia también lo había reconocido al oír su nombre por boca de María. Sin soltarla de su agarre, aparentando un mínimo esfuerzo, se dirigió a él en tono arrogante.

—Vaya, vaya, Yuri Mijáilovich Santacruz, así que es verdad que andas por aquí. Cuando me dijeron que habías regresado a Rusia no podía creerlo.

—¿Cómo se atreve a presentarse aquí, Smelov?

—Vengo a llevarme lo que me pertenece —respondió altivo.

—Aquí no hay nada suyo.

—María Petrovna es mi hija y se vendrá conmigo, lo quiera o no.

Los dos hermanos se miraron. El miedo grabado en el rostro de la chica lo estremeció. Ella trató de soltarse, pero el amarre de Smelov se lo impidió.

—Nunca antes se ha preocupado de ella. Si hubiera muerto, le habría dado igual. ¡¿Por qué ahora?! ¡¿Qué es lo que busca?! —Más que hablar, le gritaba lleno de ira contenida—. ¡¿No le parece suficiente el daño que ha infligido a mi familia?!

—Tu familia... —murmuró Smelov con una mueca desagradable—. Tu increíble y perfecta familia...

—Déjela en paz. Ella no quiere nada con usted.

—Me la llevo para evitar que la detengan. Le estoy haciendo un favor.

—¡No es cierto, Yuri! —clamó María con voz temblona—, me va a llevar a un reformatorio... —Se retorció rabiosa—. Y yo no quiero ir.

—Ya la ha oído —indicó Yuri—, no quiere ir con usted. ¡Suéltela!

Smelov, haciendo caso omiso de aquella orden, tiró con fuerza de María y la arrojó al interior del coche con tanta violencia que enfureció a Yuri. Echó la mano a la cintura y empuñó la pistola.

—¡Suéltela! —gritó mientras lo apuntaba, sujetando la muñeca para reafirmar su pulso.

El chófer, al ver el arma, se escondió lejos del alcance de una bala. Smelov observaba a Yuri con una mezcla de incredulidad y sorpresa.

—¿Me vas a matar? —le inquirió socarrón, con una mueca despectiva.

Yuri habló despacio, midiendo cada palabra, sin dejar de apuntar con pulso firme a aquel hombre que tanto sufrimiento había causado a sus seres más queridos.

—Le prometí a mi madre que trataría de no vengarme de todas las afrentas que sufrió en sus manos. —Su voz se volvió profunda y mordaz—. Pero no me importaría faltar a mi palabra solo por el placer de meterle una bala en la frente y verle caer a mis pies.

—No tienes arrestos, igual que no los tenía la puta de tu madre.

El estallido seco del disparo retumbó en la calle. Smelov se dobló con un gesto entre el pasmo y el dolor agudo. En el último momento, sin intención de matarlo sino solo de amedrentarlo, Yuri había bajado el arma y el disparo impactó en el muslo. El herido se giró un poco y aprovechó para sacar una pistola, pero al percutirla, el gatillo se encasquilló y Yuri tuvo tiempo para volver a disparar. Esta vez la bala impactó en la parte baja de la espalda y cayó desplomado al suelo.

—¡María, ven aquí! Rápido.

La chica salió del coche y corrió hasta ponerse detrás de su hermano. Smelov clamaba ayuda, arrastrando el cuerpo por la acera igual que una serpiente; eso pensaba Yuri mientras lo miraba con el arma aún en las manos.

Sin pretenderlo, Yuri dejó caer el arma al suelo. Echó una rápida ojeada a su alrededor, buscando testigos de su delito, pero la calle estaba desierta y las ventanas se cerraban para no ver, para no complicarse la vida. El chófer había salido corriendo al primer disparo. Dio varios pasos hacia atrás, cogió a su hermana de la mano y la obligó a correr. Corrieron durante mucho rato por las aceras vacías, sin rumbo ni descanso, hasta que María se detuvo exhausta, el pulso tan acelerado que tuvo que doblarse porque apenas podía respirar. Yuri tomó aire, con el corazón desbocado. Vio un portal abierto y solitario y decidió esconderse allí, parar con el fin de pensar en sus próximos pasos.

XII

El comisario Lavrenti Beria estaba en su despacho con varios miembros de su equipo. Custodiados por los retratos de Stalin y Lenin, el grupo permanecía de pie sobre la alfombra persa.

Hacía muy poco que había amanecido y la luz del sol empezaba a invadir la estancia aún iluminada por la gran lámpara del techo. Estaban a punto de iniciar una de las habituales reuniones diarias cuando el asistente de Beria entró en la estancia precipitadamente y se acercó al comisario con gesto conturbado.

—Perdón, camarada comisario general... —le temblaba la voz—, acaban de informar de un atentado a las afueras de la ciudad. Se trata del camarada Piotr Smelov, el médico personal de nuestro padre Stalin. Su estado es de extrema gravedad. Lo han trasladado al hospital del Kremlin.

Un estrepitoso silencio se impuso en aquel imponente despacho.

—¿Se sabe quién ha sido? —preguntó Beria al cabo de unos segundos.

Sin decir nada, con la cabeza gacha, el asistente echó un vistazo rápido al resto de los reunidos. Beria ordenó que salieran. Todos se apresuraron a hacerlo. Una vez solos, el asistente, con la voz trabada de un jilguero, continuó:

—Le han disparado dos tiros con una pistola alemana, una Walther. La encontraron junto al herido. El camarada Smelov ha podido identificar a su atacante. Se trata de un extranjero.

—Leyó una nota que tenía en su mano—. Yuri Mijáilovich Santacruz.

Beria lo observaba con fijeza; aquellos ojos de mirada felina provocaban pavor al atemorizado ayudante.

—¿Quién más lo sabe? —Le arrebató el papel de la mano.

El asistente temblaba aterrado, sabía que estar al tanto de aquella información tan delicada lo ponía en el punto de mira. Tendría que haberle pasado la llamada directamente al comisario general, pero al estar reunido no había querido interrumpirlo y de ese modo quedó comprometido con un secreto que jamás debería haber escuchado.

—Tan solo el médico que lo ha atendido —respondió, tratando de mantener una calma que se le escapaba a cada palabra—. Ha sido él mismo quien ha llamado para informar de todo.

—Es decir, que la identidad del atacante la sabéis tú y ese médico.

—Así es, camarada comisario general.

La mirada de Beria le certificó que su sentencia estaba dictada.

—¿Quién tiene el arma? —inquirió Beria con voz cavernosa.

—La acaban de traer los de la secreta. La guardo en mi puesto, camarada comisario.

—Tráela aquí de inmediato. Y quiero en la Lubianka al médico que te ha llamado; asegúrate de que no hable con nadie, ¿entendido? Con nadie. —Le remarcó estas palabras en tono amenazante.

El ayudante asintió con un movimiento de cabeza, salió y, al cabo de unos segundos, entró de nuevo con un paquete en la mano. Se lo entregó y abandonó apresuradamente el despacho.

Beria abrió el sobre marrón en el que se había introducido la pistola con la que Yuri había disparado a Petia Smelov. Era una de las armas que había mandado traer desde Alemania al agente Sokolov (eliminado por orden directa de Kolia Fiódorovich por traición, según argumentó), a las que se añadieron las que los propios alemanes habían donado al Ejército Rojo durante la invasión de Polonia con gran cantidad de munición. A lo largo del mes de abril, un reducido grupo de sus mejores hombres, entre los que se encontraba Kolia Fiódorovich, había utilizado aquellas pistolas para ejecutar a miles de prisioneros polacos, oficiales del ejército en su mayor parte, capturados ocho meses antes durante la invasión soviética del este de Polonia, y enterrados en el bosque de Katyn.

Volvió a reclamar la presencia del atemorizado asistente.

—Avisa a Liovka Vasílievich y a Vasili Blojín. Que se presenten en mi despacho de forma urgente —ordenó con autoridad.

Aquellos dos hombres serían los más idóneos para cumplir el maquiavélico plan que se desplegaba en la mente del comisario Beria.

Dejó la pequeña Walther sobre la mesa y esperó. Pensaba en Kolia: desde hacía tiempo lo sabía todo sobre él; era consciente de su filiación falsa, de su fingido pasado, conocía la identidad de su padre, Miguel Santacruz, un burgués que había huido de Rusia abandonando a su suerte a su bella esposa, de la que se había encaprichado ese estúpido y arrogante doctor Smelov. Cinco años atrás Kolia había pasado la prueba de lealtad que le había impuesto al instruir la causa contra su propia madre, la ciudadana Verónika Olégovna, dictando la sentencia de prisión sin que le temblase el pulso. Hacía unas semanas, gracias al informe de la asistenta ucraniana infiltrada en la casa de Kolia, se había enterado de la presencia en Moscú del hermano mayor, Yuri Mijáilovich, que ahora resultaba ser el autor del atentado. Pero el mayor error que había cometido el camarada capitán Kolia Fiódorovich (cuyo verdadero patronímico era Mijáilovich) había sido quedarse con aquella pistola y, peor aún, entregársela a ese hermano suyo.

Había incumplido la orden tajante de destinar todas las armas alemanas a la operación de Katyn y de deshacerse de todas ellas, sin excepción, una vez finalizada esta. Se lo había encargado a él personalmente: el control y destrucción de todas aquellas pistolas alemanas como única prueba del cruento crimen.

El primero que llegó fue Blojín. Tenía un aspecto zafio, ataviado con la guerrera con grandes bolsillos, pantalón de montar y botas; era de carácter rudo, grosero, radical y violento, nada que ver con las formas educadas de Kolia, más callado, eficiente y organizado en el trabajo; su trato agradable desconcertaba a los detenidos minando aún más sus nervios.

Cuando Liovka Vasílievich entró en el despacho, Beria se sentó al frente de su escritorio. Los dos hombres hicieron lo mismo al otro lado de la mesa. Liovka sacó un paquete de tabaco, ofreció, pero ninguno de los dos quiso fumar; prendió el pitillo y exhaló una bocanada del humo blanquecino.

—¡Han disparado a Petia Smelov y lo han hecho con una de las pistolas utilizadas en la operación de Katyn! —bramó Beria furioso, la mandíbula tensa, rígidas sus facciones por una rabia contenida—. ¡Hay que acabar con todos los testigos, con todos! —Subrayó sus palabras con un fuerte golpe sobre la mesa—. Los que dispararon, los que hicieron los traslados, conductores, intendencia, cualquier testigo que pudiera haber en la zona, todo el que pudiera conocer o intuir algo de aquello tiene que ser eliminado inmediatamente. —Se dirigió a Blojín—: Quedas al mando de la operación. Ponte a ello ahora mismo, y empieza por mi asistente.

Blojín se levantó, se cuadró y se marchó del despacho. Liovka lo miraba tranquilo, esperando órdenes concretas para él.

Durante unos largos segundos Beria fijó su glacial mirada en Liovka. El hermano de Sonia no se arredraba, le mantuvo la mirada con seguridad, casi con altivez. No le daba miedo aquel hombre que tanto terror provocaba en otros.

—Para ti, Liovka Vasílievich, tengo una misión especial.

Por primera vez Liovka se sintió estremecido por aquellos ojos que parecían velados de negro alquitrán.

XIII

Yuri se mantenía muy quieto para no despertar a María, que se había quedado dormida sobre su pecho. Llevaban horas agazapados en un rincón de aquel portal, escondidos a la espera de hacer algo. María le había insistido en que, si los veían caminar de madrugada por la calle, levantarían sospechas de inmediato. Era mejor esperar al amanecer e integrarse en el tránsito de todos los que se desplazaban a sus fábricas y puestos de trabajo, a la escuela o a sus tareas; ese gentío los ampararía para llegar a casa de Kolia sin que nadie se fijase en ellos.

Yuri tenía que dejar a su hermana bajo la protección de Kolia y Sonia. Luego, él intentaría salir del país; no sabía cómo, pero no le importaba demasiado. Su prioridad en aquel momento era María.

El cielo empezó a palidecer y la ciudad se puso en marcha. Ellos dos lo hicieron asimismo ensamblados en el ritmo de los viandantes que se apresuraban hacia sus destinos.

Cuando llegaron frente a la Casa del Malecón, se detuvieron para comprobar que todo estaba despejado. Los vecinos salían del edificio con normalidad. Cruzaron la calle y se adentraron en el portal de Kolia, subieron la escalera, esquivando a los que bajaban con prisas, y al llegar al décimo piso llamaron al timbre. En la espera, María agarró la mano de su hermano. Los dos se miraron y Yuri le dedicó una sonrisa, deseando infundirle confianza.

Al otro lado de la puerta se oyó un crujido; la mirilla se deslizó, y de inmediato abrió Sonia. Estaba vestida como para salir a la calle. Los hizo pasar de forma apresurada y, con el tono de voz muy bajo, habló atropelladamente sin que les diera tiempo a decir una palabra.

—Iba a ir a buscaros ahora mismo. —A su espalda aparecieron los niños, asimismo arreglados, bien peinados y con un abrigo liviano sin abrochar. Larisa agarraba en la mano una pequeña maleta—. Tenéis que llevaros a los niños...

—Sonia, Sonia —interrumpió Yuri, tratando de buscar sus ojos para que le atendiera—, no podemos hacer eso.

—Tienes que hacerlo —suplicó ella. Se metió la mano en el bolsillo, sacó un fajo de billetes y se lo tendió a Yuri—. Toma, id a la estación de Saratovski, hay un tren a Georgia que sale en una hora. Tenéis el tiempo justo para tomarlo. Cuando lleguéis a Tiflis, buscad a Símushka Nikoláyevna. —Volvió a hundir la mano en el bolsillo y sacó una nota manuscrita—. Aquí tenéis su domicilio. Ella nos crio a mi hermano y a mí, contadle lo que pasa, se hará cargo de los niños sin preguntar. Luego podrás hacer lo que quieras con tu vida.

—No puedo hacerlo —repitió Yuri atribulado.

—Tienes que ayudarme, Yuri —protestó Sonia—. Me lo debes.

—No se trata de eso, Sonia. He disparado a un hombre, estoy huyendo. —Echó un vistazo a María que lo observaba todo encogida, los brazos cruzados sobre su regazo—. Traía aquí a María para que le des amparo. Su padre, el hombre al que disparé, pretendía encerrarla en una institución para quitarla de en medio. Debes protegerla.

Sonia miraba a Yuri sin reaccionar, la respiración acelerada, el pulso desbocado, sin saber qué hacer o decir, y como si en su mente hubiera hecho alguna conexión lógica, cogió a los niños y los impulsó hacia Yuri.

—Llévatelos, por favor. —Hablaba empujando a los niños hacia él, sin darse cuenta de su brusquedad inferida sobre los dos pequeños—. Marchaos los cuatro, te lo suplico, llévatelos.

El niño empezó a llorar, y su hermana lo abrazó para consolarlo.

—Entonces acompáñanos —dijo Yuri—. No te voy a dejar aquí sola...

—¡No! —lo interrumpió Sonia con irritante vehemencia—. No, Yuri, no puedo ir. Si me detienen, también lo harán con vosotros. Necesito que pongas a salvo a mis hijos; si los encuentran conmigo se los llevarán a uno de esos horribles colegios especiales para hijos de presos.

—¿Cómo estás tan segura de que vendrán a por ti? No has cometido ningún delito.

—Yuri, en Rusia respirar puede llegar a ser un delito. Así funcionan las cosas aquí. La ucraniana se ha marchado de madrugada después de recibir una llamada de teléfono. Esa es la señal de que tarde o temprano vendrán a buscarme.

—¿Y qué pasa con Kolia? —insistía Yuri, aturdido por todo aquel desconcierto—. ¿Dónde está? Eres su esposa, algo tendrá que decir.

—A tu hermano lo han detenido hace media hora... —Bajó la cabeza con expresión agobiada, como si alrededor de su cuello se cerrase un nudo; pareció encogerse de dolor—. Lo ha detenido mi hermano Liovka, su mejor amigo... Liovka... Pobre Liovka. —Buscó los ojos de Yuri y le insistió—. Los convierten en monstruos, Yuri, ¿no lo comprendes? Llévate a mis hijos y ponlos a salvo. No permitas que hagan lo mismo con ellos, deshumanizados, transformados en seres sanguinarios sin sentimientos... Llévatelos, te lo suplico. Sálvalos de sus garras.

XIV

Yuri llevaba en brazos al pequeño Sasha. Caminaba con rapidez por la calle rumbo a la estación. María y Larisa iban un paso por detrás, casi corriendo. María había cogido la maleta de los niños. La despedida de Sonia de sus hijos había sido intensa, rápida y desgarradora, les había costado mucho que Sasha se soltase de su madre. Yuri lo arrancó de sus brazos con la súplica de Sonia para que se marchasen, el rostro descompuesto, consciente de que podía ser la última vez que los viera. Yuri se había precipitado escaleras abajo con el niño, que le rodeaba el cuello con sus bracitos, aferrado a él con una fuerza titánica, sintiendo en su pecho el acelerado latido de su pequeño corazón asustado. No pudo evitar rememorar la imagen de su padre con su hermano Sasha en los brazos casi veinte años atrás; la misma sensación de huida, el mismo pánico, una odisea repetida una y otra vez con diferentes actores, todos inocentes, todos atemorizados, todos dejando atrás su propia vida para buscar la manera de seguir viviendo.

La estación de Saratovski bullía de viajeros en un ir y venir en aparente normalidad. Yuri iba delante, abriéndose paso seguido muy de cerca por María y Larisa, que caminaban de la mano para no perderse.

Se detuvo, se volvió y le entregó el niño a su hermana.

—Esperad aquí. Voy a comprar los billetes. No os mováis, ¿de acuerdo?

Los tres lo observaron alejarse con la ansiedad grabada en los ojos, como si a cada paso se vieran más desamparados e indefensos. No lo perdieron de vista ni un instante. Yuri se colocó en la fila con el dinero en la mano. Trataba de mantener una calma que no tenía para no levantar sospechas. Se encontraba cansado, y muy agobiado, no tanto por su seguridad como por la responsabilidad de poner a salvo a los niños y a su hermana María. Cuando llegó su turno se asomó a la ventanilla y pidió cuatro boletos en segunda clase con destino a Krasnodar; desde allí tendrían que hacer transbordo para llegar a Tiflis, así se lo había explicado Sonia. La funcionaria apenas lo miró al entregarle los billetes, Yuri le pagó y cuando al fin empezó a caminar hacia donde estaban los niños se dio cuenta de que había retenido la respiración hasta aquel momento y soltó el aire como si hubiera salido del fondo de un pozo. Buscaron el tren, subieron a su vagón, encontraron su compartimento y acomodaron a los niños. Sasha se había quedado dormido de puro cansancio y Larisa se sentó a su lado. Yuri y María salieron al pasillo y observaron el trajín del andén. Faltaban un par de minutos para que se pusiera en marcha el tren.

—Gracias, Yuri —dijo de pronto ella.

—¿Por qué me das las gracias? Lo he hecho todo al revés, he complicado la vida a todo el mundo... No tendría que haber venido, fue un error.

—*Mámochka* murió tranquila porque tú estabas con ella; y de no ser por ti, no sé qué habría sido de mí...

María enmudeció al ver el rostro alarmado de su hermano, sus ojos fijos más allá de la ventanilla, en algo que sucedía en la plataforma. Apenas le dio tiempo a volverse porque su hermano la impelió hacia el interior.

—Entra en el compartimento, María. —Hablaba sin quitar la vista del andén y de la docena de hombres uniformados que parecían revisar con prisa en el interior del tren, subiendo y bajando de los vagones. Se echó la mano al bolsillo, sacó el fajo de billetes y la nota que le había dado Sonia y se lo entregó—. Guárdalo bien. Con esto estaréis cubiertos durante un tiempo.

—¿Y tú? —preguntó ansiosa con el dinero en la mano—. ¿No vienes?

Yuri la abrazó y la empujó hacia el compartimento.

—Manteneos quietos ahí —volvió a decirle antes de cerrar la puerta—. Pase lo que pase no salgáis, ¿de acuerdo?

Larisa lloraba angustiada, pero María se sentó a su lado y la abrazó en un gesto protector. Yuri cerró la puerta, echó una ojeada por la ventanilla y vio que los hombres ya casi estaban a la altura de su vagón. Avanzó por el pasillo, sintiendo que el pulso se le aceleraba; pasó al otro vagón y luego al otro, hasta llegar al que estaba junto a la máquina. Al girarse, vio que los guardias lo habían localizado y lo perseguían. Iban a por él. Saltó al andén, aunque al disponerse a correr se encontró rodeado; en un inútil instinto de huida, trató de esquivarlos, pero lo redujeron propinándole un certero puñetazo en el estómago que lo dobló en dos. A partir de ese momento se dejó arrastrar. Se oyó el potente silbido que anunciaba la salida y, de inmediato, el tren se movió lentamente para iniciar la marcha.

Al pasar junto al vagón en el que iban su hermana y sus sobrinos, lo miró solo un instante y, con cierta sensación de sosiego, pensó que al menos ellos podrían salvarse.

XV

Avanzaron por la estación como si de un séquito maldito se tratase. Yuri iba en el centro, rodeado de hombres tocados de gorra azul y con la estrella roja, botas negras y casaca gris abotonada hasta el cuello. La gente se apartaba a su paso, retirando los ojos del detenido: era mejor no mirar para no ser testigo o para evitar, tal vez, encontrarse con un rostro conocido, un amigo, un vecino, un familiar.

Al salir lo introdujeron en una furgoneta cerrada de color azul oscuro. No lo sabía aún, pero a ese tipo de vehículos utilizados para el transporte de prisioneros se los llamaba «cuervos negros». A la vista de cualquiera podía pasar como un furgón de reparto de pan, leche o fruta; sin embargo, su interior se dividía en minúsculas cabinas dispuestas en dos hileras separadas por un estrecho pasillo en el que se situaban los guardias que custodiaban a los detenidos. A Yuri lo obligaron a entrar en una de estas cabinas; tuvo que agacharse para hacerlo. Al cerrar la portezuela se quedó completamente a oscuras. Solo podía permanecer sentado. Trató de tranquilizarse. Cerró los ojos y tomó aire como si pretendiera almacenarlo en sus pulmones, aunque le resultó imposible evitar la sensación de ahogo, la misma sensación de haber entrado a la fuerza en un sepulcro. Dio varias patadas contra la puerta para liberar sus nervios, y fue entonces cuando oyó una voz de mujer procedente de la cabina contigua.

—¿Quién eres? —preguntó ella.

—¿Quién eres tú? —replicó él alertado, poniendo todos los sentidos en sus oídos. La voz le resultaba familiar.

—Yuri, ¿eres Yuri? Soy Sonia. Yuri... Dios mío...

A él se le olvidó todo lo que sentía para centrarse en ella.

—Sonia, ¿estás bien?

—¿Y mis hijos? —Alzó la voz—. ¿Los han cogido? Yuri, dime, ¿dónde están mis...?

Interrumpió la frase un fuerte golpe del guardia que se encontraba en el pasillo.

—¡Silencio! —gritó con voz potente—. No está permitido hablar entre los detenidos.

Hubo unos largos segundos de atemorizada mudez. Yuri podía presentir la ansiedad de Sonia por conocer la suerte de sus hijos, pero temía decir algo y que tuviese consecuencias contra ella. El zumbido del motor al arrancar rompió aquel tenso mutismo y, cuando el furgón se puso en marcha, pegó la cara a la pared tras la cual intuía la presencia de su cuñada y habló con voz clara, pero en un tono muy bajo.

—Los niños están bien, a salvo, con María camino de una vida mejor. ¿Me oyes? —Aguzó el oído, atento a una respuesta—. Sonia, da un golpe si me has entendido.

Por un instante, la falta de respuesta quedó marcada por el ruido de la marcha. Yuri mantenía los ojos muy abiertos, pugnando por escudriñar algo en aquella oscuridad absoluta, atento a la confirmación de que Sonia había recibido la ansiada noticia.

De repente oyó un pequeño golpe, y luego otro y otro, eran muy leves, pero ahí estaban. Yuri se conmovió al presentir el llanto de su cuñada y un emocionado «gracias».

—Resiste, Sonia... Tienes que hacerlo por ellos...

Aquellas palabras se le ahogaron en la garganta cuando un fuerte golpe lo obligó a callar de nuevo.

No volvieron a hablar. Tener a su lado a alguien conocido le había dado una falsa sensación de serenidad. Cerró los ojos y se dejó mecer por el vaivén del vehículo. La falta de aire fresco, la oscuridad y el hecho de aspirar el penetrante olor del aceite con el que se había tratado de sellar aquel minúsculo habitáculo, lo sumergió en un estado de semiinconsciencia. Cuando el furgón se detuvo, Yuri fue incapaz de reaccionar. Aturdido, oyó el crujir de cerrojos y percibió un fuerte olor a amoniaco. La portezuela se abrió e inhaló algo irritante que le ascendió por las fosas nasales hasta devolverle la consciencia. Al abrir los ojos, vio a un hombre vestido con una bata blanca que salía de su particular pecera con un frasco en una mano y un paño en la otra.

Una vez recuperados todos los detenidos a base de obligarlos a inhalar amoniaco, los conminaron a bajar de la furgoneta. En total eran cinco hombres y dos mujeres. Fue entonces cuando pudo ver a su cuñada. Se miraron un segundo y ella esbozó una sonrisa. La empujaron con violencia hacia otro grupo de mujeres que se amontonaba ante una puerta y la perdió de vista.

Yuri no lo sabía, pero estaban en la Lubianka, el lugar en el que había trabajado su hermano Kolia, en cuyas dependencias, años atrás, había estado su madre presa durante varios meses, interrogada por su propio hijo, su pequeño Kolia convertido en verdugo.

Vio otras furgonetas que escupían de sus entrañas a hombres y mujeres igual de aturdidos que él, tambaleantes, confusos por la prisa, impelidos como él al interior de las fauces de aquel siniestro edificio. Nada más entrar, un guardia gritó su nombre, lo separaron del resto y lo arrastraron escaleras abajo; no supo cuántos tramos había descendido, pero le pareció estar bajando hasta el mismísimo infierno. El aire era cada vez más irrespirable, más húmedo. Llegaron a un corredor angosto, de techos bajos, con una mínima iluminación, flanqueado por puertas de madera con un gran cerrojo. Abrieron una y lo arrojaron a su interior. La puerta se cerró a su espalda.

Costaba respirar en aquel ambiente pastoso, un hedor mezcla de sudor, orines y moho que espesaba el aire. Creyó que estaba solo, había muy poca luz y el silencio era casi absoluto, pero cuando sus ojos empezaron a acostumbrarse a aquella opaca penumbra vio que varias decenas de ojos lo observaban curiosos, inmóviles, como animales salvajes prestos a atacar. Estaban distribuidos en literas de dos alturas y apenas quedaba sitio entre ellas.

Yuri no se movió, no se atrevía, no sabía qué hacer o qué decir, hasta que desde el fondo de la oscura celda se oyó una voz amable.

—Aquí hay un sitio, muchacho. Acércate.

Los días pasaron sin que nada sucediera. Los interrogatorios a los otros presos eran constantes: unas noches tocaba a unos, otras a otros; algunos volvían maltrechos, agotados, moribundos, otros ya no regresaban, pero a él nunca lo llamaban, como si el mundo lo hubiera olvidado.

Durante aquellas semanas hizo buenas migas con el dueño

de la voz que le había ofrecido acomodo el día de su llegada. Se trataba de un ingeniero polaco, catedrático en la Universidad de Varsovia, de nombre Zarek Symanski. Había llegado a Moscú casi a la vez que Yuri, unos días antes de la invasión de Polonia. Lo había contratado el Departamento de Física de la Universidad Estatal de Moscú para que impartiera un curso durante un trimestre, pero solo un mes más tarde, en octubre de 1939, unos chequistas del NKVD lo detuvieron al salir de la universidad acusado de espionaje. Desde entonces permanecía encarcelado. Ya había pasado por la fase de interrogatorio, y ahora estaba a la espera de la sentencia, condenatoria con toda seguridad, le afirmaba a Yuri; de aquellos sótanos nadie salía indemne, tan solo le quedaba conocer el tiempo y el contenido de la condena, trabajos forzados, prisión o, en el peor de los casos, la pena capital en la horca. Al decir esto último la voz se le quebraba como si con solo nombrarla sintiera la presión alrededor de su cuello.

Al cabo de un mes de estar allí encerrado, la trampilla de la puerta se abrió y Yuri oyó su nombre. Tardó en reaccionar. El guardia volvió a gritar: «¡Yuri Mijáilovich Santacruz!». Por fin se levantó. El viejo ingeniero lo acompañó hasta el umbral.

—Te estaré esperando —le dijo con una sonrisa afectuosa.

Yuri salió al pasillo y lo guiaron escaleras arriba hasta un despacho en el que había cuatro hombres sentados al frente de una mesa emulando un tribunal. De pie, sin mirarlo, con el desprecio más absoluto a su presencia, uno de ellos empezó a leer en voz alta. El relato de los crímenes de que lo acusaban era de tal calibre que parecía que hubiera asesinado a miles de personas a sangre fría. La sentencia le estalló en la cara como una bomba: pena capital, su mente acorchada no aceptaba esas dos palabras. Sintió la boca seca, sin una gota de saliva.

Tragó y siguió escuchando las palabras de aquel hombre de voz ruda y tosca. Su condena quedaba aplazada cinco años, durante los cuales, y por orden expresa de la autoridad competente, «el condenado deberá resarcir su crimen a la Unión Soviética con su trabajo en las minas de Kolimá. Transcurrido el plazo, se procederá a su ahorcamiento al alba del día 5 de junio de 1945». Durante aquellos años de gracia, al prisionero le estaba prohibido recibir correspondencia, ni podría ser objeto de ningún beneficio en el campo de trabajo, cualquiera que fuere.

Lo bajaron de nuevo a los sótanos; la confusión en la que se hallaba no le permitió reparar en que lo metían en otra celda, mucho más pequeña y oscura, estrecha y con tarima de madera a un lado. Por las paredes negras corría el agua, como un gélido ataúd de piedra. Una voz débil lo sobresaltó.

—¿Yuri? Yuri..., ¿eres tú?

—Kolia... —murmuró al ver acercarse a su hermano.

Kolia lo miraba sonriente como si estuviera delante de un dios descendido del mismísimo cielo.

—Yuri... —murmuró Kolia con la emoción contenida—. Qué alegría verte...

De pronto Kolia se abrazó al cuerpo de su hermano, pero aquel gesto cogió tan desprevenido a Yuri que no supo reaccionar y mostró una frialdad que Kolia percibió, por lo que de inmediato deshizo el abrazo; la sonrisa se había esfumado de sus labios, bajó la vista avergonzado. Yuri lo miraba aún aturdido, tratando de asimilar su condena y la inesperada presencia de su hermano.

Kolia lo invitó a sentarse, y lo hicieron frente a frente, Kolia en un catre, Yuri en otro. Sus rostros estaban muy juntos, alumbrados por la débil claridad que emanaba de una bombilla colgada del techo; fue entonces cuando Yuri comprobó que su hermano tenía la cara amoratada por golpes antiguos. Unas oscuras ojeras entristecían sus ojos castaños.

—¿Qué te han hecho, Kolia?

—Eso no importa. ¿Qué haces tú aquí? Creía que habías regresado a Alemania.

—No salí de Rusia. Estuve con mamá hasta el momento de su muerte... Sonia me dio la dirección en el último instante.

Kolia se estremeció al nombrar a la madre, asaltado por un sentimiento de culpa que le costaba controlar. Apretó los labios y negó con la cabeza.

—Sabía que de una manera u otra te daría noticia de ella. Sonia no estaba de acuerdo con mi intención de ahorrarte el mal trago de verla en el estado en que se encontraba. Las mujeres sienten de forma distinta a la nuestra.

—Verla era una decisión mía, no tuya —replicó tajante.

—Quizá tengas razón. No estuve acertado, mi error lo corrigió mi buena esposa, todo gracias a mi buena esposa. Aunque si hubiera sabido callar como le pedí, *mámochka* habría muerto igual —Yuri percibió que, por primera vez desde su primer encuentro, utilizaba aquel diminutivo—, y tú no estarías aquí encerrado. Si te han detenido es porque han descubierto que eres mi hermano.

—Disparé a Petia Smelov... —dijo él de sopetón—. Con la pistola que me diste... Pretendía llevarse a María a una de esas asociaciones para convertirla en una buena comunista, aunque empiezo a dudar de que haya alguno bueno —añadió casi en un susurro, como si la idea se le hubiera escapado de los labios.

—Ahora lo entiendo todo. —Kolia hablaba ensimismado, como si lo hiciera para él—. La maldita pistola... Todo viene por esa maldita pistola.

—Lo siento, Kolia... Mi presencia en Rusia solo te ha traído problemas.

Kolia agitó la mano, restando importancia a la preocupación de Yuri.

—Si no hubieras sido tú, habría sido otro. En este maldito sistema nadie está seguro. —En sus ojos se adivinaba la gravedad de una profunda preocupación—. Temo por Sonia, mi amada y dulce esposa, cuánto amor he recibido de ella. Se merecía otra cosa... Me aterra que le suceda algo a ella o a mis hijos. Soy consciente del destino que los espera si llegan a detenerla a ella también... Siberia no es tierra para niños.

—Estuve con ellos. Están todos bien. —Yuri decidió mentirle en el último instante—. Consiguieron escapar en tren a Tiflis; iban a refugiarse en casa de una mujer que cuidó de tu esposa; María Petrovna iba con ellos.

Kolia lo escuchaba embelesado.

—¿Es verdad lo que dices?

—Lo juro. —Yuri mintió de nuevo con toda la firmeza de que fue capaz.

—Una alegría entre tanta tristeza —murmuró su hermano con extraña mueca de fatigada felicidad—. Con mi muerte se librarán de un padre y un esposo indigno. Podrán echarme en el olvido y vivir y ser felices...

—No vas a morir —replicó Yuri convencido—. Eres un hombre importante del partido. No pueden prescindir de ti.

—Mi querido hermano, estamos en las mazmorras de la Lubianka. Esta mañana me han comunicado la condena a la pena capital. Me van a matar. Así funciona esto. No creas que me importa, al contrario, al oír mi sentencia he sentido alivio, es mejor un final horrible que un horror sin fin. Tuviste suerte de tomar aquel tren hace veinte años, y yo fui un estúpido por separarme de vosotros. Iba en busca de mamá... Pero nunca la encontré... —Bajó los ojos y su rostro se demudó como si hubiera sentido un dolor intenso—. No en ese momento, ni en los años siguientes... Ni siquiera sabía que estaba tan cerca... Si lo hubiera sabido... Cuando la volví a ver ya me habían robado el alma, me había convertido en un monstruo, ya no me quedaba ni un ápice de humanidad, mi corazón era una roca. —Hincó los codos sobre los muslos y se tapó la cara con las manos. Luego se las pasó por el rostro como si se limpiase, con un gesto de asco, como si algo pringoso le cubriera la piel. Su voz se tornó lúgubre—. He formado parte de todo este régimen que ahora me condena. Hasta hace apenas un mes, en estas mismas dependencias he realizado infinidad de interrogatorios, he torturado y he infligido un sufrimiento innecesario a multitud de seres inocentes para arrancarles una confesión a sabiendas de que era falsa, con el único fin de cumplir con el cupo de condenas del día... —Calló pensando en el interrogatorio a su madre—. No imaginas las barbaridades que he hecho, Yuri, no te lo puedes imaginar.

—No tienes que decir nada, Kolia, lo sé todo. Me lo contó *mámochka*. Ella sabía que no tuviste más remedio que hacer lo que hiciste. Deja de atormentarte, mamá te perdonó todo.

—¿Y tú? —le apeló con los ojos brillantes, la mirada ansiosa—. ¿Perdonas tú lo que le hice?

—No soy yo quien ha de juzgarte, hermano. No debo hacerlo.

—¿Cómo puede un hombre afrontar la vida habiendo hecho algo tan terrible a su propia madre?

—Mamá murió tranquila. El amor de una madre es infinito.

Kolia lo miró de nuevo apesadumbrado.

—Hace tiempo que no puedo dormir. Cada vez que trato de cerrar los ojos tengo la sensación de que caigo a un pozo oscuro, arrastrado por todos aquellos a los que he torturado, que tiran de mí hacia el fondo. Todos los que he matado con mis propias manos. —Miró sus manos abiertas con un ademán horrorizado antes de alzar los ojos hacia su hermano. Tenía la mirada extraviada, ausente, poseída por funestos recuerdos.

—¿Te acuerdas de cuando éramos pequeños y nos portábamos mal? —preguntó Yuri con una tierna sonrisa—. Mamá nos enseñó que el arrepentimiento y solicitar perdón son actos igual de voluntarios que el daño que puedas haber ocasionado, pero tanto el arrepentimiento como el perdón poseen la mágica capacidad de sanar el alma herida.

—Claro que lo recuerdo —dijo él con una leve risa dibujada en sus labios—. Nos decía que había que confesar el pecado, manifestar nuestro pesar por la mala acción y pedir perdón al ofendido. —Su voz denotaba desesperación—. ¿Cómo pedir perdón a tantos? A los muertos, a sus esposas, a sus madres, a sus hijos... ¿Cómo puedo siquiera pensar en resarcir una mínima parte de lo que he hecho con solo confesar mi crimen? ¿Quién me va a escuchar, quién querría escuchar tanta crueldad despiadada?

—Yo te escucho —sentenció Yuri.

—No sabes lo que dices.

—Habla, Kolia... Necesito escucharte para poder perdonarte.

Kolia mantuvo la mirada fundida en la nada, envuelta en una niebla de terror enquistado en su interior. Empezó a hablar y su voz parecía salir del interior de una tumba.

—Durante un mes entero estuve matando a hombres inocentes, hombres de todas las edades, desde los más viejos a los más jóvenes, con el horror impreso en sus rostros, ese desconcierto en sus miradas, sus pasos tambaleantes al comprender que su final se acercaba, un final inhumano, salvaje... Muchos rezaban en los últimos segundos, los oía cuando los colocaban de rodillas delante de mí, obligados a agachar la cabeza... Mientras yo apuntaba a su nuca, ellos rezaban... «Padre nuestro que estás en los cielos...» Lo hacían deprisa para que les diera tiempo a terminar la oración. Pero ninguno llegaba a la parte que reza «perdona nuestras deudas así como nosotros perdonamos a nuestros deudores» porque el que los ofendía apretaba el gatillo y entonces enmudecían y caían delante de mí, empujados hasta el foso abierto en las entrañas de la tierra para caer junto a sus compañeros muertos. Aquella era su última visión antes del final, la muerte misma en el rostro de cada uno de sus camaradas, de sus amigos, hombres buenos cuyo único mal había sido nacer polacos, ese era su único delito, ser polacos... Tan solo por eso asesiné a sangre fría a cientos de hombres indefensos, uno tras otro, uno tras otro, me los ponían a tiro y disparaba una y otra vez, una y otra vez... —Alzó los ojos hacia su hermano. Yuri se estremeció ante aquella mirada gélida—. El bosque de Katyn... Nunca lo olvides... Yo participé en esa masacre, Yuri. No hay perdón posible para mí. Merezco la condena eterna. Deseo que llegue la hora de que aprieten el gatillo sobre mi nuca. Tal vez entonces acabará este tormento que me consume, o tal vez mi alma se abrase eternamente en el infierno.

Yuri sintió que todo a su alrededor se detenía, esfumado de una realidad paralela en la que ambos se encontraban. Tragó saliva, y en un intento de apaciguar el espíritu atormentado de su hermano, trató de suavizar el tono de su voz:

—Kolia, tienes mi perdón. Es lo único que puedo ofrecerte.

La tensión del rostro de su hermano pareció relajarse, pero en ese instante la puerta se abrió y el guardia gritó el nombre de Kolia. Esta vez, con su verdadero patronímico.

—¡Nikolái Mijáilovich Santacruz!

—Llegó la hora... —Kolia miró a su hermano.

Los dos se pusieron en pie y caminaron juntos hasta la puerta. Yuri le puso la mano en el hombro con actitud afectuosa.

—Hermano, quiero que sepas que siempre te llevaré en mi corazón.

El rostro de Kolia se ablandó enternecido y sus ojos se llenaron de lágrimas. Se echó a sus brazos. Aquel abrazo fue el que tanto había añorado Yuri durante casi dos décadas, el único y el último abrazo de su querido hermano pequeño. Amarrados el uno al otro, el tiempo pareció detenido, las respiraciones contenidas, incluso el celador en la puerta se mantenía en una respetuosa espera. Cuando se despojaron del abrazo, Kolia buscó los ojos de su hermano y le sonrió.

—Si de verdad tengo cabida en tu corazón, es que aún puedo salvarme...

Kolia salió de la celda. La puerta se cerró con un estridente portazo. Y todo quedó sumido en un sepulcral silencio.

Región de Kolimá, en un gulag
(campo de trabajos forzados soviético)
Rusia oriental, Siberia, 1943-1944

> Solo aquel que a nada está ligado a nada debe
> reverencia.
>
> STEFAN ZWEIG,
> *El mundo de ayer. Memorias de un europeo*

I

Oía bisbiseos que se filtraban en su mente confusa, voces huecas que no significaban nada para él. No prestaba atención porque no tenía fuerzas para hacerlo. La fiebre constante, por encima de los cuarenta grados, lo obligaba a mantener los párpados cerrados. Sentía que se ahogaba, como si aplastara su pecho el peso de una lápida, concentrado en respirar, tomar aire, llenar los pulmones y luego exhalar, respirar una y otra vez, en ese contumaz empeño del corazón de seguir latiendo, en contra de su clara voluntad de detenerlo, rendido a los brazos de la muerte, inerme a su poder, exhausto, vencido.

La voz dulce de una mujer le llegó con cierta claridad a su consciencia aletargada. Abrió los ojos y descubrió muy cerca de él un rostro limpio y sonriente, casi seráfico.

—Vaya, por fin abres los ojos —le dijo aquella especie de ángel sin dejar de sonreír—. Soy la doctora Angelina Malskaya. Cuido de ti desde hace más de dos semanas. Has estado muy grave, casi no consigo sacarte adelante, pero tú eres joven y yo muy terca, así que no dudes de que vas a recuperarte. Ahora, poco a poco, empezarás a comer sólido, eso te dará fuerzas y te hará sentir mejor. No hagas demasiados esfuerzos, no te conviene.

Yuri cerró los ojos de nuevo. Qué sentido tenía la vida vivida para un condenado a muerte; se había hecho esa pregunta tantas veces desde que había sido arrojado a aquel infierno helado... Estaba demasiado cansado para pensar. Arrugó el ceño y volvió a oír la dulce voz de la doctora.

—Tienes que vivir.

Al oír aquella frase se removió por dentro. No quería hacerlo, se negaba a continuar con una farsa y clamaba a su corazón que detuviera el latido, que parase de una vez para siempre y lo dejase descansar. Quería decírselo a ella, que lo dejase, que no se esforzase por él, pero no era capaz de articular palabra, se sentía débil y entumecido. Trató de salivar moviendo los labios y la lengua, acorchada en el interior de la boca seca como el esparto. Tragó saliva y, para hacerlo, tuvo que volver a cerrar los ojos a pesar de que perdía la visión de aquel rostro virginal.

—Estoy condenado a muerte —acertó a decir con voz pastosa.

—Todos lo estamos —añadió ella—. Nacemos para morir, unos antes, otros más tarde, pero a todos sin excepción nos llega ese trance. Mientras haya vida hay esperanza.

—A mí se me negó la esperanza hace tiempo. —Yuri hablaba casi en un susurro, arrastrando las palabras hasta sus labios con la única idea de convencerla de que lo dejase ir—. A nadie le importa si vivo o muero. Nadie me espera, nadie sabe de mi existencia...

—No estoy segura de que la mujer a la que tanto has llamado en tus delirios febriles esté de acuerdo contigo. —Se acercó más a él, le hablaba con el gesto afable—. Muy probablemente esa Claudia te esté esperando, tal vez piense en ti cada día y mantenga el anhelo de que regreses a sus brazos. Está claro que ella te importa, así que trata de sobrevivir, aunque solo sea por ella.

Yuri abrió de nuevo los ojos al escuchar el nombre de Claudia. Al instante, como si su conciencia quisiera enmendar una falta, trajo a su mente el nombre de Krista. Se preguntó si habría conseguido olvidarlo. Se lo había pedido tres años atrás de una forma extraña, como todo lo que ocurría en aquella parte olvidada del mundo. En su sentencia se le prohibía enviar o recibir correspondencia, pero uno de los vigilantes de origen lituano que conoció nada más ingresar en aquel lugar maldito le dijo que, a cambio de sus botas, podría hacer llegar una carta a quien él quisiera. No lo pensó demasiado; deseaba escribir esa carta, necesitaba hacerlo, así que aceptó y le entregó las botas. El lituano le proporcionó una sola cuartilla de papel y un lápiz con la advertencia de que, si se la requisaban o la perdía, no habría otra. Yuri le había dado muchas vueltas a lo que iba a escribir. Cómo decirle a la mujer que más le importaba en la vida que tenía que olvidarlo; cómo expresarle todo lo que estaba viviendo para convencerla de que debía sacarlo de su vida y emprender una nueva historia de amor con otro hombre que no estuviera atrapado en las redes de una existencia miserable como lo estaba él; cómo decirle que no lo esperase, porque su vida terminaría en aquella tierra helada de Kolimá. Le desazonaba imaginar lo que Krista sentiría al leer el tormento en que se había convertido su vida, le dolía el alma con solo pensarlo. Temía el sufrimiento que aquella carta podía llegar a infligirle y, a pesar de todo, debía hacerlo porque ella tenía derecho a rehacer su vida. Sabía además que lo que escribiera sería definitivo, no habría marcha atrás, no se podría borrar ni empezar de cero. Así que, después de muchas vueltas, decidió dirigir esa única carta a Erich Villanueva. Él sabría cómo contarle a ella su particular tragedia, encontraría las palabras adecuadas para persuadirla de que la historia de amor entre ellos definitivamente había llegado a su fin. Al igual que el resto de sus cartas enviadas durante los meses de su estancia en Moscú, Yuri desconocía si aquella habría llegado a su destinatario, y si Villanueva habría tenido la suficiente sensibilidad y valentía de trasladarle su contenido a Krista, aunque guardaba la esperanza de que así fuera. La quería demasiado como para que se mantuviera en el compás de espera de un regreso imposible.

Al oír de boca de la doctora el nombre de Claudia, se le había escapado una leve sonrisa. No podía creerse que en sus delirios febriles hubiera sido precisamente ella la que había tomado la delantera. Aquella mujer resultaba de lo más perturbadora hasta en su inconsciencia.

—Así me gusta —añadió la doctora Malskaya al detectar la sonrisa en sus labios—, tienes que poner de tu parte. No te rindas. Todo saldrá bien.

Yuri no salía de su asombro por aquel trato amable que ya casi había olvidado.

—Tengo sed... —acertó a decir.

La doctora avisó a una enfermera, que se acercó de inmediato. Entre las dos lo incorporaron un tanto para que pudiera beber de un vaso. Yuri sintió el líquido invadir su boca y la garganta como si el agua mojase un terreno agostado. El ansia por tragar le dolía, pero era más fuerte la necesidad que el padecimiento.

—Poco a poco —repetía la doctora—. No tienes ninguna prisa. Tenemos todo el día y toda el agua que quieras.

Una vez saciada la sed, cerró los ojos de nuevo, tan agotado como si hubiera hecho un esfuerzo ímprobo. Con la ayuda siempre de las dos mujeres, volvió a posar la cabeza en la blandura de la almohada y se dio cuenta entonces de ese detalle, de su blandura, del tacto casi olvidado de unas sábanas limpias, el aire aséptico que respiraba. Pensó que aquel lugar debía de ser la antesala del paraíso.

Al cabo de un rato volvió a abrir los ojos. La mujer de bata blanca y cabellos rubios recogidos en una espesa trenza ya no estaba a su lado sino a los pies de su cama, una cama individual de madera con un colchón de lana; hacía tres años que no dormía solo, y mucho menos en lo que se podría considerar una cama. La doctora hablaba a un hombre tocado de una gorra de cuero con la estrella roja y que vestía un abrigo negro cruzado de correajes de cuero con distintas insignias cosidas a las solapas. Se trataba de un comisario del pueblo. Yuri los había visto muchas veces por el campo. Pasaban revista, inspeccionaban, hacían informes de las anomalías, de los excesos de los guardianes así como de las graves carencias en las que vivían los presos; unos días más tarde estos comisarios desaparecían llevándose consigo sus informes, dejando dictadas órdenes para mejorar la higiene de los presos, aumentar las raciones de pan y gachas así como las horas de sueño, bajo la premisa de que si estaban desnutridos o agotados no podían rendir lo suficiente y la producción se resentía. Pero en cuanto salían por el control del campo los guardias volvían a sus quehaceres y todo seguía igual o peor. Nada se alteraba nunca en aquel lugar perdido, y los abusos continuaban; las mismas corruptelas, las humillaciones, las privaciones, la escasez, se mantenían las mismas condiciones infrahumanas que ocasionaban a los reclusos sufrimiento, enfermedad y muerte.

La doctora hablaba al comisario en voz baja, las cabezas de ambos muy juntas, en actitud de confidencia. Yuri no alcanzaba a oír nada de lo que decían, pero resultaba evidente que hablaban de él. El hombre lo miraba de soslayo mientras escuchaba las explicaciones de la doctora. Yuri se hundió en un inquieto sopor. Le dolía cada centímetro de su cuerpo.

Cuando volvió a despertar ya no había nadie alrededor de su cama. No sabía cuánto tiempo había transcurrido desde que vio a la doctora, pero la luz de la estancia había cambiado; era noche cerrada, debían de haber pasado horas. A su alrededor había varias camas como la suya desplegadas en dos largas hileras separadas por un pasillo. Se encontraba en la barraca utilizada como hospital, nada que ver con el barracón que había sido su morada desde hacía tres años, abarrotado de hombres desesperados como él, famélicos como él, sumidos en un hedor pestilente a sudor humano, a ropa siempre húmeda, a suciedad, a rancio. El hospital era otra cosa, como un remanso de paz en medio de una tormenta.

A partir de aquel día Yuri empezó a comer y a recuperarse. No entendía el repentino trato benevolente que le dispensaba la doctora y recelaba de las atenciones recibidas. Las miradas desconfiadas de los encamados que lo rodeaban lo incomodaban y lo obligaban a estar constantemente alerta.

En la cama de al lado convalecía un hombre de aspecto tosco, delincuente común y no político, que había llegado con los pies congelados y al que le habían tenido que amputar los dedos del derecho.

—Te preparan como el becerro para el sacrificio —le dijo un día, después de que le llevaran a la cama un plato de pollo, además de las gachas habituales—. No te crees falsas esperanzas: te curan para que vuelvas a bajar a las entrañas de la tierra a sacar oro. Estamos en guerra y tú eres su particular víctima propiciatoria, ofrecido a la mina asesina sedienta de hombres como tú a los que devorar.

Reía a carcajadas mientras hablaba haciendo teatro y exagerando el tono.

Yuri lo ignoró y siguió comiendo. Había aprendido a ser muy parco en palabras, a pasar desapercibido y esquivar a tipos como ese. Junto con la de mantener la higiene para sentirse un ser humano, esas eran las cuatro reglas de supervivencia que le había enseñado el bueno de Zarek Symanski, el catedrático polaco que tres años atrás había conocido en la Lubianka y con el que volvió a coincidir cuando lo subieron al vagón de ganado en el que los transportaron hasta aquel rincón perdido del mundo. El mismo día que le comunicaron a él su condena, Zarek conoció la suya: acusado de espionaje, fue sentenciado a diez años de trabajos forzados. El viejo Zarek murió en los brazos de Yuri tres meses después de haber llegado a Kolimá. Nunca olvidaría sus palabras antes de morir: «Vive, Yuri, trata de sobrevivir a esta inmundicia, lucha por regresar a donde todavía habitan seres humanos, allá donde te colmen de la felicidad que ahora te roban». Sus ojos habían quedado fijos en los de Yuri, en una sobrecogedora conexión de amor filial. Aquella magia se había quebrado de golpe cuando los guardias lo empujaron para que continuase trabajando; el cuerpo de Zarek cayó de sus brazos. No dejó de mirar su rostro mientras volvía a coger el pico para comprobar en sus pupilas vacías que su amigo se había entregado a la muerte. Trastornado por aquella pérdida, tomó la decisión de vivir su condena en solitario, sin crear vínculos afectivos con nadie, evitando así sufrimientos innecesarios.

Yuri vio venir hacia él a la doctora de la trenza rubia.

—¿Cómo te encuentras, Yuri Mijáilovich?

—Teniendo en cuenta mis circunstancias, la pregunta resulta absurda.

—Hoy estás de suerte —prosiguió ella haciendo caso omiso de su áspero comentario—. Te trasladan a un nuevo barracón.

—Y eso ¿qué significa?

—Que no volverás a bajar a la mina. Desde ahora trabajarás en las cocinas, repartiendo el rancho. ¿Crees que puedes mantenerte en pie?

Yuri asintió. El recluso de al lado le dedicó una siniestra mirada de animadversión. Con la ayuda de la doctora, se incorporó fatigosamente y fue trasladado al barracón que ocupaban quienes trabajaban en la cocina. Nada que ver con donde había estado los últimos tres años, una nave con literas con cuatro alturas en las que se distribuían las distintas clases: los más fuertes y con más poder arriba, descendiendo de nivel hasta las que estaban a ras de suelo, en las que se acomodaban los más débiles, los viejos, los enfermos inermes. Aquella nueva morada era más pequeña, más limpia, las camas eran individuales, aunque muy juntas, algunas con colchón, muchas tenían almohadas y mantas de colores. Había una mesa con varias sillas en el centro para que los reclusos pudieran sentarse a comer, a charlar o a jugar a las cartas. Caldeaba el ambiente una estufa en cuyo interior ardía la leña, y el suelo era de tarima y no de tierra pisada como el de su anterior barracón.

Le asignaron una de las camas que estaban más cerca de la estufa, además le entregaron unas botas de piel y unos calcetines de lana. Desde que le había dado sus botas al lituano a cambio del papel para escribir, se había tenido que acostumbrar a utilizar unos chanclos que le estaban grandes y le causaban rozaduras en los pies siempre húmedos y fríos. La sensación que tuvo al ponerse los calcetines fue tan placentera que no pudo evitar emocionarse, pero la alegría le duró poco. A la mañana siguiente de su llegada, el encargado de asignar las ocupaciones de los reclusos se encaprichó de los calcetines y se los arrebató sin más. Tuvo que envolverse de nuevo los pies en trozos de tela (había adquirido muy buena maña para hacerlo sin que se desataran en todo el día), aunque con las botas al menos los mantenía secos. El guardia que le quitó los calcetines fue el que le asignó un puesto en la cocina, cerca del calor de los fogones, y con la posibilidad de comer de los primeros sin necesidad de esperar su turno durante más de una hora a la gélida intemperie para llenar su plato. Lo tomó como una especie de recompensa a cambio de lo hurtado.

Seguía preguntándose qué había sucedido para que lo sacaran de la mina, con el permanente temor de que lo enviasen otra vez de vuelta a aquellas interminables jornadas, tragado por la tierra como un muerto viviente, una anticipación a la sepultura cada vez más cercana. Había llegado a estar meses sin ver la luz del sol, porque entraba y salía de noche. Esa falta de sol, el agotamiento y la desnutrición habían derivado aquel mes de noviembre en la gravísima neumonía que lo dejó inconsciente. Desahuciado, lo habían trasladado a la barraca del hospital, donde al despertar descubrió a la doctora Malskaya.

Como siempre ocurría en el campo de trabajo, cualquier cambio en la condición de uno de los presos suscitaba en el resto un cúmulo de suspicacias, malicias y cotilleos que corrían como la pólvora de boca en boca y de barracón en barracón. El hecho de que Yuri fuera un preso considerado como un «contrarrevolucionario», condenado a muerte por terrorismo contra un miembro destacado del partido, no solo no ayudaba sino que arrojaba más leña al fuego del odio y la venganza sin sentido que se desplegaba entre los reclusos en una extraña forma de supervivencia, como si el aire respirado por uno les fuera robado al resto.

Yuri sufrió agresiones, humillaciones, insultos, robos de comida a la vista de todos que, por supuesto, nadie denunciaba, ni siquiera él. Sabía que tenía que aguantar y soportarlo hasta que sus atacantes se convencieran de que no era ningún chivato, ningún espía colocado entre ellos para denunciar las corruptelas que se daban a diario, o bien hasta que se cansaran de azuzarlo o centrasen en otro infeliz su violenta atención.

Los ataques duraron unos seis meses, justo hasta que lo cambiaron de ocupación y lo sacaron de la comodidad de las cocinas. Desde entonces dejaron de molestarlo y pasó a ser ignorado.

II

Vivir en aquel mundo salvaje resultaba muy complicado. Tras unos meses en las cocinas, enviaron a Yuri a trabajar en la construcción de una interminable carretera a ninguna parte. Estaba al aire libre, pero no se podía decir que fuera mejor que la oscuridad de la mina. Cuando el calor del verano boreal empezó a derretir la nieve y el hielo, la superficie de la tundra quedó convertida en un barro denso y viscoso que dificultaba terriblemente el caminar. Además, las altas temperaturas bajo un sol de justicia aumentaban el peligro de deshidratación en los presos, que a veces caían a plomo sin que fuera posible recuperarlos, y los que sobrevivían se veían acribillados sin cesar por miles de mosquitos que se metían por debajo de la ropa, se acumulaban en los ojos, los labios, la nariz, bebían la sangre y mordían con saña su carne magra hinchando la cara de picotazos; y cuando les servían en los tazones la sopa de avena, quedaba cubierta por una masa oscura y moviente antes incluso de haber dado el primer sorbo. Los primeros días, los novatos se sacudían inquietos tratando de espantarlos, hasta que se daban cuenta de que todo resultaba inútil y terminaban por acostumbrarse, incluso se los tragaban con la sopa sintiendo un gusto dulzón de la sangre de sus víctimas.

Yuri hizo lo posible por acomodarse a las inclemencias del cielo abierto. Bebía a sorbos el agua que les daban para hidratarse y combatía los ataques de los insectos colgándose alrededor del cuello un trenzado de corteza de haya que le había proporcionado una de las presas con quienes había trabajado en la cocina.

El estío siberiano era intenso pero demasiado corto, y las inclemencias del invierno no se hicieron esperar. A principios de septiembre las temperaturas descendían de forma brusca, y llegaban las lluvias, la niebla espesa, y empezaban a caer las nieves persistentes que lo cubrirían todo de una capa perpetua de hielo durante diez largos meses. Con el frío había que moverse sin descanso para evitar la congelación. A veces, durante el trabajo los sorprendía una tormenta de nieve. La ventisca era tan fuerte que costaba mantenerse en pie, pero lo peor era la furia de la cellisca formando remolinos en el aire; no había más remedio que tenderse en el suelo y aguardar. Envuelto en una niebla blanca y espesa, todo parecía desvanecerse a su alrededor, incluso los compañeros que estaban al lado. Yuri experimentaba entonces una sensación de soledad y aislamiento abismal, sin poder ver, ni oír otra cosa que el salvaje ulular del viento, casi sin poder respirar. Nadie se movía de su puesto, y cuando tocaba la sirena para regresar al campo, se disponían en fila, bien amarrados al que tenían delante para no perder el camino, convertida la espalda del que los precedía en su salvación o su perdición si este se soltaba del que iba por delante. Era la cadena de la vida o de la muerte.

Aquel segundo día de noviembre de 1944 había brillado el sol durante un par de horas, pero el frío extremo entumecía los músculos y helaba hasta el vaho que expelía la boca. Al regresar al campo, Yuri se encontraba agotado y aterido, cenó su sopa en solitario y luego se acostó. Sabía que le quedaban apenas cuatro horas de sueño para que sonara la maldita sirena que los obligaba a formar en el patio con el fin de proceder al recuento de presos, y emprender la larga caminata de más de dos horas de vuelta al trabajo en la carretera. A su alrededor los alborotadores de siempre que parecían inmunes al sueño y al cansancio jugaban a las cartas, chillaban, reían o se peleaban, pero a Yuri no le importunaba el ruido; conseguía coger un sueño ligero en cuanto su cabeza tocaba la almohada.

Estaba a punto de desconectar la consciencia cuando sintió que alguien le zarandeaba el hombro. Enfurruñado alzó la cara.

—Te esperan afuera —le dijo el jefe de colocación, un kazajo de piel oscura y pómulos anchos que cumplía diez años de condena por matar a su esposa y a sus hijos.

—Déjame en paz —protestó Yuri malhumorado, al tiempo que volvía a hundir la cabeza en el duro cojín.

—Tienes que salir ahora —lo conminó el kazajo con autoridad.

—¿Quién me espera a estas horas?

—No lo sé. Levántate y sal de una vez.

Yuri lo hizo de mala gana, se calzó las botas y se abrochó la chaqueta guateada, cogió su gorro y salió arrastrando los pies. Estaba tan cansado que podría quedarse dormido de pie. El viento helado le entumeció hasta los huesos. El kazajo le indicó que subiera a un destartalado jeep americano que estaba aparcado más adelante. Lo hizo, sentándose al lado del conductor que, sin dirigirle la palabra, arrancó el motor y aceleró. Yuri tampoco dijo nada. Lo único que anhelaba era cerrar los ojos y dormir, así que en cuanto el coche inició la marcha apoyó la cabeza en el respaldo del asiento y se quedó dormido.

Tuvieron que afanarse para despertarlo. Somnoliento y destemplado, Yuri bajó del coche y oteó a su alrededor. A pesar de que aún era noche cerrada creía reconocer aquel lugar como el campo de tránsito de Magadán, al que había llegado cuatro años atrás aún en compañía del viejo Zarek Symanski. Un guardia le preguntó su nombre y a continuación le dijo que lo siguiera. Entraron en un edificio, lo guio por un largo pasillo hasta llegar a una habitación pequeña sin más mobiliario que un banco de madera pegado a la pared. El guardia lo dejó solo. Yuri se sentó y volvió a cerrar los ojos.

Al cabo de unos minutos la puerta se abrió y apareció un hombre con un recio abrigo negro, la cabeza tocada con una cálida *ushanka* de piel de lobo, la estrella roja cosida en el centro. Yuri se levantó prevenido. El recién llegado cerró la puerta y se quedó frente a él, mirándolo con fijeza. Se quitó el gorro y sus ojos le sonrieron como si se le estuviera mostrando.

—Hola, Yuri, ¿no me reconoces?

Yuri tardó en reaccionar. Buscaba en su mente dónde había visto aquella mirada, tratando de escarbar en sus recuerdos enterrados bajo los escombros de tanto infortunio, tanta adversidad y tanta desdicha como había padecido en los últimos años. Hasta que de pronto la memoria le devolvió aquel rostro. Lo miró asombrado. No podía creerlo. Había cambiado mucho, apenas quedaban reminiscencias de los ojos y la sonrisa de aquel joven evocado, convertido ahora en el adulto que tenía delante.

Yuri soltó una risa junto con el aire contenido en sus pulmones.

—Dios santo... Axel Laufer... Pero ¿qué cojones haces tú aquí?

—Es largo de contar. —Se acercó hacia él y le habló en tono confidencial—. Yuri, mi nombre ahora es Alexander Krílov; desde que los nazis invadieron la Unión Soviética todo lo que provenga de Alemania resulta sospechoso.

—¿También un comunista convencido como tú?

—Es mejor ser prevenido —afirmó con seguridad—, al menos hasta que el Ejército Rojo aplaste definitivamente a Hitler. —Calló y se acercó más a él—. Nadie debe saber que nos conocemos de antes, ¿me has entendido? Nadie.

Yuri asintió con el pasmo grabado en el rostro, pero el asombro inicial de descubrir en aquel infierno al muchacho al que once años atrás había ayudado a escapar de las garras de la Gestapo se transformó enseguida en incertidumbre.

—No me digas que vienes a ayudarme.

—Tú lo hiciste conmigo —dijo Axel complaciente.

—Te lo agradezco, Axel, pero no merece la pena que te arriesgues por mí.

—El mundo está en guerra, Yuri, el riesgo es el aire que respiramos. —Se removió calándose de nuevo el gorro—. Vamos, salgamos de aquí. Iremos a mi cabaña. Allí podremos hablar sin que nadie nos moleste.

Salieron del edificio. La nieve crujía bajo sus pasos como una corteza y el viento cortaba la piel de las mejillas. El campo empezaba a despertar. Allí se mezclaban los presos que acababan de llegar procedentes de las diversas prisiones de toda la Unión Soviética para ser registrados y trasladados a su nueva morada penal, con los que ya estaban rehabilitados por haber cumplido su condena y aguardaban a que el clima mejorase para tomar el barco que los llevase de vuelta a Vladivostok y emprender el regreso hacia el oeste, a sus hogares, con sus familias, si es que aún quedaba algo de sus casas o alguno de sus seres queridos.

Ambos caminaron hacia la salida del campo, un paso por delante el comisario. Nadie les dio el alto, un comisario del pueblo era suficiente autoridad para moverse con absoluta libertad y con quien estimase oportuno. Llegaron a una zona de recias casas utilizadas por los guardias como viviendas donde también se hospedaban las autoridades y los comisarios del partido que visitaban el campo.

La morada de Axel Laufer era pequeña pero muy cálida. Se notaba que era un lugar de paso. Una única estancia con pocos y bastos muebles, una mesa y tres sillas, una cama con un mullido colchón cubierto de mantas revueltas y una colcha de colores. El fuego ardía en la chimenea y junto a ella había una pequeña alacena con algunos platos, vasos, además de algo de comida.

Axel se despojó de su gorro de piel y de su abrigo, y se acercó a un viejo samovar que había en una repisa al otro lado de la chimenea. Cogió dos tazas y vertió en ellas el líquido ámbar y humeante. Las puso sobre la mesa y se volvió para coger un trozo de pan y una bandeja con mantequilla. El grato aroma del té impregnó el aire.

Yuri lo observaba de pie sin decir nada. Su estómago vacío se retorció de hambre ante la visión de aquel pan blanco y tierno junto al untuoso bloque de mantequilla.

—Siéntate y come algo —le dijo Axel—. Tenemos que hablar.

Yuri se aproximó con los ojos puestos en los manjares que se le presentaban. Con cierto recelo e incredulidad, cogió el pan igual que si fuera un tesoro extraordinario; le dio un primer mordisco y se deleitó en el gusto, cerrando los ojos para paladear la textura y el sabor. Acto seguido, perdiendo cualquier grado de educación, tragó como una serpiente el pan untado de mantequilla en capas de un dedo de grosor y se bebió todo el té, a pesar de que estaba caliente.

En silencio, Axel lo observaba con gesto satisfecho. De vez en cuando daba sorbos de su taza. Se encendió un cigarro y dejó el paquete sobre la mesa. Yuri apuró su taza y Axel se levantó y la llenó de nuevo. Cuando Yuri calmó el hambre, Axel le ofreció el tabaco, pero lo rechazó y rodeó con sus manos la taza llena para sentir el calor que desprendía la loza. El sabor del pan y de la mantequilla rezumaba en su boca y le traía recuerdos de un pasado mejor en el que la abundancia era lo habitual. Hacía mucho tiempo que no se sentía tan saciado.

Sus ojos se posaron en el rostro de Axel, en su boca una mueca de ironía.

—Así que te has convertido en comisario del pueblo del NKVD. —Apretó la mandíbula y enarcó las cejas—. Nada menos... Qué decepción.

—Sirvo a mi partido —sentenció Axel con una serena firmeza—, al comunismo en el que creo y al país que me acogió después de que el mío me tratase como un perro.

—He de reconocer que lo tenías difícil. Sin embargo, no estoy seguro de lo acertado de la elección.

—El comunismo soviético ha sido el único capaz de hacer frente a la amenaza del nazismo de Hitler y del fascismo de Mussolini —añadió Axel como si llevase grabado a fuego aquel mensaje—. Si Stalin no hubiera actuado como lo ha hecho, ahora mismo gran parte de Europa estaría bajo el poder de esos dos fantoches.

—Entonces consideras a Stalin un hombre de Estado —afirmó Yuri mordaz.

—Lo es y lo está demostrando; eso no quiere decir que sea infalible. Esta guerra no la empezó Rusia, ni los comunistas. Fueron los nazis con su afán de abarcarlo todo, controlarlo todo, ese sueño de someter al mundo bajo su mando.

—No me puedo creer que sigas siendo tan ingenuo. Nadie con un mínimo de respeto hacia sí mismo puede formar parte de este sistema perverso. Una lástima que hayas apostado por esta maldita ideología... Y pensar que un día me la jugué por ti.

—¿Hubieras preferido que cayera en manos de la Gestapo?

—No, claro que no —respondió imprimiendo seguridad a sus palabras—, pero convertirte en verdugo de su policía secreta es caer muy bajo, Axel. —En un incómodo silencio ambos se miraron de hito en hito durante unos largos segundos—. No me incumbe, es tu decisión, pero permíteme decirte que no lo entiendo... Estos malditos sistemas, me da igual el nacionalsocialismo que el comunismo bolchevique...

—No compares, no tiene nada que ver.

—El fundamento es el mismo, Axel; uno y otro se sustentan en el terror para mantenerse en el poder, cada uno a su manera, pero con el mismo resultado, cientos de miles de víctimas inocentes que hemos tenido la desgracia de vivir en un lugar y una época despiadados. Aunque te doy la razón en que ambos sistemas se tratarán de forma distinta en un futuro inmediato. —Yuri hablaba sin un ápice de vehemencia, como si pusiera voz a sus pensamientos—. Por aquí corren rumores de que los alemanes están siendo aplastados por el Ejército Rojo, y si ocurre eso, si Alemania pierde la guerra, el mundo culpará al nazismo de los crímenes abominables que ha llevado a cabo, perseguirá a sus responsables, Hitler será juzgado y condenado por abocar al mundo a una guerra infame; sobre su figura recaerá para siempre el papel de canalla abyecto y miserable que ha ejercido en todos estos años, y su nombre quedará grabado en las páginas más ignominiosas de la historia. Pero ¿qué pasará con los crímenes que está cometiendo tu infalible Stalin? —Yuri no esperó respuesta y prosiguió su relato; su voz adquirió profundidad—: Al estar en el bando vencedor, se le justificarán todas sus atrocidades, estos campos de la muerte se verán como el pago necesario para la industrialización y el progreso de la Unión Soviética; los que aquí mueren de hambre, de agotamiento, de frío, serán solo muertos, una estadística inane, nadie clamará por ellos, nadie pedirá justicia por tanto dolor infligido. Estoy seguro de que el mundo verá con buenos ojos a Stalin, indultado de todos sus crímenes, tan graves o más que los de Hitler —masculló desabrido.

—Me niego a reconocer que el comunismo tenga algo que ver con el nazismo —añadió Axel en tono calmado—. La Unión Soviética estaba a las puertas de conseguir un gran desarrollo, una economía que por fin plantaría cara al capitalismo, que es el germen de todos los males de nuestra sociedad, de las sociedades del mundo entero. Hitler, con su obsesión enfermiza por conquistar territorio ruso, lo truncó todo.

El semblante de Yuri se ensombreció, dolorido por la excelsa visión que Axel tenía de Stalin y sus políticas.

—¿De verdad crees lo que estás diciendo? —inquirió sin poder evitar la impotencia ante tamaño error—. Llevo tiempo conviviendo con gente como tú, convencidos de las promesas de un paraíso social siempre aplazado, y he llegado a la conclusión de que los comunistas gozáis de una increíble imaginación para inventar disculpas ante los incumplimientos constantes de la revolución y los fallos evidentes del partido al que tanto defendéis.

—No niego que aquí se hayan cometido excesos, pero nada es comparable con lo que los nazis están llevando a cabo amparados por la guerra que provocaron ellos. No reconozco la Alemania en la que nací. Todo es odio y podredumbre.

—Se nota que no pasas mucho tiempo por aquí. Si lo hicieras, sabrías todo lo que sucede realmente a unos cuantos kilómetros de la calidez de esta cabaña.

Axel lo miraba con una profunda tristeza. Sus ojos se quedaron fijos en la nada, perdidos en el dolor del recuerdo.

—Acabo de llegar de la provincia de Smolensk. Hace un año se descubrieron varias fosas con miles de hombres ejecutados por los nazis uno a uno y sin piedad, con un tiro en la nuca; oficiales del ejército polaco, intelectuales, la gente más preparada de Polonia. Todos muertos y enterrados en vastas fosas cavadas en el bosque.

Yuri lo escuchaba contrariado. Le sobrecogió el recuerdo de la última conversación mantenida con su hermano.

—¿Te refieres al bosque de Katyn?

—¿Cómo lo sabes? —Axel frunció el ceño extrañado.

—Lo sé y punto. Pero no te dejes engañar, no fueron los alemanes. Esa masacre fue obra de tus camaradas del NKVD y se llevó a cabo en abril de 1940, cuando el territorio estaba ocupado por los rusos.

Axel replicó con una mueca condescendiente.

—Los nazis han querido echar la culpa a Rusia para cubrir un crimen execrable que está escandalizando al mundo entero, pero no les saldrá bien la jugada. Se ha comprobado que los orificios de bala que presentan todos los cráneos pertenecen a una Walther PPK alemana. Las pruebas son irrefutables. No hay duda. Fueron ellos, los nazis, debieron de ejecutar tan macabro plan en algún momento a partir del verano de 1941 cuando iniciaron la invasión de la Unión Soviética.

—No, Axel. El hecho de que las pistolas fueran alemanas no quiere decir que las manos que apretaron el gatillo también lo fueran. Esa matanza la ordenó el mismísimo Stalin, tu jefe supremo, y la llevó a cabo su lugarteniente, Beria.

—No sabes lo que dices —replicó Axel en tono indulgente.

—Lo sé muy bien —afirmó Yuri—. Mi hermano Kolia fue uno de los verdugos que utilizaron esas armas alemanas y apretaron el gatillo contra las nucas de aquellos hombres indefensos, una y otra vez..., una y otra vez... —Sus últimas palabras quedaron ahogadas en un susurro, hundidos los ojos en la dolorosa evocación de la confesión de su hermano.

Axel dio una calada al cigarro y habló sin mirarlo, la mirada fija en las ascuas del pitillo, mientras soltaba una larga bocanada de humo.

—No te creo.

—Lo que te digo es la verdad.

El alemán alzó las cejas, muy a su pesar. La incredulidad ante la firmeza de Yuri se le iba desmoronando.

—La verdad siempre es relativa, Yuri. El tiempo demostrará quién carga con esa enorme responsabilidad.

—Es fácil saberlo: el que pierda la guerra. Si Alemania es vencida, Stalin echará la culpa a los nazis de un crimen que él mismo promovió.

Axel se removió incómodo. Apagó el cigarro y entrelazó las manos sobre la mesa.

—Será mejor que dejemos este asunto y hablemos de ti.

—Hay poco de que hablar... —dijo con aspecto cansado.

—Hace un año te descubrí por casualidad, cuando estabas en el hospital. Desde entonces he estado investigando las razones por las que has acabado en este lugar.

Yuri entendió entonces la causa de todos los beneficios que había tenido en el último año, desde el día en que lo vio a los pies de su cama hablando con aquella doctora, su salida de la mina, el trabajo en la cocina, sus botas nuevas, el cambio de barracón en el que tenía mejores condiciones y compañía más soportable. Todo había sido gracias a la mediación de Axel Laufer. Quería agradecérselo, debería hacerlo, pensó, pero no le salía, no encontraba las palabras porque le costaba agradecer la dignidad que le correspondía por derecho.

—Podrías habérmelo preguntado, te lo habría contado con pelos y señales.

—¿Sabes que tu hermano murió?

—A mi hermano lo asesinaron tus amigos del NKVD —puntualizó Yuri en tono frío.

Axel se mantuvo un rato callado, el gesto serio; no quiso replicar a aquella afirmación y prosiguió su relato:

—El que apretó el gatillo, su cuñado Liovka Vasílievich, se suicidó al día siguiente.

Al escuchar el nombre de Liovka, pensó en su cuñada.

—¿Y Sonia? —inquirió Yuri alentado por la curiosidad de conocer su suerte—. La esposa de Kolia, ¿sabes algo de ella?

—Sonia Vasílievna fue liberada al poco tiempo de su detención. La conocí hace unos meses, en Tiflis. Allí vive con sus dos hijos y con María Petrovna. Todos están bien.

Yuri lo escuchaba con una sonrisa dibujada en los labios. Bebió un sorbo de té.

—Había olvidado cómo suenan las buenas noticias...

—Siente por ti una gratitud impagable. Esas fueron sus palabras cuando supo que venía a verte, y me pidió que te dijera que nunca te olvidarían.

Los dos hombres guardaron unos segundos de silencio, asimilando la extraña sensación de paz de aquellas frases amables entre tanta adversidad.

Al cabo, Yuri fijó los ojos en Axel, como si hubiera recuperado su realidad.

—Si conoces todo sobre mí, también sabrás que estoy sentenciado a muerte.

—Lo sé. Y que el aplazamiento de tu ejecución fue una petición expresa del doctor Piotr Smelov. No murió. Tu disparo lo dejó en una silla de ruedas, inmovilizado de cuello hacia abajo.

El rostro de Yuri se torció en una mueca sarcástica.

—No sé si alegrarme... —masculló—. Hubiera preferido su muerte.

—Si Piotr Smelov hubiera muerto, tú no estarías vivo, te habrían ejecutado en Moscú.

—Así que tengo que agradecerle estos cinco años de gracia. —Yuri mantenía el estupor en el rostro, los ojos neutros, una mueca irónica en los labios—. Qué perverso... Sabía muy bien lo que hacía al posponer mi muerte. Urdió esta tortura consciente del sufrimiento que me ocasionaría. Cinco años sabiendo que cada día era uno menos. —Alzó los ojos afligido—. Todos estamos abocados a morir, pero no imaginas lo demoledor que puede resultar tener la certeza de que se acerca el día de tu inmolación.

—Nada es seguro, ni siquiera tiene que serlo tu ejecución. —Echó el cuerpo hacia delante, clavando los codos sobre la mesa para acercarse más a él, mirarlo de frente buscando sus ojos—. Yuri, solo hay una manera de salvarte. Tú hablas varios idiomas y el Ejército Rojo necesita intérpretes.

Yuri alzó las cejas con expresión de asombro.

—¿Me estás pidiendo que colabore con el Ejército Rojo?

—El mariscal Zhúkov nos ha pedido gente que hable alemán. Es tu última oportunidad.

Yuri guardó silencio unos segundos antes de hablar.

—Ni en cien vidas podría aceptar tu propuesta. —Movió la cabeza con una mueca—. Llevo más de cuatro años en este lugar. Me quedan doscientos quince días... No me moveré de aquí.

—Piénsalo al menos.

Yuri lo miró largamente, estimaba la buena intención de Axel, le parecía heroica.

—Axel, agradezco mucho lo que tratas de hacer por mí, pero jamás podría formar parte del régimen que acabó con mi familia, que maltrató y torturó a mi madre hasta la muerte y que convirtió en un monstruo a mi hermano Kolia. No lo haré nunca, y me duele que te hayas entregado a esto. Si llego a saber que ibas a convertirte en parte de este sistema brutal, habría dejado que esos nazis acabasen contigo; al menos habría evitado que tu conciencia quedase emponzoñada de tanta crueldad, de tanto sufrimiento causado a tantos inocentes, tan inocentes como lo eras tú cuando te ayudé en Berlín. —Se levantó sin moverse del sitio—. Será mejor para los dos que acabemos de una vez con esto.

Axel lo escuchaba impertérrito, tan adusto que parecía no haber sonreído hacía mucho tiempo.

—Entiendo tus razones —añadió al cabo en tono tranquilo—. Tal vez esto te haga cambiar de opinión.

El comisario introdujo la mano en el interior de su chaqueta y sacó un sobre sobado y abierto con la evidencia de haber pasado por multitud de manos. Lo depositó en la mesa. Yuri sintió el corazón desbocado al reconocer la letra de Krista. Lo cogió sin terminar de creerse aquella realidad.

—¿Qué significa esto?

—Llegó al último domicilio en el que vivieron tu hermano y Sonia. Los nuevos inquilinos la entregaron en la Lubianka. Estaba en tu expediente junto a otras cinco cartas más, pero no podía detraerlas todas, resultaba demasiado peligroso. Me la he jugado para traértela. —Se levantó, se puso el abrigo, cogió su gorro, se acercó a Yuri y le puso la mano en el hombro en un gesto afable—. Te dejo para que puedas leerla con tranquilidad. Volveré en un rato. Si entonces decides quedarte y seguir con el destino que Smelov dictó para ti, daré la orden de que te lleven de regreso al campo y no volverás a saber más de mí.

Se dirigió a la puerta dispuesto a marcharse, pero la voz de Yuri lo detuvo.

—Axel... —No movió los ojos de la carta que tenía en las manos—. Gracias.

Axel esbozó una sonrisa y solo entonces salió de la cabaña.

Yuri se dejó caer con lentitud hasta quedar de nuevo sentado, la mirada fija en aquella carta con el nombre y el domicilio de su cuñada Sonia como destinataria y en el remite solo las iniciales KM, tal y como se lo había indicado en las cartas que le envió antes de ser condenado. Se emocionaba tan solo de pensar que aquel sobre había estado entre las manos de su querida Krista. Al evocar su imagen se formó en su interior un torbellino de pensamientos enfrentados, contradictorios, dolorosos y entrañables a la vez. Las manos le temblaban cuando extrajo dos cuartillas de apretada escritura. Sobre el papel se veían las marcas de los sucios dedos que habían quebrantado impunemente la confidencialidad epistolar. Le irritó aquella violación de su intimidad.

Estaba encabezada por la fecha, «Berlín, 23 de septiembre de 1940». Habían transcurrido cuatro años desde que Krista redactó aquella carta. Nada más empezar a leer sufrió una dolorosa sacudida. Krista le anunciaba la muerte de su madre: la señora Metzger había fallecido a finales de agosto de aquel mismo año mientras dormía; se había ido sin molestar, agarrada su mano a la de su hija, que dormía a su lado y que, al despertar, la había notado fría. Le contaba cómo durante mucho rato había permanecido tendida junto a ella, admirando la serenidad de aquel rostro, evocando instantes felices de la niñez, incapaz aún de llorar, asumiendo poco a poco su orfandad definitiva, sumando a su profunda tristeza una inmensa sensación de soledad. Yuri continuó leyendo con el corazón encogido:

Llevo meses con la esperanza de volver a verte en cualquier momento. Villanueva me dijo que te había proporcionado un pasaporte falso para que pudieras regresar a Alemania. Desde entonces busco tu cara entre la gente anónima que se cruza en mi camino, en cada esquina que giro anhelo encontrarme tu mirada, tu sonrisa tan deseada, pero pasa el tiempo y nunca llegas. Sé que algo ha ocurrido porque Villanueva no sabe nada de ti desde marzo, cuando te envió la documentación. Me aconseja paciencia, y en ello sigo.

En todo este año he recibido dos cartas tuyas, la última estaba fechada en enero. Deduzco que hay muchas más que no me han llegado. Asimismo, Erich Villanueva (de nuevo él, te aseguro que si no fuera por ese hombre, tu ausencia me habría enloquecido) me confirmó que mis primeras cartas no te habían llegado, y que era muy posible que nunca las recibieras, ya sea porque las confisquen o destruyan pese a poner el remite de Sonia, o se pierdan sin más antes de llegar a ti. Pero yo no dejaré de intentarlo, y por eso cada vez que te escribo te resumo una y otra vez lo más importante de lo que ocurre en mi vida, por si alguna de estas palabras llegase de forma milagrosa a tus manos.

A partir de tu precipitada marcha, mi vida ha derivado en un enrevesado torbellino en el que me mantengo a flote, sorprendentemente, gracias a Claudia Kahler. La mujer de la que tanto he recelado es la que ahora me ayuda y, en cierto modo, me protege. Tienes que saber que Claudia me contó cómo te llevó hasta la frontera salvándote la vida, me confirmó que no habías sido tú el que había disparado a Franz y me advirtió que estuviera preparada porque vendrían tiempos convulsos para mí. Y así fue, a los pocos días los hombres de la Gestapo nos arrestaron a mí y a mi madre. A ella la soltaron al día siguiente; yo estuve una semana detenida en su cuartel general de Prinz-Albrecht-Strasse. Me interrogaron sobre ti, convencidos de que te había escondido. Al final me dejaron en libertad, pero las consecuencias de la muerte de Franz nos salpicaron de lleno, tal y como me había advertido Claudia. Me despidieron de la clínica, y se me prohibió el ejercicio de la medicina en ningún ámbito, ni público ni privado; pero no fui la única. A la doctora Anna Hotzfeld también la apartaron de su cargo y se tuvo que marchar de Berlín. Lo último que sé de ella es que está en un pueblo cercano a Múnich, donde vivía su madre, que su marido murió a principios de año, y que sobrevive gracias a una consulta que mantiene abierta y que le permite ir tirando a duras penas. Pero lo más doloroso fue lo de mi madre: aparte de las horas que permaneció en un calabozo, le retiraron la pensión y le expropiaron todas sus propiedades, incluida su casa, sobre la base de no sé qué infracción de no sé qué norma... Fue todo tan traumático para ella... Estoy segura de que tanta pérdida deterioró su debilitado corazón hasta que no pudo más y se dejó ir.

Nos permitieron instalarnos en el que fue tu estudio, pero vivo con la constante amenaza de que en cualquier momento me dejen en la calle. Tus cosas las guardo como si fueran un tesoro que refuerza la idea de tu vuelta. El piso de mi madre, la casa en la que me he criado, en la que quedaron los mejores recuerdos de mi vida, la ocupan desde hace seis meses los Witt. El señor Witt es magistrado, y su esposa es muy amiga de Erika Kahler, la madre de Claudia; tienen una hija de trece años. Los tres son absolutamente insoportables, fanáticos del partido nazi, adoran a Hitler como si fuera un dios y han colocado banderas y retratos del Führer por toda la escalera. Tengo la sensación de que me vigilan. Su presencia me resulta agobiante, a cada paso que doy me los encuentro como una sombra funesta.

Desde hace unos meses trabajo en la que fue la pastelería de los Rothman, bajo el firme mando de la nazi Ernestine. Al principio se negó en redondo, no me quería en su tienda porque me hace responsable de la muerte de Franz Kahler; pero Claudia habló con ella y consiguió convencerla. A lo mejor le recordó que me debía una después de lo que ocurrió con Ilse Kube. Hago un poco de todo, el sueldo que recibo es mínimo, pero al menos no paso hambre.

Durante el invierno, en Berlín apenas hemos percibido la guerra salvo en que todo está racionado y hay que pasar mucho tiempo en las colas que se forman en la mayoría de las tiendas. Incluso para bañarnos hemos de esperar al fin de semana. A finales de agosto los ingleses bombardearon Berlín. Parece que su nuevo primer ministro, ese Churchill del que tanto oímos hablar últimamente, ha creído que todos los alemanes adoramos al monstruo de Hitler: nos lanzan bombas en vez de rescatarnos. Tuvimos que refugiarnos en el sótano de la casa. Fue horrible, Yuri. Jenell, la hija pequeña de Claudia, estaba tan asustada, no paraba de llorar agarrada al cuello de su madre; qué impotencia ver el rostro aterrorizado de esa criatura de tan solo tres años. Y lo mismo Hans, a sus seis años quería hacerse el valiente, pero cada vez que una explosión sacudía la estructura del edificio, el pobrecito se pegaba a su madre temblando de miedo. Son tan pequeños, Yuri, tan frágiles e indefensos... Los niños no deberían vivir ninguna guerra. Me estremece *la angustia grabada en el rostro de Claudia en ese afán desmedido de protegerlos, la desesperación de no poder evitarles el pánico. Y te confieso que en el fondo me alegro de no haber traído al mundo ningún hijo para no tener que padecer lo que está soportando esa mujer.*

Amor mío, no imaginas cuánto te echo de menos. Si esta maldita guerra nos perdona la vida, nos iremos juntos lejos de aquí y juntos forjaremos un futuro.

Nada me ata ya a esta ciudad, ni a este país. Me embarga una inmensa tristeza. Lo he perdido todo, Yuri, tu compañía, mi madre, mi casa, mi trabajo, mi medio de vida, ni siquiera me queda dignidad. Tan solo me queda el amor que te profeso y la esperanza de que regreses a mi lado.

Amor mío, vuelve a mí. Te esperaré siempre.

Yuri se estremeció por el negro futuro de aquella espera, consciente de que jamás volvería a verla. Sintió un profundo desgarro y rompió a llorar amargamente.

Cuando Axel regresó, él ya había tomado una decisión.

Berlín, en el Führerbunker
Lunes, 30 de abril de 1945, 15.30 horas

La cobardía es la madre de la crueldad.

MICHEL MONTAIGNE

Oskar Urlacher apoyó la espalda en el muro junto a la salida de emergencia del Führerbunker. El ambiente en el interior del búnker era cada vez más insufrible. Desde el mes de enero, el Führer se había instalado allí con su plana mayor, además de su inseparable Eva Braun, con la que había contraído matrimonio el día anterior en una ceremonia civil, íntima y austera. A doce metros de profundidad, inalcanzables al efecto destructor de los obuses rusos, el pesimismo se extendía como un veneno silente por las conciencias de sus habitantes, cada vez más convencidos de que el final estaba cerca.

Oskar retiró el envoltorio grasiento del bocadillo que le había preparado Ernestine. Dio un mordisco al pan, lo masticó un par de veces y lo escupió, antes de arrojar el resto del panecillo al suelo. Pensaba con desprecio en su esposa. Nunca había conseguido alcanzar las exquisiteces que elaboraba su madre, Lilli Rothman. Ernestine era torpe, sucia y había engordado tanto que parecía tragarse todos los pasteles que no llegaba a vender por incomibles. El plan para quedarse con la confitería sacando las vergüenzas del pasado judío de la señora Rothman le había salido bien, era el dueño absoluto del negocio, además de la casa que no le había costado ni un *pfennig*; su gran error había sido cargar con la estúpida de la hija. Se ofuscó con ella y cuando se quiso dar cuenta ya no había remedio. La habría abandonado con gusto hacía tiempo si no fuera por la lealtad que profesaba a su Führer, nada partidario de que sus hombres dejasen a sus esposas. Sabía de primera mano cómo se las había gastado con Joseph y Magda Goebbels cuando pretendieron divorciarse. Tan solo por esa razón continuaba con ella, aunque cada vez la soportaba menos, convertida en una estúpida maniática que seguía viviendo como si la guerra no fuese con ella por el hecho de ser la esposa de un Hauptscharführer-SS.

Se preguntaba de qué le habían servido las cuatro cuentas de plata cosidas en la solapa de su cuello. Llevaba días metido en el interior del búnker sin hacer nada; el Ejército Rojo cada vez más cerca, y ellos jugando a las cartas, bebiendo, dejando pasar el tiempo a sabiendas de que el inexorable final se cernía sobre todos. Hitler había comunicado a su círculo de confianza que se quitaría la vida antes que caer en manos rusas. Habían llegado a Berlín noticias muy inquietantes sobre la muerte violenta de Mussolini y su esposa ese mismo sábado: sus cuerpos habían sido denigrados y colgados por los pies en plena calle a la vista de una multitud enfervorizada. Oskar tenía serias dudas de que su Führer fuera capaz del suicidio, supondría una paradoja difícil de asimilar, una traición al discurso mantenido durante años exigiendo al pueblo que luchase hasta el final como juramento de lealtad a su persona. Él mismo había seguido a Hitler con auténtico fervor desde hacía veinte años, había encontrado en él un líder fuerte, un adalid intachable que llevaría a Alemania a la gloria merecida por los siglos venideros. «El Führer ordena, nosotros lo seguimos hasta la muerte»; había repetido aquel mantra cientos de veces, sin dudarlo nunca, convencido de cada una de aquellas palabras; lealtad y obediencia hasta sus últimas consecuencias.

No obstante, con casi seis años de guerra sobre sus espaldas, lo azuzaban inesperadas dudas respecto de aquel hombre al que habían elevado a la categoría de un dios. Le espantaba la evidencia del final de todo, seguro de que, si los soviéticos ganaban la guerra, todos aquellos hombres alemanes que consiguieran sobrevivir a las bombas rusas serían deportados a Siberia como esclavos de Stalin.

Muchos eran los que pensaban que la única salvación para ellos eran los americanos; una rendición podría librar a Alemania de las garras del bolchevismo que los tenía cercados. Las noticias que llegaban de la barbarie desatada por el ejército soviético en la ocupación de Prusia Oriental resultaban muy alarmantes; el pánico se había extendido como una ponzoña más mortal que las bombas. Muchos civiles y también soldados desertores se arriesgaban y se dirigían hacia el oeste con el fin de tratar de cruzar el Elba y entregarse a los americanos, huyendo de los temibles bolcheviques, aunque muchos de ellos hallaban la muerte a manos de sus propios compatriotas obcecados en una suicida resistencia.

Entrecerró los ojos y miró el cielo cuajado de una nube gris y espesa procedente del humo de los incendios. El aire, denso y estanco, se hacía irrespirable y se metía en la boca mezclado con el rancio resabio que le había dejado la mantequilla. No sabía qué hora era. Sacó un cigarro y cuando se disponía a encenderlo le llegaron voces del interior del búnker. Se asomó y vio aparecer por la escalera a dos hombres que portaban un cuerpo envuelto en una manta. Al pasar a su lado comprobó con espanto que era el mismísimo Führer. La sangre se le heló en las venas.

—Trae aquellos bidones de gasolina —le ordenó Otto Günsche, el asistente personal de Hitler que acompañaba a los portadores.

Oskar se guardó el cigarro y corrió a por los bidones que permanecían apilados a un lado desde la tarde anterior. Cuando se acercó con dos de ellos, habían depositado el cuerpo junto a la torre de vigilancia, al fondo de un cráter que había provocado una de las muchas bombas arrojadas por la aviación enemiga. Se acercó hasta el borde para asegurarse de lo que habían visto sus ojos: en efecto, el cadáver de Adolf Hitler yacía desmadejado al fondo de aquella fosa improvisada; vestido con pantalones negros, la chaqueta militar gris verdosa, la camisa blanca y corbata negra que lo distinguía de sus colaboradores más cercanos. Tenía un disparo en la sien derecha por donde se escapaba un hilillo de sangre. Lo embargó una profunda decepción. Sin dejar de mirar el cuerpo, pensó que aquel al que creyeron casi celestial había quedado reducido a la simpleza de un hombre como el resto, un hombre al que la muerte lo había despojado de cualquier solemnidad.

Sus ojos se posaron en la muñeca del Führer caído rodeada por un reloj de pulsera, un precioso Lange Söhne de oro. Miró a un lado y a otro y no vio a nadie. No lo pensó; bajó hasta llegar a su lado y con los dedos temblorosos, intentando no mirar la cara del muerto, desabrochó la correa de piel y se lo guardó en el bolsillo antes de volver a salir del cráter con el corazón desbocado y empapado en un sudor frío. Justo en ese momento aparecían de nuevo los hombres portando otro cadáver.

Esta vez se trataba de Eva Braun, con el vestido oscuro y el bordado de flores de color rosa en la pechera con el que Oskar la había visto aquella misma mañana. A ella no se le apreciaba ningún tiro, lo más probable era que se hubiese tragado esas ampollas de cianuro que habían estado pululando de mano en mano por el búnker en los últimos días. Sus labios pintados de *rouge* contrastaban con la palidez de su cara. Los portadores, resoplando por el esfuerzo, lanzaron sin demasiados remilgos el cuerpo sin vida al cráter, que fue a aterrizar junto al de su recién estrenado marido. Juntos para la eternidad, pensó Oskar, si es que la eternidad existe.

El asistente personal del Führer cogió uno de los bidones, lo destapó y comenzó a verter el gasoil sobre los cadáveres.

Oskar se mantenía inmóvil, los ojos muy abiertos en un paralizante estupor.

—¿Qué haces ahí como un pasmarote? —le gritó Otto Günsche cuando advirtió su presencia—. Trae más bidones, ¡rápido!

En total Oskar transportó seis bidones, cuyo contenido fue vaciado sobre los dos cuerpos. La pira humana prendió con facilidad, y el humo negro que empezó a ascender se le representó a Oskar como el alma atormentada del hombre al que tanto había admirado y que tantos excesos había cometido. El olor a carne quemada le provocó náuseas. Aturdido, pensó que todo había terminado, Adolf Hitler estaba muerto. Apenas doscientos metros separaban este búnker de la antigua cancillería desde donde Hitler saludaba a las masas enfervorizadas aquella noche de las antorchas de hacía doce años. Casi en el mismo sitio, el mismo color de las llamas. Todo lo demás era distinto.

En ese instante arreciaron los bombardeos y los presentes en la inhumación se desperdigaron metiéndose con prisa en el búnker, no sin antes hacer el último saludo al líder.

Oskar aprovechó la confusión para escabullirse sin que nadie le diera el alto. Se oía el silbido constante de los cohetes de los malditos *katiushas* rusos que no paraban de escupir su carga mortal las veinticuatro horas del día ininterrumpidamente. Con el subfusil a la espalda, caminó ensimismado entre las ruinas de los edificios hasta llegar a la panadería que seguía manteniendo el nombre de los Rothman escrito en letras doradas en la fachada. Vio la larga fila de gente que esperaba su turno con la cartilla de racionamiento en la mano; rostros opacos, impertérritos al estruendo de los obuses que estallaban cerca. Entró por la puerta del almacén. Allí se encontró con Krista Metzger, que se afanaba en mezclar la masa que tenía entre las manos. Llevaba el pelo recogido con una pañoleta, un mandil cubría su cuerpo y sus mejillas estaban tiznadas de restos de harina. No podía evitar mirarla con deseo. Aquella mujer lo volvía loco, pero no se atrevía a insinuarse porque temía que se diera cuenta Ernestine y la echase de la panadería.

Krista lo miró sin dejar de amasar y sin decir nada.

Oskar se sentó frente a ella.

—Hitler ha muerto... —sentenció imprimiendo a sus palabras un tono trascendental.

Krista dejó de amasar, paralizados los brazos, inmóviles las manos, mirando muy fijamente a Oskar.

—¿Es verdad eso? —acertó a decir.

—Se acaba de pegar un tiro, y Eva Braun se ha envenenado. Ahora mismo arden juntos como una antorcha sagrada... O maldita, no lo sé bien —murmuró perdiendo la mirada en una nada confusa en la que su mente vagaba.

En ese momento Ernestine entraba en la trastienda y escuchó las palabras de su marido, que le sonaron como si un rayo fulminante le hubiera caído encima.

—¿Qué dices? —balbuceó desolada—. No puede ser... No es posible, el Führer no puede... Él no... —Sus palabras parecían romperse en sus labios—. ¿Quién se ocupará de nosotros ahora?

Krista se desprendió del delantal y se dirigió hacia la puerta dispuesta a marcharse. Ernestine la vio y reaccionó, milagrosamente recuperada de su colapso pasajero.

—¿Adónde te crees que vas? —clamó con voz de pito que salió de su garganta igual que el canto de una gallina.

Krista se detuvo, se volvió y esbozó una media sonrisa.

—Hitler ha muerto... Se acabó... Por fin se acabará todo...

Salió a la calle perseguida por los gritos histéricos de Ernestine conminándola a que volviera y se pusiera a trabajar, hasta que la voz potente de Oskar la mandó callar.

Krista echó a andar por la acera llena de baches y desconchones, sorteando a los que esperaban su turno para llevarse su cuota de pan. La embargaba una extraña emoción. Notó el roce de las lágrimas en las mejillas. Temía volver a caer en la frustración que sintió hacía un año, después del fallido atentado contra Hitler, que, lejos de amedrentarlo, fortaleció su idea de considerarse un elegido divino y casi inmortal. Esta vez sí, se decía, esta vez sí, se repetía como una forma de amarrar una realidad tan deseada.

Avanzaba pegada a las fachadas en una absurda manera de protegerse del efecto de las balas. Al llegar al cruce de Wilhelmstrasse, se topó con un destacamento de las brigadas populares que marchaban hacia el Reichstag. Se echó a un lado para ceder el paso a aquel grupo de desgraciados conducidos a la muerte, desaliñados, sucios, cansados. Formaban parte del *Volkssturm*, la llamada «tormenta del pueblo», una milicia formada por viejos combatientes en la anterior guerra, ataviados con sus antiguos uniformes variopintos, algunos vestidos de civil con brazaletes, a quienes seguían una veintena de muchachos; la mayoría de estos no tendría más de quince años, enfundados en uniformes de la Wehrmacht demasiado holgados para su cuerpo aún adolescente, algunos con gorras, otros cubrían sus pequeñas cabezas con el casco de acero que parecía hacer equilibrios sobre ellas, portando al hombro lanzagranadas o fusiles como un juguete mortal. Se dirigían al combate dispuestos a ofrecer en sacrificio su corta vida, convencidos por el mismo hombre cuyo cuerpo ardía no muy lejos de allí, un cobarde que en el último momento había abandonado a su suerte a todos los que aún lo seguían con enfervorizada devoción, ya fuera por una recalcitrante ofuscación o simplemente por el pánico de acabar ahorcados de una farola, señalados para la eternidad como traidores a la patria.

Una vez pasada la desastrada tropa, Krista continuó su camino con el tronar de la batalla siempre de fondo. Llevaban así más de dos semanas, cada vez más cercados, cada vez más cansados, más hambrientos, más embrutecidos. Ahora que había muerto el causante de toda aquella tragedia, tal vez sería posible llegar a un acuerdo de paz. Krista estaba convencida de que aquella muerte abría un resquicio para la esperanza.

Al entrar en el portal, vio uno de los muchos retratos de Hitler que Gerda Witt se había dedicado a colgar desde su llegada hacía cinco años. Lo arrancó con rabia, lo rasgó y lo arrojó al suelo. Subió a toda prisa hasta el segundo y llamó a las dos puertas golpeando con los nudillos. El timbre no funcionaba. La de la señora Blumenfeld permaneció cerrada, la de enfrente se abrió y apareció Jenell.

—¿Dónde está tu madre? —le preguntó a la niña.

—En la cancillería, ha ido a ver a la abuela Erika.

Krista volvió a llamar a la puerta de enfrente.

—La señora Blumenfeld ha salido hace un rato —agregó la niña.

Se oyó a alguien subir. Se asomaron las dos al hueco de la escalera.

Claudia ascendía despacio, cargada con una mochila a la espalda.

—Krista, ¿qué haces tú aquí? —Se sorprendió al descubrirla en el rellano—. ¿Ha sucedido algo en la panadería?

—Hitler ha muerto... —Lo dijo con voz trémula, como si temiera que algo o alguien desmintiera la noticia—. Se ha suicidado.

—¿Cómo lo sabes? —preguntó Claudia perpleja.

—Oskar ha estado en la panadería. Lo ha visto con sus propios ojos. Dice que se ha pegado un tiro en la cabeza y que han prendido fuego a su cadáver. Se acabó...

—Dios santo... —musitó Claudia con gesto preocupado—. ¿Qué va a pasar ahora?

—Podrán negociar. No tendrán más remedio que hacerlo. Es el principio del fin...

—Sí... Claro —añadió aturdida—. Ven, entra en casa.

Las dos mujeres y la niña entraron hasta la cocina. Claudia se descolgó la mochila y la dejó sobre la mesa. En ese momento apareció Hans, ávido de curiosear los tesoros que traía su madre en el interior del macuto. Los víveres escaseaban cada vez más; hacía días que no había electricidad ni agua corriente y el carburante (cualquier cosa que prendiera) se había convertido en un bien preciado. La madre de Claudia aún podía proporcionarle productos que detraía de las cocinas de la cancillería. Con los años, su relación con Magda Goebbels se había estrechado ostensiblemente. Cuando la esposa del ministro de Propaganda se trasladó con sus seis hijos al búnker de la cancillería —conectado por una escalera al Führerbunker—, Erika Kahler hizo lo mismo junto a su marido. Claudia se negó a seguirlos a pesar de la insistencia de ambos para que lo hiciera, por su seguridad y la de los niños. Ante su pertinaz negativa, Erika Kahler mascullaba «Si estuviera aquí Ulrich...», pero Ulrich no estaba, y Claudia no quería mezclarse con aquella gente. Hacía tiempo que había abandonado toda la fe en el ideario marcado por el nacionalsocialismo de Hitler, y a medida que la guerra avanzaba aumentaba su profundo desengaño, aunque se cuidó de no exteriorizar demasiado aquellos sentimientos precisamente para protegerse ella y sus hijos. Se lo había advertido su madre, muy decepcionada por la deriva que había tomado su hija. Erika, por su parte, mantenía intacta la servil admiración hacia la señora Goebbels, que lo mismo la utilizaba como paño de lágrimas que como saco en el que volcar todas sus frustraciones. No obstante, gracias a su posición privilegiada, Erika Kahler conseguía lo que ya escaseaba en Berlín: conservas de carne, mantequilla, confitura, pasta, verduras o queso de los que solía comer el Führer, además de velas y petróleo para las lámparas y alcohol destinado a los infiernillos con los que cocinaban.

Los niños se pusieron a sacar cosas de la mochila entusiasmados por las novedades de que los proveía su abuela, mientras las dos mujeres se sentaban una frente a la otra.

—No sé qué pensar —dijo Claudia.

—Habrá rendición. Estoy segura —añadió Krista—. No les queda otra salida. Las cosas se han llevado demasiado lejos y lo vamos a pagar.

—Entonces ocurrirá lo mismo que en 1918. Se repetirá la misma historia. —La conciencia de Claudia se perdía en sus propias inquietudes—. Cuánto tiempo perdido.

Hans, que había cumplido los once años, había dejado de hurgar en el interior del macuto y miraba a las dos mujeres con el rostro marcado por una infantil gravedad.

—Alemania nunca se rendirá —afirmó convencido—. Eso es imposible.

—¡¿Es que no quieres que se acabe la guerra?!— le gritó su madre furiosa. No soportaba que se siguiera defendiendo la supuesta superioridad de Alemania—. ¿Quieres seguir pasando hambre y miedo? ¿Que continúe todo este tormento?

—¡Alemania no se rendirá! —replicó con rabia el niño, los puños prietos pegados a su cuerpo tenso—. El Führer nos guiará hasta la victoria final. Nuestra obligación es seguirlo.

—¡El Führer ha muerto! —bramó Claudia exasperada—. ¡Se ha pegado un tiro en la cabeza! —Su voz se ablandó, disuelta la furia en una profunda tristeza—. Maldito sea... Ojalá se pudra en el infierno.

—¡Eso es mentira! —exclamó el niño furioso—. Nuestro Führer nunca haría eso. Morirá luchando heroicamente contra los bolcheviques y contra todos los enemigos de la patria.

Se dio la vuelta y salió corriendo.

—¡Hans, vuelve aquí! —Claudia se levantó con la intención de ir tras él, pero se oyó un fuerte portazo y se quedó quieta, apoyada la mano sobre la mesa, como si temiera perder el equilibrio. Se puso la mano en la boca, los ojos fijos en el pasillo por el que se había marchado su hijo. Luego se dejó caer de nuevo en la silla—. Dios santo, Krista, ¿te das cuenta de que si tuviera unos años más estaría luchando como un adulto? Les hemos robado la niñez... Mi pequeño... No sé si podré recuperarlo. Nunca debería haber dejado que esos fanáticos me lo arrebataran con sus disparatadas doctrinas. —Tragó saliva, bajó los ojos y movió la cabeza, negando—. Qué estúpida fui... Qué estúpida. ¿Cómo convencerlo ahora de que todo ha sido un engaño? El sueño del nacionalsocialismo, una falacia que solo nos ha traído muerte y locura... Dios santo... ¿Qué vamos a hacer?

Sus ojos se llenaron de lágrimas, su rostro se quebró como si se rasgase por dentro. Jenell observaba a su madre mimetizada con su tristeza.

—No llores, mami...

Claudia la cogió en su regazo y la acunó con un balanceo maternal tratando de consolarse a través del abrazo de su hija.

A Krista se le saltaron las lágrimas, conmovida.

Las sobresaltaron los golpes en la puerta. Krista fue a abrir. Era Angela Blumenfeld, la vecina.

—Ah, Krista, estás aquí —dijo al verla—. Vengo del sótano. Deberías bajar. Te necesitan. Han traído más heridos.

Krista ayudaba a un médico jubilado que vivía en el edificio de enfrente y que había montado un hospital de campaña en el pequeño sótano de la casa, con dos enfermeras también jubiladas que residían en la misma calle. Hacía tiempo que había solicitado a Ernestine que la dejase salir un poco antes para poder ayudarlos, pero la hija de los Rothman se había negado aduciendo mucha carga de trabajo, de modo que ella bajaba al sótano cuando podía, ya que dejar la panadería habría significado quedarse sin su único medio de subsistencia.

Anochecía cuando Krista subía las escaleras después de largas horas encerrada en el improvisado hospital, asistiendo a una delicada operación en la que habían tenido que cortar una pierna a un muchacho de dieciséis años. El chico era de Potsdam y hacía cinco días que se había incorporado a la defensa de Berlín contra los soviéticos. Sus heridas eran tan graves que solo un milagro le salvaría la vida.

En un tramo de la escalera se topó con Claudia, que bajaba con prisa.

—¿Adónde vas? —le preguntó—. Está anocheciendo, no es seguro...

—Se trata de Hans —dijo preocupada—. Fui a por agua y aprovechó para entrar en casa a ponerse el maldito uniforme de las Juventudes Hitlerianas. Luego se marchó diciendo que iba a cumplir con su juramento al Führer. —Calló un instante, como si esta última palabra se le hubiera atragantado en la boca—. Me lo ha contado Jenell. Voy a salir a buscarlo, creo que sé dónde encontrarlo.

—Te acompaño.

—No, Krista —le dijo cogiéndola de la mano—. Ocúpate de la niña, por favor. La he dejado con la señora Blumenfeld. Si ves que tardo, ve con ellas al refugio. No me fío mucho de Angela, últimamente está algo torpe y no ve bien. —Había en sus ojos un destello de ansiedad—. ¿Lo harás? —Krista asintió, y Claudia le brindó una sonrisa de complicidad—. Nos veremos allí.

—Ten mucho cuidado —agregó aquella mientras Claudia se precipitaba escaleras abajo en busca de su pequeño soldado.

Krista continuó subiendo, envuelta en una penumbra cada vez más apremiante. En pocos minutos la negrura engulliría todo el edificio, apenas iluminado por los múltiples incendios que centelleaban en el horizonte de la ciudad. Quería lavarse un poco y recoger las cosas, dispuesta a pasar otra larga noche encerrada en las entrañas de la tierra a cubierto de las bombas y el fuego.

Cuando entró en la buhardilla se apercibió de una inquietante calma. Desde hacía un rato había cesado el estruendo de bombardeos. Sabía bien que no había que fiarse de aquella paz aparente, transitoria siempre. En cualquier momento podría comenzar una nueva ofensiva, siempre más demoledora y agresiva que las anteriores. Todo era una locura. El Ejército Rojo estaba a unos cuatrocientos metros del Reichstag, el edificio del Parlamento alemán inutilizado como tal desde el incendio de febrero de 1933 que calcinó la cúpula y la sala de plenos, y cuyo asalto suponía un símbolo para Stalin. Se decía que los rusos querían tomarlo al día siguiente, por ser el Primero de Mayo, día de su fiesta nacional, y mostrar así el triunfo simbólico de la Unión Soviética contra el nazismo. Nada se sabía con certeza, todo funcionaba a base de rumores. Hacía días que la radio había enmudecido por el corte de electricidad, ya ni siquiera se emitían las disparatadas soflamas del Führer ni las maquiavélicas proclamas de su ministro de Propaganda, Joseph Goebbels; los periódicos solo llegaban a algunas manos; el teléfono funcionaba a ratos, y gracias a ello se podía llamar a la familia y los amigos de otros barrios para saber, no solo si estaban bien, sino cuál era la situación en el avance rojo. Había veces que, en lugar de los seres queridos, contestaban vozarrones hablando en ruso; entonces ya sabían que los ivanes habían llegado hasta allí.

La derrota se hacía cada vez más evidente a pesar de la resistencia titánica y, más que heroica, suicida, del ejército alemán en todas sus versiones: desde los soldados profesionales de la Wehrmacht, los hombres de la Waffen-SS, las Juventudes Hitlerianas, incluso la destartalada *Volkssturm*. Krista era consciente de que, en pocos días, tal vez en horas, las calles por las que se movía estarían llenas de soviéticos. Por esa razón había empezado a repasar el ruso que le había enseñado Yuri. Los rumores sobre la brutalidad de los bolcheviques acrecentaban el temor ante su llegada. Y aun así, eran muchos los que deseaban un final, cualquiera que fuese, de aquel aterrador infierno en el que se había convertido la ciudad, bombardeada de día y de noche de forma constante, en donde la población mantenía una vida subterránea, escondidos como animales asustados en las sombras de sótanos y refugios, a la espera de que pasara todo, respirando el miedo, el propio y el de cuantos se apiñaban alrededor.

A toda prisa, Krista se lavó como pudo utilizando las dos últimas tazas de agua que le quedaban. Llevaban tiempo sin agua corriente y no se acostumbraba a no poder asearse en condiciones, sin nada de jabón, sin poder lavarse el pelo y casi sin ropa interior tras cinco años de guerra con los ingresos mínimos para alimentarse. Se sentía pegajosa e incómoda. Pensaba todo esto mirándose al espejo, mientras se secaba las manos. Se puso la camisa y una chaqueta de lana gorda, y fue metiendo en una caja las cosas para bajar al refugio: un tarro de confitura que le había dado Claudia, un trozo de pan que le quedaba del día anterior (la ración de aquel día la había perdido al marcharse del trabajo), un trozo de chocolate para Jenell, un tubo de leche condensada, el diccionario de ruso con un lápiz y una libreta, una vela y una pequeña manta. Cuando estaba colocando una almohada como colofón de todo, la sobresaltó una fuerte explosión demasiado cercana que hizo saltar por los aires los pocos cristales que aún quedaban intactos, seguida, casi de inmediato, del silbido de un segundo proyectil. Solo tuvo tiempo de arrojarse al suelo y colocarse la almohada sobre la cabeza, justo en el momento en el que la sacudió una violenta estampida y todo a su alrededor pareció desplomarse sobre su cuerpo como un torbellino demoledor. Luego, un silencio hueco producto de su sordera.

Se mantuvo quieta durante un rato, tratando de sentir cada parte de su cuerpo para saber si había algún hueso roto o heridas graves. Tenía la espalda dolorida y le escocía la pantorrilla derecha. El olor acre de la cordita picaba en la nariz.

Abrió los ojos e intentó moverse. Notó el peso de los cascotes sobre la almohada y en su espalda. Por el tamaño de los fragmentos que le habían caído, fue consciente de que, sin la protección de las plumas del almohadón, le habrían machacado la cabeza y habría perdido la vida. Sus oídos empezaron a captar gritos, llantos, ruidos lejanos. Todo estaba envuelto en una nube de polvo y yeso que apenas le dejaba ver nada. Olía a quemado y sentía muy cerca el calor de las llamas.

—¡Krista! ¡Krista! ¿Dónde estás? —La desgarradora voz de Claudia le llegó amortiguada.

—Estoy aquí —dijo incorporándose con dificultad, notando cómo caía el escombro acumulado sobre su cuerpo.

Vio que Claudia se acercaba haciendo equilibrios sobre la escombrera formada por una parte del tejado que se había desplomado dejando un hueco de más de un metro de diámetro. Fue consciente de la ruina en la que había quedado la buhardilla.

—¿Estás herida? —preguntó Claudia al llegar hasta ella.

—Creo que no... —respondió aturdida.

—Tenemos que salir de aquí. Es peligroso. Vamos, Krista, dame la mano.

Krista se aferró a los brazos que le tendía Claudia, se levantó sintiendo que las piernas le temblaban. Las dos mujeres, tambaleantes y casi a oscuras, avanzaron poco a poco hasta llegar a la puerta reventada de la casa. Krista había perdido los zapatos y notaba pinchazos en los pies descalzos, cubiertos tan solo con las medias. Bajaron las escaleras guiadas por el resplandor del fuego que la primera bomba había provocado en el piso de la señora Blumenfeld. Al verlo, Krista se detuvo espantada.

—Dios santo... ¿Y Jenell?

—Están esperando en la calle. —Claudia respondió sin detenerse, tirando de ella, tanteando cada escalón para no caerse—. Pasaron a mi casa a por la muñeca que le regalaste, justo entonces estalló la bomba y destrozó el piso de la señora Blumenfeld. Si no hubiera sido por esa muñeca...

Aquella preciosa muñeca de cabeza de *biscuit* había pertenecido a Krista; se la había regalado su padre antes de partir a la Gran Guerra. Cuando tuvo que desalojar la casa de su madre, se la regaló a Jenell. Desde ese día la niña no se separaba de ella.

Una vez que salieron del portal, vieron a Jenell agarrada de la mano de Angela Blumenfeld; el pánico apagaba la dulzura de su rostro. Deprisa, sin decir nada, entraron en el portal del edificio de enfrente que las llevaba al refugio asignado por las autoridades para los vecinos de aquel tramo de calle. Atravesaron patios interiores, pasillos y estrechos corredores iluminadas por la lámpara de petróleo que llevaba la vieja Blumenfeld. Krista se quejaba al pisar.

El refugio estaba a reventar de gente apiñada. Su lugar habitual lo ocupaban nuevos vecinos de otros edificios que habían sido reasignados allí. Nadie se movió de su sitio. No les quedó más remedio que acomodarse en el suelo.

La tenue luz de algunas velas proyectaba largas sombras de formas turbadoras. Se habían distribuido por el pavimento porque, según el criterio de un profesor de física que habitaba aquella madriguera, la llama mediría la cantidad de oxígeno del aire, avisando con tiempo para reaccionar si acaso faltase evitando la muerte por asfixia.

Krista tenía una herida abierta en la pantorrilla causada por el corte de un cristal. Había tenido mucha suerte: al margen de aquella herida, las únicas consecuencias de la explosión fueron todo el cuerpo dolorido y lleno de moratones y rasguños. Con la ayuda de Claudia, se vendó la herida con un trapo que le dejaron.

—Gracias por subir a buscarme —dijo Krista.

Claudia alzó la cara un instante, para volver a poner los ojos en el vendaje.

—Cuando oí el estallido presentí que había sido cerca de casa y regresé asustada por Jenell. La niña y la señora Blumenfeld habían salido a la calle. No te vi. Por eso subí a buscarte.

—¿Sabes algo de Hans? —preguntó Krista intentando desenredar con los dedos el pelo, pastoso de yeso y polvo.

Claudia negó, luego se sentó a su lado y acarició la cabeza rubia de Jenell, que se mantenía apoyada en el regazo de Angela Blumenfeld.

Se respiraba un ambiente cargado del humo de las lámparas y velas prendidas. Apenas se oía el susurrar de palabras al oído, convertido aquel lugar en una especie de catacumba sagrada.

Frente a ellas, en un colchón que se habían bajado y que ocupaba demasiado espacio, se apoltronaban Gerda Witt, su marido y su hija Rita, que había cumplido los dieciocho años el pasado día 20, el mismo día que su Führer, algo de lo que toda la familia estaba muy orgullosa. La chica era muy poco agraciada, rolliza y con mucho pecho sobre el que caían sus gruesas trenzas rubias. Los Witt eran mohínos y malencarados, se creían unos elegidos por encima de los demás mortales. Como tres cuervos, observaban con incómoda fijeza a Krista y Claudia, arrellanados bajo la calidez de una gruesa manta, sus ojos negros parecían expeler un incomprensible y primitivo odio atávico.

Al poco rato Gerda Witt sacó de una cesta unos bocadillos de pan y queso y los repartió a su marido y su hija. La gente a su alrededor había iniciado asimismo la extraña rutina de prepararse la cena en aquella guarida. Ni Claudia, ni Krista ni la anciana Angela Blumenfeld habían podido bajar nada aquella noche. Estaban con lo puesto y sin nada que llevarse al estómago.

Jenell, sin dejar de mirar el pan que Rita se llevaba con ansia a la boca, se acercó a su madre y le dijo en voz muy baja:

—Mamá, tengo hambre.

La señora Blumenfeld la oyó y, sin poder contenerse, se dirigió a Gerda Witt.

—Señora Witt, ¿tendría algún bocadillo para la niña? Con la explosión no hemos podido bajar nada.

—Lo siento, señora Blumenfeld, pero no tengo más —le respondió con irritante seguridad, antes de dar un buen bocado al pan y masticarlo a dos carrillos sin dejar de mirarlas, como quien está delante de un espectáculo de circo.

Un señor que estaba al lado le tendió a Jenell un plato de puré que acababa de calentar en un infiernillo.

—Toma, está muy bueno —le dijo con una sonrisa—. Es la especialidad de mi esposa.

La niña miró a su madre. Claudia cogió el plato, le agradeció el gesto y se lo dio a Jenell. Otra mujer se acercó y les ofreció una lata abierta de carne en conserva de la que comieron las tres mujeres. Cuando la familia Witt se terminó el bocadillo, Gerda sacó una tableta de chocolate, hizo el mismo reparto y los tres se lo comieron con ganas. Luego se quedaron dormidos apoyadas las cabezas de uno en el hombro del otro, en una postura ridícula, soltando de vez en cuando algún que otro ronquido. La imagen era como la foto de un mal chiste.

No es suficiente ganar la guerra, lo más importante es organizar la paz.

Cita atribuida a ARISTÓTELES

En cuanto amaneció, el interior del refugio se fue desperezando y los más avezados empezaron a salir al exterior para regresar a sus casas.

Krista se levantó con dificultad del suelo de tierra. Se sentía aterida debido a la humedad y el frío que hacía en aquel profundo y estrecho sótano. Angela Blumenfeld doblaba con primor una manta que les había prestado una mujer y con la que se habían tapado la niña y ella. Era muy consciente de que se había salvado de puro milagro, pero estaba muy angustiada por conocer el estado en el que había quedado su casa.

Al salir a la calle algunos vecinos desescombraban la acera, barriendo y adecentando el paso a los portales, un ritual acostumbrado desde hacía semanas en un intento de mantener la normalidad. Claudia subió a casa y metió a Jenell en la cama; la niña estaba tan agotada que se quedó dormida enseguida. Proporcionó unos zapatos a Krista, aunque le quedaban algo grandes. Luego acompañó a Angela Blumenfeld a su piso para valorar los daños de la bomba incendiaria que había prendido una buena parte del apartamento. Claudia le había ofrecido su casa para quedarse, al igual que lo había hecho con Krista. En todo el edificio había un fuerte olor a quemado.

También Krista iba camino de su buhardilla, a comprobar qué podía rescatar de la catástrofe. Por las escaleras, delante de ella, subía la familia Witt. Al llegar al rellano, abrieron la puerta y entraron, pero antes de cerrar Gerda Witt se volvió hacia ella con una mueca maliciosa; a continuación dio un fuerte portazo.

A Krista se le rompía el corazón al saber que aquella gente disfrutaba sin mérito alguno de las estancias en las que había pasado su niñez y adolescencia, utilizando sus muebles y muchas de sus cosas. No lograba acostumbrarse. Aunque habían transcurrido cinco años desde que le arrebataron su hogar, cada vez que pasaba por aquel rellano le parecía estar atravesando un denso manto de amargura. Cómo olvidar el llanto de su madre el día en que las desahuciaron, su desesperación por no saber qué coger y qué dejar, su desconsuelo por tener que abandonar la casa de toda la vida; aquel desprecio de los hombres de las SS que se apostaron por todas las estancias

531

para vigilar lo que se llevaban, fiscalizando cada libro, cada detalle personal; resultaba incomprensible aquella falta de humanidad. Todo lo que su madre y ella habían podido sacar lo habían acumulado en la buhardilla, junto a las pertenencias de Yuri que aún guardaba, convertida ahora en una ruina.

El paisaje que le brindó la luz del día resultó desolador. Una capa blanquecina de polvo y yeso desmigajado cubría todo, allí donde no habían llegado los cascotes. Las cortinas hechas jirones, el ladrillo desnudo tras el papel pintado rasgado. Un viento frío se colaba por el agujero abierto en el techo. Vació una maleta de ropa de su madre y la llenó con ropa suya y algunas otras cosas que le pudieran ser de utilidad. Encontró bajo un rimero de escombros la caja que preparaba la noche anterior cuando le cayó el obús encima; se hizo con la manta, el diccionario, el lápiz y el cuaderno, además de los pocos víveres que tenía. También encontró sus zapatos; se los puso y guardó los de Claudia para devolvérselos. Vio la radio de su madre hecha añicos, aplastada por un trozo del tejado. Pensó con tristeza en la cantidad de veces que aquella radio había sonado a lo largo de su vida.

Se sobrecogió al comprobar que el mueble sobre el que tenía depositada una vieja caja de zapatos en la que guardaba los recuerdos y fotos de Yuri había quedado completamente calcinado. Se acercó con el corazón encogido. Removió los trozos de madera astillados y quemados, hasta dar con los restos de la caja. Todo reducido a cenizas, todo desaparecido, incineradas las imágenes que mantenían fresco su recuerdo. Abatida, se desplomó y rompió a llorar. Pensaba en él cada día, cada minuto de cada día, sin saber si estaba vivo o muerto. No había vuelto a tener noticias suyas desde su marcha, salvo las que en su día le había proporcionado Erich Villanueva, desaparecido asimismo repentinamente desde marzo de 1941. Aquella incertidumbre mantenida en el tiempo le resultaba demoledora.

Bajó la maleta a casa de Claudia. La señora Blumenfeld estaba en la cocina. Claudia se había ido a ver si encontraba a Hans por algún sitio.

Krista cogió dos cubos y fue a buscar agua. Ante los cortes del suministro general, se habían habilitado las antiguas bombas de agua con el fin de abastecer a la población de un bien tan preciado como escaso. Había mucha cola esperando. La pesada palanca chirriaba y era difícil accionarla porque estaba muy dura, por lo que llenar cualquier recipiente llevaba un buen rato. No obstante, todo el mundo esperaba su turno pacientemente, alerta siempre. De vez en cuando se oía un silbido cercano seguido de una fuerte explosión, además de las ráfagas de tiros cada vez más próximos de los que luchaban a pie de calle.

Cuando le tocó el turno a Krista, arreciaba el fuego de artillería, pero nadie se movía de la fila. Con los dos cubos a rebosar, emprendió el regreso haciendo equilibrios con el fin de evitar verter el líquido. Caminaba pegada a los laterales de los edificios, oyendo las balas rebotar en las fachadas como si fueran granizo. El suelo oscilaba bajo sus pies por las fuertes sacudidas. Se cruzaba con gente que, como ella, avanzaba con precaución y la angustia grabada en el rostro.

En el cruce de Friedrichstrasse con Mohrenstrasse, Krista vio a Ernestine avanzar por el centro de la calzada, como si las salvas no fueran con ella.

—¡Ernestine! —le gritó Krista—. ¡Ten cuidado, ponte a cubierto!

Ernestine continuó caminando con los ojos idos, sin atender a los gritos de alerta. Krista dudó. Dejó los cubos a un lado y corrió hasta alcanzarla obligándola a detenerse. Parecía desorientada, como si viniera de librar una batalla campal que hubiera perdido.

—Tienes que ponerte a cubierto —insistió Krista, preocupada por las bombas.

—Han saqueado la tienda —murmuró—. Se lo han llevado todo y lo que han dejado lo han destrozado. —Sus ojos, velados por una profunda tristeza, se fijaron en Krista—. Ya no me queda nada... Estoy sola, Krista, completamente sola.

—¿Y Oskar? ¿Dónde está?

De nuevo sus ojos se perdieron en sus atribulados pensamientos.

—Se ha ido. Me ha dicho que me abandona, que no me quiere —alzó los ojos anegados de lágrimas—, que no me ha querido nunca... ¿Qué va a ser de mí ahora?

—Tienes a tu hijo.

—Mi pequeño Adler está muerto... —Su voz sonó brutalmente fría—. Está muerto...

Krista se estremeció como si la hubiera atravesado un viento helado.

—¿Dónde está Adler? Ernestine, ¿dónde está el niño?

—Lo ha enterrado su padre en el jardín que hay frente a la confitería.

—Pero... ¿qué ha pasado?

—Se quedó en la calle mientras yo revisaba los destrozos del saqueo. Lo hace a menudo, se sienta en el escalón de la puerta, le gusta ver pasar a la gente. —Ernestine hablaba sin asimilar todavía la tragedia que acababa de vivir, confusa, a la defensiva del profundo sufrimiento que la acechaba—. Cuando salí tenía una bala en la cabeza. Su padre lo sostenía en brazos como una Piedad de mármol... Me gritó, me insultó por haberlo dejado solo... —Ladeó el cuello, el gesto ausente—. Luego lo enterró y cubrió la sepultura con una cruz hecha con dos tablas de madera y su nombre escrito en ella. Mi pobre niño... Mi pequeño...

—Ernestine, cuánto lo siento. —Krista se estremeció—. Vamos, te acompañaré a casa...

Pero Ernestine no se movió. La miró con una expresión extraviada.

—Antes de marcharse, Oskar me dio esto. —Abrió la mano, mostrando un reloj de pulsera de hombre. Se lo tendió a Krista—. Toma, tal vez a ti te sirva...

Krista, aturdida, cogió el reloj mientras Ernestine emprendía la marcha por el centro de la calzada, sin rumbo, sin detenerse ante el portal. La observó sobrecogida.

Una fuerte explosión la borró de su vista bajo una lluvia de cascotes y una nube de polvo gris que lo empañó todo. De manera instintiva, Krista se arrojó al suelo para evitar los efectos de la metralla. Al cabo de unos segundos, se levantó y corrió a refugiarse hacia el lugar en el que había dejado los cubos. Con desesperación comprobó que se habían volcado y derramado el agua por la onda expansiva. Se sentó con la espalda pegada a la pared, con una impotencia que parecía incendiar la sangre de sus venas.

Alzó los ojos y vio a Claudia al otro lado de la calle. También ella había presenciado la muerte de Ernestine. Las dos mujeres, separadas por unos metros de vía que suponían la vida o la muerte, se miraron sin moverse durante un rato.

Cuando Claudia pudo cruzar la calle, las dos subieron a la casa sin decir nada. Al entrar se asustaron porque olía a quemado y salía humo de la cocina. Se encontraron a Jenell muy entretenida arrancando las hojas del ejemplar de *Mi lucha*, mientras que Angela Blumenfeld las introducía en el fregadero, en el que había prendido una pira cuya lumbre ardía con fuerza soltando una espesa humareda.

—Hay que deshacerse de todo esto —les dijo la anciana antes de que pudieran decir nada—. Las fotos que tengas de tu marido con uniforme, los retratos de Hitler, las banderas, los libros, tenemos que quemar todo lo que sea nazi. Los rusos están al llegar y estas cosas nos comprometerían. Me lo ha dicho mi prima Isabel, con la que acabo de hablar por teléfono; vive en el barrio de Pankow, allí los ivanes llegaron hace cuatro días, dice que se han instalado en las calles, en las casas abandonadas, lo ocupan todo. —Enmudeció un momento antes de continuar con gesto mesurado—: Debemos estar preparadas, se avecinan tiempos muy complicados para las mujeres.

—¿Qué más nos puede pasar? —inquirió Claudia, sentándose en una silla con gesto cansado—. Llevamos solas toda la guerra, sobreviviendo, de eso se trata, de sobrevivir como sea y a costa de lo que sea.

La señora Blumenfeld la miró con lástima. Fue incapaz de explicarle la terrible realidad que le había contado su prima, una realidad que había vivido en sus propias carnes.

—Mi madre ya no me puede dar nada —prosiguió Claudia con la mirada puesta en su hija, que seguía deshojando la espléndida edición del libro abierto en sus manos, regalo de bodas de Hitler, firmado y dedicado de su puño y letra—. Me ha dicho que se acabó la gran vida en la cancillería. No sé qué vamos a hacer...

Enmudecieron durante un rato, sumidas en sus pensamientos, acechando sus cuitas constantemente.

Krista le contó a la señora Blumenfeld lo que le había pasado a Ernestine. Se sentó junto a Claudia y dejó el reloj sobre la mesa. Claudia se fijó en él. Lo cogió extrañada.

—¿De dónde has sacado esto?

—Me lo dio Ernestine antes de su muerte.

—¿Sabes de quién es este reloj? —preguntó Claudia, mientras lo examinaba.

—Será de Oskar, imagino. —Krista se encogió de hombros.

—Es el reloj del Führer, lo sé porque se lo regalaron mis padres hace tres años por su cumpleaños. Mi padre tenía uno muy parecido. Yo misma acompañé a mi madre el día que lo compró. Mira, tiene la fecha grabada en la parte de atrás, y la palabra *lealtad*.

Angela Blumenfeld lo cogió y lo inspeccionó con curiosidad.

—Debe de ser muy valioso.

—Lo es —asintió Claudia mientras se lo tendía a Krista—. Guárdalo bien. Si lo vendes, tal vez te pueda sacar de un apuro.

Krista guardó el reloj en el bolsillo. Claudia se levantó y se asomó a la ventana, miró a un lado y otro durante unos segundos. Repetía aquel gesto a cada rato pendiente del posible regreso de su pequeño Hans. Se volvió a sentar con el gesto contraído de dolor y suspiró con la mirada perdida en los miedos que la acuciaban por la suerte de su hijo. Tenía los ojos secos de tanto llorar y desde su desaparición notaba una angustiosa presión en el pecho y, a veces, sentía que le faltaba el aire que respirar.

Angela Blumenfeld se daba cuenta de su tribulación y le habló con voz dulce.

—Ya volverá. Hans es un buen muchacho. Cuando tenga hambre, aparecerá por la puerta, ya lo verás.

—Tengo que ir otra vez a por agua antes de que se haga de noche —dijo Krista.

—Iré contigo —añadió Claudia.

Cuando regresaron cargadas con el agua, empezaba a anochecer. El ruido de las bombas continuaba llenando el aire como una sinfonía mortal. Al entrar en la casa, Jenell fue corriendo al encuentro de su madre.

—Ha venido la abuela Erika. —Se lo dijo en voz muy baja.

Angela Blumenfeld apareció por el pasillo, el paso corto, apresurado, los hombros encogidos y el rostro compungido.

—Está en tu habitación —le dijo a Claudia—. Parece muy afectada.

Claudia dejó los cubos llenos de agua y en ese momento sonaron las alarmas. Entró de forma precipitada en su alcoba. Erika Kahler permanecía vestida tendida sobre la cama, tan solo se había quitado los zapatos, que había colocado perfectamente alineados junto a la mesilla. Cuando Claudia la vio, le pareció un espectro; estaba muy pálida y unas profundas ojeras orlaban sus ojos secos.

—Madre, tenemos que bajar al refugio.

Ella no contestó siquiera. Krista se asomó a la alcoba y las instó a que se dieran prisa. El eco de las bombas iniciaba su atronador recital. Ante la evidente negativa de su madre a moverse, Claudia apremió a Krista para que bajasen al refugio con la niña.

Cuando madre e hija se quedaron solas, Claudia se acercó a la cama y se sentó a su lado.

—¿Y papá?

—Tu padre se ha suicidado... También lo han hecho tus suegros, como tantos otros. —La respuesta la cogió tan desprevenida que no reaccionó. Se quedó mirando a la oscuridad como si aquel funesto mensaje no fuera con ella. Erika Kahler prosiguió, debilitada la voz por una honda desesperanza—: Después de la muerte de nuestro Führer no nos queda nada. Nuestra única esperanza estaba en él. Solo guiados por su persona cabía una posibilidad de triunfo de Alemania...

—¡Madre, ya está bien! —protestó Claudia irritada—. Tu Führer es el que nos ha llevado a esta catástrofe. Hitler es el responsable directo de todo el horror que estamos viviendo, y vosotros sois culpables por haber sostenido a ese loco hasta el final.

La rabia se mezcló con la dolorosa conciencia de la muerte de su padre. Todo se desmoronaba, su mundo de antes había dejado de existir. Estaba ahí, junto a una madre a la que no sabía si querer u odiar, expuesta a que una bomba acabase con ella, soportando sus delirios demoniacos sobre ese despreciable Mefistófeles de Hitler.

De repente, Erika rompió a llorar con tanta amargura que Claudia no pudo evitar conmoverse.

—Vamos, mamá, no llores más, por favor. No sé cómo, pero saldremos de esto.

Trató de cogerle la mano, pero su madre la retiró.

—Todo ha terminado. —Cortó en seco el llanto—. Ya no queda futuro... Vivir ya no tiene sentido.

—¿Y tus nietos? ¿Y yo? ¿Es que no significamos nada para ti?

—Si supieras lo que he visto, Claudia, si tú supieras...

En un tono monótono, Erika Kahler contó a su hija cómo, tras el suicidio e incineración de Hitler y su esposa la tarde anterior, todo había empezado a desmoronarse convertidos los cimientos de aquella locura en un fango pastoso. El espectáculo en las estancias de la cancillería y de sus sótanos degeneró hasta transformarse en dantesco: hombres y mujeres borrachos, fornicando en cualquier lugar a la vista de todos, una especie de bacanal a la espera del fin del mundo. Corrían rumores sobre la brutalidad con la que actuaban los rusos y, con el ejemplo del Führer, el único modo de evitar la humillación era el suicidio o la huida. Habían sido muchos los que se habían pegado un tiro o ingerido cianuro. Otros oficiales estaban preparando su marcha hacia el oeste, con la intención de entregarse a los Aliados. Se negaban a caer en manos de los bolcheviques y acabar sus días en Siberia. Erika Kahler contó a su hija que ella estaba presente cuando los Goebbels tomaron la decisión de acabar con su vida y con la de sus seis hijos.

—Nunca pensé que fuera capaz de hacerlo. Magda ha sido una madre ejemplar, pero desde ayer parecía poseída por un alma endemoniada, fría e insensible. El doctor Gebhardt interpeló a su conciencia de madre y trató de convencerla de que lo dejase trasladar a los niños fuera del búnker, que él mismo se encargaría de entregarlos a la Cruz Roja, pero Joseph clamó que eran sus hijos, y que de ninguna manera podían quedar vivos. —Se hizo un estremecedor silencio, enmudecidas las bombas como si hubieran decidido respetar la intimidad de madre e hija, arropadas por la oscuridad de aquella alcoba—.

Las mujeres no estamos hechas para matar... —prosiguió con una expresión ausente—. Les ha inyectado morfina para dormirlos... Y luego —miró a su hija buscando unos ojos a los que agarrar su conciencia—, luego Magda entró sola en la habitación... Lo vi todo desde la puerta. Una a una fue sacando del bolsillo la cápsula de cobre que guardaba la ampolla con el cianuro, y una a una abrió sus bocas, la introdujo y apretó la mandíbula hasta romper el cristal. Cada vez que lo hacía, sus pequeños cuerpos se agitaban solo un segundo antes de quedar inertes. —El tono lúgubre de Erika hacía estremecer a su hija—. La última fue Helga, la mayor; la morfina no le había hecho mucho efecto y se resistió... Pero su madre la agarró con fuerza hasta abrirle la boca y meterle la última de las ampollas. —Torció el gesto con una mueca de dolor—. Cuando Magda salió... Si la hubieras visto, Claudia, si hubieras visto su mirada...

—Dios santo —musitó Claudia entre la incredulidad y el horror por lo que estaba escuchando—. Cómo es posible que una madre sea capaz de semejante barbaridad. Ha llevado a esos niños en su vientre, los ha parido, los ha cuidado... No puedo creerlo. No son seres humanos, son monstruos. Se merecen pudrirse en el infierno.

—El infierno ya lo han vivido en este mundo. Ahora ya nada importa. Magda y Joseph Goebbels se han suicidado... Muertos... Todos están muertos —murmuraba ensimismada—. Tengo mucha sed. ¿Puedes traerme un poco de agua?

Claudia se levantó y caminó tambaleante, tanteando con las manos la pared para no tropezar. La cabeza le daba vueltas recordando a los seis niños Goebbels; los conocía a todos, los había visto nacer, los había tenido en sus brazos, sus propios hijos habían jugado con esos niños en muchas ocasiones, y ahora yacían muertos en las profundidades de un búnker construido para salvaguardar la vida de los que lo habitaban. Qué sentido tenía aquel horror; tan solo eran unos niños inocentes, la pequeña tenía cuatro años; la mayor, dos años más que su hijo Hans, eximidos de los millones de crímenes que la historia atribuirá a su padre.

Cuando regresó con el agua, su madre tenía los ojos cerrados. Dejó el vaso sobre la mesilla y le tocó el brazo con delicadeza pensando que estaba dormida.

—Mamá, aquí tienes el agua.

No obtuvo respuesta. La zarandeó un poco sin que reaccionase, el rostro ladeado, la boca entreabierta. La sacudió cada vez con más fuerza, con más rabia, hasta que el resplandor de una bomba incendiaria que cayó muy cerca iluminó la estancia y atisbó algo junto a su mano yerta. Eran las dos partes de un cilindro hueco de cobre. El pulso se le aceleró, introdujo los dedos entre sus labios y enseguida palpó diminutas esquirlas de cristal. Un sudor frío le subió por la nuca y el paladar se le secó de repente. Un leve quejido se le escapó de la garganta, pero no hizo nada. No se movió. Se quedó el resto de la noche sentada en la cama junto a su madre muerta. No lloró, no sintió nada, era como si se hubiese quedado vacía.

Al amanecer Krista la encontró en la misma posición, el cuerpo aterido.

A Erika Kahler la enterraron en un patio interior que había detrás del edificio. Como otros muchos ciudadanos de Berlín, sus restos no descansaban en un cementerio sino en los jardines de las casas, en los patios, en los callejones, aprovechando el hueco del cráter que las bombas abrían en la tierra. No tuvieron funeral, ni rezos, ni lápidas, ni siquiera flores. La vida se reconstruiría sobre sus cuerpos sacrificados en la vorágine de una guerra atroz.

Cuando Claudia dejó a su madre en aquella morada definitiva, el sol de aquel 2 de mayo empezaba a colarse por entre las nubes grises que cubrían el cielo. Se iniciaba un nuevo día y los rusos estaban cada vez más cerca.

Claudia permanecía asomada a la ventana observando la calle, mujeres desaliñadas en su mayoría, consumidas por la falta de víveres, avejentadas por la falta de esperanza y el hambre acumulada; eran muy pocos los hombres que pululaban desorientados, perdidos en una ciudad en ruinas, irreconocible.

Al otro extremo de la calle vio a un chico correr en dirección a ella. Se irguió alertada. El corazón le brincó en el pecho. Nerviosa, se dio la vuelta, salió al pasillo y se precipitó escaleras abajo. Al salir del portal se detuvo en seco. Hans estaba a unos cincuenta metros y seguía acercándose, la cabeza gacha, corriendo de forma cansina, como si las piernas le pesaran y cada paso le costase un mundo. Ella se mantuvo quieta sin terminar de creerse el regreso del hijo pródigo después de dos días de ausencia con sus largas y penosas noches.

Al descubrir a su madre, Hans frenó el avance dubitativo, a la espera de una reacción de ella. Claudia dio varios pasos hacia él, su rostro anhelante, y abrió los brazos para recibirlo. El niño soldado reanudó la carrera hasta refugiarse en el abrazo materno. No hubo reproches, ni preguntas. Subieron a casa y lo primero que hizo fue despojarse del uniforme como si le repugnase el tacto de la tela con su piel. Se aseó con la ayuda de su madre y se sentó a la mesa de la cocina. Estaba hambriento y muy cansado. La señora Blumenfeld le puso un plato de caldo de col que había conseguido templar en la llama mortecina del hornillo de gas y Hans lo tragó despacio, los ojos bajos, a sabiendas de que tenía sobre él la mirada atenta de las tres mujeres. Nadie le preguntó nada. Solo lo observaban como una bendita aparición, sobre todo la madre, que lo contemplaba con arrobo, recuperado el brillo perdido de sus ojos claros.

Cuando sació el hambre, con la pausa de aquel tiempo atrapado en una espera incierta, Hans les relató con la voz rota que se había unido a un destacamento de los *Volkssturm*, con quienes había pasado dos días agazapado en el interior del Reichstag, tratando de defender del ataque soviético las ruinas del Parlamento alemán. Sin embargo, de madrugada, los rusos habían conseguido entrar en el edificio, subir hasta la parte más alta y colocar su bandera roja. Su unidad se deshizo en desbandada. Había logrado huir de los ivanes gracias a un carpintero que lo guio por los sótanos hasta salir a la calle.

—Tenía más de sesenta años —contaba Hans muy concentrado y con el rostro sombrío—. Me recordaba mucho al abuelo —en ese momento se dirigió a su madre, como si buscase su aprobación—; por eso me fui con él. Vestía el uniforme de la anterior guerra, uno muy parecido al que tiene el abuelo. Creíamos estar a salvo. Me dijo que me acompañaría hasta casa, que ya había terminado el tiempo de luchar... Pero nos topamos con una patrulla de la Feldgendarmerie.

—Esos cretinos —intervino Angela Blumenfeld para sorpresa de todos—. Son esos de la placa en el cuello, «perros de presa» los llaman; funcionan como policía militar y se encargan de perseguir a los desertores o a los civiles sospechosos de fuga. Los he visto actuar: son peores que los rusos, van a la caza de nuestros hombres cansados de tanta guerra.

Krista y Claudia se miraron pasmadas. Nunca habían oído hablar de ese modo a su vecina. Tras aquel paréntesis, Hans continuó con su relato.

—Nos pidieron la documentación. El carpintero no la tenía porque la llevaba en su guerrera, que había dejado a un herido que tenía frío. —Hans tenía la barbilla pegada al pecho, batallando por contener las lágrimas que desbordaban sus ojos. De repente alzó la cara, su rostro estaba encendido en una mezcla de terror, rabia, pena y dolor—. Le pegaron, lo arrastraron a patadas, lo desnudaron... Yo... —Se le quebró la voz y salió temblona de la garganta con un tono infantil que estremeció a Claudia—. Yo no sabía qué hacer... Pensé que después vendrían a por mí y... Me asusté... —Buscó los ojos de su madre suplicando su comprensión—. Salí corriendo y lo dejé allí. Oía sus gritos pidiendo clemencia hasta que... —Tragó saliva como si se atragantase—. Cuando me volví lo vi colgado por el cuello en una verja... Su cuerpo se balanceaba en el aire y... no lo ayudé... Lo dejé allí y no lo ayudé.

Abrumada por el dolor de su hijo, Claudia se levantó y abrazó su cabeza pegándola a su regazo, acariciando el pelo oscuro y rizado, meciendo su cuerpo levemente, acunando a su pequeño, tratando de consolar la brutalidad de la experiencia vivida.

Lo acostaron y durmió con un sueño inquieto. Su madre se tumbó junto a él.

Era mediodía cuando el señor Witt llamó a la puerta con premura. Le abrió Krista.

—¡Hay que bajar al refugio! —gritó sin detenerse—. Los rusos ya están en Unter den Linden. Llegarán aquí en cualquier instante.

A continuación desapareció escaleras abajo. Se oían voces de gente en la calle.

—¡Claudia, señora Blumenfeld, tenemos que bajar al refugio, rápido!

Todos corrían despavoridos por la calle en dirección a la entrada que llevaba al sótano, bajo el arco de los aviones rusos que los sobrevolaban, perseguidos por los tiroteos, el impacto y el silbar de balas. El combate era ya cuerpo a cuerpo, casa por casa, una lucha encarnizada en un avance lento y pesado. El sonido de pasos apresurados resonaba por los pasadizos, precipitados escaleras abajo; un largo pasillo los llevaba al que consideraban lugar seguro. Mujeres, niños y ancianos entraban en tropel y se distribuían a lo largo del espacio estrecho y húmedo, llenando aquel universo de oscuridad, rostros asustados, lamentos plañideros, ojos inquietos, muy abiertos. Cuando cerraron la puerta todo quedó en silencio. La mayoría había oído rumores de cómo se las gastaban los rusos en los barrios a los que ya habían llegado, así que a las chicas más jóvenes las escondieron bajo mantas o detrás de los bancos de madera. El llanto de algún bebé rompió el mutismo, la madre intentaba calmarlo tarareando una nana. De fondo se podía percibir el quejido atribulado escapado de alguna boca.

Claudia y los niños estaban sentados muy juntos en una bancada de madera. Junto a la niña, Angela Blumenfeld permanecía muy seria; a su lado, a la luz de una lámpara de petróleo colgada del techo sobre su cabeza, Krista trataba de repetir frases posibles para dirigirse a los rusos. Tenía enfrente a dos hombres sentados muy juntos, vestidos de civiles con sendos trajes tazados y llenos de polvo. Rondaban los cincuenta años. El rostro lívido, encogidos los hombros, amedrentados, tan acobardados que Krista no pudo evitar un sentimiento de lástima hacia ellos.

—Dicen que la ciudad se ha rendido a los rusos —se oyó decir a alguien—. ¿Es cierto eso? ¿Alguien sabe algo?

Nadie respondió.

—También se dice que el Führer ha muerto heroicamente —clamó otro.

—¡Estamos perdidos! —gritó una mujer—. ¡Gloria a nuestro Führer!

Krista no pudo soportar tanta estulticia y chilló con rabia:

—¡Hitler se ha suicidado como un cobarde!

Tras unos segundos de pasmado mutismo, se elevó en el aire una marea de murmullos como una enorme ola de voces. Nadie se atrevió a desmentir las palabras de Krista. Poco a poco fueron apagándose los susurros, dando paso a un aplastante silencio.

Pasaron tres horas en una calma aparente, agazapados en aquel submundo sin saber qué ocurría por encima de sus cabezas, más allá de la puerta que los ocultaba del peligro. Sin casi moverse, se mantenían atentos a los ruidos que se oían en el exterior. El rugir del motor de los carros de combate fue lo que les indicó que ya estaban allí. Los rusos habían llegado a Mohrenstrasse. El aire parecía espesarse por el pánico apenas contenido. Se oyeron pasos de botas, voces en ruso, hasta que sucedió. La puerta se abrió y apareció un hombre de cabeza grande, chaqueta de cuero y botas altas con una potente linterna en la mano. Se adentró dos pasos en el sótano abarrotado de ojos atemorizados que lo miraban en aquella turbia penumbra de velas y lámparas de petróleo. Se acercó a una de las mujeres, la cogió de la barbilla y le levantó la cara iluminándola con el haz de luz. Apareció otro y otro más. Se adentraron hacia el fondo. La respiración contenida, esquivos los rostros tratando de no llamar la atención de aquellos intrusos, pasar desapercibidos a sus ojos. Uno de ellos gritó en ruso si había algún soldado alemán. Nadie le contestó. La única que lo entendió fue Krista, pero se le había hecho un nudo en la garganta y le costaba articular una palabra.

—*Tupoy* —dijo uno de ellos provocando la risa de los otros dos.

Krista lo entendió, «tontos, cortos, imbéciles»; un modo despectivo de tratar a la acobardada población civil alemana que los miraba anonadada. Asimismo, los alemanes se referían de forma impersonal a los soldados soviéticos como «los ivanes», y estos solían aludir como «Fritz» al hombre alemán y como «Hildegarda» a las alemanas.

El que había formulado la pregunta volvió a repetirla.

—No hay soldados alemanes. —Se oyó la voz de Krista, y continuó balbuciente en ruso—: Todos somos civiles.

Fue el centro de atención no solo para los tres rusos, sino para el resto, que la miraba entre el pasmo y la esperanza. Que alguien se entendiera con ellos podría suponer una ventaja.

—¿Sabes ruso? —le preguntó el que había entrado primero.

—Un poco —respondió temerosa. Notaba que todo el cuerpo le temblaba.

—¿Dónde hay aguardiente?

—Aquí no hay aguardiente —contestó mirándolo a los ojos—. Solo pan —añadió tendiéndole un trozo que tenía en el regazo.

Entonces se oyó un chillido. Uno de los que habían entrado hasta el final arrastraba a la hija de los Witt hacia la salida. Rita clamaba, se resistía, pero no le servía de nada. Detrás iba la madre gritando desesperada que la dejase. Al pasar por delante de Krista, Gerda Witt le suplicó que la ayudase.

—Dígales algo, por favor, haga algo... ¡Se la llevan! —exclamó horrorizada.

Krista se la quedó mirando, sin reaccionar, la mente aturullada pensando qué podía hacer ella para evitar lo que resultaba inevitable. Los gritos de Rita eran desgarradores. Al que la había cogido se le unió el otro y los dos se la llevaban ante la pasividad de todos. El primero que había entrado, que parecía el jefe, no se inmutó. Se dio la vuelta y se fue detrás de sus compañeros. Krista miró a los dos alemanes civiles que estaban frente a ella, pero esquivaron sus ojos de inmediato, pegadas las barbillas al pecho, las manos temblorosas, desentendiéndose de lo que no eran capaces de resolver.

Ante la insistencia de Gerda, Krista se levantó y salió detrás de los soldados, que ya estaban fuera del refugio, tratando de articular algo que decir en ruso.

—Por favor, por favor... —Su voz detuvo a los dos hombres, que se volvieron hacia Krista con una mueca de sorpresa, poco acostumbrados a que nadie se atreviera a salir en defensa de otro—. Déjenla, por favor.

Rita se retorcía bien sujeta por los brazos. Uno de ellos la soltó y se acercó a Krista con una sonrisa en la boca. Ella sintió que todo su cuerpo se tensaba.

—¿Tienes marido? —le preguntó el ruso.

Krista dudó unos segundos, y entonces mintió:

—Sí, es ruso, por eso sé ruso.

El hombre frunció el ceño. Su cráneo era alargado, su pelo fosco, oscuro, tieso, y sus ojos diminutos parecían los de una rata escudriñando algo. Tenía la cara picada de viruela. A pesar de que era joven, su piel parecía de cartón piedra, gris, recia.

—¿Dónde está?

—No lo sé. Estamos en guerra, pocas mujeres saben dónde están sus hombres.

El llanto desconsolado de Rita se mezclaba con los gritos suplicantes de la madre a su espalda.

—Déjenla... Por favor... —insistió Krista algo más confiada por la breve conversación mantenida con aquel hombre—. Es muy joven...

En ese momento Rita consiguió desasirse del amarre del otro ruso y corrió hacia el refugio, pasando al lado de Krista, pero cuando ella fue a darse la vuelta para meterse también, oyó el sonido sordo de un portazo. Horrorizada, se acercó corriendo a la puerta y la aporreó gritando hasta que una mano la agarró del brazo y tiró de ella con fuerza.

—No me importa tu marido. Ven con nosotros. Solo queremos un poco de amor.

Tiraron de ella hacia el corredor, alejándola de la protección del refugio. Gritó, se resistió retorciéndose, pero el más fuerte la aferraba del cuello para hacerla callar y temió que la ahogase, así que se dejó llevar. Estaba nerviosa, sentía un fuerte latido en sus sienes. Les pedía tranquilidad, y ellos la miraban con un gesto bonachón, como si aquello fuera una cosa natural, el botín lógico tras la dura batalla.

La arrojaron en un rincón oscuro. Había un pequeño charco y sintió la humedad que le empapaba la espalda. Mientras que uno le sujetaba los brazos, el otro se desabotonó el pantalón, que se deslizó hasta los tobillos. Cuando se inclinó hacia ella, Krista cerró los ojos y apretó los muslos. Notó que le rompía la ropa interior y sintió el peso sobre su cuerpo, dejándola cada vez más inmovilizada. Le susurraba palabras que no entendía, pero que le producían aversión con solo oírlas. Quiso besarla, y Krista retiró la cara. Su aliento caliente olía a caballo. Clavando con brusquedad la rodilla entre sus muslos, consiguió separarlos, y Krista le mordió en la mejilla. Sus dientes notaron la blandura de la piel sucia, pringosa. El ruso gritó dolorido y a continuación un fuerte puñetazo en la mejilla la dejó aturdida e inerte. Lo notó todo envuelto en una nebulosa de dolor, abandonada de sí misma, con una sensación de hundirse en el suelo, como si resbalase hasta quedar sumergida en la frialdad de la tierra.

El segundo fue más rápido, aunque más violento. Sintió una mezcla de escozor y dolor seco. Se oyeron voces rusas que se acercaban. Krista temió que se unieran más a aquella orgía en la que se había convertido su cuerpo. Sintió la presencia del grupo de rusos, sus risas y groserías. Luego se marcharon y la dejaron allí tirada. Cuando se vio sola, fue incapaz de moverse. Abrió los ojos y vio el techo oscuro, lleno de manchones de la humedad. Le quemaba la mejilla como si tuviera una candela pegada a la piel y sentía un intenso escozor en sus partes íntimas. El ahogo de las lágrimas la obligó a cerrar los ojos, y poco a poco su cuerpo mancillado se fue haciendo un ovillo, encogida sobre sí misma, las piernas pegadas al pecho y rodeadas por los brazos. Oyó unos pasos apresurados que se aproximaban y se tensó, alerta.

—¡Krista... Krista! —La voz de Claudia retumbaba en aquellos huecos negros.

Fue Angela Blumenfeld quien la descubrió.

—¡Aquí! —gritó—. Está aquí.

Claudia se acercó hasta ella y se arrodilló a su lado. Solo

entonces Krista abrió los ojos y se abrazó a ella rompiendo a llorar.

—Lo siento, lo siento... —repetía Claudia asimismo sollozante, la voz rota, rabiosa, balanceando levemente aquel cuerpo maltrecho—. No me dejaron salir... Intenté abrir la maldita puerta, pero esos canallas no me dejaron... Lo siento, Krista, lo siento...

Durante un largo rato las dos mujeres permanecieron abrazadas la una a la otra, tratando de ahuyentar su espanto con las lágrimas. Angela Blumenfeld y los niños observaban la escena a un lado, consternados.

Ya en la casa, Krista se lavó como pudo y se cambió de ropa. Le habían roto el único liguero que le quedaba. La señora Blumenfeld pasó a las ruinas de su piso y volvió con un costurero y una caja de vaselina.

—Esto te aliviará el escozor —le dijo a Krista conforme le tendía la crema—. Dame el liguero, se me da bien la costura. Sabré cómo recomponer este desastre.

Krista cogió la caja de vaselina y le dio las gracias.

Claudia salió a buscar harina y leche; se había corrido la voz de que en un almacén cerca de Karlplatz estaban repartiendo estos productos. No quedaba más remedio que seguir viviendo, a pesar de todo.

Mientras Krista sorbía un café de malta sentada en la cocina, Angela Blumenfeld le confirmó la feroz pelea que Claudia había librado con los Witt y con otros vecinos, incluidos los dos civiles que le habían impedido salir del refugio para acudir en su ayuda. La tensión había sido tanta que el señor Witt había propinado una fuerte bofetada a Claudia, y Hans, defensor de la postura de su madre, le endilgó al vecino un empujón que lo hizo trastabillar y, al caer, se había hecho una brecha en la frente.

—No imaginas el drama que ha montado esa estúpida de Gerda Witt —decía la anciana mientras cosía el liguero—.

Qué mujer tan escandalosa, ni que le hubiera roto la cabeza. —Chascó la lengua, ladeó el cuello y echó un rápido vistazo a Krista por encima de las gafas—. Una lástima que no lo hiciera.

Krista esbozó una sonrisa. Fue el primer paso para asumir la terrible realidad que había sufrido.

Aquel suceso tan solo había sido el principio de la gran tragedia que los esperaba. Sobre todo a las mujeres, convertidas en botín de guerra, en un endemoniado ajuste de cuentas de los rusos con que resarcir las atrocidades cometidas por los hombres del ejército alemán contra sus propias mujeres, sus madres, sus hermanas, sus novias, sus esposas, sus hijas. La revancha mezclada con el resentimiento y el agotamiento embrutecido de una larga guerra que hacía cuatro años había arrancado de sus hogares a aquellos hombres sin un solo día de permiso.

Estaba amaneciendo cuando Claudia se levantó. Era la primera vez desde hacía semanas que pasaban la noche en la blandura de sus camas y no en el agobio claustrofóbico del refugio. Había distribuido las habitaciones: Krista dormía con Jenell, y había acomodado a la señora Blumenfeld en la alcoba que había ocupado Mina, la niñera judía que desde el nacimiento de Jenell había permanecido a su lado hasta que fue detenida, hacía más de dos años, cuando estaba en la cola de la lechería. Desde entonces no había vuelto a saber nada más de ella.

La casa permanecía en un plácido silencio. Claudia se asomó a la ventana sin cristales de la cocina. Corría un viento helado y en el cielo se formaban retorcidos nubarrones. El frío se resistía a ceder a la cálida primavera.

El huracán de la batalla había dado paso a los gritos de mujeres arrastradas a rincones, agredidas por uno o varios, alaridos que contrastaban con la estremecedora abulia moral del resto de la población; nadie defendía a nadie, todos miraban hacia otro lado con un irreprimible deseo: «que no me toque a mí». Incluso se reconvenía a la que se resistía, conminándola a que se dejase llevar para evitar perjudicar al resto. Cada uno debía preocuparse de sí mismo en un primitivo afán de supervivencia.

Un batallón del ejército ruso se había instalado en el cruce de Friedrichstrasse, a unos ciento cincuenta metros del portal. Se decía que Berlín se había rendido a los soviéticos, rumores sin confirmar a los que se aferraba la población civil agotada.

Angela Blumenfeld apareció en la cocina, ajustándose su escaso pelo blanco en un moño en la nuca. Se dieron los buenos días.

—No ha quedado ni una gota de agua. —La vecina prendió el gas del infiernillo para calentar la malta—. Ayer la pobre Krista utilizó todo lo que teníamos.

—Iré yo. —Claudia ya estaba poniéndose la chaqueta.

—Ten mucho cuidado.

—Lo tendré, y usted cuide de mis hijos —le respondió con una sonrisa.

Cogió los cubos y salió a la calle.

A mediodía el sol primaveral había conseguido romper la capa gris de nubes y caldeaba el ambiente. Jenell jugaba en el salón con su muñeca, mientras Hans leía un cuento.

Krista y Angela Blumenfeld estaban en la cocina. Krista trataba de pelar unas patatas podridas que en otro tiempo no hubieran servido ni para el ganado; la señora Blumenfeld amasaba la harina que Claudia había conseguido el día anterior con la intención de hacer algo de pan. Hablaban de cosas intrascendentes: del pasado de la vieja Blumenfeld, de por qué se había quedado soltera. De repente enmudeció al descubrir a Claudia en la puerta como una súbita aparición. Contemplar su aspecto fue como recibir una fuerte bofetada; su larga melena revuelta y desgreñada, las medias caídas hasta los tobillos, la falda rasgada y los botones de la camisa arrancados; traía las rodillas raspadas de heridas y el labio superior ensangrentado. Sus ojos estaban hinchados y secos de haber llorado.

Un silencio raro quedó atrapado en el aire, derramada sobre sus cabezas la sombra de un miedo paralizante.

—He perdido los cubos —dijo la recién llegada a punto del llanto.

Krista se fue hacia ella, la ayudó a sentarse y se volvió hacia la anciana.

—Atiéndala, señora Blumenfeld.

—¿Adónde vas? —Se alarmó.

—A por agua para que pueda lavarse.

Krista salió a la escalera y subió hasta el tercer piso. Dio varios golpes fuertes en la puerta y oyó pasos sigilosos al otro lado.

—Señora Witt, ábrame. Necesito un poco de agua con urgencia.

—¡No tenemos agua! —exclamó con voz de pito sin llegar a abrir.

—Sé que tienen. La he visto subir con dos cubos hace un rato. No pueden haberla gastado toda.

—Ya sabes dónde encontrarla. Ve tú a por ella.

Krista dio un fuerte golpe en la puerta.

—¡Le devolveré hasta la última gota, maldita sea! —gritó con rabia—. Necesito el agua para que Claudia pueda lavarse. La han... —Le costaba decir la palabra. Tragó saliva y tensó el rostro—. La han violado y tiene que lavarse. No nos queda ni una gota y tardaré horas en volver con los cubos llenos. —Su voz rabiosa se iba ablandando, rendida ante una brutal evidencia. Apoyó la frente sobre la madera de la puerta en un gesto derrotado, los ojos cerrados tratando de frenar el llanto—.

Deme un poco de agua... —se le quebró la voz—, se lo suplico... Tan solo un poco de agua para que pueda lavarse...

Transcurrieron varios segundos. Estaba a punto de rendirse cuando oyó voces en el interior, una fuerte discusión a la que siguió el crujir de la cerradura. La puerta se abrió y apareció el señor Witt con un cubo mediado en la mano. Tenía la frente vendada con una tira de tela y un hematoma le orlaba los ojos de oscuro.

—Súbame luego el cubo. —Se lo tendió—. Solo tenemos dos.

Krista agarró el asa y asintió susurrando un emocionado «gracias». Gerda la observaba desde el umbral de la puerta, con una mueca huraña, antipática, en contraste con el semblante compungido del señor Witt, que le dio la espalda y se metió en la casa.

De vuelta, Krista llevó a Claudia al baño y la ayudó a desprenderse de la ropa; le costaba hacerlo porque seguía encogida y se quejaba dolorida.

—Vamos, Claudia, te sentirás algo mejor cuando te laves. —Krista le hablaba con mucha delicadeza—. Te lo digo por experiencia.

Claudia le sonrió agradecida. Lentamente se fue lavando cada parte mancillada de su cuerpo, solo con agua; la última pastilla de jabón que le había proporcionado su madre hacía días que la habían consumido.

Cuando volvieron a la cocina, Angela Blumenfeld las esperaba con dos tazas de café caliente y un trozo de pan con mantequilla sobre el que había untado una capa de confitura de frambuesa.

—¿Y todo esto? —Claudia se asombró—. Creía que no nos quedaba nada.

—No os lo vais a creer —contestó la anciana con un tono de regodeo—. Lo ha bajado la chica de los Witt. La ha enviado su padre, y me ha dicho que su madre no debe enterarse de esto de ninguna de las maneras.

Claudia y Krista se miraron y se echaron a reír.

—Vamos, comed —dijo la vecina satisfecha—. Los niños ya se han zampado dos rebanadas bien untadas y yo me acabo de tragar otra. Con el estómago lleno, las cosas se ven de otra forma.

Después de alimentarse, sin que ninguna se lo pidiera, Claudia contó, en un tono muy bajo, lo que había ocurrido. En la cola del agua dos soldados rusos estuvieron molestando a las mujeres con cochinadas, dando pellizcos y sobando con descaro.

—De camino a casa, cuando creí que me había librado de ellos, me agarraron por detrás —se llevó la mano al cuello con gesto de agobio— y me arrastraron hasta las ruinas de un edificio. Ya no eran dos —añadió pesarosa, la mirada fija en el vacío, el ceño arrugado—. No sé cuántas veces... No sé cuántos... No sé... Cerré los ojos y dejé de pensar.

Un turbador sentimiento se cernió sobre las conciencias de las tres mujeres. Sus ojos se buscaban y a la vez se evitaban, reveladores del desconcierto y una profunda impotencia.

—Dios santo... —murmuró al fin Krista—. ¿Qué vamos a hacer?

—Buscar protección —soltó de repente Angela Blumenfeld—. Si no lo hacemos, estamos perdidas.

—¿Dónde podemos pedir protección? —inquirió Krista con escepticismo—. ¿Y a quién? Nuestros hombres están desaparecidos, no hay autoridades a las que acudir, ni policía donde denunciar.

—Ya os dije que mi prima Isabel vive en Pankow. Allí llevan conviviendo con los rusos desde hace días y me advirtió de lo que nos iba a pasar. Me contó cosas espantosas, les da lo mismo una cría que viejas secas como yo. El mayor peligro está por la noche, cuando se emborrachan y buscan con quién desfogarse. Al principio estaban como ahora nosotras, conmocionadas, paralizadas y solas. La cuñada de mi prima tiene vuestra edad.

—Hizo una leve pausa, buscando la manera adecuada de decir lo que quería—. Ella decidió poner remedio: se fue a la calle y regresó con un comandante. Desde entonces nadie las molesta, tan solo están para los oficiales que acompañan al comandante; se trata de aguantar solo a uno. —Calló de nuevo, como si analizase el efecto de su propuesta—. Los rusos les llevan comida en abundancia, velas, jabón. Me dijo que hay que buscar oficiales; los que interesan llevan estrellas en la gorra, visten abrigos de cuero y botas, están más aseados y suelen tener mejores modales, aunque hay de todo. —Angela Blumenfeld hablaba como si estuviera dando una clase de supervivencia, el tono sereno, firme, convencida de lo que estaba planteando ante la mirada atónita de las dos mujeres—. Debemos buscar un lobo que cuide la manada. Eso es lo que debemos hacer.

—No puedo creer lo que está diciendo —dijo Claudia desesperada.

—¿Está sugiriendo que salgamos a seducir a un oficial ruso? —preguntó Krista con incredulidad, sin saber si llorar o echarse a reír.

—Convertidas en fulanas de un oficial ruso. En unas putas.

—No, Claudia, es supervivencia. —La anciana Blumenfeld alzó la barbilla como para dar autoridad a sus palabras. Luego moduló su tono, tratando de mantener la calma—: Mi prima me dijo que ellas tardaron tres días en reaccionar, que durante ese tiempo las noches fueron mucho más infernales que todos los bombardeos que hemos sufrido. Los soldados rusos llegaban borrachos, en grupos; todas las mujeres de la casa fueron violadas una y otra vez hasta que llegaron sus oficiales. Ya nadie las molesta.

—Nos encerraremos —resolvió Claudia muy alterada—. Echaremos el cerrojo, apalancaremos la puerta.

—Rompen cerrojos y puertas —insistía paciente la vecina—, son como animales salvajes. Cuando salen en busca de su presa no hay lugar donde esconderse.

De la calle llegaron los gritos de súplica de una chica acompañados de voces en ruso, risotadas, la obertura a la tragedia. Angela Blumenfeld se asomó durante unos segundos y volvió a sentarse con el rostro desencajado.

—¿Cómo es posible que esté pasando esto? —murmuró Krista.

—Que nos viole uno solo. —Claudia hablaba entre la ironía y el espanto—. Santo cielo... Todo esto se lo debemos al Führer —dijo en tono mordaz, mirando a las dos mujeres y alzando las cejas. Dio un fuerte golpe en la mesa con el puño cerrado y su voz rugió encolerizada—: ¡Todo esto se lo debemos a ese cabrón de Hitler y a todos los necios miserables cuyas mentiras creímos! ¡¿Dónde están los hombres de Alemania?! ¡¿Dónde está la perfecta raza aria?! ¡Qué tremenda estupidez! ¡Qué equivocación! ¡Qué terrible error hemos cometido!

Nadie replicó. Al cabo, Krista se removió para exponer una necesidad aún más inminente:

—Hay que ir a por agua —lo dijo levantándose, dispuesta a enfrentarse al peligro de salir y exponerse.

—Iré yo. —La voz de Hans sorprendió a las tres mujeres. Estaba en el umbral de la puerta y miraba a su madre con una mueca de sufrimiento dibujada en su rostro. Se acercó a ella y la besó en la frente—. Yo cuidaré de ti.

Esa tarde Hans y Krista se hicieron con unas latas y fueron hasta una boca de riego habilitada en un parque algo más cercano. Se lo había dicho una mujer ya en la calle, al verlos con las latas, añadiendo que era mucho más rápido que las pesadas y lentas bombas de agua. Una vez que regresaron, ya no salieron de la casa. Al llegar la noche echaron todos los cerrojos. Claudia estaba convencida de que la puerta resistiría cualquier envite.

Krista llevaba un buen rato asomada a la ventana. En la casa todos dormían, pero ella era incapaz de conciliar el sueño. Corría un aire fresco, muy agradable. De nuevo se podía ver el cielo estrellado. La calle estaba envuelta en una vaga penumbra por el resplandor de las hogueras que los soldados rusos habían prendido en el cruce con Friedrichstrasse. Krista los observaba comiendo y bebiendo alrededor de las llamas; algunos cantaban y bailaban al ritmo de un acordeón y una armónica, llenando la noche de fragancia, música y alegría. Celebraban que habían ganado la guerra.

Sin radio, sin periódicos, sin una voz oficial alemana que les diera noticias no había certeza de nada, todo eran rumores, ni siquiera la muerte de Hitler estaba confirmada. Había quien se la creía, pero otros muchos argüían que se había escapado del búnker lucubrando las maneras más esperpénticas posibles. Era tal la desinformación que, a pesar de que había conocido la noticia de boca de un testigo directo, ella misma había llegado a dudar de si Oskar había visto de verdad el cadáver del Führer o si, tal vez, como apuntaba la señora Blumenfeld, habían simulado su muerte con alguien parecido para que pudiera escapar y evitar responder por sus crímenes.

Pensaba en todo esto cuando, justo debajo de la ventana, oyó la voz de un ruso que le gritaba en un alemán rudo frases aprendidas de memoria.

—Mujer, dormir en tu cama —decía señalándose a sí mismo—. Yo comida a ti.

A su lado, otros tantos miraban hacia arriba con ojos achispados, tambaleantes y con una expresión beoda en los rostros. Krista, asustada, se retiró y cerró. En vez de cristales había cartones por los que se colaban las voces obscenas de los hombres en la calle. En la oscuridad, regresó hacia la cama en la que Jenell dormía plácidamente desde hacía un buen rato. Con mucho sigilo para no despertarla, se metió bajo el edredón y se tapó hasta la cabeza. Las voces siguieron. Poco a poco su mente fue desconectando del peligro de fuera y, cuando estaba a punto de caer en el sueño, oyó un sonido demasiado cercano. Abrió los ojos, alzó la cabeza y horrorizada vio en la ventana una mano que, desde fuera, tanteaba tratando de abrir el pestillo.

Krista chilló y se incorporó, zarandeando a Jenell.

—¡Jenell, despierta! Tenemos que salir de aquí, corre.

Cogió de la mano a la niña, desorientada por el tremendo susto que la había arrancado del sueño, la sacó de la cama, a oscuras, descalzas y con el corazón en un puño, tiró de ella hacia la puerta, desesperada, palpándolo todo sin encontrar el picaporte, notando el pánico infantil pegado a ella. Echó un rápido vistazo para comprobar que, desde la cornisa, ya saltaba un ruso tras otro. Al borde del pánico oía el crujir de la madera del suelo bajo el peso de sus botas, voces en ruso, risas.

Cuando consiguió abrir la puerta, impulsó hacia fuera a Jenell, pero antes de poner un pie en el pasillo sintió que la agarraban por el pelo y la derribaban. La niña corrió gritando despavorida en busca de su madre mientras Krista quedaba tendida en el suelo, presionada por un cuerpo pesado y maloliente.

Claudia salía de su habitación justo en el momento en el que Jenell llegaba a ella, y la metió en el interior. Hans avanzaba por el pasillo y su madre lo apremió para que entrase con su hermana. Vio acercarse a dos hombres y trató de cerrar, pero la bota de uno de ellos se lo impidió. Un empujón la impulsó hacia atrás y la puerta se abrió. Claudia chilló y se fue hacia sus hijos con la pretensión de ocultarse con ellos en la oscuridad del cuarto. Durante unos segundos el hombre observó las sombras de la habitación, luego el haz de luz blanca de una linterna los deslumbró. Claudia protegía a Jenell, y Hans estaba a su lado, los tres acurrucados en un rincón. Detrás de la claridad de la linterna que sujetaba en su mano se atisbaba un hombre alto y corpulento, la cabeza grande sin apenas cuello, el rostro carnoso, la piel ennegrecida; caminaba con las piernas abiertas, las botas pringadas de bostas de caballo. Como un gigante amenazador, se acercó despacio hasta ellos, seguro de su presa, y cogió del brazo a Claudia, que trató de zafarse. La niña gritaba muy asustada; Hans le daba manotazos para impedir que agarrase a su madre, hasta que el hombre le propinó un fuerte golpe en la cabeza con la linterna y el niño cayó inconsciente a un lado. Claudia dio un alarido y volcó su atención en el hijo, lo que aprovechó el ruso para asirla con fuerza del brazo, alzarla y arrojarla bruscamente contra la cama con la fuerza de un titán. Antes de que ella pudiera reaccionar, el ruso se arrodilló sobre sus piernas y la inmovilizó.

Claudia se quedó sin aliento al ver el rostro de su hija, sus ojos horrorizados, pegada a la pared, chillando fuera de sí, mientras el soldado, que había dejado la linterna sobre la colcha, se desabrochaba los pantalones. Intentó liberarse, pero le fue imposible. Justo cuando iba a echarse sobre ella, lo detuvo una voz potente. Alguien desde la puerta le increpaba algo en ruso. Los dos hombres intercambiaron varias frases, como si el recién llegado amonestase al que estaba sobre Claudia y este defendiera su acción. De fondo se oía el llanto histérico de Jenell. El de la puerta se aproximó a la cama, agarró de forma violenta al sansón por la guerrera y se lo llevó casi a rastras hasta el pasillo gritándole muy enfadado. Claudia pensó que los dos hombres iban a enzarzarse en una pelea por ella. Cuando se vio libre, se levantó y corrió hacia la niña, mirando horrorizada a Hans, que estaba inconsciente.

El ruso que había echado a su compañero entró de nuevo en la habitación y se quedó parado, sin acercarse. La linterna permanecía sobre la cama. Se adentró unos pasos, pero al ver el rostro de terror de Claudia, alzó la mano y habló en alemán y en tono sereno.

—Tranquilícese. Nadie les hará daño. Calme a su hija y atienda al chico.

Luego, se dio la vuelta y se marchó cerrando la puerta.

Claudia se quedó inmóvil, con la niña ceñida a su cuerpo. Había dejado de llorar, sobrecogida, temblando entre los brazos de su madre. Trató de despegarse de ella para atender a Hans, y no pudo, de modo que la cogió en brazos y se arrodilló junto a su hijo, que ya volvía en sí. Le había abierto una brecha en la cabeza y le sangraba un poco. Cogió un pañuelo y se lo puso sobre la herida mientras le preguntaba si estaba bien. El chico se incorporó y los tres volvieron al refugio del rincón más alejado, sentados en el suelo, pegados los hijos al cuerpo de la madre, abrazados a ella, batallando por inhibirse de los gritos, los ruidos, los golpes, las risas, los pasos que se oían al otro lado de la puerta, aterrados de que pudiera volver a abrirse. Pero se mantuvo cerrada.

Las voces se fueron aplacando. Claudia no supo cuánto tiempo había pasado cuando la puerta se abrió. Los niños se apretujaron como si quisieran desaparecer, pero la voz de Krista los tranquilizó.

—¿Estáis bien? —Avanzó hasta ellos con gesto preocupado.

Claudia asintió sin decir nada, sin soltar el amarre de sus hijos; los rodeaba con los brazos como si estuvieran en peligro de caer al vacío si se relajaba.

—Ya pasó el peligro —dijo Krista con expresión relajada—. Podéis salir.

Se dio la vuelta y salió de la habitación.

Claudia se levantó, pero la niña se aferraba a ella todavía muy asustada.

—Esperad aquí —les dijo, mirándolos a los ojos—. Vuelvo enseguida, ¿de acuerdo?

Los niños no le contestaron. Jenell volvió a sollozar asustada. Hans cogió a su hermana y sustituyó el abrazo materno, y

Claudia le revolvió cariñosamente el flequillo sintiendo una profunda ternura. Luego se fue hacia la puerta y se asomó con cuidado. Krista ya no estaba. Puso atención a los ruidos en el pasillo. Oyó el quejido de Angela Blumenfeld procedente de su habitación. Se acercó hasta asomarse a la alcoba. La anciana estaba sentada en la cama con un largo camisón abotonado hasta el cuello, el pelo suelto y algo revuelto, los ojos fijos en su muñeca, que Krista vendaba con una tira de tela. Claudia no se atrevía a entrar. Le daba vergüenza haberse librado. Angela la descubrió en el umbral.

—Claudia —dijo con una sonrisa—. ¿Estáis bien? Menudo susto nos han dado esos ivanes. El diablo se los lleve a todos al infierno.

—¿Cómo está Jenell? —se interesó Krista—. Pobrecita, qué mal rato ha tenido que pasar.

—Aterrada... —coincidió Claudia—. Hans tiene una brecha en la cabeza.

—Ahora iré a curarlo.

—¿Y vosotras? —Claudia hablaba como atragantada—. Yo... Siento no haber salido, pero...

—No, Claudia —la interrumpió Krista—, has hecho lo correcto, tu deber era proteger a tus hijos. No debes preocuparte.

—No me explico cómo han podido entrar...

—Por la ventana —añadió Krista continuando con el vendaje—. Han entrado en el edificio de al lado, han subido al piso abandonado lindante a este y por la cornisa han llegado hasta la habitación de Jenell. La culpa ha sido mía: me vieron asomada, y os he puesto en peligro a todas.

—Pero... ¿os han...?

Angela Blumenfeld y Krista se miraron unos segundos y se echaron a reír, con una risa estúpida que dio lugar a una carcajada incontrolable. Claudia no entendía nada.

—Conmigo lo ha intentado un imberbe inexperto —empezó a contar Angela Blumenfeld—. Yo le decía que era vieja para él, pero me decía en alemán: tú vieja, tú sana. —Volvió a reír con un fondo de resignación en los ojos—. En cuanto se me puso encima se le fue toda la fuerza, debía de estar muy necesitado. Antes de marcharse me ha pedido perdón y me ha dado las gracias. —Se miró la muñeca ya vendada y la alzó para indicar la causa del vendaje—. Al oír los gritos, me levanté a oscuras y me caí.

—Es solo una luxación —añadió Krista—. Los que entraron por la ventana abrieron la puerta para dejar pasar a otros, gracias a eso entró un oficial. —Se dirigió a su amiga con una sonrisa—. Es el que te ha librado a ti. Está en el salón. Tomándose un té.

—Pero si no tenemos té —dijo ella sin salir de su asombro.

—Lo ha traído él y él se lo ha preparado —añadió Krista.

Claudia seguía sin entender nada.

—¿Y tú? —se atrevió a preguntar a Krista—. ¿Estás bien?

—Ha sido uno y apenas ha podido hacer nada —contestó con resignación—. Demasiado vodka. Me lo he podido quitar de encima sin mucho esfuerzo. Lo importante es que a la niña no le ha pasado nada.

El mal menor, pensó Claudia: cuando todo se hunde, si algo sigue en pie supone una pequeña esperanza para seguir adelante. El temor a que la niña fuera objeto de una brutal agresión era muy superior a su propio padecimiento... Ellas podrían con esto.

Volvió a la habitación para tranquilizar a sus hijos y acostó a Jenell en su cama. Krista curó a Hans la brecha que le había producido el golpe con la linterna. Su madre le pidió que se quedase con su hermana. Se puso un vestido, se calzó y se dirigió al salón donde ya estaban Krista y Angela Blumenfeld con aquel oficial ruso que la había librado de que la forzasen delante de sus hijos. Hablaban de manera afable, iluminados con la tenue llama de una vela dispuesta sobre la mesa; el resto de la estancia quedaba sumido en la oscuridad.

Krista sonrió al verla. También se había puesto un vestido. La señora Blumenfeld, sin embargo, llevaba una bata guateada de color azul celeste y se había recogido el pelo.

—Es el teniente Makárov —dijo Krista a modo de presentación—. Habla alemán, y es judío —añadió sin dejar de mirarla.

El hombre, sentado a la mesa como si estuviera en el salón de su casa, tenía una taza de té en la mano. Era alto, muy rubio, delgado, afeitado y con aspecto aseado. En la guerrera gris verdosa se le veían unas charreteras con base dorada y ribetes rojos. En la bocamanga llevaba cosida una estrella roja. Resultó ser descendiente de alemanes emigrantes. Sabía alemán por su abuela materna.

—¿Sus hijos están bien? —preguntó en alemán con un fuerte acento ruso.

Claudia se acercó despacio, se sentó frente a él, al otro lado de la mesa.

—Sí... —respondió con voz ahogada—. Están bien... Gracias.

—Siento mucho la brusquedad de mis hombres. No tienen modales. La guerra los ha embrutecido.

—A usted no —señaló la señora Blumenfeld.

—Llevo fuera de mi casa más de tres años —prosiguió el oficial pronunciando mucho las erres—. Dejé allí a mi mujer y a mis tres hijas pequeñas. No me gustaría que nadie les hiciera daño. La guerra no debería ir contra las mujeres y los niños.

—La guerra no debería haber sido.

El teniente Makárov miró de soslayo a la anciana, con la prudencia grabada en los ojos.

—Tiene razón. —Alzó las cejas y arrugó el ceño—. Antes de llegar aquí he visto sus pueblos, sus granjas, sus campos, carreteras bien construidas, autopistas. Por todos los lugares por los que he pasado he comprobado la comodidad de sus casas: tenían gas, luz eléctrica, agua corriente, baños en el interior, limpieza, orden. —Hizo una leve pausa como si hubiera un sinfín de cosas más que enumerar—. Mis hombres y yo no dejamos de preguntarnos por qué vinieron a por nosotros teniendo lo que tenían. —Abrió las manos como si clamase una respuesta—. ¿Qué diablos querían?

—Buena pregunta... —musitó Angela Blumenfeld con expresión mesurada—. Nadie nos hipnotizó, pudimos plantarle cara y no lo hicimos. Los que no estábamos de acuerdo nos callamos o miramos para otro lado; los más siguieron con fe ciega a ese maldito líder deificado. —Negó con la cabeza, la mirada perdida en los abismos de tantos pesares—. Quedamos atrapados en una extraña apatía moral y eso nos hace culpables, nadie es inocente.

—Nosotras también somos víctimas de esta guerra —replicó Krista molesta—. No tienen ningún derecho a tomarse la revancha contra mujeres indefensas. Eso es lo que está ocurriendo, y no es justo...

Se interrumpió ahogada en la rabia que aquella realidad le provocaba. El teniente abrió las manos y habló sin perder un ápice de su magnánima serenidad.

—No lo defiendo, ni por supuesto lo justifico, pero tampoco puedo evitarlo. Si lo hiciera, me juzgarían por fomentar la compasión hacia el enemigo. Son las reglas, no fui yo quien las estableció. Lo único que puedo asegurar es que mis hombres están sanos.

Krista y Claudia se miraron tratando de tragar aquellas palabras. ¿Qué otra cosa podían hacer ellas?

El oficial ruso apuró el té. La señora Blumenfeld, consciente de la tensión y convencida de que aquel oficial era su única posibilidad en aquella selva en la que se había convertido Berlín, se levantó y dijo que esperasen. Abandonó el salón y al rato volvió con una botella de bourbon en la mano.

—La tengo guardada desde que empezó la guerra. Ha resistido todos los bombardeos. Este puede ser un buen momento para brindar.

Abrió la botella, sirvieron el whisky en vasos que Claudia sacó de una alacena y brindaron. El teniente prometió volver con velas, jabón y algo de comida, conforme a las descaradas peticiones de la señora Blumenfeld.

Los días siguientes fueron tranquilos. El teniente Makárov solía ir al atardecer, siempre acompañado de un asistente uzbeko que nunca decía nada, llevando con ellos no solo velas y jabón, sino mantequilla, pan, carne, guisantes, arenques o pescado fresco. Las mujeres celebraban su llegada porque, tal y como había augurado Angela Blumenfeld, con la protección de un oficial, nadie las volvió a molestar, salvo alguna noche que se dedicaban a aporrear durante un rato el portal, pero enseguida se marchaban. La ventana la habían taponado colocando delante un armario. No sabían si aguantaría, pero al menos les daría tiempo a reaccionar.

Lo más relevante fue que el teniente Makárov no pidió cama a cambio de su protección y de las viandas que les proporcionaba; tan solo quería sentarse a una mesa a comer comida caliente, cocinada y servida por una mujer, charlar de manera civilizada de cosas banales, de la vida, de sus aficiones, nada de guerra y de muerte.

Los rumores sobre la capitulación de Alemania corrían de boca en boca. De vez en cuando pasaban coches rusos con un altavoz conminando a rendirse a los que, pese a todo, se empeñaban en mantener una resistencia inútil y suicida: todo el que tuviera armas de cualquier tipo debía entregarlas, y recordaban la obligación de los soldados alemanes que regresaran a sus casas de presentarse en la comandancia de su zona de forma inmediata, bajo amenaza de graves penas si no lo hacían.

Aun así, los hombres alemanes apenas se dejaban ver, escondidos en los sótanos o en las casas, temerosos de todo. Eran las mujeres las que salían en busca de agua, comida, astillas o cualquier rastro de madera que les sirviese para hacer fuego. La escasez y el hambre hacían estragos en los cuerpos ya famélicos, escurridos dentro de ropas demasiado holgadas y tazadas. A los gordos se los miraba con resentimiento, al llevar impresa en la grasa de sus carnes la marca de haber sido miembros del partido nazi o de su entorno de abundancia y privilegio hasta hacía nada.

Las hordas de soldados rusos que pululaban por las calles los primeros días, afanados en el pillaje de las casas alemanas (no solo de objetos de valor, sino de cosas de lo más cotidiano que no habían visto jamás y que les llamaban poderosamente la atención), fueron disminuyendo poco a poco. El destacamento que había en el cruce se estaba desmantelando desde la tarde anterior.

Por fin el sol de mayo calentaba las ruinas ennegrecidas de la ciudad. Nada más levantarse, Krista y Hans habían ido a por agua a la boca de riego y, cuando volvieron, vieron a Angela Blumenfeld, que hacía tiempo que no se acicalaba y arreglaba tanto.

—Me voy a ver a mi prima. Volveré a media tarde.

—Pero, Angela, ¿cómo piensa llegar hasta allí? —preguntó Krista—. No hay tranvías, ni metro.

—Iré andando. Me vendrá bien el paseo y tomar el aire.

—Pero Pankow está muy lejos —insistió.

—Bah, tampoco es tanto, vive en el sur, en Hallandstrasse. No tengo ninguna prisa. —La anciana cogió el bolso muy sonriente—. Llevo meses sin salir de los límites de esta calle. Quiero comprobar cómo está mi ciudad. Necesito salir de aquí.

—Mamá, yo quiero ir —pidió Jenell con voz mimosa—. Aquí me aburro.

Claudia se negó en redondo, pero la anciana intervino a su favor.

—Deja que se venga, Claudia...

—Yo iré con ellas —intervino Hans con el pecho henchido con aire de protector.

Claudia accedió y se marcharon los tres. Claudia y Krista decidieron aprovechar para hacer una limpieza general de la casa. Durante toda la mañana se afanaron en adecentar habitaciones, cocina, salón, lavaron sábanas y toallas; iban y venían constantemente hasta la boca de riego. Seguían sin luz eléctrica ni agua corriente, pero poco a poco se empezaba a establecer una extraña normalidad. El hecho de poder dormir en sus camas con sábanas limpias, de no tener que bajar al refugio, la ausencia de bombardeos... Haber dejado atrás todo aquello era motivo de complacencia y gratitud.

Cuando terminaron las tareas, las dos mujeres se asearon y se sentaron a disfrutar de un merecido descanso. Claudia preparó un té caliente que había traído su protector ruso, mientras Krista sacaba el último trozo de bizcocho que había elaborado la señora Blumenfeld la tarde anterior. Era mediodía, el sol entraba por los ventanales abiertos de par en par y olía a limpio, no se oían tiros, ni el silbido de las bombas, ni el estruendo de su estallido, ni gritos, ni llantos. Las dos mujeres se deleitaban de aquel estado de sosiego casi olvidado. Ninguna dijo nada durante un buen rato, pendiente la una de la presencia de la otra, como si en aquella calma hubiera quedado al descubierto la hostilidad enraizada que las había enfrentado en otro tiempo, la rivalidad por el amor de un hombre que ya no estaba. El horror de la guerra las había unido, pero nunca antes habían estado solas, frente a frente, sin otra cosa que temer que encararse la una a la otra con una taza de té entre las manos.

Claudia fue la primera en romper el hielo.

—¿Qué te gustaría hacer cuando todo esto acabe?

—No me lo he planteado —contestó Krista—. Lo único que sé es que estoy viva. De eso se trataba, de sobrevivir, y solo por eso debería sentirme bien.

—¿Y no es así?

Krista encogió los hombros, en sus ojos un destello de profunda desesperanza.

—Estoy sola, Claudia, no me queda nada. Tú tienes a tus hijos, tu futuro está en sacarlos adelante. A mí nadie me espera.

—¿No sabes nada de él? —preguntó Claudia con un tono blando, algo cohibido.

Krista negó con la cabeza, luego dejó escapar un largo y angustioso suspiro.

—Ni una sola noticia desde hace ya cinco años. Lo último que supe es que iba a regresar a Alemania con un pasaporte falso. Eso fue en la primavera de 1940. Un año después, el 6 de marzo de 1941, recibí una llamada de su jefe en la embajada, Erich Villanueva; lo recuerdo porque era el día en el que Yuri cumplía treinta y tres años. Villanueva me pidió que fuera esa misma tarde a verlo a su casa, había recibido noticias de Yuri. Sin embargo, cuando llegué nadie me abrió. Lo llamé durante varios días, pero no hubo forma. Me presenté en la embajada; traté de averiguar si alguien sabía algo de él, pero nadie quiso decirme nada, todos me esquivaban como si estuviera preguntando por un apestado. Una secretaria me dijo casi a escondidas que Villanueva había desaparecido, esfumado sin que nadie se preocupase de su suerte... Hasta ahora. Me quedé con las ganas de saber qué noticias tenía para mí de Yuri... Y con eso vivo desde entonces, con el ansia de que algún día regrese, y tengo miedo de no ser capaz de superar esa espera; me horroriza la idea de que nunca deje de esperar y que nunca aparezca, anclada en un pasado incierto que me tiene atrapada y no me deja respirar.

Alzó la barbilla como si le faltase el aire, con desasosiego.

—Te entiendo... —murmuró Claudia.

Krista la observó recelosa. No sabía muy bien qué pensar de esa mujer, tenía hacia ella sentimientos encontrados. Era cierto que la había ayudado después de que Yuri tuviera que salir del país, pero no podía evitar seguir guardando hacia ella un amargo resentimiento por lo que su hermano Franz urdió, segura de que algo había tenido que ver ella en aquel aberrante chantaje. Todo resultaba tan banal después de lo que habían vivido juntas...

—No me queda nada de él —prosiguió Krista en un tono pausado—. Esta guerra me ha robado hasta sus recuerdos, sus cartas, sus fotos, todo ha quedado reducido a cenizas. Temo olvidarme de su rostro, de no reconocerlo si un día... —Entrelazó los dedos nerviosa, los hombros encogidos como si algo le doliera por dentro—. Dios santo...

Sin decir nada, Claudia se levantó y la dejó sola. Krista la siguió con la mirada y no pudo evitar sentirse desencantada. Al cabo de unos segundos Claudia apareció en la puerta del salón. Se detuvo unos instantes antes de entrar, observándola, como si valorase lo que iba a hacer. Se acercó despacio, se sentó frente a ella, puso sobre la mesa una foto y, sujetándola con los dedos, la arrastró hacia Krista.

—Se la hice en nuestro último fin de semana juntos... En realidad, fue el único... —Calló unos segundos, los ojos puestos en aquel rostro añorado—. Quédatela.

Comedida, como si no se atreviera del todo, Krista cogió la fotografía y centró los ojos en la imagen de medio cuerpo de Yuri en un lugar con arboleda, vestido con una camisa clara, la chaqueta colgada del hombro sujeta con una mano y el sombrero ligeramente echado hacia atrás, la expresión dichosa. Al ver aquellos ojos que la miraban, sintió que se le aceleraba el pulso. Apretó los labios y se la devolvió negando con la cabeza.

—No puedo aceptarla, es tuya. Este Yuri aún te pertenecía.

—Hazme caso, quédatela. A mí me hace sufrir cada vez que la veo. A ti te hará feliz mirarla.

La foto quedó otra vez al alcance de Krista.

Durante un rato las dos mujeres se sumieron en una profunda divagación sobre sus pesares, sus recuerdos, su presente y la incertidumbre del futuro.

—Y tú, ¿sabes algo de tu marido? —preguntó Krista al cabo, en un tono cálido.

El rostro de Claudia se ensombreció. Se levantó de nuevo y esta vez se acercó hasta la alacena, sacó dos vasos y una botella de aguardiente que también había traído Makárov. Lo puso sobre la mesa y llenó los dos vasos.

—A diferencia de ti, yo no espero a nadie, y mucho menos a él. —Suspiró y bebió un trago largo. Arrugó la frente como si le quemase—. Ulrich ha pasado buena parte de la guerra en París, viviendo a cuerpo de rey, acostándose con francesas complacientes, bebiendo buen vino, champán, bien alimentado y bien cuidado. —Hablaba con los ojos fijos en el vaso que tenía entre las manos—. Su uniforme siempre ha estado impecable, y sin embargo, cuando venía a casa de permiso requería de todos nosotros el tratamiento de héroe, el guerrero valiente al que había que agasajar, cuidar y recuperar para la batalla. Nunca se le pasó por la cabeza que lo estuviéramos pasando mal, nunca se preocupó por los niños y mucho menos por mí. Eran los hombres los que hacían y sufrían la guerra, ellos nos protegían de todos los males, mientras nosotras, las mujeres, nos quedábamos cómodamente en nuestras casas, durmiendo en nuestros mullidos colchones; todo un paraíso frente al infierno que vivían los hombres en el frente. La última vez que lo vi fue en Navidad. Se presentó con un montón de regalos como si fuera el dios Odín y a los dos días se marchó sin decir nada. No sé qué ha sido de él desde entonces; ignoro si de una vez por todas el valiente oficial de la Waffen-SS, el comandante Ulrich von Schönberg, ha llegado a sufrir un mínimo de lo que lo han hecho otros muchos soldados. —Su voz se tornó grave—. Temo su regreso. No deseo que vuelva y eso me hace sentir mal, y no lo entiendo porque nunca lo he querido. Que no volviera sería lo único bueno que sacaría de esta guerra, la ausencia definitiva de ese hombre en mi vida.

—Podrías dejarlo —apuntó Krista—. Divorciarte y empezar de cero.

—No conoces a Ulrich —replicó negando—. Nunca consentiría dejarme marchar, antes acabaría conmigo.

—Tal vez la guerra lo haya cambiado.

Claudia la miró lastimera.

—Es un monstruo, Krista. —Calló un momento, como si estuviera valorando si hablar o guardar silencio. Bajó los ojos y las palabras se deslizaron de sus labios—: ¿Te acuerdas de aquel verano que me fui con los niños y con él a Auschwitz, en Polonia?

Krista asintió: recordaba aquella ausencia de más de tres meses durante el verano de 1943. La convivencia con Ernestine en la confitería se le había hecho insoportable; liberada de la vigilancia de Claudia, se vino arriba y Krista tuvo que soportar multitud de situaciones humillantes, incluso agresiones físicas. Por eso, cuando la familia regresó a Berlín sintió un gran alivio.

—Vivíamos en una preciosa casita de la SS-Siedlung, amplia, espaciosa. Tenía un gran jardín y una pequeña piscina. Los niños disfrutaron mucho... Mis hijos reían y jugaban mientras que, a escasos cien metros, al otro lado de la valla electrificada, niños como ellos sufrían el peor de los infiernos. —Hizo una mueca de desagrado con la nariz—. Un hedor pútrido y nauseabundo se colaba por cada rincón de la casa, pringaba la ropa, los muebles, y espesaba el aire. Ese hedor... —Clavó los ojos en Krista, con una expresión trastornada—. Yo sabía de dónde procedía... Cientos, miles de seres humanos volatilizados, convertidos en cenizas y expulsados a través de enormes chimeneas para luego extender por todas partes un manto mortal, gris, compacto... Cuando le pregunté, Ulrich me dijo que era «la solución final de la cuestión judía», la solución definitiva para acabar con todos los judíos no solo en Alemania, sino en toda Europa, eso me dijo —repitió—. Nuestro glorioso ejército y en particular la Waffen-SS han estado llevando a cabo un plan perfecto para exterminarlos de forma sistemática, eliminar a miles, millones de personas hacinadas como animales en campos de concentración parecidos al de Auschwitz y diseminados por todos los territorios que han conquistado. Hombres, mujeres y niños inocentes gaseados en duchas comunitarias e incinerados sus cuerpos en hornos crematorios para tratar de borrar el rastro de sus crímenes. —Su mirada quedó petrificada en un vacío abismal—. Y yo no dije nada... Guardé silencio ante aquella atrocidad, lo escuchaba sin abrir la boca, sin hacerle un solo reproche mientras él hablaba enorgulleciéndose de aquel espectáculo dantesco... Hitler consiguió hacerlos a su imagen y semejanza, convertidos en seres sin compasión, arrancado de sus conciencias cualquier sentimiento de piedad. Era la guerra, decía, convencido de estar haciendo lo correcto, sin plantearse nunca que las cosas pudieran ser de otra manera, sin un ápice de pesadumbre ni arrepentimiento en su conciencia, una conciencia negra como el carbón... —De nuevo miró a los ojos a Krista, quien escuchaba estremecida aquella terrible confesión—. El hombre con el que me casé es uno de los responsables de todas esas aberraciones... No tiene alma, le falta humanidad... Es un asesino... Y yo estaba a su lado... y callaba.

Claudia aspiró el aire como si sus pulmones se hubieran quedado vacíos. Sentía la pesada carga de su propia culpa, la vergüenza de su connivencia en aquel odio sin sentido con el que todo empezó; la asfixiaba su propia responsabilidad, su inacción, su ausencia de réplica, su complicidad.

—Claudia, es inútil que te culpes. —Krista trataba de buscar algún consuelo a aquellas tribulaciones, pero las palabras parecían atorarse en la garganta—. El que más y el que menos miró para otro lado. También yo lo hice... Poco podías hacer tú.

—No, no... —la interrumpió como si le doliera aquel intento de exculpación—. No me rebelé mientras el horror estaba ahí, y tarde o temprano te alcanza y te muerde el alma y te descarna.

Un silencio estremecedor las envolvió. Apenas se miraban.

—No nos quedará otra que vivir con esto —murmuró Krista—. Tendremos que hacerlo todos los que consigamos sobrevivir a tanta destrucción.

—Todo es una gran mentira. Una gran falacia: nuestro ejército, la fortaleza de nuestros hombres, la superioridad de la raza... Una monumental farsa.

Tras estas palabras Claudia abrió un cajón bajo la mesa, sacó un tubo azul, blanco y rojo y lo puso sobre el tablero. Krista lo cogió.

—Pervitin... —susurró—. Claudia, ¿no estarás tomando esto? Es muy peligroso.

Ella negó con un gesto muy sutil.

—Estas pastillas han sido el arma secreta de nuestros hombres en el frente. Se tomaban varias al día. Lo hacían todos, se las proporcionaban a la tropa para que se mantuvieran despiertos durante días: cinco, seis jornadas completas combatiendo; dormir los hacía vulnerables. Ese es el gran secreto de la superioridad del hombre ario. Incluso el infalible Führer utilizó estimulantes para soportar la presión y la ansiedad, administrados por su propio médico, el doctor Morell, el hombre más sucio y maloliente que he conocido en mi vida. Mi madre me contó que en los últimos meses Hitler ingería más de veinte pastillas diarias y le pinchaban varias inyecciones. Quería convencerse de que tan solo eran vitaminas, aunque la realidad era otra... Barbitúricos, hormonas, Eukodal, sedantes para dormir y anfetaminas para despertar... Sufría de insomnio y depresión nerviosa. —Buscó los ojos de Krista con un doloroso gesto de remordimiento—. Alemania se ha dejado guiar por un gigante con pies de barro.

Krista no dijo nada. Miraba absorta aquellas pastillas, un derivado de la metanfetamina.

—Los hombres hablan —prosiguió Claudia, ensimismada con su pena—. Cuentan sin pudor sus miserias, las historias que han vivido, la violencia que han ejercido sobre el enemigo sin ningún escrúpulo; son los guerreros y se erigirán como paladines, triunfantes o caídos, pero héroes al fin y al cabo. Las mujeres nos esconderemos detrás de nuestros hombres recuperados, ocultas nuestras horribles vivencias tras lo cotidiano, tras el llanto de nuestros hijos por un pasado que no conocerán porque no les será contado. Solo recordarán la victoria o la derrota de los hombres. Cuando nuestros soldados regresen hundidos y desesperados, las mujeres tendremos que consolarlos, escucharlos, comprenderlos, alentarlos a seguir adelante, mientras nosotras callamos. Tendremos que ocultar lo que nos ha pasado para no herir su orgullo, para que no se sientan humillados. Lo que nosotras sintamos dará igual, no nos quedará más remedio que olvidar para continuar viviendo, porque de lo contrario ningún hombre querrá tocarnos.

—Me gustaría pensar que no todos son así —replicó Krista en tono muy bajo.

Claudia esbozó una amarga sonrisa. Luego cogió el vaso y se tragó el llanto con el aguardiente.

Durante un rato no hablaron, percibiendo el ruido cotidiano de la calle.

Krista bebió por primera vez de su vaso, un trago corto antes de hablar.

—Siempre me he preguntado por qué me ayudaste. Tuviste la oportunidad de quitarme de en medio, de acabar conmigo para siempre, de rematarme de una vez por todas. ¿Por qué no lo hiciste?

—Porque se lo prometí a Yuri —sentenció Claudia.

—¿Sigues amándolo?

Claudia valoró durante unos segundos qué decir y cómo hacerlo.

—El amor que siento por Yuri no se puede extinguir, es imposible, lo llevo aquí dentro. —Puso su mano en el pecho—. Yuri es el latido de mi corazón... —Luego, torció el gesto en una mueca—. Yo era una mujer afortunada en un mundo afortunado. Tenía todo lo que una chica pudiera desear. Pero cuando apareció él... —Sus ojos cobraron un brillo inusual que Krista notó, un brillo de un ayer dichoso que volvía a su memoria—. La nuestra fue una historia de amor muy breve, pero tan intensa, tan hermosa, un amor tan extraordinario como imposible. Era tan tierno, tan especial... —Sonrió deleitada en lo mejor de sus recuerdos—. A cada instante me decía cuánto me amaba, lo hacía con su voz, con sus ojos... Con sus manos... El único fin de semana que pasamos juntos fue como si estuviéramos en el paraíso, solos los dos, el mundo se detuvo y no existía nadie salvo él y yo... Aquel día me pidió que dejase a Ulrich y me fuera con él, me dijo que nos iríamos lejos de Alemania. Fui una cobarde... Perdí la oportunidad de ser feliz con el amor de mi vida... Me equivoqué y lo perdí para siempre cuando tú apareciste. Te odié, Krista, durante mucho tiempo te maldije con todas mis fuerzas; no podía soportar veros juntos, hice cosas estúpidas para tratar de minar vuestro amor, para apartarte de su lado... Me porté muy mal contigo, fui muy injusta, y ahora con todo lo que ha sucedido, lo único que puedo decir es que lo siento, aunque no sé si servirá de algo.

—Solo quiero saber una sola cosa, Claudia... ¿Tuviste algo que ver con el chantaje que me hizo tu hermano?

Claudia negó con la cabeza.

—No... No directamente. Aquello fue idea de Franz. En realidad lo fue de Ulrich, pero yo insté a mi hermano a que te conquistase fuera como fuese... En cierto modo también fui culpable de aquello. —Calló y miró a su amiga—. Lo siento...

Krista rehuyó la mirada de Claudia y bebió un trago de aguardiente.

—En todo esto solo hay una cosa cierta, Krista: ganaste tú, le robaste el corazón.

—Me parece increíble que tú y yo estemos hablando de esto, así, ahora, en el salón de tu casa... La guerra cambia las cosas.

—Y a las personas... Para bien o para mal, también nos cambia.

Las sobresaltó un grito desgarrador seguido de un fuerte golpe que provenía de la escalera. Pasos apresurados, voces, alaridos. Se levantaron y salieron al rellano. Desde el tercero bajaba a trompicones el señor Witt, custodiado por media docena de rusos que lo impelían hacia la calle.

Pasaron por delante. El señor Witt las miró y desvió los ojos al suelo.

—¿Por qué se lo llevan? —preguntó Krista al que iba el último, haciendo un esfuerzo para encontrar las palabras en ruso.

—Tenía escondido a un soldado alemán. Será ejecutado de forma inmediata. Son las normas.

Lo seguía Gerda Witt, el rostro desencajado, escoltada por otros dos hombres. También pasó sin decir nada, mirando a Krista con fijeza, entre el horror y el desconcierto.

—Dios bendito —murmuró Claudia con espanto, asomada al hueco de la escalera.

Krista miró hacia abajo. Sobre un gran charco de sangre yacía un hombre en el suelo del portal. Era evidente que lo habían arrojado desde el tercer piso. Luego alzó los ojos hacia arriba y empezó a subir las escaleras.

—Krista... —la llamó asustada—. ¿Adónde vas?

—A comprobar cómo está Rita.

Krista llegó al rellano de los Witt. La puerta estaba entreabierta y en el interior se oían risas y voces en ruso. Dudó si entrar, pero cuando oyó un quejido de Rita, un alarido angustioso que la rompió por dentro, accedió al recibidor y buscó algo con lo que atacar, o más bien defenderse. Vio la figura de bronce que había pertenecido a su abuela materna y que siempre había estado allí. La agarró con fuerza por la base y se adentró por el pasillo hacia la que había sido su habitación, el lugar de donde procedían las voces. El corazón le palpitaba con tanta fuerza que tuvo que tomar aire para controlar el pulso. En ese momento recordó la ordenanza publicada en todas las fachadas de que si algo malo le pasaba a un ruso en una casa alemana, lo pagarían con su vida todos los del edificio. Ralentizó el paso, vacilante. Con su acción no solo se pondría en peligro ella, sino que también perjudicaría gravemente a Claudia y a sus hijos, y a la señora Blumenfeld. Se detuvo, los pies clavados al suelo. Contenida la respiración, oía con más claridad las voces obscenas, los suspiros, los roces y, sobre todo, el llanto lastimero de Rita Witt.

Cerró los ojos, dio la vuelta y salió del piso. Bajó aprisa la escalera y se metió en casa de Claudia, cerró y pegó la espalda a la puerta. Claudia apareció y se quedó frente a ella. Se miraron sin decir nada. Krista se dio cuenta de que aún llevaba el ángel de bronce en la mano. Lo dejó caer, dobló lentamente las rodillas y se fue deslizando hasta quedar sentada en el suelo, como si hubiera perdido la fuerza para sostenerse. Quiso llorar, pero no podía, le costaba respirar, se ahogaba. Claudia avanzó hacia ella y se sentó a su lado en silencio, hasta que Krista rompió el llanto con un grito desgarrador, intentando desprenderse del terrible lastre de la culpa.

Durante un rato las dos mujeres se mantuvieron mudas,

muy conscientes de lo que estaba sucediendo un piso más arriba. Oyeron el ruido de las botas de los rusos bajando las escaleras. Reían, hablaban ajenos al drama que habían dejado sembrado en el cuerpo virgen de una cría de apenas dieciocho años.

De la calle les llegó un chillido. Claudia irguió la cara alertada, corrió a la ventana y se asomó para ver a dos mujeres acercarse hacia el portal, espantadas por lo que veían. El cuerpo desmadejado de Rita Witt yacía sobre la acera, las piernas y los brazos dislocados como una muñeca rota, la cabeza torcida con un reguero de sangre que se deslizaba lentamente sobre el pavimento. Claudia sintió la presencia a su lado de Krista, espectadora también del dantesco espectáculo. No dijo nada, se quedó quieta, los ojos perdidos, su rostro velado por una profunda tristeza.

Unos días después apareció Eva Bauer y se instaló, con sus dos hijas, en la que había sido la casa de sus padres, vacía desde la muerte de su madre muy poco antes del comienzo de la guerra. Los dos hermanos de Eva habían muerto en la guerra, igual que su marido. Dos de sus hijos varones se habían alistado en febrero de 1943 en la 12.ª división Panzer *Hitlerjugend*, y al más pequeño lo habían obligado a incorporarse al *Volkssturm* en enero de aquel mismo año. De ninguno de los tres tenía noticias.

La señora Blumenfeld empezó a desescombrar y limpiar las ruinas de su casa con el apoyo de sus familiares, que venían desde Pankow para ayudarla en la tarea.

Al quedar vacío el piso que habían ocupado los Witt, Krista se planteó trasladarse a la que había sido la casa de su madre. Dadas las circunstancias, no creía que nadie fuera a echarla, así que no lo dudó demasiado. Haciendo de tripas corazón, lo limpió todo a fondo, con una mezcla de rabia y obsesión por arrancar cualquier huella del paso de extraños por lo que había sido su hogar y sus cosas. Las pertenencias de los Witt las acumuló en el sótano por si aparecía algún familiar que las reclamase.

Las visitas casi a diario del teniente Makárov a casa de Claudia les proporcionaban alimento suficiente para sobrevivir con cierta holgura, teniendo en cuenta la escasez que se extendía por la ciudad. Pero aquella fuente de maná salvífico estaba a punto secarse. El teniente les anunció que lo habían destinado fuera de Berlín y que partiría en breve. Las aprovisionó de más velas, varias cajas de cerillas, ya muy escasas, dos pastillas de jabón, un saco grande de patatas, una buena cantidad de mantequilla, guisantes, harina, tres paquetes de azúcar, una caja de botellas de vodka y whisky, cerveza y varios kilos de manzanas. Todo quedó en la despensa de Claudia porque, a pesar de que Krista ya dormía en su casa recuperada, seguían reuniéndose en su cocina para compartir la comida.

—No sé qué va a ser de nosotras cuando nuestro teniente se vaya —decía Angela Blumenfeld entristecida sin dejar de coser—. Resulta desolador salir a la calle, la gente está tan flaca que se pierde en el interior de la ropa. Y lo peor es ver a los niños vagar por las ruinas rebuscando entre la basura a ver si encuentran algo que les sea útil. Pobres criaturas... —decía para sí, moviendo de lado a lado la cabeza—. Las cartillas de racionamiento no alcanzan ni para el bocado de la mañana. Desde que llegó a nosotras esta bendición de hombre, he engordado por lo menos cinco kilos; también es verdad que estaba en los huesos.

Hablaba mientras cosía sentada junto a la ventana donde tenía más luz. Claudia, los niños y Krista estaban sentados alrededor de la mesa, degustando un pastel de manzana con azúcar que Angela Blumenfeld había horneado muy temprano. De vez en cuando alzaba los ojos y miraba por encima de las gafas, rescatadas milagrosamente intactas de entre los escombros de su casa. Se sentía feliz de ver con qué gusto comían su tarta.

—Está riquísima, Angela —comentó Claudia antes de llevarse a la boca el último bocado—. Tiene usted muy buena mano. Me recuerda a las delicias que hacía Lilli Rothman.

—Fue ella la que me dio la receta. Siempre me decía que la clave está en la calidad de los ingredientes y en ponerle mucho cariño. —Alzó los ojos de la costura para mirar al frente—. Pobre Lilli, qué habrá sido de ellos.

—¿No ha vuelto a saber nada? —preguntó Claudia.

—La última carta que me llegó fue en las Navidades de 1940. Desde entonces, nada. No sé qué pensar... Me temo lo peor. Pobre gente. —Volvió la vista a sus dedos, entre los que manejaba una sábana dándole la forma de saco.

—¿Qué está haciendo? —Krista se extrañó.

—El teniente Makárov me ha pedido que le haga un paquete en el que reunir todo lo que pretende enviar a Rusia a su esposa y a sus hijas. No imagináis las cosas que quiere mandar: sombreros, ropa de cama, sostenes, camisetas y sobre todo bragas. Qué obsesión con las bragas. Si me hubiera casado y mi marido me enviara las bragas usadas de otra mujer, por muy Hildegarda que sea y por muy limpias que estén, lo mando a la mierda en el acto. —Todos se divertían con la guasa y el buen humor que la anciana había vuelto a recuperar—. ¿Y los relojes? Están obnubilados con los relojes de pulsera. Por lo menos le envía diez de todas clases y todos los tamaños. Ya le he dicho que yo se la coso, pero no respondo de cómo le llegue la mercancía.

—Tengo que ir al ayuntamiento. —Claudia se limpió los labios con una servilleta—. Hay que apuntarse para que nos den trabajo. Dicen que pagan un sueldo.

—Yo voy a acercarme a casa de la doctora Hotzfeld, mi antigua jefa —añadió Krista—. Por si hubiera vuelto. Me dijo en su última carta que a su regreso quería abrir una clínica y que contaba conmigo.

—Me temo que vamos a necesitar muchos ginecólogos de aquí a unos meses —manifestó la señora Blumenfeld soltando un lastimero suspiro.

—Yo me he librado —dijo Claudia con una mueca de complacencia en su rostro—. Me ha bajado la regla esta mañana. Llevaba una semana de retraso, pero por fin llegó.

—Se dice que por donde mucho se pisa no crece la hierba —apuntó Angela Blumenfeld mirando de reojo—. Pero no siempre funciona.

—A mí no me ha bajado aún —comentó Krista con el semblante serio—, aunque tengo muy claro lo que haría si sucediera...

El temor a los embarazos comenzaba a cernirse sobre las mujeres violadas. Ya se habían establecido consultorios en hospitales en los que atender la indeseada gravidez y ofrecer la posibilidad de abortar, además de tratar las enfermedades venéreas contraídas a consecuencia de las múltiples violaciones.

Antes de la guerra, la doctora Hotzfeld residía en un coqueto piso situado en el barrio de Charlottenburg, en Leibnizstrasse. Krista llevaba sin verla desde que se despidieron en el otoño de 1939, cuando Anna Hotzfeld y su marido tuvieron que marcharse de Berlín obligados por las circunstancias. Se había carteado con ella durante toda la guerra, y en su última carta, recibida a finales de marzo, le contaba su intención de regresar a Berlín en cuanto pudiera con el fin de intentar reconstruir su vida personal y profesional; tenía pensado abrir una clínica privada y, por supuesto, contaba con ella para llevar a cabo dicho proyecto. Krista esperaba que se presentara más pronto que tarde, aunque tenían noticias de las graves dificultades que había en los desplazamientos debido a los cientos de miles de refugiados que, como la doctora Hotzfeld, trataban de regresar a sus lugares de origen, a sus casas, recuperar sus vidas.

Aunque la guerra había terminado, el miedo a salir no había desaparecido; miedo a los rusos que aún se movían como si fueran los dueños de la ciudad, miedo a los asaltadores, a los borrachos, abandonados de sí mismos, miedo a la inseguridad que se percibía en las calles destruidas en las que imperaba la ley del más fuerte y la pura supervivencia.

Con ese miedo metido en el cuerpo, Krista caminaba entre las ruinas. En la mayoría de los bulevares y avenidas principales, la calzada empezaba a quedar expedita para el paso, flanqueada por montañas de derribo de lo que un día fueron sus vistosos edificios. En las fachadas que aún resistían en pie, en vez de ventanas había agujeros abiertos como ojos vacíos al interior, desde donde pendían sábanas, trapos o cualquier tela que fuera blanca en señal de rendición. Hacía tan solo un par de semanas aquel gesto de capitulación estaba absolutamente prohibido por el gobierno alemán y hubiera supuesto la pena de muerte para los vecinos. Krista pensó en el contraste de la sobriedad de aquellas pobres banderas que clamaban la paz con los regios y omnipresentes estandartes rojos con la esvástica nazi que durante años habían revestido cada rincón de Alemania, desaparecidos ahora por completo, reconvertidos en la mayoría de los casos en banderas soviéticas. Por algunas zonas se veía a gente afanada en barrer las aceras o hileras de mujeres formando una cadena humana sobre las pilas de escombros con cubos o latas que, repetidamente, iban pasándose de mano en mano desde la parte más alta hasta el pavimento, donde otras seleccionaban los ladrillos, los limpiaban de restos y los acumulaban en orden para su reutilización. La mayor parte de los que se veían por la calle seguían siendo mujeres, en un deambular confuso, buscando, errando su hambre como fantasmas famélicos.

El sol brillaba con fuerza. Hacía calor. En su avance la

acompañaba un constante zumbido de moscas negras, verdes o azules según les diera la luz, gordas en cualquier caso, incómodas; allá adonde ella fuera infestaban el aire. Las calles más alejadas de las avenidas permanecían desiertas, demasiado silenciosas aún, y se notaban mucho más la dejadez y el descuido. A cada paso se intuían cadáveres revueltos entre los escombros, cubiertos de polvo, sus cuerpos mimetizados con las ruinas que les servían de lúgubre yacija. El hedor repulsivo que emanaba de aquellos muertos abandonados la obligó a cubrirse la boca con un pañuelo. Angela Blumenfeld le había advertido de aquella fetidez, una masa gaseosa y espesa que impregnaba el rostro y se introducía por las fosas nasales hasta estancarse ahí, algo denso que hacía casi imposible respirar con normalidad.

Al llegar al cabo de la calle donde estaba el edificio de tres plantas en el que había vivido la doctora Hotzfeld, el corazón le dio un vuelco. El inmueble había desaparecido por completo, destruido por las bombas y consumido por las llamas. Tan solo se mantenía en pie una parte de la fachada principal, por la que se accedía al portal que amenazaba con caer; nada más, el resto eran ruinas ennegrecidas. Se acercó para comprobar la desolación de la guerra.

Tres mujeres rebuscaban entre los escombros, viejas y secas mujeres que trataban de recuperar algo a lo que sacar provecho.

—¡Perdonen! —Krista reclamó la atención de las buscadoras—. ¿Conocen a la doctora Hotzfeld? Anna Hotzfeld. Vivía aquí antes de la guerra. ¿Saben si ha regresado?

Una de ellas dejó su particular exploración y se aproximó un poco hacia donde estaba Krista. Era mucho más joven de lo que aparentaba. Llevaba una pañoleta alrededor de la cabeza, y una fina capa de polvo blanco cubría su rostro, sus manos y lo que debió de ser un precioso vestido verde con flores.

—La doctora Hotzfeld está allí.

Krista se giró hacia donde le indicaba: un pequeño parque al que daban los ventanales del salón de la doctora. Muy despacio, caminó hasta el límite de la tierra, buscando ávida entre árboles tronchados o calcinados junto a otros que habían logrado esquivar las bombas. A su espalda le habló la mujer que había ido tras ella.

—La enterramos allí, bajo aquel tilo.

—Dios mío... —murmuró con una punzada en el estómago—. ¿Qué pasó?

—Fue hace una semana. Llevaba aquí dos días. Yo vivo en esa casa. —Señaló hacia el edificio colindante a las ruinas—. La conocía desde hacía tiempo, y se quedó conmigo. —Encogió los hombros mirando hacia el parque—. Pero llegaron los rusos... Fueron muchos, demasiados... A ella le tocó uno que se volvió loco... La golpeó en la cabeza con una botella hasta matarla. Ese día tuvimos que enterrar a tres mujeres más de esta calle. Una de ellas también asesinada, las otras dos no pudieron resistirlo.

Krista, impactada por la historia, se acercó hasta aquel sencillo túmulo en el que se habían clavado dos palos atados formando una burda cruz. En una tablita de madera se podía leer el nombre de Anna Hotzfeld y la fecha de su muerte. No era la única: junto a ella había una docena de improvisados túmulos con sus respectivas cruces y sus tablillas de identificación toscamente escritas. Habían vuelto a los tiempos de la prehistoria, cada uno inhumaba a sus muertos en cualquier parte. Krista arrancó un manojo de flores silvestres que de forma milagrosa habían resistido a tanta destrucción. Las depositó sobre la tumba y, durante un largo rato, se dejó llevar por un llanto desconsolado.

Cuando regresó a casa, se encontró a Hans y Jenell sentados en el escalón del portal con el rostro muy serio, apesadumbrados.

—¿Qué hacéis aquí? —les preguntó extrañada.

—Mi padre ha vuelto —respondió Hans con un vago tono de voz.

Krista no supo qué decir. Al final, Ulrich von Schönberg había regresado. La guerra no le había querido otorgar a Claudia ni siquiera ese respiro. Se sentó junto a ellos con sensación de derrota. Estaba muy cansada.

—¿No os alegra que haya venido? —volvió a preguntar al cabo.

La niña no dijo nada, su cabeza rubia apoyada en el brazo de su hermano, ausente, atrapada en una profunda tristeza. Hans encogió los hombros y bajó la barbilla hacia el pecho como si quisiera desaparecer.

La presencia de Ulrich von Schönberg acabó con la convivencia apacible que había habido entre las tres mujeres. Krista se trasladó definitivamente al tercero, e invitó a Angela Blumenfeld a que la acompañara mientras terminaba de habilitar el desastre al que había quedado reducido su piso.

En los dos días siguientes no vieron a Claudia. Ulrich había llegado a Berlín desde Prusia Oriental haciéndose pasar por un refugiado, disfrazado de paisano y con identidad falsa como una víctima más del nazismo. Había permanecido escondido desde el mes de enero en un palacete abandonado a las afueras de Kaliningrado. En realidad, el Sturmbannführer Von Schönberg había desertado de las Waffen-SS abandonando a su suerte a los hombres bajo su mando. El palacio en el que se ocultó estaba intacto, como si la guerra lo hubiera dejado de lado. Allí encontró ropa de civil, documentación y conservas suficientes para subsistir durante aquellos meses.

A los pocos días del inesperado regreso de Ulrich, Makárov se presentó de improviso en la casa. Iba acompañado del uzbeko y cargado con más víveres. Había abierto Hans.

—¡Mamá! —gritó el chico con el susto grabado en el rostro y sin dejar de mirar al teniente, que según tenía costumbre se frotaba a conciencia las suelas de las botas en la alfombrilla de la entrada antes de acceder al recibidor—. ¡El teniente Makárov está aquí!

Claudia, sobresaltada y con el corazón desbocado, se fue a la habitación donde Ulrich dormía la borrachera de la tarde anterior. Lo despertó zarandeándolo.

—Ulrich, despierta... No te muevas de aquí —le susurró cuando por fin abrió los ojos enrojecidos—. Ha venido un oficial ruso. No salgas o te detendrá, ¿me oyes?

—¡Mamá! —volvió a gritar Hans.

—¡Voy! —respondió ella subiendo la voz sin quitar los ojos de su pasmado marido, que empezaba a comprender aquella alarma.

Ella se apartó posando su mano sobre la boca de él, para que no hiciera ruido. Por fin salió al pasillo y se encontró con el ruso, que la saludó con un toque en la frente y una amplia sonrisa.

—Teniente..., no le esperábamos.

—Les prometí que no me marcharía sin despedirme. Mi destacamento sale a mediodía rumbo a Rusia. Les he traído algunas cosas que les serán de utilidad.

El uzbeko ya estaba en la cocina dejando la carga.

—¿Le apetece un té? —Según se lo ofrecía, Claudia se dio cuenta de su error y mantuvo la respiración por si aceptaba.

—Gracias, pero tenemos que marcharnos. Agradezco mucho su hospitalidad y la de sus vecinas. Ha sido un placer compartir un poco de vida con ustedes... —El teniente se le acercó, le tomó la mano y le besó el dorso—. En especial con usted, Claudia. Es usted una mujer encantadora. Cualquier hombre se podría enamorar con solo mirarla a los ojos.

Claudia retiró la mano de un tirón al descubrir, a la espalda del ruso, los ojos de Ulrich clavados en ella, sobrecogida por el odio que irradiaba aquella mirada.

—Un ruso cortejando a mi esposa en mi propia casa... Increíble.

El teniente se volvió alertado por la voz inesperada.

—¡Salga de mi casa...! —bramó Ulrich escupiendo odio en sus palabras.

Makárov dedicó a Claudia una mirada fría.

—Por favor, teniente, no lo denuncie... Se lo suplico...

Tras unos tensos segundos, el oficial se inclinó levemente ante ella.

—Le deseo suerte, Claudia, la va a necesitar.

Salió de la casa seguido del asistente, sin cerrar la puerta.

Krista regresaba de canjear la cartilla de racionamiento cuando vio a los dos rusos subirse al jeep que los esperaba, aceleró y desaparecieron de su vista. Alertada por si el teniente había coincidido con Ulrich y las consecuencias que ello podría tener, subió corriendo hasta el segundo. La puerta estaba entreabierta. Con sigilo, la empujó y entró en el recibidor, pero se detuvo al ver a Hans y a Jenell agazapados al fondo del pasillo, pegados el uno al otro, el desasosiego grabado en sus rostros. Se oían voces que salían del salón. Krista sintió que los separaba un abismo insalvable; a un lado estaba ella; al otro, los niños. Hans la miraba muy serio, su rostro consternado. La niña permanecía pegada a él, protegida por su abrazo.

En el interior del salón, Ulrich, descalzo y en paños menores, presentaba un aspecto grotesco. Estaba muy cerca de Claudia y le hablaba con desaire.

—Te has estado acostando con un sucio bolchevique mientras yo estaba jugándome la vida para acabar con ellos.

—¿Crees que yo no me la he jugado también?

El golpe no la cogió desprevenida, pero fue tan violento que la arrojó al suelo. Se quedó encogida, la frente pegada a la alfombra, recordando todo lo que había sufrido, las veces que su cuerpo había sido ultrajado, lo que había tenido que padecer y la tremenda injusticia que aquel golpe suponía. Se volvió hacia él rabiosa.

—Me habría acostado con él si me lo hubiera pedido. Nos han violado, nos han humillado, han matado a muchas y otras tantas no lo han podido soportar... Y ahora vienes tú de marido ofendido y herido en tu dignidad. ¿Dónde estabas cuando me estaban forzando? —Alzó la voz con un destello de desprecio en los ojos—. Vete al infierno, Ulrich.

—Eres una perra desvergonzada. Me das asco.

—Me da lo mismo lo que pienses de mí.

Encolerizado, Ulrich se fue hacia ella con la mano levantada y la intención de volver a golpearla.

—Como me vuelvas a tocar, te denunciaré a los rusos —le aseguró ella.

Ulrich se frenó en seco, la mirada torva, el brazo en alto, amenazante.

—No lo harás —sentenció, bajando el brazo—. No dejarás a tus hijos sin padre.

—No son tus hijos, Ulrich. —La voz de Claudia se había tornado más melodiosa, regodeada de poder por fin soltarle aquella verdad—. Nunca pudiste tenerlos. Eres estéril desde los quince años como consecuencia de las paperas que padeciste. Me lo confesó tu padre cuando estaba embarazada de Hans.

Un silencio sobrecogedor reinó durante unos segundos.

Krista observó el estremecimiento de los dos niños.

—¡Mientes! —rugió él en el salón.

—No son tus hijos —repitió ella con una aplastante seguridad—. ¿Es que no lo ves? Ninguno de los dos tiene nada que ver contigo. Ellos son todo lo que tú no eres.

Krista sentía un fuerte latido en sus sienes, la respiración contenida. Llevó la vista hacia el otro lado del pasillo. Hans la miraba y ella se conmovió al descubrir en los ojos de aquel niño la mirada de Yuri; la rehusó, asustada por la cruda realidad. Se dio la vuelta, se dirigió hacia la puerta muy lentamente y subió a su casa.

Las cosas para Claudia empeoraron a partir de aquel día. Ulrich se dedicó a recibir en la casa a dos compañeros de batalla que, como él, habían conseguido escapar de las garras bolcheviques. Los hombres bebían y comían sin medida, como si la abundancia estuviera asegurada, y ella se desesperaba al comprobar cómo menguaba la despensa, pero poco podía hacer sino callar y cocinar para ellos. Los niños se pasaban el día en la calle, metidos en su habitación o se refugiaban en casa de Krista. Su madre no quería que estuvieran presentes en el ambiente turbio y soez en el que se manejaban los tres oficiales de las SS.

El día había sido caluroso y ya empezaba a atardecer. Krista y Angela Blumenfeld llevaban un rato sentadas en el salón. La pequeña Jenell las acompañaba jugando con su muñeca. La radio que Angela había subido de su casa llenaba el ambiente con música de Bach. La anciana cosía una falda y Krista trataba de leer un libro, pero le costaba concentrarse porque desde hacía un rato las ventanas abiertas a la calle volcaban voces y cantos de la juerga celebrada en el segundo piso.

—Pobre Claudia —murmuró la señora Blumenfeld en voz baja para que no la oyera la niña—. No sé qué va a ser de ella. Ayer me dijo Hans que se pasa el día llorando. —Miró a Jenell, que parecía ausente en su mundo de juegos—. Y estos niños están tan tristes... Parece mentira que esté pasando esto.

De pronto se oyeron gritos y golpes. Krista se asomó a la ventana. La falta de cristales les había arrebatado la intimidad a las casas. Los insultos de Ulrich se oían en toda la calle y los gritos de Claudia la estremecieron. Se volvió hacia Jenell, que la miraba asustada con la muñeca pegada a su cuerpo a punto del llanto.

La joven reaccionó y se fue hacia la puerta.

—¡Krista, no! —le rogó Angela Blumenfeld corriendo alarmada tras ella—. No te metas, por lo que más quieras, no te metas...

Pero ella bajó las escaleras y golpeó con fuerza la puerta.

—¡Claudia! Abre. ¡Claudia!

No obtuvo respuesta, así que siguió golpeando hasta que se abrió. Ulrich apareció con los ojos inyectados de sangre velados por el alcohol, el flequillo sucio y despeinado sobre la frente, descamisado y con una botella de vodka en la mano.

—Otra zorra. —Su voz era gangosa, de borracho—. ¿Y tú qué quieres? ¿Unirte a la fiesta?

—¿Dónde está Claudia?

—Claudia está donde tiene que estar. —En ese momento se oyeron risas de hombres y un quejido de Claudia. Ulrich inclinó la cabeza con una mueca maliciosa—. Les da a mis amigos lo mismo que les dio a esos cerdos bolcheviques. —Su cuerpo se tambaleaba de un lado a otro—. Tú también tienes experiencia. Si quieres pasar...

Krista, desafiante y sin arredrarse, se encaró a él.

—¡Cabrón, hijo de puta! —Levantó el dedo índice y lo señaló—. Le voy a denunciar. Le detendrán y pagará por sus crímenes.

Ulrich la agarró violentamente del cuello y se acercó tanto que ella sintió el olor rancio de su aliento.

—Atrévete a hacerlo y la mato... A ella y a esos bastardos.

Krista miraba aquellos ojos llenos de odio que le confirmaba que cumpliría su amenaza. La soltó y la empujó con brusquedad antes de cerrar con un fuerte portazo.

Se quedó inmóvil, oyendo golpes, gritos y risas que la música no ahogaba. Se sentía morir de rabia. Desolada, se dejó caer en el escalón.

Angela Blumenfeld bajó hasta ella y se sentó a su lado. Cogió su mano y la acarició con cariño.

—¿Por qué siempre somos nosotras las que nos llevamos la peor parte, Angela?

La señora Blumenfeld, cariñosa, le echó el brazo por los hombros.

—Claudia es mucho más fuerte de lo que pensamos. Podrá con esto.

Cabizbajas, las dos mujeres volvieron a subir hasta el tercero, donde Jenell las esperaba con la muñeca colgada en su mano.

—¿Y mi mamá? —preguntó con un triste mimo.

—Después vas a verla, mi niña —le dijo la anciana Blumenfeld con un beso—. Ahora tú y yo vamos a preparar uno de esos bollos que tanto te gustan. ¿Quieres? —La cogió de la mano y la metió para dentro.

Antes de entrar, Krista se asomó al hueco de la escalera desconsolada.

Estaba anocheciendo cuando oyeron salir del portal a los invitados de la juerga. Krista se asomó. Dos hombres se alejaban por la calle, ebrios, con el paso inseguro, la chaqueta quitada, la camisa por fuera, cantando con berridos estridentes. Puso atención a las ventanas del segundo piso. Parecía que todo estaba tranquilo. La fiesta había acabado.

En ese momento llamaron a la puerta. Krista corrió a abrir pensando que podía ser Claudia, pero era Hans, que venía a buscar a su hermana.

—¿Está bien tu madre? —preguntó ansiosa.

—No lo sé —contestó el chico muy serio—. Todavía no la he visto.

El chico cogió a su hermana de la mano y los dos se bajaron a su casa.

Al filo de la medianoche, cuando Krista estaba a punto de meterse en la cama oyó varios golpes en la puerta. Al abrir se encontró a Hans con los ojos cargados de un profundo desencanto. Llevaba a su hermana en brazos, que agarraba su muñeca con candorosa fuerza. Los dos niños iban en pijama. Con el brazo libre, Hans sujetaba el cuerpo maltrecho de su madre, que apenas se tenía en pie, encogidos los hombros, cabizbaja, la cara amoratada de golpes y esa mirada perdida, infinitamente perdida.

Varsovia, amanecer del 5 de junio de 1945

Estimado Yuri:

Confío en que llegues a leer estas letras y que el destino te dé la oportunidad que a mí me niega. Con esa esperanza quiero que hagas algo por mí, algo que me rompe el alma. Te pido que hagas llegar esta medalla a mis padres. Residen en Brienz, un pequeño pueblo de Suiza cerca de Interlaken. Sé que han pasado la guerra relativamente tranquilos y que esperan con ansia mi regreso. Pero las cosas no siempre salen como uno había planeado. Hazles saber que los he querido con toda mi alma, que fueron los mejores padres que un hijo pudiera tener; dile a mi madre que lamento no haberle dado esos nietos tan deseados y que me duele en el alma el dolor que les he causado. Si se lo enviase yo directamente, sé que no les llegaría nunca, y no puedo soportar la idea de que esperen mi vuelta en vano...

En estas últimas horas de mi vida, continúo aferrado a mis principios en los que sigo creyendo, y me voy de este mundo conforme con la defensa que de ellos he hecho. Pero he de darte la razón en una cosa: hasta los más elevados ideales en manos de un tirano acaban convertidos en tiranía.

Te ruego que no te culpes por mi trágico final. No les demos esa satisfacción. Los dos estábamos condenados cuando te descubrí en Kolimá. Ojalá te salves, Yuri, porque de ese modo mi sacrificio habrá merecido la pena.

Mañana todo habrá terminado para mí. Moriré en un bello amanecer de mayo...

Cuídate, Yuri, y si por fin consigues redimirte de tanta maldad, vive con intensidad la vida que yo no pude vivir.

Axel Laufer
Moscú, 10 de mayo de 1945

Yuri dobló la cuartilla y volvió a mirar la medalla que le había enviado Axel. La carta iba dentro de otro sobre dirigido al mariscal Konstantín Rokossovski. El mariscal se la entregó sin decir nada, aunque la misiva de Axel había sido abierta. Aquella muerte le había provocado una pesadumbre mucho más profunda que la expectativa de su propia ejecución. A pesar del intento de exculparlo, lo más factible era que su empeño en sacarle de Kolimá fuera la razón principal que lo había llevado a la muerte, y eso le mordía el alma y le causaba un dolor intenso y frenético que le había amargado aquellas últimas horas que le quedaban de vida.

Era 5 de junio y la orden de su ejecución seguía en pie.

Se levantó, se acercó a la ventana y descorrió las gruesas cortinas. Por el este el cielo empezaba a palidecer anunciando un nuevo día. Observó un rato aquel horizonte rosado, tratando de controlar la ansiedad que lo ahogaba. Pensaba con tristeza que no podría cumplir con lo que le solicitaba Axel en su carta, y eso le causaba una frustración añadida. Habían pasado cinco meses desde la última vez que lo vio. Tras aceptar su propuesta de incorporarse al Ejército Rojo como intérprete, habían viajado juntos hasta Moscú. Axel lo acompañó a prestar el juramento a Stalin y al NKVD. A sabiendas de la aversión que sabía que le iba a ocasionar aquel trámite, Axel le había aconsejado que al hacerlo llenase su conciencia de Krista, tan solo ella en su cabeza, ajeno a las palabras que leía en un papel y salían de su boca. Luego le entregó el uniforme del ejército, la guerrera, los pantalones, las botas, la cálida *ushanka* de piel con la estrella roja cosida. Yuri se fue poniendo cada prenda como si vistiera una mortaja, con reparo y desagrado. No se le había pasado por la cabeza huir; sabía que cualquier desliz por su parte lo pagaría Axel con su vida. Pero de nada había servido la lealtad a Rusia. Ni la de Axel ni la suya propia a pesar de todo. Invocó el recuerdo de sus últimas palabras al despedirse.

—He de presentarme en la Lubianka hoy mismo —le había dicho Axel circunspecto.

Ambos eran conscientes de que no era una buena noticia. El origen alemán de Axel le había puesto en el punto de mira desde hacía tiempo; ello unido a la insistencia para sacar a Yuri de Kolimá había llamado la atención de uno de los guardias, que había informado a Moscú. Aquella carta que mantenía en sus manos le confirmaba que la sombra alevosa de Petia Smelov había terminado por dar alcance también a Axel Laufer.

Un grato aroma de café recién hecho le devolvió al presente. Dejó escapar un largo suspiro, introdujo la medalla y la carta en el desgastado sobre con su nombre escrito, se lo guardó y salió al pasillo de aquella casa ocupada por el oficial del NKVD al que servía de intérprete y traductor en Varsovia desde finales de enero, una vez liberada la ciudad de los nazis por el ejército soviético. Además de Yuri y el oficial, se habían instalado allí dos soviéticos y un polaco con la misión de clasificar y emitir informes de toda la documentación incautada a los nazis, que se amontonaba sobre el escritorio que perteneció al antiguo dueño de la casa, un eminente abogado judío desaparecido para siempre de la faz de la tierra junto a su esposa y sus cinco hijos.

Musya Kuznetsova, la soldado rusa ayudante del teniente y la que había puesto a calentar la cafetera, preparaba con esmero de una amante el desayuno para el oficial.

Yuri sonrió al entrar. Cogió una taza y la llenó hasta el borde de café humeante. Luego se sentó y rodeó la taza con las manos. La chica lo miraba mientras untaba confitura en una rebanada de pan negro.

—Te están esperando abajo para llevarte a la comandancia.

—Qué madrugadores —musitó Yuri irónico.

La orden del mariscal Konstantín Rokossovski había llegado la tarde anterior a última hora. El oficial al que servía se lo había comunicado con voz fría, distante. Tenía que presentarse en la comandancia al amanecer.

597

—Tal vez no pase —murmuró ella.

Yuri soltó una sonrisa sardónica.

—Hace tiempo que dejé de creer en los milagros.

—Has servido a Stalin como uno más. No pueden hacerte esto.

—No he servido a nadie, Musya, y mucho menos a Stalin.

—Pues no es justo —protestó ella insistente, el gesto constreñido por la tristeza.

Yuri, ensimismado, rendido a lo ineluctable de su destino, habló con voz apagada.

—Alguien me dijo hace tiempo que Rusia siempre cumple.

Se llevó la taza a los labios, sopló un poco y tomó un sorbo. El líquido agrio y caliente descendió por su garganta hasta llegar al estómago. Le sentó bien.

—Cuando era pequeña —dijo ella—, mi madre, a escondidas de mi padre, me enseñó una oración. Hoy la rezaré por ti.

Él le dedicó un gesto agradecido.

Sacó la carta del bolsillo, cogió un lápiz que había en una bandeja y escribió en el sobre debajo de su nombre: «Julius Laufer. Brienz, Suiza».

—¿Harías una cosa por mí? —le preguntó.

—Lo que quieras.

—Encárgate de que esto llegue a su destino. Es importante para mí. ¿Lo harás?

Ella asintió. Cogió la carta y la guardó en el bolsillo. Luego agarró la bandeja y salió de la cocina apretando los labios para tragarse el llanto.

Yuri se terminó su café. No comió nada. Prefería el estómago vacío, así evitaría el vómito si la angustia lo superaba. Se aseó, se vistió con la guerrera soviética, se calzó las botas negras de piel lustrada, se caló la gorra con la estrella y salió de nuevo al pasillo. Allí se encontró con la soldado que, tras haber dejado el desayuno en la habitación del oficial, lo esperaba desolada por aquella despedida definitiva. Yuri Mijáilovich había sido amable con ella, la había tratado con respeto y cariño, algo poco habitual entre sus compañeros. Sentía hacia aquel medio ruso el mismo amor que hacia su querido hermano, al que había perdido en la guerra hacía dos años y medio. Aquellos pocos meses a su lado le habían devuelto la fe en el ser humano.

Lo miraba con arrobo, intentando grabar en su memoria la imagen de aquel hombre antes de que también se lo arrancasen de su vida. Sin previo aviso se echó en sus brazos, solo un instante para de inmediato retirarse, avergonzada de aquella debilidad afectiva. Quedaron frente a frente. Yuri la observó con lástima: era muy joven, apenas veinte años, de origen bielorruso; había perdido a su madre cuando tenía nueve años, quedando ella y su hermano mayor a cargo de un padre rudo y borracho que los puso a trabajar a los dos en el campo, por eso no había podido aprender ni a leer ni a escribir. Yuri sabía que eso la avergonzaba, aunque era lista y resolutiva. Tras conocer la muerte de su hermano en la sangrienta batalla de Stalingrado, Musya se alistó en el ejército soviético como mujer de campaña, dispuesta a vengar la memoria de su añorado hermano en la Gran Guerra Patria. Había luchado como un soldado más, arrastrada por el fango, disparando, salvando vidas de compañeros, valiente y atrevida en el combate. Con la rendición de Alemania y el final de la guerra, Musya Kuznetsova había dejado de ser soldado para el ejército ruso, convertida de nuevo en una mujer, despojada de toda la heroicidad atribuida a sus compañeros varones. El teniente al que estaba adscrita la trataba bien, siempre atento y considerado, no tenía queja alguna sobre él, pero ella no había hecho la guerra para terminar lavando los calzoncillos de un oficial, ni para servirle de desahogo en la cama, consciente de que se olvidaría hasta de su nombre en cuanto regresara a Moscú a los brazos de su adorada esposa, que ya lo esperaba.

Yuri le dio un fraternal beso en la frente.

—Nunca olvides que el amor y la esperanza son infinitamente más poderosos que el odio y la furia.

La chica lo miró con los ojos llenos de lágrimas, la barbilla le tembló. Yuri le dedicó una sonrisa, le dio la espalda y se marchó. En la calle lo aguardaba una patrulla de soldados armados. Se detuvo en la acera. Respiró el aire fresco y alzó la vista al cielo, en el que ya brillaban los primeros rayos de sol. No se veía ni una sola nube en aquel luminoso horizonte; un espléndido día de primavera, pensó, su último amanecer.

Se subió en el asiento del copiloto del Bantam BRC-40, uno de los muchos vehículos que el ejército ruso había recibido de Estados Unidos para vencer al temido nazismo. Lo mismo hicieron sus custodios. El que iba al volante arrancó el motor e iniciaron la marcha con destino al puesto de la comandancia. No vio salir del portal a Musya Kuznetsova.

Un año antes, en Varsovia, la resistencia polaca se había rebelado contra la ocupación de los nazis, manteniendo en jaque a los alemanes durante más de sesenta días. El levantamiento se saldó con la muerte de cientos de miles de civiles polacos, la mayoría ejecutados, y con la destrucción hasta los cimientos de gran parte de la ciudad. Cinco meses después de la liberación por el ejército soviético, el aspecto de Varsovia seguía siendo sobrecogedor: calles asoladas, ruinas calcinadas donde antes se alzaban hermosas casas señoriales, esqueletos de edificios por cuyas paredes mutiladas se veían restos de la vida transcurrida en lo que antes fueron cálidos hogares, montañas de cascotes y escombro de tamaños diferentes amontonados en las aceras.

Al llegar a la puerta de la comandancia, Yuri bajó del jeep de un salto. Había vuelto a recuperar peso y fortaleza. Le habían desaparecido los calambres y mareos a los que lo habían acostumbrado el hambre y el frío en Kolimá. Desde que vestía el uniforme del Ejército Rojo su vida había cambiado radicalmente y todo se lo debía a Axel, que se había jugado la vida por él y la había perdido. En su nuevo puesto, había acompañado al mariscal Konstantín Rokossovski en el avance hasta Varsovia, siempre a su lado para traducir cualquier orden a prisioneros capturados, civiles liberados o informes interceptados. Bien alimentado, bien abrigado y desplazándose siempre en coche, no podía quejarse de cómo lo había tratado la vida en aquellos últimos meses, un paraíso en comparación con sus vivencias en Siberia, si no hubiera sido por la violencia de la que fue testigo ejercida por los soviéticos, no solo contra el soldado enemigo, sino contra la población civil y en especial el brutal ensañamiento hacia mujeres de todas las edades. La impotencia ante tanta injusticia le carcomía el alma, obligado a cerrar los ojos para no ver, volver la cara para no contemplar la saña desplegada a su alrededor. Recordaba con pesadumbre cómo los habían recibido los famélicos ciudadanos de Varsovia en aquellos días fríos de enero, ofreciéndoles agua, leche, flores, esperanzados y agradecidos por haberlos liberado del yugo mortal de los nazis. Pobres ilusos, pensaba Yuri con una compasión infinita, creyeron salir del infierno y se vieron de nuevo arrojados a un arbitrario y cruel ajuste de cuentas.

Entró en el interior del edificio habilitado para los mandos del Ejército Rojo. Escoltado por uno de los soldados, llegó hasta la puerta del mariscal Rokossovski. Llamó y entró al oír la orden que se le dio desde dentro.

El mariscal tenía la cabeza inclinada hacia un papel en el que escribía, y elevó un instante la mirada hacia el recién llegado deteniendo la escritura, para volver de inmediato su atención al escrito.

Yuri se mantuvo en posición de firme hasta que Rokossovski estampó un secante sobre su propia rúbrica. En ese momento volvió a alzar la cara. Le habló con gravedad.

—Yuri Mijáilovich Santacruz, sabes para qué te he llamado. ¿Estás preparado?

—¿Puede uno prepararse para eso?

El mariscal lo miró con una expresión magnánima.

—Conmigo has cumplido, Yuri Mijáilovich, pero las órdenes de Moscú son tajantes. Beria me exige tu cadáver. —Señaló con el dedo el papel que tenía sobre la mesa—. En este informe está escrito tu nombre, la hora de tu ahorcamiento y mi juramento de que la ejecución se ha hecho efectiva...

—Mariscal Rokossovski —Yuri no pudo evitar interrumpirlo—, será mejor que terminemos con esto cuanto antes.

El mariscal lo observó reflexivo. Abrió uno de los cajones de la mesa, sacó un papel, se levantó, rodeó la mesa acercándose hasta él y se lo tendió.

—¿Qué es? —No se decidía a cogerlo.

—Tienes una hora para desaparecer.

Inquieto, Yuri tomó el papel sin entender qué estaba pasando.

—¿Qué quiere decir?

—Es un salvoconducto que te permitirá viajar hacia el oeste como refugiado.

—¿Va a faltar a su juramento? —preguntó perplejo.

Konstantín Rokossovski arqueó las cejas con una mueca.

—Me temo que no va a haber más remedio.

—¿Y el cadáver?

—Le puedo enviar cientos —contestó el militar con aire arrogante, antes de añadir benévolo—: Vuelve a casa, seguro que en algún lugar hay una mujer hermosa esperándote.

El rostro de Yuri se ensombreció.

—No estoy seguro de ello... Ha pasado demasiado tiempo y demasiadas cosas.

—Si no vas, nunca lo sabrás. Eres libre, Yuri Mijáilovich.

Yuri se estremeció al oírlo. Hacía cinco años que lo habían privado de su libertad, perdida su capacidad de decidir qué hacer, adónde ir, cuándo dormir y cuándo despertar, decidir qué comer y qué beber. Había sido un autómata en manos de sus guardianes, de los que dependía hasta para respirar. Y de repente, con aquella frase de Rokossovski, volvía a tener futuro, recuperaba la humanidad, había burlado a la muerte.

—Libre —murmuró embargado por una calma interior casi olvidada—. Soy libre...

—Así es —reiteró el mariscal volviéndose a su sitio. Sacó un cigarro y lo encendió—. Debes saber que, para la Unión Soviética, Yuri Mijáilovich Santacruz está muerto. No podrás volver nunca.

Tras una intencionada pausa le habló con una consciente y serena solemnidad.

—Mariscal, le debo la vida.

El oficial entornaba los ojos por el humo del cigarro que ascendía ante su cara.

—Estoy harto de muertes. Desde el primer día he luchado en esta Gran Guerra Patria bajo las órdenes de Stalin. Hemos ganado la guerra, y muchos de los vencedores que regresan a sus casas están siendo detenidos, metidos en trenes y enviados a Magadán con una condena de diez años. No tengo que darte explicaciones de lo que se vive allí.

—¿Qué razón hay? —preguntó Yuri a sabiendas de que en la Unión Soviética no se necesitaba una razón para ser detenido, pero todos pensaban que una vez terminada y ganada la guerra, las cosas cambiarían. Muchos de los soldados con los que había compartido tiempo en aquellos meses se lo habían comentado. Todo sería distinto. Stalin debía estar orgulloso de la ferviente lucha de su pueblo.

—Pueden ser muchas y muy variopintas —contestó el mariscal encogiendo los hombros—: Haber sido arrestado alguna vez por los alemanes, salir vivo de los campos de concentración nazis. —Lo miró con los ojos llenos de dolor—. Los que hemos visto cómo son las casas y las carreteras aquí, cómo se vive sin el comunismo... Todos hemos quedado convertidos en un peligro para el padre Stalin, unos traidores merecedores de un castigo. Temo que sea ese mi destino. No sería nuevo para mí: igual que a ti, a mí también me sacaron de Magadán para hacer la guerra..., su guerra; una vez ganada ya no le servimos. —Esquivó los ojos, avergonzado de sentirse conmovido—. Si tengo que volver allí, me gustaría que alguien me recordase con gratitud. Sería la única forma de sobrevivir en un lugar tan frío. ¿No crees?

—Estoy convencido —afirmó Yuri—. Gracias, mariscal.

El oficial soviético mantuvo un momento sus ojos fijos sobre Yuri. A continuación bajó el rostro hacia los papeles que tenía en la mesa, desentendiéndose de su presencia.

Yuri se dirigió despacio hacia la puerta, indeciso, sin terminar de creerse lo que estaba sucediendo. Tenía la sensación de haber perdido la costumbre de pensar por sí mismo, de asumir las riendas de su propia vida.

Salió a la calle. Nadie lo esperaba para custodiarlo, no había guardias. Sin poder creérselo, ojeó el entorno. Echó a andar con la respiración contenida, atento a que le dieran el alto en cualquier instante o que un disparo por la espalda lo abatiera. Libre, libre, repetía la palabra a cada paso que daba, libre, libre, sus labios se abrían para pronunciarla como el carburante que impulsara su avance.

Una presencia detrás de él lo sobresaltó. Se volvió y se encontró con Musya Kuznetsova, su cara sonriente, radiante, feliz de verlo.

—Estaba convencida del poder de la oración que me enseñó mi madre.

Sin poder evitarlo, se abalanzó hacia él y lo abrazó, una actitud fraternal que sobrecogió a Yuri.

—¿Qué haces tú aquí? —le preguntó cuando por fin pudo verle de nuevo los ojos brillantes de júbilo—. El teniente te echará de menos.

Ella encogió los hombros sin dejar de sonreír.

—Tenía un presentimiento... —Se llevó la mano al bolsillo, sacó el sobre y se lo tendió—. Creo que ya no me necesitas para esto.

Yuri se guardó la carta de Axel con expresión satisfecha. La chica no decía nada, miraba y sonreía a aquel que consideraba como un hermano milagrosamente arrancado de las garras de la muerte cuando ya lo tenía amarrado.

—Tengo que marcharme —dijo al fin—. ¿Me escribirás?

—Claro —contestó Yuri afable—. Dime adónde puedo hacerlo.

Musya le dijo el nombre de la calle de Hatsuk, su pueblo en Bielorrusia.

—¿Te acordarás? —preguntó ella.

—No lo olvidaré, pero tienes que prometerme que aprenderás a leer y a escribir para leer mis cartas y escribirme también. ¿Lo harás?

—Lo haré —dijo con alegre firmeza—. Lo prometo.

Musya Kuznetsova se dio la vuelta y salió corriendo. Yuri la observó hasta que desapareció. Ella era la otra cara de la moneda de aquella Gran Guerra Patria que había tocado a su fin.

Últimos días en Berlín...
Mañana del lunes 15 de junio de 1945

Claudia y Krista estaban sentadas en la cocina con Jenell y Hans, que apuraban con avidez el pan seco. La exigua ración de mantequilla que habían conseguido el día anterior con las cartillas de racionamiento se había diluido en el primer bocado. Claudia les había dado una parte de su pan y Krista su porción de mantequilla. Las dos mujeres bebían un té caliente con un poco de azúcar que les reconfortaba el cuerpo. Cuando terminó la última miga, Jenell preguntó en tono lastimero:

—¿No hay más?

—Lo siento, hija... —respondió su madre abrumada por no poder alimentar a sus pequeños—. Hay que dejar un poco para la noche; si no, el hambre no te dejará dormir.

La niña se levantó con desgana y salió de la cocina seguida de su hermano Hans.

—Como no consiga más comida acabará enfermando. —Claudia hablaba ensimismada. De pronto se irguió, como si hubiera tomado una decisión—. Voy a bajar a ver a Ulrich, le pediré alguna de las latas que hay en la despensa. Había muchas, y patatas... Tiene que dármelas.

Krista se lo impidió.

—No debes acercarte a él, Claudia. Sabes que no te las dará y te pondrás en peligro.

Claudia miró a su amiga con una tristeza infinita, mientras negaba con la cabeza.

—En realidad, no puedo exigirle nada —murmuró derrotada.

Habían pasado dos semanas desde que Claudia y sus hijos se habían refugiado en el piso de Krista. Cuando Ulrich se recuperó de la borrachera y se dio cuenta de que se habían ido, arrojó por el hueco de la escalera toda la ropa tanto de Claudia como de los niños. Gracias a eso pudieron vestirse. El temor a ser detenido lo mantenía oculto, no salía para nada de la casa. Claudia sabía que tenía provisiones para aguantar varias semanas si las administraba bien. Sentía pánico de que le hiciera daño a ella o a los niños, por eso tampoco salían apenas de casa.

Krista la miraba indecisa. Su voz sonó blanda.

—Son suyos, ¿verdad? —Buscó los ojos de Claudia, su complicidad—. Los niños..., ¿son de Yuri? —Llevaba queriendo preguntárselo desde que la oyó escupírselo a Ulrich.

Claudia esbozó una sonrisa triste y asintió.

—A Hans lo concebimos cuando tú no estabas en su vida. Pero Jenell... —Bajó la mirada—. Lo siento, Krista... Lo siento mucho.

Ella extendió la mano por encima de la mesa hasta la de Claudia, la agarró y apretó con afecto.

—Tenemos suerte, Claudia, piénsalo... Al menos nos queda algo de él.

Las interrumpió un grito al otro lado de la casa que en un principio las alarmó. La señora Blumenfeld corría por el pasillo dando voces de entusiasmo.

—¡Agua! ¡Tenemos agua!

Krista se levantó y abrió el grifo de la cocina, y las tres, con gesto arrobado, observaron cómo salía el líquido preciado a trompicones, como escupido de las tuberías.

—Dios santo —dijo la anciana—, es como ver caer maná del cielo. Qué bendición.

—Se acabó cargar con cubos los tres pisos —dijo Hans, que

había acudido a la cocina junto a Jenell para unirse al feliz espectáculo.

—Podremos bañarnos, meter el cuerpo entero en la bañera —añadió Claudia con regodeo, imaginando la sensación—. No puedo creerlo...

Después de festejar la recuperación del agua en los grifos, los niños se fueron a sus juegos, quedando las tres mujeres solas. Angela Blumenfeld se sirvió un té y se sentó a la mesa justo cuando Claudia se levantaba para recoger los platos que habían dejado sus hijos y llevarlos al fregadero.

—La niña está muy delgada —dijo la anciana—. Debería tomar algo de leche.

Las cartillas de racionamiento repartidas por los rusos no bastaban para saciar el hambre de una población que ya arrastraba mucho tiempo de ayuno y privaciones. Angela y Krista se encargaban de canjear las raciones y había días que volvían con las mochilas medio vacías porque se había acabado o no había llegado el género suficiente. La señora Blumenfeld hacía milagros con las patatas y la pasta de guisantes, además de las ortigas que recogía por el camino para darles un poco de sabor a los caldos. La ración de carne se repartía dando más cantidad a los niños. Pero lo cierto era que apenas tenían para saciar el hambre de primera hora de la mañana. Todos estaban en los huesos, aunque la más débil era Jenell; siempre tenía hambre, siempre estaba cansada, se pasaba horas sentada en el sillón sin hacer nada y su madre empezaba a estar muy preocupada por ella. También la señora Blumenfeld.

Tras un largo y pesado silencio, la anciana sacó del bolsillo una bolsa de tela y volcó el contenido sobre la mesa.

—Son las pocas joyas que he podido recuperar de entre los escombros de mi habitación. El marido de mi prima Isabel conoce a un joyero que compra toda clase de piezas. No valen mucho, pero es oro, algo nos darán.

Claudia se volvió para mirar el batiburrillo de cadenitas,

anillos, broches y medallas que habían salido de la bolsa de tela. Se veía que eran las piezas de escaso valor, recuerdos de una infancia lejana.

—Señora Blumenfeld —dijo enternecida—, se lo agradezco en el alma, pero no puedo aceptarlo, son sus recuerdos... No puedo aceptarlo.

Krista se levantó resuelta.

—Guárdese todo eso, Angela. Tengo algo que nos puede sacar de apuros durante un tiempo. —Salió de la cocina y volvió con el reloj de Hitler que le había entregado Ernestine Rothman antes de que un obús la destrozara. Lo plantó sobre la mesa—. Al final, tal vez podamos sacar algún rédito de Hitler.

Hans se asomó a la puerta de la cocina alarmado.

—Han llegado soldados rusos. Están entrando en el portal.

Claudia se agitó asustada. Krista se puso en pie y se dirigió a ella.

—Tú espera aquí. Iré a ver qué pasa.

Krista salió al rellano. Se oía un estruendo de pasos que ascendían. Se asomó al hueco de la escalera y vio a media docena de hombres que se detenían en el segundo. Golpes en la puerta, gritos conminando a que abriera. También salió Eva Bauer.

Un tiro las sobresaltó. Habían hecho saltar la cerradura y siguieron las voces y órdenes. Krista vio cómo sacaban a Ulrich de la casa y lo llevaban a empellones hacia la calle. Una algarada se esparció por todo el portal. Krista se precipitó escaleras abajo. Justo cuando salía fuera, los soldados ponían a Ulrich contra la pared del edificio de enfrente. No se resistía, permaneció a pie firme, desastrado, en camisa, descalzo y con los pantalones sucios. Cuando el pelotón lo apuntó con sus armas, se puso firme, alzó el brazo y gritó *Heil Hitler!* justo en el momento en el que crepitó una corta ráfaga y Ulrich von Schönberg cayó como una marioneta a la que de pronto le cortan los hilos. El que había dado la orden se acercó al caído, lo apuntó con una pistola y disparó a la cabeza. El cuerpo de Ulrich se agitó levemente en el suelo. A continuación los hombres subieron al vehículo que los había traído y se marcharon. Todo había sido tan rápido que apenas se había movido nadie. Un lúgubre silencio se adueñó de la calle. La gente se asomaba, pero nadie se acercó. Krista permanecía inmóvil en la acera. Claudia apareció junto a ella, fija la mirada en el cadáver del que había sido su marido.

—¿Quién lo habrá denunciado? —preguntó Krista, más para sí que para nadie.

—He sido yo —dijo una voz a su espalda. La hija de los Bauer observaba también al muerto, con una mueca malvada y vengativa—. Le está bien empleado. Por todo el daño que ha hecho. —Se dirigía a Claudia con el odio grabado en su mirada—. Y tú te libras porque tienes dos hijos, y no quiero que haya dos huérfanos más. Pero eres la misma basura que él y vivirás con ello el resto de tu vida. —Escupió con asco hacia Claudia, se dio la vuelta y se metió en el portal.

Paralizada, incapaz de asimilar tanto desprecio, Claudia se dejó guiar por Krista escaleras arriba, hundida en un mar de culpabilidad y vergüenza.

Había pasado poco más de media hora cuando un Studebaker US6 se detuvo frente al portal, cargó el cadáver de Ulrich en la caja del camión y se alejó. Claudia permanecía apabullada tanto por su repentina viudez como por el baño de realidad que había recibido de Eva Bauer.

—Nunca me lo van a perdonar... Estoy señalada. La paz será para mí un infierno.

—Hemos pasado mucho, Claudia —su amiga trataba de animarla—, saldremos adelante, estoy convencida de que juntas podremos con todo. —Las dos mujeres se miraron unos segundos, Krista le sonrió—. Ahora tenemos que encontrar la forma de conseguir más comida, esa debe ser nuestra prioridad. —Se levantó, dispuesta a salir—. Señora Blumenfeld, dígame adónde tengo que ir para vender este maldito reloj.

Angela Blumenfeld le indicó un local de Marienstrasse, muy cerca de la Karlplatz, aunque sin especificar el número porque no lo sabía. Krista emprendió la marcha dispuesta a sacar algo de dinero con la venta de aquel reloj que parecía quemarle en el bolsillo tan solo de pensar a quién había pertenecido. La mayor parte de los edificios de Marienstrasse habían quedado reducidos a un montón de escombros inhabitables; la calle estaba desierta y envuelta en un estremecedor silencio, como aún ocurría en muchos rincones de Berlín carentes de latido humano, ni coches, ni niños con sus juegos, ausente de la habitual cotidianeidad, como si le costase arrancarse la costra de la muerte. Buscó alguien que la pudiera ayudar a encontrar el local de un joyero que hacía negocio con la miseria de la gente. Un hombre rebuscaba entre un montón de basura. Tenía aspecto de pordiosero, pero en aquellos tiempos era fácil tener ese aspecto incluso para el más elegante de los caballeros. De mala gana, le indicó un edificio de ladrillo rojo al final de la calle. Krista encontró el local, pero estaba cerrado, llamó con insistencia a la puerta, aunque nadie respondió. Volvió sobre sus pasos y preguntó de nuevo al hombre; desconocía dónde podía estar ese joyero por el que tanto preguntaba.

Inició el regreso a casa, desolada, palpando el reloj en su chaqueta. Cuando entró en el portal se encontraba muy cansada, le ardían los pies y tenía la boca y la garganta resecas por una sed intensa. Estaba deseando descalzarse y tomarse un vaso de agua. Pensaba en esto cuando notó que alguien la agarraba del cuello con violencia. Trató de gritar, pero una mano callosa y maloliente le tapó la boca.

—No grites o te rajo —le susurró al oído una voz ronca.

Se quedó quieta. Le empezó a palpar el cuerpo y creyó que sería algún ruso con ganas de desahogarse dentro de ella, hasta que la mano se detuvo al tocar el reloj guardado en su bolsillo. Krista se removió inesperadamente y consiguió desembarazarse de la fuerza del maleante abrazo. Al volverse descubrió que se trataba del hombre al que había preguntado en Marienstrasse. La había seguido hasta allí con intención de robarle las joyas que pretendía llevar al comprador de oro. Ella chilló y el hombre lanzó el brazo contra su cuerpo. Krista sintió un dolor agudo en el costado, tan intenso que la dobló, y el hombre aprovechó su indefensión para hurgar en el bolsillo de la chaqueta hasta sacar el maldito reloj mientras ella se ahogaba. Con el botín en la mano, la empujó con saña y Krista cayó contra la escalera. Lo vio escapar a la carrera.

Sobrecogida, se revolvió en el suelo. Notó el vestido empapado, despegó la mano del cuerpo y comprobó que sangraba con profusión. Volvió a plantar la mano sobre la herida para tratar de taponar la hemorragia. Vio el arma con que la había pinchado: un afilado trozo de hierro lleno de óxido. Sabía que aquello podría ocasionarle una septicemia generalizada si no ponía remedio de inmediato. Sin dejar de presionar la incisión, intentó levantarse, pero le fallaron las piernas, como si las extremidades se fueran desconectando poco a poco de las órdenes de su cerebro. Consiguió subir hasta el primer rellano; entonces oyó unos pasos que ascendían. Era Hans.

—¡Krista! —gritó asustado.

—Busca al médico del portal de enfrente —lo instó ella con un hilo de voz.

En un principio Hans no le hizo caso. Gritó con todas sus fuerzas para alertar a su madre, que bajó, seguida de Angela Blumenfeld. Solo en ese momento Hans se separó de ellas para salir a la calle en busca de ayuda.

Entre las dos subieron a Krista hasta acostarla en la cama. El viejo doctor llegó en dos minutos. Krista le explicó la trayectoria del pinchazo y el peligro de la infección.

Con el exiguo material del que disponía, desinfectó y cosió como pudo la incisión.

—Necesitas tomar sulfamidas. Voy a tratar de encontrarte alguna dosis, aunque lo más conveniente sería ingresarte en un hospital.

—Doctor, creo que me ha tocado el pulmón —dijo Krista con poco fuelle.

El médico la tranquilizó y le dio un calmante.

Cuando terminó, Claudia se quedó junto a ella, mientras Angela Blumenfeld acompañaba al médico.

—Habría que llevarla a un hospital —dijo mientras se lavaba cuidadosamente las manos bajo el grifo de la cocina—. ¿Tienen línea de teléfono?

La señora Blumenfeld lo llevó hasta el aparato y el médico hizo varias llamadas sin resultado. A la cuarta vez, colgó y se volvió con el semblante muy serio hacia la anciana, que esperaba con ansias una solución.

—En la Charité me afirman que lo van a intentar, pero tardarán. Están desbordados. Disponen de muy pocas ambulancias y están todas ocupadas.

—Pero Krista necesita atención...

—Me han dicho que en cuanto puedan enviarán una. No queda otra que esperar. Mientras, procuren que no se mueva. Me pasaré dentro de un rato.

Yuri saltó de la parte trasera del GAZ-67 que lo había llevado hasta Berlín los últimos doscientos kilómetros de camino. Se despidió de los dos soldados que lo habían recogido y que proseguían el viaje. El conductor aceleró y el todoterreno se alejó haciendo rugir el motor.

Yuri miró a su alrededor. Se hallaba en la intersección de Hofjägerallee y Tiergartenstrasse, muy cerca de casa de Erich Villanueva. Había decidido ir primero a verlo a él con el fin de conocer a qué situación podía enfrentarse. Necesitaba saber si le había llegado la carta enviada desde Kolimá, si había podido hablar con Krista, saber cómo estaba ella. Necesitaba prepararse para un posible encuentro, aunque con el ensañamiento que había sufrido Berlín, no descartaba que algo malo pudiera haberle ocurrido. Además, tenía un aspecto zarrapastroso, cubierto de suciedad, con barba de varios días, hambriento y con las botas destrozadas de caminar durante muchos kilómetros antes de cruzarse con los soldados rusos que se brindaron a llevarlo en el último tramo de aquel viaje de retorno.

En el bolsillo de su guerrera guardaba el salvoconducto que le había entregado el mariscal y que le había permitido desplazarse sin incidencias hasta Berlín; junto a él, la carta de Axel y la medalla. En una pequeña mochila portaba sus escasas pertenencias, una manzana, un tubo mediado de leche condensada y un trozo de pan negro, y un libro de poemas que había descubierto en las ruinas de una casa donde había pernoctado una de las noches. Ese era todo su patrimonio. Hacía mucho tiempo que no era dueño de nada, y tenía la sensación de no necesitar nada salvo lavarse, afeitarse y ponerse ropa limpia.

La mañana era clara en aquel Berlín arrasado. El sol calentaba con fuerza y el verde del parque contrastaba con la devastación de algunos de los edificios de Tiergartenstrasse; otros parecían haber tenido más suerte y se elevaban como fortalezas redimidas de la destrucción huracanada del fuego y las bombas. Uno de ellos era el de Villanueva. Milagrosamente se mantenía casi intacto junto a las ruinas de los colindantes, reducidos a escombros ennegrecidos por el fuego.

Frente al portal había aparcado un elegante Hispano-Suiza azul oscuro cubierto de una fina capa de polvo. Le complació pensar que, pese a la guerra, Villanueva se habría sabido mover con acierto como el gran superviviente que era.

La fachada maciza estaba trufada de marcas de metralla y

las ventanas reventadas no tenían ni cristales ni molduras. Se adentró en el portal que aún mantenía cierta majestuosidad, limpio, los suelos relucientes, con algunos desconchones en las paredes por efecto de las bombas. Subió hasta el segundo piso y se detuvo frente a la puerta. El corazón se le aceleró al golpearla con fuerza. Esperó atento a cualquier ruido en su interior. No podía evitar los nervios, el ansia de volver a verlo, de saber de él, de contarle, de darle un abrazo.

Oyó el crujir del suelo de madera al otro lado de la puerta.

—¿Quién es?

Yuri se sorprendió al reconocer la voz de Volker Finckenstein.

—Volker, soy Yuri Santacruz.

La puerta se abrió de inmediato. Volker presentaba un aspecto estupendo, bien nutrido, bronceado, algo más encanecido y más arrugas alrededor de los ojos. Vestía un elegante traje de alpaca gris, camisa blanca y corbata de seda. Miró a Yuri de arriba abajo, sin acabar de creérselo. Sonrió soltando el aire que había retenido por la primera impresión.

—Ni en la peor de mis pesadillas te habría imaginado vestido con ese uniforme.

Yuri alzó las cejas y replicó con ironía:

—Dicen que el hábito no hace al monje, y yo de monje no tengo nada, se lo puedo asegurar. —Ante la estupefacción de Volker, incapaz aún de asimilar su inesperada aparición, Yuri preguntó—: ¿Puedo pasar?

Volker se echó a un lado y le dio paso. Cerró la puerta sin dejar de mirarlo.

—¿De dónde sales tú?

—Es muy largo de contar.

—Tenía razón Villanueva... Dijo que volverías, estaba convencido de que te mantendrías con vida.

Yuri echó un vistazo a la casa, la notó vacía, sin cuadros, sin muebles a la vista.

—Vengo a verlo a él. ¿Dónde está?

Volker le mantuvo la mirada unos segundos, tensó la mandíbula, esbozó una sonrisa para borrarla de inmediato de sus labios. Su voz se oyó rotunda.

—Erich no sobrevivió. Murió en el verano del 41, aunque desconozco el día.

Yuri sintió que su mente se nublaba. Había dado por hecho que lo iba a encontrar con vida al ver el coche aparcado en la puerta (convencido de que pertenecía a Villanueva), y al comprobar que la casa estaba intacta y a Volker con tan buen aspecto... Aquella maldita guerra continuaba dándole bofetadas.

—No sabía... —Tragó saliva con amargura.

—Pasa, tenemos muchas cosas de que hablar. Pero antes deberías lavarte. Tienes un aspecto horrible —dijo mirándolo con una mueca de asco. Avanzaron por el ancho corredor hacia una de las puertas, la misma por la que había salido aquel muchacho desnudo el día que Yuri descubrió la homosexualidad de Villanueva. Volker se detuvo ante ella—. Date un baño. Te prestaré algo de ropa. Imagino que estarás deseando quitarte ese atuendo.

Yuri se afeitó y tomó un baño reparador. Se vistió con una camisa y un pantalón de *sport* de Volker. También le dio unos zapatos con cordones; tenían el mismo número.

—Llegué a Berlín hace una semana —le explicó Volker—. Mi apartamento ha desaparecido de la faz de la tierra, así que me instalé aquí. Contraté a varias mujeres para que lo adecentaran un poco. La Gestapo saqueó la casa poco después de que Erich fuera detenido. No ha quedado prácticamente nada de sus pertenencias, ni ropa, ni menaje, por supuesto nada de valor. Solo se han librado algunos muebles y porque no habrán tenido forma de sacarlos o utilizarlos.

Estaban en una amplia cocina con un gran ventanal sin cristales que daba al parque. Volker le había calentado una lata de carne de cerdo guisada. La puso delante de Yuri con una cuchara.

—No puedo darte platos, no queda ni uno.

Yuri se sentó y empezó a comer mientras Volker hablaba.

—He venido a Berlín para tratar de retomar algunos de los negocios que la guerra echó al traste, por supuesto en la zona occidental. Pretenden dividir Berlín en cuatro sectores emulando la segmentación de toda Alemania: la zona oriental quedará bajo la influencia de la Unión Soviética, y la occidental se repartirá entre los americanos, ingleses y una pequeña parte para los franceses. —Sacó un cigarrillo y lo encendió. Dejó el paquete en la mesa, dio una larga calada y soltó el humo mientras seguía hablando—: Yo estaba en Suiza cuando me enteré de la detención de Erich. Traté de buscar contactos que me ayudasen a salvarlo, pero ya estaba condenado. Fue su hijo quien lo denunció. Por lo visto llegó a sus oídos la ingente fortuna que poseía su padre y pretendía quitárselo de en medio. Lo encerraron en el campo de concentración de Buchenwald y lo marcaron con el triángulo rosa de homosexual. Tan solo tengo el testimonio de un preso que consiguió salir vivo y con el que pude contactar en Múnich hace apenas un mes. Lo único que me dijo fue que padeció mucho... —Bajó los ojos con aire circunspecto—. Eso es lo que me dijo, y que murió de todo un poco: hambre, debilidad, pena...

Yuri había dejado de comer, los ojos ausentes rememorando la imagen de Villanueva, su rostro siempre risueño, siempre impoluto, tan vital y divertido. Apartó la lata y cogió un cigarro. Volker le acercó la llama de su mechero.

—¿Qué piensas hacer? —preguntó al cabo de un rato.

—Lo primero, comprobar si Krista sigue viva. Después debería ir a Suiza, aunque no sé muy bien cómo hacerlo. El salvoconducto que me ha traído hasta aquí no es válido y no tengo pasaporte.

—Aquí es imposible tramitarlo; la embajada española cerró en marzo, pero podría conseguirte uno en Suiza. Conozco bien al nuevo embajador español, Ángel Sanz Briz. Hace un año se tuvo que hacer cargo de la legación en Budapest, y durante meses colaboré estrechamente con él. —Hizo una pausa, reflexivo, como si su solo recuerdo mereciera un respetuoso silencio—. Ese hombre ha salvado a miles de judíos húngaros. ¿Recuerdas a Benjamin Newman, nuestro eficaz contable?

Yuri lo recordaba vagamente, asintió para que continuase.

—Gran parte de su familia vivía en Budapest y por supuesto eran judíos. Cuando hace un año empezaron allí los traslados masivos de los hebreos a los campos de exterminio, Sanz Briz urdió un plan para salvar a los sefardíes en base a un decreto de hace veinte años aprobado durante la dictadura de Primo de Rivera que los reconocía como españoles, y siendo españoles no podían ser deportados. —Movió la cabeza recordando—. Resultó una tarea ingente y muy peligrosa. A muchos los sacábamos de las estaciones, incluso del interior de los trenes malditos. En realidad eran muy pocos los que podían acreditar su condición de sefardíes, pero cada vez que seleccionábamos a uno nos susurraban nombres de familias, y entonces las voceábamos y salían, y esos nuevos nos volvían a susurrar apellidos, y los gritábamos alegando su origen sefardí y por tanto potenciales ciudadanos españoles, a pesar de que la mayoría no lo eran. Sanz Briz tramitó pasaportes españoles para muchos, y yo mismo trasladé en varios viajes a más de un centenar de ellos hasta Suiza a través de Austria, entre los que estaba la familia al completo de Benjamin. Cada vez que pienso en toda aquella gente que se salvó y que seguirá su vida durante muchos años más... —Esbozó una media sonrisa de complacencia—. Eso no tiene precio, Yuri; es una de las cosas más gratificantes en las que he participado... —Dio un largo suspiro como si tomara impulso y le brindó una sonrisa satisfecha—.

Así que no te preocupes por tu pasaporte, te lo conseguiré. Necesitaré una foto y tus datos.

De una cartera de piel extrajo una libreta y un lápiz y se los tendió.

—Escribe tu nombre y apellidos, fecha de nacimiento, dame todos los datos posibles, facilitará las cosas. —Luego sacó una pequeña cámara de 35 mm Leica y le pidió que mirase al objetivo. Una vez tomada la foto guardó de nuevo la cámara—. Mañana tengo que volver a Ginebra, haré el viaje en avión. Las carreteras están impracticables. Me costó dos días llegar a Berlín. Si todo sale bien, tardaré un par de semanas en resolver tu situación. Si quieres, puedes quedarte aquí. El colchón no es muy cómodo, aunque no creo que te importe demasiado.

—No se preocupe, Volker —dijo con expresión afable y agradecida—. Le puedo asegurar que esto para mí es un paraíso. No imagina en qué lugares he dormido.

Claudia no se separó ni un instante de Krista, observando con desasosiego su evolución. La morfina la mantuvo varias horas adormilada en medio de un sueño agitado. El médico volvió de madrugada porque le había subido mucho la fiebre y se quejaba inquieta, tenía escalofríos, dificultad para respirar, la piel pegajosa y el pulso acelerado. Le administró más morfina y les aconsejó aplicarle paños húmedos en la cara y extremidades. Claudia no dejaba de hacerlo, a pesar de que Angela Blumenfeld quería sustituirla.

—Tienes que descansar, Claudia, llevas más de veinte horas a su lado. Si sigues así, vas a enfermar tú también. Duerme un poco, yo me quedaré con ella.

Pero Claudia no hacía caso a las palabras de la anciana, seguía poniendo paños húmedos delicadamente sobre el cuerpo sudoroso de Krista.

—Tiene que reponerse, Angela —decía descorazonada—, tiene que curarse... La necesito en mi vida... —Se estremeció—. ¿Qué va a ser de mí si le pasa algo?

Rompió a llorar con tanto desconsuelo que conmovió a la señora Blumenfeld, quien consiguió llevarla hasta su cama y la ayudó a acostarse. Claudia se dejó hacer, sentía que los músculos le pesaban como el plomo, el agotamiento apenas le permitía pensar con claridad. Su vecina la descalzó y la tapó con la colcha.

Estaba a punto de amanecer cuando Claudia cayó por fin en un sueño profundo.

El timbre de la puerta la despertó. No sabía cuánto tiempo había estado durmiendo. La casa permanecía sumida en una densa calma. La luz del sol se colaba por las rendijas de los cartones colocados en las ventanas. Confusa, se levantó y, descalza, salió al pasillo. Se asomó a la habitación de los niños, que seguían dormidos; los encontró tendidos sobre la cama y vestidos como si hubieran caído agotados. Fue hasta la alcoba de Krista. Angela Blumenfeld roncaba en una butaca que había situado junto al lecho y Krista parecía dormir plácidamente, pero le notó la cara muy pálida y los ojos orlados de una sombra oscura. Iba a acercarse cuando de nuevo se oyó el ruido seco del timbre. Pensó que tal vez sería el médico. Avanzó con paso cansino por el pasillo. Al abrir la puerta se quedó pasmada observando al hombre que tenía delante. Durante unos segundos no fue capaz de reaccionar. Aquellos ojos... El latido del corazón se desbocó y tuvo que agarrarse al picaporte porque sintió que perdía el equilibrio.

Yuri la miraba entre la sorpresa de encontrarla en aquella casa y el sentimiento de alegría de que estuviera viva.

—Claudia... —murmuró prendado de aquellos ojos nunca olvidados. A pesar de la extrema delgadez, mantenía la belleza que tan bien recordaba.

Ella, tras unos segundos de incredulidad, se arrojó sin pensarlo a sus brazos. Con la cara pegada a su pecho, los ojos cerrados, sintió cómo la rodeaban sus brazos muy despacio, y entonces, durante unos escasos segundos, el mundo a su alrededor dejó de existir.

—Yuri... —dijo al fin despegándose y mirándolo a los ojos, acariciando su rostro, cogiendo sus manos para cerciorarse de que aquello no era un sueño, que era cierto, estaba allí, había regresado—. Creíamos que estabas muerto. Dios santo... Yuri...

—Por muy poco, pero estoy vivo. —Ignoraba qué hacía Claudia en la casa de la difunta viuda Metzger. Temía preguntar, pero al final se armó de valor—. Claudia... He subido a la buhardilla... —Su voz se trabó titubeante—. Ella... Krista...

—Está aquí —lo interrumpió con una expresión radiante, tirando de sus manos hacia el interior—. Los niños y yo vivimos aquí con ella, y también la señora Blumenfeld. Ven... Se va a poner tan contenta de verte, la vas a hacer tan feliz... —Las palabras le salían ahogadas en un llanto emocionado que intentaba contener.

Al llegar a la habitación, la señora Blumenfeld se despertó sobresaltada, como si hubiera intuido la presencia del recién llegado.

—Madre del amor hermoso —murmuró perpleja al verlo.

Krista tenía los ojos cerrados, parecía tranquila. Claudia le soltó la mano y se aproximó al borde de la cama; se inclinó hacia ella y acarició con delicadeza la mejilla.

—Krista, despierta —le dijo radiante, el tono dulcificado—. Mira quién está aquí. Ha vuelto, Krista. —Su voz se ahogaba a cada palabra—. Despierta... Yuri ha vuelto...

En ese instante los ojos de Krista se abrieron, como si aquel nombre le hubiera infundido la fuerza suficiente para hacerlo. Claudia se volvió hacia Yuri como si se lo mostrase y acto seguido se retiró para que él pudiera aproximarse. Tardó unos segundos en hacerlo, aturdido, sin entender la razón de su postración y su debilidad. Los dos se miraban, los ojos fijos en el otro, tratando de ajustar en su mente confusa aquella hermosa realidad. Con movimientos lentos, Yuri se inclinó sobre la cama hasta quedar muy cerca de su rostro. Cogió su mano y se la llevó a los labios para intentar evitar la emoción que la embargaba. Notó la calentura de la piel.

—Krista... Estoy aquí. —Hablaba balbuciente—. He vuelto a tu lado.

—Yuri... Mi amado Yuri... Si supieras cuánto te he soñado...

—Todo ha terminado, Krista. Ya nada nos volverá a separar. Nada.

—Yuri, Yuri... Apenas me quedan fuerzas. —Sonrió y sus ojos recuperaron el brillo perdido—. Pero ha sucedido, parecía imposible y ha sucedido... Estás aquí y podré morir tranquila...

—No te vas a morir —afirmó Yuri sintiendo en el pecho una angustiosa congoja—. Debes resistir... Tienes que hacerlo por mí.

Con un gesto delicado, Krista le puso la mano sobre los labios y le impidió que siguiera hablando.

—Yuri, escúchame, te lo suplico... La vida se agolpa cuando ronda la muerte... He vivido razonablemente feliz y puedo marcharme con la conciencia tranquila. —Sus ojos se clavaron en Claudia, que se hallaba a un lado de la habitación, abrazada a sus dos hijos, que se habían despertado y acudido a observar a ese desconocido. Luego, volvió la mirada a Yuri—. Ella te ama como jamás he visto amar a nadie, y sé que tú nunca dejaste de amarla.

—No, Krista, mi amor por ti es cierto...

—No, Yuri —lo interrumpió con voz dulce—, a mí solo me has querido, y me has querido mucho. Nunca me has engañado porque nunca me has dicho que me amabas, ni una sola vez... —Sus ojos se posaron de nuevo en los niños. Claudia se abrazó a ellos, conmovida por la escena. Krista volvió la mirada a su amado, siempre con la sonrisa dibujada en los labios secos—. Son tus hijos, Yuri, sois una familia. Tenéis que ser felices, debéis intentar ser felices... Hacedlo por mí.

Resultaba desesperante para él ver cómo le mermaban las fuerzas a cada palabra pronunciada. Se revolvió inquieto, impotente ante aquella situación.

—¿Qué le ha pasado? —Imploró una explicación.

—Un hombre la apuñaló para robarle —contestó Angela Blumenfeld manteniendo la serenidad—. Tiene una herida en el costado, muy cerca del pulmón. Ella dice que tiene una septicemia. La está atendiendo un médico que vive en esta calle.

—Hay que llevarla a un hospital —clamó él.

—Lo estamos intentando —replicó la anciana—, pero no hay ambulancias y el doctor ha dicho que no debemos moverla. Que es peligroso.

Yuri volvió a centrar la atención en el rostro de Krista; había cerrado otra vez los ojos. Estaba tan pálida... Levantó un poco la colcha y comprobó que la sábana estaba empapada de sangre.

—¡Se está desangrando! —gritó horrorizado—. ¡Avisad al médico, rápido!

Los ojos de Krista no volvieron a abrirse. A cada latido de su corazón parecía expulsar más y más sangre fuera de su cuerpo, a la espera del lúgubre instante en el que la guadaña de la muerte cortara el hilo del alma. Para desesperación de todos, el médico no pudo acudir hasta varias horas después. Cuando Hans corrió a buscarlo, la esposa le dijo que lo habían requerido en un hospital y que no sabía cuándo volvería. Poco podían hacer salvo aguardar y permanecer a su lado. Velar su adiós definitivo en un respetuoso silencio. De madrugada, con Yuri tumbado a su lado y Claudia sentada a los pies de la cama, los labios de Krista dibujaron una leve sonrisa y dejó de respirar.

La enterraron junto a su madre. La ceremonia fue frugal. Se ocupó de todo Angela Blumenfeld. Yuri estaba ausente, siguió el féretro y una vez dado el responso, se dio la vuelta y se marchó sin decir nada, cabizbajo, las manos en los bolsillos, con un caminar apesadumbrado. Claudia lo observó alejarse hasta que desapareció de su vista nublada por las lágrimas.

En los días siguientes Yuri vagó por las calles, incapaz de reaccionar. Apenas comía. Caminaba durante todo el día; al anochecer, completamente exhausto, volvía a casa de Villanueva, se tendía en el colchón y permanecía en una duermevela viscosa hasta el amanecer.

Volker regresó de Ginebra tres semanas después. El suizo se sorprendió del deplorable aspecto que presentaba, casi peor que cuando apareció uniformado de soldado ruso.

—Pero... ¿qué coño te ha pasado? —se extrañó—. No tienes buen aspecto.

—Krista ha muerto —murmuró.

—Lo siento, Yuri —dijo con el rostro demudado—, lo siento mucho.

Tras un luctuoso silencio, Volker puso su maletín sobre la mesa y lo abrió.

—Ahí tienes el pasaporte en orden. Ahora podrás moverte por donde quieras. Eres un ciudadano libre.

Yuri lo cogió y lo abrió.

—Es curioso... Llevo años huyendo de la sombra de la muerte y ahora que consigo librarme de ella —abrió las manos con desolación—, no sé qué hacer con mi libertad.

—De esta guerra nadie ha sobrevivido del todo, Yuri. Deberías pensar que tu vida empieza en este mismo instante. —Tras un silencio, Volker preguntó—: ¿Sigues pensando en ir a Suiza?

—Tengo que hacerlo —contestó cabizbajo—, debo entregar una cosa.

Volker sacó del interior del maletín un sobre blanco y cerrado. Lo dejó encima de la mesa y lo deslizó con los dedos hacia Yuri.

—Esto es para ti. Villanueva me lo legó en custodia cuando te marchaste a Rusia, por si alguna vez le ocurría algo; ya entonces se sentía amenazado. —Dicho esto, se metió la mano en la chaqueta y sacó su billetera, la abrió y extrajo varios billetes—. Esto te ayudará a llegar a Suiza. Podría dejarte más en unos días...

—Se lo agradezco, Volker —lo interrumpió Yuri incómodo—, pero no necesito nada.

—Coge el dinero, Yuri. —Se levantó al tiempo que aplastaba su cigarro en un improvisado cenicero—. Me tengo que ir. He quedado con unos inversores norteamericanos. Las cosas pintan bien para mí en Berlín, hay mucho trabajo que hacer. Me quedaré por aquí una temporada. —Se ajustó la corbata sin dejar de mirarlo. Los ojos de Yuri parecían vacíos—. Puedes abandonar este país cuando quieras.

Tras haber enterrado a Krista, Claudia se había vuelto a instalar con los niños en su casa. Tuvo que esmerarse para poner orden, el paso de Ulrich había sido como un huracán y todo estaba sucio, desparramado o roto. Antes de su trágico final, Ulrich había volcado toda la rabia de su resentimiento en aquellas cosas que una vez le fueron cotidianas.

Se sentía perdida. No sabía muy bien qué iba a ser de su vida. Llevaba varios días acudiendo a una fábrica que los soviéticos estaban desmantelando. El ayuntamiento le había dicho que se le pagaría un sueldo; tenía que madrugar mucho, ya que estaba a dos horas de camino y aún no funcionaban ni trenes ni tranvías que la llevasen hasta allí. Junto a un centenar de mujeres, desde las ocho de la mañana hasta las ocho de la tarde con un solo descanso para comer una sopa de col fría, recopilaba el zinc de una enorme nave, lo metía en cajas y lo transportaba hasta unos vagones de tren con destino a Moscú. Cuando regresaba a casa, molida por el agotamiento, Angela le curaba las llagas de las manos y le preparaba algo caliente.

Entretanto, Hans andaba todo el día vagando por la calle, sin nada que hacer. La niña solía quedarse con la señora Blumenfeld con gesto aburrido.

—¿Qué va a ser de nosotros, Angela? —musitaba Claudia, mientras la anciana untaba las heridas con vaselina—. Estoy tan cansada... Si no estuvieran mis hijos...

—Ni se te ocurra pensar eso. —La riñó con la firmeza de una madre—. Saldrás adelante, claro que lo harás. Eres joven y fuerte. Has superado muchas cosas. Tienes mucha vida por delante, muchas cosas que hacer y que disfrutar...

—¡Mamá! —La voz de Hans se oyó desde la calle—. ¡Mamá!

—¿Qué querrá este crío ahora? —murmuró Claudia enfurruñada, levantándose cansinamente con la intención de asomarse a la ventana. No le gustaba que su hijo diera esas voces desde la calle, le había reconvenido varias veces por ello. Al asomarse, lo vio subido a lomos de una vieja Ural M-72 con sidecar—. ¡Bájate de ahí ahora mismo!

—¡Baja, rápido! —gritó el chico con una espléndida sonrisa.

En ese momento vio aparecer a Yuri, que alzó los ojos hacia ella.

—Deberías hacerle caso.

Claudia se retiró de la ventana y, paralizada, miró a la señora Blumenfeld, que también lo había visto.

—¿A qué esperas? Vamos, ha venido a por ti.

Claudia se movió insegura. Antes de salir de la cocina, se volvió hacia la anciana, aturdida. Se atusó el pelo, y palpó su tazado vestido.

—Es que... estoy horrible...

—Estás preciosa. —La señora Blumenfeld observó su indecisión con una expresión de ternura—. Te mereces ser feliz,

627

Claudia. Baja de una vez —la instó la anciana—, no le hagas esperar más.

Solo entonces se precipitó escaleras abajo. Antes de salir a la calle se detuvo. Hans estaba junto a Yuri, que le explicaba cómo poner en marcha la moto. Jenell se había adelantado a su madre y estaba sentada en el sidecar. Claudia observaba la escena desde el portal sintiendo el fuerte latido de su corazón. Dio varios pasos vacilantes hacia fuera.

—¡Mira, mami! —gritó la niña entusiasmada cuando la vio.

Yuri fijó su atención en Claudia, que permanecía quieta en el umbral del portal sin atreverse a avanzar, como si temiera que la calzada se transformase en arenas movedizas.

—Me voy a Suiza. —Él se acercó unos pasos a su encuentro.

Aquellas palabras abrieron la tierra bajo los pies de ella. Cruzó los brazos en su regazo porque sentía una fuerte presión en el pecho. Asintió y trató de sonreír para contener la profunda decepción que la afligía.

—Te deseo suerte —murmuró.

Yuri avanzó hasta detenerse a dos metros.

—Quiero que vengas conmigo. —Se giró un instante hacia atrás, para luego volver a mirarla—. Nuestros hijos también. Empezaremos de nuevo en Suiza... Si tú quieres.

Se quedó impactada. No respondió, solo lo miraba absorta, embobada en aquellos ojos tanto tiempo añorados.

—Claudia, no tengo nada que ofrecerte salvo esta moto y una vida llena de amor. Es lo único que...

—Me iría contigo hasta el fin del mundo —lo interrumpió para de inmediato echarse a sus brazos. Yuri la envolvió y cerró los ojos mientras escuchaba el cálido susurro que repetía «te amo» una y otra vez.

A los dos días Claudia y los niños se despedían de la señora Blumenfeld.

—¿Me escribiréis? —les preguntaba la anciana sin poder evitar la emoción.

—Claro que sí —le decía Claudia—. Ya sabe que puede quedarse en la casa todo el tiempo que necesite, considere todo como suyo... —Acarició su arrugada mejilla—. Gracias por todo, Angela. Si no hubiera sido por usted, no sé qué habría sido de nosotros.

Los niños le dieron un beso. Claudia y Jenell se acomodaron en el sidecar. La niña sentó en sus rodillas a su muñeca. Hans ya esperaba subido en la moto a que Yuri se pusiera a los mandos.

Él se acercó a la señora Blumenfeld para despedirse.

—Cuídala, Yuri —le dijo al punto del llanto—, es una mujer extraordinaria.

—Lo sé. Lo he sabido siempre. Gracias, señora Blumenfeld.

Se subió en la moto, y Hans se agarró a su cintura.

—¿Estáis listos? —preguntó Yuri ajustándose las gafas a los ojos.

—Sí, papá —respondió Jenell con su voz cantarina.

—Sí, papá —oyó a Hans a su espalda.

Yuri miró a Claudia.

—Vámonos. —Ella sonrió.

La moto arrancó estridente e inició un avance lento y renqueante. La señora Blumenfeld alzó el brazo para despedirlos. Claudia agitó un pañuelo en la mano y los niños gritaron un adiós alborozado.

Suiza, verano de 1945

> Pero toda sombra es, al fin y al cabo, hija de la luz y solo quien ha conocido la claridad y las tinieblas, la guerra y la paz, el ascenso y la caída, solo este ha vivido de verdad.
>
> STEFAN ZWEIG,
> *El mundo de ayer. Memorias de un europeo*

Durante dos días Yuri condujo a su familia a través del territorio alemán, arrasado por la guerra. Durmieron en el campo, al raso, felices de tenerse y de estar vivos.

Con el dinero que le había dado Volker, había comprado la moto a una compañía rusa que se encargaba de desguazar los vehículos de guerra en mal estado. Durante el largo viaje se cruzaron con cientos de personas que regresaban a sus hogares. Algunos tenían la esperanza reflejada en el rostro, otros mostraban el desarraigo y la profunda tristeza del destierro, la soledad, la muerte, heridas de guerra que aún tardarían en sanar.

Llegaron a la frontera en una espléndida mañana en la que un sol rabioso calentaba con fuerza. Se detuvieron ante la baliza y entregaron la documentación.

—¿Es su esposa? —preguntó el guardia a Yuri, señalando a Claudia.

Él se giró hacia ella y sonrió.

—Usted lo ha dicho, agente, y ellos son mis hijos. —Miró de nuevo al guardia con una expresión radiante—. Hemos tenido la suerte de salir vivos de esta maldita guerra.

El guardia les devolvió los pasaportes y se llevó la mano a la frente para saludar.

—Les deseo que su suerte se mantenga, señor. Adelante, pueden continuar.

Una vez superada la barrera, Yuri se detuvo y dio un grito de alegría. Los cuatro saltaron de la moto y se abrazaron felices de pisar territorio suizo. Lo habían conseguido. Desde que partieron de Berlín habían arrastrado el temor de que a ella y a los niños no les permitieran abandonar Alemania debido al negro pasado nazi de Claudia, pero realmente la suerte empezaba a darles la cara.

Llegaron a Berna y se hospedaron en un pequeño hotel de las afueras. Yuri dejó a Claudia y a los niños y emprendió viaje en solitario al centro de la ciudad. En su carta, Erich Villanueva le mostraba un enternecedor cariño paternal hacia él.

... si Volker llegase a entregarte esta carta será porque se han cumplido mis peores temores, y por tanto estaré muerto. El hostigamiento me va cercando cada vez más, sé que viene de la mano de mi hijo y de su madre, así que no tardará en caer sobre mí su zarpazo mortal.

Te considero como mi único hijo, ya que el propio me despojó de mi calidad de padre y me arrojó de su vida para siempre. Quiero que vayas a ver al notario cuyos datos te adjunto. Preséntale esta carta, identifícate y escúchalo. Es mi voluntad y es mi deseo que lo cumplas.

Cuídate, Yuri, ojalá disfrutes de una vida feliz.

Un abrazo entrañable de este viejo que tanto te apreció.

Al llegar al lugar donde estaba ubicada la notaría, Yuri quedó abrumado. El edificio, el portal, las escaleras, el piso en el que se encontraba, todo era elegante, distinguido, señorial. El notario era un hombre alto de mediana edad, muy atildado, que lo recibió enseguida con gran afecto.

—Así que tú eres el famoso Yuri Santacruz —le dijo mirándolo desde el otro lado de una historiada mesa de caoba.

—Eso parece —respondió él, incómodo por su indumentaria y aspecto desastrado en total disonancia con ese escenario.

—Te esperaba desde hace tiempo. Supe de la muerte de Villanueva por Volker Finckenstein. Apreciaba mucho a Erich, era un buen hombre y no se merecía ese final.

Yuri asintió con una profunda tristeza.

—Le aseguro que el recuerdo de Erich Villanueva permanecerá siempre en mi memoria. —Trató de contener la emoción que lo embargaba. Sacó la carta del bolsillo y la puso sobre la mesa—. Volker Finckenstein me dio esto. Ahí dice que se la entregue a usted y eso hago.

El notario cogió el sobre y leyó la carta manuscrita de Villanueva.

—¿Me permites tu pasaporte? Necesito comprobar que realmente eres tú.

Yuri se lo entregó. Estaba nervioso, quería irse, volver con Claudia y los niños. Había cumplido la voluntad de Villanueva, ahora tenía que cumplir la de Axel. Se sentía como el cartero de la muerte.

—Todo está en orden. Prepararé toda la documentación. En cuanto lo firmes, todo será tuyo.

Yuri lo miró ceñudo, sin entender.

—¿Qué quiere decir?

—Villanueva te nombró heredero universal de toda su fortuna. Eres rico, Yuri Santacruz, muy rico.

Arreglar el papeleo en la notaría le llevó varias horas. Tras firmarlo todo, lo primero que hizo fue comprar un coche. Cuando llegó al hotel era de noche, los niños y Claudia salieron a recibirlo. Lo esperaban desde hacía mucho rato, inquietos por si no volvía, la amenaza del miedo todavía incrustada en las venas.

Al día siguiente, muy temprano, los cuatro se desplazaron a Brienz, bordeando las hermosas orillas del Brienzrsee. Resultaba fascinante aquella visión tan ordenada de la vida, tan limpia, sin ruinas, sin hambre, sin ese penetrante olor a muerte, tan solo la delicada fragancia de la naturaleza. Empezaban a sentir que la guerra había quedado atrás.

Una vez allí no tardaron en dar con los Laufer. Julius y Dora los recibieron en una casita llena de flores de mil colores adornando sus balcones. Era pequeña, pero muy acogedora. El olor embriagador del verano se colaba a través de todas las ventanas abiertas. Vivían gracias a los arreglos de ropa que ella hacía y a las medicinas que Julius le preparaba al médico del pueblo, ya que la farmacia más cercana estaba en Interlaken.

Los Laufer no reconocieron a Yuri, pero su amabilidad los llevó a invitar a la familia a un té para ellos y un vaso de leche recién ordeñada para los niños.

Una vez acomodados, Yuri se decidió a cumplir con la voluntad de Axel.

—Señor Laufer, señora Laufer... Ustedes no me recuerdan —Yuri hablaba con un nudo en la garganta—, nos hemos visto una vez... Fue en su casa de Berlín, el día que detuvieron a su hijo Axel, en 1933.

—Claro —dijo la Dora risueña—. Usted acompañaba a mi querida Teresa Metzger.

—Así es.

—Ya decía yo que su cara me resultaba familiar. ¿Sabe usted algo de mi hijo? —preguntó la madre ansiosa de noticias de su querido Axel—. Su última carta la recibimos hace más de cuatro meses, y estaba fechada en diciembre. Está tan lejos...

Yuri tragó saliva. Claudia y los niños lo miraban a sabiendas de las malas noticias de las que eran portadores. Yuri sacó la carta de Axel y el colgante, y se los tendió. Ella reconoció al instante la medalla del hijo. Turbada, desdobló el papel mientras Julius, que había entendido qué trataba de decirles, no dejaba de mirar a Yuri. Él lo rehuía angustiado.

Cuando Dora terminó de leer las últimas palabras escritas de su hijo cerró los ojos y con una expresión de recogimiento se llevó la medalla al corazón. Lloró con serenidad, sin aspavientos. El rostro arrugado de Julius se ensombreció.

—Señora Laufer, su hijo era un buen hombre. Yo... —Se detuvo conmovido—. Lo que Axel hizo por mí no podré agradecerlo por mil años que viva, pero le aseguro que el resto de mis días haré todo lo que esté en mi mano para intentar compensarles su pérdida.

Rodeados de aquel paisaje idílico, se cernió sobre ellos un amargo y emotivo silencio.

La pequeña Jenell, sentada junto a Dora Laufer, sollozaba también sin llegar a comprender otra cosa que la profunda tristeza que emanaba de aquella anciana. Se levantó, le tocó con suavidad en el brazo y cuando la anciana la miró, la niña le tendió la muñeca en un tierno intento de aliviarle la pena. Durante unos segundos la anciana detuvo su llanto, y de inmediato la acogió en su regazo como si aquel cuerpo menudo fuera una tabla de salvación. Pasó la cadenita de oro por la cabeza de la niña y se la dejó alrededor del cuello. Jenell miró la pequeña alhaja y le sonrió complacida.

—¿Eres mi *Oma*? —preguntó con una voz candorosa.

Asombrada, Dora Laufer miró a Claudia, que observaba la escena enternecida. Luego volvió los ojos hacia la niña.

—¿Tú quieres que sea tu abuelita?

Jenell asintió moviendo la cabeza con mucho énfasis.

—Entonces, seré tu abuelita.

Aquella sonrisa infantil hizo un poco menos amargas las lágrimas de la anciana.

Yuri y Claudia decidieron quedarse a vivir en aquel pueblo

encantador, se compraron una preciosa casa muy cerca de los Laufer, con los que establecieron una relación fraternal, convertidos en los abuelos que la guerra había arrebatado a los niños, y estos en los nietos que Axel nunca pudo darles.

Yuri proporcionó a Julius el dinero suficiente para montar una pequeña botica con la que ganarse la vida.

Claudia se quedó embarazada y en el verano de 1946 daba a luz a una niña morena y de ojos verdes a la que llamaron Krista.

Agradecimientos

Me preguntan a menudo sobre cómo me documento, y mi respuesta siempre es la misma: leyendo. Para tener la seguridad de que la historia está cimentada en una necesaria certeza a través de la cual el lector pueda verse arrastrado no solo al momento histórico concreto, sino también a la mentalidad, las costumbres y maneras de la época, la base de mi documentación son los libros. Por ello, desde aquí manifiesto mi profunda gratitud a todos aquellos que plasmaron en un diario sus vivencias y reflexiones, sus miedos e inquietudes, incluso sus culpas y responsabilidades, porque con su lectura me facilitaron la construcción y mentalidad de los personajes; a los autores de novelas que me permiten adentrarme en la intrahistoria de la sociedad de la época y comprender mejor lo cotidiano del momento histórico concreto, y a todos los historiadores que investigaron, analizaron y desarrollaron ensayos, tesis y monografías con las que he conseguido entender los acontecimientos históricos tan convulsos y devastadores en los que se centra esta novela.

También las películas y documentales son una fuente importante para conocer detalles de interés que me permiten pergeñar con más acierto la historia contada. Mi gratitud a Víctor Arribas, apasionado y entendido cinéfilo, por su acertado asesoramiento en esta materia.

Mi profunda gratitud a mi «Hada de los Libros», que me proporciona todo lo que le pido en forma de libro.

Gracias a Ester Gómez Parro, que reside en Moscú desde hace más de un cuarto de siglo, pude manejarme con mayor confianza por los complicados entresijos del mundo y la mentalidad rusos.

Gracias a Palmira Márquez por su trabajo y arrollador optimismo.

Nunca me cansaré de agradecer a mi marido su tesón, su equilibrio, su serenidad, su pasión, su entusiasmo y, sobre todo, el amor incondicional que de él recibo desde hace más de cuarenta años.